KB121430

올리버 트위스트

이 도서의 번역은 Penguin Classics(2003)과 Barnes & Noble Classics(2005)을 참고하였습니다.

올리버 트위스트

초판 1쇄 인쇄일 | 2018년 1월 5일   초판 1쇄 발행일 | 2018년 1월 10일

지은이 | 찰스 디킨스
옮긴이 | 강미경
펴낸이 | 강창용
책임편집 | 이윤희
디자인 | 가혜순
책임영업 | 최대현

펴낸곳 | 느낌이있는책
출판등록 | 1998년 5월 16일 제10-1588
주 소 | 경기도 고양시 일산동구 중앙로 1233(현대타운빌) 1202호
전 화 | (代)031-932-7474
팩 스 | 031-932-5962
홈페이지 | http://feelbooks.co.kr
이메일 | feelbooks@naver.com

ISBN 979-11-6195-055-6 03840

이 도서의 국립중앙도서관 출판예정도서목록(CIP)은 서지정보유통지
원시스템 홈페이지(http://seoji.nl.go.kr)와 국가자료공동목록시스템
(http://www.nl.go.kr/kolisnet)에서 이용하실 수 있습니다.
(CIP제어번호: CIP2017033765)

Oliver Twist

올리버 트위스트

찰스 디킨스 지음 | **강미경** 옮김

느낌있는책

차례

제1부

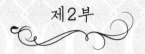

제2부

제3부

제1부

머드포그 마을에는 크건 작건 마을마다 꼭 하나씩 들어서 있는 구빈원이 자리하고 있었다. 어느 날 이곳에서 한 아이가 태어났다. 이 시점에서 아이가 언제 태어났는지 밝히는 것은 독자들에게 별로 도움이 되지 않으리라. 구빈원 담당 외과 의사에 의해 고통으로 얼룩진 이 세상에 안내된 아이는, 한동안 이름을 가질 만큼 오래 살 수 있을지 적잖이 걱정할 수밖에 없었다. 만약 얼마 살지 못했다면 이 자서전은 존재하지 않았으리라. 혹시 쓰였더라도 달랑 몇 줄 정도로 끝나는, 동서고금을 막론해서 가장 간결한 자서전이라는 최고의 영예를 얻었을 것이다.

구빈원에서 태어난다는 것 자체가 누구나 쉽게 얻을 수 없는 행운이며, 남들이 부러워할 만한 최상의 환경을 제공받은 것이라고 주장할 생각은 없다. 하지만 올리버 트위스트의 처지를 생각할 때 그나마 그것이 다행이었다고 말하고 싶다. 사실은 이렇다. 올리버가 숨을 내쉬기까지 몇 차례 힘든 고비가 있었다. 우리 생존에 꼭 필요한 호흡이 올리버에게는 너무도 힘겨운 일이었다. 올리버는 한동안 푹 꺼진 매트리스 위에 누워 가쁜 숨을 몰아쉬며 이승과 저승 사이를 오갔다. 아니, 사실 저승 쪽으로 점점 기울고 있었다.

이 짧은 순간에 올리버가 한없이 자상한 할머니와 친절한 숙모, 노련한 간호사, 탁월한 의술을 지닌 의사에게 둘러싸여 있었다면 살아나지 못했을지도 모른다. 그러나 올리버의 주위에는 술에 절어 사는 조산원 노파, 교구와 계약한 외과 의사 말고는 아무도 없었다. 이에 올리버는 본능적으로 생사의 갈림길에서 사투를 벌였다. 그 결과 심각한 고비를 몇 번 넘긴 뒤 드디어 숨을 제대로 쉬고 재채기까지 하더니, 갓 태어난 사내 아기가 내지르는 소리라고는 믿을 수 없을 만큼 큰 소리로 3분 15초 동안 쉬지 않고 울며, 구빈원 식구들에게 교구가 책임져야 할 아이가 새로 태어났다는 사실을 알렸다.

올리버의 폐가 숨 쉬는 데 아무 지장이 없을 만큼 건강하다는 사실이 드러나자, 아무렇게나 던져져 있던 누더기 침대보에서 부스럭거리는 소리가 났다. 창백한 얼굴의 젊은 여인이 베개에서 힘없이 몸을 일으키며 기어들어 가는 목소리로 말했다.

"아기……, 보여주세요. 그래야 죽을 수 있어요."

난로 옆에서 손을 비비며 불을 쬐던 의사는 산모가 입을 열자, 침대 머리맡으로 천천히 걸어가 다정하게 말했다.

"죽는다는 말은 하지 말아요."

"이런, 어처구니가 없군! 죽다니!"

늙은 조산사가 구석에서 흡족해하며 몰래 따라 마시던 녹색 유리병을 황급히 주머니에 집어넣으며 끼어들었다.

"이것 참 어처구니가 없군! 새댁이 내 나이 정도로 오래 살아서 열세 명의 아이를 낳아 다 죽고 두 명만 살아 구빈원 신세를 지게 된다 해도 죽는다는 소리는 하지 못할 거야. 정말 어처구니가 없네. 엄마가 된다는 것이 어떤 건지 생각해 봐. 사랑스러운 아기를 생각하라고."

늙은 조산사는 엄마가 됐다는 기쁨을 자극하기 위해 위로의 말을 건넸지만 기대했던 만큼의 효과는 내지 못했다. 젊은 산모는 머리를 좌우로 흔들며 아기에게 손을 뻗었다.

의사가 산모의 팔에 아기를 안겨주자, 산모는 차갑고 핏기 없는 입술을 아기 이마에 갖다 대고 양손으로 자기 얼굴을 쓸어 올렸다. 그러고는 주위를 두리번거리다가 몸을 부르르 떨더니 침대 위로 푹 쓰러졌다. 죽은 것이다. 의사와 조산사가 산모의 가슴과 손, 관자놀이를 비볐지만 몸은 점점 차갑게 식어가고 있었다. 두 사람이 번갈아 가며 희망과 위로의 말을 떠들어댔지만 산모와는 이미 인연이 다한 말들일 뿐이었다.

"다 끝났소, 할멈."

마침내 의사가 말했다.

"이런, 불쌍하기도 하지!"

조산사가 아기를 안으려고 몸을 숙이다가 베개에 떨어져 있던 녹색 병의 마개를 집어 들면서 말했다.

"불쌍해라!"

"아기가 울면 망설이지 말고 내게 알려도 좋소."

의사가 천천히 장갑을 끼면서 말했다.

"고생 좀 해야 할 것 같군. 아기가 울면 암죽을 좀 주시오."

의사가 모자를 쓰고 문으로 가다가 잠깐 침대 머리맡에 멈춰 서더니 말했다.

"산모가 아주 예뻤군. 어디에서 왔다고 합디까?"

"그건 모르겠고, 어젯밤에 교구 감독관 명령으로 이곳에 실려 왔습죠. 길거리에 쓰러져 있었다는군요. 신발이 너덜너덜해진 거로 봐서는 멀리서 온 모양 같은데, 어디에서 왔는지, 어디로 가는 길인지는 아무도 모르고요."

늙은 조산사가 대꾸했다.

의사는 몸을 숙여서 산모의 왼손을 들었다.

"뻔한 이야기겠지. 결혼반지도 없는 걸 보니 그렇고 그런 사연일 테지, 뭐. 그럼 난 이만 가오."

의사가 머리를 흔들며 말했다.

의사는 저녁을 먹으러 갔고 조산사는 다시 한번 녹색 병 속에 든 액체를 꿀꺽거리며 마셨다. 그러고는 난로 앞에 놓인 낮은 의자에 앉아서 아기에게 옷을 입히기 시작했다. 그 순간, 어린 올리버 트위스트는 옷이 날개라는 말을 여실히 입증했다. 담요로만 둘러싸여 있었다면 귀족의 자식일지, 거지의 자식일지 분간하기 어려웠을 테고, 아이의 신분을 확정 짓기 힘들었을 것이다. 하지만 여러 번 물려 입어 누렇게 바랜 옥양목 배내옷을 입혀 놓으니, 확실한 꼬리표처럼 당장 아이의 처지가 한눈에 드러났다. 비천하고 항상 배가 고픈 노동자가 되어 평생 주먹질을 하고, 늘 두들겨 맞으며 모든 사람에게 무시당함은 물론 누구에게도 동정받지 못하는 교구의 신세를 지는 아이, 다시 말해 구빈원 출신의 고아임이 여실히 드러난 것이다.

올리버는 목청껏 울었다. 자기가 교구 위원과 감독관의 처분에 생사가 달린 고아라는 걸 알았다면 더 크게 울었으리라.

　생후 8개월에서 10개월에 이르는 동안, 올리버는 체계적인 배신과 기만의 희생양이었다. 올리버는 모유 대신 젖병에 든 우유를 먹고 자랐다. 올리버의 딱한 처지에 대해 구빈원으로부터 보고받은 교구 당국은 구빈원 안에 올리버에게 모유를 나누어 줄 정 많은 여자가 있는지 알아보았다. 하지만 구빈원에서 그럴 만한 사람이 없다고 했기 때문에, 교구 당국은 자비를 베푸는 심정으로 별도의 경비를 치르고 올리버를 남의 손에 맡기기로 했다. 구빈원에서 5킬로미터나 떨어진 보육원으로 올리버를 보내기로 한 것이다.

　보육원에는 자기가 먹을 것은 스스로 벌어야 한다는 취지의 빈민구제법을 따를 수 없는 이삼십 명의 고아가 늙은 할멈의 보호를 받으며 지내고 있었다. 노파는 정부로부터 보호수당으로 한 아이당 일주일에 7.5펜스씩을 받았지만, 정작 아이들은 배불리 먹지도, 따뜻하게 입지도 못한 채 온종일 바닥을 뒹굴었다. 일주일에 7.5펜스면 한 아이가 배불리 먹을 뿐 아니라 과식으로 배탈이 날 정도로 충분한 돈이었다. 그러나 세상 물정에 밝고 잔꾀가 많은 노파는 아이들에게 좋은 것과 자기에게 좋은 것을 정확히 꿰뚫고 있었다. 노파는 위탁 아동이 계속 늘어나는데도 불구하고 한 푼도 생활비를 더 늘리지 않고 양육비의 상당 부분을 가로챘다. 더는 아낄 수 없는 상황에서도 더 아낄 수 있는 곳을 찾아내, 자신이 얼마나 대단한 실험가인지 스스로 증명했다.

먹이를 주지 않아도 살 수 있다는 괴상한 이론을 믿고, 이 이론을 직접 실천했던 어떤 실험가에 대해 들어본 일이 있는가. 그 실험가는 자기 말이 하루에 볏짚 한 단만 먹고도 어떤 말에도 뒤지지 않는, 생기 넘치고 힘센 말이 될 수 있다는 것을 증명할 참이었다. 그러나 불행하게도 그 말은 여물이 아닌 공기로 식사를 시작하기 스물네 시간 전에 죽어버리고 말았다. 실험가의 실망은 이만저만이 아니었다.

올리버를 보살피는 임무를 부여받은, 이 실험정신이 투철한 노파도 비슷한 실험을 했는데, 운 나쁘게도 똑같은 결과를 얻었다. 아이들이 최소한의 음식으로 가까스로 연명한다 해도 재수 없게는 열에 여덟아홉 명은 영양실조나 감기에 걸려 시름시름 앓거나, 주의 소홀로 인해 불에 떨어지거나, 사고로 질식사하는 일이 발생했다. 그렇게 해서 불쌍한 아이들은 저세상으로 가고, 이 세상에서는 만나지 못했던 생부와 생모를 그곳에서 만나는 일이 다반사였다.

사실 보육원에서는 빨래를 삶는 일이 드문 일이었지만 가끔 빨래를 삶다가 아이가 뜨거운 물에 빠져서 죽는 경우가 있었다.

또 아기가 침대에 누워 있는데 아기를 못 본 채 뒤집어서 죽는 사고도 발생했다. 특별히 교구민들의 관심을 끄는 사건을 조사할 때면, 배심원들이 곤란한 질문을 하려고 작정을 하거나 교구민들이 흥분해서 진정서에 서명을 했지만, 이런 부적절한 행위들은 의사가 제시한 증거물과 교구 직원들의 증언으로 신속하게 처리되었다. 의사는 시체를 부검하지만 아무 증거도 찾아내지 못했다. 사실 먹은 게 없는데 무엇을 찾아내겠는가! 교구 직원들은 교구를 보호해야 하므로 교구가 시키는 대로 충성을 다했다. 그 밖에도 위원회에서 정기적으로 보육원을 방문했지만 늘 방문 하루 전에 교구 직원을 보내 그 사실을 미리 알렸기 때문에 위원들이 방문할 때면 아이들의 겉모습은 언제나 단정하고 깨끗했다. 그러니 위원들이 뭘 더 바라겠는가?

이런 환경에서 아이들이 특출나거나 훌륭하게 자라기를 기대하는 것은 무리였다. 여덟 번째 생일을 맞은 올리버 트위스트는 창백하고 야윈 아이로, 키도 자그마하고 몸집도 눈에 띄게 가늘었다. 하지만 타고난 성품과 기질 덕분에 올리버에게는 선하고 강인한 정신이 깃들어 있었다. 아마도 강인한 정신력이 있었기 때문에 올리버가 여덟 번째 생일을 맞게 됐는지도 모른다. 보육원의 식사는 워낙 빈약해서 정신력으로라도 버텨내지 않으면 재간이 없었기 때문이다.

그건 그렇다 치고, 그날은 올리버의 여덟 번째 생일이었다. 올리버와 친구 두 명이 배고파 죽겠다고 악을 쓰는 바람에 신나게 얻어맞고 석탄 저장소에 갇혀 그곳에서 여덟 번째 생일잔치를 치르고 있는 동안, 보육원을 책임지는 위탁모 만 부인은 교구 직원인 범블이 예고도 없이 갑작스레 나타나는 바람에 깜짝 놀라고 있었다. 범블은 대문 옆에 있는 쪽문을 열려고 안간힘을 쓰고 있는 중이었다.

"어머? 범블 씨가 웬일이세요?"

만 부인이 반가워 어쩔 줄을 모르는 척 창문 밖으로 머리를 내밀며 말했다.

"수잔, 올리버와 두 개구쟁이를 2층으로 데리고 올라가서 당장 씻겨. 세상에나! 범블 씨, 이렇게 오시다니 반가워요. 정말이에요!"

범블은 뚱뚱하고 성질이 불같은 사내로, 진심 어린 환영에 자기도 똑같은 심정으로 대꾸하는 대신, 작은 쪽문을 요란하게 흔들다가 급기야 발로 걸어찼다. 발로 문을 찬다는 것은 교구 직원이 아니고서는 감히 누구도 엄두를 못 내는 일이었다.

"어머나, 그렇지 않아도 범블 씨 생각을 했어요."

만 부인이 뛰어나오며 말했다.

말썽꾸러기 세 명은 이미 석탄 저장소에서 내보낸 뒤였다.

"지금 생각해보니 문이 안에서 잠겨 있다는 사실을 깜빡 잊고 있었네요. 극성맞은 아이들 때문에 문을 안에서 잠그거든요. 들어오세요, 범블 씨. 어서요."

범블은 안으로 들어오라는 초대에 정중함이 묻어 있어서 기분이 약간 누그러졌는지는 모르지만 완전히 풀리지는 않아 보였다.

"만 부인, 교구 직원이 교구 고아들과 관련해서 공적인 업무를 보러 방문했는데, 문 앞에서 기다리게 하는 것이 예의 바르고 적절한 행동이라고 생각하시오?"

범블이 지팡이를 움켜잡으며 물었다.

"그러고도 계속 교구로부터 아이들을 위탁받아 운영비를 받아낼 수 있을 거라 생각하시오?"

"사실은요, 이곳에 범블 씨를 존경하는 아이가 한두 명 있거든요. 그 아이들에게 범블 씨가 오셨다는 걸 알려주느라고 늦었습니다."

만 부인이 공손하게 대답했다.

범블은 자기 말솜씨가 유창하다는 것과 자기가 중요한 사람임을 잘 알고 있었기 때문에 유창한 말솜씨를 발휘했고, 자기가 중요한 사람임을 입증했다는 생각에 만족스러워 기분이 확 풀렸다.

"좋소, 만 부인. 그건 그렇다고 치고 안으로 들어갑시다. 난 공무 때문에 왔고 할 얘기가 있소."

범블이 다소 누그러진 말투로 대꾸했다.

만 부인은 범블을 바닥에 벽돌이 깔린 작은 방으로 안내했다. 그러고는 앉을 자리를 마련해주고 챙이 위로 젖혀진 중절모와 지팡이를 범블에게서 받아 앞에 있는 탁자 위에 조심스럽게 내려놓았다. 범블은 이마에 맺힌 땀을 닦더니, 모자를 만족스럽게 바라보고는 빙긋 미소를 지었다. 그렇다. 범블이 미소를 지었다. 교구 직원들도 인간이다. 범블이 정말 미소를 지었다.

만 부인이 마음을 녹일 듯 상냥하게 말했다.

"힘들게 먼 길을 걸어오셨는데 마실 거라도 한잔 내올까요, 범블 씨?"

"아니요. 됐소."

범블이 기품 있고 거만하게 오른손을 내저으며 말했다.

"그래도 한잔만 하세요."

만 부인은 범블이 거절하는 말투나 손사래 치는 태도로 범블의 속마음을 알아차리며 말했다.

"차가운 설탕 냉수 한잔 드릴게요."

범블이 헛기침을 했다.

"한잔만 드세요."

만 여사가 설득 조로 말했다.

"설탕 냉수요? 그게 뭐죠?"

범블이 물었다.

"집에 조금 보관하고 있는 거예요. 아이들이 아플 때 먹이려고요."

만 부인이 구석에 있는 찬장을 열고 유리병과 유리잔을 꺼내며 대꾸했다.

"진이에요."

"아이들에게 진을 준단 말이오, 만 부인?"

범블이 호기심 어린 눈으로 마실 걸 만드는 만 부인을 쳐다보며 물었다.

"아, 네. 비싸지만 어쩔 수 없답니다."

만 부인이 대답했다.

"눈앞에서 괴로워하는 아이들을 차마 그냥 두고 볼 수가 없어서요."

"그러실 테지요."

범블이 동의한다는 듯 말했다.

"그건 맞는 말입니다. 참 인자한 분이시구려, 만 부인."

이윽고 만 부인이 잔을 내려놓았다.

"되도록 빠른 시일 내에 만 부인의 이런 점을 위원회에 보고 하도록 하죠.”

범블이 잔을 앞으로 당겼다.

“꼭 엄마 같으십니다, 만 부인.”

범블이 물 섞은 진을 저었다.

“부인의 건강을 위해…….”

그렇게 말하더니 잔을 한 번에 반이나 비웠다.

“이제 용건을 말해야겠소.”

범블이 가죽 수첩을 꺼내며 말했다.

“세례도 제대로 못 받은 올리버 트위스트라는 아이가 오늘로
만 아홉 살이 됩니다.”

“어머나, 가여워라!”

만 부인이 말을 자르며 앞치마 끝으로 왼쪽 눈을 비벼 충혈
시켰다.

“현상금을 10파운드에서 시작해 나중에는 최고 20파운드까
지 늘렸고, 우리 교구에서는 불가사의할 정도로 노력을 기울였
음에도 불구하고, 그 아이의 아비가 누구인지 어미의 주소나 이
름, 신분을 알아낼 수 없었소.”

만 부인은 놀라움에 양손을 번쩍 들어 올렸다가 잠시 생각하
더니 말했다.

“그럼 그 이름은 어떻게 지어졌을까요?”

범블이 거만하게 등을 꼿꼿하게 펴 몸을 일으키며 말했다.

“내가 만들어 주었소.”

“당신이요?”

“그렇소. 나는 아이들에게 ABC 순으로 이름을 지어준다오.
바로 전에 태어난 아이는 S자 차례여서 ‘스와블’이라고 이름을

지었소. 그러니 그다음은 T자 차례라서 트위스트라고 이름을 지었지요. 다음 차례는 U자이니까 '어원', 그다음은 V니까 '빌킨스'가 될 겁니다. Z까지 이름을 이미 다 지어놓았습니다. 그다음에는 처음으로 돌아가 다시 A부터 시작해서 Z까지 순서대로 이름을 지을 겁니다."

"어머나, 상당히 문학적이시네요!"

만 부인이 감탄했다.

"별말씀을요."

범블이 칭찬에 만족해하며 말했다.

"그럴지도 모르죠. 아마 그럴 거요, 만 부인."

범블이 물 섞은 진을 마저 마시고 덧붙였다.

"올리버는 이제 여기서 지내기에는 나이가 너무 많아 위원회에서 구빈원으로 돌려보내기로 했습니다. 그래서 내가 그 아이를 직접 데리러 왔소. 그러니 어서 그 아이를 데려오시오."

"당장 가서 데려올게요."

만 부인이 올리버를 데리러 가기 위해 방을 나서며 말했다. 손과 얼굴에 딱지가 앉은 때를 한 번에 문질러 대충 씻은 올리버가 인정이 넘치는 위탁모 만 부인의 손에 이끌려 방으로 들어왔다.

"범블 씨께 인사드려라, 올리버."

만 부인이 말했다.

올리버는 범블과 챙이 올라간 중절모가 놓인 탁자 중간에 대고 인사를 꾸벅했다.

"나와 함께 갈래, 올리버?"

범블이 위엄 있게 물었다.

올리버는 아무라도 상관없으니 기쁜 마음으로 금방 따라나서겠다고 말하려다 말고 위를 올려다보았다. 범블이 앉은 의자 뒤에 서서 화난 표정을 지으며 자기를 향해 주먹을 휘두르는 만 부인이 눈에 들어왔다. 올리버는 금방 눈치를 챘다. 만 부인에게 주먹으로 하도 얻어맞아서 만 부인의 주먹이 얼마나 아픈지도 너무나 잘 알고 있었다.

"만 부인도 함께 가시나요?"

불쌍한 올리버가 물었다.

"아니, 만 부인은 안 가신단다."

범블이 말했다.

"하지만 너를 보러 자주 오실 거야."

올리버에게는 별로 달갑지 않은 말이었다. 하지만 올리버는 나이가 어려도 이곳을 떠나는 것을 슬픈 척할 만큼의 분별력이 있었다. 눈에 눈물이 고이게 하는 일은 올리버에게 그다지 어렵지 않았다. 배고픔과 아까 신나게 두들겨 맞은 매질은 울고 싶을 때 크게 도움이 되었다. 올리버는 정말로 천연덕스럽게 울었다. 만 부인은 올리버를 수도 없이 안아주었을 뿐 아니라, 구빈원에 도착했을 때 너무 배고파 보이면 안 되기 때문에 올리버가 그토록 원하던 버터 바른 빵도 한 조각 주었다.

손에 빵 조각을 들고 머리에 갈색 교구 모자를 쓴 올리버는 범블에게 이끌려 이 초라한 보육원에서 나왔다. 보육원에 있는 동안 올리버는 우울했던 어린 시절을 밝게 해줄 친절한 말 한마디를 들은 적도, 눈길 한 번 받아본 적도 없었다. 하지만 자신이 나간 다음 대문이 닫히자, 어린애다운 슬픔을 터뜨리고 말았다. 올리버가 보육원에 남겨두고 가는 아이들도 이곳에서의 생

23

활만큼이나 가증스러웠지만, 그래도 올리버에게는 유일한 친구들이었다. 넓은 세상에서 느낄 외로움이 처음으로 올리버의 가슴을 무겁게 짓눌렀다.

범블은 성큼성큼 걸었고, 어린 올리버는 범블의 금테 두른 옷소매를 꽉 잡은 채 그 옆에서 종종걸음을 쳤다. 올리버가 400미터가량을 걸은 다음 거의 다 왔는지를 묻자, 범블은 올리버의 질문에 아주 짧고 무뚝뚝하게 쏘아붙였다. 아까 마신 진 때문에 갑잖게 일깨워졌던 가슴속의 일시적인 친절이 사라지고 다시 교구 직원 본연의 공적인 태도로 돌아간 것이다.

올리버는 15분이나 지나서 구빈원에 도착했다. 범블은 한 노파에게 올리버를 맡겨 놓고 나가서는 올리버가 두 입째 베어 문 빵을 다 삼키기도 전에 돌아왔다. 그러고는 오늘 밤 위원회가 열리는데, 위원회에서 올리버를 출석시키라고 했다고 전했다.

올리버는 위원회가 뭐하는 곳인지 전혀 알 길이 없었지만 이 말에 적잖이 놀랐고, 울어야 할지 웃어야 할지 종잡을 수 없었다. 그러나 이 문제를 곰곰이 생각할 시간이 없었다. 범블이 지팡이로 올리버의 머리를 내려쳐서 정신이 번쩍 들게 하더니 다시 등을 때렸기 때문이다. 범블은 따라오라면서 올리버를 회벽을 하얗게 칠한 커다란 방으로 데리고 갔다. 방에는 여덟에서 열 명쯤 되는 뚱뚱한 신사들이 탁자에 빙 둘러앉아 있었다. 상석에는 다른 의자보다 높은 안락의자가 놓여 있었고, 안락의자에는 얼굴이 붉고 넓적하며 유난히 뚱뚱한 신사가 앉아 있었다.

"위원님들께 인사하거라."

범블이 말했다. 올리버는 눈에 남아 있던 눈물 두세 방울을 닦으며 위원들이 아닌 탁자를 보면서 어정쩡하게 인사를 했다.

"아가, 네 이름이 뭐냐?"

상석에 앉은 신사가 물었다.

올리버는 그렇게 많은 신사를 보자 겁이 나서 사시나무 떨듯 몸을 떨었다. 범블이 다시 올리버의 등을 치자 울음을 터뜨렸다. 올리버는 몸이 부들부들 떨렸고, 거기에 울음까지 터졌기 때문에 아주 작은 목소리로 더듬더듬 대답했다. 그러자 흰 조끼를 입은 신사가 올리버에게 바보라고 말했다. 그 말에 자극을 받은 올리버는 정신을 차리고 마음을 진정시켰다.

"얘야, 잘 들어라. 네가 고아라는 것은 알고 있지?"

상석에 앉은 신사가 말했다.

"그게 뭔데요?"

불쌍한 올리버가 물었다.

"저 애는 진짜 바보로군. 바보인 줄 진작 알았지만 말이야."

흰 조끼를 입은 신사가 단호한 말투로 말했다. 한 사람이 똑같은 부류의 직관적인 견해에 영향을 줄 수 있다면, 흰 조끼를 입은 신사는 이 점에 있어서 탁월한 재능을 가졌음이 틀림없었다.

"조용!"

처음에 말했던 신사가 다시 말했다.

"너는 엄마도 아빠도 없어서 교구가 너를 키워줬잖아, 그렇지, 맞지?"

"네, 맞아요."

올리버가 서럽게 울면서 대답했다.

"왜 우는 거니?"

흰 조끼를 입은 신사가 이상한 일이라고 생각하며 물었다. 아무리 생각해도 도대체 저 애가 우는 이유를 알 수가 없었기 때문이었다.

"매일 밤 기도를 하지?"

또 다른 신사가 걸걸한 목소리로 물었다.

"너를 먹이고 보살피는 사람을 위해서 말이야. 기독교인처럼."

"네."

올리버가 웅얼거렸다. 지금 말한 신사는 뜻하지 않게 옳은 말을 한 것이었다. 올리버가 자기를 먹이고 보살피는 사람들을 위해 기도를 했다면, 정말 놀랍도록 착한 기독교인처럼 기도했을 것이다. 하지만 올리버는 기도 따위는 하지 않았다. 아무도 가르쳐주지 않았기 때문이었다.

"좋아, 너는 이제 교육을 받고 유용한 기술을 배우러 이곳에 온 거야."

상석에 앉은 붉은 얼굴의 신사가 말했다.

"내일 아침 6시부터 뱃밥(배의 틈으로 물이 들어오지 못하도록 메우는 천이나 대나무 껍질)을 만들어야 한단다."

흰 조끼를 입은 신사가 덧붙였다.

올리버는 뱃밥을 만드는 간단한 과정에 대해 교육을 받고, 그런 유용한 기술을 배우게 된 은혜에 보답 차원에서 범블이 지시한 대로 넙죽 인사를 했다. 그런 다음 서둘러 넓은 방으로 보내졌다. 그날 밤 올리버는 조잡하고 딱딱한 침대 위에서 울다지쳐 잠이 들었다. 선택받은 이 나라의 자비로운 법을 얼마나 훌륭하게 보여주는 예인가! 빈민구제법의 신세를 지는 가난뱅이도 편히 잠을 재워주니 말이다. 불쌍한 올리버! 그 아이는 위원회가 그날 자신의 앞날에 중대한 영향을 미칠 결정을 내렸다는 사실도 모르고, 주위에서 무슨 일이 일어나는지도 모른 채

자고 있었다.

　아무튼 위원들은 중요한 결정을 내렸다. 그 결정이란 이것이었다. 위원회의 위원들은 하나같이 현명하고 진중하며 아는 게 많은 사람이었다. 그들은 구빈원에 관심을 기울여야 할 때가 되면 일반인들은 도저히 생각하지 못하는 것들을 금방 찾아냈다. 가난뱅이들이 구빈원을 좋아하는 건 아닐까? 왜일까? 이곳은 지독한 가난뱅이들에게 공공의 즐거움을 제공하기로 정해진 장소였다. 즉 돈 한 푼 받지 않는 무료 급식소로 일 년 내내 아침, 점심, 차, 저녁을 공짜로 제공했으며, 벽돌과 회반죽으로 지은 안식처인 이곳에서는 일하지 않고 놀기만 하면 되었다.

　"아하!"

　위원들이 이해가 간다는 표정으로 말했다.

　"우리가 이것을 바로잡아야 합니다. 당장 구빈원의 문을 닫읍시다."

　위원회는 가난뱅이들이 구빈원에 남아서 서서히 굶어 죽든지 아니면 구빈원을 당장 뛰쳐나가든지 양자택일을 해야 하는 법률을 만들었다. 그렇다고 구빈원이 가난뱅이들을 무조건 쫓아내는 것은 아니었다. 이런 견지로 무제한으로 물 공급을 해주던 수도 회사와 계약을 끊었고, 오트밀의 양을 조금씩만 주기적으로 제공하도록 곡물 중개인과 계약을 맺었다. 묽은 죽을 하루에 세 번, 양파를 일주일에 두 번, 일요일에는 롤빵을 반 개씩 지급했다.

　그 외에도 여성들과 관련하여 현명하고 인간적인 수많은 법률을 만들었는데, 이를 여기서 모두 언급할 필요는 없지만 한 가지만 언급하자면 민법박사회관에 이혼 소송을 제기하는 비용이 만만치 않기 때문에, 구빈원이 친절하게도 가난뱅이들의 이혼까지 떠맡게 했다. 또 종전처럼 가장이 가족부양을 책임지도록 강제하는 대신 가족에게서 가장을 떼어놓아 독신자가 되도록 해주기까지 했다.

위원회가 이렇듯 구빈원과 짝을 이루는 바람에, 사회 전반에 걸쳐 위의 두 가지 법률에 의해 구제를 받으려는 신청자가 얼마나 많이 나타났는지는 말할 필요도 없다. 하지만 위원들은 현명했기 때문에 이런 어려움에 대한 대처 방안까지도 마련해두었다. 구제란 구빈원, 그리고 죽과 따로 떼어서 생각할 수 없었기 때문에 사람들이 그 점을 두려워했다.

올리버 트위스트가 구빈원으로 돌아온 뒤 처음 석 달 동안 이 제도가 완벽하게 시행되었다. 한두 주일 동안 죽만 먹은 가난뱅이들은 바싹 야위어 옷이 헐렁해져 옷을 줄여야 하거나, 심지어 죽는 바람에 장의사의 청구서가 쌓여 처음에는 비용이 많이 들었지만, 점차 구빈원 수용자와 외부 구제민들의 숫자가 줄어들자 위원들은 뛸 듯이 기뻐했다.

아이들은 돌로 지은 큰 방에서 음식을 먹었다. 앞치마를 두른 원장이 여자 조수 두세 명의 도움을 받아 식사 시간이면 한쪽 구석에 있는 구리 솥에서 죽을 국자로 퍼주었다. 평소에 아이들은 죽을 어린이용 얇은 사발로 한 번밖에 못 받았고, 특별 행사가 있는 날이면 죽 외에 빵 60그램을 받았다. 아이들이 숟가락으로 죽을 알뜰히 긁어먹어 그릇에서 윤이 날 정도였기 때문에 죽 그릇은 씻을 필요가 없었다. 죽 그릇이나 숟가락이나 크기가 비슷해서 죽을 다 먹는 데는 그리 오래 걸리지 않았고, 아이들은 솥이 걸린 화덕의 벽돌까지도 먹어치울 수 있을 것 같은 매서운 눈초리로 솥을 응시하고 앉아, 죽이 실수로 한 방울이라도 튀면 찍어 먹을 기세로 손가락을 열심히 빨고 있었다.

아이들은 식욕이 왕성했다. 올리버 트위스트를 비롯한 구빈원 아이들은 3개월 동안 기아의 고통에 시달렸다. 마침내 너무나 배가 고픈 나머지, 아버지가 작은 식당을 운영했던 한 아이는 나이에 비해 키가 컸고 이런 배고픔에 익숙하지도 않았기 때문에 매일 죽을 한 그릇씩 더 받지 못한다면 옆에서 자는 어리고 몸이 허약한 아이를 잡아먹을까 봐 걱정이라고 친구에게 은밀히 고백할 정도였다. 이 아이의 눈빛이 험악했고 굶주림이 깃들어 있었기 때문에 아이들은 그 말을 그대로 믿었다. 그래서 아이들은 회의를 열어 그날 저녁 원장에게 가서 죽을 더 달라고 요구할 사람을 제비뽑기로 정했다. 그런데 하필이면 올리버 트위스트가 뽑혔다.

저녁이 되었다. 아이들은 각자 자리를 잡았다. 앞치마를 두른 원장이 솥 앞에 서고, 구빈원에 사는 가난뱅이들이 원장을 도우러 원장 뒤에 늘어섰다. 원장이 죽을 퍼주기 시작했고, 짧은 식사를 위해 긴 기도를 드렸다. 죽을 게 눈 감추듯 먹어치운 아이들은 서로 소곤대며 올리버 트위스트에게 눈짓했고 올리버의 옆에 있는 아이들은 올리버를 쿡쿡 찔러댔다. 올리버도 아이는 아이였다. 무엇보다 배고파서 견딜 수가 없었고, 고통으로 무모해진 것이었다. 올리버는 탁자에서 일어나 죽 그릇과 숟가락을 손에 든 채 앞으로 나가더니, 자기의 용기에 스스로 놀라면서 원장에게 말했다.

"원장님, 더 주세요."

뚱뚱하고 건강한 원장이 하얗게 질렸다. 이 당돌한 어린 것에 너무나 놀란 나머지 몇 초 동안 멍하니 쳐다보다가 솥에 몸을 기댔다. 조수들은 물론이고 아이들도 무서워서 꼼짝하지 못했다.

"뭐?"

드디어 원장이 기어들어 가는 목소리로 말했다.

"원장님, 더 주세요."

올리버가 대답했다.

원장은 들고 있던 국자로 올리버의 머리를 내리치더니, 올리버의 양손을 낚아채며 큰 소리로 범블을 불렀다.

그때 위원회는 엄숙하게 비밀회의를 하고 있는 중이었다. 그런데 무척 흥분한 범블이 황급히 회의실로 들어와서는 상석에 앉아 있는 신사를 향해 말했다.

"림킨스 씨, 죄송합니다. 올리버 트위스트가 죽을 더 달라고 요구했습니다."

위원들이 웅성거렸다. 모두 놀란 표정이 역력했다.

"더 달라고 했다고?"

림킨스 위원장이 말했다.

"진정하시오, 범블. 내 질문에 분명하게 대답하시오. 규정대로 할당된 저녁을 다 먹고서 더 달라고 요구했다는 말이오?"

"그렇습니다."

범블이 대답했다.

"그 아이는 교수형을 당할 거요."

흰 조끼를 입은 신사가 말했다.

"그런 놈은 교수형을 당할 거요. 분명해요."

흰 조끼를 입은 신사가 예언가처럼 하는 말에 아무도 이의를 제기하지 않았다. 활발한 토론이 진행되었다. 올리버를 당장 가두라는 명령이 떨어졌고, 올리버를 교구의 손에서 데려갈 사람에게는 5파운드를 포상금으로 주겠다는 안내문이 다음 날 아침 구빈원 대문 밖에 나붙었다. 어떤 형태의 일을 하든 상관없이 올리버를 데려가는 사람은 누구라도 5파운드를 포상금으로 받는 것이었다.

흰 조끼를 입은 신사는 다음 날 아침 구빈원 대문을 두드려며 안내문을 읽으면서 말했다.

"내 평생 이렇게 자신 있었던 적은 없는데, 그 아이는 커서 분명히 교수형을 당할 거야."

흰 조끼를 입은 신사의 예측이 맞는지 틀리는지는 나중에 가서 밝혀질 것이다. 여기서 올리버 트위스트의 인생이 길지, 아니면 짧을지를 조금이라도 암시한다면 이 이야기에 관해 혹시라도 가졌을지 모를 흥미를 저해하게 될 것이다.

❖ 제3장 ❖
올리버 트위스트가 절대 쉽지
않았을 일을 할 뻔하다

　죽을 더 요구하는 불손하고 불경한 짓을 저지르고 일주일이
지난 뒤에도 올리버는 여전히 어두운 독방에 갇혀 있었다. 올리
버는 위원회의 자비와 지혜 덕분에 이 독방에 감금되었다. 올
리버가 흰 조끼를 입은 신사의 예언을 존중했다면, 손수건 한쪽
끝을 벽에 있는 못에 묶고 반대쪽에 자기 목을 매서, 그 현명한
위원장이 예언가가 틀림없다는 사실을 증명해 주었을 것이라
고 언뜻 생각하는 것도 전혀 말이 안 되는 것은 아니다. 그러나
올리버가 목을 매는 데 한 가지 장애물이 있었다. 바로 손수건
이었다. 손수건은 회의에 소집된 위원들의 서명 날인으로 사치
품으로 엄숙히 정해져, 곧 신속한 명령에 따라 구제민들에게서
모두 회수되었기 때문이다. 게다가 올리버는 너무 어렸다. 올
리버는 온종일 목청껏 울기만 했다. 길고 쓸쓸한 밤이 되면 작
은 손으로 눈을 덮어 어둠을 가렸고 구석에 웅크린 채 잠을 청
했다. 하지만 때때로 놀라서 잠에서 깨어나 몸을 부르르 떨었고

차고 딱딱한 벽 표면에 자꾸만 몸을 밀착시켰다. 마치 벽 표면이 주위를 둘러싼 어둠과 외로움으로부터 자신을 지켜주기라도 하는 것처럼.

혼자 갇혀 있는 동안 '이런 제도'를 만든 사람들 때문에 올리버가 활발히 운동을 하거나 친구들과 만나 즐거운 시간을 갖고, 종교적인 위안을 얻지 못했다고 생각하지는 말기로 하자. 운동을 통해 건강을 얻는 혜택이라면, 꽤 쌀쌀한 날씨에도 불구하고 올리버는 매일 마당의 펌프 밑에서 범블이 지켜보는 가운데 목욕을 할 수 있었는데, 범블은 지팡이로 계속 올리버를 때림으로써 얼얼한 느낌이 온몸에 퍼져 올리버가 감기에 걸리지 않도록 해주었다. 친구들과 만나는 즐거움의 경우, 올리버는 이틀에 한 번씩 아이들이 식사하는 방으로 끌려가 일벌백계의 좋은 본보기로 여겨지며 공개적으로 매를 맞았다. 또 종교적인 위안을 못 누리기는커녕, 올리버는 기도 시간이면 매일 저녁 아이들과 같은 방에서 아이들의 공통된 기도를 들으며 마음의 위로를 받아야 했다.

아이들의 기도에는 위원회 당국이 끼워 넣은 특별 조항이 포함되어 있었다. 아이들은 선량하고 도덕적이며 만족할 줄 알고 순종적인 아이가 되고, 올리버 트위스트의 죄악과 부도덕한 행동으로부터 지켜달라고 기도했다. 아이들의 기도에 따르면 올리버는 사악한 악령들의 독점적인 사랑과 보호를 받으며, 악마가 직접 만들어서 보낸 아이였다.

이렇게 쾌적하고 편안한 상황에서 지내던 어느 날 아침, 마침내 올리버에게 기회가 왔다. 집주인의 밀린 방세 독촉에 시달리던 굴뚝 청소부 갬필드는 밀린 방세를 어떻게 낼까 깊은 고민에 빠져 건들거리며 길을 걷고 있었다. 아무리 머리를 굴려도 밀린 방세 5파운드를 마련할 방법이 떠오르지 않았다. 절망적인 갬필드는 자기 머리와 끌고 가던 당나귀 머리를 번갈아 가며 쥐어박다가 구빈원 대문에 나붙은 안내문을 보았다.

"워!"

갬필드는 당나귀를 세우려 했다. 그러나 당나귀는 작은 수레에 실은 숯 두 자루를 처분하는 동안 배춧잎 한두 개라도 더 얻어먹을 수 있을지 모른다는 생각에 빠져 있었기 때문에 갬필드의 명령을 듣지 못했다. 갬필드는 당나귀가 듣기에도 끔찍한 욕설을 퍼부으며 당나귀를 쫓아가 당나귀 머리가 깨질 정도로 세게 한 대 갈기고는 고삐를 당겨 당나귀의 턱을 자기 쪽으로 획 돌렸다. 당나귀의 주인이 자신이라는 것을 분명하게 상기시키려는 행동이었다. 갬필드는 이런 식으로 당나귀를 돌려놓고 또다시 당나귀 머리를 한 대 갈겼다. 자기가 돌아올 때까지 꼼짝하지 말라는 뜻이었다. 그렇게 해놓은 다음 안내문을 읽기 위해 구빈원 대문으로 다가갔다.

흰 조끼를 입은 신사가 위원회실에서 심오한 의견을 전달한 후 뒷짐을 지고 대문 앞에 서 있었다. 그는 갬필드와 당나귀 사이에 있었던 사소한 실랑이를 지켜보았기 때문에 갬필드가 안내문을 읽으러 다가오자 반갑게 미소를 지었다. 갬필드야말로 올리버 트위스트에게 필요한, 딱 맞아 떨어지는 주인이라는 것을 한눈에 알 수 있었기 때문이었다. 갬필드는 안내문을 꼼꼼히 읽으면서 미소를 지었다. 5파운드는 지금 당장 꼭 필요한 금액이었다.

갬필드는 구빈원의 식사량과 아이들을 다루는 방식을 잘 알고 있는 터라, 돈과 함께 맡아야 하는 아이가 착하고 몸이 작을 테니 굴뚝 청소에 딱 맞을 거라 생각했다. 그래서 안내문을 처음부터 끝까지 찬찬히 다시 읽고 나서, 공손하게 털모자를 만지며 흰 조끼를 입은 신사에게 다가가 말을 걸었다.

"교구에서 고용살이로 보내겠다는 이 아이 말인데요."

갬필드가 말했다.

"그래, 그 아이가 어쨌다는 거요?"

흰 조끼를 입은 신사가 겸손한 척 미소를 띠며 말했다.

"교구에서 그 아이가 굴뚝을 청소하는, 아주 괜찮은 일을 배우기 바란다면 제가 그 아이를 데려가고 싶습니다. 지금 당장이라도 좋습니다."

갬필드가 말했다.

"들어오시오."

흰 조끼를 입은 신사가 말했다. 갬필드는 머뭇거리며 뒤에 남은 당나귀 머리를 한 대 더 쥐어박고 고삐를 한 번 더 당겨 자기가 없는 동안 도망가지 못하도록 경고한 다음, 올리버가 처음 들어갔던 회의실로 흰 조끼를 입은 신사를 따라 들어갔다.

"굴뚝 청소는 힘든 일이오."

갬필드가 자기의 의사를 다시 한번 밝히자 림킨스 위원장이 말했다.

"전에도 어린아이들을 굴뚝에서 질식시킨 적이 있잖소."

또 다른 신사가 말했다.

"그건 아이들을 굴뚝으로 다시 내려오게 하려고 굴뚝에서 짚에 불을 붙이기 전에 물에 적셨기 때문입니다."

갬필드가 말했다.

"그럼 불길은 없고 연기만 나죠. 하지만 한 아이에게는 연기도 아무 소용이 없었습니다. 연기를 맡더니 잠이 들어버렸거든요. 그 아이가 연기를 그렇게 좋아하는지는 저도 몰랐습니다. 아이들은 아주 고집이 세고 게으르죠. 아이들을 빨리 내려오게 하는 데는 뜨거운 불만 한 것이 없습니다. 그리고 인간적이기도 하거든요. 아이들이 굴뚝에 끼게 되더라도 불을 발에 갖다 대면 빠져나오려고 기를 쓴답니다."

흰 조끼를 입은 신사는 이 설명이 아주 재미있는 눈치였지만, 림킨스 위원장이 눈을 흘기자 금방 재미있다는 표정을 자제했다. 위원회는 몇 분 동안 비밀회의를 열었다. 어찌나 낮은 목소리로 이야기했는지, '경비 절감', '수지타산', '보고서 인쇄'라는 말밖에는 들리지 않았다. 이런 단어들도 아주 빈번하게 반복해서 심하게 강조되었기 때문에 들렸던 것이었다.

드디어 속닥거림이 중단되고 위원들이 각자의 자리에 앉아 엄숙함을 되찾자 림킨스 위원장이 말했다.

"당신의 제안을 논의한 결과, 제안을 승인할 수 없다는 결론이 났소."

"절대 안 되오."

흰 조끼를 입은 신사가 말했다.

"결단코 안 되지."

다른 위원들도 덧붙였다.

갬필드는 전에도 이미 서너 명의 아이를 죽도록 두들겨 팼다는 소문이 있었기 때문에, 이런 아무 상관 없는 소문을 염두에 둔 위원회가 괜한 변덕을 부려 회의 결과가 나쁘게 나왔다고 생각했다. 하지만 그런 사실은 아무런 영향도 주지 않았다. 갬필드는 그런 소문을 상기시키고 싶은 생각이 전혀 없어서 양손으로 모자를 비틀며 탁자에서부터 천천히 걸음을 옮겼다.

"그럼, 제게 그 아이를 못 주시겠다는 거군요?"

갬필드가 문 앞에서 잠시 멈춰 서더니 재차 물었다.

"그렇소."

림킨스 위원장이 말했다.

"아무래도 굴뚝 청소는 힘든 일이기 때문에 우리가 제시한 금액을 다 줄 수는 없다고 생각하오."

갬필드는 표정이 확 밝아지더니 빠른 걸음으로 탁자까지 돌아와서 다시 물었다.

"그럼 얼마를 주실 건가요? 불쌍한 사람에게 너무 인색하게 굴지 말아 주세요. 얼마를 주실 거죠?"

"내 생각에 3파운드 10실링이면 충분할 것 같소."

림킨스 위원장이 말했다.

"10실링을 더 주는 거요."

흰 조끼를 입은 신사가 말했다.

"왜 그러세요."

갬필드가 말했다.

"4파운드 주시죠. 4파운드요. 그걸로 아이를 제가 영원히 떠맡는 거잖아요."

"3파운드 10실링."

림킨스 위원장이 단호하게 다시 한번 말했다.

"위원님들, 그럼 서로 조금씩 양보를 해서 3파운드 15실링으로 하시죠."

갬필드가 우겼다.

"3파운드 15실링이요."

"한 푼도 더는 안 되오."

림킨스 위원장이 단호하게 대꾸했다.

"너무 야박하시네요."

갬필드가 동요하며 말했다.

"쳇! 말도 안 돼!"

흰 조끼를 입은 신사가 말했다.

"덤으로 얹어 주는 돈이 없더라도 이 아이를 데려가면 횡재하는 거요. 데려가요. 이 멍청한 작자야! 그 아이는 당신에게 딱 맞소. 가끔 매를 때리면 말을 잘 듣는다오. 그 아이는 태어나면서부터 배불리 먹은 적이 없으니 식비도 그리 많이 들지 않을게요. 하하하!"

갬필드는 탁자에 둘러앉은 사람들의 얼굴을 교활한 눈초리로 둘러보고, 모두 미소를 머금고 있다는 것을 확인하자 자신도 천천히 미소를 지었다. 그렇게 거래가 성사되었고, 범블은 그날 오후 올리버 트위스트를 고용살이 계약문서와 함께 치안판사 앞으로 데려가 치안판사의 서명과 인증을 받으라는 명령을 받았다.

이런 결정이 난 줄도 모르는 어린 올리버는 감금에서 풀려나 깨끗한 셔츠로 갈아입으라는 명령을 듣고 깜짝 놀랐다. 올리버가 익숙하지 않아 마치 곡예하듯 옷을 다 갈아입기도 전에, 범블이 올리버에게 직접 죽 한 사발과 특별한 행사가 있을 때만 허용하던 빵 60그램을 건네주었다. 빵을 보자 올리버는 애처롭게 울기 시작했다. 사실 위원회가 어떤 목적이 있어서 자기를 죽이기로 한 것이 틀림없다고 생각하는 것도 무리가 아니었다.

왜냐하면 그렇지 않고서야 이렇게 배부르게 먹일 리가 없을 테니까 말이다.

"눈 충혈되니까 울지 말고 어서 먹어라, 올리버. 그리고 감사하거라."

범블이 기억에 남을 만큼 거들먹거리는 어투로 말했다.

"너는 고용살이를 하러 가는 거야, 올리버."

"고용살이요?"

올리버가 몸을 떨며 말했다.

"그래, 올리버."

범블이 말했다.

"네게는 부모와 다름없는 친절하고 은혜로운 위원님들께서 너를 고용살이로 보내시는 거야. 교구가 3파운드 10실링의 비용을 내야 하지만 네가 사람답게 살도록 새 삶을 열어주시는 거란 말이다. 3파운드 10실링이야, 올리버. 70실링이란 말이야. 146펜스라고. 그것도 아무도 사랑하지 않는 말썽꾸러기 고아를 위해서 말이야."

범블은 무시무시한 목소리로 속사포처럼 말을 쏟아내더니 숨을 고르기 위해 잠시 말을 멈추었다. 올리버는 애처롭게 흐느껴 울었다. 눈물이 얼굴을 타고 흘러내렸다.

"왜 그러니?"

범블이 거만함이 다소 누그러든 말투로 물었다. 자기의 유창한 말솜씨가 이루어낸 효과를 보자 만족스러웠기 때문이었다.

"이리 온, 올리버. 저고리 소매로 눈물을 닦아라. 죽에 눈물 떨어지겠구나. 그런 어리석은 짓을 하면 안 되지, 올리버."

그렇다. 죽은 이미 더는 묽을 수 없을 만큼 묽으니 분명히 맞는 말이었다.

범블은 올리버에게 치안판사에게 가는 도중 행복한 얼굴을 해야 하고, 치안판사가 고용살이를 가고 싶으냐고 물으면 정말 가고 싶다고 해야 한다고 일러두었다. 올리버는 두 가지 지시에 복종하겠다고 약속했다. 범블은 혹시 올리버가 그중 하나라도 지시를 어긴다면 두말할 필요도 없이 어떤 일이 벌어질지 은근히 암시했다.

범블과 올리버가 치안판사의 사무실에 도착하자, 범블은 올리버를 작은 방에 혼자 남겨놓으며 자기가 돌아와 데리고 갈 때까지 그곳에서 기다리라고 했다. 그곳에서 올리버는 30분 동안 가슴을 콩닥거리며 기다렸다. 30분이 지날 때쯤 범블이 모자를 벗은 머리를 쑥 내밀더니 큰 소리로 말했다.

"자, 올리버. 치안판사께 가자."

범블은 이렇게 말하면서 험상궂고 위협적인 표정을 짓더니 낮은 목소리로 덧붙였다.

"내가 아까 한 말을 잊지 말아라, 이 말썽꾸러기야."

올리버는 이전과는 전혀 다른 태도로 말하는 범블을 이해가 안 된다는 듯이 쳐다보았다. 하지만 범블은 올리버가 질문할 새도 없이 올리버를 문이 활짝 열린 옆방으로 데려갔다. 커다란 창이 있는 널찍한 방이었다. 책상 뒤에는 머리가 하얗게 센 노신사 두 명이 앉아 있었다. 한 명은 신문을 읽고 있었고, 다른 한 명은 거북딱지테 안경을 끼고 앞에 놓인 작은 양피지 문서를 읽고 있었다. 책상 앞 한쪽에는 림킨스 위원장이 서 있었고, 반대쪽에는 갬필드가 얼굴에 얼룩이 진 채 서 있었다. 그리고 장화를 신은 퉁명스러워 보이는 두세 명의 사내가 주위를 어슬렁거리고 있었다.

안경을 낀 노신사는 작은 양피지 문서를 읽으면서 꾸벅꾸벅 졸았는데, 범블이 올리버를 책상 앞에 세웠는데도 깨지 않은 채 잠시 시간이 흘렀다.

"이 아이입니다, 판사님."

범블이 말했다.

신문을 읽던 노신사가 잠깐 고개를 들었다가, 옆에 앉아 졸고 있는 노신사의 소매를 잡아당겼다. 그제야 졸고 있던 노신사가 잠에서 깼다.

"그래, 이 아이인가?"

잠에서 깬 노신사가 말했다.

"네, 맞습니다."

범블이 대답했다.

"판사님께 인사드려라, 아가."

올리버는 정신을 차리고 가장 공손하게 인사를 했다. 올리버는 치안판사가 위엄을 갖추기 위해 머리에 쓴 하얀 가발을 뚫어지게 쳐다보며 치안판사들은 모두 태어날 때부터 저렇게 머리가 하얘서 치안판사가 되는 건가 하고 생각하고 있었다.

"그러니까……."

그 치안판사가 말했다.

"아이가 굴뚝 청소를 좋아한다는 말이군."

"그렇습니다, 판사님."

범블이 대답하며, 올리버가 아니라고 대답할까 봐 올리버를 살짝 꼬집었다.

"아이가 굴뚝 청소부가 되고 싶다는 거군, 그렇지?"

치안판사가 물었다.

"이 아이에게 내일 다른 일을 시키면 아이는 당장 도망칠 겁니다, 판사님."

범블이 대답했다.

"그럼 이 사람이 아이의 주인이 되겠군. 그렇다면 이 아이를 잘 돌보고 잘 먹이고 제대로 대해줄 건가?"

치안판사가 물었다.

"저는 한다면 하는 사람입니다."

갬필드가 단호하게 대답했다.

"말은 거칠게 하지만 정직하고 화통해 보이는군."

치안판사가 올리버에게 얹혀서 주는 포상금을 탐내는 갬필드 쪽으로 안경을 돌리며 말했다. 갬필드의 악랄한 생김새는 잔혹할 것임을 여실히 보여주는 보증수표 같았다. 하지만 치안판사는 눈이 어두웠고 단순했기 때문에, 다른 사람이 분간할 수 있는 일도 분간 못 하는 것이 무리가 아니었다.

"그럴 것 같습니다, 판사님."

갬필드가 비굴하게 곁눈질을 하며 말했다.

"나도 그러리라고 믿소."

치안판사가 대답하더니 안경을 고쳐 쓰고 잉크병을 찾아 두리번거렸다.

올리버의 운명이 결정되는 순간이었다. 잉크병이 치안판사가 생각했던 곳에 있었다면, 펜을 잉크에 찍어 고용살이 계약문서에 서명했을 테고, 그러면 올리버는 그 길로 당장 떠났을 것이다. 그런데 등잔 밑이 어둡다고 잉크병이 바로 코앞에 있었는데도 치안판사는 잉크병을 찾아 온 책상을 뒤졌고 결국 잉크병을 찾지 못했다. 그 와중에 겁에 질린 채 얼굴이 하얗게 돼서 앞에 서 있는 올리버를 보게 되었다. 범블이 아무리 눈을 흘기고 꼬집었어도 앞으로 자기를 데려갈 새 주인의 혐오스러운 얼굴을 공포와 걱정이 뒤섞인 표정으로 바라보는 올리버의 얼굴은 눈이 어두운 치안판사라도 눈치채지 않을 수 없었다.

치안판사가 잉크병 찾기를 중단하고 펜을 내려놓았다. 그러고는 올리버에서 림킨스 위원장에게로 눈길을 돌렸다. 림킨스 위원장은 아무 관심이 없다는 태도로 기분 좋게 코담배를 맡으려 하고 있었다.

"애야."

치안판사가 책상 위로 몸을 숙이며 올리버를 불렀다. 올리버는 그 소리에 깜짝 놀랐다. 치안판사가 너무나 친절하게 불렀기 때문에 올리버가 놀라는 것은 어쩌면 당연했다. 익숙하지 않은 소리였기 때문에 놀라는 것도 무리는 아니었다. 올리버는 부들부들 떨다가 울음보를 터뜨리고 말았다.

"애야, 얼굴이 꽤 창백한 게 놀란 것처럼 보이는구나. 왜 그러니?"

치안판사가 물었다.

"아이에게서 좀 떨어져요, 범블."

다른 치안판사가 말하더니 읽던 신문을 옆으로 밀고 관심을 보이며 몸을 앞으로 숙였다.

"애야, 뭐가 문제인지 걱정하지 말고 얘기하거라."

올리버는 무릎을 꿇으며 손으로 깍지를 끼더니 저 무시무시한 사내에게 자기를 딸려 보내느니 차라리 어두운 방에 가두거나 굶기거나 때리거나 심지어 죽여 달라고 애원했다.

"미치겠군!"

범블이 가장 엄숙하고 근엄하게 양손을 들고 눈을 치켜뜨며 말했다.

"지금까지 교활하게 수작을 부리는 고아를 수도 없이 봤지만 올리버, 너처럼 뻔뻔한 아이는 한 번도 못 봤다."

"범블, 입 닥치시오."

범블이 이런 복잡한 형용사를 쓰면서 분풀이를 할 때 두 번째 치안판사가 쏘아붙였다.

"뭐라고 하셨습니까, 판사님?"

범블이 귀를 의심하며 말했다.

"제게 하신 말씀입니까, 판사님?"

"그렇소. 입 닥치라고 했소."

범블은 너무 놀라 몸이 굳었다. 교구 직원에게 입 닥치라니! 도덕이 땅에 떨어진 것이다.

거북딱지테 안경을 낀 치안판사가 옆에 앉은 치안판사를 쳐다보더니 의미심장하게 고개를 끄덕였다.

"이 고용살이 계약문서에 서명할 것을 거부하오."

치안판사가 양피지 문서를 옆으로 던지며 말했다.

"제 생각에는……."

림킨스 위원장이 말을 더듬었다.

"저는 판사님께서 단순한 아이의 근거 없는 증언을 듣고 구빈원 당국이 부적절한 행위를 저질렀다고 생각하지 않으시기를 바랍니다."

"치안판사는 이번 결정에 관한 어떠한 이유도 밝힐 의무가 없소이다."

두 번째 치안판사가 쏘아붙였다.

"이 아이를 구빈원으로 다시 데려가서 사랑으로 돌보시오. 이 아이에게는 사랑이 필요한 것 같소."

그날 저녁, 흰 조끼를 입은 신사는 올리버가 교수형을 당할 뿐 아니라, 교수형 당한 다음에 덤으로 끌어 내려져 능지처참까지 당할 것이라 단정 지었다. 범블은 불가사의하다는 듯이 비관적으로 고개를 가로저으며, 올리버가 제대로 사람 구실이나 할 수 있었으면 좋겠다고 말했다. 이 말에 갬필드는 자기가 올리버를 맡으면 제대로 사람 구실을 시킬 수 있는 적임자라고 대꾸했다. 갬필드는 범블과 여러 가지 면에서 의견이 맞았지만, 이 점에 대해서는 완전히 반대 입장이었다.

다음 날 아침, 올리버 트위스트는 고용살이로 데려가 주기를 기다리고 있으며, 올리버를 데려가는 사람은 누구라도 5파운드를 받을 것이라는 안내문이 다시 나붙었다.

❖ 제4장 ❖
올리버가 새로운 삶을
시작하다

　　형제가 많은 집에서는 아직 성년이 되지 못한 아이가 소유권
이나 상속권, 계승권 등에서 받을 몫이 충분치 않으면 그 아이
를 바다로 보내는 것이 일반적인 관습이었다. 위원회에서는 그
런 현명하고 유용한 본보기를 흉내 내, 올리버 트위스트를 작
은 무역선에 태워 불건전한 환경에 놓인 항구로 떠나보낼 방법
을 찾았다. 올리버에게서 확실하게 손을 뗄 수 있는 최상의 방
법이라고 생각했기 때문이었다. 그러면 항해 중 어느 날, 저녁
식사를 마친 선장이 올리버를 장난삼아 때려죽이거나 쇠몽둥이
로 머리통을 깨버릴 가능성이 농후했다. 그런 종류의 인간들에
게는 이 두 가지가 가장 흔히 애용되는 심심풀이 오락이라고 알
려졌다. 이런 관점에서 위원회에서는 그런 점을 알면 알수록 이
처리법이 점점 더 매력적으로 보였다. 그래서 위원들은 올리버
를 효과적으로 처리할 수 있는 유일한 방법은 바로 배에 태우는
것이라고 결론을 내렸다.

범블이 돌봐줄 가족이나 친인척이 없는 아이를 선장실 급사로 구하는 사람이 있는지 찾아보는 등 다양한 사전조사를 하기 위해 파견되었다가, 결과를 보고하기 위해 구빈원으로 돌아오는 길에 마침 교구 내의 장의사인 소어베리를 구빈원 문 앞에서 만났다.

키가 크고 비쩍 말랐으며 뼈대가 큰 소어베리는 헐어서 너덜너덜한 검은색 양복과 닳아 해진 검은색 면양말, 거기에 어울리는 구두 차림이었다. 천성적으로 웃는 얼굴은 아니었지만 전문적인 익살꾼 기질을 타고난 사람이었다. 소어베리는 범블에게 다가가 진심에서 우러나온 악수를 청했는데, 발걸음이 활기찼고 얼굴에는 들뜬 표정이 역력했다.

"어제저녁에는 죽은 두 여인의 관 치수를 재고 왔습니다, 범블 씨."

장의사 소어베리가 말했다.

"떼돈 벌겠군요, 소어베리 씨."

범블이 엄지와 검지를 소어베리가 내민 담뱃갑 속으로 집어넣으며 말했다. 담뱃갑은 모양만 작을 뿐 특제 관을 영락없이 쏙 빼닮았다.

"떼돈 벌겠다고요, 소어베리 씨."

범블이 지팡이로 소어베리의 어깨를 친한 척 툭툭 치며 다시 같은 말을 다시 한번 반복했다.

"그러면 오죽 좋을까요."

소어베리가 반은 인정하지만 반은 아니라는 투로 말했다.

"위원회에서 지급하는 금액이 너무 적어서요, 범블 씨."

"그만큼 관도 작지 않소."

범블이 훌륭한 공무원으로서 품위를 손상하지 않을 정도로 살짝 웃으며 대꾸했다.

소어베리도 범블의 대꾸에 웃음을 터뜨렸다. 정곡을 찌르는 말이었기 때문에 오랫동안 웃음을 멈출 수 없었다.

"그건 그렇죠, 범블 씨."

한참을 웃고 난 소어베리가 대답했다.

"새로운 식사 규정이 도입된 이후 관이 옛날보다 훨씬 좁고 얕아지긴 했습니다. 하지만 우리도 먹고살아야죠, 범블 씨. 잘 건조된 목재는 비싸고, 철 손잡이들도 모두 버밍햄에서 운하를 거쳐 들여와야 하거든요."

"알았소."

범블이 말했다.

"모든 일에는 좋은 점만 있는 것이 아니고, 정당한 돈벌이는 당연한 거니까요."

"물론이죠. 지당하십니다."

소어베리가 맞장구를 쳤다.

"이런 일로 돈벌이를 못 하면 결국 다른 일로라도 메워야 하니까요. 헤헤헤."

"그렇겠지."

범블이 말했다.

"그건 그렇고요."

소어베리가 잠시 중단되었던 이야기를 다시 계속했다.

"범블 씨, 한 가지 아주 불리한 점이 있습니다. 뚱뚱한 사람들이 명이 짧잖습니까? 오랫동안 풍요롭게 살며 세금도 잘 내던 사람들이 구빈원에 오면 제일 먼저 죽잖아요. 그런 사람들은 관을 다른 사람보다 3, 4인치 더 크게 만들어야 하는데, 그럼 돈벌이가 그만큼 줄어든답니다. 부양해야 할 가족이 있는 사람에게 돈벌이가 줄어들면 치명적이죠."

소어베리가 손해를 봐서 분을 삭일 수 없다는 듯 말하며 교구의 명예에까지 흠집을 낼 기세를 보이자, 범블은 화제를 바꾸는 것이 좋겠다고 생각하던 차에 마침 머릿속에 가장 먼저 떠오른 올리버 트위스트의 이야기를 꺼냈다.

"그건 그렇고……."

범블이 말했다.

"사내아이를 필요로 하는 사람이 없을까요? 교구가 보살피던 아이가 있소. 교구의 목에 걸린 맷돌 같은 천덕꾸러기라서 아주 골칫덩어리란 말이오, 소어베리 씨."

범블이 말하며 지팡이를 들어 머리 위에 붙어 있던 안내문을 가리키더니, 5파운드라고 적힌 부분을 힘차게 세 번 두들겼다. 안내문에는 5파운드가 이탤릭체 대문자로 크게 적혀 있었다.

"바로 이거예요! 제가 상의하고 싶은 게 이거라고요."

소어베리가 범블의 금테 두른 옷깃을 잡으며 말했다.

"그런데 단추가 아주 우아하군요, 범블 씨. 이런 건 처음 봅니다."

"그래요. 내 맘에도 쏙 드는 단추라오."

범블이 외투를 장식한 커다란 금속 단추를 자랑스럽게 내려다보며 맞장구를 쳤다.

"교구의 문장(紋章)과 같은 모양이라오. 친절한 사마리아가 병들고 다친 자를 치유하는 모습이지. 새해 아침에 교구에서 선물로 주었다오. 한밤중에 복도에서 죽은 몰락한 장사꾼에 관한 심문이 열려 거기에 출석할 때 처음으로 이 단추를 달았었소.”

“저도 기억합니다.”

소어베리가 말했다.

“배심원단이 ‘추위에 노출되고 영양 결핍으로 죽었다’고 결론을 내렸잖아요, 그렇죠?”

범블이 고개를 끄덕였다.

“그리고 배심원단이 특이한 평결을 내렸죠.”

소어베리가 말했다.

“이런 말을 덧붙였잖아요. 만약 구조한 공무원이…….”

“쓸데없는 소리요.”

범블이 화를 내며 말을 가로막았다.

“위원회가 그 무식한 배심원들의 헛소리에 일일이 상관한다면 할 일이 넘쳐날 거요.”

“맞습니다.”

소어베리가 맞장구를 쳤다.

“그렇고말고요.”

“배심원들…….”

범블은 괜히 울컥 화를 낼 때의 버릇대로 지팡이를 꽉 움켜잡으며 말했다.

“그들은 배우지 못해 천박한 데다 비굴한 자들이지.”

“그렇습니다.”

소어베리가 맞장구를 쳤다.

“배심원들은 철학이나 정치에 대해 아무것도 모르는 무식쟁이들이지.”

범블이 경멸스럽다는 듯 손가락을 퉁기며 말했다.

"그렇고말고요."

소어베리가 마지못해 맞장구를 쳤다.

"나는 그들을 경멸하오."

범블이 얼굴이 벌게지면서 말했다.

"저도 그렇습니다."

소어베리도 맞장구를 쳤다.

"우리도 한 1, 2주 동안 구빈원에 자체 배심원을 두었으면 좋겠소."

범블이 말했다.

"위원회의 규율이라면 배심원들의 기를 금방 죽일 수 있을 테니 말이오."

"그냥 내버려 두세요."

소어베리가 흥분한 범블의 비위를 맞춰주려는 듯 웃으며 대꾸했다.

범블은 중절모를 벗더니 정수리에서 손수건을 꺼내 흥분하는 바람에 이마에 맺힌 땀을 훔치고 다시 중절모를 썼다. 그리고 소어베리 쪽으로 몸을 돌리며 다소 진정된 목소리로 말했다.

"근데, 그 아이가 어쨌다는 거요?"

"아!"

소어베리가 말했다.

"아시다시피, 제가 구빈세(가난한 사람을 구호하기 위해 내는 세금)를 꽤 내고 있잖아요."

"쳇!"

범블이 대꾸했다.

"그래서요?"

"그래서……."

소어베리가 말했다.

"제가 구빈세를 많이 내니까 그만큼 혜택을 볼 자격이 있다고 생각합니다. 그래서 말인데요, 범블 씨. 제가 그 아이를 데려가면 어떨까요?"

범블은 소어베리의 팔을 덥석 움켜잡더니 구빈원으로 데리고 들어갔다. 소어베리는 5분 동안 위원회와 단독 회의를 했다. 그 회의에서 올리버가 그날 저녁 소어베리를 따라가도록 결정됐다. 아이를 구빈원 소속으로 둔 채 당분간 일을 시켜보고 배불리 먹이지 않고도 실컷 일을 시킬 수 있다고 판단된다면, 원하는 만큼 오랫동안 마음대로 아이를 데려다 부릴 수 있다는 조건이었다.

어린 올리버는 그날 저녁, 위원들 앞으로 불려가서 그날 밤 장의사의 잔심부름꾼으로 가야 한다는 통보를 받았다. 만약 처지를 불평하거나 구빈원으로 다시 돌아온다면 배에 태울 것이고, 그러면 익사하거나 머리통이 깨지게 될 것이라는 협박도 들었다. 당연한 일이지만 올리버는 별다른 감정을 드러내지 않았다. 위원들은 올리버를 고집불통 악질이라고 이구동성으로 떠들며 범블에게 당장 이 결정을 실행하라고 명령했다.

이 세상의 모든 사람과 마찬가지로, 구빈원 위원들도 감정이 메마른 사람을 보면서 놀라움과 공포를 느끼는 것은 지극히 당연하지만 지금 같은 경우에는 그렇지 않았다. 올리버는 감정이 메마른 것이 아니라 너무나 풍부했지만, 태어나면서부터 지금까지 심한 학대를 받으면서 크다 보니 생각이 단순해지고 무뚝뚝해진 것뿐이었다.

올리버는 아무 말 없이 자기가 가야 할 곳에 대한 이야기를 들었고 손에는 짐이 들려졌다. 짐이라고 해봐야 가로세로 20센티미터, 높이 8센티미터의 종이 꾸러미 하나밖에 되지 않았기 때문에 들고 가기에 전혀 무겁지 않았다. 올리버는 모자를 눈까지 내려쓴 채, 다시 한번 범블의 외투 소매를 잡고 구빈원에서 새로운 고난의 장소로 가게 되었다.

범블은 한동안 눈길을 주거나 한마디 말도 걸지 않고 올리버를 데리고 가면서, 교구 직원이라면 누구나 늘 그렇듯이 고개를 빳빳이 들고 걸었다. 바람이 많이 부는 날이었기 때문에 어린 올리버는 바람이 불어 범블의 외투 자락이 펄럭일 때마다 외투 자락에 휘감겼다. 외투 자락이 펄럭이는 바람에 범블의 조끼와 황갈색 7부 바지가 드러났다. 그러다 목적지에 가까워지자, 범블은 올리버가 새 주인 눈에 멀쩡해 보일지 확인하는 것이 좋겠다고 생각하며 밑을 내려다보더니 갑자기 친절한 보호자인 양 올리버의 상태를 살폈다.

"올리버!"

범블이 불렀다.

"네."

올리버가 낮고 떨리는 목소리로 대답했다.

"모자를 눈 위로 올려 쓰고 고개를 들어라."

올리버는 시키는 대로 하면서 다른 손등으로 황급히 눈을 문질렀지만, 범블을 올려다볼 때 눈에 눈물 한 방울이 아직도 남아 있었다. 범블이 무서운 눈으로 노려보는 동안 눈물이 뺨으로 흘러내렸다. 눈물이 쉬지 않고 줄줄 흘렀다. 올리버는 울지 않으려고 안간힘을 썼지만 아무 소용이 없었다. 범블을 잡고 있던 손을 놓고 양손으로 얼굴을 가리며, 눈물이 야위어 뼈만 앙상한 손가락 사이로 삐져나올 때까지 울었다.

"나 원, 참!"

범블이 갑자기 걸음을 멈추고 우뚝 서더니 험상궂은 눈초리로 올리버를 쏘아보며 소리를 질렀다.

"내 평생 배은망덕한 아이를 수도 없이 봤다만 올리버, 너 같은 애는 정말……."

"아닙니다, 범블 씨."

올리버가 울먹이며, 수도 없이 얻어맞아 너무나 잘 알고 있는 지팡이를 들고 있는 범블의 손을 꼭 잡았다.

"범블 씨, 말 잘 들을게요. 정말이에요. 약속해요. 제가 아직 어려서 그래서…… 그래서…….."

"그래서 뭐?"

범블이 기가 막힌 듯 물었다.

"그래서 외로워서요. 정말 외로워요."

올리버가 울먹였다.

"모두 저를 싫어하잖아요. 화내지 마세요. 이 세상에 저 혼자인 것 같아요. 그래서 너무 슬퍼요."

올리버는 손으로 가슴을 치며 괴로움으로 눈에 눈물을 머금은 채 범블의 얼굴을 살폈다.

범블은 올리버의 불쌍하고 쓸쓸한 표정을 살짝 놀란 기색으로 몇 초 동안 쳐다보았다. 목이 잠긴 듯 서너 차례 헛기침을 한 다음, 그 빌어먹을 기침에 대해 뭐라고 웅얼거리더니 올리버에게 눈물을 닦고 얌전히 굴라고 명령했다. 범블은 다시 올리버의 손을 잡더니 아무 말도 하지 않고 계속 걸었다.

소어베리가 가게 문을 막 열고 음산한 촛불 옆에서 장부에 뭔가를 적고 있을 때 범블이 가게 안으로 들어섰다.

"아이고!"

소어베리가 장부에서 고개를 들면서 말을 하다 말고 중간에 멈췄다.

"오셨군요, 범블 씨."

"그럼 나 말고 또 누구겠소, 소어베리 씨."

범블이 퉁명스럽게 면박을 주었다.

"여기, 아이를 데려왔소."

올리버가 인사를 했다.

"아! 이 아이군요."

소어베리가 촛불을 올리버의 머리 위로 들고 가 아이를 자세히 살피며 말했다.

"여보, 잠깐 이리 와보실래요?"

소어베리 부인이 가게 뒤 작은 방에서 나왔다. 암 여우같이 생긴, 작고 삐쩍 마른 여자였다.

"여보."

소어베리가 공손하게 말했다.

"이 아이가 내가 말했던 구빈원 아이입니다."

올리버가 다시 인사를 했다.

"세상에!"

소어베리의 아내가 말했다.

"너무 직네요."

"네, 좀 작은 편입니다."

범블이 올리버를 내려다보며 올리버가 작은 것이 마치 자기

탓인 양 말했다.

"좀 작습니다. 부인하지 않겠습니다. 하지만 클 거예요, 소 어베리 부인. 자라고말고요."

"네, 그렇겠죠."

소어베리 부인이 뿌루퉁해서 대꾸했다.

"우리 음식과 물을 먹고 크겠죠. 구빈원 아이를 데려오면 돈 이 많이 든다니까요. 일 시켜서 버는 돈보다 먹이고 입히는 데 드는 비용이 더 많을 테니까요. 사내들이란 자기들이 최고인 줄 안다니까. 아래층으로 내려가거라, 말라깽이야."

이 말과 함께 장의사의 아내는 쪽문을 열더니, 올리버를 가파 른 계단을 통해 습기 차고 어두운 돌방으로 내려보냈다. 이 방 은 석탄 저장소 옆의 작은 방으로 부엌이라고 불렸다. 그곳에 뒤꿈치가 닳아 없어진 구두와 도저히 쓸 수 없을 정도로 해진 파 란색 양말을 신은 단정치 못한 여자아이가 앉아 있었다.

"샬럿."

올리버를 따라 내려온 소어베리 부인이 불렀다.

"이 아이에게 트립한테 주려고 남겨뒀던 식은 고기를 좀 줘 라. 아침에 나가서 아직 돌아오지 않았으니 트립에게는 안 줘도 될 거야. 이런 음식은 먹을 수 없다는 건방진 소리는 하지 않겠 지, 그렇지?"

고기 소리를 듣자 눈을 반짝이던 올리버는 그걸 먹을 생각에 전율을 느끼며 아니라고 대답했다. 부서지고 조악한 음식 한 접 시가 올리버 앞에 놓였다.

고기와 음료를 너무 많이 먹어 속이 거북하게 부대끼고, 피 가 얼음처럼 차며 강철로 만들어진 심장을 가진 현자들이 이 집에서 키우는 개, 트립조차 먹기를 거부했던 '진수성찬'에 허겁지겁 달려드는 올리버 트위스트의 모습을 봤으면 좋았을 법 싶다. 며칠 굶은 사람처럼 무서울 정도로 허겁지겁 고기를 씹어 먹는 올리버의 모습을 말이다. 아니, 그보다 더 큰 바람이 딱 한 가지 있다. 현자들이 올리버가 지금 먹는 것과 똑같은 음식을 올리버처럼 먹는 것을 보고 싶다.

"저런."

소어베리 부인이 말했다. 그녀는 올리버가 그릇을 비우는 모습을 조용히 바라보며 앞으로 이 아이가 얼마나 먹어댈지 걱정이 되었다.

"다 먹었니?"

더는 남은 음식이 없자 올리버가 그렇다고 말했다.

"그럼 나를 따라오너라."

소어베리 부인이 어두침침하고 지저분한 촛대를 들고 계단을 앞서서 올라가며 말했다.

"네 잠자리는 가게 카운터 밑이야. 관 옆에서 자도 상관없겠지? 달리 잘 곳이 없으니 네가 상관이 있든 없든 별로 중요치는 않다만, 어서 이리 오너라. 밤새 나를 여기 세워둘래?"

올리버는 더는 꾸물대지 않고 얌전히 새로운 주인 여자를 따라갔다.

제5장

새로운 동료들과
지내게 된 올리버가
처음으로 장례식에 참석하다

　장의사 가게에 혼자 남게 된 올리버는 작업용 긴 의자에 촛불
을 내려놓고, 두려움으로 주위를 조심스럽게 둘러보았다. 올리
버보다 나이가 많은 사람이라도 당연히 올리버와 같은 공포를
느꼈을 것이다. 검은색 버팀목 위에는 제작 중인 관이 놓여 있
었다. 그 관은 가게 한가운데에 자리했는데 너무 음산해 보여서
그 끔찍한 물건이 있는 쪽으로 눈을 돌릴 때마다 온몸에 오싹한
소름이 돋았다. 마치 관에서 무서운 무언가가 머리를 천천히 드
는 것 같아 공포감에 미쳐버릴 것 같았다.
　벽에는 똑같은 모양으로 자른 긴 느릅나무 판자가 일정한 간
격으로 세워져 있었는데, 희미한 촛불 아래에서 보니 어깨를 추
켜올리고 손을 주머니에 넣은 귀신처럼 보였다. 관에 망자의 신
상명세를 써 붙일 금속판과 느릅나무 조각, 머리만 반짝이는
못, 검은 천 조각 등이 바닥에 흩어져 있었다. 카운터 위에 걸
린 그림 속에서는 넥타이를 매고 장례식에 참석하기 위해 온 저

승사자 두 명이 큼직한 현관문 앞에 서서, 멀리서 다가오는 검은색 말 네 필이 끄는 영구마차를 보고 있었다. 가게는 답답하고 더웠다. 공기에 관 냄새가 밴 것 같았다. 솜을 넣은 매트리스가 놓인 카운터 밑 공간은 올리버의 잠자리라기보다 차라리 무덤처럼 보였다.

올리버를 우울하게 만든 것은 주변 환경뿐만이 아니었다. 낯선 곳에 혼자 있으니 얼마나 쓸쓸하고 외로울지 가히 짐작이 갈 것이다. 누구나 그런 처지에 있다면 똑같은 기분이 들 것이다. 올리버는 걱정할 친구도, 자기를 걱정해줄 친구도 없었다. 조금 전에 헤어진 친구는 고사하고, 우정을 나누고 기억에 남는 얼굴도 하나 없다는 생각이 올리버의 마음을 무겁게 내리눌렀다. 이래저래 마음이 무거웠다. 카운터 밑에 있는 좁은 잠자리로 기어들어 가면서 올리버는 거기가 차라리 자기 관이면 좋겠다고 생각했다. 그럼 키 큰 풀이 한들한들 춤을 추는 교회 묘지 아래에 누워서, 오래된 종의 무거운 종소리를 듣고 마음을 달래며 영면을 취할 수 있을 테니까 말이다.

다음 날 아침, 올리버는 가게 밖에서 문을 발로 걷어차는 시끄러운 소리에 잠을 깼다. 서둘러 옷을 입는 동안에도 신경질적인 발길질은 스물다섯 번이나 계속되었다. 가게 걸쇠를 풀기 시작했을 때 문을 걷어차는 소리가 그치더니 목소리가 들렸다.

"어서 문 열어."

문을 세차게 걷어찼던 사람이 소리쳤다.

"지금 열고 있습니다."

올리버가 걸쇠를 풀고 열쇠를 돌리며 대답했다.

"네가 새로 온 녀석이로구나?"

열쇠 구멍을 통해 목소리가 들렸다.

"그렇습니다."

올리버가 대답했다.

"몇 살이냐?"

목소리가 들렸다.

"열한 살입니다."

올리버가 대답했다.

"내가 들어가면 두들겨 패줄 테다. 어디 두고 보자, 이 구빈
원 애새끼야."

같은 목소리는 으름장을 놓더니 휘파람을 불기 시작했다.

올리버는 외마디 소리만 질러야 하는 구타의 희생양이 된 경
험이 무척 많았기 때문에 이 목소리의 주인이 누구이든 간에 이
약속을 이행할 것임을 추호의 의심도 없이 잘 알고 있었다. 올
리버는 떨리는 손으로 걸쇠를 풀고 문을 열었다.

올리버는 1, 2초 동안 문밖의 거리 저 멀리까지 올려다보고
또 내려다보았다. 열쇠 구멍에 대고 소리를 질렀던 사람이 왔다
갔다 길을 걸으며 몸을 풀고 있을 거라 생각했기 때문이었다.
하지만 집 앞 말뚝 위에 앉아 버터 바른 빵을 먹고 있는 몸집이
큰 자선학교 출신 아이 말고는 아무도 눈에 뜨이지 않았다. 그
아이는 익숙한 솜씨로 주머니칼을 이용해 빵을 입 크기만 하게
잘라 볼이 미어지게 먹어 치웠다.

"실례합니다."

주위를 둘러봐도 아무도 눈에 뜨이지 않았기 때문에 올리버
가 겨우 말을 걸었다.

"혹시 문 두드리셨어요?"

"그래, 내가 찼다."

자선학교 출신 아이가 말했다.

"관이 필요하신가요?"

올리버가 순진하게 물었다.

이 말에 자선학교 출신 아이가 괴물처럼 험상궂은 얼굴을 지으며 그런 식으로 상사에게 농담하면 올리버야말로 머지않아 관이 필요하게 될 것이라고 말했다.

"내가 누군지 모르는 모양이지, 구빈원 꼬맹이?"

자선학교 출신 아이가 잘난 척 으쓱대더니 말뚝에서 내려오면서 말했다.

"모릅니다."

올리버가 말했다.

"내가 노아 클레이폴 님이시다."

자선학교 출신 아이가 말했다.

"너는 내 조수야. 덧문을 걷어, 이 게을러빠진 놈아."

이 말과 함께 노아는 올리버를 한 대 걷어차고, 위엄 있는 척 가게로 들어갔다. 노아 클레이폴은 이런 식으로 올리버에게 무게를 잡았다. 큰 머리에 눈이 작고 체격은 몽땅하며 표정이 우울한 아이는 어떤 상황에서라도 위엄 있어 보이기가 쉽지 않았는데, 이렇게 매력적이지 않은 데다가 코까지 빨갛고 누런 옷을 입었으니 두말할 나위가 없었다.

덧문을 연 올리버가 낮 동안 덧문을 보관해두는 가게 옆 작은 공터로 덧문 한쪽을 옮기다가 덧문 무게를 지탱하지 못하고 뒤뚱거리다 유리를 깼다.

"너는 죽었다."

노아가 위로랍시고 한 마디 던지며 도와주었다. 얼마 뒤 소어베리가 도착했고, 뒤이어 소어베리 부인도 왔다. 노아의 예언대로 주인에게 두들겨 맞은 올리버는 아침을 먹으러 노아와 함께 아래층으로 내려갔다.

"불 옆으로 와요, 노아. 당신 주려고 주인님 상에서 남은 베이컨 한 조각을 챙겨뒀어요. 올리버, 너는 노아 뒤에 있는 문 닫고 빵 굽는 틀 뚜껑에 올려놓은 고기를 먹어. 그리고 이건 네가 마실 차야. 저쪽 상자로 가져가서 마셔. 서둘러. 주인님이 가게를 보라고 곧 부르실 거야. 내 말 들었어?"

샬럿이 말했다.

"안 들려, 구빈원 꼬맹이?"

노아 클레이폴이 말했다.

"왜 그래요, 노아. 올리버, 너 정말 이상한 아이구나. 노아, 저 애를 그냥 내버려 둘 거예요?"

샬럿이 말했다.

"그냥 내버려 둬!"

노아가 말했다.

"사실 모두 저 애를 그냥 내버려 두니까 저 지경이 된 거야. 저 애 아비나 어미도 애를 간섭하지 않았고, 친척들도 하나같이 저 애가 마음대로 하도록 내버려 뒀을 거야. 안 그래, 샬럿?"

"세상에, 애가 정말 이상하네."

샬럿이 웃음을 터뜨리며 말했다. 노아도 따라 웃었다. 둘은 한참을 웃은 뒤, 부엌의 제일 추운 구석에 있는 상자 위에 앉아서 몸을 오들오들 떨며 보잘것없는 음식을 먹는 불쌍한 올리버 트위스트를 경멸하듯 쳐다보았다.

노아는 자선학교 출신이지만 구빈원의 고아는 아니었다. 또 사생아도 아니었다. 노아의 부모는 바로 옆에서 살고 있었다. 엄마는 세탁부고 아빠는 주정뱅이 퇴역군인으로 나무 의족을 했으며 매일 2.5펜스와 약간의 잔돈을 연금으로 받아 생활했다. 같은 동네의 점원들은 오래전부터 노아를 길에서 만나면 자선학교 교복을 입었다고 '가죽 반바지' 또는 '자선학교'라는 경멸적인 별명으로 불러왔다. 노아는 아무 대꾸도 하지 못하고 이제껏 참아 왔는데, 운 좋게도 부모도 모르는 고아가 눈앞에 나타난 것이었다. 그동안 남에게 비천하다고 무시를 당하던 노아가 마음껏 경멸하며 손가락질을 할 수 있는 대상을 만났으니 자기가 당한 무시에 이자까지 덤으로 붙여 갚아줄 수 있게 된 셈이다. 그런데 이런 인간의 본성은 생각해볼 만한 화두를 던져 준다. 인간의 본성이 아름답게 변할 수도 있다는 사실을, 아무리 훌륭한 귀족이라도 또 아무리 비천한 자선학교 출신 아이라도 따뜻하고 고운 성품을 가질 능력은 얼마든지 공평하다는 것을 그대로 보여주기 때문이다.

올리버가 장의사 가게에서 일을 시작하고 3주인가 한 달쯤 되는 어느 날, 소어베리 부부가 가게 문을 닫고 작은 뒷방에서 저녁을 먹고 있었다. 그때 소어베리가 존경스러운 눈길로 아내를 힐끔힐끔 훔쳐보더니 말했다.

"여보."

소어베리가 무슨 말인가를 계속하려다가, 소어베리 부인이 마뜩잖은 눈초리로 쳐다보자 그만 입을 다물었다.

"뭐죠?"

소어베리 부인이 쏘아붙였다.

"아무것도 아니에요."

소어베리가 대꾸했다.

"쳇! 싱겁기는……."

소어베리 부인이 말했다.

"별거 아니에요, 여보."

소어베리가 공손하게 말했다.

"당신이 듣고 싶어 하지 않을 것 같아서요. 그러니까……."

"아, 됐으니까 얘기하지 말아요."

소어베리 부인이 남편의 말을 잘랐다.

"난 아무래도 상관없으니 내게 상의하지 말아요. 당신의 비밀은 알고 싶지도 않아요."

소어베리 부인이 이렇게 말하고 나서 신경질적으로 웃었다. 소어베리 부인은 이렇게 신경질적인 웃음을 짓고 나면 언제나 남편에게 폭력을 행사했다.

"하지만 여보, 당신의 조언이 필요해요."

소어베리가 말했다.

"아니에요. 내게 묻지 말아요."

소어베리 부인이 불쌍하다는 듯 대꾸했다.

"다른 사람에게 물어봐요."

소어베리 부인이 또 한 번 신경질적으로 웃었기 때문에 소어베리는 간담이 서늘했다. 이런 대화법은 부부 사이에서 흔히 사용되며 아주 효과적이다. 소어베리는 아내가 그토록 듣고 싶어 하는 말을 할 수 있도록 특별한 허락을 애원하는 처지가 됐다. 45분 정도의 언쟁이 끝나고 소어베리 부인은 큰 인심이라도 쓰듯 남편에게 말해도 좋다는 허락을 했다.

"올리버 트위스트와 관련된 이야기예요. 아이가 아주 착해 보이잖아요."

소어베리가 말했다.

"배불리 먹으니까 당연하죠."

부인이 말했다.

"그런데 표정이 우울해 보여요, 여보. 그래서 아주 재미있는 생각이 떠올랐어요. 아무래도 장례식 선도를 시키면 딱 맞을 것 같아요."

소어베리 부인이 상당히 놀란 표정으로 남편을 쳐다보았다. 소어베리는 아내의 표정을 보고 아내가 무슨 대답을 할 시간을 주지 않고 말을 계속했다.

"어른들 장례식에 보내는 일반적인 선도를 시키는 것이 아니라 아이들 장례식에 보내는 아이들 전용 선도를 시키는 거예요. 죽은 아이와 비슷한 또래가 장례식 선도를 맡으면 참신할 것 같아요. 효과가 어마어마할 거예요."

소어베리 부인은 장례 절차에 상당한 눈썰미가 있었기 때문에 그 참신한 아이디어가 딱 마음에 들었다. 하지만 남편의 제안에 기다렸다는 듯이 당장 적극적으로 동의하면 자기 위신이 떨어질까 봐, 오히려 왜 진작 그런 간단한 생각을 못 했냐고 남편에게 핀잔을 주었다. 소어베리는 아내의 핀잔을 승인으로 받아들였다. 그래서 당장 올리버에게 장의사 업무의 요령을 가르치기로 결정됐다. 올리버는 어린이 장례식에 선도를 맡을 목적으로, 당장 다음번 장례행사부터 주인과 함께 참석해야 했다.

오래지 않아 장례식이 있었다. 다음 날, 아침 식사를 마치고 30분쯤 지나서 범블이 가게로 들어왔다. 카운터에 지팡이를 기대 세워 놓고 커다란 가죽 수첩을 꺼내더니, 수첩에서 작은 쪽지를 찾아 소어베리에게 건넸다.

"이런!"

소어베리가 생기가 도는 얼굴로 쪽지를 살피며 말했다.

"관 주문이군요."

"우선 관 주문이고, 그다음에는 교구장(葬)을 준비하시오."

범블이 가죽 수첩의 끈을 묶으며 대답했다. 수첩도 주인만큼이나 뚱뚱했다.

"베이톤?"

소어베리가 쪽지에서 고개를 들어 범블을 쳐다보며 말했다.

"처음 듣는 이름이군요."

"그는 고집불통에 잘난 척이 아주 심한 사람이라오, 소어베리 씨."

범블이 고개를 설레설레 흔들며 대꾸했다.

"잘난 척이 심하다고요? 잘난 척해 봤자지요."

소어베리가 콧방귀를 뀌며 말했다.

"아주 재수 없다오."

범블이 대꾸했다.

"아주 구역질이 난다고요, 소어베리 씨."

"맞습니다."

소어베리가 맞장구를 쳤다.

"어젯밤에 소식을 들었소."

범블이 말했다.

"소식을 들었을 때는 그 사람들에 대해 아는 게 아무것도 없었다오. 같은 집에 거주하는 이웃 여자가 교구 위원회에 몹시 아픈 여자가 있으니 교구 의사를 보내달라고 요청했죠. 의사는 저녁을 먹으러 나갔고 의사의 조수가 아주 똑똑하게도 당장 구두약 병에 약을 좀 보내주었다오."

"그러니까 응급처치를 해주었군요."

소어베리가 말했다.

"그렇지, 응급처치죠."

범블이 맞장구를 쳤다.

"그런데 어떻게 되었겠소? 이 사람들이 얼마나 배은망덕한 짓을 했는지 아시오? 남편이라는 작자가 그 약이 자기 마누라한테 적합하지 않다며 안 먹인 거요. 그 응급처치 약을 말이오. 얼마나 좋고 효과적인 약인데……. 일주일 전에도 아일랜드계 노동자 두 명과 석탄 운반꾼 한 명을 씻은 듯이 낫게 만든 게 바로 그 약이란 말이오. 그런 약을 구두약 병에 담아 무료로 나누어 주었는데 환자에게 그 약을 안 먹였다는 거 아닙니까?"

범블은 괘씸한 생각이 생생하게 떠오르자 화가 머리끝까지 치밀어 올라 얼굴이 벌겋게 달아오른 채 지팡이로 카운터를 세게 내리쳤다.

"그러게 말입니다. 저라면 그렇게 못 합니다."

소어베리가 말했다.

"절대 못 하죠."

범블이 큰소리를 쳤다.

"아무도 그런 짓 못 해요. 아무튼 그 여자가 죽었기 때문에 묻어줘야 한다오. 그게 지시사항이오. 빠를수록 좋소."

그렇게 말하고 나서 범블은 챙을 올린 중절모를 거꾸로 쓰려다가 제대로 쓰고, 교구 직원의 신분으로 끓어오르는 화를 참을 수 없다는 듯이 가게를 뛰쳐나갔다.

"범블이 어찌나 화가 났는지 네 안부를 묻는 것도 잊어버리셨구나, 올리버."

소어베리가 성큼성큼 걸어가는 범블을 보면서 말했다.

"네, 주인님."

올리버가 대꾸했다. 올리버는 범블의 목소리를 생각하는 것만으로도 온몸이 부들부들 떨렸기 때문에 두 사람이 대화하는 동안 눈에 띄지 않으려고 조심했다. 하지만 범블의 눈길을 끌지 않으려고 애를 쓴 것은 괜한 짓이었다. 왜냐하면 범블은 흰 조끼를 입은 신사의 예언을 가슴 깊이 새기고 있었던 터라 올리버에 대한 이야기는 피하는 편이 낫다고 생각했기 때문이었다. 범블은 무슨 일이 있어도 소어베리가 7년간 올리버를 고용하겠다는 확약을 해줄 때까지 올리버가 교구의 손에 다시 돌아올 모든 가능성을 효율적으로, 또 법적으로 배제해야 했다.

"그건 그렇고…… 이런 일은 빠를수록 좋아. 노아, 가게 잘 보거라. 올리버, 모자 쓰고 따라오너라."

소어베리가 모자를 집어 들며 말했다.

올리버는 시키는 대로 고분고분하게 주인을 따라 장의사 업무를 보러 갔다.

두 사람은 마을에서 가장 번화한 곳을 한참 동안 걸어가다가 좁은 골목으로 접어들었다. 이제껏 지나온 길보다 훨씬 지저분하고 비참한 곳이었다. 두 사람은 목적지를 찾기 위해 잠시 걸음을 멈춰 섰다. 골목의 양옆에 늘어선 집들은 높고 웅장했지만 낡았고 최저 빈민층이 세 들어 살고 있었다. 전혀 손을 보지 않은 집의 외관은, 팔짱을 끼고 몸을 반쯤 구부린 채 그림자처럼 두 사람을 조용히 따라오는 궁상맞은 모습의 남녀가 아니더라도 얼마나 비참한 생활을 하는지를 충분히 보여주었다. 1층에는 가게가 있었지만 손님이 없어서 문을 일찍 닫았고, 세입자들은 2층에서만 살았다. 낡고 부서져 위험천만한 집들이 완전히 무너질까 봐 기우뚱한 벽을 받친 큼직한 버팀목이 길거리에 우람하게 세워져 있었다. 노숙자들이 밤을 보내기 위해 이런 집들을 안식처로 선택했던 모양이었다. 문과 창문 역할을 했던 허름한 판자들이 뜯겨 나가 사람 몸이 드나들 수 있을 만큼 넓게 틈이 벌어져 있었다. 시궁창은 냄새가 나고 지저분했고, 굶어 죽은 비쩍 마른 쥐가 여기저기에서 썩고 있었다.

올리버가 주인과 함께 걸음을 멈춘 집은 초인종이나 문 두드리는 손잡이도 없이 문이 살짝 열려 있었다. 소어베리는 올리버에게 자기 뒤에 바짝 붙어 무서워하지 말고 따라오라는 말과 함께, 어두운 복도를 더듬거리며 첫 번째 계단참으로 올라섰고 그곳에 있는 문을 주먹으로 세게 두드렸다.

열서너 살쯤 되어 보이는 어린 소녀가 문을 열었다. 소어베리는 방 안 곳곳을 살피고 나서 이 집이 그가 찾던 집이 맞는다는 것을 알아차렸다. 소어베리가 방으로 들어갔고, 올리버도 따라 들어갔다.

방에는 온기가 없었지만 한 사내가 빈 화덕 위에 아무 생각 없이 웅크리고 있었다. 그 사내 옆에는 한 노파가 차가운 화덕에 낮은 의자를 끌어당겨 앉아 있었고, 한쪽 구석에는 누더기를 걸친 아이들이 있었다. 문 맞은편의 움푹 들어간 곳에는 낡은 담요에 덮인 무언가가 바닥에 놓여 있었다. 올리버는 무심결에 그 무언가에 눈길이 닿자 몸을 부르르 떨며, 자기도 모르게 주인 옆으로 슬그머니 다가섰다. 담요에 덮여 있지만 그것이 시체라는 것이 느껴졌기 때문이었다.

사내의 얼굴은 마르고 아주 창백했으며 머리카락과 수염은 회색이었고 눈에는 핏발이 서 있었다. 노파의 얼굴은 주름투성이였으며 달랑 두 개 남은 치아가 아랫입술 위로 삐죽이 튀어나왔고 눈은 밝고 날카로웠다. 올리버는 너무 무서워서 사내도 노파도 쳐다보지 못했다. 두 사람을 보면 좀 전에 밖에서 본 죽은 쥐가 떠올랐기 때문이었다.

"아무도 가까이 가지 말아요."

소어베리가 시체 가까이 다가가자 사내가 일어서며 사납게 말했다.

"물러서요. 아무도 내 마누라에게 다가가지 말아요. 목숨이 두 개가 아니라면 물러서요."

"무슨 소리입니까?"

시체라면 이골이 난 소어베리가 말했다.

"내가 분명히 말하는데 땅에 묻을 수 없어요. 거기서 잠들게 할 수 없다고. 땅속에는 벌레가 있잖아요. 너무 말라서 벌레가 갉아먹을 것도 없을 테지만요."

사내가 주먹을 불끈 쥐고 발을 사납게 구르며 말했다.

소어베리는 사내의 고함에 대꾸하는 대신 주머니에서 자를 꺼내 시신 옆에 잠깐 무릎을 꿇었다.

"아!"

사내가 탄식을 하더니 울면서 시신 발치에 무릎을 꿇었다.

"무릎을 꿇어라. 어서. 애들아, 모두 무릎 꿇고 내 말 잘 들어라. 너희 어미가 굶어 죽었어. 나는 너희 어미가 열이 펄펄 끓고 뼈에 가죽만 앙상하게 남은 다음에야 얼마나 아픈지 알았다. 난로도 못 피우고 촛불도 못 켠 채 어둠 속에서 죽었단 말이야. 어둠 속에서…… 너희 어미는 가쁜 숨을 몰아쉬며 너희들의 이름을 불렀지만 얼굴을 볼 수 없었어. 내가 거리에 나가 너희 어미를 위해 구걸을 했더니 나를 감방에 처넣어버렸단다. 내가 돌아왔을 때 너희 어미는 이미 죽어가고 있었어. 내 심장에 있던 피가 모두 말라버렸단다. 아무도 내 마누라를 돌보지 않아 굶어 죽었단 말이야. 신에게 욕을 했어. 봐라, 내 마누라가 굶어 죽었다고 말이야."

사내는 양손으로 머리카락을 쥐어뜯고 비명을 지르며 바닥에 나뒹굴었으며 눈을 뒤집고 입에 게거품까지 물었다.

겁에 질린 아이들도 서럽게 울었다. 이런 소동을 귀가 먹은 듯이 잠자코 지켜보기만 하던 노파가 고래고래 악을 써 아이들을 진정시키고, 바닥에 널브러져 있는 사내의 넥타이를 풀더니 소어베리 쪽으로 비실비실 걸어왔다.

"내 딸이라오."

노파가 시신 쪽으로 고개를 끄덕이며 말했다. 바보처럼 곁눈질하며 말하는 노파의 모습이 시신보다 더 섬뜩했다.

"맙소사, 맙소사! 참 이상도 하지. 저 아이를 낳은 나는 아직도 살아 있는데, 내 딸이 저기 차갑게 굳어 누워 있으니 말이오. 생각하면 꿈만 같소, 꿈."

비참한 노파가 끔찍한 처지를 생각하면서 웅얼거리고 낄낄거리자, 소어베리가 돌아가려 돌아섰다.

"기다려요."

노파가 큰 소리로 불렀다.

"내 딸을 내일 묻을 거요? 아니면 모레? 내가 낳았으니 나도 장지에 가야지. 큰 망토를 보내주시오. 날이 추우니 따뜻한 것으로 말이오. 장지로 출발하기 전에 케이크와 포도주도 준비를 해야 하는데, 케이크와 포도주가 없으면 빵과 물이라도 보내주시오. 빵을 줄 수 있겠소?"

노파가 문 쪽으로 걸어가는 소어베리의 외투를 잡으며 계속 떠들었다.

"알았습니다. 물론이죠. 뭐든 다 드리죠."

소어베리가 말했다.

소어베리는 노파의 손을 뿌리치더니 올리버를 끌고 서둘러 그곳을 떠났다.

그 뒤 그 가족은 범블이 직접 갖다 준 빵 900그램과 치즈로 배를 채웠다. 다음날 올리버와 소어베리가 비참한 그 집을 다시 방문했을 때, 범블이 구빈원에서 상여를 들어줄 장정 네 명을 데리고 먼저 와 있었다. 노파와 사내는 낡은 검정 망토를 누더기 위에 걸쳤다. 상여꾼들이 장식 없이 못만 박힌 관을 어깨에 메고 계단을 내려와 거리로 나섰다.

"자, 빨리 걸으셔야 합니다, 할머니."

소어베리가 노파의 귀에 대고 속삭였다.

"조금 늦었거든요. 목사님을 기다리게 할 수는 없어요. 갑시다, 여러분. 서둘러주세요."

지시를 받은 상여꾼들은 상여가 무겁지 않았기 때문에 성큼성큼 걸었고, 상주와 노파도 될 수 있는 대로 상여꾼을 바짝 뒤따라갔다. 범블과 소어베리도 앞에서 빠른 걸음으로 걸었기 때문에 다리가 짧은 올리버는 옆에서 종종걸음을 쳤다.

그러나 소어베리가 예상했던 대로 서둘 필요는 전혀 없었다. 쐐기풀이 무성하게 자란 교회 앞마당의 빈민들을 위한 무덤 터로 쓰이는 외진 구석에 상여가 도착했는데도 목사는 아직 오지 않았다. 교회 부속실 불 옆에 앉아 있던 교회 직원은 목사가 돌아오려면 한 시간 이상은 걸릴 거라 생각하는 것 같았다. 그래서 상여꾼들은 상여를 묘지 옆에 내려놓았고, 망자의 남편과 친정어머니는 부슬부슬 내리는 차가운 비를 맞으며 젖은 땅바닥에서 꾹 참고 기다렸다. 한편, 장례식을 구경하러 교회 앞마당에 모여든 누더기를 입은 아이들은 비석 사이에서 시끄럽게 숨바꼭질을 하거나 관을 뛰어넘는 등 지루함을 달래며 놀고 있었다. 교회 직원과 개인적으로 친분이 있는 소어베리와 범블은 교회 직원과 함께 불 옆에 앉아서 신문을 읽었다.

한 시간 이상이 지나서 드디어 범블과 소어베리, 교회 직원이 매장 예정지로 뛰어오는 모습이 보였고, 곧바로 목사가 나타났다. 목사는 예배용 가운을 걸치면서 걸어왔다. 범블은 어수선한 현장을 정리하기 위해 아이 한두 명을 때렸다. 장례식을 여러 차례 집전한 경험이 많은 연로한 목사는 장례식을 4분 만에 끝내고 가운을 교회 직원에게 건네더니 다시 뛰어 돌아가 버렸다.

"이봐, 빌."

소어베리는 매장꾼을 불렀다.

"흙 덮어."

흙을 많이 파지 않았기 때문에 관 윗부분이 표면에서 겨우 몇 센티미터밖에 떨어지지 않았다. 매장꾼은 흙을 몇 삽 떠서 발로 다지더니 삽을 어깨에 짊어지고 가버렸다. 아이들도 구경거리가 너무 일찍 끝나서 투덜대며 매장꾼을 따라갔다.

"갑시다. 교회에서 묘지 문을 닫아야 한다오."

범블이 사내의 등을 치며 말했다.

묘지 옆에 서서 꼼짝도 하지 않던 사내는 깜짝 놀라며 머리를 들어 자기에게 말을 건 사람을 쳐다보더니 몇 발짝 걸어가다 말고 쓰러져 기절을 해버렸다. 소어베리에게 망토를 빼앗긴 노파는 망토가 아까워 제정신이 아니었기 때문에 사위에게 신경을 쓸 겨를이 없었다. 사람들이 사내에게 찬물을 끼얹었고, 정신을 차린 사내가 무사히 교회 앞마당을 나가는 것을 확인하자 문을 닫고 각자 갈 길로 갔다.

"자, 올리버."

소어베리가 집으로 걸어가면서 말했다.

"오늘 일이 어떠니?"

"네, 아주 좋아요. 고맙습니다."

올리버가 몹시 머뭇거리며 대답했다.

"사실은 별로예요."

"그래? 익숙해질 거야, 올리버."

소어베리가 말했다.

"익숙해지면 아무것도 아니야."

올리버는 소어베리도 이 일에 익숙해지는 데 오래 걸렸을지 속으로 궁금했지만 묻지 않는 것이 낫겠다고 생각하며 가게로 돌아왔다. 직접 보고 들은 모든 것을 생각하면서……

이 무렵은 환자가 많이 생기는 계절이었다. 장사의 관점에서
보면 관 값이 올랐고, 올리버는 몇 주 동안 꽤 많은 경험을 쌓았
다. 소어베리는 남몰래 바라던 소원이 이루어져 자신도 놀랄 지
경이었다. 노인들의 기억 속에서도 홍역이 이렇게 만연하거나
신생아가 이렇게 많이 죽었던 때가 없었다. 그래서 수많은 장례
식이 거행되었고 그때마다 올리버가 무릎까지 내려오는 상장(喪
章)을 두른 모자를 쓰고 앞장섰기 때문에 아이를 둔 동네 아낙들
은 형용할 수 없는 감정에 휩싸여 탄식을 터뜨렸다. 올리버는
세련된 장의사가 되기 위한 필수 덕목인 침착함과 냉정함을 배
워야 했으므로 성인 장례식에도 대부분 주인을 따라다녔다. 그
러면서 마음이 굳건한 사람들이 사랑하는 사람을 잃은 고통과
시련을 꿋꿋하고 멋지게 참아내는 담담한 모습을 관찰할 많은
기회를 얻었다.

예를 들어 부유한 노파나 노신사의 장례식을 거행하면 고인

이 죽기 전 병환 중일 때는 수많은 조카가 주변을 에워싸며 슬픔에 잠겼다. 그리고 사람들이 많이 모인 공개적인 장례식 때는 더더욱 슬픔을 자제하지 못했다. 하지만 그러다 자기들끼리만 있게 되면 아무 일도 없다는 듯 자유롭고 유쾌하게 떠들며 필요 이상으로 만족스러워했다.

아내가 죽으면 남편은 그 죽음을 담담하게 받아들였다. 또 아내도 남편이 죽으면 상복을 입을 때 될 수 있으면 잘 어울리고 매력적인 상복을 입고 싶어 했다. 배우자를 매장하는 동안 비탄에 젖었던 신사나 숙녀들은 집에 돌아오자마자 곧바로 마음을 추슬렀고, 차 한 잔 비우기도 전에 상당히 평정을 되찾았다. 올리버는 이런 모습들을 보는 것이 모두 즐겁고 도움이 되었으며 대단한 존경심마저 들 지경이었다.

나는 올리버의 자서전을 쓰는 작가이지만 올리버가 부유한 사람들의 이런 행태를 보면서 시련을 극복하는 법을 배웠다고 자신 있게 단언할 수는 없다. 하지만 몇 주 동안 올리버가 노아 클레이폴의 대장 노릇과 학대에 순순히 복종했음은 분명히 말할 수 있다. 노아는 이제껏 그 누구보다도 올리버를 못살게 굴었다. 신참인 올리버가 검정 지팡이를 들고 상장을 늘어뜨린 모자를 쓰는 것을 보자 질투심을 억누를 길이 없었다. 올리버보다 먼저 장의사 가게에서 일을 시작했는데 아직도 자선학교 모자를 쓰고 가죽 반바지를 입고 있으니 말이다. 샬럿도 노아를 따라 올리버를 함부로 대했다. 소어베리 부인도 남편이 올리버를 예뻐하는 것 같아 부아가 치밀었다. 이렇게 세 명이 한 편이 되어 올리버를 못 잡아먹어 안달이었고, 거기다 장례 주문까지 넘쳐났기 때문에 올리버는 실수로 양조장의 곡물 창고에 갇힌 배고픈 돼지처럼 편안하지만은 않았다.

지금부터 올리버의 인생에서 중요한 대목에 접어든다. 얼핏 보기에는 하찮고 별로 중요해 보이지 않지만, 간접적으로 올리버의 장래를 근본적으로 바꾸는 결과를 낳는 중대한 사건이 시작된다.

어느 날, 올리버와 노아가 평상시대로 저녁 먹을 시간에 맞춰 부엌으로 내려갔다. 저녁 식단은 최하등급 양고기 목살 1.5 파운드였다. 샬럿이 밖으로 불려 나갔기 때문에 둘은 잠시 기다려야 했다. 배가 고파 심술이 난 노아 클레이폴은 지금이 어린 올리버 트위스트를 괴롭히기에 더 없는 절호의 기회라고 생각했다.

노아는 지루한 시간을 단순히 즐겁게 보내려는 욕심에, 식탁보에 발을 올려놓더니 올리버의 머리카락을 잡아당기고 귀를 비틀었다. 그것도 모자라, 올리버를 고자질쟁이라고 부르며 언젠가 올리버가 교수형을 당하게 되면 그 재미있는 현장에 가서 교수형 당하는 순간을 구경하겠노라고 말했다. 그 외에도 못되고 심술궂은 아이답게 온갖 비열한 방법으로 올리버를 괴롭혔다. 하지만 아무리 괴롭혀도 올리버를 울리는 소기의 목적을 달성할 수 없자 훨씬 더 경박한 방법을 시도했다. 노아보다도 훨씬 어리석기로 유명한 사람들이 재미 삼아 시도하는 인신공격을 시도한 것이었다.

"야, 구빈원."

노아가 말했다.

"네 어미는 어떻게 되었냐?"

"돌아가셨어요."

올리버가 대답했다.

"우리 엄마 얘기는 하지 말아요."

이렇게 말하던 올리버는 얼굴이 빨개졌고 가쁜 숨을 쉬었으며 입과 콧구멍이 묘하게 실룩거렸다. 노아는 올리버가 당장 울음을 터뜨릴 거라 확신하자 이 기회를 놓치지 않으려 공격을 재개했다.

"왜 죽었는데, 구빈원?"

노아가 물었다.

"심장마비로요. 조산사 할머니가 말해줬어요."

올리버가 대답했다. 노아의 물음에 대답한다기보다 혼잣말을 하는 것 같았다.

"심장마비로 죽는 게 어떤 건지 알 것 같아요."

"저런, 저런! 눈물 떨어진다, 구빈원."

눈물이 올리버의 뺨으로 흘러내리자 노아가 말했다.

"뭐 때문에 훌쩍거리는 거냐?"

"아니에요."

올리버가 황급히 눈물을 닦으며 대꾸했다.

"신경 쓰지 마세요."

"내가 놀려서 그러냐?"

노아가 비아냥거렸다.

"아니에요."

올리버가 쏘아붙였다.

"인제 그만 해요. 엄마 얘기는 더는 하고 싶지 않으니까 그만하는 게 좋겠어요."

"그만하는 게 좋겠다고?"

노아가 소리를 버럭 질렀다.

"뭐야? 그만하는 게 좋겠다고? 건방 떨지 마, 구빈원. 네 어미도 마찬가지야. 네 어미도 만만치 않았을 거라고! 그럼, 그렇고말고!"

이쯤에서 노아가 의미심장하게 머리를 끄덕이더니 작고 빨간 코를 힘껏 벌름거렸다.

"그래, 구빈원."

노아는 올리버가 조용히 하자 더욱 용기를 얻어 계속했다. 동정심을 가장해 조롱하는 투로 말했는데, 이런 말투가 사람을 가장 짜증 나게 만든다.

"있잖아, 구빈원. 그런 건 아무 소용이 없어. 네가 어쩔 수도 없지. 나도 네가 불쌍해. 모두 너를 불쌍하게 생각할 거야. 하지만 이건 꼭 알아야 해, 구빈원. 네 어미는 흔하디흔한 지독하게 나쁜 여자야."

"뭐라고요?"

올리버가 고개를 휙 들며 쏘아붙였다.

"흔하디흔한 지독하게 나쁜 여자라고, 구빈원."

노아가 싸늘하게 대꾸했다.

"네 어미는 죽는 게 나았어. 그때 안 죽었다면 교도소에서 중노동을 하거나 신대륙으로 유배 보내졌거나, 아니면 교수형 당했을 거야. 교수형 당했을 가능성이 제일 크지."

화가 머리끝까지 치밀어 오른 올리버가 벌떡 일어나서 의자와 식탁을 뒤집어엎고 나서 노아의 멱살을 잡더니 노아의 이가 딱딱 부딪힐 때까지 흔들었다. 그러고는 있는 힘껏 주먹으로 노아를 한 대 갈겨 바닥에 나동그라지게 했다.

1분 전까지만 해도, 올리버는 어려서부터 학대를 받으며 자란 탓에 조용하고 온순하며 풀이 죽은 아이처럼 보였다. 하지만 드디어 폭발했다. 죽은 엄마에 대한 비열한 모욕을 듣자 피가 거꾸로 솟은 것이었다. 가슴을 들썩거리며 몸을 꼿꼿이 세웠고, 눈에서는 광채가 났으며 생기가 넘쳤다. 완전히 딴사람이 되어 버렸다. 발밑에 웅크리고 있는 겁쟁이 고문관을 노려보고 서서 자신도 놀랄 만큼 용기 있게 노아에게 맞섰다.

　"너, 그러다 나 죽이겠다!"

　노아가 울먹였다.

　"샬럿! 새로 온 꼬마가 날 죽여! 도와줘! 올리버가 미쳤나 봐. 샬럿!"

　노아의 고함을 들은 샬럿이 비명을 질렀고, 소어베리 부인은 샬럿보다 훨씬 큰 소리로 비명을 질렀다. 샬럿이 쪽문을 통해 재빨리 부엌으로 들어온 반면, 소어베리 부인은 계단에 멈춰 서고는 이제는 가도 생명에 지장이 없겠다는 확신이 든 뒤에야 내려왔다.

　"어린놈이 못되기도 하지."

　샬럿이 악을 쓰며 온 힘을 다해 올리버를 잡았다. 샬럿은 훈련을 잘 받은 장정만큼이나 힘이 세었다.

　"이 배은망덕한 놈아. 이 벼락 맞을 나쁜 놈아."

　입을 벌려 악을 쓸 때마다 샬럿은 있는 힘껏 올리버를 때렸고, 때릴 때마다 다른 사람에게 도와달라고 소리를 질러댔다.

　샬럿의 주먹은 장난이 아니었다. 하지만 올리버의 화를 진정시키기에는 역부족이었기 때문에 소어베리 부인이 부엌으로 뛰어들더니, 한 손으로는 올리버를 잡고 다른 손으로는 올리버의 얼굴을 할퀴었다. 두 여자의 도움으로 형세가 유리해지자, 노아는 바닥에서 겨우 일어나 뒤에서 올리버를 두들겨 팼다.

소동이 어찌나 격렬했는지 오래 가지 못했다. 한 편이 된 세 명이 지쳐 더는 할퀴거나 두들겨 팰 수 없어지자, 소리치며 버둥거리는 올리버를 끌고 나와서 눈 하나 깜빡하지 않고 쓰레기 광에 집어넣고 가둬버렸다. 그제서야 소어베리 부인이 의자에 털썩 주저앉더니 울음을 터뜨렸다.

"맙소사, 주인아줌마 기절하시겠네."

샬럿이 말했다.

"물 좀 갖다 줘요, 노아. 어서요."

"아이고, 샬럿."

소어베리 부인이 말했다.

노아가 머리와 어깨에 부어 준 찬물 덕분에 가쁜 숨을 쉬며 겨우 입을 연 것이었다.

"자다가 죽지 않은 게 얼마나 다행인지 몰라!"

"다행이다마다요, 아줌마."

샬럿이 대답했다.

"살인자나 도둑으로 태어난 무서운 아이를 더는 데리고 있지 말아야 한다는 것을 주인님이 깨달으셨으면 좋겠어요. 불쌍한 노아! 제가 안 들어왔으면 죽었을지도 몰라요."

"불쌍하기도 하지."

소어베리 부인이 노아를 측은한 눈길로 바라보며 말했다.

나란히 서면 올리버의 정수리가 조끼의 윗단추까지 밖에 오지 않을 만큼 키가 큰 노아가 손목 안쪽을 이용해 눈을 비볐다. 노아는 연민의 감정을 부추기려고 눈물과 콧물까지 흘리며 홀

찍거렸다.

"정말 큰일 날 뻔했어!"

소어베리 부인이 말했다.

"남편이 집을 비워 없는데 혹시라도 저 문을 발로 차고 뛰쳐나오면 어쩐담?"

올리버가 화가 나서 주먹으로 문을 두드리자 정말 문을 부수고 뛰쳐나올 것처럼 불안한 모양이었다.

"세상에나! 어쩌죠, 아줌마?"

샬럿이 물었다.

"아무래도 경찰을 불러와야 할 것 같아요."

"군대는 어떨까요?"

노아가 끼어들었다.

"아니야, 아니야."

소어베리 부인이 평소 올리버를 편애하는 남편을 떠올리며 말했다.

"노아, 범블에게 뛰어가서 지체하지 말고 당장 이리로 오시라고 말해라. 모자를 쓰고 가거라. 서둘러. 칼을 멍든 눈에 대고 가렴. 그럼 부기가 빠질 거야."

노아는 대답도 없이 전속력으로 뛰기 시작했다. 자선학교 출신 아이가 모자도 쓰지 않고 주머니칼을 눈에 댄 채 허둥지둥 길거리를 달려가는 모습에, 거리를 걷던 사람들이 깜짝 놀랐다.

노아 클레이폴은 있는 힘을 다해 뛰어갔고 단 한 번도 쉬지
않고 구빈원 앞에 도착했다. 눈물과 두려움이 범벅된 얼굴로 울
먹이는 시늉을 하기 위해 1, 2분 동안 대문 앞에서 숨을 고른
뒤, 쪽문을 힘껏 두드렸다. 문을 열어 준 늙은 구빈원 식구에게
가엾은 표정을 지었는데, 그 표정은 평생 그런 얼굴만 보며 살
아온 늙은이조차도 깜짝 놀라 물러설 정도로 불쌍했다.

"아니, 무슨 일이냐?"

늙은이가 물었다.

"범블 선생님! 범블 선생님!"

노아가 소리쳤다. 노아는 한껏 참담한 표정을 지었으며 우연
히 옆을 지나가던 범블의 귀에까지 들릴 뿐 아니라, 너무 놀라
중절모도 쓰지 않은 채 마당으로 뛰어나올 만큼 크고 불안한 목
소리로 소리쳤다. 범블이 모자를 쓰지 않고 건물 밖으로 나오는
일은 흔한 일이 아니었다. 갑작스럽고 강력한 충격을 받으면 기

83

품을 갖춰야 할 교구 직원이라 하더라도 순간적으로 냉정을 잃고 체면을 잊기도 한다는 사실을 바로 보여주는 예였다.

"아이고, 범블 선생님!"

노아가 말했다.

"올리버가, 올리버가요……."

"뭐? 뭐야?"

범블이 차가운 눈에 기쁜 빛을 번득이며 말을 끊었다.

"도망친 것은 아니지? 올리버가 도망치지는 않았지, 노아?"

"아니에요, 선생님. 도망친 게 아니고요. 애가 난폭해졌어요."

노아가 대답했다.

"올리버가 저를 죽이려고 했어요. 그러더니 샬럿과 주인아줌마까지 죽이려고 했어요. 얼마나 무서웠는지 몰라요, 선생님."

이쯤에서 노아는 몸부림치는 장어처럼 몸을 비비 꼬며 범블에게 올리버 트위스트가 광폭하고 살벌한 폭력을 행사했고, 그때문에 심한 상처를 입었다는 것을 알리기 위해 안간힘을 썼다. 그때의 상황을 설명하는 지금도 고통스러워 못 견디겠다는 듯이 말이다.

노아는 자기가 전한 소식을 듣고 범블이 사색이 되는 것을 보자, 전보다 열 배나 더 큰 소리로 상처가 아프다고 울부짖으며 효과를 배가시켰다. 그러다 흰 조끼를 입은 신사가 마당을 지나는 것을 보자, 전보다 훨씬 큰 소리로 구슬프게 울었다. 그러면 흰 조끼를 입은 신사의 관심을 끌고 화를 돋우기 쉬울 거라는 노아의 예상은 딱 맞아 떨어졌다.

그 신사가 당장 관심을 보였다. 과연 흰 조끼를 입은 신사는 세 발짝을 떼놓기도 전에 화를 참지 못하고 가던 길을 멈추고 돌아서서 노아가 우는 이유와 범블이 아이를 한 대 때려 시끄러운 울음을 그치게 하지 않는 이유도 물었다.

"자선학교 출신의 불쌍한 아이입니다."

범블이 대답했다.

"조금 전 올리버에게 살해당할 뻔했다는군요."

"이런 말도 안 돼!"

흰 조끼를 입은 신사가 걸어오다 별안간 걸음을 멈추며 소리쳤다.

"내 그럴 줄 알았어! 그 괘씸한 녀석을 처음 보는 순간 교수형 당할 거라는 이상한 느낌이 들더라니!"

"그 녀석이 그 집 하녀도 죽이려고 했답니다."

범블이 당황해서 백지장처럼 하얗게 질린 얼굴로 덧붙였다.

"주인아줌마도요."

노아가 끼어들었다.

"주인도 죽이려고 했다고 했지, 노아?"

범블이 덧붙였다.

"아니요, 주인아저씨는 외출 중이세요. 안 그랬으면 살해당했을지도 몰라요."

노아가 대답했다.

"올리버가 죽이고 싶다고……."

"저런! 죽이고 싶다고 했단 말이지?"

흰 조끼를 입은 신사가 물었다.

"네, 맞아요."

노아가 대답했다.

"그런데요, 주인아줌마께서 범블 씨가 당장 오셔서 올리버를 혼내줄 수 있는지 알고 싶어 하세요. 주인아저씨가 외출 중이시거든요."

"당연하지, 당연해."

흰 조끼를 입은 신사가 온화한 미소를 짓더니 자기보다 8센티미터나 더 큰 노아의 머리를 쓰다듬으며 말했다.

"참 착한 아이구나. 아주 착해. 1펜스다. 가져라. 범블, 지팡이 들고 소어베리 가게로 가서 어떻게 하는 게 제일 좋을지 알아보게. 올리버를 절대 봐주면 안 되네, 범블."

"그럼요. 절대 그런 일은 없습니다."

범블이 교구에서 매질하게 될 때를 대비해 지팡이 밑에 감아 놓았던 왁스칠 한 채찍을 어루만지며 대답했다.

"소어베리에게도 봐주지 말라고 말하게. 멍이 들도록 몽둥이 찜질을 하지 않으면 아무짝에도 쓸모없는 녀석이니까 말이야."

흰 조끼를 입은 신사가 다시 다짐을 받아두듯 말했다.

"제가 알아서 하겠습니다."

범블이 대답했다. 이번에는 다행히 지팡이와 중절모를 챙긴 범블이 노아와 함께 서둘러 장의사 가게로 갔다.

소동이 벌어졌던 현장에서는 상황이 전혀 나아지지 않았다. 소어베리가 아직 돌아오지 않았고, 올리버는 분을 삭이지 못한 채 광의 문을 계속 발로 찼다. 소어베리 부인과 샬럿의 설명에 따르면, 올리버가 화난 이유가 너무나 놀라웠기 때문에 범블은 광의 문을 열기 전에 올리버와 담판을 짓는 것이 현명하다고 판단했다. 그래서 사전 준비로 범블도 밖에서 문을 발로 차며 열쇠 구멍에 입을 대고 깊고 인상적인 목소리로 대화를 시도했다.

"올리버!"

"어서 내보내 주세요."

안에서 올리버가 대꾸했다.

"내가 누군지 알겠니, 올리버?"

범블이 물었다.

"네."

올리버가 대답했다.

"무섭지 않니? 내 목소리 들으니까 떨리지 않아?"

범블이 물었다.

"아니요!"

올리버가 용감하게 대답했다.

늘 들어왔던 대답을 기대했으나 전혀 다른 대답을 들었기 때문에 범블은 적잖이 놀랐다. 범블은 열쇠 구멍에서 한발 물러나 숙였던 몸을 쭉 펴더니, 놀라서 입도 뻥긋 못하는 구경꾼 세 명을 번갈아 쳐다보았다.

"어머나, 범블. 저 애가 미쳤나 봐요."

소어베리 부인이 말했다.

"제정신이라면 감히 저런 식으로 말하지 못할 테니까요."

"미쳐서가 아니에요, 부인."

한참 동안 심각하게 생각을 하던 범블이 말했다.

"고기 때문이에요."

"뭐요?"

소어베리 부인이 소리를 질렀다.

"고기요, 부인. 고기."

범블이 단호하게 말에 힘을 실어 대답했다.

"그건 올리버를 너무 잘 먹였기 때문이라고요, 부인. 고기를 너무 먹여서 아이가 이상하게 기가 살아서 저러는 거라는 말입니다. 고기는 저런 애에게 바람직하지 않은 음식이죠. 실용적인 원칙을 이행하는 위원회에서 알려줄 테지만, 저 아이의 기를 살려놓는다고 무슨 소용이 있겠습니까? 저런 아이는 그저 죽지 않을 만큼 먹이면서 목숨만 부지시키면 충분합니다. 올리버에게 계속 죽만 줬다면 이런 일은 생기지 않았을 겁니다."

"어머나 세상에!"

소어베리 부인이 기가 막힌다는 듯 부엌 천장을 올려다보며 탄식을 내뱉었다.

"너무 잘 먹여서 이런 일이 생겼군요!"

소어베리 부인이 올리버에게 아낌없이 먹인 것은 남아서 버리려는 찌꺼기들을 한데 모아 준, 사람이라면 아무도 먹지 않을 그런 음식이었다. 그래도 소어베리 부인은 범블의 얼토당토않은 엄한 꾸지람에 이의를 제기하지 않고 조용히 귀 기울여 열중해서 듣고 있었다. 사실 범블의 꾸지람처럼 올리버의 기를 살려놓을 만큼 잘 먹이거나 친절한 말을 하거나 잘 대해 준 적은 한 번도 없었다.

"그러니!"

소어베리 부인이 다시 고개를 숙여 땅을 보자 범블이 말을 이어 나갔다.

"지금부터 할 일은 한 가지뿐입니다. 하루 정도 올리버를 광에 가두었다가 배가 고파 기진맥진해지면 꺼내는 거죠. 그런 다음, 고용살이가 끝날 때까지 죽만 주세요. 출신이 나쁜 아이라서 흥분을 잘합니다, 소어베리 부인. 의사와 조산사가 그러는데 저 아이의 어미도 어찌나 독한지, 유약한 여자라면 몇 주 전에 죽었을 그런 고난과 고통을 견디며 이곳까지 와서 해산했다고 하더군요."

범블이 여기까지 하는 이야기를 들은 올리버는 엄마에 관한 또 어떤 거짓말이 계속될지 알고 있었다. 그래서 주변의 다른 소리는 들리지 않을 만큼 있는 힘껏 문을 발로 다시 찼는데, 때마침 소어베리가 돌아와 올리버가 어떤 짓을 저질렀는지 설명을 들었다. 두 여자가 소어베리의 화를 돋우기 위해 머리를 굴려 적당히 과장했기 때문에, 소어베리는 눈 깜짝할 사이에 광의 문을 열더니 말썽을 피운 애제자의 멱살을 잡고 끌어냈다.

올리버는 옷이 찢어질 정도로 흠씬 매를 맞았다. 얼굴은 시퍼렇게 멍이 들었고 여기저기 손톱으로 할퀸 상처투성이였으며, 이마 위에는 뽑힌 머리카락이 흩어져 있었다. 그러나 얼굴은 화가 나서 상기되어 있었고, 광에서 끌려 나와서도 노아를 대담하게 노려보며 조금도 풀이 죽지 않았다.

"이제 말 잘 들을 거지?"

소어베리가 올리버를 흔들고 따귀를 제대로 갈기고는 큰 소리로 다그쳤다.

"노아가 우리 엄마를 욕했단 말이에요."

올리버가 퉁명스럽게 대답했다.

"그래? 그래도 그렇지, 이 배은망덕한 녀석아!"

소어베리 부인이 거들었다.

"네 어미는 욕먹어도 싸. 더 심한 욕도 감지덕지해야 해."

"아니에요."

올리버가 말했다.

"맞아."

소어베리 부인이 쏘아붙였다.

"거짓말이야."

올리버가 소리쳤다.

소어베리 부인이 와락 울음을 터뜨렸다.

아내가 쏟아내는 눈물을 보자 소어베리는 선택의 여지가 없었다. 올리버를 벌주는 걸 한순간이라도 지체했다가는 그동안의 부부싸움에서도 알 수 있듯이, 자신이 난폭하고 비정상적인 남편이며 모욕적인 존재로 사내구실도 제대로 못 하는 사내고, 너무 많아 다 언급하기에 이번 장이 모자랄 지경인 다양한 인물이 될 것이 너무나 뻔했다.

사실 소어베리의 입장에서는 당연한 일이지만 힘이 닿는 한 -그렇다고 크게 힘이 닿는 것은 아니지만- 올리버를 편애할 수밖에 없었다. 그 이유는 올리버를 편애하는 것이 자기에게 유리하기 때문일 수도 있고, 아내가 올리버를 미워하기 때문일 수도 있었다. 그러나 아내의 눈물은 소어베리에게 다른 여지를 주지 않았다. 그는 당장 올리버를 몽둥이로 두들겨 팼다. 어찌나 심하게 두들겨 팼는지, 소어베리 부인조차 만족스러워했고 범블은 자기 지팡이가 불필요하다는 생각이 들 정도였다.

그날 오후 내내 올리버는 부엌에 갇혔고, 먹을 것이라고는 펌프에서 나오는 물과 빵 한 조각이 전부였다. 밤이 되어 소어베리 부인이 문밖에서 올리버의 엄마에 관한 별의별 험담을 다 늘어놓은 뒤 부엌 안을 들여다보더니, 노아와 샬럿의 놀림과 손가락질을 당하고 있는 올리버에게 침대가 있는 위층으로 올라가도 좋다고 허락했다.

올리버는 음산한 장의사 가게에 조용히 혼자 남겨진 뒤에야,

오늘 같은 억울한 처사로 인해 아무리 어린아이라도 느낄 수밖에 없는 서러움을 느꼈다. 샬럿과 노아는 끈질긴 경멸의 눈길로 올리버를 조롱했다. 올리버는 매를 맞아도 울지 않았다. 가슴속이 자존심으로 가득 채워졌기 때문이었다. 산 채로 화형을 당한다고 해도 끝까지 비명을 참아냈을 것이었다. 하지만 지금은 올리버가 우는 모습을 보거나 울음소리를 듣는 사람이 아무도 없으니, 바닥에 무릎을 꿇고 양손으로 얼굴을 가린 채 하염없이 눈물을 흘렸다. 신이 눈물이라는 선물을 인간에게 주셨다지만, 신 앞에서 이렇게 눈물을 펑펑 쏟을 이유가 있는 아이는 많지 않을 것이었다.

오랫동안 올리버는 그 상태로 꼼짝하지 않았다. 초가 다 타서 얼마 남지 않았을 때가 되어서야 올리버가 일어섰다. 주변을 조심스레 살피던 올리버는 가만히 귀를 기울이더니 조심조심 문을 열고 밖을 내다보았다.

춥고 깜깜한 밤이었다. 올리버의 눈에는 별들이 전보다 훨씬 멀어 보였다. 바람 한 점 없었고 땅에 드리운 나무의 거무칙칙한 그림자가 전혀 움직이지 않아 음침하고 죽은 것처럼 보였다. 올리버는 문을 다시 조용히 닫았다. 초가 다 타서 꺼질 때까지 옷가지 등 몇 안 되는 소지품을 손수건에 싸고 나서 의자에 앉아 이침이 밝기를 기다렸다.

아침 햇살이 덧문 틈을 비집고 들어오자, 올리버는 일어서서 다시 문의 빗장을 열었다. 조심스럽게 주위를 한 번 살핀 다음 잠깐 머뭇거리다가 밖으로 나와 문을 닫고 거리로 나섰다.

올리버는 오른쪽을 살핀 다음 다시 왼쪽을 살폈다. 어느 쪽으로 도망쳐야 할지 확신이 서질 않았다. 언젠가 밖에 멀리 나갔을 때 짐 마차들이 언덕을 힘겹게 올라가는 것을 본 기억이 났다. 그래서 그 길로 가기로 했다.

들판을 가로질러 오솔길에 접어들었다. 이 오솔길로 한참을 가면 다시 큰길이 나올 것으로 생각하며 이 길을 따라 발걸음을 재촉했다.

올리버는 이 오솔길을 따라 범블 옆에서 종종걸음을 쳤던 기억이 또렷했다. 범블 손에 이끌려 보육원에서 구빈원으로 돌아올 때 걷던 길이었다. 이 길이 곧장 보육원으로 통한다는 생각을 하자 심장이 빠르게 뛰었다. 돌아설까 고민도 했지만 이미 한참을 왔기 때문에 다시 돌아서면 너무 많은 시간을 허비하는 꼴이 된다고 생각했다. 게다가 너무 이른 아침이라서 누구의 눈에도 뜨일 가능성이 적었기 때문에 그냥 계속 걸었다.

올리버는 보육원 앞에 도착했다. 이른 시간이었기 때문에 보육원 아이들의 모습은 보이지 않았다. 발걸음을 멈추고 마당을 들여다보았다. 한 아이가 작은 꽃밭에서 잡초를 뽑고 있었다. 올리버가 걸음을 멈추자 아이가 창백한 얼굴을 들었다. 전에 보육원에서 함께 지내던 아이였다. 올리버는 그냥 지나치기 전에 이 아이를 보게 되어 반가운 마음이 들었다. 아이는 올리버보다 어리지만 같이 놀았던 친구였다. 두 아이는 함께 두들겨 맞았었고, 함께 굶었었고, 함께 갇히기도 했었다. 그것도 셀 수 없이 여러 번.

"조용히 해, 딕!"

아이가 문 쪽으로 뛰어오자 올리버가 말했다. 비쩍 마른 손을 울타리 사이로 내밀며 딕과 악수를 했다.

"아무도 안 일어났지?"

"나만 일어났어."

딕이 대답했다.

"나 봤다고 말하면 안 돼, 딕."

올리버가 말했다.

"나 도망가는 중이야. 난 죽도록 두들겨 맞았고 학대당했어, 딕. 멀리 가서 내 운명을 개척할 거야. 어디로 가야 할지 아직은 모르지만 말이야. 그런데 왜 이렇게 창백하니?"

"의사가 하는 소리 들었는데 나 죽는대."

딕이 힘없이 웃으며 말했다.

"만나서 정말 반가워. 멈추지 말고 어서 가. 어서."

"그래, 알았어. 작별인사나 하려고."

올리버가 대꾸했다.

"또 만나, 딕. 또 만날 거야. 건강하고 행복하게 지내."

"나도 그러고 싶어. 죽기 전이 아니라 죽은 다음에라도 말이야. 의사 말이 맞는 거 알아, 올리버. 꿈에서 천국과 천사, 깨었을 때 한 번도 본 적 없는 다정한 얼굴을 수도 없이 봤어. 키스해줘."

딕이 낮은 문을 기어올라 올리버의 목에 작은 팔을 휘감으며 말했다.

"잘 가, 올리버. 신이 너를 축복해주실 거야."

어린 딕의 입에서 축복의 말이 나왔다. 생전 처음 듣는 따뜻한 말이었기 때문에 올리버의 마음속에 깊이 남았다. 훗날 올리버는 여러 번 힘든 역경을 겪는 동안에도 이 말을 단 한 번도 잊지 않았다.

❖ 제8장 ❖
올리버가 런던까지 걸어가는
길에 한 아이를 만나다

올리버는 오솔길이 끝나는 지점에서 계단을 만나, 한 계단 높은 길로 접어들었다. 이제 아침 8시가 되었다. 마을을 떠난 지 5분이나 지났지만 정오가 될 때까지 뛰고 모퉁이를 지날 때면 울타리에 몸을 숨겼다. 누군가 뒤따라와 붙잡을까 봐 겁이 났기 때문이다. 올리버는 한 이정표 옆에서 잠깐 쉬려고 앉아서 도망치고 처음으로 어디로 가야 할지, 그리고 어떻게 살아야 할지를 생각하기 시작했다.

올리버가 앉은 자리 옆에 있는 이정표 돌에는 110킬로미터만 더 가면 런던이라는 커다란 글씨가 새겨져 있었다. 런던이라는 단어는 올리버의 머릿속에서 새로운 생각을 불러일으켰다. 런던! 무지하게 넓은 곳! 그러므로 아무도, 심지어 범블조차도 올리버를 찾을 수 없을 것 같았다. 올리버는 구빈원의 노인들이 하는 이야기를 종종 듣곤 했는데, 그때 노인들이 했던 말이 떠올랐다. 런던에서는 용기만 있다면 누구라도 살 수 있으며, 런던이 얼마나 넓은 도시인지 촌구석에서 자란 아이는 도저히 런던의 생활방식을 이해할 수 없고, 누군가의 도움이 없다면 길거리에서 죽을 게 뻔한 집 없는 아이에게 딱 알맞은 곳이라고 했었다. 이런 생각들이 머리에 스치자 올리버는 벌떡 일어나 다시 걷기 시작했다.

올리버는 쉬지 않고 6킬로미터를 더 걸어간 다음에야 비로소, 가고자 하는 목적지인 런던까지 가려면 도대체 어떤 일을 겪게 될까 걱정스러웠다. 이런 걱정이 떠오르자, 걸음의 속도를 약간 늦추고 어떻게 런던에 가야 할지를 곰곰이 생각했다. 올리버의 보따리에는 말라서 딱딱해진 빵 한 조각과 허름한 셔츠, 양말 두 켤레가 전부였고, 주머니에는 어떤 장례식에서 평소보다 잘 처신했다고 소어베리가 상으로 준 1페니가 들어 있었다. '깨끗한 셔츠가 있으니 얼마나 다행이야. 거기다 기운 양말도 두 켤레나 있고 주머니에는 1페니도 있잖아. 그렇지만 한겨울에 104킬로미터나 걸어가야 하니 내가 가진 거로는 턱도 없을 거야.' 올리버가 혼자 생각했다. 하지만 다른 사람들과 마찬가지로, 올리버도 앞으로 어떤 고통을 당할지 확실하게 알 수는 있었지만 고통을 극복할 그럴듯한 방법을 찾아내지는 못했다. 아무리 생각해도 특별한 해답을 찾지 못한 채 작은 보따리를 다른 어깨에 바꿔 메고 터덜터덜 계속 걷기만 했다.

올리버는 그날 32킬로미터를 걸었다. 온종일 말라비틀어진 빵을 제외하고는 아무것도 못 먹었고, 물도 길가에 있는 오두막집 앞에서 사정해서 얻어 마신 몇 모금이 전부였다. 들판에 접어들었을 때 날이 저물기 시작했기 때문에, 들판의 건초더미 밑으로 기어들어가 다음 날 아침까지 누워 있기로 마음먹었다. 처음에는 넓은 들판에서 부는 섬뜩한 바람 소리가 무서웠고 시간이 지나자 전보다 훨씬 외로웠으며 춥고 배가 고팠다. 하지만 온종일 걸어서 피곤했기 때문에 곧 곯아떨어졌고 그 덕분에 외로움과 추위, 배고픔을 잊을 수 있었다.

다음 날 아침이 밝았다. 올리버는 춥고 몸이 뻣뻣했다. 거기다 배까지 너무 고팠기 때문에 지나다가 처음 만나는 마을에서 전 재산인 1페니를 주고 작은 빵을 살 수밖에 없었다. 다시 밤이 찾아올 때까지 겨우 19킬로미터밖에 걷지 못했지만 발이 너무 아팠고 다리에서 힘이 빠져 비틀거렸다. 춥고 눅눅한 밤공기를 맞으며 또 하룻밤을 보내자 상태가 더욱 나빠졌다. 다음 날 아침, 다시 걷기 시작하려 했지만 기기조차 힘들었다.

올리버는 역마차가 다가올 때까지 가파른 언덕 밑에서 기다리며 지나가는 역마차의 밖에 탄 승객들에게 애원했다. 하지만 올리버에게 관심을 보이는 사람은 거의 없었다. 혹시라도 관심을 보였던 사람들은 올리버에게 마차가 언덕 꼭대기에 도착할 때까지 쫓아오면 0.5페니를 주겠다고 제안했다. 그래서 불쌍한 올리버는 마차를 따라가려고 했지만 몸이 피곤한 데다 발까지 아팠기 때문에 도저히 불가능했다. 역마차 밖에 탄 승객들은 올리버가 포기하는 모습을 보자 주머니에 0.5페니를 도로 집어넣으며, 어린아이가 너무 게으르다며 그 어떤 것도 받을 자격이 없다고 말했다. 마차는 매정하게도 뒤에 먼지만 풀풀 흩날리며 덜컹덜컹 가버렸다.

구걸 행위를 하면 누구라도 철창행이라는 경고문이 적힌 커다란 푯말이 서 있는 마을도 있었다. 그래서 올리버는 잔뜩 겁을 집어먹었고 될수록 신속하게 그런 마을을 벗어났다. 어떤 마을에서는 여관 앞마당에 서서 행인을 불쌍하게 쳐다본 적이 있었다. 그러자 주인 여자가 어슬렁거리던 심부름꾼을 시켜 처음 보는 올리버를 내쫓으라고 했다. 올리버가 뭔가를 훔치러 왔다고 오해를 했기 때문이었다. 올리버가 농가에서 구걸하면 농가에서는 십중팔구 개를 풀겠다고 으름장을 놓았다. 한 번은 가게에 얼굴을 디밀었을 때 가게 사람들이 하필 범블의 이야기를 하고 있었기 때문에 너무 놀라 심장이 입까지 치솟는 줄 알았다. 얼마나 놀랐는지 몇 시간이 지나도 심장이 제자리로 돌아가지 않았다.

사실 마음씨 착한 유료도로 요금 징수원 아저씨와 인정 많은 할머니가 아니었다면, 올리버는 엄마와 똑같은 운명을 맞아 모든 고통에서 금방 벗어났을 뻔했다. 길 위에서 쓰러져 죽었을 것이 분명했기 때문이었다. 하지만 유료도로 요금 징수원 아저씨가 올리버에게 빵과 치즈를 주었고, 손자가 배를 타고 나갔다가 좌초되는 바람에 지구 어딘가를 떠돌고 있다는 할머니는 불쌍한 고아 올리버를 측은하게 여겨 넉넉하지 않은 형편이었지만 조금이라도 가진 것을 나누어주셨다. 더구나 친절하고 다정한 말과 함께 측은지심에서 나온 눈물까지 흘려주어, 올리버는 그동안 온갖 고생을 겪을 때보다 마음이 훨씬 더 무거웠다.

태어난 고향을 떠난 지 7일째 되는 날 아침 일찍, 올리버는 '바넷'이라는 작은 마을로 다리를 절뚝이며 느릿느릿 걸어 들어갔다. 유리창의 덧문이 아직 닫혀있었고 거리는 텅텅 비어 있었다. 그날 일을 시작하기 위해 일어난 사람이 아직 아무도 없는 이른 아침이었다. 해가 찬란한 햇빛을 뿜내며 솟아올랐는데, 발에서 피를 철철 흘리며 먼지를 뒤집어쓴 채 남의 집 차가운 계단 위에 앉아 있는 올리버의 외로움과 쓸쓸함을 강조하는 것만 같았다.

시간이 지나자 덧문이 하나둘 열렸고 창문의 블라인드도 걷히더니 사람들이 지나다니기 시작했다. 가던 걸음을 멈추고 올리버를 쳐다보거나, 바삐 지나가면서 고개를 돌려 쳐다보는 사람도 몇 명 있었다. 하지만 올리버를 도와주겠다거나 이곳에 어떻게 왔느냐고 묻는 사람은 아무도 없었다. 올리버는 용기가 나질 않아 구걸도 하지 못한 채 그냥 그곳에 앉아 있었다.

올리버는 계단에 웅크리고 앉아서 눈에 초점을 잃은 채 지나가는 마차를 멍하니 바라보았다. 일생일대의 용기와 결단력을 총동원해 일주일 꼬박 걸려 이곳까지 걸어왔는데, 남들은 몇 시간 만에 마차를 타고 쉽게 올 수 있다는 것이 이상하다는 생각을 했다. 올리버는 몇 분 전에 무심코 자기 앞을 지나쳤던 한 아이가 다시 돌아와 길 건너에서 유심히 자기를 살핀다는 것을 깨닫게 되었다. 처음에는 별로 신경을 쓰지 않았지만, 그 아이가 한참 동안 같은 자세로 살피고 있었기 때문에 올리버도 고개를 들어 자기를 빤히 쳐다보는 아이를 마주 바라보았다. 그러자 그 아이가 길을 건너 올리버에게 가까이 걸어오면서 말을 걸었다.

"안녕! 너 여기서 뭐 하니?"

어린 나그네에게 이렇게 질문을 한 아이는 올리버와 같은 또래였지만, 올리버는 평생 이렇게 특이하게 생긴 아이는 처음 보았다. 들창코에 넓은 이마, 넓적한 얼굴이었고 지저분하기가 이루 말할 수 없는 아이였지만, 어른 같은 분위기가 풍겼고 행동도 어른스러웠다. 나이에 비해 키가 작았고 안짱다리였으며, 눈은 작고 날카로우며 못생겼다. 머리 위에 삐딱하게 걸쳐진 모자는 금방이라도 떨어질 것만 같았다. 하지만 시시때때로 머리를 살짝살짝 퉁겨 모자를 제자리로 보내는 아이의 놀라운 기술 덕분에 떨어지지 않고 용케 머리 위에 버티고 있었다. 아이는 어른 외투를 입고 있어서 외투 자락이 발뒤꿈치까지 내려왔다. 소매를 반쯤 걷어 팔뚝 중간지점까지 올려야 손이 옷 밖으로 나오게 생겼고, 손은 코듀로이 바지 주머니에 찔러 넣어두었다. 가죽 구두를 신고 으스대며 거들먹거리지만 고작 키가 1미터 조금 넘는 아이에 불과했다.

"안녕! 너 여기서 뭐 하니?"

아이가 올리버에게 다시 물었다.

"배가 고프고 지쳤어."

올리버가 눈물을 글썽이며 대답했다.

"멀리서 걸어왔거든. 7일 동안 걸었어."

"7일 동안 걸었다고?"

아이가 말했다.

"그렇구나. 새 부리의 명령이지? 그런데……."

아이는 올리버가 깜짝 놀라는 모습을 보며 덧붙였다.

"새 부리(치안판사를 일컫는 은어)가 뭔지 모르는 모양이구나. 순진한 꼬마군."

올리버는 새 부리란 새의 입을 말하는 것 같다고 순진하게 대답했다.

"맙소사, 완전 애송이구먼!"

아이가 큰 소리로 말했디.

"새 부리는 치안판사를 말하는 거야. 치안판사가 걸으라고 명령을 내리면 앞으로 가는 게 아니라 올라가야 하는 거야. 절대로 다시는 내려오지 못하지. 물레방아 말이야. 그거는 밟아봤냐?"

"무슨 물레방아?"

올리버가 물었다.

"무슨 물레방아? 그 물레방아 말이야. 벌로 받는 거. 공간을 조금밖에 차지하지 않아서 감방에서 애용되잖아. 바람이 잔잔할 때가 셀 때보다 훨씬 더 유용하지. 왜냐하면 바람이 세면 일꾼들을 많이 모을 수 없거든. 아무튼 이리 와."

아이가 말했다.

"배가 고플 테니 내가 먹을 걸 사줄게. 나도 사실 빈털터리야. 5.5펜스밖에는 없거든. 하여튼 내가 먹을 걸 사줄 테니 가자. 어서 일어나. 자 어서."

이 아이는 올리버가 일어나도록 도와주더니 가까운 식료품점으로 데려가서 맛있는 햄과 2파운드의 빵을 넉넉히 샀는데, 이 빵을 4펜스어치의 밀기울이라고 표현했다. 그러고는 빵을 적당히 뜯어내 구멍을 낸 다음, 그 안에 햄을 집어넣는 교묘한 방법으로 먼지가 햄에 앉지 못하도록 잘 보관했다. 아이는 겨드랑이에 빵을 끼우고 작은 술집으로 들어가더니 술집의 뒤편에 있는 방으로 갔다. 아이의 주문에 따라 맥주 한 잔이 배달되었고, 올리버는 새 친구의 권유에 따라 먹기 시작해 천천히 마음 푹 놓고 식사를 마쳤다. 올리버가 식사하는 동안, 이 아이는 무척 관심 있게 눈을 떼지 않고 올리버를 지켜보았다.

"런던으로 가니?"

드디어 올리버가 식사를 마치자 아이가 물었다.

"응."

"지낼 곳은 있어?"

"아니."

"돈은"

"없어."

아이가 휘파람을 불더니 큼직한 외투 소매가 허용하는 한 깊숙이 팔을 주머니에 넣었다.

"너는 런던에 사니?"

올리버가 물었다.

"응, 집에서 살 때는 그랬지."

아이가 대답했다.

"오늘 밤 잘 곳이 필요할 것 같은데, 내 말이 맞지?"

"필요해."

올리버가 대답했다.

"고향을 떠난 뒤 지붕 밑에서 잔 적이 없어."

"그건 걱정하지 마."

아이가 말했다.

"오늘 밤 나도 런던으로 가야 해. 런던에 사시는 훌륭한 아저씨를 알거든. 그분이 공짜로 재워주실 거고 이래라저래라 간섭하지 않으실 거야. 그 아저씨가 아는 사람이 너를 소개하면 말이야. 근데 그 아저씨가 나를 잊었을까? 아니지. 절대 아니야. 그런 일은 있을 수 없어. 절대로."

아이는 끝에 주절거린 말이 장난삼아 한 말인 양 씩 웃더니 맥주를 마저 마셨다.

뜻밖에 빈은 잠자리 제안은 너무나 매혹적이어서 도저히 거절할 수 없었다. 특히 방금 언급했던 아저씨가 분명히 편안한 자리를 즉시 제공할 것이라는 말에 안심이 되었다. 그래서 두 아이는 친하게 속마음까지 털어놓게 되었다. 그로 인해 올리버는 이 아이의 이름이 잭 다킨스고 금방 언급했던 아저씨의 총애를 받는 수제자라는 사실을 알게 되었다.

다킨스는 그렇게 훌륭한 아저씨의 귀여움과 보호를 독차지한다고 할 만큼 편안해 보이지는 않았다. 말씨가 경솔하고 저질스러울 뿐 아니라, 친한 친구들은 자기를 '예술적인 사기꾼, 미꾸라지 도저'라는 별명으로 부른다고 너스레를 떨었다. 올리버는 다킨스의 경솔하고 제멋대로인 버릇을 보며 그 은인 아저씨의 가르침이 아무 소용이 없었다고 생각했다. 이런 인상을 받자 될수록 빨리 그 은인 아저씨의 마음에 들도록 노력해야겠다고 속으로 결심했다. 그리고 다킨스를 교화시킬 수 없다는 결론이 나면, 더는 교제를 하지 말아야 한다고 생각했다. 사실 다킨스가 교화될 가능성은 희박해 보였다.

잭 다킨스가 그날 밤이 되기 전에 런던에 들어갈 수 없다고 고집을 부리는 바람에, 11시가 될 무렵이 되어서야 이슬링턴의 유료도로 요금소에 도착했다. 두 아이는 앤젤에서 세인트 존 거리로 건너갔고 새들러스 웰스 극장 앞에서 끝나는 좁은 거리를 걸어 내려갔다. 익스마우스 거리와 코피스 거리를 지나 어느 구빈원 옆의 작은 공터를 내려온 뒤 호클린 인 더 홀이라는 이름으로 불리는 전형적인 마당을 지나 작은 샤프란 언덕으로 들어갔다가 큰 샤프란 언덕으로 들어갔다. 이 언덕을 따라 다킨스가 빠른 걸음으로 내달으며 올리버에게 자기 뒤를 바싹 따라오라고 했다.

올리버는 앞장선 다킨스에게서 눈을 떼지 않으려고 온 신경을 곤두세웠지만, 지나가고 있는 거리의 양쪽을 몇 차례 급하게 힐끔거리지 않을 수 없었다. 이렇게 더럽고 비참한 거리는 생전 처음 보았다. 길은 아주 좁고 질퍽거렸으며 고약한 냄새가 진동했다. 작은 가게가 여럿 있었는데 판매를 위해 진열된 상품이 아이들을 위한 것인지 밤이 늦었는데도 아이들이 가게 문을 들락거렸고 안에서 소리를 질렀다. 거리는 한산한데 선술집만은 북적댔다. 그 안에서는 가난한 아일랜드 사람 중에서도 최하층의 아일랜드 사람들이 야단법석을 떨고 있었다. 큰길에서 이리저리 갈라져 나왔으며 돌이 깔린 골목 안에는 집이 여러 채 있었고, 골목 안에 있는 시궁창에서는 술 취한 남녀가 나뒹굴고 있었다. 이 집 저 집에서 인상이 더러운 사람들이 슬그머니 모습을 드러냈다. 의도가 좋은 용무를 보러 나온 것 같이 보이지는 않았다.

올리버는 언덕 입구에 도착했을 때 차라리 도망치는 것이 낫지 않을까 생각하고 있었는데, 앞서가던 다킨스가 올리버의 팔을 잡은 채 필드 레인 근처에 있는 어느 집 문을 밀어 열더니 복도로 올리버를 끌고 들어간 다음 문을 닫았다.

"이제야 왔군."

다킨스의 휘파람에 대한 대답으로 밑에서부터 나지막한 목소리가 들렸다.

"아주 끝내줬어!"

다킨스가 대답했다.

일이 잘됐다는 암호나 신호 같았다. 희미한 촛불이 멀리 복도 끝에 있는 벽을 비추더니, 부엌 낡은 계단의 난간이 떨어져나간 곳에서 한 사내가 얼굴을 삐죽이 내밀었다.

"두 명이군."

그러면서 사내가 촛불을 쑥 내밀더니 손을 눈썹에 갖다 대면서 말했다.

"이 애는 누구냐?"

"새 친구예요."

다킨스가 올리버를 앞으로 끌어당기면서 말했다.

"어디서 온 놈이냐?"

"그린랜드요. 위에 페이긴 있어요?"

"응, 걸레를 정리하고 있어. 올라와!"

촛불이 뒤로 물러나며 얼굴도 사라졌다.

올리버가 한 손은 가는 길을 더듬고 다른 한 손은 친구에게 잡힌 채 어둡고 부서진 계단을 아주 힘들게 올라가고 있는데, 올리버를 붙잡고 이끄는 다킨스는 아주 쉽게 올라갔다. 이로 미루어 보아, 다킨스는 이곳을 아주 잘 아는 모양이었다. 다킨스는 뒷방의 문을 활짝 열어젖히더니 올리버를 안으로 데리고 들어갔다.

이 방의 벽과 천장은 낡았을 뿐 아니라 먼지로 인해 아주 새까맸다. 불 앞에는 노름용 탁자가 있었고 그 위의 맥주병에 촛불이 꽂혀 있었으며, 주석 잔 두세 개와 빵 한 조각, 버터, 접시 한 개가 놓여 있었다. 화덕 선반에 줄로 매달아 놓은 프라이팬에서는 소시지가 익고 있었고, 주름투성이의 페이긴이 손에 뒤집개를 들고 소시지를 내려다보고 있었다. 페이긴의 아주 비열하고 불쾌한 얼굴은 헝클어지고 덥수룩한 붉은 머리카락 때문에 한층 돋보였다. 페이긴은 기름때가 줄줄 흐르는 면 옷을 입고 목을 훤히 드러내놓고 있었다. 그는 프라이팬과 수많은 비단 손수건이 걸쳐진 빨래걸이의 중간을 주시하는 듯했다. 낡은 마대로 만든 조잡한 침대 서너 개가 바닥에 옹기종기 붙어 있었고, 사내아이 네댓 명이 둥근 탁자에 둘러앉아 있었다. 모두 다킨스 또래의 아이들이었지만, 긴 사기파이프로 담배를 피우며 독주를 마시는 품새가 영락없는 중년 사내 같았다. 다킨스가 페이긴에게 몇 마디를 속삭이는 동안 아이들은 모두 다킨스가 데리고 온 아이에게로 모여들어 빙 둘러싸기 시작하더니 씩 웃었다. 페이긴도 손에 뒤집개를 든 채 씩 웃었다.

"이 아이예요, 페이긴."

이곳에서는 잭 다킨스보다 '도저'라는 별명으로 불리던 다킨스가 말했다.

"내 친구, 올리버 트위스트."

도저가 페이긴이라고 불렀던 유대인이 씩 웃으며 올리버에게 고개를 끄덕여주더니, 올리버의 손을 잡으며 아무쪼록 이곳의 식구들과 잘 지내기를 바란다고 말했다. 이 말이 끝나자, 파이프로 담배를 피우던 아이들이 올리버를 다시 빙 둘러싸더니 올리버의 양손, 특히 보따리를 들고 있는 손을 아주 세게 흔들었다. 한 아이는 올리버의 모자를 걸어주고 싶어 했고, 또 다른 아이는 어찌나 친절한지 심지어 올리버의 주머니에 손을 넣기까지 했다. 올리버가 너무 피곤할 테니 잠자리에 들기 전에 주머니 속의 소지품을 꺼내놓는 수고를 덜어주려는 뜻이었다. 페이긴의 뒤집개가 올리버를 도와주려는 친절한 아이들의 머리와 어깨를 사정없이 때리지 않았다면 이런 친절은 훨씬 더 오래 지속됐을 것이었다.

"만나서 정말 기쁘구나, 올리버. 아주 반가워."

페이긴이 말했다.

"도저, 소시지를 내려놓고 올리버가 씻게 목욕통을 불 옆으로 끌어다 놔라. 손수건을 쳐다보고 있구나, 그렇지? 손수건이 많지? 세탁하려고 골라놓은 거란다. 그뿐이야, 올리버. 정말이야, 하하하!"

페이긴이 말을 마치자 그곳에 있던 페이긴의 애제자들이 전부 시끄럽게 소리를 지르며 환호를 했다. 모두 시끄러운 환호 속에서 저녁을 먹었다.

올리버가 자기 몫을 다 먹자, 페이긴은 뜨거운 진과 물을 한 잔 섞어 주며 단숨에 꿀꺽 마셔야 한다고 말했다. 그 잔으로 다른 아이들도 마셔야 하기 때문이었다. 올리버는 시키는 대로 단숨에 마셔버렸다. 그것을 마시자마자 올리버는 침대로 옮겨지는 느낌이 들었고 곧바로 깊은 잠에 빠지고 말았다.

❧ 제9장 ❧
페이긴이라는 유대인과
그의 애제자들

다음날 늦은 아침에 올리버가 길고 긴 숙면에서 깨어났다. 옆 침대에는 아무도 없었고 아침에 마실 커피를 냄비에 끓이던 페이긴은 쇠숟가락으로 커피를 휘휘 저으며 나지막하게 휘파람을 불고 있었다. 페이긴은 아래층에서 무슨 소리가 들리면 커피 젓기와 휘파람 불기를 멈추고 귀를 기울였다. 기다리는 소리가 아닌 걸 확인하면 다시 휘파람을 불며 커피를 휘저었다.

올리버는 잠에서 깼지만 완전히 깬 것은 아니었다. 잠을 자다 보면 자는 것도 아니고 그렇다고 완전히 깨어난 것도 아닌 몽롱한 상태에서 몸이 천근만근 무거울 때가 있다. 이럴 때는 눈을 꼭 감고 완전한 무의식 상태로 보낸 닷새보다, 눈을 반쯤 뜨고 주위에서 일어나는 모든 일을 어슴푸레 의식하는 5분 동안에 더 많은 꿈을 꾸기도 한다. 그러다 보면 인간이 육체에서 벗어나 시간과 공간을 뛰어넘어 얼마나 막강한 힘을 갖고 있는지 깨닫기도 한다.

올리버가 위에서 묘사한 바로 그런 상태였다. 반쯤 감은 눈으로 페이긴을 보았고, 낮은 휘파람 소리를 들었으며, 냄비를 긁는 숟가락 소리를 인지했다. 하지만 그러면서 동시에, 이제껏 알았던 사람들을 떠올리느라 정신적으로 무척 바빴다.

커피가 다 되자 페이긴은 냄비를 벽난로 안의 시렁에 얹은 다음 어찌할지 모르는 사람처럼 몇 분 동안 서서 우물쭈물하다가, 뒤로 돌아서더니 올리버를 쳐다보고 올리버의 이름을 불렀다. 올리버는 대답하지 않았고 계속 자는 척을 했다.

올리버가 아직도 자고 있다는 것을 확인한 페이긴은 문 쪽으로 살그머니 다가가 빗장을 질렀다. 그러고는 바닥에 있는 짐 보따리에서 작은 상자 하나를 앞으로 끌어내더니 조심스럽게 탁자 위에 올려놓았다. 페이긴은 상자의 뚜껑을 열고 안을 들여다보면서 눈이 반짝거렸다. 의자를 탁자 쪽으로 당겨 앉더니, 상자에서 다이아몬드가 번쩍거리는 고급 금시계를 꺼냈다.

"우와……."

페이긴이 어깨를 들썩이며 탄식했다. 그러고는 오만상을 찡그리며 소름 끼치게 히죽 웃었다.

"영리한 것들! 끝까지 충성을 다하거라. 자기들이 어디 사는지 늙은 교구 목사에게도 말을 안 했고, 이 늙은 페이긴을 고자질하지도 않았어. 왜 고자질을 해야 하지? 그랬다고 해도 교수대 밧줄이 느슨해지거나 교수대 발판을 1분 늦게 내리지도 않았을 테니까 말이야. 역시 쓸 만한 녀석들이야! 쓸 만해!"

이 말과 함께 무슨 말인가를 몇 마디 더 웅얼거리더니, 페이긴은 시계를 제자리에 안전하게 다시 놓았다. 그러고는 같은 상자에서 적어도 시계 대여섯 개를 하나씩 꺼내 좀 전과 똑같이 즐거운 마음으로 살펴보았다. 시계 외에 반지, 브로치, 팔찌, 기타 보석들도 꺼내 보았는데, 올리버는 이름조차 모르는 비싼 재료와 멋진 솜씨로 만들어진 귀중품들이었다.

이 장신구들을 다시 제자리에 놓은 뒤, 페이긴은 또 다른 귀중품을 꺼냈다. 어찌나 자그마한지 페이긴은 손바닥 위에 올려놓고 보았다. 페이긴이 탁자 위에 올려놓고 손으로 그림자를 만들며 한참을 빤히 쳐다보는 걸 보니 아주 작은 장식이 새겨져 있는 모양이었다. 마침내 페이긴이 감상을 모두 마친 듯이 다시 내려놓더니 의자에 기대서 뭐라고 중얼거렸다.

"사형이란 얼마나 멋진 벌인가! 죽은 자는 잘못을 뉘우치지도 않고, 진실을 밝히지도 않으니 말이야. 교수대를 보면 사람들은 뻔뻔하고 대담무쌍해지지. 아, 이 사업을 위해서는 아주 좋은 벌이야. 다섯 명이 차례로 교수형을 당했으니 배신을 하거나 겁먹고 고자질할 사람은 아무도 남지 않았단 말씀이야!"

이런 말을 중얼거리면서 초점 없이 앞을 응시하던 페이긴의 검게 빛나는 눈동자가 올리버의 얼굴을 쳐다보았다. 올리버는 호기심에 페이긴의 눈을 응시하고 있었다. 아주 짧은 순간이었지만, 페이긴에게는 올리버가 자기를 계속 보고 있었다는 사실을 확신하기에 충분했다. 페이긴은 상자의 뚜껑을 쾅하고 닫더니 화가 머리끝까지 나서 탁자 위에 있던 빵칼을 들고 일어섰다. 그러면서 몸은 부들부들 떨고 있었다. 무서운 가운데에서도 올리버는 칼이 허공에서 떨린다는 것을 알 수 있었다.

"뭐야?"

페이긴이 말했다.

"내게 원하는 게 뭐야? 너, 깨어 있었던 거야? 도대체 뭘 본

거냐? 어서 말해, 이 녀석아! 빨리. 살고 싶으면 당장 말해."

"저는 잠이 안 왔어요, 아저씨. 방해했다면 정말 죄송해요."

올리버가 공손하게 대답했다.

"한 시간 전에 깼지?"

페이긴이 험상궂은 표정을 지으며 올리버에게 물었다.

"아니에요, 아저씨."

올리버가 대답했다.

"정말이야?"

페이긴이 전보다 훨씬 험악한 표정을 지으며 위협적인 기세로 소리를 질렀다.

"거짓말 아니에요, 아저씨. 정말이에요."

올리버가 진심으로 말했다.

"쯧쯧쯧, 알았다."

페이긴이 갑자기 예전의 태도로 돌아가며 말했다. 심심해서 장난치려고 칼을 집어 들었다고 믿게 하려는 듯 칼을 가지고 장난을 치더니 곧 제자리에 내려놓았다.

"물론 나도 그렇게 생각하지. 그냥 겁을 주려고 했던 것뿐이야. 아주 용감해. 하하! 아주 용감한 아이로구나, 올리버."

페이긴은 양손을 비비며 껄껄 웃었지만 불안한 듯 상자를 쳐다보았다.

"이 속에 든 예쁜 물건들을 보았니?"

페이긴이 잠깐 머뭇거리다가 상자에 손을 얹으며 물었다.

"네, 아저씨."

올리버가 대답했다.

"그래?"

페이긴이 사색이 되며 말했다.

"모두 내 것이야, 올리버. 내 재산이라고. 늙어서 쓸 것들이지. 사람들은 나를 구두쇠라고 부른단다. 그저 구두쇠라고 부를 뿐이야."

올리버는 늙은 페이긴이 그렇게 많은 시계를 갖고 있으면서도 이렇게 허름한 곳에서 사는 것을 보니 정말 대단한 구두쇠라고 생각했다. 하지만 도저와 그 외의 많은 아이를 좋아하는 것으로 봐서는 생활비가 상당히 많이 들 것이라는 데 생각이 미치자 페이긴을 존경스러운 눈으로 바라보았다. 그리고 이제 일어나도 되는지 물었다.

"그래. 그러렴."

페이긴이 대답했다.

"잠깐, 문 옆 구석에 물 주전자가 있으니 이리 가져오너라. 내가 세숫대야를 주마."

올리버가 일어나 방을 가로질러 가서 주전자를 들려고 잠깐 몸을 수그렸다가 고개를 드니 상자가 사라졌다.

올리버는 고양이 세수를 하고 페이긴이 시키는 대로 대야의 물을 창밖으로 버려 말끔하게 정리를 하자마자 도저가 성격이 쾌활한 한 친구와 함께 돌아왔다. 도저와 함께 들어온 아이는 올리버가 어젯밤 왔을 때 담배를 피우고 있었던 아이인데 자신을 찰리 베이츠라고 정식으로 소개했다. 네 명이 아침으로 커피를 마시며 따뜻한 롤빵과 햄을 먹었다. 따뜻한 롤빵과 햄은 도저가 모자 속에 넣어 가지고 온 것이었다.

"좋아."

페이긴이 올리버를 힐끔거리며 도저에게 말했다.

"오늘 아침 성적이 좋았기를 바란다."

"어려웠어요."

도저가 대꾸했다.

"무지무지하게요."

찰리 베이츠가 덧붙였다.

"잘했다, 잘했어."

페이긴이 말했다.

"뭘 건졌니, 도저?"

"지갑 두 개요."

도저가 대답했다.

"두둑하더냐?"

페이긴이 기대감에 몸을 떨면서 물었다.

"꽤 괜찮았어요."

도저가 지갑 두 개를 내밀며 말했다. 하나는 녹색이고 다른 하나는 빨간색이었다.

"생각보다 무겁지는 않구나."

페이긴이 지갑 안을 찬찬히 살피며 말했다.

"하지만 아주 잘했다. 솜씨가 아주 좋구나, 그렇지 올리버?"

"네, 아저씨."

올리버가 대답하자 찰리 베이츠가 미친 듯이 웃었다. 올리버는 아무리 생각해도 웃을 만한 것이 하나도 없다고 생각하기 때문에 깜짝 놀랐다.

"그래, 너는 뭘 건졌니?"

페이긴이 찰리 베이츠에게 물었다.

"손수건이요."

베이츠가 대답하면서 손수건 네 장을 꺼냈다.

"그래. 아주 좋은 손수건이야. 그런데 이름을 수놓은 솜씨가 서툴구나, 베이츠. 이름을 바늘로 뜯어내고 올리버에게도 어떻게 하는지 가르쳐 주거라. 알았지, 올리버? 하하하!"

페이긴이 손수건을 찬찬히 살피며 말했다.

"그렇게 할게요, 아저씨."

올리버가 대답했다.

"너도 찰리 베이츠처럼 손수건을 아주 쉽게 깨끗이 만들고 싶을 거야, 그렇지 않니?"

페이긴이 물었다.

"맞아요. 가르쳐만 주신다면요."

올리버가 대답했다.

베이츠는 올리버의 대답이 너무나 웃겨 또 한바탕 미친 듯이 웃음을 터뜨렸다. 웃으며 커피를 마시는 바람에 커피가 기도로 넘어가 사레가 들렸기 때문에 어린 나이에 질식사할 뻔했다.

"올리버는 진짜 재미있는 신참이네요."

호흡을 되찾은 베이츠가 사람들에게 불쾌감을 줘서 미안하다는 듯이 말했다.

도저는 올리버의 앞머리를 쓰다듬으며 시간이 지나면 알게 될 거라고 말했다. 그러자 올리버의 얼굴이 빨개졌다. 그런 올리버를 보자 페이긴이 화제를 바꿔야겠다고 생각하고, 그날 아침에 집행된 교수형을 보러 구경꾼들이 많이 모였는지를 물었다. 두 아이의 대답으로 미루어 짐작하건대, 누 아이가 교수형이 집행되는 현장에 갔었다는 것이 분명했기 때문에 올리버의 궁금증은 점점 더해져 갔다. 올리버의 입장에서는 두 아이가 그렇게 열심히 일하면서 어떻게 시간을 내 교수형이 집행되는 것을 구경했는지 궁금해하는 것이 당연했다.

아침을 먹고 설거지를 끝내자, 기분이 좋은 페이긴과 두 아이는 아주 신기하고 독특한 놀이를 했다. 놀이의 진행 방식은 이랬다. 페이긴이 바지의 한쪽 주머니에는 코담뱃갑을, 다른 한쪽에는 지갑을, 조끼 주머니에는 시계를 넣고 시계에 연결된 줄을 목에 두른 다음, 가짜 다이아몬드 핀을 셔츠에 꽂고 몸에 꼭 맞게 단추를 채운 외투 주머니에 안경집과 손수건을 넣었다. 그러고는 매시간 거리를 돌아다니는 신사들을 흉내 내며 지팡이를 들고 방 안을 빠른 걸음으로 왔다 갔다 했다. 벽난로 앞에 멈춰 서기도 하고 문 앞에 멈춰 서기도 하며, 가게 진열장을 넋을 놓고 쳐다보는 시늉도 했다. 그러면서 소매치기당할까 봐 주위를 계속 살피며 주머니를 하나씩 차례로 두드려 물건이 제대로 있는지 확인했다.

그런 행동이 너무나 웃기고 자연스러워 올리버는 눈물이 날 때까지 웃었다. 그럴 때마다 두 아이는 페이긴의 뒤를 바짝 따랐고, 페이긴이 뒤를 돌 때마다 아주 민첩하게 눈에 안 띄게 몸을 숨겼기 때문에 두 아이의 움직임을 쫓기는 불가능했다. 마침내 도저가 실수로 페이긴의 발을 밟고 찰리 베이츠가 뒤에서 부딪혀 넘어졌다. 바로 그 순간, 눈 깜짝할 사이에 두 아이는 페이긴의 주머니에서 코담뱃갑과 지갑, 시곗줄, 시계, 셔츠 핀, 손수건, 심지어 안경집까지도 꺼냈다. 페이긴이 주머니에서 누군가의 손길을 느끼면 그 위치를 소리치고, 그러면 이 놀이는 처음부터 다시 시작되었다.

이 놀이를 여러 차례 계속하는데 젊은 여자 두 명이 두 아이를 만나러 왔다. 한 여자의 이름은 베티고 다른 여자는 낸시였다. 두 여자는 머리숱이 상당히 많았는데 뒤로 올림머리를 했지만 깔끔하지는 않았고 신발과 양말이 깨끗하지도 않았다. 또한 그렇게 예쁘지도 않았지만 얼굴에 화장을 진하게 했고 풍채가 당당하며 원기 왕성해 보였다. 태도가 자유롭고 사근사근하다고 느꼈기 때문에 올리버는 아주 착한 여자들이라고 생각했다. 그렇지 않다고 생각할 아무런 이유가 없었다.

두 여자는 그곳에 오래 머물렀다. 한 여자가 속이 차다고 불평을 하는 바람에 술이 나왔고, 그 덕분에 대화가 즐겁고 화기애애해졌다. 결국 찰리 베이츠가 무슨 말인가를 했는데, 올리버는 베이츠가 불어로 나가자는 말을 한 줄 알았다. 왜냐하면 베이츠가 그 말을 하자, 도저와 베이츠, 두 여자가 친절한 페이긴에게서 용돈을 타서 함께 나갔기 때문이었다.

"어떠니?"

페이긴이 말했다.

"즐거운 인생이야, 그렇지? 오늘 일을 마치고 퇴근한 거거든."

"일을 다 했다고요, 아저씨?"

올리버가 물었다.

"응."

페이긴이 말했다.

"그렇지. 밖에 있는 동안 뜻밖의 일이 생기지 않는다면 말이야. 만일 뜻밖의 일을 만나도 놓치는 법이 없지. 어떤 일이냐에 따라 다르지만 말이야. 올리버, 지 아이들을 본받아라. 저렇게만 하면 돼."

페이긴이 화덕을 부삽으로 두드리며 힘을 주어 말했다.

"저 아이들이 시키는 일을 뭐든지 다 하고, 무슨 일을 하든 저 아이들, 특히 도저의 말을 잘 들어라. 도저는 훌륭한 인물이 될 테니 네가 도저를 본받으면 너도 훌륭한 사람이 될 거야. 내 손수건이 주머니 밖으로 나와 있니?"

페이긴이 갑자기 우뚝 서며 물었다.

"네, 아저씨."

올리버가 대답했다.

"내가 느끼지 못하게 손수건을 꺼낼 수 있는지 해봐라. 오늘 아침에 도저와 베이츠가 하는 거 봤지?"

올리버는 도저가 했던 대로 한 손으로 페이긴의 주머니 바닥을 잡고, 다른 한 손으로 손수건을 가볍게 끄집어냈다.

"꺼냈니?"

페이긴이 물었다.

"여기 있어요, 아저씨."

올리버가 한 손에 손수건을 들고 말했다.

"아주 영리하구나."

페이긴이 장난스럽게 올리버의 머리를 쓰다듬으며 칭찬했다.

"너처럼 정확한 아이는 처음이구나. 상이다. 1실링을 받아라. 계속 이렇게 잘하면 네가 최고가 될 거야. 이쪽으로 오너라. 손수건에 수 놓인 이름을 어떻게 뜯어내는지 보여주마."

올리버는 페이긴의 주머니에서 물건을 꺼내는 것과 훌륭한 사람이 되는 것이 무슨 상관이 있는지 의아했다. 하지만 페이긴이 나이가 많으니까 더 잘 알 거라 생각하며, 페이긴을 따라 탁자로 가서 새로 배운 기술에 곧 깊이 빠져들었다.

❧❀ 제10장 ❀❧
올리버가 큰 대가를 치르며
새로운 경험을 하다

페이긴의 집에 머문 8일인가 10일 동안, 올리버는 아이들이 집으로 가져오는 수많은 손수건의 이름을 뜯어냈고, 가끔은 앞에서 묘사했던 놀이에 참여했다. 페이긴과 도저, 베이츠는 매일 정기적으로 이 놀이를 했다. 그러다 올리버가 바깥 공기가 그리워지기 시작했기 때문에 페이긴에게 두 아이와 함께 밖에 나가 일을 하도록 허락해 달라고 진심으로 여러 차례 애원했다.

올리버는 페이긴이 도덕적으로 얼마나 엄격한지를 보았기 때문에 그 기준에 따르기 위해 그렇게 조른 것이었다. 도저와 베이츠가 밤에 빈손으로 집에 돌아올 때면, 페이긴은 게으르고 굼뜬 습관 때문이라며 지독하게 잔소리를 해댔고, 저녁을 굶겨 재워 적극적인 삶의 필요성을 체험시켰다. 한번은 페이긴이 두 아이를 때려서 계단 아래로 굴러 떨어뜨린 적도 있었는데, 그것은 도덕 교육을 특별히 강조하다 보니 도가 좀 지나친 경우였다.

드디어 어느 날 아침, 올리버는 그렇게나 간절히 바라던 외출을 허락받았다. 2~3일 동안 이름을 뜯어낼 손수건도 없었고 전날 저녁이 부실했기 때문에 페이긴이 올리버에게 외출을 허락했는지 모른다. 어쨌든 페이긴은 올리버에게 나가도 좋다고 허락하며 찰리 베이츠와 도저의 지시를 잘 따르라는 당부도 잊지 않았다.

세 아이가 발걸음도 가볍게 밖으로 나갔다. 도저는 평소처럼 외투의 소매를 접고 모자를 삐딱하게 썼으며, 베이츠는 주머니에 양손을 집어넣은 채 어슬렁어슬렁 걸었다. 그리고 두 아이 사이에서 올리버는 이제 어디로 가는지, 처음에 뭘 배우게 될지 궁금했다.

두 아이가 느릿느릿 불량스럽게 걸었기 때문에 올리버는 두 친구가 페이긴을 속이고 일을 하러 가지 않으려는 속셈이라고 생각하기 시작했다. 도저는 성품이 좋지 않아서인지 꼬마들의 모자를 빼앗아 던지는 짓을 했고, 찰리 베이츠는 남의 물건에 대한 개념이 잡혀 있지 않은 듯 하수구 근처의 노점에서 사과며 양파를 슬쩍해서 주머니에 집어넣었다. 베이츠의 주머니는 어찌나 깊은지 여기저기 밑에 구멍이 뚫린 것처럼 물건이 끝도 없이 들어갔다. 올리버는 베이츠의 행위가 나쁘다고 생각했기 때문에 용기를 내서 집으로 돌아가야겠다고 선언을 할 참이었는데, 도저가 알 수 없는 행동을 하는 바람에 갑자기 다른 쪽으로 정신을 빼앗겼다.

그들이 '녹지'라고 부르는 클라켄웰 광장 근처 작은 공터에서 나오자마자, 도저가 갑자기 발을 멈추었고 입술 위에 손가락을 갖다 대며 베이츠와 올리버를 아주 조심스럽게 다시 공터로 끌어당겼다.

"무슨 일이야?"

올리버가 물었다.

"쉿!"

도저가 대꾸했다.

"노점 책방에 있는 늙은이 보이지?"

"저기 있는 노신사 말이야?"

올리버가 대답했다.

"응, 보여."

"저 늙은이야."

도저가 말했다.

"더할 나위 없이 좋은 대상이군."

찰리 베이츠가 맞장구를 쳤다.

올리버는 소스라치게 놀라서 도저와 베이츠를 번갈아 쳐다볼 뿐 입도 뻥긋하지 못했다. 두 아이는 도둑고양이처럼 살금살금 길을 가로질러, 좀 전에 가리켰던 노신사의 뒤로 살짝 다가갔다. 올리버도 몇 걸음 따라가다가 더 가야 할지 뒤로 물러나야 할지 어리둥절한 채 그 자리에 가만히 서서 두 아이의 행동을 지켜보았다.

노신사는 중후한 모습으로 머리에 흰 가루를 뿌려 하얗게 만들었고 금테 안경을 썼으며, 검은 벨벳으로 깃을 댄 진한 녹색 외투와 흰 바지를 입었고 겨드랑이에 날렵한 대나무 지팡이를 끼고 있었다. 노신사가 가판대에서 책 한 권을 집어 들더니 그 자리에 선 채 마치 자기 서재의 편한 의자에 앉은 듯이 책을 열중해서 읽어 내려갔다. 책 읽기에만 몰두한 듯, 책에 정신을 완전히 빼앗겨서 책방도, 거리도, 아이들도, 자기가 읽고 있는 책

말고는 다른 어떤 것에도 관심이 없는 게 분명했다. 한쪽을 다 읽고 나면 책장을 넘겨 다음 쪽의 첫 줄부터 다시 읽기 시작했다. 책 속에 빠져드는 듯 몰두해서 계속 꾸준히 읽어갔다.

몇 발짝 뒤에 있는 올리버가 눈을 등잔만 하게 뜨고 놀라 기겁을 한 채 쳐다보았다. 도저가 이 노신사의 주머니에 손을 쑥 집어넣어 손수건을 꺼내서 찰리 베이츠에게 건네주더니 두 아이가 죽을힘을 다해 모퉁이를 돌아 도망친 것이다.

그 순간 손수건과 시계, 보석, 그리고 페이긴에 관한 모든 수수께끼가 올리버의 마음에 떠올랐다. 올리버는 너무나 무서워서 한동안 꼼짝도 못 한 채 피가 거꾸로 솟는 것 같았고 활활 타오르는 불에 들어간 것만 같았다. 잠시 뒤 너무나 무섭고 당황한 나머지 자기가 뭘 하는지도 모른 채 발이 땅에 안 닿을 정도로 죽을힘을 다해 도망쳤다.

이 모든 일은 1분 만에 끝이 났다. 올리버가 뛰기 시작한 바로 그 순간, 노신사가 주머니에 손을 넣었고 손수건이 없어졌다는 것을 알아차렸다. 그는 휙 돌아서다가 급하게 도망치는 올리버를 보았고, 당연히 올리버가 범인이라고 생각했다.

"도둑 잡아라!"

노신사는 있는 힘껏 소리를 치르고 손에 책을 든 채 올리버를 뒤쫓아 뛰었다.

고함을 지르는 사람은 노신사만이 아니었다. 공터를 뛰어가느라 어쩔 수 없이 사람들의 주목을 끌게 된 도저와 베이츠도 모퉁이를 돌아 처음 눈에 뜨이는 문간에 몸을 숨겼다가, 고함을 듣고 올리버가 뛰는 것을 보자마자 어떻게 된 영문인지 사태를 파악하고는 약삭빠르게 문간에서 뛰쳐나오며 소리쳤다.

"도둑 잡아라!"

그리고 선량한 시민인 양 올리버를 뒤쫓았다.

올리버는 훌륭한 자선 사업가들의 손에서 길러졌지만, 자기
보호가 세상사의 제1 법칙이라는 자선 사업가들의 훌륭한 태도
를 배우지는 못했다. 배웠었다면 사전에 준비를 했을 것이었
다. 하지만 준비가 안 된 상태라 훨씬 더 다급했다. 그래서 아
우성치며 뒤따라오는 노신사와 두 아이에게 쫓겨 전광석화처럼
달렸다.

"도둑 잡아라! 도둑 잡아라!"

이 소리에는 마술과 같은 힘이 있었다. 장사꾼은 가게를, 수
레꾼은 수레를 버리고 뛰어왔고 정육점 주인은 쟁반을, 빵 굽는
사람은 바구니를, 우유 장수는 우유 통을, 심부름꾼은 짐을, 학
생은 유리구슬을, 도로 포장 일꾼은 곡괭이를, 아이들은 장난
감을 집어 던지고 따라왔다. 허둥지둥, 당황하여 어쩔 줄 모른
채, 물불을 안 가리고, 울며불며 괴성과 비명을 질러댔다. 추격
자들은 모퉁이를 돌면서 행인과 부딪혀 행인을 넘어뜨렸고, 개
들을 자극해 짖게 만들고 닭들을 깜짝 놀라게 했다. 거리와 광
장, 공터에 시끄러운 고함이 메아리쳤다.

"도둑 잡아라! 도둑 잡아라!"

백여 명이 한목소리로 소리를 지른다. 모퉁이를 돌 때마다
인파가 늘어난다. 사람들이 뛰자 흙탕물이 튀기고 골목길이 울
린다. 창문이 열리고 사람들이 뛰어나와 무리에 합류한다. '펀
치와 주디'라는 당시 최고의 인기를 누리던 인형극을 보던 관람
객들도 인형극의 가장 재미있는 대목도 포기하고 뛰어가는 무
리에 끼어들어, 고함은 점점 커지고 새로운 탄력을 받는다.

"도둑 잡아라! 도둑 잡아라!"

인간의 가슴속에는 사냥에 관한 본능이 밑바닥에 뿌리 깊게 박혀 있다. 가엾은 한 아이가 숨이 가빠 헐떡헐떡 숨을 몰아쉬며 공포로 가득한 얼굴을 하고 있다. 눈에는 고통이 어리고 얼굴은 구슬 같은 땀으로 뒤범벅이 된 채 추격자들에게 잡히지 않으려고 죽을힘을 다한다. 그 아이를 뒤쫓는 추격자들은 시시각각 아이와의 거리를 좁히며 아이가 점점 힘을 잃어가자 더 큰 환호성을 지른다. 야유와 기쁨에 겨운 비명을 지른다.

"도둑 잡아라!"

차라리 그냥 잡히는 게 낫지 않을까!

마침내 끝났다. 한 대 제대로 맞았다. 올리버가 길 위에 쓰러지고 사람들이 신나서 그 주위에 모여든다. 뒤늦게 도착한 사람들은 현장을 보려고 다른 사람을 이리 밀고 저리 민다.

"비켜서시오."

"잠깐 숨을 돌리게 내버려 둬요!"

"말도 안 돼, 그런 대접 필요 없어요!"

"신사는 어디 계시죠?"

"여기요. 걸어오시네요."

"길을 비켜드려요."

"이 아이가 맞습니까?"

올리버는 흙탕물과 먼지로 뒤범벅이 되어 길바닥에 누운 채 입에서 피를 흘리며 자기를 둘러싼 사람들의 얼굴을 불안하게 쳐다보았다. 그때 추격자들이 노신사를 잡아당겨 원 안으로 밀어 넣었다. 노신사는 추격자들이 묻는 말에 이렇게 대답했다.

"맞소."

노신사는 인자한 어투로 대답했다.

"맞는 것 같소."

"같다니!"

사람들이 웅성거렸다.

"아량도 넓군."

"불쌍한 녀석!"

노신사가 말했다.

"아이가 다쳤군."

"제가 그랬습니다."

몸집이 크고 미련해 보이는 사내가 앞으로 나섰다.

"정확하게 저 녀석의 입을 맞추고 제 손도 찢어졌답니다. 제가 저 녀석을 잡았죠."

사내가 싱글거리며 모자를 만졌다. 자기 수고에 관한 뭔가를 기대하는 눈치였지만 노신사는 경멸스러운 표정으로 사내를 쳐다보더니 걱정스럽게 주위를 둘러보았다. 이 자리에서 도망치고 싶다는 생각을 하는 것 같았다. 마침 경찰이 나타나지 않았다면 노신사가 도망치려는 시도를 해 또 다른 추격전이 벌어질 수도 있었다.

그러나 그 순간, 이런 경우 언제나 가장 나중에 현장에 도착하는 경찰이 구경꾼들을 헤치고 들어와 올리버의 멱살을 거세게 잡았다.

"어서 일어나!"

경찰이 거칠게 말했다.

"저 아니에요. 정말이에요. 다른 두 아이예요."

올리버가 두 손을 모으고 주위를 두리번거리며 말했다.

"저 사람들 속에 있을 거예요."

"거짓말하지 마."

경찰이 말했다.

경찰은 말도 안 된다고 생각했지만 사실이었다. 도저와 베이츠가 제일 가까운 골목에 몸을 숨기고 있었다.

"어서 일어나."

"때리지 마시오."

노신사가 불쌍하다는 듯이 말했다.

"그럼요, 안 때립니다."

경찰이 대답했다. 자기 말을 증명이라도 하듯이 아이의 윗도리를 뒤에서 반쯤 찢었다.

"일어나. 다 알아. 거짓말은 안 통해. 네 다리로 일어나, 이 어린놈아."

올리버가 일어나기 너무 힘들지만 두 다리로 일어나려 몸을 뒤척이려는 순간, 저고리 깃을 잡혀 짐짝처럼 획 끌려갔다. 노신사는 경찰의 옆에서 함께 걸어갔다. 많은 구경꾼이 앞서서 걸으며 때때로 올리버를 돌아 보았다. 도저와 베이츠는 환호성을 지르며 사라졌다.

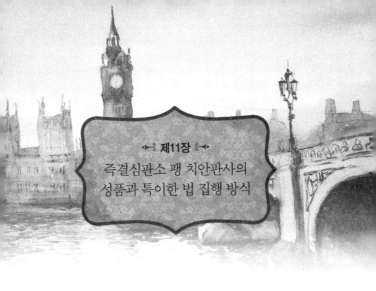

━◦⊱ 제11장 ⊰◦━
즉결심판소 팽 치안판사의
성품과 특이한 법 집행 방식

이번 사건은 런던 한복판, 그것도 악독하기로 유명한 경찰서 바로 옆에서 벌어졌다. 구경꾼들은 2, 3블록을 지나 '머튼 언덕'이라 불리는 곳까지만 올리버를 따라가는 것으로 만족해야 했다. 그곳에서 올리버는 낮은 통로 밑을 지나 지저분한 골목을 올라간 다음, 뒷문을 통해 여름 간이 즉결심판소로 끌려왔다. 노신사와 경찰, 올리버가 도착한 곳은 돌이 깔린 작은 마당이었고, 그곳에서 턱수염이 덥수룩하고 손에 열쇠를 한 움큼 쥔 땅딸한 사내를 만났다.

"무슨 일이오?"

사내가 관심 없다는 투로 물었다.

"어린 소매치기요."

올리버를 잡고 있던 경찰이 대답했다.

"당신이 소매치기 피해자입니까?"

열쇠를 든 사내가 물었다.

"그렇소."

노신사가 대답했다.

"하지만 이 아이가 정말 내 손수건을 훔친 건지는 모르겠소. 이 아이가 범인이라고 주장하고 싶지는 않소."

"지금 치안판사님 앞에 가야 합니다."

사내가 대꾸했다.

"치안판사님이 곧 도착하실 겁니다. 가자, 이놈!"

사내가 말을 하면서 문을 열고 올리버를 안으로 들여보냈다. 문 안은 돌로 지은 작은 감방이었다. 이곳에서 올리버는 몸을 수색당했고 아무것도 나오지 않았는데도 풀려나지 못했다.

감방은 전에 소어베리 장의사 가게에서 갇혔던 석탄 저장소보다 약간 더 어두울 뿐 크기와 모양은 똑같았다. 그리고 도저히 참을 수 없을 만큼 지저분했다. 그도 그럴 것이 사흘 전부터 주정꾼 여섯 명이 머물렀기 때문이었다. 하지만 이 정도는 아무것도 아니다. 경찰서 유치장에는 남녀노소 할 것 없이 많은 사람이 매일 밤 경범죄로 갇히기 때문이다. 이곳에 비해 뉴게이트에 있는 지하 감옥 같은 곳은 유죄 판결로 사형선고를 받은 최고의 중죄인이 수용되어 훨씬 나았다. 의심이 가는 사람은 두 곳을 경험해보면 쉽게 비교할 수 있을 것이다.

노신사는 열쇠가 자물쇠에 들어가는 순간 올리버만큼이나 얼굴에 후회하는 빛이 역력했다. 이번 소란의 원인이지만 사실 아무 죄 없는 책을 보며 한숨을 내쉬었다.

'아이의 표정이 아무래도 이상해.'

노신사가 천천히 돌아가며 혼잣말을 했다. 그러고는 뭔가를 깊이 생각하는듯 책 표지로 턱을 쳤다.

'뭔가 이상해. 혹시 아무 죄가 없는 건 아닐까? 순진해 보이던데…… 아무튼.'

노신사가 큰 소리로 외치더니 갑자기 걸음을 멈추고 하늘을 올려다보았다.

'신이시여, 굽어살피소서. 전에 저런 표정을 본 적이 있는데 어디에서 봤더라?'

몇 분 동안 생각에 잠긴 뒤에도 노신사는 계속 고민하는 얼굴로 마당으로 통하는 뒤쪽 대기실로 들어갔다. 대기실의 구석으로 들어가 오랫동안 컴컴한 장막에 가려졌던 기억의 저편에 숨은 수많은 얼굴을 떠올렸다.

'아니야.'

노신사가 고개를 가로저으며 말했다.

'그럴 리가 없어.'

노신사는 기억을 다시 더듬었다. 얼굴을 떠올리려 했지만 너무나 오랫동안 기억을 덮었던 장막을 걷어내는 일은 쉽지 않았다. 기억 속에는 친구도 있었고 원수 같은 사람도 있었지만, 수많은 사람 속에서 얼굴을 삐죽이 내미는 낯선 얼굴이 대부분이었다. 지금은 중년이 되었을 한창때의 젊은 여자들의 얼굴도 있었고, 또 이미 고인이 되어 무덤에 누워 있는 얼굴도 있었다. 하지만 마음이란 사람의 능력을 능가한다. 노신사의 기억 속에서 떠오른 사람들은 여전히 예전의 신선함과 아름다움이라는 옷을 입었으며 빛나는 눈과 해맑은 미소, 진흙을 뚫고 빛나는 정신, 무덤 속에서도 속삭이는 아름다움을 간직하고 있있다. 바뀐 것이 있다면 이런 점들이 강조되었을 뿐, 현실에서 선택되어 천당에 이르는 길에 부드럽고 온화한 빛을 비추는 등불로 자리 잡았다.

하지만 노신사는 올리버의 생김새에서 아는 사람의 흔적을 찾아내지 못했고, 애써 떠올린 허무한 기억에 한숨만 지었다. 다행스럽게도 한 가지 일에 매달리는 성격이 아니라 낡은 책 속에 기억들을 다시 파묻고 독서에 빠져들었다.

노신사는 어깨를 건드리는 손길에 책에서 눈을 뗐다. 열쇠를 든 사내가 사무실로 따라오라고 말했다. 서둘러 책을 덮은 노신사는 거만한 태도로 유명한 팽 판사의 앞으로 곧 안내되었다.

팽 판사의 사무실은 앞에 있었고 벽은 그림으로 덮여 있었다. 팽 판사는 위쪽 끝 법대 뒤에 앉아 있었다. 한쪽에는 나무로 만든 감방 출입구가 있었는데, 감방 안에는 불쌍한 올리버가 벌써 갇힌 채 이 끔찍한 상황에 몸을 벌벌 떨고 있었다.

팽 판사는 몸집이 적당했으며 머리숱이 별로 많지 않아 뒤통수와 양옆으로만 머리가 남아 있고 얼굴은 근엄하고 상당히 붉었다. 몸에 이로운 정도를 지나쳐서 술을 즐겨 마시는 음주습관이 없었다면, 자기 생김새가 자신의 명예를 훼손했다고 소송을 걸어 거액의 배상금을 챙겼을 것이었다.

노신사는 공손하게 인사를 한 뒤 치안판사의 책상 앞으로 다가가 명함을 내밀며 말했다.

"제 이름과 주소입니다."

그리고 한두 발짝 뒤로 물러나서 다시 한번 공손하고 신사답게 인사를 하고 질문을 기다렸다.

마침 팽 판사는 아침 신문의 자기가 최근에 내린 판결을 다룬 1면 기사를 읽고 있었는데, 내무부 장관에게 팽 판사의 잘못을 고발하는 350번 째 특별 기고였다. 팽 판사는 몹시 화가 났고 잔뜩 얼굴을 찡그린 채 고개를 들었다.

"당신 누구야?"

팽 판사가 물었다.

노신사는 놀라서 명함을 가리켰다.

"법정경위!"

팽 판사는 신문으로 노신사의 명함을 오만불손하게 옆으로 튕기며 물었다.

"이자는 누구야?"

"제 이름은······"

노신사의 말투가 신사다웠기 때문에 팽 판사와는 사뭇 강한 대조를 이루었다.

"제 이름은 브라운로입니다. 치안판사라는 신분을 이용해 점 잖은 신사에게 까닭 없이 무례한 언행을 하시는 치안판사님의 존함을 알고 싶군요."

"경찰!"

팽 판사는 신문을 한쪽으로 던지며 물었다.

"이자의 혐의가 뭐야?"

"혐의가 있는 게 아닙니다, 판사님."

경찰이 대답했다.

"저 아이의 고소인입니다, 판사님."

팽 판사도 그 사건을 잘 알고 있었다. 귀찮은 사건이지만 자 기 위상에 해가 되지는 않을 사건이었다.

"저 아이의 고소인이라고?"

팽 판사가 브라운로 씨를 머리끝에서 발끝까지 오만하게 훑 어보았다.

"선서시키시오."

"선서를 하기 전에 한마디만 하겠습니다."

브라운로 씨가 말했다.

"다름이 아니라 제가 한 번도 고소해 본 적이 없어서 그러는
데……."

"입 다무시오."

팽 판사가 명령조로 말했다.

"그렇게 못 하겠습니다!"

노신사가 용기 있게 대꾸했다.

"당장 입 다무시오. 안 그러면 법정에서 내쫓아버리겠소."

팽 판사가 말했다.

"건방지고 무례한 자로군. 감히 치안판사의 말에 대들고도
무사할 것 같아?"

"뭐요?"

노신사가 얼굴을 붉히며 소리쳤다.

"선서시키시오."

팽 판사는 법원경위에게 명령했다.

"더 이상 한마디도 더 듣고 싶지 않소. 선서시키시오!"

브라운로 씨는 도저히 화를 참을 수가 없었지만, 자기가 화
를 내면 용의자에게 판결이 불리하게 내려질까 봐 감정을 억누
른 채 당장 선서를 했다.

"좋아."

팽 판사가 말했다.

"저 아이의 혐의가 뭐지? 할 말이란 게 도대체 뭐요?"

"제가 책 가판대에 서서……."

브라운로 씨가 이야기를 시작했다.

"입 다무시오."

팽 판사가 말했다.

"경찰! 경찰은 어디 있어? 이자를 선서시키시오. 경찰, 어떻게 된 거야?"

경찰은 이 사건을 담당하게 된 경위와 올리버의 몸을 수색했으나 아무것도 못 찾았다는 내용을 겸손하게 설명하고 나서 이상이 자기가 아는 전부라고 말했다.

"증인은 있나?"

팽 판사가 물었다.

"없습니다, 판사님."

경찰이 대답했다.

팽 판사는 잠시 조용히 앉아 있더니 고소인 쪽을 보고 몹시 흥분하며 말했다.

"저 아이에 관한 고소 내용을 말하려던 참이었소? 아니요? 선서를 했으니 사실대로 말하시오. 당신이 거기서 증거 제출을 거부하면 법정모독죄로 처벌을 받게 될 거요. 나는……."

그다음 팽 판사가 뭐라고 했는지 아무도 알지 못했다. 팽 판사가 그 말을 하는 바로 그 순간, 서기와 경찰이 동시에 큰 소리로 기침을 했고 서기가 무거운 책을 바닥에 떨어뜨렸기 때문에, 팽 판사가 한 말은 누구의 귀에도 들리지 않았다. 물론 아주 우연이었다.

브라운로 씨는 여러 차례 발언을 방해받고 모욕을 당했지만 그래도 자기의 입장에 관한 진술을 그럭저럭 끝마쳤다. 자기는 그 순간 너무 놀라서 한 아이가 도망치는 것을 보고 그 아이를 따라갔을 뿐이고, 만일 치안판사가 그 아이가 직접 소매치기를 하지는 않았다고 해도 소매치기와 한 패거리일 거라 믿는다면, 법이 허용하는 한도 내에서 가장 관대하게 처벌해주기를 바란다는 취지였다.

"아이가 이미 다쳤습니다."

노신사가 결론적으로 말했다.

"그리고……."

말에 힘을 주어 덧붙이며 치안판사를 쳐다보았다.

"아이가 몹시 아픈 것 같아 걱정입니다."

"그래요?"

팽 판사가 콧방귀를 뀌며 말했다.

"이리 와라, 꼬마 거지야. 여기서는 잔꾀 부려봐야 안 통해. 네 이름이 뭐냐?"

올리버가 대답을 하려고 했지만 말이 안 나왔다. 얼굴이 백지장처럼 창백해졌고 주위가 빙빙 돌았다.

"네 이름 말이야, 이 고집불통 녀석아!"

팽 판사가 버럭 소리를 질렀다.

"서기, 저 아이 이름이 뭐야?"

법대 옆에 서 있던 줄무늬 조끼 차림의 늙수그레한 사내에게 한 말이었다. 사내는 올리버에게 몸을 숙여 판사가 한 질문을 반복했지만, 올리버가 질문을 이해할 수 없다는 것을 알아차렸다. 그러고는 올리버의 묵묵부답이 치안판사를 더욱 화나게 해 형량을 무겁게 만든다는 것을 알기 때문에 위험을 무릅쓰고 이름을 지어냈다.

"톰 화이트라고 합니다, 판사님."

친절하게도 사내가 대답했다.

"큰 소리로 직접 말을 안 하겠다는 거야?"

팽 판사가 말했다.

"좋아, 아주 좋아. 거주지는?"

"주거 부정입니다, 판사님."

올리버의 대답을 들은 듯이 사내가 대답했다.

"양친은 있나?"

팽 판사가 물었다.

"아기일 때 부모가 모두 죽었답니다, 판사님."

사내가 또다시 위험을 무릅쓰고 의례적인 대답을 했다.

부모에 관한 질문을 듣자 올리버는 고개를 들고 애원하는 눈빛으로 주변을 둘러보며 들릴락 말락 한 소리로 물을 달라고 중얼거렸다.

"쓸데없는 소리!"

팽 판사가 말했다.

"누구를 골탕 먹이려고?"

"아이가 정말 아픈 것 같습니다, 판사님."

사내가 반론을 제기했다.

"누가 그런 잔꾀에 넘어갈 줄 알고?"

팽 판사가 소리쳤다.

"아이를 살펴봐요, 서기."

노신사가 본능적으로 양손을 들며 말했다.

"쓰러지겠어요."

"물러서시오, 서기."

팽 판사가 버럭 소리를 질렀다.

"쓰러질 거면 쓰러지게 내버려 두시오."

올리버는 팽 판사의 쓰러질 거면 쓰러지라는 친절한 허락을 받자마자 정신을 잃고 바닥에 힘없이 쓰러졌다. 법정에 있던 사람들은 서로를 멀뚱멀뚱 쳐다볼 뿐 아무도 동요하지 않았다.

"쇼를 하는구먼."

팽 판사가 논란의 여지가 없는 확실한 사실인 양 말했다.

"그냥 내버려 두시오. 곧 아무 소용없다는 걸 깨달을 테니까."

"이 사건을 어떻게 처리하실 생각이십니까, 판사님?"

서기가 낮은 목소리로 물었다.

"판결을 하겠소."

팽 판사가 말했다.

"3개월간 중노동형에 처한다. 퇴정하시오."

방청객이 퇴정하도록 문이 열리고, 서너 명이 정신을 잃은 아이를 감방으로 옮기려 준비를 하고 있었다. 그때 검정 양복을 단정하게 입었지만 행색이 곤궁해 보이는 장년의 한 사내가 법정으로 황급히 뛰어들어 와서 판사석으로 다가왔다.

"멈추시오. 아이를 데려가지 마시오. 제발 잠깐만 멈추시오."

숨을 헐떡이며 장년의 사내가 소리를 질렀다.

이런 법정에서는 특별한 권력을 가진 잘난 사람들이 영국 여왕의 백성, 특히 빈민층의 권리와 명예, 신분, 심지어 목숨까지도 함부로 여기며 즉결심판과 독단적인 권력을 휘둘러 천사도 피눈물을 흘리고 통곡하게 하는 어이없는 부정행위를 매일 저지르지만, 일간 신문을 통해 공개되는 것 외에는 대중들이 알지 못한다. 그러니 팽 판사가 혼란을 틈타 느닷없이 뛰어들어온 사내를 보고 놀라는 것은 어쩌면 너무나 당연했다.

"이자는 또 누구야? 누구냐고? 내보내. 퇴정시켜."

팽 판사가 악을 썼다.

"한마디를 할 때까지……."

사내가 말했다.

"나가지 않을 거요. 내가 목격자요. 책 가판대 주인이란 말이오. 선서해도 좋소. 할 말은 해야겠소. 팽 판사님, 내 말을 들어야 합니다. 거절하지 말아 주십시오, 제발."

사내 말이 맞았다. 사내는 태도가 용감하고 단호했다. 더구나 그냥 덮어버리기에는 상황이 너무 심각해졌다.

"이자를 선서시키시오."

팽 판사가 오만상을 찡그리면서 버럭 소리를 질렀다.

"자, 할 말이란 게 도대체 뭐요?"

"그러니까……."

사내가 말했다.

"제가 세 아이를 봤습니다. 이 노신사가 책을 읽는 동안 다른 두 아이하고 범인으로 붙잡힌 저 아이가 길 건너편을 배회했습니다. 그 두 아이 중 한 아이가 손수건을 훔쳤습니다. 제가 똑똑히 봤습니다. 범인으로 붙잡힌 아이는 그 광경을 보고 너무나 놀라 어떻게 해야 할지 당황했습니다."

책방 주인인 사내가 여기까지 말을 끝내고 숨을 고른 다음, 훨씬 조리 있게 계속해서 소매치기 사건의 정확한 정황을 설명했다.

"그럼 왜 이제야 법정에 온 기요?"

잠시 뜸을 들인 뒤 팽 판사가 물었다.

"가게를 봐 달라고 부탁할 사람이 없었거든요."

사내가 대답했다.

"가게를 맡길 사람은 너나없이 모두 추격전에 따라갔으니까요. 5분 전에야 겨우 한 사람에게 가게를 부탁하고 이제야 여기까지 뛰어 왔습니다."

"고소인이 책을 읽고 있었단 얘기군요, 그렇죠?"

또다시 뜸을 들이더니 팽 판사가 물었다.

"네."

사내가 대답했다.

"지금 손에 들고 있는 바로 저 책입니다."

"아, 저 책 말이군?"

팽 판사가 말했다.

"책값은 받았소?"

"아니요, 못 받았습니다."

사내가 미소를 지으며 대답했다.

"맙소사, 그걸 잊고 있었군요."

멍하니 서 있던 노신사가 순진하게 말했다.

"불쌍한 아이에게 혐의를 뒤집어씌우기 좋아하는 신사로군!"

팽 판사가 자비로운 척 보이기 위해 우스꽝스럽게 안간힘을 쓰면서 말했다.

"당신이 의심스럽고 민망한 상황에서 그 책을 손에 넣었다고 생각이 되는군요. 책 주인이 당신을 고소하지 않은 걸 다행이라고 생각해야 할 것 같소. 당신에게는 큰 교훈이 될 거요. 안 그랬으면 법의 처벌을 받았을 테니까 말이오. 아이를 풀어주시오. 퇴정하시오!"

"어처구니가 없군!"

노신사가 한참 동안 참고 있던 화를 버럭 내며 소리쳤다.

"어처구니가 없어!"

"퇴정하시오."

치안판사가 고함을 질렀다.

"경찰, 내 말 안 들리오? 퇴정시키시오."

치안판사의 명령이 집행되었다. 브라운로 씨는 한 손에는 책을, 다른 한 손에는 지팡이를 들고 분노와 적개심에 격분한 채 퇴정당했다.

마당에 도착한 브라운로 씨는 당장 분노와 적개심이 사라졌다. 어린 올리버 트위스트가 셔츠가 풀리고 얼굴에 물을 뒤집어쓴 채 도로에 눕혀져 있었다. 얼굴은 백지장처럼 창백했고 오한으로 온몸을 덜덜 떨고 있었다.

"불쌍하기도 하지!"

브라운로 씨가 올리버에게 몸을 숙이며 말했다.

"누가 마차를 불러 주시오. 지금 당장!"

마차가 당도하자 브라운로 씨는 마차 한쪽 자리에 올리버를 조심스레 눕힌 다음, 자기도 마차에 타더니 반대편 자리에 앉았다.

"저도 태워주시겠습니까?"

책방 주인이 마차 안을 들여다보며 물었다.

"그럼요, 당연하죠."

브라운로 씨가 황급히 대답했다.

"당신을 깜빡 잊었습니다. 아직도 제가 당신 책을 갖고 있군요. 어서 타세요. 지체할 시간이 없습니다."

책방 주인이 마차에 올라타자 마차가 출발했다.

→⋅❖ 제12장 ❖⋅←
올리버가 어떤 초상화를 보고
묘한 기분을 느끼다

마차는 플레즌트 산을 내려와 엑스마우스 거리를 올라가며
올리버가 도저를 따라 런던에 처음 올 때 지났던 길과 똑같은
길을 덜컹거리며 달렸다. 마차는 이슬링턴의 앤젤에 도착하자
방향을 바꾸더니, 펜톤빌 근처의 조용하고 그늘진 거리에 있는
말끔한 집 앞에 도착했다. 브라운로 씨는 급히 준비시킨 침대에
어린 용의자가 조심스럽고 편안하게 눕혀지는 것을 지켜보았
다. 이곳에서 올리버는 끝도 없이 친절하고 염려스러운 마음이
담긴 보살핌을 받았다.

하지만 며칠 동안 새로운 친구들의 따뜻한 보살핌 속에서도
올리버가 의식을 되찾지 못한 채 해가 뜨고 지고, 또 뜨고 졌
다. 해가 여러 차례 뜨고 지고를 반복한 뒤에도 올리버는 병상
에서 깨어나지 못하고, 땀이 나지 않는 소모성 열병을 앓으며
점점 야위어갔다. 이런 열병은 강철의 중심부까지도 녹슬게 만
드는 산(酸)처럼 몸을 축나게 할 뿐이다. 구더기가 시체를 파먹

는 것처럼 열병도 서서히 소리 없이 산 사람을 축낸다.

드디어 올리버가 몸이 허약해질 대로 허약해진, 마르고 창백한 모습으로 길고 긴 고통스러운 꿈에서 깨어났다. 침대에서 가까스로 몸을 일으켜 세워 부들부들 떨리는 팔에 머리를 의지한 채 걱정스러운 눈길로 주위를 둘러보았다.

"여기가 어디지? 내가 도대체 어디 있는 거야?"

올리버가 혼자 중얼거렸다.

"여기는 내가 잠들었던 곳이 아니야."

몸이 몹시 쇠약해진 올리버가 들릴락 말락 하게 작은 소리로 이 말을 중얼거렸지만, 사람들은 올리버가 하는 말을 알아들었다. 당장 침대 머리맡에 있던 커튼이 재빠르게 걷히며, 깔끔한 차림의 엄마처럼 자상한 할머니가 가까이 있던 안락의자에 앉아 뜨개질을 하다 말고 벌떡 일어섰다.

"말하지 마라, 아가."

할머니가 친절하게 말했다.

"말을 많이 하면 또 아플지도 몰라. 상태가 아주 나빴었단다. 최악이었어. 거기 도로 누우렴, 아가야."

이 말과 함께 할머니는 아주 부드럽게 올리버의 머리를 베개에 눕히고 이마에서 머리카락을 뒤로 쓸어 넘겨주었다. 할머니가 올리버의 얼굴을 어찌나 사랑스럽게 쳐다봤는지, 올리버는 힘없는 손을 할머니의 손에 올려놓고 할머니의 손을 자기 목으로 당기지 않을 수 없었다.

"어머나!"

할머니가 눈에 눈물을 글썽이며 말했다.

"얼마나 고마운 아이람! 귀엽기도 하지. 아이의 엄마가 나처럼 옆에 앉아서 이 아이를 볼 수 있었다면 어떤 기분이 들까?"

"보고 계시는지도 몰라요."

올리버가 손에 깍지를 끼며 소곤거렸다.

"아마 지금 제 옆에 앉아 계실 거예요. 그런 기분이 들어요."

"열이 나서 그런 거야, 아가."

할머니가 인자하게 말했다.

"그럴지도 몰라요."

올리버가 진지하게 대꾸했다.

"천당이 너무 멀고, 부모님은 천당에서 너무 행복하셔서 불쌍한 아이의 옆에까지 안 오실 거예요. 하지만 제가 아프다는 걸 엄마가 아셨다면, 천당에 계시더라도 저를 가엾게 생각하셨을 거예요. 엄마도 돌아가시기 전에 몹시 아프셨거든요. 저에 대해 아무것도 모르실 거예요."

올리버가 잠시 뜸을 들인 뒤 덧붙였다.

"제가 두들겨 맞는 모습을 엄마가 보셨다면 너무 슬퍼하셨을 거예요. 하지만 꿈속에서 만나는 엄마는 늘 사랑스럽고 행복해 보였죠."

할머니는 이 말에 아무 대꾸도 하지 않았지만 눈물을 훔치더니 침대 커버 위에 놓았던 안경을 마치 자기의 분신인양 썼다. 그러고는 올리버에게 차가운 음료를 갖다 주더니 뺨을 토닥이며 침대에 조용히 누워 있지 않으면 또 아프게 될 거라 말했다.

그래서 올리버는 시키는 대로 가만히 누워 있었다. 한편으로는 할머니의 말에 복종해야 한다고 생각했기 때문이고, 또 다른 한편으로는 솔직히 말해 이제껏 말을 하는 바람에 기운이 빠졌기 때문이었다. 올리버는 곧 다시 편안한 잠에 빠졌다가, 침대 옆으로 다가온 촛불 때문에 잠에서 깼다. 눈을 떠보니 손에 째깍째깍 소리가 요란한 커다란 금시계를 든 신사가 보였다. 신사는 올리버의 맥박을 재더니 많이 좋아졌다고 말했다.

"아주 좋아졌구나, 그렇지?"

신사가 말했다.

"네, 고맙습니다."

올리버가 대답했다.

"그래, 그럴 줄 알았어."

신사가 말했다.

"배는 고프지 않니?"

"아닙니다."

올리버가 대답했다.

"흠!"

신사가 말했다.

"그렇구나. 베드윈 부인, 배가 안 고프답니다."

신사가 말했다. 신사는 아주 지혜로워 보였다.

할머니는 공손하게 머리를 숙였다. 할머니가 정중하게 고개를 숙이는 것으로 봐서 의사를 아주 신뢰하는 것 같았다. 의사도 할머니를 그렇게 생각하는 것 같았다.

"졸리지?"

의사가 말했다.

"아니에요."

올리버가 대답했다.

"그래?"

의사가 영민하고 만족스러운 얼굴로 말했다.

"졸리지도 않고 목이 마르지도 않지?"

"아니요, 목은 말라요."

올리버가 말했다.

"예상대로입니다, 베드윈 부인."

의사가 말했다.

"목이 마른 것은 아주 자연스러운 일입니다. 당연하죠. 아이에게 차를 좀 주세요. 버터를 바르지 않은 마른 빵도 주시고요. 너무 덥게 하지 마세요. 하지만 너무 춥게 하셔도 안 됩니다. 수고 좀 해주시겠어요?"

할머니는 왼발을 빼고 무릎을 굽혀 정중하게 인사를 했다. 의사는 차가운 음료를 맛본 다음, 환자에게 줘도 좋다는 말을 하고 서둘러 방을 나섰다. 의사가 계단을 통해 아래층으로 내려가는지 부츠 소리가 들렸다. 분명 아주 무겁고 값비싼 부츠 소리였다.

올리버는 의사가 나가자마자 다시 잠에 빠져들었다. 거의 12시가 다 되어서야 다시 잠에서 깨어났다. 그런데 깨어나자마자 할머니가 올리버에게 또다시 다정하게 잘 자라는 말을 하더니 지금 막 도착한 뚱뚱한 여자에게 올리버의 간호를 맡기고 나갔다. 이 뚱뚱한 여자는 작은 기도서와 잘 때 쓰는 커다란 모자를 갖고 왔다. 머리에 모자를 쓰고 기도서를 탁자에 내려놓더니, 자기가 올리버를 밤새 간호하기 위해 왔다는 말을 한 뒤 의자를 불 옆으로 잡아당겨서 앉더니 꾸벅꾸벅 졸기 시작했다. 뚱뚱한 여자는 여러 차례 앞으로 고꾸라지고 다양한 신음과 숨 막히는 소리를 내었지만, 그런 소리에 아랑곳하지 않고 코를 심하게 비빈 뒤 다시 잠에 빠져들었다.

그날 밤은 그렇게 천천히 깊어갔다. 올리버는 때때로 잠에서 깬 채 누워서 골풀 양초에 씌운 구멍 뚫린 갓에서 나온 불빛이 천장에 만든 작은 불빛을 세거나, 기운 없는 눈으로 벽지의 복잡한 무늬를 따라갔다. 방 안의 어둠과 깊은 고요함이 무척 장엄했다. 그래서 올리버의 마음에 몇 날 며칠 동안 생사의 기로를 헤맸다는 생각이 들었고, 생사의 기로를 헤매느라 몸이 쇠약해졌다는 생각이 들자, 베개 속에 얼굴을 파묻고 하느님께 간곡히 기도를 드렸다.

올리버가 점점 깊고 평온한 잠에 빠져들었다. 최근 겪은 고통에서 벗어나는 편안함이 깃들어 있고, 차분하고 평화로운 휴식이었기 때문에 깨어나는 것이 싫을 정도였다. 만일 이런 편안함이 죽음이라면 누가 고통과 번민으로 점철된 삶으로 돌아오고 싶겠는가! 현재의 걱정거리, 미래에 대한 불안함, 무엇보다 힘겨운 과거의 회상으로 말이다.

날이 밝은지 몇 시간이 지나서 올리버가 눈을 떴다. 올리버는 눈을 떴을 때 정말 활기차고 행복했다. 생사를 넘나들던 병에서 깨끗이 나아서 다시 이 세상으로 돌아온 것이었다.

올리버는 사흘 만에 푹신한 베개가 놓인 편안한 의자에 앉을 수 있게 되었다. 아직도 걷기에는 몸이 너무 쇠약해서 베드윈 부인이 올리버를 부축해 자기가 머무는 아래층 집사의 방으로 데려갔다. 그곳에서 올리버를 불 옆에 앉히고 후덕한 베드윈 부인도 앉았다. 베드윈 부인은 올리버가 많이 좋아진 것을 보자 너무나 기쁜 나머지 울음을 터뜨리고 말았다.

"신경 쓰지 말거라, 아가."

베드윈 부인이 말했다.

"나는 종종 이렇게 운단다. 이제, 모두 끝났어. 이제 마음이 아주 편하구나."

"저를 정말 친절하게 돌봐주셨어요."

올리버가 말했다.

"그래, 그건 신경 쓰지 마라."

베드윈 부인이 말했다.

"그런 것은 수프와 아무 상관이 없어. 이제 수프를 먹을 시간이야. 의사 선생님께서 브라운로 씨가 오늘 아침에 너를 보러 잠깐 들르실지도 모른다고 하셨거든. 건강한 모습을 보여드려야 해. 브라운로 씨는 네가 건강할수록 기분 좋아하실 거야."

이 말과 함께 베드윈 부인은 구빈원에서 먹던 수프처럼 묽게 만들기 위해 물을 탄다면 350명은 족히 먹을 수 있을 정도의 되직한 수프를 작은 냄비에 데웠다.

"그림을 좋아하니?"

올리버가 앉아서 맞은편 벽에 걸린 초상화를 뚫어지게 보자, 베드윈 부인이 물었다.

"잘 모르겠어요."

올리버가 초상화에서 눈을 떼지 못한 채 대답했다.

"그림을 본 적이 별로 없어서 잘 몰라요. 그림 속의 아가씨가 아름답고 착해 보이네요."

"그래."

베드윈 부인이 말했다.

"화가는 숙녀들을 실물보다 훨씬 예쁘게 그리지. 안 그러면 손님이 없을 테니까 말이야. 사진기를 발명한 사람은 사업에 성공하지 못할 거야. 사진기는 너무 솔직하거든. 너무……."

베드윈 부인은 자기가 정확하게 설명했다고 생각하고 기분 좋게 웃으며 말했다.

"이 그림도 똑같나요?"

올리버가 물었다.

"응."

베드윈 부인이 죽에서 고개를 들어 그림을 잠깐 쳐다보더니 대답했다.

"그러니까 초상화지."

"누구 초상화예요?"

올리버가 관심을 보이며 물었다.

"왜 그러니, 아가? 잘 모르겠구나."

베드윈 부인이 기분 좋게 대답했다.

"너나 내가 아는 사람은 아닐 거야. 하지만 네 마음에 드는 모양이구나."

"굉장히 예뻐서요. 정말 아름다워요."

올리버가 대답했다.

"그래, 그렇지?"

베드윈 부인이 초상화를 쳐다보는 올리버의 얼굴에 경외감이 깃든 것을 보며 놀라서 말했다.

"아니, 아니에요."

올리버가 재빨리 대답했다.

"그런데 눈이 아주 슬퍼 보이네요. 제가 앉은 곳을 뚫어지게 보는 것 같아요. 그래서 제 가슴이 두근거려요."

올리버가 낮은 목소리로 덧붙였다.

"꼭 살아 있는 것 같아요. 그리고 제게 말을 하고 싶은데 못

하는 것 같기도 하고요."

"어머나, 세상에."

베드윈 부인이 깜짝 놀라며 소리쳤다.

"그렇게 말하지 말거라, 아가. 네가 심하게 앓고 나서 몸이 약해지고 신경이 곤두서서 그런 거야. 다른 쪽으로 의자를 돌려주마. 그럼 초상화를 못 볼 테니까."

베드윈 부인이 말한 대로 의자를 돌렸다.

"이젠 절대 안 보일 거야."

그러나 올리버는 마치 위치를 바꾸지 않은 것처럼 마음속으로 초상화가 정확하게 보였다. 하지만 친절한 베드윈 부인을 걱정시키지 않는 게 좋겠다고 생각했기 때문에, 베드윈 부인이 자기를 쳐다보자 부드럽게 미소 지었다. 베드윈 부인은 올리버가 편안하게 느낀다고 생각하며 만족스러워했다. 그러고는 바삭하게 구운 빵을 부숴서 수프에 넣고 소금으로 간을 맞추는 등 아주 부산스럽게 음식준비를 했다. 올리버는 허겁지겁 수프를 먹었다. 마지막 한 숟가락을 마저 먹기 무섭게 문을 부드럽게 두드리는 소리가 들렸다.

"들어오세요."

베드윈 부인의 말이 떨어지자마자 브라운로 씨가 들어왔다.

브라운로 씨는 무척 활기차게 들어왔다. 브라운로 씨는 안경을 이마로 올리고 양손을 외투 자락 뒤에 뒷짐을 진 채 올리버를 한참 동안 찬찬히 쳐다보더니 표정이 기괴하게 일그러졌다. 올리버는 앓고 난 뒤라 아주 지쳐 보였고 얼굴이 그늘져 있었다. 은인에 대한 감사의 뜻으로 의자에서 일어나려고 시도를 했지만 결국 도로 털썩 주저앉고 말았다. 사실대로 말하자면, 브라운로 씨의 심장은 자비로운 성품을 가진 평범한 여섯 명의 심장을 합친 것만큼 커졌고, 이성적으로 도저히 설명할 수 없는 상황에 놓였을 때 작동하는 수분작용으로 눈에 눈물이 고였다.

"불쌍하기도 하지, 정말 불쌍해."

브라운로 씨가 목소리를 가다듬으며 말했다.

"내가 오늘 아침 목이 잠겼어요, 베드윈 부인. 감기에 걸렸나 봐요."

"그러시면 안 되죠."

베드윈 부인이 말했다.

"옷은 모두 완벽하게 말렸는데요."

"감기가 확실히 걸렸다는 것은 아니고요. 베드윈 부인. 잘 모르겠어요."

브라운로 씨가 말했다.

"어제저녁 시간에 젖은 냅킨을 썼나 봐요. 하지만 신경 쓰지 마세요. 그래, 기분이 어떠니?"

"네, 아주 좋아요."

올리버가 대답했다.

"정말 감사합니다. 제게 친절하게 대해주셔서요."

"착한 아이로구나."

브라운로 씨가 결연히 말했다.

"아이에게 먹을 것을 좀 주셨나요, 베드윈 부인? 미음이라도 말이에요."

"진한 수프 한 그릇을 방금 다 먹었습니다."

베드윈 부인이 약간 허리를 곧추세우며 진한 수프라는 말에 살짝 힘을 실어 대답했다. 미음과 진한 수프는 비슷하지도 않고 비교할 수조차 없다는 것을 넌지시 알리기 위해서였다.

"아, 네."

브라운로 씨는 살짝 몸을 떨며 대꾸했다.

"포르투갈산 포도주를 몇 잔 마시면 아주 좋을 거야. 그렇지 않니, 톰 화이트?"

"제 이름은 올리버예요."

병약한 올리버가 소스라치게 놀란 표정으로 대답했다.

"올리버!"

브라운로 씨가 말했다.

"그럼 성은 뭐니? 올리버 화이트니?"

"아니요. 트위스트요. 올리버 트위스트예요."

"특이한 이름이구나."

브라운로 씨가 말했다.

"그런데 왜 치안판사에게 성을 화이트라고 말했니?"

"그렇게 말한 적 없는데요."

올리버가 놀라며 대답했다.

올리버가 거짓말하는 것처럼 들렸기 때문에 브라운로 씨는 엄한 눈길로 올리버의 얼굴을 쳐다보았다. 하지만 올리버를 의심하는 것은 불가능했다. 수척해져서 이목구비가 뚜렷해진 얼굴에 정말이라고 쓰여 있었기 때문이었다.

"오해가 있었나 보구나."

브라운로 씨가 말했다. 그런데 올리버를 빤히 쳐다봐야 할 이유가 이제는 없어졌음에도 올리버의 생김새가 잘 아는 사람과 닮았다는 생각이 너무나 강하게 들었기 때문에 시선을 뗄 수가 없었다.

"저 때문에 화가 나신 것은 아니죠?"

올리버가 애절하게 눈을 들며 물었다.

"아니, 아니야."

브라운로 씨가 대답했다.

"하느님, 맙소사. 아니 이럴 수가! 베드윈 부인, 저기 저 그림을 보세요!"

브라운로 씨가 말을 하면서 올리버의 머리 위에 있는 그림을 급하게 가리키더니 다시 올리버의 얼굴을 가리켰다. 판박이였다. 눈, 머리, 입. 이목구비 하나하나가 똑같았다. 마침 그 순간에 지은 표정까지도 똑같았기 때문에, 세밀한 주름까지도 이상하리만치 판에 찍은 듯이 똑같았다.

올리버는 왜 갑자기 브라운로 씨가 큰 소리를 지르는지 몰랐다. 며칠을 앓고 난 뒤 몸이 아직 완전히 회복되지 않은 올리버는 그 큰 소리를 견디지 못하고 그만 기절하고 말았다.

　이미 앞 장에서 아주 상세하게 묘사했던 대로, 도저와 성격 좋은 친구 베이츠가 브라운로 씨의 소지품을 훔쳐 달아나는 바람에 올리버가 괜한 오해를 받고 쫓기게 되었을 때 두 아이도 그 추격전에 합세했었다. 독자들도 알다시피 두 아이는 자기 보호라는 갸륵하고 딱 알맞은 이유에 의해 그런 행동을 한 것이었다. 한 개인의 자유야말로 양심이 있는 영국인이라면 무엇보다 우선하여 가장 자랑스럽게 여기는 것이기 때문에, 나는 두 아이의 행동이 칭찬받아야 마땅하다는 것을 인정해달라고 독자들에게 간청할 필요가 별로 없다. 자기의 생명보존과 안전에 관한 갈망이라는 확실한 증거야말로 본능을 확인하는 행위와 다름이 없다. 본능이란 심오하고 건전한 판단을 내리는 학자들이 자연의 모든 행위와 행동의 주요 동기로 단정한 것이다. 학자들은 아주 현명하게도 자연의 과정을 격언과 이론의 문제로 소홀히 취급해버리고, 자연의 놀라운 지혜와 이해심을 깔끔하고 멋지게 칭찬함으로써 너그러운 심성과 충동, 감성을 완벽하게 배제한다. 그리고 여성으로서 갖는 수많은 결점과 약점을 훨씬 뛰어넘도록 보편적인 허락을 받은 여성이 개인적으로 온전히 책임져야 할 문제로 치부해버린다. (여기서 여성은 '자연'을 뜻한다. 자연의 성을 '여성'으로 여기는 영어식의 표현 일부임.)

극심한 궁지에 몰렸을 때 두 아이가 취한 행동이 엄밀한 철학적 본성이라는 증거를 더 원한다면, 앞부분에서 이미 소개했듯 사람들의 이목이 올리버에 쏠렸을 때 두 아이가 올리버를 쫓는 대열에서 빠져서 즉시 지름길을 이용해 집으로 돌아갔다는 사실에서 그 증거를 찾을 수 있다. 어떤 결론을 서둘러 내리는 것이 학식이 뛰어난 현자의 행동이라고 주장하려는 생각은 없다. 하지만 분명하고 확실하게 말할 수 있는 것은 훌륭한 철학자라면 예외 없이 누구나, 술주정뱅이가 결론을 내리는 과정에서 술김에 넘쳐나는 아이디어를 두서없이 쏟아내며 말을 계속 반복하듯 쓸데없는 말을 주절주절 늘어놓는 것이 아니라, 자기의 이론을 펼쳐 나가는 데 있어서 영향을 미칠 가능성이 있는 모든 것에 대비해 지혜와 통찰력을 발휘한다는 것이다. 그래서 훌륭한 일을 하려면 약간의 실수를 할 수도 있고, 결말이 좋으면 과정에서 선택했던 어떤 수단과 방법도 결국 정당화될 것이다. 옳고 그른 정도나, 옳은 것과 그른 것의 차이는 전적으로 당사자의 몫이다. 즉 선악은 특정 상황에 놓인 당사자의 분명하고 포괄적이며 공명정대한 견해에 의해 결정되는 것이다.

두 아이는 미로처럼 좁고 꼬불꼬불한 골목을 간신히 빠져나온 다음에야, 낮고 어두운 통로 밑에서 잠시 멈추고 숨을 돌릴 수 있었다. 숨을 고르느라 한참이 지나서야 간신히 입을 뗄 수 있었는데 베이츠는 놀람과 기쁨의 환호성을 지른 다음 걷잡을 수 없을 정도로 미친 듯이 웃음을 터뜨리고 남의 집 계단 위로 쓰러져 떼굴떼굴 구르며 자지러졌다.

"왜 그래?"

도저가 물었다.

"하! 하! 하!"

찰리 베이츠가 큰 소리로 웃었다.

"시끄러워!"

도저가 걱정스럽게 주위를 두리번거리면서 핀잔을 주었다.

"붙잡히고 싶어, 이 멍청아?"

"못 참겠어."

베이츠가 말했다.

"도저히 못 참아. 꽁무니가 빠지게 뛰어서 모퉁이를 돌아 전 봇대에 부딪쳤다가 마치 강철 용수철처럼 다시 벌떡 일어나 도 망치던 녀석을 생각해 봐. 손수건은 내 주머니에 있었는데 말이 야. 아이고, 웃겨 죽겠네!"

베이츠의 설명은 너무나 생생하게 눈앞에 펼쳐졌다. 여기까 지 이야기하더니 베이츠는 다시 남의 집 계단에서 데굴데굴 구 르며 아까보다 더 크게 웃었다.

"페이긴이 뭐라고 할까?"

도저는 숨넘어갈 듯 웃던 베이츠가 잠깐 숨을 고르는 틈을 타 재빠르게 질문을 했다.

"뭐?"

찰리 베이츠가 되물었다.

"페이긴이 뭐라고 할 것 같냐고?"

도저가 물었다.

"무슨 말을 하겠어?"

베이츠가 갑자기 웃음을 뚝 그치더니 물었다. 도저의 태도가 예사롭지 않았기 때문이었다. 도저는 잠깐 휘파람을 불더니 모자를 벗고 머리를 긁적거린 뒤 몇 번이고 고개를 끄덕였다.

"무슨 뜻이야?"

베이츠가 물었다.

"따라라라라, 말뚝 박기 게임하고 같은 거야."

도저가 영리한 얼굴에 살짝 냉소를 지으며 말했다.

무슨 말인지 대충은 알겠으나 정확하게 이해가 되지 않은 베이츠가 다시 물었다.

"그게 무슨 소리야?"

도저는 대답 대신 모자를 다시 쓰고 팔 아래로 긴 외투 자락을 모아 잡더니 혀로 뺨을 불룩하게 만들어 익숙하지만 의미심장하게 콧잔등을 대여섯 번 만졌다. 그러고는 핵 돌아서서 골목을 살금살금 빠져나갔다. 베이츠도 뭔가를 생각하는 표정으로 뒤따랐다.

두 아이가 이 이야기를 나누고 몇 분 뒤, 삐걱거리는 계단을 걷는 소리가 페이긴에게 들렸다. 그때 페이긴은 왼손에 소시지와 작은 빵 조각을, 오른손에 포크와 나이프를 들고 삼발이에 주석 항아리를 얹혀 놓은 채 불 옆에 앉아 있었다. 그러고는 고개를 돌리면서 창백한 얼굴에 교활한 웃음을 지었다. 붉고 짙은 눈썹 밑으로 매서운 눈초리를 번득이며 문 쪽으로 골똘히 귀를 기울였다.

"어떻게 된 거지?"

페이긴이 표정을 바꾸며 중얼거렸다.

"두 명만 돌아오는군. 한 명은 어떻게 됐지? 문제가 생긴 건 아니겠지. 설마!"

발소리가 점점 가까워지다가 층계참에 도착하더니 문이 천천히 열렸다. 도저와 찰리 베이츠가 안으로 들어와 문을 닫았다.

"올리버는 어디 있어, 이놈들아?"

화난 페이긴이 살벌한 표정으로 일어서며 물었다.

"그 애는?"

두 소매치기는 두목을 쳐다보았다. 두목이 너무 살벌하게 화를 내 깜짝 놀란 듯했다. 그러고는 서로를 어색하게 쳐다볼 뿐 아무 대답도 못 했다.

"그 아이는 어떻게 됐니?"

페이긴이 도저의 멱살을 확 움켜잡으며 물었다. 끔찍한 욕도 퍼부으며 협박을 했다.

"목 졸려 죽고 싶지 않으면 어서 말해!"

페이긴이 진심인 것처럼 보였기 때문에 어떤 경우라도 안전이 최고라고 믿는 찰리 베이츠는 도저 다음에 자기가 목 졸려 죽을 것으로 생각한 나머지, 무릎을 꿇고 쉬지 않고 크게 울부짖었다. 확성기를 입에 단 미친 소 같았다.

"어서 말해!"

페이긴이 도저를 흔들며 고함을 쳤다. 어찌나 세게 흔들어댔는지 도저가 헐렁한 외투에서 빠져나오지 않는 게 신기할 지경이었다.

"경찰에 잡혔어요. 그게 다예요."

도저가 퉁명스럽게 대답했다.

"이제 놔주세요."

그러고는 한 번 몸부림을 쳤는데 어찌나 세게 쳤는지 도저는 헐렁한 외투에서 빠져나왔고 페이긴의 손에는 외투만 남아 있었다. 도저는 긴 불쏘시개를 낚아채 페이긴의 조끼를 찔렀다. 제대로 찔렀다면 페이긴은 한두 달 안에 다시는 그렇게 웃기 힘들 정도로 간지럼을 타서 자지러졌을 것이었다.

페이긴은 나이 든 사람에게서 기대할 수 없을 정도의 민첩함을 발휘해 한 발 뒤로 물러나 이 기습공격을 피했다. 그러고는 항아리를 집어 들어 자기를 찌르려 했던 도저의 머리를 향해 던지려고 했다. 하지만 마침 그 순간, 찰리 베이츠가 숨넘어갈 듯 울부짖으며 페이긴의 주의를 끄는 바람에 별안간 목표물을 바꿔 항아리를 있는 힘껏 찰리 베이츠에게 던졌다.

"도대체 갑자기 뭐가 날아온 거야?"

굵은 목소리가 으르렁거렸다.

"누가 내게 이걸 던진 거야? 항아리가 아니라 맥주에 맞았으니 천만다행이지만 말이야. 아니면 가만 안 놔뒀을 거야. 수전노에 도둑질이나 하고 고래고래 소리를 지르는 늙은 유대인 페이긴 말고 물이 아닌 음료를 버릴 수 있는 사람은 아무도 없지. 분기마다 내는 수도요금도 안 내려고 수도 회사를 속이는 인간이니 말이야. 그렇지 않아, 페이긴? 빌어먹을, 목도리가 맥주에 젖었잖아. 이리 와, 이 늙은 여우야. 왜 밖에 서 있는 거야? 네 주인이 창피하다는 뜻이냐? 들어 와!"

이 말을 내뱉은 사람은 땅딸한 체격의 마흔다섯 살가량 되는 사내였다. 검정 벨벳 외투와 때가 잔뜩 묻은 더러운 갈색 바지, 정강이의 절반까지 오는 반장화, 회색 면양말 차림이었다. 면

양말 속에는 종아리에 알이 잔뜩 배긴 굵은 다리가 들어 있었는데 이런 다리가 이런 복장을 하면 다리를 장식하기 위한 족쇄를 채워야 완벽하고 제대로 마무리가 된 것처럼 보인다. 사내는 머리에 갈색 모자를 썼고 목에는 얼룩얼룩 지저분한 손수건을 둘렀는데, 끝이 너덜너덜한 손수건으로 얼굴에서 맥주를 닦아냈다. 맥주를 닦고 나니 넓적한 얼굴은 사흘 동안 깎지 않아 덥수룩한 수염으로 뒤덮여 있었고 두 눈은 뱁새눈이었다. 한쪽 눈은 최근에 얻어맞았는지 시퍼렇게 멍이 들어 있었다.

"들어와. 내 말 안 들려?"

생김새만으로도 남의 이목을 끌기 충분해 보이는 사내가 으르렁거렸다.

얼굴에 스무 군데나 할퀴고 찢어진 상처가 난, 희고 털이 덥수룩한 개가 방으로 슬쩍 들어왔다.

"왜 먼저 들어오지 않았어?"

사내가 개에게 말했다.

"내가 주인이라고 남 앞에 나서기 자존심 상하니? 앉아!"

사내가 이 명령과 함께 발길질을 해 개를 방의 반대쪽 구석으로 보냈다. 그러자 개는 찍소리도 내지 않고 구석으로 가 쭈그리고 앉아 못생긴 눈을 1분에 스무 번이나 꿈쩍거리며 방 안을 두리번거리는 꼴이 이런 발길질에 익숙한 것 같았다.

"뭐 하는 거야? 왜 애들을 못살게 굴어, 이 욕심쟁이 고집불통 영감탱이야?"

사내가 천천히 앉으며 물었다.

"왜 애들이 네놈을 안 죽이는지 몰라. 나 같으면 벌써 죽였을 텐데. 내가 네놈 밑에서 일했다면 아주 오래전에 죽였을 거야.

아니지, 아무짝에도 쓸모가 없으니 팔아먹었을 수는 없겠지만, 못생긴 인간의 표본으로 삼기 위해 병에 넣어 박제를 만들었을 지도 모르지. 아무도 그렇게 큰 병을 만들지는 않을 테지만 말 이야."

"조용히 해, 사익스 씨."

페이긴이 몸을 부들부들 떨며 말했다.

"목소리 좀 낮춰."

"갑자기 왜 씨 자를 붙이고 난리야."

사익스가 대꾸했다.

"새끼라고 하고 싶잖아, 넌. 그냥 하던 대로 이름만 불러. 그렇게 불러도 기분 나쁘지 않아."

"좋아, 좋아. 빌 사익스."

페이긴이 치사하리만치 굽실대며 말했다.

"기분이 나빠 보이는군, 빌."

"그럴지도 모르지."

사익스가 대답했다.

"포악을 떨 듯이 주석 항아리를 집어 던진 걸 보면 심심해서 그런 것은 아닐 테고, 자네야말로 기분이 나쁜 것 같군."

"미쳤어?"

페이긴이 사익스의 소매를 잡고 아이들을 가리키며 말했다.

사익스는 왼쪽 귀 아래에 매듭을 매는 시늉을 하고 고개를 오른쪽 어깨로 까딱거렸다. 교수형 당하는 모습을 흉내 낸 것인데 페이긴도 그 뜻을 완전히 이해하는 것 같았다. 사익스는 은어로 술을 한잔 달라고 했는데, 온통 은어로만 대화를 하기 때문에 사익스의 말을 글로 옮긴다면 아무도 이해 못 할 것이다.

"독약을 넣을 생각은 마."

사익스가 탁자에 모자를 내려놓으며 말했다.

농담으로 한 말이지만 페이긴이 찬장 쪽으로 몸을 돌리면서 창백한 입술을 깨물며 증오가 가득한 눈을 자기에게 흘긴 것을 보았다면, 그것이 전혀 쓸데없는 걱정이 아니었다거나 술맛을 좋게 하려고 페이긴이 진심으로 최선을 다할 것이라 생각했을지 모른다.

사익스는 독한 술을 두세 잔 들이켠 뒤에야 두 아이에게 관심을 보였다. 그래서 두 아이는 올리버가 잡혀간 이유와 방법에 대해 상세히 설명하게 되었는데, 도저는 실제로 벌어진 일을 적당히 날조하고 부풀려서 그나마 믿을 만하게 편집해 설명했다.

"올리버가 우리를 위험에 빠뜨릴 말을 할까 봐 걱정이야."

페이긴이 말했다.

"그럴 가능성이 크지."

사익스가 심술궂게 히죽거리며 말했다.

"모든 걸 고자질할지도 몰라, 페이긴."

"걱정스러운 것은……."

페이긴은 사익스가 끼어들었다는 것을 눈치채지 못한 듯이 사익스를 뚫어지게 보며 덧붙였다.

"우리가 잡힌다면 그걸로 끝나지 않을 거라는 점이지. 그렇게 되면 나보다는 자네가 훨씬 불리할 거야."

사익스가 깜짝 놀라 페이긴 쪽으로 돌아봤지만, 페이긴은 어깨를 귀까지 올리고 맞은편 벽을 멍하니 바라볼 뿐이었다.

오랜 침묵이 흘렀다. 방 안에 있던 모두는 너나 할 것 없이 각자의 생각에 빠졌다. 개도 예외는 아니어서 혀로 입술을 심술

굵게 앓는 품새를 보니, 밖에 나가서 처음 맞닥뜨리게 되는 사람의 다리를 물어뜯을 생각을 하는 것 같았다.

"일이 어떻게 되었는지 누군가 알아봐야겠군."

사익스가 방에 들어온 이래 가장 낮은 목소리로 말했다.

페이긴이 동의한다는 듯 고개를 끄덕였다.

"그 애가 고자질하지 않았다면 풀려날 때까지 걱정하지 않아도 돼."

사익스가 말했다.

"풀려나오면 잘 관리해야 해. 무슨 수를 써서라도 손에 넣어야 한다고."

페이긴이 또 고개를 끄덕였다.

이런 행동방침은 더할 나위 없이 신중한 것이었지만, 불행히도 실행하기에는 한 가지 애로사항이 있었다. 도저와 찰리 베이츠, 페이긴, 빌 사익스 모두 어떤 경우에도 경찰서 근처에 가는 것에 대해 깊은 혐오감을 느끼고 있다는 거였다.

얼마나 오랫동안 네 사람이 이렇게 유쾌하지 못한 불안한 상태로 앉아서 서로를 쳐다봤는지 알 수 없다. 그렇다고 그것을 상상할 필요도 없다. 며칠 전에 올리버도 본 적이 있는 젊은 두 여자가 갑자기 방으로 들어오는 바람에 네 사람의 대화는 다시 활기를 띠었다.

"바로 그거야!"

페이긴이 말했다.

"베티가 가면 되겠군, 그렇지?"

"어디를?"

베티가 물었다.

"경찰서 말이야."

페이긴이 달래듯이 말했다.

베티는 경찰서에는 절대 가지 않을 것이라고 딱 잘라 말하지 못하고, 혹시 가게 되면 당황하게 될 거라고 에둘러 말했다. 자기 딴에는 페이긴의 요청을 정중하고 교묘하게 거절한다고 생각한 모양이었다. 천성이 착하고 교육을 잘 받은 여자가 직접적이고 노골적인 거절로 남에게 상처를 주는 것을 참을 수 없기 때문이었다.

페이긴은 표정이 어두워지더니 베티와 함께 들어온 또 다른 여자를 쳐다보았다. 이 여자는 빨간색 외투와 녹색 부츠 차림에 노란색 머리핀을 꽂아 멋지다기보다 야해 보였다.

"낸시."

페이긴이 어르는 듯이 물었다.

"너는 어때?"

"싫어요, 페이긴. 애써도 소용없어요."

낸시가 대답했다.

"그게 무슨 뜻이야?"

사익스가 퉁명스럽게 쳐다보며 물었다.

"제 말은요, 빌."

낸시가 침착하게 말했다.

"네가 적임자야."

사익스가 말했다.

"이곳 사람들은 아무도 너를 몰라."

"알리고 싶지 않아요."

낸시가 침착하게 말했다.

"저도 거절할래요, 빌."

"낸시가 갈 거야, 페이긴."

사익스가 말했다.

"아니, 안 가요, 페이긴."

낸시가 고함쳤다.

"아냐, 갈 거야."

사익스가 말했다.

사익스의 말이 맞았다. 매력적인 낸시는 협박과 약속, 뇌물에 넘어가 결국 그 임무를 맡기로 했다. 낸시는 베티와 같은 처지가 아니었다. 라트클리프라는 외지지만 점잖은 교외에서 필드레인으로 옮겨온 지 얼마 되지 않아서 알아볼 사람이 거의 없었기 때문이었다.

결국 낸시는 빨간색 외투 위에 깨끗하고 흰 앞치마를 두르고 노란색 머리핀을 밀짚모자 속에 감추며 심부름 갈 준비를 마쳤다. 앞치마와 밀짚모자는 페이긴이 갖고 있던 수없이 많은 물건 속에서 찾아낸 것이었다.

"잠깐만."

페이긴이 뚜껑이 덮인 작은 바구니를 내밀며 말했다.

"한 손에 이걸 들어. 그러면 훨씬 얌전해 보여."

"다른 손에 들고 가게 현관 열쇠를 줘, 페이긴."

사익스가 말했다.

"그럼 진짜 같을 거야."

"그래, 맞아. 그렇지."

페이긴이 낸시의 오른손 집게손가락에 커다란 현관 열쇠를 걸어주며 말했다.

"됐어. 아주 좋아. 정말 좋아."

페이긴이 양손을 비비며 말했다.

"불쌍한 내 동생. 사랑스럽고 순진한 내 동생!"

낸시가 울음을 터뜨리면서 큰 소리로 외치더니 슬픔에 겨워 참을 수 없다는 듯 바구니와 현관 열쇠를 꽉 쥐었다.

"어쩌다가 이렇게 되었을까요? 제 동생은 어디로 데려갔나요? 불쌍하게 여겨주세요. 제 동생이 무슨 잘못을 했는지 말해주세요. 제발 부탁드립니다."

낸시는 듣는 사람들의 마음에 딱 들게, 가장 비통하고 가슴이 미어지는 목소리로 이 말을 하고 나서 잠시 멈추더니, 모두를 향해 윙크하고 미소를 지으며 고개를 끄덕인 다음 방에서 나갔다.

"와! 아주 영리한 아가씨로군!"

페이긴이 다른 사람들을 향해 돌아서 고개를 진지하게 흔들며 말했다. 마치 모두에게 방금 목격한 좋은 예를 본받으라는 무언의 훈계를 하는 듯했다.

"낸시는 괜찮은 여자야."

사익스가 잔을 채우며 말한 다음, 무지막지한 주먹으로 탁자를 내리쳤다.

"낸시의 건강을 위해, 그리고 모두 낸시를 닮기를 바라며 건배합시다!"

남겨진 사람들이 영리한 낸시에 대해 끝도 없는 찬사를 늘어놓는 동안 낸시는 경찰서를 향해 서둘러 갔다. 누구의 보호도 받지 않고 혼자 길을 걸으니 약간 주눅이 들었지만 곧 경찰서에 안전하게 도착했다.

낸시는 뒷문으로 들어가 열쇠로 조심스럽게 감방 문 하나를 두드린 다음 귀를 기울였다. 안에서는 아무 소리도 들리지 않았다. 그래서 기침을 한 다음 다시 귀를 기울였다. 여전히 아무 소리가 들리지 않자 불러보았다.

　"놀리?"

　낸시가 부드러운 목소리로 중얼거렸다.

　"놀리?"

　안에는 신도 못 신은 가엾은 죄수 외에는 아무도 없었다. 그 죄수는 길에서 피리를 불었다는 이유로 잡혀 왔으며, 반사회범 죄를 저질렀다고 입증되었기 때문에 죗값을 치르기 위해 팽 판사에 의해 한 달간 유치장에서 구류를 살도록 선고를 받았다. 팽 판사는 죄수가 숨이 남아돌아 주체할 수 없다면, 악기를 불기보다는 물레방아 밟기(형벌의 하나)로 남아도는 숨을 사용해야 한다는 적절하고도 우스꽝스러운 선고를 내렸다. 죄수는 낸시가 부르는 소리에 대답하지 않았다. 경찰이 관할 지역에서 사용하겠다며 피리를 몰수해 갔기 때문에 너무나 애통한 나머지 아무 생각이 나지 않았기 때문이었다. 그래서 낸시는 다음 감방 문을 두드렸다.

　"뭐요?"

　들릴까 말까 한 작은 목소리가 들렸다.

　"안에 어린 꼬마가 있나요?"

　낸시가 벌써 우는 시늉을 하며 물었다.

　"없소."

　대답이 들렸다.

　"어림없는 소리를 하는군!"

이 사내는 예순다섯 살의 노숙자로 피리를 불지 않았다는 죄목으로 이곳에 갇혔다. 길거리에서 구걸만 할 뿐 일을 하지 않았다는 이유였다. 그 옆 감방에 갇힌 남자는 자격증도 없이 양철 냄비를 팔러 다녔다는 죄목으로 갇혀 있었다. 판매세를 내지 않고 먹고 살기 위해 무언가를 했기 때문이었다.

하지만 이 죄수들 가운데 아무도 올리버라는 이름을 알거나 올리버에 대해 아는 게 없었기 때문에, 낸시는 줄무늬 조끼를 입고 거들먹거리는 경찰에게 곧장 다가가 가장 가련하게 한탄을 섞어가며 울먹이더니, 현관 열쇠와 작은 바구니를 재빨리 효과적으로 이용해 더 불쌍하게 보이려 애쓰면서 동생을 돌려달라고 애원했다.

"여기 없어요."

경찰이 말했다.

"어디 있죠?"

낸시가 혼란스러워하며 날카롭게 비명을 질렀다.

"그 신사가 데려갔소."

경찰이 대답했다.

"어떤 신사요? 하느님 맙소사! 어떤 신사요?"

낸시가 악을 썼다.

낸시의 조리 없는 질문을 받은 경찰은 크게 상심한 누나에게 올리버가 법정에서 몹시 아팠으며, 소매치기한 아이는 올리버가 아니고 다른 아이라는 증언을 해준 목격자 덕분에 석방되었고, 피해자가 정신을 잃은 올리버를 자기 집으로 데려갔다고 알려주었다. 자기가 아는 것은 피해자가 펜톤빌 어디에 사는 것뿐이며, 이것도 피해자가 마부에게 그곳으로 가자고 하는 소리를 들었기 때문에 알게 되었다고 말했다.

의심스럽고 혼란스러운 상태에 빠진 낸시는 문으로 비틀거리며 걸어갔다. 그리고 비틀거리던 걸음을 재빠른 달리기로 바꾸어 쉬지 않고 페이긴의 거주지로 돌아갔다. 낸시는 이렇게 멀고 복잡한 길은 난생처음이라는 생각이 들었다.

빌 사익스는 낸시가 전하는 소식을 듣자마자, 황급히 흰 개를 부르고 모자를 쓰더니 다른 사람들에게 잘 있으라는 작별인사를 할 새도 없이 허둥지둥 서둘러 나갔다.

"올리버가 어디 있는지 알아내야 해. 꼭 찾아야 한다고."

페이긴이 몹시 흥분해서 말했다.

"베이츠, 녀석의 소식을 들을 때까지 아무것도 하지 말고 수소문만 해. 낸시, 꼭 녀석을 찾아야 해. 너만 믿을게. 너하고 도저만 믿어. 잠깐 기다려."

페이긴이 떨리는 손으로 서랍의 자물쇠를 열면서 덧붙였다.

"여기 돈이 있어. 오늘 밤은 여기를 닫을 거야. 내가 어디 있을지 알지? 여기서 1분도 지체하지 마. 단 한 순간도!"

이 말과 함께 페이긴은 방에서 모두를 내보내고 나서 조심스럽게 문을 이중으로 잠그고 빗장까지 지른 다음, 실수로 올리버에게 들켰던 상자를 비밀장소에서 꺼내더니 황급히 시계와 보석들을 옷 속에 숨겼다.

페이긴이 허겁지겁 시계와 보석들을 옷 속에 숨기고 있었는데, 문 두드리는 소리가 들리자 소스라치게 놀랐다.

"누구야?"

페이긴이 너무 놀라서 날카로워진 목소리로 소리쳤다.

"저예요."

열쇠 구멍을 통해 도저의 목소리가 들렸다.

"왜 그래?"

페이긴이 짜증스럽게 물었다.

"낸시가 녀석을 잡으면 다른 은신처로 데려가느냐고 물어보는데요?"

도저가 조심스럽게 물었다.

"그래."

페이긴이 대답했다.

"어디에서 잡든지 상관없으니 꼭 찾아내. 꼭이야. 그럼 돼. 다음은 내가 알아서 할 거니까 걱정하지 마."

도저가 알았다고 중얼거리며 계단을 서둘러 내려가 다른 사람들을 따라갔다.

"녀석은 아직 불지 않았어."

페이긴이 하던 일을 계속하며 말했다.

"새로 만난 사람들에게 우리에 대해 분다면 숨통을 끊어 놓을 테야."

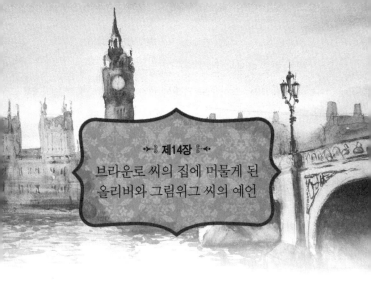

제14장

브라운로 씨의 집에 머물게 된
올리버와 그림위그 씨의 예언

브라운로 씨가 갑자기 큰 소리를 질러 기절했던 올리버는 곧 회복되었다. 브라운로 씨와 베드윈 부인은 그 이후 대화에서 그림 이야기를 의도적으로 피했다. 두 사람은 올리버의 과거나 미래에 관한 이야기 대신, 올리버를 흥분시키지 않고 기쁘게 해줄 수 있는 이야기만 나누었다. 올리버는 아직 몸이 좋지 않아 아침을 먹으러 일어나지 못했고, 다음날 겨우 기운을 차리고 집사의 방으로 내려오자마자 의도적으로 벽을 쳐다보았다. 초상화 속 아름다운 여인의 얼굴을 다시 보고 싶었기 때문이었다. 하지만 초상화가 없어졌기 때문에 기대감이 실망으로 바뀌었다.

"아!"

집사인 베드윈 부인이 올리버의 시선을 바라보며 말했다.

"그림은 없어."

"그렇네요."

올리버가 한숨을 쉬며 말했다.

"왜 그림을 없애셨어요?"

"그냥 떼냈어. 브라운로 씨께서 네가 그림에 신경 쓰느라 건강 회복이 늦어지는 것 같다고 말씀하셨거든."

베드윈 부인이 답했다.

"아니에요. 신경 쓰지 않았어요."

올리버가 말했다.

"그 그림을 보고 싶었어요. 정말 마음에 들었거든요."

"어머, 그랬구나!"

베드윈 부인이 기분 좋게 말했다.

"네가 빨리 건강을 회복하면 그림을 다시 걸 거야. 내가 약속하마. 자, 우리 다른 이야기를 하자꾸나."

그때 올리버가 그림에 대해서 들은 이야기는 이게 전부였다. 올리버가 아픈 동안 정성껏 보살펴준 분이 한 말이었기 때문에, 올리버는 그림에 대해 더는 신경 쓰지 않으려고 애썼다. 그래서 베드윈 부인이 들려준, 상냥하고 예쁜 자기 딸에 대한 끝도 없이 긴 이야기에 귀를 기울였다. 베드윈 부인의 딸은 착하고 잘생긴 남자와 결혼해서 시골에서 살고 있으며, 아들은 착하고 젊은 청년으로 서인도제도에 있는 상사에서 직원으로 일하는데 일 년에 네 차례씩 집으로 안부편지를 보낸다고 했다. 베드윈 부인은 자식들 이야기를 하면서 눈에 눈물이 가득 고였다.

베드윈 부인이 26년 전에 죽은, 착했던 남편의 자랑뿐 아니라 자식들이 얼마나 훌륭한지에 대해 한참 이야기하는 동안 차 마실 시간이 되었다. 올리버가 차를 마시고 나자 베드윈 부인은 올리버에게 '크리비지'라는 카드놀이를 가르치기 시작했는데, 올리버는 베드윈 부인이 가르치기 무섭게 카드놀이 규칙을 이해했다. 두 사람은 무척 재미있고 진지하게 카드놀이를 했고, 어느덧 시간이 흘러 올리버는 따뜻한 물을 탄 포도주를 마시며 바삭하게 구운 빵을 먹고 기분 좋게 잠자리에 들었다.

올리버가 건강을 회복하는 아주 행복한 시간이었다. 모든 것이 조용하고 깔끔했으며 질서정연했다. 사람들은 모두 친절하고 점잖았다. 평생을 소음과 소란 속에서 살아온 올리버에게는 천국과도 같았다. 올리버가 기력을 회복해 혼자서 옷을 제대로 입을 정도가 되자 브라운로 씨가 새 옷과 모자, 신발을 장만해 주었다. 옛날 옷을 마음대로 하라는 이야기를 들은 올리버는 친절하게 대해준 하녀에게 주며, 헌 옷 장사에게 팔아 옷값을 가지라고 말했다. 하녀는 조금도 지체하지 않고 올리버의 말대로 했다. 올리버는 창문으로 헌 옷 장사가 보따리에 헌 옷을 둘둘 말아 넣고 나가는 것을 보고, 옷이 완전히 없어졌기 때문에 두 번 다시 입을 일도 없다는 생각이 들어 무척 기뻤다. 그 옷은 솔직히 말해 지독한 누더기였다. 올리버는 평생 단 한 번도 새 옷을 입어본 적이 없었다.

그림 사건이 있고 일주일이 지난 어느 날 저녁, 올리버가 베드윈 부인과 앉아서 이야기를 하고 있었는데 브라운로 씨에게서 전갈이 내려왔다. 올리버 트위스트가 기력을 회복했으면 잠깐 이야기를 하고 싶으니 서재로 올려보내 달라는 내용이었다.

"어머나 세상에! 어서 손을 씻어라. 머리에 단정하게 가르마를 타주마."

베드윈 부인이 말했다.

"브라운로 씨가 널 찾을 줄 알았다면 미리 새 셔츠 깃을 달아 줄 걸 그랬구나. 그럼 훨씬 더 영리해 보였을 텐데 말이야."

올리버는 베드윈 부인이 시키는 대로 했다. 베드윈 부인은 시간이 없어서 올리버의 셔츠 깃에 달린 작은 프릴에 주름을 잡지 못했지만 올리버는 기품 있고 잘생겨 보였다. 베드윈 부인은 올리버를 머리끝에서 발끝까지 만족스럽게 훑어보며, 올리버가 타고 나기를 워낙 잘 타고 났기 때문에 아무리 시간이 많았다 해도 지금보다 더 멋지게 만들지는 못했을 거라 말했다.

올리버는 우쭐해진 기분으로 서재 문을 두드렸고, 브라운로 씨가 들어오라고 하자 책으로 가득한 작은 방으로 들어갔다. 사랑스러운 작은 정원이 한눈에 내려다보였다. 창문 앞에 탁자가 놓여 있었고, 브라운로 씨가 그곳에 앉아서 책을 읽고 있었다. 브라운로 씨는 올리버를 보자 읽던 책을 옆에 놓으며 탁자로 다가와 앉으라고 말했다. 올리버는 브라운로 씨의 말에 따라 탁자에 가서 앉으며, 세상을 지혜롭게 만들기 위해 쓰인 것 같은 저렇게 많은 책을 누가 다 읽을까 궁금했다. 올리버 트위스트보다 훨씬 경험이 많은 사람들도 궁금하기는 마찬가지일 것이다.

"책이 아주 많지, 그렇지?"

브라운로 씨가 바닥에서부터 천장까지 닿는 책장을 신기한 듯 살피는 올리버를 쳐다보며 물었다.

"정말 많네요. 이렇게 많은 책은 처음 봐요."

올리버가 대답했다.

"너도 예의 바르게 행동한다면 모두 읽어도 된단다."

브라운로 씨가 친절하게 말했다.

"책은 겉을 보는 것보다 읽는 것이 훨씬 좋단다. 물론 내용보다 책표지가 더 좋은 책도 있기는 하지만 말이야."

"무거운 책들이 그렇겠죠."

올리버가 금박을 두껍게 입혀 양장본으로 제본된 4절지 책들을 가리키며 말했다.

"아니야."

브라운로 씨가 대답과 함께 올리버의 머리를 쓰다듬으며 미소를 지었다.

"크기는 훨씬 작지만 무거운 책들도 있단다. 너도 커서 똑똑한 사람이 되어 책을 써보면 어떻겠니?"

"저는 책을 읽는 편이 나을 것 같아요."

올리버가 대답했다.

"왜? 작가가 되고 싶지 않니?"

브라운로 씨가 물었다.

올리버가 잠깐 생각한 뒤, 차라리 책 장사를 하는 편이 훨씬 좋을 것 같다고 말했다. 올리버의 말을 듣고 브라운로 씨가 기분 좋게 웃더니 올리버가 좋은 얘기를 했다고 말했다. 그래서 올리버는 어째서 그 이야기가 좋은지 모르지만 어쨌든 자기가 그런 이야기를 했다는 것이 만족스러웠다.

"그래, 그래."

브라운로 씨가 안색을 부드럽게 펴며 말했다.

"걱정하지 마라. 네게 작가가 되라고 강요하지는 않을 테니까. 세상에는 그것 말고도 배워서 할 만한 좋은 일이 얼마든지 있고 벽돌 제조도 괜찮은 일이란다."

"감사합니다."

올리버가 말했다.

올리버가 대답을 어찌나 진지한 태도로 하는지 브라운로 씨는 다시 웃으며 천성이란 묘한 것이라는 말을 했다. 하지만 올리버는 그게 무슨 뜻인지 이해하지 못했기 때문에 크게 신경 쓰지 않았다.

"얘야."

브라운로 씨는 올리버가 전에는 한 번도 들어본 적 없을 정도로 친절하면서도 심각하게 말을 했다.

"내가 하는 말을 잘 듣거라. 아주 솔직하게 말하고 싶구나. 어른들만큼이나 너도 내 말을 이해할 수 있을 테니까 말이야."

"저를 내쫓는다는 말은 하지 말아 주세요. 제발요!"

브라운로 씨가 너무나 진지한 목소리로 말을 시작했기 때문에 올리버가 놀란 나머지 큰 소리로 외쳤다.

"다시 저를 거리를 헤매고 다니게 하지 말아 주세요. 여기에 살면서 하인이 되게 해주세요. 제가 살던 끔찍한 곳으로 돌려보내지 마세요. 불쌍한 제게 자비를 베풀어주세요. 제발요!"

"얘야."

브라운로 씨는 올리버의 애원이 어찌나 간곡했는지 마음이 아팠다.

"네가 내쫓길 만한 일을 저지르지 않으면 너를 내쫓는 일은 없을 테니 걱정하지 마라."

"절대 안 그럴게요."

올리버가 끼어들었다.

"나도 그러길 바란다."

브라운로 씨가 대꾸했다.

"난 네가 그럴 일을 저지를 거라 생각하지 않아. 나는 예전에 내가 도움을 주었던 사람에게 배신을 당한 적이 있단다. 하지만 그럼에도 불구하고 너는 믿어도 좋을 것 같은 생각이 강하게 들

172

고, 나 자신에게도 왠지 설명할 수는 없지만 어쩐지 네게 점점 더 관심이 커지는구나. 내가 제일 사랑했던 사람들은 모두 무덤 속에 묻혀 있단다. 내 삶의 기쁨도 행복도 그 사람들과 함께 무덤 속에 묻혀 있지만, 내 심장을 관에 넣어 내 따뜻한 인간성까지 닫아버리지는 않았단다. 깊은 상처는 따뜻한 인간성을 더 강하게 만들었을 뿐이야. 상처는 인간의 본성을 정화해준단다."

브라운로 씨가 올리버에게라기보다는 자기 자신에게 말하는 것처럼 낮은 목소리로 말한 다음 잠깐 침묵을 지켰다. 그 사이 올리버는 조용히 앉아 있었고 숨을 쉬기조차 꺼려졌다.

"그래, 그래."

브라운로 씨가 드디어 한층 밝아진 목소리로 입을 열었다.

"내가 그 말을 한 이유는 너는 아직 어리니까 내가 극심한 고통과 슬픔을 겪었다는 것을 알면 내게 상처를 다시 주지 않기 위해 조심할 것 같아서란다. 난 네가 천애 고아라고 알고 있단다. 네 이야기를 해보렴. 어디 출신이며 누가 너를 키웠고 어쩌다가 소매치기단에 들어가게 되었는지 말이야. 사실대로 말해야 한다. 네가 죄를 짓지 않았다는 것을 확인하면 내가 살아 있는 한 너의 영원한 친구가 되어주마."

올리버는 흐느끼느라 한참 동안 말을 못 했다. 자기가 어떻게 보육원에서 자랐고, 범블의 손에 이끌려 구빈원으로 들어가게 되었는지를 말하려는 순간, 현관문을 조급하게 두드리는 소리가 들렸다. 곧이어 하인이 계단을 뛰어 올라와 그림위그 씨가 왔다고 알렸다.

"올라왔소?"

브라운로 씨가 물었다.

"네, 주인님."

하인이 대답했다.

"집에 머핀이 있는지 물으시길래 있다고 말씀드렸더니 차를 마시러 왔다고 하셨습니다."

브라운로 씨는 미소 띤 얼굴로 올리버에게 고개를 돌려 그림위그 씨는 자기의 오랜 친구이니 행동이 약간 거칠더라도 이해하라며 본성은 좋은 사람임을 알게 될 거라 말해주었다.

"저는 내려갈까요?"

올리버가 물었다.

"아니야."

브라운로 씨가 대답했다.

"여기 그냥 있는 게 좋겠어."

그 순간, 두꺼운 지팡이에 몸을 의지한 땅딸한 노신사가 방으로 걸어 들어왔다. 다리를 하나 저는 것 같았고 파란색 외투에 줄무늬 조끼, 담황색 7부 바지와 각반, 양옆이 접혀 녹색이 보이는 창이 넓은 흰 모자 차림이었다. 잔주름이 잡힌 셔츠 프릴이 조끼 밖으로 빠져나왔고, 끝에 열쇠밖에 달리지 않은 아주 긴 쇠 시곗줄이 프릴 아래에 매달려 있었다. 흰 목도리의 양쪽 끝은 오렌지만 하게 뭉쳐져 있었다. 얼굴을 일그러뜨려 만드는 다양한 표정은 도저히 글로 묘사할 수가 없다. 하지만 말을 할 때 머리를 한쪽으로 돌리고, 동시에 눈의 양쪽 옆으로 곁눈질하는 버릇이 있는데, 그 모습은 누구나 앵무새를 떠올리게 했다. 그림위그 씨는 방에 들어오는 순간 바로 그런 모습으로 발을 멈추고, 팔을 뻗어 작은 오렌지 껍질 조각을 내밀며 귀에 거슬리는 목소리로 소리를 질렀다.

"이걸 보시게! 이거 보이나? 남의 집에서 말하기는 그렇지만 계단에서 저주받은 불쌍한 외과 의사가 좋아하는 오렌지 껍질 한 조각을 찾았다는 것은 정말 멋지고 신기한 일 아닌가? 전에도 오렌지 껍질에 미끄러져서 다리를 다친 적이 있었네. 결국 난 오렌지 껍질 때문에 죽을 거네. 정말이라고. 오렌지 껍질 때문에 죽지 않는다면 내가 내 머리를 먹어 보이겠네!"

그림위그 씨는 자기가 한 말이 틀림없다고 주장할 때면 늘 입버릇처럼 이렇게 말했다. 과학이 발달해서 정말로 자기 머리를 먹어버릴 수 있는 지경이 된다고 가정하더라도, 그림위그 씨의 머리는 특별히 컸기 때문에 아무리 양보를 하더라도 단숨에 머리를 먹어버리는 일이 가능하다고 생각하는 사람은 거의 없다. 더구나 그 큰 머리에 두껍게 뿌린 흰색 가루를 보면 두말할 나위도 없다.

"정말 내가 내 머리를 먹어 보일 거야."

그림위그 씨가 지팡이로 바닥을 치며 이 말을 반복했다.

"아니! 이 아이는 누군가?"

그림위그 씨가 올리버가 눈에 띄자 한두 발짝 뒤로 물러서며 물었다.

"이 아이가 내가 말했던 올리버 트위스트일세."

브라운로 씨가 말했다.

올리버가 인사를 했다.

"이 아이가 고열에 시달렸다던 그 아이란 말인가? 설마 아니겠지."

그림위그 씨가 몇 발짝 더 뒤로 물러서며 말했다.

"잠깐만, 말하지 말게. 잠깐."

그림위그 씨가 새로운 사실을 발견했다는 기쁨에 겨워 의기 양양해지며 고열이 전염될지도 모른다는 두려움을 떨쳐버리고 갑자기 말을 계속했다.

"이 아이가 오렌지 껍질을 갖고 있었네! 이 아이가 오렌지 껍질을 갖고 있다가 계단에 버리지 않았다면 내 머리와 이 아이의 머리를 먹어버리겠단 말일세!"

"아니네. 이 아이는 오렌지 껍질을 갖고 있지 않았네."

브라운로 씨가 웃으며 말했다.

"어서 오시게. 모자를 벗고 여기 내 어린 친구와 인사를 나누시게나."

"아무래도 내 말이 맞을 거네."

그림위그 씨가 짜증스럽게 장갑을 벗으며 말했다.

"길거리에 언제나 오렌지 껍질이 있단 말일세. 그 모퉁이에 있는 외과병원에서 근무하는 조수가 오렌지 껍질을 버렸다는 것을 모두 안다네. 어젯밤에 젊은 여자가 오렌지 껍질에 미끄러져서 내 집 마당 담장에 부딪혔네. 여자는 벌떡 일어나더니 조수가 들고 있던 팬터마임 빛이 나는 이글거리는 붉은 촛불 쪽을 쳐다봤다네. '그자에게 가지 말아요.' 내가 창문으로 크게 소리를 질렀네. '그는 암살범이오. 함정이라고요.' 그 사람은 정말 암살범이라네. 만약 아니라면⋯⋯."

성마른 그림위그 씨가 여기까지 말하더니 지팡이로 바닥을 쾅하고 큰 소리가 나게 내리쳤다. 그림위그 씨가 말을 끝까지 하지 않아도 브라운로 씨는 무슨 말을 하려는지 너무나 잘 알고 있었다. 그림위그 씨는 계속 지팡이를 잡은 채 앉아서, 넓은 검은색 리본에 붙어 있던 접는 안경을 펴서 쓰고 올리버를 쳐다보았다. 올리버는 그림위그 씨가 자기를 빤히 쳐다보는 것을 보고는 얼굴이 빨개서 다시 인사를 했다.

"이 아이로군."

그림위그 씨가 드디어 말을 했다.

"그렇다네, 이 아이야."

브라운로 씨가 기분 좋게 올리버에게 고개를 끄덕이며 대답했다.

"몸은 어떠니?"

그림위그 씨가 물었다.

"아주 좋아졌습니다."

올리버가 대답했다.

브라운로 씨는 그림위그 씨가 올리버에게 듣기 거북한 소리를 할지도 모른다고 생각했는지 올리버에게 내려가서 베드윈 부인에게 차를 가져오라고 말하라고 심부름을 시켰다. 올리버도 그림위그 씨의 태도가 그다지 마음에 들지 않았기 때문에 차라리 심부름이 반가웠다.

"아이가 착해 보이지 않나?"

브라운로 씨가 물었다.

"잘 모르겠네."

그림위그 씨가 심술궂게 대답했다.

"모른다고?"

"모르겠네. 아이들은 다 똑같아. 아이들은 두 종류가 있지. 얼굴이 창백한 아이와 얼굴이 붉은 아이."

"그럼 올리버는 어느 쪽인가?"

"창백한 아이지. 붉은 얼굴의 아이를 데리고 있는 친구가 있네. 괜찮은 아이라고 불렀지. 둥근 머리에 뺨이 붉고 눈이 빛나는 아이였어. 무시무시한 아이였다네. 푸른 옷의 솔기가 터져 나갈 정도로 몸과 팔다리에 살이 쪘지. 도선사(導船士)처럼 목소리가 어마어마하게 컸고 식욕이 황소 같았네. 나도 그 아이를 잘 알지. 철면피 같은 녀석이었어."

"이봐, 올리버 트위스트는 그런 아이가 아니라네. 그러니 그렇게 핏대 올릴 필요는 없어."

브라운로 씨가 말했다.

"그런 아이가 아니다?"

그림위그 씨가 대꾸했다.

"더 나쁠지도 모르지."

브라운로 씨가 듣기 싫다는 듯 헛기침을 했다. 그런 브라운로 씨를 보자 그림위그 씨는 너무 기뻐하는 것 같았다.

"더 나쁜 아이일지도 몰라."

그림위그 씨가 반복했다.

"어디 출신이라던가? 도대체 그 아이가 누구야? 뭐 하던 아이란 말인가? 열병에 시달렸다던데 이유가 뭐라던가? 선량한 사람들은 열병에 걸리는 일이 아주 드물지 않은가? 고약한 사람들이 열병에 걸리기 일쑤지. 자메이카에서 주인을 죽인 죄로 교수형 당한 사람을 하나 아는데, 여섯 번이나 열병을 앓았다네. 열병에 걸렸다고 교수형을 면하지는 못했지. 불쌍한 일이야! 말도 안 돼!"

사실은 이랬다. 그림위그 씨의 가슴 가장 깊은 곳에서는 올리버의 외모와 태도가 이상하리만치 호감이 간다는 것을 인정하고 싶어 견딜 수 없었지만, 남의 의견이라면 무조건 반대를 해야 직성이 풀리는 성품이라 이번에는 괜히 오렌지 껍질을 발견한 것으로 어깃장을 놓은 것이다. 마음속으로 아무도 자기에게 아이가 착해 보이는지 아닌지를 명령할 수 없다고 생각하고 처음부터 친구의 의견에 무조건 반대하기로 했다. 브라운로 씨가 올리버에게 어떤 질문을 해도 만족스러운 대답을 아직은 들을 수 없어 올리버가 건강을 회복해 과거를 묻는 질문을 견딜 수 있게 될 때까지 조사를 미루기로 했다고 말했을 때, 그림위그 씨는 심술궂게 싱글싱글 웃으며 밤에 집사가 접시를 확인하는 버릇이 있는지를 물었다.

브라운로 씨 자신도 성질이 무척 급한 사람이었지만 친구의 괴팍함을 잘 아는지라 애써 꾹 참았다. 그림위그 씨는 차를 마시면서 머핀이 맛있다고 칭찬을 했는데, 칭찬이 진심이었기 때문에 분위기가 한결 부드러워졌다. 올리버도 함께 차를 마시면서 무서운 그림위그 씨와 함께 있는데도 아까보다 훨씬 편안해지기 시작했다.

"그럼 언제 올리버 트위스트의 삶과 모험에 대해 솔직하고 상세한 설명을 들을 예정인가?"

그림위그 씨가 차 시간이 끝날 때쯤 브라운로 씨에게 물었고, 올리버에 대한 이야기를 다시 꺼내며 올리버를 곁눈질로 쳐다보았다.

"내일 아침이라네."

브라운로 씨가 대답했다.

"아무래도 나와 단둘이 있을 때 이야기하는 게 좋을 것 같구나. 너는 내일 아침 10시에 올라오너라."

"네, 알겠습니다."

올리버가 대답했다. 그림위그 씨가 너무 뚫어지게 보았기 때문에 올리버는 당황한 나머지 대답하는데 조금 머뭇거렸다.

"자네에게 할 말이 있네."

그림위그 씨가 브라운로 씨에게 귓속말했다.

"내일 아침에 저 아이는 자네를 만나러 올라오지 않을걸세. 대답할 때 머뭇거리는 걸 보니 자네를 속이고 있는 거야."

"맹세코 그렇지 않아."

브라운로 씨가 울컥해서 대답했다.

"내 말이 틀리면 내가 내 머리를……."

그림위그 씨가 말을 하며 지팡이로 바닥을 쳤다.

"내 인생을 걸고 저 아이를 믿네."

브라운로 씨가 탁자를 치며 맞받아쳤다.

"난 저 아이의 거짓됨에 내 머리를 걸지."

그림위그 씨도 탁자를 내리치며 응수했다.

"두고 보세."

브라운로 씨가 끓어오르는 화를 억지로 참으며 말했다.

"그러세. 두고 보자고."

그림위그 씨가 약을 올리듯 웃으며 대꾸했다.

운명의 장난처럼 마침 그때 베드윈 부인이 작은 책 꾸러미를 갖고 들어왔다. 브라운로 씨는 그날 아침 앞 장에서 소개됐던 책방 주인에게서 책을 구매했었다. 책 꾸러미를 탁자에 내려놓더니 베드윈 부인이 방을 나가려 했다.

"배달원에게 기다리라고 하세요, 베드윈 부인."

브라운로 씨가 말했다.

"돌려보낼 것이 있습니다."

"벌써 갔는데요."

베드윈 부인이 대답했다.

"다시 불러오세요."

브라운로 씨가 말했다.

"중요한 일입니다. 가난한 책방 주인에게 책값을 지불하지 않았어요. 그리고 돌려보낼 책도 좀 있고요."

현관문이 열렸다. 올리버가 한쪽으로, 하녀가 반대쪽으로 뛰었다. 베드윈 부인은 계단에 서서 배달원을 불렀지만 배달원이 보이지 않았다. 올리버와 하녀가 숨을 헐떡이며 돌아와서 배달원을 찾을 수 없었다고 알렸다.

"이런 큰일이로군."

브라운로 씨가 소리쳤다.

"오늘 그 책을 꼭 돌려보내고 싶었는데……."

"올리버에게 시키지 그러나."

그림위그 씨가 얄궂게 웃으며 제안했다.

"무사히 돌려주지 않겠나?"

"네, 그러세요. 제가 책을 돌려주고 올게요."

올리버가 말했다.

"다른 데 신경 쓰지 않고 뛰어갔다 올게요."

브라운로 씨가 올리버를 밖으로 내보낼 수 없다고 말하려는 순간, 그림위그 씨가 짓궂은 헛기침을 하는 바람에 별안간 올리버를 내보내기로 마음을 바꿔버렸다. 이번 일로 올리버에 대한 그림위그 씨의 의심이 틀렸다는 것을 단번에 입증하고 싶었다.

"네가 다녀오너라."

브라운로 씨가 말했다.

"책은 탁자 옆 의자에 있으니 그것들을 가져가거라."

올리버는 자기가 쓸모가 있다는 것을 기뻐하며 서둘러 책을 겨드랑이 밑에 끼우고, 모자를 손에 든 채 전달할 말을 들으려 기다렸다.

"네가 전할 말은…… ."

브라운로 씨가 그림위그 씨를 뚫어지게 보며 말했다.

"책을 도로 가져왔다고 하고 내가 진 빚 4파운드를 갚는다고 말해라. 자, 5파운드짜리 지폐를 줄 테니 10실링을 거스름돈으로 받아오너라."

"10분 안에 다녀올게요."

올리버가 의욕에 차서 말했다. 윗도리 주머니에 5파운드짜리 지폐를 집어넣고 단추를 채우더니 책을 겨드랑이에 조심스레 끼우면서 공손하게 인사한 다음 방을 나섰다. 베드윈 부인이 현관까지 올리버를 배웅하면서 지름길로 가는 여러 가지 방법과 책방 주인의 이름, 거리 이름 등을 알려주었고, 올리버는 모두 잘 알아들었다고 대답했다. 꼼꼼한 베드윈 부인은 갈림길에서 헷갈리지 말고 감기에 걸리지 않도록 주의하라는 당부도 빼놓지 않고 한 다음에야 올리버가 출발하도록 했다.

"가여운 아이가 무사히 돌아오도록 도와주소서!"

베드윈 부인이 올리버가 가는 모습을 지켜보면서 말했다.

"저 아이가 가는 모습을 볼 수가 없어!"

그 순간, 올리버가 신나서 뒤를 돌아보았고 고개를 끄덕인 후 모퉁이를 돌았다. 베드윈 부인은 웃으며 올리버의 인사에 답한 후 문을 닫고 자기 방으로 돌아갔다.

"두고 보세. 아무리 늦어도 20분이면 돌아올 테니까."

브라운로 씨가 시계를 꺼내 탁자 위에 올려놓으며 말했다.

"돌아올 때쯤이면 날이 어두워질 테지."

"맙소사, 정말 아이가 돌아올 거라 믿나?"

그림위그 씨가 물었다.

"당연하지."

브라운로 씨가 웃으며 대답했다.

그 순간 그림위그 씨 마음에 반발심이 강하게 들었는데, 친구인 브라운로 씨가 자신감에 넘친 미소를 짓자 반발심이 더 강해졌다.

"아니야."

그림위그 씨가 주먹으로 탁자를 내리치며 말했다.

"난 안 믿네. 그 아이는 새 옷에 비싼 책, 5파운드짜리 지폐를 손에 넣었으니 옛날 소매치기단으로 돌아가 자네를 비웃겠지. 아이가 다시 돌아온다면 내가 내 머리를 먹어 보이겠네."

이 말과 함께 그림위그 씨는 의자를 탁자 가까이 당겼다. 두 사람은 조용히 앉아서 올리버를 기다렸다. 두 사람 사이에는 시계만이 놓여 있었다. 그림위그 씨는 본성이 악한 사람이 아니라서 자신이 존경하는 친구가 속는 것을 보는 것이 솔직히 안쓰러웠지만, 그 순간 올리버 트위스트가 돌아오지 않기를 진심으로 바랐다는 것은, 우리가 자신의 판단을 얼마나 중요하게 여기는지, 그리고 경솔하게 내린 결론을 얼마나 자랑스레 여기는지를 여실히 보여주는 좋은 예이다. 인간의 본성은 원래 그렇게 비뚤어진 마음으로 이루어진 것일까!

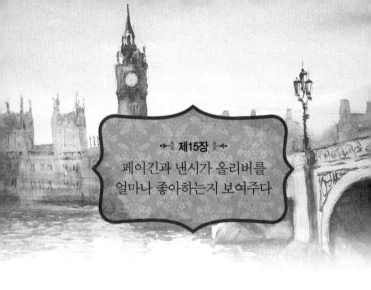

제15장
페이긴과 낸시가 올리버를
얼마나 좋아하는지 보여주다

　리틀 샤프란 힐의 가장 지저분한 곳에 있는, 겨울이면 온종일 깜박거리는 가스등을 켜놓아야 하고 여름이라도 햇빛이 들지 않는 싸구려 선술집의 어둡고 우울한 가게 안에 앉아서, 주석 주전자와 작은 잔을 앞에 놓고 골똘히 생각하는 사내가 있었다. 사내에게서는 지독한 술 냄새가 났다. 벨벳 외투와 황갈색 바지, 반장화, 양말 차림이었는데 흐릿한 불빛으로 봐도 경험이 있는 경찰이라면 그 사내가 빌 사익스라는 것을 즉시 알아보는 데 머뭇거릴 이유가 없을 것이다. 사내의 발밑에는 털이 희고 눈이 빨간 개가 앉아 있었다. 이 개는 두 눈을 깜빡거리며 주인을 쳐다보면서, 최근 싸움에서 얻은 것 같은 입 한쪽에 크게 찢어진 상처를 핥았다.

　"조용히 해. 이 똥개야. 조용히 해!"

　사익스가 갑자기 침묵을 깨며 소리를 버럭 질렀다. 눈을 깜박거리는 개 때문에 생각을 골똘히 하는 데 방해를 받아서인지,

아니면 기분이 너무 우울해 아무런 죄 없는 개를 발로 걷어차서 기분을 풀고 싶었는지는 알 수 없다. 그 이유가 무엇이든지 간에 사익스는 개를 걷어차고 욕설을 퍼부었다.

대체로 개는 주인 때문에 다치더라도 주인에게 복수를 하지 않는다. 하지만 사익스의 개는 주인과 마찬가지로 성격에 문제가 있었고, 아마도 지금은 걷어차인 상처가 너무 아팠기 때문에 주인의 반장화를 물고 힘껏 흔들었던 것 같았다. 그래도 뒤로 물러나면서 으르렁으르렁 소리를 내며 몸을 웅크린 덕분에 사익스가 머리를 향해 던진 주석 주전자를 살짝 피할 수 있었다.

"얼씨구!"

사익스가 한 손에 부지깽이를 잡고 다른 손으로 주머니에서 꺼낸 커다란 접이식 칼을 보란 듯이 열며 말했다.

"덤벼. 이 못된 개새끼! 어서 덤벼. 내 말 안 들려?"

사익스가 지독하게 거친 목소리로 목청껏 소리를 질렀으니 개는 분명 주인의 말을 들었겠지만 목이 베이는 것은 싫었는지 제자리에서 꼼짝도 하지 않은 채 아까보다 훨씬 큰 소리로 으르렁거리며 거친 야수처럼 이빨로 부지깽이 끝을 물었다.

개가 반항하자 사익스는 더욱 화가 나서 무릎까지 꿇고 개를 학대하기 시작했다. 개는 오른쪽에서 왼쪽으로, 또 왼쪽에서 오른쪽으로 뛰고, 물고, 으르렁거렸다. 사익스는 찌르고, 때리고, 쉴 새 없이 욕지거리를 퍼부었다. 개와 주인 사이에 벌어진 혈전이 서로에게 심각한 지경에 이르렀을 때 문이 갑자기 열리자, 개가 뛰쳐나가는 바람에 빌 사익스만 한 손에 부지깽이를, 다른 한 손에 접는 칼을 들고 머쓱하게 서 있게 되었다.

손바닥도 부딪혀야 소리가 난다는 옛말도 있듯이 개가 갑자기 뛰쳐나가는 바람에 맥이 풀린 사익스는 새로 들어온 사람에게 시비를 걸었다.

"도대체 왜 나하고 개 사이에 끼어드는 거야?"

사익스가 험상궂은 기세로 시비를 걸었다.

"몰랐어. 정말 몰랐어."

페이긴이 겸손하게 대답했다. 문을 열고 들어온 사람은 바로 늙은 유대인 페이긴이었다.

"몰랐다고? 이 간덩이가 부은 도둑놈!"

사익스가 으르렁거렸다.

"소란스러운 소리가 안 들렸단 말이야?"

"아무 소리도. 정말이야, 빌."

페이긴이 대답했다.

"말도 안 돼. 아무 소리도 못 들었다고?"

사익스가 험상궂게 얼굴을 찡그리며 되받아쳤다.

"몰래 드나드니 아무도 네놈이 어떻게 오가는지 못 듣겠지. 네가 30초 전의 내 개였으면 좋겠군, 페이긴."

"왜?"

페이긴이 억지로 웃으며 물었다.

"너는 똥개의 내장만도 못하지만 그래도 사람이라 함부로 못 할 뿐이고…… 하지만 개는 내 마음대로 죽여도 된다고 정부가 허용했거든."

사익스가 의미심장한 표정으로 칼을 접으며 대꾸했다.

"그게 이유야."

페이긴은 양손을 비볐고 탁자에 앉아 사익스의 '칭찬'에 감명 받은 듯 웃었지만 어딘지 분명히 불편해 보였다.

"마음껏 웃어."

사익스가 말했다. 부지깽이를 내려놓으며 참을 수 없을 정도로 경멸스럽게 페이긴을 살폈다.

"그래, 실컷 웃어. 다시는 나를 보고 웃지 못할 테니까. 교수형 당할 때 덮어쓰는 두건을 쓰면 웃을 수 있겠지만 말이야. 내가 네놈보다 한 수 위야, 페이긴. 네놈은 절대 나를 못 당해. 내가 교수형 당하면 네놈도 무사하지는 못해. 그러니까 내게 잘하란 말이야."

"그래, 그래."

페이긴이 말했다.

"나도 다 알아. 우리는 공동 관심사가 있잖아, 빌."

"흥!"

사익스는 더 다급한 쪽은 자기가 아니라 페이긴이라는 듯이 대꾸했다.

"그래, 도대체 내게 무슨 말을 하려는 거야?"

"장물은 전부 무사히 처리했어."

페이긴이 대답했다.

"이건 네 몫이야. 생각보다 많을 거야. 너도 알다시피 나중에 내가 또 신세를 질지도 모르잖아."

"허튼수작 떨지 마!"

사익스가 조바심을 내며 말을 막았다.

"어디 있어? 어서 내놔!"

"알았어, 빌. 잠깐만 기다려."

페이긴이 달래듯이 대꾸했다.

"여기 있어. 모두 안전하다고."

페이긴이 이 말을 하면서 가슴에서 낡은 면 손수건을 꺼내더니, 한쪽에 묶인 매듭을 풀어 작은 갈색 종이 꾸러미를 끄집어냈다. 이 꾸러미를 사익스가 페이긴의 손에서 낚아채 서둘러 펼치더니 속에 든 1파운드짜리 금화를 세기 시작했다.

"이게 전부야?"

사익스가 물었다.

"전부야."

페이긴이 대답했다.

"혹시 오는 도중에 몰래 열어서 한두 개 슬쩍한 건 아니지?"

사익스가 의심스러운 듯이 물었다.

"억울한 표정 지을 것 없어. 그런 짓을 한 게 한두 번이 아니잖아. 딸랑이나 당겨."

이 말은 쉽게 말해 종을 울리라는 명령이었다. 종을 울리자 또 다른 유대인이 들어왔다. 페이긴보다 젊어 보이기는 했지만 인상은 페이긴 못지않게 비열하고 혐오스러웠다.

빌 사익스는 그저 빈 주전자를 가리켰고, 지금 들어온 유대인 사내가 사익스의 의도를 완전히 이해하고 컵을 채우기 위해 다시 나가면서 페이긴과 의미심장한 시선을 교환했다. 페이긴은 유대인 사내가 자기를 쳐다볼 것을 이미 알고 있었다는 듯이 잠깐 눈을 들어서 사내의 시선에 고개를 흔들어 답을 했다. 하지만 고개를 어찌나 살짝 흔들었는지 제삼자는 도저히 눈치채지 못할 정도였다. 마침 그때 사익스는 개가 물어뜯었던 신발 끈을 매려 몸을 숙였었기 때문에 두 사람의 은밀한 신호를 눈치채지 못했다. 혹시라도 사익스가 두 사람의 행동을 목격했다면 불길한 징조라고 생각했을지 모른다.

188

"누구 없어, 바니?"

지금은 사익스가 자기를 쳐다보고 있어 페이긴이 고개를 들지 않은 채 물었다.

"아무도 없어요."

바니가 대답했다. 대답은 진심인지 아닌지 모르겠지만 코맹맹이 소리였다.

"아무도?"

페이긴이 놀랍다는 투로 물었다. 아마도 바니에게 사실을 말해도 좋다는 뜻인 것 같았다.

"낸시 외에는 아무도 없어요."

바니가 대답했다.

"낸시라고?"

사익스가 큰 소리로 물었다.

"어디? 재능이 그렇게 뛰어난 여자를 제대로 대접하지 않으면 난 당장 벼락을 맞을 거야."

"밖에서 고기 한 접시 먹고 있어요."

바니가 대답했다.

"안으로 데려와."

사익스가 술을 한 잔 따르며 말했다.

"어서 데려오라고."

바니가 마치 허락을 기다리는 듯이 조심스럽게 페이긴을 쳐다보았다. 페이긴이 아무 말 없이 바닥만 쳐다보고 있자, 바니는 밖으로 나가더니 당장 낸시를 데리고 들어왔다. 낸시는 모자와 앞치마 차림에 바구니와 현관 열쇠를 갖고 있었다.

"단서를 찾은 모양이군. 그렇지, 낸시?"

사익스가 잔을 권하며 물었다.

"네. 맞아요, 빌."

낸시가 대답하면서 잔을 비웠다.

"이제 지겨워요. 그 아이가 아파서 침대에 누워 있었대요."

"그런데 낸시."

페이긴이 고개를 들며 말했다.

페이긴의 붉은 눈썹과 반쯤 감긴 움푹 들어간 눈이 이루는 묘한 조화가 낸시에게 너무 말이 많다는 것을 경고했는지는 그렇게 중요하지 않다. 여기서 중요한 것은 사실뿐이다. 그 사실이란, 낸시가 갑자기 말을 멈추고 사익스에게 여러 번 우아한 미소를 지어 보이며 화제를 다른 것으로 바꾸었다는 것이다. 페이긴이 약 10분 동안 심하게 기침을 하는 바람에 낸시는 숄을 자기 어깨에 두르면서 이제 가야 할 시간이라고 말했다. 사익스는 낸시와 가는 방향이 같다는 것을 깨닫자 낸시를 바래다주고 싶다고 말했다. 그래서 두 사람은 함께 나갔고 주인의 모습이 사라지자마자 뒤쪽 구석에서 살짝 빠져나온 개가 약간 떨어져서 주인의 뒤를 따라갔다.

페이긴은 사익스가 방에서 나가자 방문에서 고개를 내밀어 어두운 거리를 걸어가는 사익스를 바라보면서 꼭 쥔 주먹을 휘두르고 심한 욕설을 퍼부었다. 그러고는 소름 끼치는 냉소를 지으며 탁자에 다시 가서 앉더니 지명수배자 명단을 읽느라 정신을 빼앗겼다.

한편 올리버 트위스트는 페이긴이 아주 가까이에 있다는 것은 꿈에도 모른 채 책방으로 가고 있었다. 하지만 클러켄웰에 도착했을 때 실수로 엉뚱한 길로 접어들었는데, 중간 지점까지

와서야 길을 잘못 들었다는 사실을 깨달은 올리버는 돌아가기에는 너무 많이 왔다고 생각하며 책을 겨드랑이에 끼우고 되도록 빠른 걸음으로 걸었다.

올리버는 자기가 얼마나 행복하고 만족스러운지, 배를 곯으며 얻어맞아 지금쯤 죽었을지도 모를 보육원의 어린 딕을 한 번만이라도 보고 싶다고 생각하며 빠르게 걷고 있었는데, 별안간 큰 소리로 비명을 지르는 젊은 여자 때문에 깜짝 놀랐다.

"어머나, 내 동생!"

올리버는 갑자기 목을 꼭 감싸는 두 손 때문에 걸음을 멈췄지만, 여자가 목을 하도 꼭 껴안는 바람에 고개를 들어 도대체 무슨 영문인지 알아볼 수조차 없었다.

"잠깐만요!"

올리버가 버둥거리며 소리쳤다.

"놔주세요. 누구세요? 왜 이러시는 거예요?"

올리버의 질문에 대한 대답이라고는 올리버를 끌어안고 있던 젊은 여자가 큰 소리로 끝도 없이 쏟아내는 한탄뿐이었다. 그 젊은 여자의 손에는 작은 바구니와 현관 열쇠가 들려 있었다.

"세상에, 감사합니다."

젊은 여자가 말했다.

"드디어 동생을 찾았어요! 이런 세상에, 올리버! 올리버! 이 말썽꾸러기야! 누나 속을 이렇게 태워야겠니? 집에 가자. 어서. 세상에, 너를 찾았구나. 하느님, 감사합니다!"

이렇게 횡설수설 탄식을 털어놓은 뒤, 이 젊은 여자는 또 한바탕 구성지게 울음을 터뜨리면서 소름이 끼칠 정도로 발작을 일으켰다. 그때 그곳을 지나던 여자들이 젊은 여자의 발작을 보고 소기름을 머리에 발라 머리에서 윤이 나는 푸줏간 심부름꾼에게 구경만 하지 말고 의사를 불러오는 게 좋지 않겠냐고 물었다. 그 말에 천성이 게으르다고 할 수 없지만 어슬렁거리기만 했을 것 같은 푸줏간 심부름꾼은 그럴 필요 없다고 대답했다.

"아니에요, 걱정하지 마세요."

젊은 여자가 올리버의 손을 잡으며 말했다.

"이제 괜찮아졌어요. 집에 가자. 이 말썽꾸러기야."

"무슨 일이우?"

한 여인이 물었다.

"아, 네. 한 달 전에 제 동생이 가출해서 도둑놈들과 어울린 거예요. 가족을 돌보느라 열심히 일하시는 엄마는 가슴이 무너졌어요."

"저런 어린놈이!"

여인이 말했다.

"어서 집에 가라, 이 철부지 어린 녀석아!"

다른 여인이 말했다.

"아니에요."

올리버가 깜짝 놀라며 대꾸했다.

"저는 이 여자 몰라요. 저는 누나도 아빠도 엄마도 없어요. 저는 고아란 말이에요. 저는 펜톤빌에 살아요."

"저 말하는 것 좀 보세요. 뻔뻔스럽기도 하죠!"

젊은 여자가 울먹였다.

"잠깐, 낸시 아니에요?"

올리버가 소리쳤다. 올리버는 이제야 여자의 얼굴을 처음 보고 너무 놀라 뒤로 물러섰다.

"보세요, 저를 알잖아요."

낸시가 구경꾼들에게 호소하는 듯이 소리쳤다.

"저 아이는 구제불능이에요. 아이가 집에 가게 해주세요. 여러분들은 좋은 분들이니까 도와주세요. 안 그러면 부모님이 돌아가실 거예요. 제 가슴이 무너져요!"

"이런 못된 놈이 있나!"

맥줏집에서 한 사내가 뛰쳐나오며 소리쳤다. 뒤에서는 흰 개가 따라왔다.

"올리버! 불쌍한 엄마가 기다리는 집으로 어서 가자, 이놈아. 당장 집에 가자."

"저는 이 사람들하고 가족이 아니에요. 모르는 사람들이라고요. 도와주세요! 도와줘요!"

올리버가 사내의 손아귀에서 버둥거리며 크게 소리쳤다.

"도와달라고? 그래, 내가 도와주마, 이 사고뭉치 어린놈아! 이 책은 뭐냐? 책을 훔쳤구나, 그렇지? 이리 내놔!"

사내가 말했다.

이 말과 함께 사내는 올리버의 겨드랑이에서 책을 빼앗아 올리버의 머리를 힘껏 내리쳤다.

"맞아도 싸다!"

다락방 창문에서 구경하던 구경꾼이 소리쳤다.

"저런 놈은 맞아야 정신 차린다니까!"

"그렇고말고."

졸린 얼굴의 복수가 동의한다는 듯 다락방의 구경꾼을 쳐다보면서 맞장구를 쳤다.

"이제 정신 차릴 거야."

두 여인이 입을 맞춰 말했다.

"한 대 더 맞아야 해!"

사내가 맞장구를 치며 한 대 더 때린 다음 올리버의 멱살을 잡았다.

"어서 가자. 이 말썽꾸러기야! 야, 불스아이! 이 녀석 잘 봐. 잘 보라고!"

회복된 지가 얼마 안 되어서 몸이 허약한 올리버는 사람들이 갑자기 달려든 데다, 그중 한 사람에게 몇 대 얻어맞아서 상황 파악이 제대로 안 되었다. 개는 으르렁거리지, 사내는 무지막지하게 두들겨 패지, 게다가 사내의 설명대로 올리버를 못된 아이로 확신한 구경꾼들에 둘러싸였지, 이런 상황에서 어린아이가 무엇을 할 수 있겠는가?

어둠이 내렸다. 그곳은 가난한 동네였고 도움을 기대할 만한 곳이 아니었기 때문에 저항해봐야 아무 소용이 없었다. 그다음 순간, 올리버는 미로 같은 어둡고 좁은 골목으로 끌려 들어갔다. 끌려가면서 용기를 내 몇 번 소리를 질렀지만 아무도 알아듣지 못했다. 올리버의 고함이 들렸는지, 안 들렸는지는 그다지 중요하지 않았다. 분명한 것은 설사 올리버의 고함이 들렸다 해도 아무도 관심을 두지 않았을 것이기 때문이었다.

가스램프에 불이 들어왔다. 베드윈 부인은 문을 열어 놓은 채 걱정스레 기다리고 있었다. 하인이 올리버가 오나 보려고 골목을 스무 번이나 뛰어갔다 왔다. 어두운 방에서는 시계를 가운데 두고 두 신사가 아직도 고집스럽게 앉아 있었다.

제16장

낸시에게 잡힌
올리버 트위스트의 앞날

　　좁은 골목길이 끝나는 넓은 공터에는 여기저기 동물 우리가
흩어져 있었고 가축 시장이 열려 있었다. 사익스는 이곳에 도착
하자 걸음을 늦추었다. 사실 낸시는 사익스의 빠른 걸음에 더는
보조를 맞출 수 없었다. 사익스는 올리버에게 고개를 돌려 낸시
의 손을 잡으라고 거칠게 명령했다.

　　"내 말 안 들려?"

　　올리버가 머뭇거리자 사익스가 으르렁거리며 돌아보았다.
세 사람은 인적이 전혀 없는 어두운 모퉁이에 와 있었기 때문에
올리버는 저항해봐야 아무 소용이 없다는 것을 깨닫게 되었다.
올리버가 손을 내밀자 낸시가 그 손을 꽉 잡았다.

　　"이쪽 손은 내 손을 잡아."

　　사익스가 올리비의 한쪽 손을 마서 잡으며 말했다.

　　"야, 불스아이!"

　　개가 고개를 들어 주인을 쳐다보며 으르렁거렸다.

"여기 잘 봐!"

사익스는 다른 손을 올리버의 목에 갖다 대더니 무지막지한 명령을 했다.

"이 아이가 찍소리라도 내면 여기를 물어, 알았지?"

개는 다시 한번 으르렁거리며 입가를 핥더니 올리버를 노려 보았다. 불필요하게 지체할 것 없이 올리버의 숨통을 물고 싶어 죽겠다는 눈치였다.

"이 개는 기독교인처럼 진실되거든. 거짓말이면 벼락을 맞아 도 좋아."

사익스가 말했다.

개에게 잔인한 행동을 허락한 것이었다.

"자, 허튼짓하면 어떻게 되는지 알지? 어디 소리쳐봐. 그럼 이 개가 본때를 보여줄 테니까. 어서 걸어, 이 새끼야!"

불스아이는 평소와 다른 주인의 정다운 말투에 감격해서 꼬 리를 흔들더니, 올리버에게 협박이라도 하듯이 또 한 차례 으르 렁거린 다음 앞서서 걷기 시작했다.

세 사람은 앞장선 개와 함께 스미스필드(런던 최대의 가축 시장으 로 근처에 사형집행을 많이 한 교도소가 있고 교회도 자리하고 있다.)를 지 나고 있었는데 올리버에게는 이곳이 가축 시장인지 아니면 건 너편 부촌인 그로스베노 광장인지 알 길이 없었다.

밤이 깊어 안개가 끼더니 막 비가 내리기 시작했다. 시시각 각 굵어지는 빗줄기 때문에 거리와 집들은 말할 것도 없고 가게 의 불빛마저도 제대로 보이지 않자, 올리버는 그렇지 않아도 낯 선 곳이 훨씬 더 낯설게 느껴졌으며 참담하고 울적해졌다.

서둘러 몇 걸음을 걸었을 때 교회의 장엄한 종소리가 시간을 알렸다. 첫 종소리에 올리버를 끌고 가던 두 사람은 걸음을 멈추고 종소리가 나는 쪽으로 고개를 돌렸다.

"8시예요, 빌."

종소리가 그치자 낸시가 말했다.

"왜 내게 그걸 말하는 거야? 내가 못 들었을까 봐?"

사익스가 면박을 주었다.

"저곳 사람들도 들었을까요?"

낸시가 물었다.

"당연히 듣지."

사익스가 대꾸했다.

" '바틀레미' 축제 기간에 내가 감방에 있었는데, 그때 시장에서 불어대는 트럼펫 소리까지 안 들리는 소리가 없다고. 그날 밤 감방에 갇혀 있는데, 밖에서 들리는 소리가 어찌나 시끄러운지 시끌벅적한 감옥이 적막한 절간 같았단 말야. 감옥이 너무 조용해서 내가 감방 철문에 머리를 찧었고, 그래서 머리가 터져 죽을 뻔했지."

"불쌍한 사람들!"

낸시가 계속 얼굴을 종소리가 나는 쪽으로 돌린 채 말했다.

"빌, 그 사람들은 착한 사람들이에요!"

"여자들은 그렇게밖에 생각을 못 하지. 착한 사람들이라고? 글쎄, 거의 죽은 목숨이니까 착한 건 별로 중요하지 않아."

사익스가 말했다.

사익스는 이런 위로의 말로 끓어오르는 질투심을 억누르는 것 같았다. 그러고는 올리버의 손을 더 꽉 잡고 다시 걸으라고 말했다.

"잠깐만요!"

낸시가 말했다.

"다음에 8시를 알릴 때 교수형 당할 사람이 당신이라면 이렇게 서둘러 지나치지 않을게요. 눈이 쌓였더라도 숄을 두르지 않고, 쓰러질 때까지 그곳을 빙빙 돌게요."

"그런다고 무슨 소용이 있는데?"

감정이 메마른 사익스가 쏘아붙였다.

"칼이나 20미터짜리 튼튼한 밧줄을 던져주지 못할 바에야, 80킬로미터를 걷든, 심지어 아예 걷지 않든 어차피 내게는 마찬가지야. 쓸데없는 설교 그만하고 어서 가기나 해."

낸시는 웃음을 터뜨리며 숄을 여몄다. 모두 다시 걷기 시작했고, 올리버는 낸시의 손이 떨리는 것을 느끼자 얼굴을 들어 낸시의 얼굴을 쳐다보았다. 마침 가스등 밑을 지날 때였기 때문에 백지장처럼 창백하게 질린 낸시의 얼굴도 볼 수 있었다.

세 사람은 인적이 드물고 지저분한 골목을 30분 동안 계속 걸었다. 비가 억수같이 내렸기 때문에 돌아다니는 사람이 별로 없었고, 간혹 누군가를 만나더라도 남루한 차림으로 봐서 사익스만큼이나 사회적 신분이 낮은 사람뿐이었다. 마침내 세 사람은 헌 옷을 파는 가게밖에 없는 아주 더럽고 좁은 골목으로 접어들었다. 더는 올리버를 지키지 않아도 된다고 생각했는지 불스아이가 문이 닫힌 가게 앞에서 걸음을 멈추었다. 몇 년은 됐음직한 임대 안내문을 문에 못으로 박아 놓았고, 전혀 손보지 않은 상태로 봐서 오래전부터 임대가 안 된 것으로 보였다.

"좋아."

사익스가 주위를 조심스레 두리번거리며 말했다.

낸시가 덧문 밑으로 몸을 숙이자 올리버에게 종소리가 들렸다. 세 사람은 맞은편으로 길을 건너가서 가로등 아래 잠시 서 있었다. 창문이 부드럽게 열리는 것 같은 소리가 들리더니 곧이어 문이 스르륵 열렸다. 문이 열리자 사이크스가 겁에 질린 올리버의 멱살을 아무렇게나 잡았고 세 사람은 안으로 들어갔다.

복도는 칠흑처럼 어두웠다. 세 사람은 문을 열어준 사람이 문을 잠그고 빗장을 지르는 동안 기다렸다.

"누구 있어?"

사이크스가 물었다.

"없어요."

대답이 들렸다. 올리버는 전에 들어본 적이 있는 목소리라고 생각했다.

"늙은이는?"

사이크스가 물었다.

"있어요."

대답이 들렸다.

"아주 시무룩해요. 당신을 만나도 기운이 나지는 않겠죠? 절대 아닐 거예요."

올리버는 대답하는 투나 목소리가 귀에 아주 낯익었지만, 너무 어두워서 말하는 이의 형태조차 분간할 수 없었다.

"등불 좀 켜. 이러다 우리 목을 부러뜨리든지 개를 밟겠어. 혹시 개를 밟으면 발을 조심해. 물릴지 모르니까."

"잠깐 가만히 있어요. 가서 등불을 가져올게요."

목소리가 대답했다. 대답한 사람의 발소리가 멀어졌다가, 1분쯤 후에 잭 다킨스, 일명 도저가 오른손에 쪼개진 막대 끝에

199

수지 양초를 꽂아 들고 나타났다.

　도저는 재미있다는 듯 씩 웃기만 할 뿐 올리버를 알아보았다는 아무런 내색도 하지 않은 채 돌아서며 세 사람에게 따라오라고 손짓을 하더니 계단을 내려갔다. 네 사람은 빈 부엌을 가로질러 흙냄새가 나는 낮은 방의 문을 열었다. 숨넘어갈 듯 자지러지는 웃음소리가 네 사람을 맞았다.

　"아이고, 배꼽 빠지겠네!"

　찰리 베이츠가 허파에 구멍이 뚫린 듯 자지러졌다.

　"그 아이가 왔어요. 세상에, 왔다고요! 페이긴, 이 애 좀 봐요. 페이긴, 어서 좀 보라니까요! 도저히 못 참겠어요. 너무 재미있어서 못 참겠어요. 누가 나 좀 말려줘요. 웃다 죽겠어요!"

　웃음을 참을 길 없는 베이츠는 바닥에서 데굴데굴 구르며 5분 동안 다리를 버둥거리기까지 했다. 한참을 웃은 뒤 벌떡 일어서서 도저에게서 쪼개진 막대를 낚아채 올리버에게 다가가더니 이리저리 찬찬히 훑어보았다. 한편 페이긴은 수면 모자를 벗더니 당황해 있는 올리버에게 몇 번이고 굽실굽실 인사를 했다. 냉소적인 성향이 강한 도저는 일과 관련이 있을 때는 기쁜 기분을 표현하지 않기 때문에 올리버의 주머니를 무표정하게 쉬지 않고 열심히 뒤졌다.

　"얘 옷 좀 봐요, 페이긴!"

　베이츠가 말하면서 촛불을 올리버의 새 옷으로 너무 가까이 갖다 댔기 때문에 옷에 불이 붙을 뻔했다.

　"이 옷 좀 봐요! 고급스러운 천으로 만든 멋진 옷이에요. 아이고 정말 눈부셔라. 대단하군! 책도 들었네! 영락없는 신사예요, 페이긴!"

"잘 지낸 것 같아 아주 기쁘구나."

페이긴이 공손한 시늉을 하며 인사를 했다.

"도저가 갈아입을 옷을 줄 거야. 좋은 옷을 버리면 안 되잖니. 돌아온다고 전갈을 보내지 그랬어? 그랬으면 저녁이라도 따뜻하게 준비했을 거 아니니."

이 말에 베이츠가 다시 박장대소를 했다. 웃음소리가 너무 큰 나머지 페이긴도 웃음이 터졌고 심지어 도저도 미소를 지었다. 그 순간 도저가 올리버의 주머니에서 5파운드짜리 지폐를 꺼냈다. 도저가 웃은 이유가 페이긴이 올리버를 놀린 것이 재미있어서인지 아니면 돈을 찾아내서인지는 분명하지 않았다.

"얼씨구! 이게 뭐야?"

페이긴이 지폐를 받아들자 사익스가 앞으로 한 발 나서며 물었다.

"그건 내 돈이야, 페이긴."

"무슨 소리야."

페이긴이 말했다.

"내 돈이야, 빌. 내거니까 너는 책이나 가져."

"내 돈이 아니라면…… 낸시와 내가 이 돈을 갖지 못한다면 아이를 도로 데려다주고 올게."

사익스가 단호한 분위기로 모자를 쓰면서 말했다.

페이긴은 깜짝 놀랐고 올리버도 놀란 건 마찬가지였다. 하지만 놀란 이유는 서로 극명하게 달랐다. 올리버는 자기가 다시 돌아가 이 싸움이 정말 끝나기를 비랐기 때문이다.

"자, 어서 내놔."

사익스가 말했다.

"이건 공정하지 않아, 빌. 안 그래, 낸시?"

페이긴이 물었다.

"공정하든 말든······."

사익스가 쏘아붙였다.

"어서 내놔. 당장! 낸시와 내가 소중한 시간을 쓸데가 없어서 네놈이 잡으려는 아이를 데려와야 한다고 생각해? 당장 이리 내, 탐욕스러운 늙은이 같으니라고. 어서 이리 내."

이런 점잖은 충고와 함께, 사익스는 페이긴의 엄지와 검지 사이에 있던 지폐를 휙 낚아챈 다음, 페이긴을 뚫어지게 보며 지폐를 작게 접어 목도리에 집어넣었다.

"이건 우리가 고생한 대가야. 우리가 수고한 것에 비하면 반값도 안 돼. 책은 네놈이 가져도 좋아. 독서를 좋아한다면 말이야. 안 좋아한다면 팔아도 되겠지."

사익스가 말했다.

"책이 아주 예뻐요."

인상을 쓰며 그중 한쪽을 읽으려던 찰리 베이츠가 말했다.

"아주 잘 썼네. 그렇지, 올리버?"

베이츠는 자기네 패거리를 쳐다보는 올리버의 참담한 표정을 보자, 원래 웃음을 참지 못하는 터라 아까보다 훨씬 큰 소리로 또 한 차례 웃음을 터뜨렸다.

"책은 그 신사 거예요."

올리버가 양손을 비틀면서 말했다.

"저를 집으로 데려가서 제가 고열로 시달리는 동안 간호해주셨던 그 훌륭한 신사 말이에요. 제발 부탁이니 모두 돌려주세요. 돈과 책을 그분께 돌려주세요! 저는 여기 평생 잡아둬도 좋지만, 제발 돈과 책은 돌려보내 주세요. 그분은 제가 훔쳤다고 생각하실 거예요. 친절한 아주머니도요. 모두 제게 잘 해주셨단 말이에요. 돌려보내 주세요!"

슬픔에 겨워 죽을힘을 다해 이 말을 뱉어내더니, 올리버는 페이긴의 발치에 무릎을 꿇고 너무나 다급한 나머지 양손으로 빌기까지 했다.

"이 아이 말이 맞아!"

페이긴이 남몰래 주위를 살피더니 눈살을 심하게 찌푸리며 말했다.

"네 말이 맞다, 올리버! 네 말이 맞아. 그분들은 네가 돈과 책을 훔쳤다고 생각할 거야. 하하!"

페이긴이 양손을 비비며 호탕하게 웃었다.

"우리가 때를 골랐다 하더라도 이보다 더 적절한 때를 고를 수는 없었을 거야!"

"물론이지."

사익스가 대꾸했다.

"이 애가 겨드랑이에 책을 끼고 클러켄웰을 지나가는 것을 본 순간 나는 알았어. 옳지, 이제 됐구나. 이 애를 돌본 사람들이 마음씨 좋은 예수쟁이라는 것을 말이야. 그렇지 않다면 애를 데려가지도 않았을 테지. 그러니 이 애를 찾지도 않을 거야. 찾으면 고소해야 하고 감방에 처넣게 될까 봐 두렵겠지. 그러니 아무 걱정 안 해도 돼."

올리버는 두 사람이 대화를 주고받는 동안 도대체 무슨 말을 하는지 전혀 이해하지 못했고 당황한 얼굴로 두 사람을 번갈아 쳐다보았다. 하지만 빌 사익스가 말을 마치자, 올리버는 갑자기 벌떡 일어나 미친 듯이 방에서 뛰쳐나가며 도와달라는 다급한 비명을 질렀다. 비명이 어찌나 컸는지 지붕이 들썩거릴 지경이었다.

"걔를 잡아요, 빌!"

낸시가 문 앞으로 달려가서 문을 닫았다. 페이긴과 두 똘마니가 올리버를 뒤쫓아 뛰어갔다.

"걔를 잡아요. 안 그러면 올리버가 물려 죽어요."

"물려 죽어도 싸지!"

사익스가 낸시의 포옹에서 벗어나려 애쓰면서 말했다.

"비켜. 안 그러면 벽에 머리통을 박살 내버릴 테야!"

"상관없어요, 빌. 난 상관없다고요."

낸시가 사익스와 심하게 몸싸움을 벌이며 악을 썼다.

"내가 죽기 전에는 개가 저 아이 못 물어요."

"웃고 있네!"

사익스가 이를 부득부득 갈며 말했다.

"당장 비키지 않으면 머리통을 부숴버릴 테야!"

사익스가 낸시를 떠밀어서 방 끝으로 쓰러뜨리는 순간, 페이긴과 도저, 베이츠가 올리버를 질질 끌고 돌아왔다.

"무슨 일이야?"

페이긴이 두리번거리며 물었다.

"저 여자가 미쳤나 봐."

사익스가 거칠게 대답했다.

"안 미쳤어요."

사익스와 실랑이를 벌이느라 얼굴이 창백해진 낸시가 숨을 헐떡거리며 말했다.

"아니에요, 페이긴. 정말 안 미쳤어요."

"그럼 입 다물어."

페이긴이 위협적인 표정을 지으며 말했다.

"싫어요. 그렇게는 못 해요."

낸시가 아주 큰 소리로 말대꾸를 했다.

"정말 내가 미쳤다고 생각해요?"

페이긴은 낸시 같은 인간들의 습성을 너무나 잘 알고 있었기 때문에 지금 낸시와 이야기를 길게 하지 않는 것이 안전하다고 확신했다. 그래서 모두의 관심을 다른 곳으로 돌리기 위해 페이긴은 올리버를 돌아보았다.

"좋아, 도망을 치고 싶었단 말이지?"

페이긴이 벽난로 구석에 놓여 있던 울퉁불퉁한 몽둥이를 집어 들면서 물었다.

올리버는 대꾸하지 않은 채 페이긴의 행동을 바라보며 숨을 가쁘게 헐떡거렸다.

"도움을 받고 싶었나 보지? 경찰이라도 부르고 싶었냐?"

페이긴이 비아냥거리며 올리버의 팔을 잡았다.

"우리가 그 버릇을 고쳐주마."

페이긴이 몽둥이로 올리버의 어깨를 한 대 세게 후려갈긴 다음 또 때리려고 몽둥이를 높이 든 순간, 낸시가 앞으로 달려들면서 페이긴의 손을 비틀어 몽둥이를 빼앗아 힘껏 난로 속으로 던져버렸다. 어찌나 힘껏 던졌는지 몽둥이에 부딪힌 시뻘건 석탄이 방으로 튀어나왔다.

"난 그걸 가만히 보기만 하지는 않을 거예요, 페이긴."

낸시가 악을 썼다.

"애를 찾았는데 뭘 더 바라는 거예요? 애를 내버려 둬요. 안 그러면 내가 당신들 중 몇 명을 죽이고 교수형 당할 테니까요!"

낸시가 이런 위협을 내뱉으며 발로 거칠게 바닥을 굴렀다. 입술을 꽉 다물고 주먹을 불끈 쥔 채 페이긴과 사익스를 번갈아 쳐다보는 낸시의 얼굴은 화가 점점 치밀어 올라 백지장처럼 창백해졌다.

"왜 그래, 낸시!"

페이긴과 사익스가 당황해서 서로를 잠깐 쳐다본 뒤, 페이긴이 달래려는 듯한 목소리로 말했다.

"낸시, 오늘 밤은 아주 똑똑하군. 하하! 연기도 아주 잘하고 말이야."

"정말이에요."

낸시가 말했다.

"괜히 해본 소리 아니니까 명심해요. 내가 사고를 치면 당신이 0순위예요. 좋은 말로 할 때 허튼짓하지 말아요."

머리끝까지 화난 여자는 조심해야 한다. 특히 무모함과 절망감에 무섭도록 충동적으로 모든 감정을 쏟아붓기라도 한다면 더욱 그렇고, 이럴 때 화난 여자를 건드리고 싶은 남자는 별로 없다. 페이긴은 잔뜩 화가 난 낸시를 잘못 건드리면 대책이 없음을 깨닫고, 어쩔 수 없이 몇 발짝 뒤로 물러나 반은 애원하듯, 반은 겁먹은 듯 사익스에게 눈길을 보냈다. 이제 낸시를 상대할 사람은 사익스밖에 없다는 신호를 보내는 것 같았다.

무언의 부탁을 받은 사익스는 낸시의 흥분을 당장 가라앉히지 못하면 자기의 개인적인 자존심과 영향력에 흠집이 생긴다고 느끼며 낸시에게 욕설과 협박을 퍼부었는데, 어찌나 속사포처럼 해댔는지 자기의 창작력을 유감없이 발휘했다. 그러나 낸시에게 이렇다 할 효과가 나타나지 않자 사익스는 더 지독한 방법을 썼다.

"그게 무슨 소리야?"

사익스가 인간의 이목구비 중 가장 아름다운 부분과 관련하여 일반적인 저주를 곁들이며 물었다. 사익스가 뱉어내는, 이목구비 중 가장 아름다운 부분인 눈을 멀게 하겠다는 욕은 앞으로도 오만 번은 더 듣게 될 것이다. 그에게 눈을 멀게 하겠다는 욕은 홍역에 걸리는 것만큼이나 흔한 것이었다.

"그게 무슨 뜻이냐니까? 정말 열 받게 하네! 네가 뭘 안다고 까불어?"

"그래요. 나도 다 알아요."

낸시가 미친 듯이 웃으며 말한 다음, 관심 없다는 듯이 머리를 절레절레 흔들었지만 속마음이 뻔히 드러났다.

"그럼 조용히 있어!"

사익스가 개에게 쓰던 명령조로 낸시에게 소리를 질렀다.

"안 그러면 네년이 오랫동안 말을 못 하게 해주지!"

낸시가 다시 웃었지만 아까보다 훨씬 불안한 기색이었으며, 혐오스러운 눈길로 사익스를 노려본 다음 얼굴을 옆으로 돌리고 피가 날 때까지 입술을 꽉 깨물었다.

"그렇지, 당신은 아주 착한 여자야."

사익스가 낸시를 경멸하듯 살피며 말했다.

"그렇게 도리에 맞고 부드럽게 굴어야지. 그래야 당신이 말한 대로 저 아이와 친하게 지내지!"

"하느님, 맙소사!"

낸시가 죽을힘을 다해 소리쳤다.

"나는 길거리에서 죽었거나 우리가 오늘 밤 지나쳤던 감옥의 사형수와 자리를 바꿨어야 했어. 그랬으면 저 아이를 데려오는 데 일조하지 않았을 테니까. 저 아이는 오늘 밤부터 도둑놈, 거짓말쟁이, 악마가 될 테고 온갖 나쁜 짓을 저지르겠지. 그런데 그것도 모자라서 애를 때린단 말이야?"

"진정해, 사익스."

페이긴이 훈계하는 어조로 끼어들며 이제껏 나눈 대화를 귀 기울여 듣고 있던 아이들을 향해 고갯짓을 했다.

"점잖은 말을 써야 해, 빌. 언어를 순화시키란 말이야."

"점잖은 말?"

낸시가 보기 겁날 정도로 화를 내며 말했다.

"점잖은 말이라고, 이 도둑놈아? 그래, 나한테는 점잖은 말을 듣고 싶겠지. 난 올리버 나이의 반도 되기 훨씬 전, 아주 어릴 때부터 당신을 위해 도둑질을 했어. 나도 똑같은 짓을 했고 12년 동안이나 당신에게 충성했잖아. 모른다고 못 하겠지. 말해 봐. 몰라?"

"그래, 그래!"

페이긴이 낸시를 달래듯이 대꾸했다.

"그렇지만 그건 먹고살기 위해서 한 거잖아!"

"그렇지!"

낸시가 말을 한다기보다는 쉬지 않고 열정적으로 악을 쓴다는 표현이 맞을 정도로 되받아쳤다.

"그렇게 살았지. 춥고 축축하고 더러운 거리를 집 삼아 살았어. 당신이 나를 그런 곳으로 내몰았잖아. 나는 죽을 때까지 밤

낮으로 그곳에서 살아야 할 거야."

"가만두지 않겠어!"

페이긴이 낸시에게 욕을 얻어먹자 뜨끔해서 말을 끊었다.

"한마디만 더 하면 그것보다 더 지독하게 살도록 해주겠어!"

낸시는 아무 말도 더 하지 않았다. 하지만 분을 참을 수 없자 머리카락과 옷을 쥐어뜯으며 페이긴에게 달려들었다. 사익스가 때맞춰 낸시의 손목을 잡지 않았다면 제대로 화풀이를 해 페이긴에게 상처를 남겼을 것이다. 낸시는 몇 번 버둥거리다가 기절해버렸다.

"괜찮아질 거야."

사익스가 구석에 낸시를 눕히며 말했다.

"낸시가 이런 식으로 달려들 때는 팔힘이 무척 세더군."

페이긴은 이마를 닦으며 웃었다. 소동이 끝나서 다행이라고 생각하는 모양이었다. 하지만 페이긴도 사익스도 개도 도저와 베이츠도 흔한 일이라고 가볍게 생각하지 않는 것 같았다.

"여자들과 함께 일하면 이런 점이 나쁘다니까!"

페이긴이 몽둥이를 내려놓으며 말했다.

"하지만 영리하긴 하지. 여자들이 없다면 우리도 일을 제대로 하기 힘들 거야. 베이츠, 올리버에게 잠자리를 봐줘라."

"저 아이가 지금 입은 고급 옷은 내일은 안 입는 게 좋겠어요, 페이긴. 그렇죠?"

찰리 베이츠가 물었다.

"그럼, 안 되고말고."

페이긴은 베이츠가 질문을 하면서 히죽거리자 똑같이 히죽거리며 대답했다.

베이츠는 자기의 임무에 눈에 뜨이게 기뻐하며 촛대를 잡고 올리버를 옆에 있는 부엌으로 데려갔다. 부엌에는 전에도 잔 적이 있는 침대가 두세 개 있었다. 부엌에 도착하자 베이츠는 숨이 넘어갈 듯 자지러지게 웃음을 터뜨리며, 올리버가 브라운로씨 집에서 벗어 팔아버리면서 무척 기뻐했던 바로 그 낡은 옷을 올리버에게 건네주었다. 그때 이 옷을 사 간 헌 옷 장사가 우연히 페이긴에게 이 옷을 보여줘 페이긴이 올리버의 거처를 처음으로 알게 된 것이었다.

"그 고급 옷을 벗어."

베이츠가 말했다.

"페이긴이 간수해줄 거야. 이렇게 재미있을 수가!"

불쌍한 올리버는 마지못해 옷을 벗었고, 베이츠가 새 옷을 둘둘 말아 겨드랑이에 끼우더니 부엌에서 나가며 문을 잠가 어두운 부엌에 혼자 남겨졌다.

베이츠의 요란한 웃음소리와 베티의 목소리가 들렸다. 베티는 때마침 그곳에 도착해 기절한 낸시에게 물을 뿌리고, 낸시가 정신이 들게끔 정성 어린 손길로 도와주었다. 이런 소란스러운 소리에 올리버보다 행복한 상황에 있는 사람이라면 잠을 못 이루었겠지만 올리버는 몸이 아프고 지쳤기 때문에 곧 깊은 잠에 빠져들었다.

좋은 베이컨에 붉은 살코기와 흰 지방이 번갈아 골고루 분포되어 있듯이, 무대에서 공연되는 잔인한 멜로드라마는 비극적인 장면과 희극적인 장면이 번갈아 가며 등장하는 것이 관례이다. 주인공은 족쇄와 불행에 짓눌린 채 남루한 지푸라기 침대에 누워 있다. 다음 장면에서 주인공의 믿음직스럽지만, 주인의 상황을 모르는 하인이 흥겨운 노래로 관중을 즐겁게 해준다. 관객들은 가슴을 두근거리며 거만하고 무자비한 악당의 손아귀에 잡힌 여자 주인공을 바라본다. 여자 주인공은 순결과 목숨이 위험에 처하자, 단도를 꺼내 목숨을 버리려 한다. 긴장감이 최고조에 달한 순간, 휘파람 소리가 들리더니 성의 넓은 홀이 눈앞에 펼쳐진다. 그곳에서 백발의 집사가 우스꽝스러운 체형의 종들과 함께 웃긴 노래를 한창한다. 체형이 우스꽝스러운 종들은 교회 납골당이나 궁궐 등에서 풀려난 자들로 떼를 지어 돌아다니며 쉬지 않고 기쁨의 노래를 불러댄다.

이런 장면 전환이 느닷없어 보이지만 결코 부자연스러운 것은 아니다. 현실 세계에서도 잔치를 벌이다가 별안간 임종을 맞기도 하고, 상복을 입고 있다가 순식간에 파티복을 입기도 하는 일은 조금도 놀랄 일이 아니다. 하지만 우리가 수동적인 관객이 아니라 직접 참여하는 배우라면 큰 차이가 있다. 연극에서 갑작스러운 장면의 전환이나 충동적인 감정의 변화가 관객들의 눈앞에서 펼쳐지기 때문에 엉터리라고 비난을 하기도 하지만 배우들은 전혀 알지 못하기 때문이다.

이런 돌연한 장면의 전환이나 시간과 장소의 급격한 변화 수법은 예전부터 사용되었기 때문에 소설에서도 허용될 뿐 아니라, 작가의 기술이라고 여기는 사람들도 많다. 비평가들은 거의 모든 장의 끝부분에서 주인공들을 어떤 딜레마에 빠뜨리느냐에 따라 작가의 재능을 평가한다. 지금까지 이 간단한 소개의 글을 불필요하다고 생각하는 독자가 있을지 모르지만, 내가 이런 비유의 글을 여기에 쓰는 까닭은 어린 올리버 트위스트를 불확실하고 어려운 상황에 빠뜨리고 갑자기 올리버와는 전혀 상관없는 이야기로 빗나가 독자들을 감질나게 하려는 생각이 눈곱만큼도 없다는 것을 말하고 싶어서이다.

내 유일한 바람은 가능하다면 독자들과 함께, 불가능하다면 독자들이 한두 장 건너뛰고 가능할 때 다시 합류하도록 하면서, 되도록 빨리 이 이야기를 계속하는 것이다. 사실 쓸 말이 많아 내가 옆으로 새고 싶어도 충분한 여유가 없다. 이번 장을 쓰는 이유는 독자들과 좋은 관계를 유지하기 위해서이다. 독자와 작가 사이에는 완벽한 믿음이 지켜져야 하고 충분한 이해가 유지되어야 한다. 이렇게 친절하게 설명을 하면, 내가 지금처럼 올리버 트위스트가 태어난 고향으로 곧바로 돌아간다고 말할 때, 독자들이 내가 그곳으로 돌아가는 충분하고 그럴 만한 이유가 있다는 것을 당연히 여기게 되는 좋은 점이 있다. 그렇지 않다면 어떤 경우라도 함께 가자고 독자들에게 부탁하지 않았을 것이다.

범블은 이른 아침 구빈원 문을 나서서 짐 가방을 들고 당당한 걸음으로 큰길을 걷고 있었다. 교구 직원으로서의 자부심이 절정에 달했다. 끝이 올라간 중절모와 외투가 아침 햇살에 눈이 부셨고, 건강과 힘이 넘치는 손으로 지팡이를 힘껏 움켜잡았다. 평소에도 늘 머리를 곧추세우고 다니는 범블이지만 이날 아침에는 평소보다 훨씬 더 고개를 빳빳하게 쳐들었다. 눈은 반짝였고 의기양양한 태도를 하고 있었기 때문에, 낯선 이의 눈에도 범블이 입에 담기에도 대단한 임무를 띠고 있을지도 모른다는 생각이 들 정도였다.

범블은 공손하게 말을 거는 작은 가게의 점원들과 말을 섞기 위해 걸음을 멈추는 대신, 손을 흔들어 인사에 반응할 뿐, 만 부인이 교구의 위탁으로 고아들을 돌보는 보육원에 도착할 때까지 의기양양한 걸음걸이를 늦추지 않았다.

"빌어먹을, 저 범블!"

대문을 조급하게 흔드는 귀에 익은 소리가 들리자 만 부인이 말했다.

"이렇게 이른 아침에 도대체 무슨 볼일이람! 이미나 범블, 마침 당신 생각을 하고 있었어요! 세상에 이렇게 반가울 수가! 어서 들어오세요."

첫 말은 수잔에게 한 말이었고, 감탄사와 함께 시작된 말은 만 부인이 문을 열면서 범블에게 조심스럽고 공손하게 안으로 초대하며 한 말이었다.

"만 부인, 안녕하시오?"

범블이 개구쟁이 아이처럼 의자에 털썩 주저앉지 않고 천천히 여유롭게 앉으며 말했다.

"네, 범블도 안녕하시죠?"

만 부인이 함박웃음을 지어 보이며 대답했다.

"여전히 건강하시죠?"

"그저 그렇소, 만 부인."

범블이 대꾸했다.

"교구 직원 일이 편안한 것만은 아니라오."

"네, 물론 그렇죠."

만 부인이 맞장구를 쳤다. 보육원 아이들도 이 소리를 들었다면 이구동성으로 맞장구를 쳤을지 모른다.

"교구 직원의 일이라는 것이 말이오."

범블이 지팡이로 탁자를 치며 계속 말했다.

"근심과 귀찮은 일, 역경의 연속이라오. 하지만 공무원이라면 그런 어려움을 겪어야 하는 법이지요."

만 부인은 범블이 무슨 소리를 하는 것인지 제대로 이해하지 못한 채, 양손을 치켜들더니 동정심이 가득한 눈길로 범블을 쳐다보며 한숨을 쉬었다.

"한숨이 나오는 것은 당연하오, 만 부인."

범블이 말했다.

때를 잘 맞췄다고 생각한 만 부인은 또다시 한숨을 쉬었다.

범블은 교구 직원에 만족스러운 것이 분명하지만 혹시나 웃음이라도 나올까 봐 끝이 올라간 중절모를 심각하게 쳐다보며 꾹 참고 있었다. 그러다 범블이 말했다.

"만 부인, 저는 지금 런던에 가는 길입니다."

"어머나, 범블!"

만 부인이 놀라 뒤로 움찔하며 소리쳤다.

"런던 말이요."

범블이 완고하게 되풀이했다.

"역마차를 타고 보육원에서 두 아이를 데리고 갑니다. 법적인 절차를 진행하러 가는 거요. 교구에서 클러켄웰의 분기 재판이 시작되기 전에 두 아이의 소속 교구 문제를 해결하라고 나를 임명했다오. 나를 말이오, 만 부인."

범블이 몸을 곧추세우며 덧붙였다.

"클라켄웰 재판소에서 내가 증언을 하기 전에 스스로 잘못했다는 것을 인정할지 모르겠소."

"어머, 너무 심하게 다루지는 마세요."

만 부인이 달래듯이 말했다.

"클라켄웰 재판소가 자초한 문제요."

범블이 대꾸했다.

"그러니 클라켄웰 재판소가 예상보다 훨씬 나쁜 결과를 얻게 되더라도 탓할 곳은 없소."

범블이 이런 말을 하면서 일부러 결심한 듯 위협적인 태도를 보였기 때문에 민 부인이 무척 놀란 듯했나. 잠시 후 난 부인이 말했다.

"역마차로 가신다고요? 빈민들은 주로 짐마차를 타잖아요."

"그건 그 사람들이 아플 때죠, 만 부인."

범블이 말했다.

"비가 오는 날에는 가난한 병자들을 지붕이 없는 짐마차에 태우는 식으로요. 병자들을 지붕 있는 역마차에 태웠다가 남들이 감기라도 옮으면 안 되니까요."

"그렇죠."

만 부인이 대답했다.

"저쪽에서 두 아이를 위해 역마차를 계약했소. 좀 저렴한 가격으로 말이요."

범블이 말했다.

"두 아이 모두 상태가 아주 나빠 장사를 치르는 것보다 다른 데로 옮기는 것이 2파운드 싸거든요. 다른 교구에 두 아이를 떠넘길 수 있다면 말이죠. 사실 그럴 가능성이 아주 크오. 재수 없게 도중에 죽지 않는다면 말이죠. 하하하!"

범블은 한참 웃고 난 후 중절모를 보더니 심각해졌다.

"용건을 잊을 뻔했소, 부인. 이번 달 교구 수당을 받으시오."

범블이 종이로 싼 은화를 저고리 주머니에서 꺼내주면서 영수증을 요구하자 만 부인이 영수증을 써줬다.

"잉크가 번졌네요. 하지만 영수증의 역할은 충분히 할 만하죠. 감사합니다, 범블. 고맙게 생각하고 있어요."

보육원 책임자인 만 부인이 말했다.

범블이 만 부인이 전하고자 하는 감사의 뜻을 알아들었다는 듯이 부드럽게 고개를 끄덕이더니, 아이들이 어떻게 지내는지 물었다.

"하느님의 은총입니다."

만 부인이 감격스러워하며 말했다.

"아이들은 아주 잘 지내고 있어요. 물론 지난주에 죽은 두 아이와 가여운 딕은 빼고요."

"딕은 별 차도가 없소?"

범블이 물었다.

만 부인이 고개를 가로저었다.

"딕은 성품도 안 좋고 되먹지 못하게 질이 나쁜 아이죠."

"아이는 어디 있소?"

범블이 버럭 화를 내며 말했다.

"당장 데려올게요."

만 부인이 대답했다.

"딕, 이리 와!"

만 부인은 몇 번을 불러 딕을 찾아내서, 급히 세수를 시키고 자기가 입고 있던 옷으로 물기를 닦아준 다음 무서운 범블 앞으로 끌고 갔다.

딕은 창백하고 빼빼 말랐다. 양쪽 볼이 푹 들어갔고 눈은 퀭하니 크고 빛났다. 교구에서 제공한 남루한 옷을 연약한 몸에 헐렁하게 걸친 딕의 모습은 얼마나 불행한 상황에 부딪혔는지 한눈에 알게 했다. 여린 팔다리는 늙은이의 팔다리처럼 말라빠져 있었다.

그런 작은 아이가 몸을 부들부들 떨면서 범블의 아래 서니, 무서워서 감히 바닥에서 눈을 떼지도 못했고 범블의 목소리가 들리지도 않았다.

"범블 씨를 쳐다보지 못하겠니, 이 고집불통아?"

만 부인이 말했다.

딕은 마지못해 눈을 들어 범블의 눈을 쳐다보았다.

"왜 그러니, 교구의 자랑스러운 딕?"

범블이 그 순간에 어울리도록 익살맞게 물었다.

"아무것도 아닙니다."

딕이 기어들어 가는 목소리로 대답했다.

"그렇고말고."

범블의 농담에 한참을 웃고 난 만 부인이 맞장구를 쳤다.

"아무것도 부족한 게 없으니까 말이야."

"제가 바라는 것은……."

딕이 머뭇거렸다.

"무슨 소리야!"

만 부인이 끼어들었다.

"네가 바라는 것이 있다는 소리를 할 참이었니? 뭐야, 이 버러지 같은 놈아?"

"그만 해요, 만 부인. 그만!"

범블이 권위를 보여야겠다는 듯 손을 들며 말했다.

"그래, 뭐니?"

"제가 바라는 것은……."

딕이 머뭇거렸다.

"글을 쓸 줄 아는 사람이 저 대신 종이에 몇 글자를 적어 잘 접은 다음 봉투에 넣고 제가 땅에 묻힌 뒤에도 소중하게 보관해 주는 거예요."

"뭐? 그게 무슨 뜻이니?"

범블이 큰 소리로 물었다. 어느 정도 그런 일에 익숙했지만 딕의 야윈 얼굴과 진지한 태도에 충격을 받은 모양이었다.

"그게 무슨 소리냐니까?"

"올리버 트위스트에 관한 제 마음을 남겨 제가 얼마나 자주 혼자 앉아서, 도와주는 사람도 없이 어두운 밤을 헤매는 올리버를 생각했는지 알게 하는 거예요."

딕은 작은 손을 꼭 맞잡으며 온 힘을 다해 말을 했다.

"올리버에게 제가 어린 나이에 죽게 되어 얼마나 다행인지 모른다고 말해주고 싶어요. 제가 오래 살아서 어른이 되고 늙으면 하늘나라로 일찍 간 제 누나가 저를 잊을지도 모르고, 누나는 어린데 저는 노인일 거 아니에요. 누나나 제가 모두 아이인 것이 무엇보다 좋아요."

범블은 설명할 수 없을 정도로 놀라서 딕을 머리끝에서 발끝까지 훑어보았다. 그러고는 옆에 있는 만 부인에게 말했다.

"모두 똑같은 이야기를 하는군요. 그 뻔뻔스러운 올리버가 아이들을 모두 버려놨다니까!"

"도저히 믿을 수가 없어요."

만 부인이 양손을 들고 딕을 사납게 쳐다보며 말했다.

"이렇게 고집불통은 처음 본다니까요!"

"이 애를 데려가요!"

범블이 오만하게 말했다.

"이 일을 위원회에 보고해야겠소, 만 부인."

"설마 위원들께서 이 모든 것이 제 잘못이라고 하지는 않으시겠죠?"

만 부인이 애처롭게 울먹이며 말했다.

"그렇지는 않을 거요. 위원들께서는 사건의 진상을 듣게 될 테니까요."

범블이 거들먹거리며 말했다.

"그럼, 이 아이를 데려가시오. 더는 못 보겠으니까."

딕은 당장 끌려나가 석탄 창고에 갇혔다. 곧 범블도 런던까지 갈 채비를 하기 위해 돌아갔다.

다음 날 아침 6시에 범블이 끝이 올라간 중절모를 둥근 모자로 바꿔 쓰고 어깨에 망토가 달린 파란 색 고급 외투를 두른 다음 역마차의 밖에 자리를 잡았다. 범블은 소속 교구가 아직 정해지지 않은 두 아이를 데리고 무사히 런던에 도착했다. 두 아이의 기이한 행동 때문에 생긴 몇 번의 어려움을 제외하면 큰 어려움은 없었다. 아이들이 계속 몸을 벌벌 떨며 춥다고 불평했기 때문에, 범블도 좋은 외투를 입었으면서도 이빨이 딱딱 부딪힐 정도로 추워 기분이 나빴다고 말할 수밖에 없었다.

그날 밤 머물 곳까지 성품이 고약한 두 아이를 데려다주고, 범블은 역마차가 멈춰선 선술집에 혼자 앉아서 굴 소스를 친 스테이크와 흑맥주로 적당히 저녁을 때웠다. 저녁을 마치고 난로 위에 물을 탄 뜨거운 진을 한잔 올려놓고 난롯가로 의자를 끌어다 앉더니, 불만과 불평이 너무 난무한다는 등의 이런저런 생각을 하며 마음을 편히 먹고 신문을 읽었다.

범블의 눈에 처음 뜨인 문장은 다음과 같은 광고였다.

포상금 – 금화 5기니(약 5파운드)

'올리버 트위스트라는 아이가 펜톤빌의 집에서 지난 목요일 저녁 실종 또는 유괴됨. 이후 소식이 끊겼음. 올리버 트위스트의 행방에 관한 단서를 제공하거나, 과거의 행적에 대해 광고주가 여러 가지 이유로 지대한 관심을 두고 있으니 정보를 제공하는 사람에게는 위의 보상금을 지급함.'

그 밑에 올리버의 인상착의, 그리고 브라운로 씨의 집에 왔을 때와 사라질 때의 정황에 관한 자세한 정보와 함께 브라운로 씨의 이름과 주소가 적혀 있었다.

범블은 눈을 크게 뜨고 천천히 그리고 진지하게 광고를 세 번이나 읽었다. 5분이 지난 다음, 어찌나 흥분했는지 물을 탄 뜨거운 진에 입도 대지 않고 난로 위에 놔둔 채 펜톤빌로 향했다.

"브라운로 씨 계십니까?"

범블이 문을 열어준 하녀에게 물었다.

질문을 받은 하녀는 따돌리려는 속셈으로 대답했다.

"잘 모르겠는데요. 어디서 오셨나요?"

범블이 올리버의 이름을 말하기가 무섭게, 응접실에서 귀를 기울이고 있던 베드윈 부인이 숨을 헐떡이며 복도로 뛰어왔다.

"들어오세요."

베드윈 부인이 말했다.

"소식을 들을 줄 알았어요. 불쌍하기도 하지! 소식을 들을 줄 알았어요. 다행이에요! 늘 기도를 했었거든요."

이 말을 마친 베드윈 부인은 급히 응접실로 다시 들어가서, 소파에 앉더니 울음을 터뜨렸다. 감정이 풍부하지 않은 하녀는 그사이 2층으로 뛰어 올라가서 범블을 2층으로 데리고 오라는 지시를 받고 내려왔다. 그래서 범블은 2층으로 올라갔다.

범블이 들어간 2층의 작은 서재에는 브라운로 씨와 친구인 그림위그 씨가 포도주 병과 잔을 앞에 두고 앉아 있었다. 그림위그 씨가 범블을 세심히 쳐다보더니 갑자기 큰 소리를 질렀다.

"교구 직원이군. 교구 직원이 아니라면 내 머리를 먹어 보이겠네!"

"지금은 입 좀 다물어주게."

브라운로 씨가 말했다.

"앉으시오."

의자에 앉은 범블은 그림위그 씨의 기이한 태도에 당황한 기색이 역력했다. 브라운로 씨는 범블의 표정을 놓치지 않고 보기 위해 램프를 가까이 가져오더니 약간 조급하게 물었다.

"광고를 보고 오신 거죠?

"네, 맞습니다."

범블이 대답했다.

"교구 직원이시고요, 맞죠?"

그림위그 씨가 물었다.

"네, 교구 직원입니다."

범블이 자랑스럽게 대꾸를 했다.

"그렇겠지."

그림위그 씨가 옆에 있는 친구를 보았다.

"그럴 줄 알았어. 고급 외투가 교구 스타일이고, 전체적으로 분위기도 교구 직원 같더라고."

브라운로 씨는 친구에게 조용히 하라고 머리를 가볍게 흔들더니 이야기를 계속했다.

"불쌍한 올리버가 지금 어디 있는지 아시나요?"

"아니요. 전혀 모릅니다."

범블이 대답했다.

"그럼 그 아이에 대해 무얼 아시죠?"

브라운로 씨가 질문했다.

"말하시오. 알고 있는 게 있으면 어서요. 그 아이에 대해 무얼 아시나요?"

"그 아이에 대해 좋은 이야기가 아니군요?"

이윽고 그림위그 씨가 범블의 표정을 찬찬히 살피더니 빈정거리며 말했다.

범블은 질문의 요지를 재빠르게 알아차리고 불길할 정도로 엄숙하게 머리를 가로저었다.

"봤나?"

이윽고 그림위그 씨가 브라운로 씨를 의기양양하게 쳐다보며 말했다.

브라운로 씨는 범블이 눈살을 찌푸리자 범블의 얼굴을 걱정스럽게 쳐다보더니, 올리버에 대해 아는 것을 될수록 간단하게 말해달라고 부탁했다.

범블은 모자를 내려놓고 외투의 단추를 풀더니 팔짱을 끼고 뭔가를 생각해내려는 듯이 고개를 숙인 채 얼마 동안 생각에 잠긴 다음 올리버의 이야기를 시작했다.

범블이 한 말을 그대로 쓰면 너무나 지루할 것이다. 20분 동안이나 주절주절 떠들어댔지만 요지는 간단했다. 올리버는 버려진 아이로 지체가 낮고 성품이 나쁜 부모 밑에서 태어났으며, 태어나면서부터 성품이 남을 속이고 배은망덕하며 못된 짓만을 하면서 자랐다는 것이었다. 또한 태어난 곳에서 잠깐 살다가 고용살이하던 집에서 죄 없는 아이를 잔인하고 치사하게 두들겨 패고는 밤에 몰래 도망쳤다는 말도 덧붙였다. 올리버에 대해 한 말을 입증하기 위해, 범블은 들고 온 서류를 탁자에 써내놓더니 다시 팔짱을 끼고 브라운로 씨가 서류를 보기를 기다렸다.

"이게 모두 사실이라니 걱정이군요."

브라운로 씨가 서류를 읽은 후 서글프게 말했다.

"알려주신 정보에 비하면 약소하지만 받아주세요. 아이에게 이로운 정보였다면 사례금이 세 배가 되었을 겁니다."

범블이 이 말을 미리 들었더라면 올리버에 대해 별로 중요하지 않은 이야기를 전혀 다르게 각색했을 것이 틀림없었다. 하지만 지금은 말을 바꾸기에 너무 늦었기 때문에 고개를 심각하게 가로젓더니 5기니를 주머니에 넣고 돌아갔다.

브라운로 씨는 잠시 방 안을 왔다 갔다 서성거렸다. 범블의 이야기가 무척 신경 쓰이는 모양이었기 때문에 그림위그 씨도 더는 자극하지 못했다. 잠시 뒤, 브라운로 씨가 걸음을 멈추고 거칠게 종을 울렸다.

"베드윈 부인."

집사인 베드윈 부인이 나타나자 브라운로 씨가 말했다.

"그 아이, 올리버는 사기꾼이에요."

"그럴 리가 없어요."

베드윈 부인이 강하게 부인했다.

"내 말이 맞습니다."

브라운로 씨가 가혹하게 쏘아붙였다.

"그럴 리가 없다니 그게 무슨 소리요? 그 아이의 출생부터 자세한 이야기를 들었어요. 평생 나쁜 짓만 골라서 했더군요."

"저는 그 말을 안 믿어요."

베드윈 부인이 단호하게 대꾸했다.

"늙은 여자들은 돌팔이 의사나 말도 안 되는 소설책만 믿죠."

그림위그 씨가 투덜거렸다.

"내가 이럴 줄 알았어. 처음부터 내 말을 들었으면 좋았잖나.

아이가 아프지 않았다면 내 말을 들었을 테지. 아이가 관심을 끌기는 했지. 관심 말이야! 나 원 참!"

그림위그 씨는 부지깽이로 난로를 야단스럽게 쑤셨다.

"그 아이는 착하고 고마워할 줄 아는 온순한 아이였어요."

베드윈 부인이 분개하며 맞받아쳤다.

"저는 아이들이 어떤지 잘 알아요. 40년 동안이나 아이들을 키웠으니까요. 아이들을 모르는 사람은 이러쿵저러쿵 말할 자격이 없죠. 제 생각은 그래요."

한 번도 결혼을 한 적이 없는 그림위그 씨에게 한 방 날린 것이었다. 하지만 그림위그 씨가 미소만 지을 뿐 아무런 반응이 없자, 베드윈 부인은 고개를 새침하게 돌리고 앞치마의 주름을 펴며 다음 공격을 준비했고, 이 때 브라운로 씨가 말을 막았다.

"조용히 하세요!"

브라운로 씨가 전혀 화나지 않았지만 화난 척하며 말했다.

"다시는 내 앞에서 그 아이의 이름을 말하지 마세요. 그 말을 하려고 불렀습니다. 다시는 무슨 일이 있어도요. 이제 나가셔도 됩니다, 베드윈 부인. 잊지 마세요. 진심이니까요."

그날 밤 브라운로 씨 집에는 여러 사람이 슬픔에 잠겼다. 올리버는 친절하고 좋은 브라운로 씨네 식구들을 생각하며 괴로워했지만 그 사람들이 어떤 이야기를 들었는지 알 수 없어서 그나마 다행이었다. 만약 알았다면 마음에 심한 상처를 입었을 것이었다.

다음날 정오쯤 도저와 베이츠가 평상시처럼 일하러 나가고 없을 때, 페이긴은 이때를 기회라 생각하고 올리버에게 배은망덕이 얼마나 무거운 죄인가에 대해 긴 설교를 늘어놓았다. 친구들을 걱정하도록 만들어 놓고 아무 말 없이 사라졌으니 가늠할 수 없이 큰 죄를 지었으면서, 온갖 수고와 비용을 들이며 애써서 찾아냈는데 도망치려 했으니 더 할 수 없는 죄를 지었다는 것이 요지였다. 페이긴은 자기가 올리버를 찾아와 데리고 있다는 사실을 특히 강조했다. 자기가 제때에 도와주지 않았다면 올리버는 굶어 죽었을지 모르며, 전에도 올리버와 똑같은 처지에 있던 어린아이를 구해주었더니, 자기의 믿음을 배신하고 경찰과 내통하려 했기 때문에 불행히도 어느 날 아침, 올드 베일리에서 교수형 당했다는 섬뜩하고 가슴 아픈 이야기도 들려주었다. 페이긴은 그 비극에서 자기가 어떤 역할을 했는지 숨기려 하지 않았다. 그 아이는 잘못된 배신행위로 인해 일벌백계의 본

보기가 되어야 했기 때문에 희생될 수밖에 없었다며 눈물까지 글썽거리며 한스러워했다. 자기와 몇몇 친구들의 안전을 위해 어쩔 수 없었다는 것이었다. 페이긴은 교수형 당하면 얼마나 고통스러운지에 대해 듣기 거북한 설명으로 설교를 끝낸 다음, 아주 친근하고 정중한 말투로 자기는 올리버가 그런 고통스러운 상황에 놓이지 않게 되기를 간절히 바란다고 말했다.

어린 올리버는 페이긴의 말을 들으면서 온몸의 피가 얼어붙었고, 그 말을 통해 전달된 끔찍한 협박을 어렴풋이 이해했다. 법조차도 죄 없는 사람과 죄지은 사람이 어쩌다 친구가 됐을 때, 죄 없는 사람을 죄지은 사람과 혼동하는 것이 충분히 가능하다는 것을 올리버도 이미 알고 있었고, 페이긴과 사익스가 과거 공모했던 나쁜 짓에 대해 벌였던 말싸움의 본질을 돌이켜 봤을 때, 페이긴은 알아서 불편한 사람이나 지나치게 말이 많은 사람을 제거하기 위해 여러 차례 주도면밀한 계획을 세워 실행에 옮겼었다는 것이 결코 거짓이라고 생각되지 않았다. 올리버가 머뭇거리며 고개를 들어 페이긴의 눈을 보자, 약삭빠른 페이긴이 올리버의 창백한 얼굴과 떨리는 손발을 분명히 눈치챘고, 만족스러워한다는 것을 느꼈다.

페이긴은 섬뜩하게 웃으며 올리버의 머리를 토닥인 다음, 조용히 지내며 일만 열심히 하면 자기와 여전히 좋은 친구 사이가 될 거라고 말했다. 그런 다음 모자를 들고 누덕누덕 기운 낡은 외투를 걸치더니 밖으로 나가서 문을 잠갔다.

그래서 올리버는 그닐 온종일, 또 그 후로도 며칠 동안 주로 혼자 있었다. 이른 아침과 한밤중을 제외하고는 아무도 보지 못한 채 오랜 시간 혼자 남겨져 생각에 잠겼다. 그럴 때마다 어김

없이 브라운로 씨네 친절한 식구들이 떠올랐고, 진작부터 자신을 나쁜 아이로 치부했을 것이라는 생각에 몹시 슬펐다. 일주일가량이 지난 뒤부터 페이긴이 방문을 밖에서 잠그지 않았기 때문에 올리버는 집 안을 마음대로 돌아다닐 수 있었다.

아주 더러운 곳이었지만 2층에 있는 방에는 크고 높은 목재난로 선반도 있고 벽에 그림이 걸려 있었으며, 천장에는 오랫동안 내버려 둬서 먼지가 쌓여 까맣게 변했지만 다양한 장식으로 꾸며진 커튼 칸막이가 달려있었다. 올리버는 이런 것들로 미루어 보아 지금은 이 집이 처참하고 황량해 보이지만 아주 옛날, 페이긴이 태어나기도 훨씬 전의 이 집은 부자가 살던 유쾌하고 멋진 집이었을 거라고 결론을 내렸다.

거미가 벽과 천장 구석에 거미줄을 쳤다. 올리버가 방으로 조용히 걸어 들어가면 쥐들이 기겁하고 바닥을 허둥지둥 가로질러 쥐구멍으로 들어갈 때도 있었다. 이런 경우를 제외하면 집 안에 생명체라고는 보이지도 들리지도 않았다. 어두워졌을 때나 이 방 저 방을 돌아다니기 지쳤을 때, 올리버는 종종 현관문 옆 복도 구석에 쪼그리고 앉아 있었다. 될수록 살아 있는 사람과 가까이 있고 싶었기 때문이었다. 페이긴이나 도저, 베이츠가 돌아올 때까지 귀를 기울이며 그곳을 떠나지 않았다.

모든 방은 낡은 덧문이 굳게 닫혀있었고 덧문을 받치는 빗장은 나사로 나무에 단단하게 고정되어 있었다. 꼭대기에 있는 둥근 구멍을 통해서만 빛이 안으로 들어오기 때문에 방은 훨씬 음침하게 보였고 기괴한 그림자가 방에 가득했다. 다락방에는 창문이 있었는데 녹슨 빗장이 밖에서 질러졌고 덧문도 없었다. 올리버는 다락방 창문을 통해 몇 시간이고 우울한 표정으로 밖을 내다보았지만, 그렇게 봐서는 지붕의 얽히고설킨 서까래와 까맣게 그을린 굴뚝, 박공벽 밖에는 보이지 않았다. 가끔 멀리 떨어진 집의 난간 벽 너머로 백발의 헝클어진 머리가 보이는 때도 있었지만 그것도 금세 사라졌다. 올리버가 밖을 내다보는 창문은 못으로 고정되어 열 수 없었고 오랜 세월 비와 연기로 유리도 흐려졌기 때문에, 남의 눈에 뜨이거나 귀에 들릴 수 있기는커녕, 멀리 있는 물체의 형태를 알아볼 수 있는 것은 그 정도가 고작이었다. 마치 세인트 폴 대성당 안에 있는 것처럼 남의 눈에 뜨이거나 귀에 들릴 가능성도 아주 희박했다.

어느 날 오후, 도저와 베이츠가 저녁 약속이 있었는데 도저는 몸단장이 걱정되었다. 솔직히 말해 도저는 몸단장에 서툴지 않았지만, 올리버에게 몸단장을 도와달라고 했다.

올리버는 자기가 쓸모 있다는 사실에 몹시 기뻤다. 아무리 못생겼어도 사람의 얼굴을 볼 수 있다는 것이 행복하기까지 했고, 진심으로 도와줘 환심을 사고 싶었기 때문에 이런 부탁을 거절할 수 없었다. 그래서 당장 도와주겠다고 대답했다. 도저는 탁자에 걸터앉아 자리를 잡고 올리버는 바닥에 무릎을 꿇고 앉아 도저의 구두 신은 발을 무릎에 올려놓고 도저의 말을 빌리면 '닦새' 일을 시작했다. 쉽게 말해서 올리버가 구두닦이가 된 것이었다.

도저는 편하게 탁자에 앉아 담배를 피우며 한쪽 다리를 아무렇게나 건들건들 앞뒤로 흔들었다. 그리고 옛날에 구두가 안 벗겨져 고생했던 기억뿐 아니라 다시 신을 때 겪을 고통도 잊은 채 다른 한쪽 다리의 구두를 닦게 시켰으니, 이성이 있는 인간이라면 당연히 느끼는 자유롭고 거리낄 것 없는 기분 때문인지,

229

아니면 마음을 달래주는 꿀맛 같은 담배 때문인지, 부드러운 맥주 때문인지 몰라도 원래 잘 드러내지 않는 낭만적이고 열정적인 감정을 살짝 드러냈다. 그러다 생각이 가득한 표정으로 올리버를 잠깐 내려다보더니, 고개를 들고 한숨을 내쉰 다음 혼잣말인지 베이츠에게 하는 말인지 모호하게 말을 했다.

"이 아이가 '치기'가 아니라니 참 애석한 일이야!"

"맞아! 자기한테 뭐가 좋은 일인지도 모르잖아."

찰리 베이츠가 맞장구를 쳤다.

도저는 다시 한숨을 쉬더니 담배를 물었고, 찰리 베이츠도 담배를 물었다. 둘은 몇 초 동안 조용히 담배만 피웠다.

"너는 아직 '치기'가 뭔지도 모르지?"

도저가 안타깝다는 듯이 물었다.

"알 것 같아."

올리버가 허겁지겁 위를 쳐다보며 대꾸했다.

"그건 도…… 너도 그거잖아, 그렇지?"

올리버가 하려던 말을 꿀꺽 삼키고 물었다.

"그렇지. 아니었다면 수치스러웠을 거야."

도저가 대답했다.

도저는 솔직한 감정을 드러낸 다음 모자챙을 심하게 꺾어 올리더니, 속마음과 정반대되는 말을 할 수밖에 없었다는 것을 표시하려는 듯이 베이츠를 쳐다보았다.

"맞아. 베이츠도 마찬가지고 페이긴도 그래. 사익스도 그렇고 낸시도, 베티도 똑같아. 우리는 모두 그래. 심지어 사익스의 개까지도. 그 개는 보통 개가 아니야."

도저가 말했다.

"그리고 절대 고자질을 하지 않거든."

찰리 베이츠가 거들었다.

"증언대에 서면 겁에 질려 짖지도 못할 거야. 아니야, 증언대에 묶어서 보름 동안 굶긴다면야 얘기가 달라지겠지."

도저가 말했다.

"그래도 안 짖을 거야. 절대 아닐 거야."

베이츠가 말했다.

"그 개는 대단해. 같이 있으면 웃음을 웃든 노래를 부르든 모르는 사람을 사납게 쏘아보지도 않는다니까!"

도저가 계속 말했다.

"깡깡이 소리를 들어도 으르렁거리지 않고, 같은 종이 아니면 다른 개를 싫어하지도 않아. 눈도 끔쩍하지 않아. 절대!"

"철저하게 독실한 기독교 신자 같아."

베이츠가 맞장구를 쳤다.

베이츠는 사익스의 개의 능력을 칭찬하려는 의도로 이 말을 했지만, 자기도 모르게 또 다른 의미의 적절한 표현을 했다. 세상에는 독실한 기독교 신자라고 주장하는 사람이 아주 많은데, 독실한 기독교 신자임을 주장하는 사람들은 사익스의 개와 너무나 비슷한 점이 많기 때문이었다.

"좋아, 좋아."

도저가 말했다. 자기의 모든 행동에 영향을 주었던 소매치기를 염두에 두며 벗어났던 본론으로 다시 돌아갔다.

"그건 여기 있는 풋내기와는 아무 상관이 없어."

"그렇지, 이제는 상관없지."

베이츠가 말했다.

"페이긴 밑에서 일하지 그래, 올리버?"

"그래서 기술을 배워 한밑천 잡는 거야."

도저가 얼굴에 조소를 띠며 거들었다.

"그럼 많은 돈을 벌어 은퇴한 다음 '폼 나게' 살 수 있어. 나는 앞으로 4년 뒤, 다음 윤년의 성 삼위일체 주간인 마흔두 번째 주 화요일에 은퇴할 작정이거든."

찰리 베이츠가 말했다.

"그러고 싶지 않아. 나를 놔줬으면 좋겠어. 난, 딴 데로 가고 싶어."

올리버가 기어들어 가는 소리로 대답했다.

"그렇지만 페이긴이 안 놔줄 거야."

베이츠가 응수했다.

올리버도 너무 잘 알고 있는 사실이었지만, 더 솔직히 마음을 드러내면 위험할 수도 있겠다고 생각하고 그저 한숨만 내쉬며 계속 구두를 닦았다.

"갈 테면 가! 왜, 용기가 안 나? 넌 자존심도 없냐? 가서 친구들에게 빌붙어 살겠단 말이야?"

도저가 소리쳤다.

"됐어, 그만해!"

베이츠가 주머니에서 비단 손수건을 두세 장 꺼내서 찬장에 던져 넣으며 말했다.

"그건 너무 치사하잖아!"

"나라면 그렇게 못해!"

도저가 거만스럽게 재수 없다는 태도로 말했다.

"너도 친구를 버렸잖아."

올리버가 계면쩍게 어정쩡한 웃음을 지으며 말했다.

"그래서 너 대신 네가 한 짓에 벌 받게 했잖아."

"그건…… 모두 페이긴을 위해서 한 거야. 경찰은 우리가 한 패라는 걸 알거든. 우리가 도망치지 않으면 페이긴을 위험에 빠뜨릴 수 있으니까. 도망치는 게 수였어. 그렇지, 베이츠?"

도저가 담뱃대를 흔들며 응수했다.

베이츠가 고개를 끄덕여 동의했다. 베이츠는 올리버가 도망치던 모습이 갑자기 떠올라 빨던 담배 연기가 웃음과 뒤엉켜 머리로 올라갔다가 기도로 내려오는 바람에 한 5분가량 발작에 가까운 기침을 하며 발까지 굴러댔다.

"여기를 봐!"

도저가 주머니에서 금화와 은화를 한 움큼 꺼내며 말했다.

"얼마나 즐거운 생활이야! 이 돈이 어디서 났든 무슨 상관이야? 자, 받아. 내가 이걸 가지고 온 곳에는 아직도 이런 것이 넉넉히 있어. 안 받아? 바보 같은 자식!"

"나쁜 짓이지, 올리버?"

찰리 베이츠가 물었다.

"도저는 모가지 감이야, 그렇지?"

"그게 무슨 뜻이야?"

올리버가 주위를 두리번거리며 대답했다.

"이런 거 말이야, 친구."

베이츠는 이 말과 함께 넥타이 끝을 잡아 허공으로 들어 올린 다음 고개를 어깨 위로 떨어뜨리더니 이빨 사이로 희한한 소리를 냈다. 모가지와 교수형이 같은 것임을 생생한 무언극으로 재연해 보인 것이었다.

"이런 뜻이야."

베이츠가 말했다.

"저 애가 쳐다보는 꼴 좀 봐, 도저. 저렇게 멋진 아이는 생전 처음이야. 저 애가 나를 죽일 거야. 확실해."

찰리 베이츠는 호탕하게 또 한바탕 웃더니 눈에 눈물을 머금은 채 다시 담배를 피웠다.

"너는 교육을 잘못 받았어."

도저는 올리버가 구두를 다 닦자 만족스럽게 구두를 살피며 말했다.

"페이긴이 너를 훌륭한 사람으로 만들어 줄 거야. 그렇게 안 된다면 네가 페이긴의 첫 실패작이 될 테지. 당장 시작하는 게 좋을 거야. 네가 생각하는 것보다 훨씬 전에 일을 시작하게 될 테니까 시간 낭비하지 말란 말이야, 올리버."

베이츠도 제 나름대로 잡다한 그럴듯한 훈계를 섞어가며 도저의 충고를 거들다가 할 말이 떨어지자 도저와 함께 자기들이 즐기는 삶에 부차적으로 생기는 수없이 많은 즐거움에 대해 열을 내가며 설명하기 시작했다. 올리버에게 최선은 더는 시간 끌지 말고 자기들이 썼던 방법으로 페이긴의 총애를 얻는 것임을 말끝마다 붙이는 것도 잊지 않았다.

"잘 생각해 봐, 올리버."

위층에서 페이긴이 문을 따는 소리가 들리자 도저가 말했다.

"네가 비단 손수건과 회중시계를 손에 넣지 못한다면……."

"그렇게 말하면 무슨 소용이야?"

베이츠가 끼어들었다.

"저 애는 네가 무슨 말을 하는지도 몰라."

"네가 손수건이나 시계를 훔치지 않으면…….'

도저가 올리버의 수준에 맞게 다시 말했다.

"다른 사람이 훔친단 말이야. 그럼 잃어버린 사람하고 너만 억울한 거야. 물건을 못 훔치면 아무 소득이 없는 거야. 그러니까 남들과 마찬가지로, 너도 물건을 훔칠 권리가 있는 거지."

"그렇지, 그렇고말고!"

슬그머니 방으로 들어온 페이긴이 맞장구를 쳤다.

"아주 간단해. 간단히 말해 도저 말만 믿으면 돼. 하하하! 도저는 이 일의 요령을 잘 알고 있거든."

페이긴은 이런 말로 도저의 주장을 거들면서 기분 좋게 양손을 비비는 동시에 제자의 솜씨가 만족스럽다는 듯 껄껄 웃었다.

페이긴이 베티와 어떤 사내를 데리고 돌아왔기 때문에 대화는 더 계속되지 않았다. 올리버는 처음 보지만 도저가 '톰 치틀링'이라고 부르며 인사를 한 이 사내는 베티와 시시덕거리느라 계단에서 꾸물거리다가 드디어 모습을 드러냈다.

치틀링은 열여덟 살로 도저보다 나이가 많았지만, 재능이나 실적 면에서 약간 열등감을 느끼는지 도저에게 공손했다. 치틀링은 눈이 작지만 반짝거렸고 얼굴에는 마마 자국이 있었으며, 털모자와 진한 코듀로이 윗도리, 때가 꼬질꼬질 묻은 코듀로이 바지, 앞치마 차림이었다. 솔직히 말해 복장은 손댈 수 없을 정도로 형편없었는데, '일'이 한 시간 전에 끝났기 때문에 어쩔 수 없었고 지난 6주 동안 수의(囚衣)를 입었었기 때문에 사복에 신경을 쓰지 못했다고 변명은 했다.

치틀링은 짜증이 잔뜩 묻어난 목소리로 '저쪽'에서는 옷을 유황으로 훈증 소독을 하는데, 그 새 소독법은 옷에 구멍을 내기 때문에 비인간적이고 비합리적이지만 그렇다고 당국에 배상을 요구할 수는 없다고 덧붙였다. 그리고 이발 규칙에 대해서도 똑같이 위헌이라는 의견을 내놓았다. 끝나지 않을 것 같던 42일 동안 중노동을 했지만 술은 한 방울도 입에 대지 않았기 때문에 보송보송한 석회 바구니만큼이나 몸에 알코올 기가 남아 있지 않다고 말한 다음, 만일 거짓이라면 자기를 경찰에 신고해도 좋다고 말하며 너스레를 끝마쳤다.

"이 사람이 어디서 왔다고 생각하니, 올리버?"

페이긴이 비웃으며 물었다. 그사이 다른 사람들은 술병을 탁자에 내려놓았다.

"저는…… 잘 모르겠어요."

올리버가 대답했다.

"이 애는 누구예요?"

톰 치틀링이 업신여기는 눈길로 올리버를 보며 물었다.

"새로운 내 젊은 친구야."

페이긴이 대답했다.

"운이 좋은 아이군요."

치틀링이 의미심장한 눈길로 페이긴을 보며 말했다.

"내가 어디서 왔는지는 상관할 것 없어, 어린 친구. 너도 머지않아 가보게 될 테니까. 내 말이 맞는지 틀리는지 크라운 화폐라도 걸겠어!"

이렇게 불쑥 내뱉은 조롱에 도저와 베이츠가 참지 못하고 잠깐 웃더니 같은 주제로 농담을 몇 마디 더 주고받은 다음 페이긴과 귓속말을 나누고 방을 나갔다.

치틀링과 페이긴도 이야기를 주고받더니 의자를 난로 가까이 끌어다 앉았다. 페이긴은 올리버에게 자기 옆에 앉으라고 부르더니, 듣고 있는 올리버의 관심을 끌어내기 위해 잘 계산된 화제로 이야기를 유도했다. 그 화제란 소매치기의 좋은 점, 도저의 능숙한 솜씨, 찰리 베이츠의 붙임성, 페이긴 자신의 관대함 같은 것들이었다. 한참 후 페이긴은 화제가 다 떨어진 기미를 보였고 치틀링도 기운이 빠진 듯했다. 교도소란 한두 주만 갇혀 있어도 피곤한 곳이기 때문이었다. 때마침 베티가 방에서 나가 주어 남은 사람들은 휴식을 취했다.

이날부터 올리버는 혼자 있는 시간이 거의 없어지고, 페이긴과 예전에 했던 게임을 매일 하는 도저와 베이츠가 나누는 이야기를 들어야 했다. 두 아이가 이야기를 하는 이유가 자기들을 교화시키기 위한 것인지, 올리버를 교화시키기 위한 것인지는 페이긴이 제일 잘 알았다. 이야기를 하지 않을 때는 페이긴이 어린 시절에 저질렀던 도둑질을 수없이 많은 우습고 기이한 이야기와 섞어서 들려주었기 때문에 올리버는 양심에 찔리기는 했지만 미친 듯이 웃지 않을 수 없었다. 결국 재미있어하는 모습을 들키고 말았다.

간단히 말해, 올리버는 교활한 페이긴이 파놓은 함정에 빠진 것이었다. 페이긴은 올리버를 한동안 혼자 외롭게 지내도록 만든 다음, 슬픈 생각에 빠지기보다는 아무하고라도 좋으니 함께 하는 편이 낫다는 생각을 하게끔 사전 준비를 한 것이었다. 올리버의 마음에 이런 독을 서서히 스며들게 만들어 양심을 까맣게 물들인 다음 영원히 바꿔버리려는 계획이었다.

안개가 낀 으스스하고 바람이 몹시 부는 어느 날 밤, 페이긴이 오그라든 몸에 두꺼운 외투를 걸치고 단추를 단단히 채우더니 얼굴 아랫부분이 충분히 가려지도록 깃을 귀까지 세운 다음 소굴에서 밖으로 나갔다. 문이 닫히자 현관 앞에서 잠깐 멈추더니 문에 열쇠를 채웠다. 멀어지는 아이들의 발소리가 더는 들리지 않아 모두 도망칠 염려가 없다는 것을 귀로 확인한 다음 거리로 최대한 재빠르게 살금살금 내려갔다.

올리버가 갇혀 있던 집은 화이트채플 동네에 있었다. 페이긴은 모퉁이에서 잠깐 걸음을 멈추고 의심스럽게 주변을 두리번거린 다음 길을 건너 스피탈필드 방향으로 걸음을 옮겼다.

돌이 깔린 도로 위에는 진흙이 두껍게 앉아 있었고 어둠과 함께 안개가 서려 있었다. 비가 추적추적 내려서 손에 닿는 모든 것이 차갑고 끈적끈적했다. 페이긴 같은 사람이 외출하기 딱 알맞은 밤이었다. 축축한 밤에 밖으로 나와 몰래 남의 집 담과 현관의 처마 밑에 몸을 숨기면서 미끄러지듯 움직이는 음흉한 페이긴의 모습은 배를 채우기 위해 음식 쓰레기를 찾아 밤에 몰래 기어 나온 징그러운 설치류 같았다.

페이긴은 꼬불꼬불한 골목을 지나 한참을 걷다가 '베스널 그린'에 도착하자, 갑자기 왼쪽으로 방향을 틀어, 곧 지저분하고 복잡한 빈민가로 접어들었다. 이곳은 허름한 집들이 다닥다닥 붙어 있었고 인구 밀도가 높았다.

그러나 어두운 밤이나 복잡한 골목에 전혀 당황하지 않는 것으로 봐서 페이긴에게는 아주 낯익은 곳이 틀림없었다. 페이긴은 뒷골목과 좁은 골목을 급히 통과해, 드디어 골목 끝에 켜진 램프 덕분에 환한 골목에 들어섰다. 그리고 이 골목에 있는 집의 현관문을 두드린 다음 문을 열어준 사람과 웅얼웅얼 몇 마디를 주고받더니 계단을 올라갔다.

페이긴이 이 집의 문고리에 손을 대자, 개가 으르렁거렸고 누구냐고 묻는 한 남자의 목소리가 들렸다.

"나야, 빌. 나라고."

페이긴이 안을 들여다보며 대답했다.

"들어와."

사익스가 말했다.

"엎드려 있어, 이 멍청한 놈아. 두꺼운 외투를 입었다고 페이긴도 몰라보냐?"

개가 페이긴의 복장에 속은 것이 분명했다. 페이긴이 외투를 벗어 의자 등받이에 걸치자, 원래 있던 구석으로 돌아가면서 꼬리를 흔들어 반가운 표현을 했기 때문이었다.

"어서 와!"

사익스가 말했다.

"잘 지냈어?"

페이긴이 대꾸했다.

"이런, 낸시!"

뒤에 한 말에는 낸시에 대한 의혹을 내포한 놀라움이 다분히 묻어 있었다. 왜냐하면 페이긴과 낸시는 낸시가 올리버의 일에 끼어들어 관계가 소원해진 이후 처음 만나는 것이었기 때문이었다. 그런데 낸시의 행동은 페이긴이 품고 있는 모든 의혹을 금세 말끔히 사라지게 했다. 낸시는 난로 옆에 가까이 두었던 발을 내리고 의자를 뒤로 밀더니, 그때 일에 대해서는 입도 뻥긋하지 않은 채 의자를 페이긴에게 밀며 앉으라고 권했다. 그날 밤이 몹시 추웠기 때문에 흠잡을 데 없는 행동이었다. 낸시가 춥다는 말 앞에 수식어를 붙였는데, 죽음을 연상시키는 불쾌한 단어였기 때문에 고상한 독자의 귀에는 거슬릴 테니 이 책에는 그대로 옮겨 적지 않았다.

"그러게, 낸시. 춥군."

페이긴이 비쩍 마른 손을 불에 쫴 녹이며 말했다.

"뼛속까지 얼겠어."

페이긴이 왼쪽 옆구리를 더듬으며 덧붙였다.

"추위가 심장까지 닿았다면 심장을 꿰뚫고도 남았을 거야."

사익스가 말했다.

"뭐 마실 것 좀 갖다 줘, 낸시. 젠장, 서둘러! 저렇게 떨고 있는 뼈다귀만 앙상한 늙은 몸뚱이를 보기만 해도 병에 걸릴 것 같단 말이야! 추악한 귀신이 무덤에서 나온 것 같잖아."

낸시가 찬장에서 술병을 하나 가져왔다. 찬장에는 술병이 가득했는데 모양으로 봐서 종류가 다양한 것 같았다. 사익스가 브랜디를 한 잔 따라주며 페이긴에게 쭉 들이키라고 권했다.

"이 정도면 됐어. 고마워, 빌."

페이긴이 잔에 입술만 살짝 갔다 댔다가 놓으며 대꾸했다.

"왜 그래? 우리가 네놈을 해칠까 봐 겁이 나는 모양이지?"

사익스가 페이긴을 뚫어지게 쏘아보며 말했다.

"기가 막혀!"

사익스가 쉰 목소리로 비아냥거리더니 잔을 채우기 위한 준비 의식처럼 잔을 잡고 비워버렸다.

사익스가 두 번째 잔을 내려놓자 페이긴이 방 안을 두리번거리며 훑어보았다. 전에도 와본 적이 있어, 궁금해서가 아니라 불안하고 남을 못 믿는 페이긴의 버릇 때문이었다. 방주인이 결코 평범한 노동자가 아니라는 것을 알려주는 옷장의 내용물을 빼고 방 안에 가구라고는 없었고, 구석에 세워둔 사용처가 의심스러운 육중한 몽둥이가 두세 개, 난로 턱에 매단 구명조끼가 방 안에 있는 물건 전부였다.

"좋아."

사익스가 입맛을 다시며 말했다.

"이제 준비됐어. 일에 대한 건데 말이야."

페이긴이 운을 떼었다.

"일?"

사익스가 물었다.

"그래 용건이 뭐야?"

"'처치'에 있는 그 집 있잖아, 빌?"

페이긴이 의자를 앞으로 당기더니 낮은 목소리로 말했다.

"그래, 그게 어때서?"

사익스가 물었다.

"왜 그래, 무슨 소리인지 알잖아."

페이긴이 말했다.

"무슨 말인지 다 알면서 괜히 저러는 거야, 낸시. 그렇지?"

"아니, 몰라."

사익스가 비아냥거리며 쏘아붙였다.

"알고 싶지도 않아. 아무래도 상관없으니까. 큰 소리로 정확하게 말해! 거기 앉아서 눈을 끔쩍거리면서 그 집을 털자는 생각을 처음 제안한 사람이 네놈이 아닌 것처럼 변죽만 울리지 말란 말이야. 빌어먹을! 눈 똑바로 떠. 도대체 무슨 말이냐고!"

"쉿, 빌. 쉬잇."

페이긴은 사익스의 화를 멈춰보려 애썼지만 헛수고였다.

"남들이 듣겠어. 남들이 듣는다고."

"들을 테면 들으라지!"

사익스가 말했다.

"상관없어."

하지만 상관이 있긴 한 듯, 생각해보더니 '상관없어'라고 말할 때는 목소리를 낮추었고 점점 차분해졌다.

"그렇지, 그렇지."

페이긴이 달래듯이 말했다.

"조심하자는 거지, 다른 뜻은 없어. 처치에 있는 그 집 말이야. 언제 할까, 빌? 값비싼 은 접시를 생각해 봐."

페이긴이 양손을 비비고 기대감에 부풀어 눈썹을 추켜세우며 말했다.

"안 해."

사익스가 냉정하게 말했다.

"안 한다고?"

페이긴이 의자 뒤로 몸을 기대면서 말을 따라 했다.

"그래, 안 해. 우리가 생각하는 것만큼 쉬운 일이 아니야."

사익스가 되받아쳤다.

"그렇다면 일이 순조롭게 되지 않았다는 소리잖아."

페이긴이 화가 나 얼굴이 창백해지더니 말했다.

"그렇게 말하지 마. 내 말 잘 들어."

사익스가 쏘아붙였다.

"그렇게 말하지 말라니 네놈이 뭔데? 잘 들어. 토비 크라킷이 보름 동안이나 그 집 주위를 서성거렸는데 하인을 한 명도 포섭하지 못했어."

"그러니까 네 말은……."

사익스가 화를 내자 페이긴이 수그러진 태도로 말했다.

"집 안의 하인 두 명 중에 한 명도 매수하지 못했단 말이야?"

"그래, 내 말이 그 말이야."

사익스가 대꾸했다.

"20년 동안 집주인인 노부인을 모신 하인들이라서 뇌물로 500파운드를 준다고 해도 배신하지 않을 거야."

"하지만 네 말은…… 하녀들도 매수할 수 없다는 말이야?"

페이긴이 반론을 제기했다.

"절대로 안 돼."

사익스가 대꾸했다.

"잘생긴 토비 크라킷으로도 안 된다고?"

페이긴이 믿을 수 없다는 듯이 말했다.

"잘생긴 남자라면 사족을 못 쓰는 여자들의 특성을 생각해봐, 빌."

"안 돼. 잘생긴 토비 크라킷도 안 통해."

사익스가 대꾸했다.

"토비가 가짜 구레나룻도 붙이고 밝은 황금색 조끼를 입고 예배시간 내내 주위를 서성거렸지만 아무 소용이 없었대."

"콧수염을 붙이고 군복 바지를 입었어야지."

페이긴이 잠깐 생각을 한 다음 말했다.

"그것도 해봤대."

사익스가 맞받아쳤다.

"그것도 다른 수법과 마찬가지로 효과가 없었어."

페이긴은 이 소식에 망연자실했다. 고개를 가슴에 처박고 몇 분 동안 생각에 잠겼다가 고개를 들더니, 잘생긴 토비 크라킷 말이 맞는다면 어쩔 수 없이 이번 일은 포기해야겠다고 한숨을 섞어가며 말했다.

"그래도 한참 눈독 들였다가 놓치면 속이 더 쓰린 법이지."

페이긴이 양손을 무릎 위에 떨어뜨리며 말했다.

"그건 그래."

사익스가 말했다.

"운이 나빴어!"

오랜 침묵이 흘렀다. 그동안 페이긴은 깊은 생각에 빠져서 얼굴을 잔뜩 찌푸린 채 아주 지독한 미치광이 같은 표정을 지었다. 사익스는 가끔 페이긴을 몰래몰래 훔쳐봤고 낸시는 페이긴의 짜증을 돋울까 봐 불만 뚫어지게 보며, 마치 두 사람이 나눈 대화를 전혀 듣지 못하는 듯 앉아 있었다.

"페이긴."

사익스가 방안을 짓누르던 침묵을 깨고 입을 열었다.

"밖에서부터 무사히 침입하면 50파운드를 더 줄 거야?"

"좋아."

페이긴이 갑자기 혼수상태에서 깨어난 듯이 벌떡 몸을 일으키며 말했다.

"약속한 거지?"

사익스가 물었다.

"그래, 좋아."

페이긴이 사익스의 손을 덥석 잡고 눈을 반짝거리며 대답했다. 페이긴은 사익스의 질문으로 깨어난 흥분을 표현하기 위해 얼굴 근육을 모조리 동원했다.

"그럼……"

사익스가 페이긴의 손을 경멸스럽게 옆으로 밀치며 말했다.

"네가 좋은 때에 시작하도록 하지. 토비와 내가 그저께 밤에 정원 담을 넘어 문과 덧문의 틀을 조사했는데, 그 집은 감옥처럼 밤에는 빗장을 걸더군. 하지만 안전하게 몰래 들어갈 수 있는 곳이 한 군데 있었어."

"그게 어딘데, 빌?"

페이긴이 진지하게 물었다.

"거긴…… 잔디밭을 가로지르면…… ."

사익스가 속삭였다.

"그래, 그래."

페이긴이 고개를 앞으로 숙이며 말했다. 페이긴이 눈에 어찌나 힘을 줬는지 눈이 거의 튀어나올 지경이었다.

"아, 참!"

사익스가 소리쳤다. 낸시가 고개를 전혀 움직이지 않은 채 갑자기 눈만 페이긴 쪽으로 돌려 잠깐 페이긴의 얼굴을 가리켰기 때문에 말을 별안간 멈춘 것이었다.

"그게 어디든 네가 상관할 바가 아니잖아. 어차피 나 없이는 못 할 테니까. 아무튼 네놈과 거래를 할 때는 조심하는 게 상책이야."

"마음대로 해. 마음대로."

페이긴이 입술을 깨물며 대꾸했다.

"너와 토비만 있으면 다른 사람은 필요 없어?"

"다른 사람은 필요 없어."

사익스가 말했다.

"손으로 돌리는 드릴하고 꼬마 한 명만 있으면 돼. 드릴은 우리가 갖고 있으니까 꼬마만 네가 골라서 데려와."

"꼬마!"

페이긴이 소리를 질렀다.

"그러니까 창문이구먼?"

"그게 어디든 신경 쓸 거 없잖아!"

사익스가 대꾸했다.

"꼬마가 필요해. 몸집이 크면 안 돼. 맞다, 그렇지!"

사익스가 무언가 떠오른 듯이 말을 했다.

"굴뚝 청소를 하던 '네드'라는 꼬마만 있다면 딱 좋은데! 일부러 크지 못하게 해서 굴뚝 청소부를 시켰잖아. 그런데 그 아이 아비가 체포되자 비행청소년구제위원회가 와서 돈 버는 일을 못 하게 아이를 데려가서 글을 읽고 쓰도록 가르쳐 취직을 시켜 주었지. 비행청소년구제위원회는 그런 짓을 하는 곳이야."

사익스는 자기가 당한 일이 떠오르자 분개하며 말했다.

"그런 짓을 한다니까! 그자들이 돈을 넉넉히 벌면, 물론 그건 신의 뜻이 아니지만, 1, 2년 사이에 세상에는 우리 일을 할 아이가 대여섯 명도 안 남을 거야."

"그렇지."

페이긴이 맞장구를 쳤다. 사실 페이긴은 사익스가 말을 하는 동안 딴생각에 잠겨 있었기 때문에 끝말밖에는 못 들었다.

"빌!"

"또 뭐야?"

사익스가 물었다.

페이긴이 아직도 불을 바라보고 있는 낸시 쪽으로 고갯짓을 했다. 낸시를 밖으로 내보내라는 신호였다. 사익스는 불필요한 조심을 한다는 듯 짜증스럽게 어깨를 으쓱거렸지만, 페이긴의 뜻대로 낸시에게 맥주를 한잔 가져오라고 시켰다.

"원래 맥주 안 마시잖아요."

낸시가 말하더니 팔짱을 끼며 아주 침착하게 자리에 그냥 앉아 있었다.

"시키는 대로 해!"

사익스가 소리를 버럭 질렀다.

"웃겨!"

낸시가 차분하게 쏘아붙였다.

"페이긴, 계속해요. 당신이 무슨 말을 하려는지 다 아니까 나는 신경 쓰지 말아요."

페이긴은 여전히 우물쭈물했고 사익스는 놀라서 페이긴과 낸시를 번갈아 쳐다보았다.

"그래, 낸시는 신경 쓸 거 없잖아, 페이긴?"

결국 사익스가 물었다.

"너도 낸시와 함께 일한 지 꽤 됐으니까 잘 알잖아. 그렇게 못된 여자는 아니야. 우리를 밀고하지 않을 거지, 낸시?"

"안 할 거예요."

낸시가 대꾸하더니 의자를 탁자 쪽으로 당겨 앉으며 탁자 위에 발꿈치를 올려놓았다.

"물론 그래. 안 그럴 줄 알지."

페이긴이 말했다.

"하지만⋯⋯."

그러더니 다시 머뭇거렸다.

"하지만 뭐?"

사익스가 또 소리를 질렀다.

"지난번에 그런 포악을 떨 거로는 생각도 못 했었거든."

페이긴이 대꾸했다.

이 말을 듣자 낸시가 큰 소리로 웃음을 터뜨리더니, 브랜디 한 잔을 꿀꺽꿀꺽 마시고는 억울하다는 듯 고개를 절레절레 흔들며, "하던 일을 계속하겠어요!", "죽어버리겠어요!" 등등 다양한 말을 외쳤다. 페이긴이 만족스러운 듯이 고개를 끄덕이더니 다시 자리에 앉았고 사익스도 따라 앉은 것으로 봐서 이런 말들이 당장 두 남자를 안심시키기에 충분한 효과가 있는 모양이었다.

"자, 페이긴."

낸시가 웃으며 말했다.

"어서 올리버에 대해 빌에게 말해줘요!"

"정말 영리한 여자야. 이렇게 똑똑한 여자는 생전 처음 본다니까!"

페이긴이 낸시의 목덜미를 토닥거리며 말했다.

"내가 말하려던 것이 바로 올리버 얘기였어. 하하하!"

"그 애가 뭐?"

사익스가 물었다.

"자네가 필요하다는 꼬마 말이야."

페이긴이 손가락을 코 옆에 대더니 소름 끼칠 정도로 음흉한 웃음을 지으며 갈라지는 목소리로 작게 속삭였다.

"그 애!"

사익스가 탄식했다.

"쓸만하죠, 빌?"

낸시가 말했다.

"나라면 그 애를 쓰겠어요. 다른 애들보다 잘하지는 못하지만 문만 열어주면 되잖아요. 믿을 만한지가 문제죠, 빌."

"믿을 만해."

페이긴이 말했다.

"지난 몇 주 동안 훈련을 잘 받았거든. 이제 저 먹을 것은 제 손으로 벌 때가 됐어. 게다가 다른 아이들은 너무 커."

"그래, 내가 딱 원하는 몸집이야."

사익스가 곰곰이 생각하더니 말했다.

"뭐든 자네가 하고 싶은 대로 다 하게, 빌."

페이긴이 끼어들었다.

"그 아이는 선택의 여지가 없어. 자네가 겁만 충분히 주면 끝이야."

"겁을 주라고!"

사익스가 말을 따라 했다.

"거짓말로 겁을 주는 게 아니야. 작업을 시작했는데 애가 조금이라도 이상한 짓을 하면 다시는 살아 있는 그 애를 못 보는 거야, 페이긴. 아이를 보내기 전에 잘 생각해. 내 말을 명심하라고!"

사익스가 침대 밑에서 쇠지레를 꺼내더니 흔들면서 말했다.

"벌써 생각해봤어."

페이긴이 자신 있게 말했다.

"가까이서 그 애를 관찰했었지. 아주 가까이서 말이야. 일단 그 아이가 우리와 한 가족이라고 생각이 들도록 하면, 일단 자기도 도둑이라는 생각을 하도록 하면 그 아이는 우리 거야. 평생 우리 거란 말이야! 야호! 더 바랄 게 뭐 있겠어?"

페이긴이 양손을 가슴 위에서 엇갈려 어깨를 잡고 기쁨에 겨워 머리와 어깨를 움츠리며 자기 몸을 꼭 껴안았다.

"우리 거?"

사익스가 말했다.

"네 거겠지."

"그럴지도 모르지."

페이긴이 킥킥거리며 말했다.

"내 거로 해두지. 네가 그걸 바란다면 말이야, 빌."

"어째서……."

사익스가 쉽게 동의하는 친구를 매섭게 노려보며 말했다.

"왜 얼굴이 창백한 아이에게 그렇게 정성을 쏟는 거야? 매일 밤 코벤트 가든을 어슬렁거리는 아이들이 50명은 되니까 그 가운데에서 마음에 드는 애를 아무나 고를 수 있잖아?"

"그 아이들은 내게 아무 소용이 없거든."

페이긴이 당황하며 대답했다.

"데려와 봐야 쓸모가 없어. 문제가 생기면 생김새가 벌써 범인이라고 말해주기 때문에 애를 빼앗기게 되어 있단 말이야. 그런데 이 아이는 잘만 관리하면 다른 애들 20명에게 시킬 수 없는 일을 시킬 수가 있거든. 게다가……."

페이긴이 냉정을 되찾으며 말했다.

"우리에게서 다시 도망을 칠 경우에만 우리가 위험해지는 거야. 그 아이는 우리하고 한배에 탄 거란 말이지. 어떻게 그런 상태가 되었는지는 알려고 하지 마. 내 능력으로 그 아이를 도둑으로 만드는 것은 식은 죽 먹기야. 그것밖에 바라는 게 없어. 불쌍하고 조그만 아이를 죽이는 것보다 얼마나 좋은 일이야. 아이를 죽이는 것도 위험하다고. 그럼 우리가 손해를 보잖아. 게다가……."

"언제 할 거예요?"

낸시가 끼어들었다. 페이긴이 인간적인 척하지만 그 속마음이 훤히 들여다보이자 역겹다는 표정을 지으며 시끄럽게 고함을 지르려는 사익스를 제지하기 위해서였다.

"아, 그래 그렇지…… 언제 할 거야, 빌?"

페이긴이 말했다.

"토비와 모레 밤에 하자고 계획을 짰어."

사익스가 퉁명스러운 목소리로 말했다.

"뭐, 내 쪽에서 특별히 취소됐다는 연락을 하지 않는다면 말이야."

"좋아."

페이긴이 말했다.

"그날은 달도 없어."

"그렇지."

사익스가 맞장구를 쳤다.

"장물을 처리할 준비도 다 됐지?"

페이긴이 물었다.

사익스가 고개를 끄덕였다.

"그리고……."

"그래, 모두 준비됐어."

사익스가 페이긴의 말을 막으려 소리쳤다.

"사소한 일은 신경 쓰지 마. 너는 내일 밤 아이만 이곳으로 데려오면 돼. 날이 밝으면 한 시간 안에 여길 뜰 거야. 그러니까 네 입조심이나 해. 장물 처리할 준비나 하라고. 네가 할 일은 그것뿐이야."

세 사람이 적극적으로 참여한 대화가 끝났고, 다음 날 저녁 해가 지면 낸시가 페이긴의 집으로 가서 올리버를 데려오기로 합의가 이루어졌다. 페이긴은 올리버가 그 일을 하고 싶지 않더라도 낸시가 올리버의 역성을 들어준 적이 있어 다른 누구보다 낸시를 기꺼이 따라나설 것이라고 교활하게 말했다. 또한 그 외에 엄숙하게 결정된 사항은, 사전 준비를 위해 빌 사익스가 전적으로 불쌍한 올리버를 보호하고 관리해야 하며, 사익스는 적절하다고 생각하는 대로 올리버를 다룰 수 있고, 혹시 그로 인해 아이가 잘못되거나, 또는 필요해서 아이에게 어떤 벌을 내리더라도 페이긴은 사익스에게 책임을 물을 수 없다는 것이었다. 이런 취지에서 체결된 약속의 구속력을 높이기 위해 사익스가 올리버를 돌려주면서 제시하는 모든 진술은 아주 사소한 것까지도 잘생긴 토비 크라킷의 증언으로 확인하고 입증해야 한다는 것들이었다.

이런 예비사항이 결정되자 사익스는 무서운 속도로 브랜디를 마시며 놀라운 솜씨로 쇠지레를 휘두르기 시작했다. 그와 동시에, 심한 저주를 반주 삼아 섞어가며 제대로 맞지도 않는 노래를 목청껏 불러댔다. 한참 뒤, 자기 일에 대한 열성이 지나친 나머지 사익스는 남의 집을 침입할 때 쓰는 공구 상자를 꺼내겠다고 우기더니, 결국 상자를 안고 비틀거리다가 안에 담긴 다양한 공구들의 특성과 용도뿐 아니라, 얼마나 멋지게 만들어졌는지를 설명해주겠다고 상자를 열었다. 그리고 그러자마자 상자에 걸려 바닥에 넘어지더니 그곳에서 잠들고 말았다.

"잘 자, 낸시."

페이긴이 올 때처럼 외투로 몸을 감쌌다.

"잘 가요!"

두 사람의 눈이 마주쳤다. 페이긴이 실눈을 뜨고 낸시를 자세히 살폈지만, 낸시는 조금도 움찔하지 않았다. 잘생긴 토비 크라킷만큼이나 낸시도 솔직하고 정직했기 때문이었다.

페이긴이 낸시에게 다시 한번 작별인사를 하고, 바닥에 엎드린 채 잠이 든 사익스를 야비하게 발로 한번 찬 다음 낸시가 등을 돌리는 사이 계단을 더듬거리며 내려왔다.

'늘 이런 식이야.'

페이긴이 집으로 돌아오는 길에 혼잣말로 중얼거렸다.

'여자들의 최대 단점은 아주 사소한 일로도 이미 오래전에 잊혀진 감정을 불러일으킨다는 점이지. 최대 장점은 그런 감정이 오래 가지 않는다는 것이긴 하지만 말이야. 하하! 어른과 아이가 돈 자루를 두고 싸우는 격이지!'

페이긴이 이런 기분 좋은 생각에 빠져서 진흙탕과 미로를 통해 음침한 거처로 돌아왔더니, 도저가 자지 않고 앉아서 초조하게 페이긴을 기다리고 있었다.

"올리버는 자니? 그 애한테 할 얘기가 있어."

도저와 함께 계단을 내려가면서 페이긴이 한 첫마디였다.

"잠든 지 한참 됐어요."

도저가 문을 활짝 열어젖히며 대답했다.

"여기 있어요!"

올리버는 바닥에 놓인 남루한 침대에서 깊은 잠에 빠져 있었다. 걱정과 근심, 한곳에 오랫동안 갇힌 답답함에 얼굴이 창백해져서 마치 시체처럼 보였다. 수의를 입고 관속에 누워 있는 시체가 아니라 목숨이 지금 막 끊어진 시체 같았다. 젊고 순박한 영혼이 잠깐 천국으로 도망쳐서 지긋지긋한 세상사에 찌든 먼지를 아직 내쉬지 못했을 때처럼 말이다.

"나중에 하지."

페이긴이 조용히 발을 돌리며 말했다.

"내일 하자, 내일."

❧ 제20장 ❧
올리버가 빌 사익스에게
보내지다

　다음 날 아침, 올리버는 잠에서 깨어 침대 옆에 놓아두었던 낡은 구두가 없어지고 대신 밑창이 두꺼운 튼튼한 새 구두 한 켤레가 놓인 것을 보고 적잖이 놀랐다. 처음에는 새 구두를 발견하고 이제 풀려나려는 징조인 줄 알고 기뻤으나, 페이긴과 단둘이 아침을 먹으러 식탁에 앉아 그날 밤 빌 사익스의 거처로 가야 한다는 소리를 듣는 순간 그런 생각은 물거품이 되고 말았다. 더구나 그 말을 하는 페이긴의 말투와 태도는 올리버의 경계심을 자극하기에 충분했다.

　"거, 거기서 살아요?"

　올리버가 걱정스럽게 물었다.

　"아니, 아니야. 거기서 계속 사는 건 아니야."

　페이긴이 대답했다.

　"우리도 너를 그곳에 영원히 보낼 생각은 없어. 걱정하지 마, 올리버. 곧 다시 이리로 돌아올 거야. 하하하! 우리는 너를 버릴 만큼 잔인한 사람은 아니란다. 아니지, 아니고말고!"

난로 쪽으로 몸을 숙여 빵을 굽던 페이긴이 고개를 돌려 올리버를 보면서 우스갯소리를 했고, 올리버가 틈만 나면 도망칠 궁리를 한다는 것을 이미 알고 있음을 알려주려는 듯 킥킥거렸다.

페이긴이 올리버를 뚫어지게 바라보며 말했다.

"내 생각에 네가 왜 빌에게 가야 하는지 궁금할 것 같은데, 안 그러니?"

올리버는 페이긴이 자기의 마음을 읽고 있었다는 것을 들키자 저절로 얼굴이 붉어졌지만 용감하게 그렇다고 대답했다. 올리버는 정말 알고 싶었다.

"왜 가는 것 같니?"

페이긴이 질문을 슬쩍 받아넘기며 되물었다.

"정말 모르겠어요."

올리버가 대답했다.

"그래?"

페이긴이 올리버의 얼굴을 가까이서 응시하다가 실망스러운 표정을 짓더니 고개를 돌리며 말했다.

"그럼, 빌이 말해줄 테니까 그때까지 기다려."

페이긴은 올리버가 그 문제에 대해 질문하지 않자 몹시 짜증이 난 것 같았다. 사실 올리버는 궁금해 죽을 지경이었지만 너무나 교활한 페이긴의 표정을 보자 곤혹스러운 나머지 질문을 더 해야 하나 하지 말아야 하나를 고민하고 있었다. 올리버는 다시 물어볼 기회가 없었다. 페이긴이 그날 밤 외출 준비를 할 때까지 잔뜩 화가 나서 입을 다물고 있었기 때문이었다.

"촛불을 켜도 좋아."

페이긴이 탁자에 초를 한 대 올려놓으며 말했다.

"그리고 사람들이 너를 데리러 올 때까지 이 책이나 읽고 있으렴. 나는 나간다."

"다녀오세요."

올리버가 온순하게 인사했다. 페이긴은 문으로 걸어가면서 어깨너머로 올리버를 보더니 느닷없이 걸음을 멈추고 올리버의 이름을 불렀다. 올리버가 고개를 들어 쳐다보았다. 페이긴이 촛불을 가리키며 켜라는 몸짓을 했다. 올리버가 시키는 대로 촛불을 켜서 탁자 위에 올려놓자, 페이긴이 어두운 방 끄트머리에서 낮은 눈썹을 찡그리며 올리버를 뚫어지게 쳐다보았다.

"조심해라, 올리버. 조심해!"

페이긴이 경고라도 하듯이 오른손을 들어 흔들면서 말했다.

"빌은 아주 거친 사람이야. 열 받으면 눈에 뵈는 게 없다고. 무슨 일이 있든지 입도 뻥긋하지 마라. 그리고 그 사람이 시키는 대로만 해. 내 말 명심해!"

페이긴이 마지막 말에 특히 힘을 주어 말하더니, 잔뜩 찌푸렸던 인상을 풀어 기분 나쁘게 웃었다. 그러고는 고개를 끄덕이고 밖으로 나갔다.

페이긴이 밖으로 나갈 때 올리버는 머리를 한 손으로 괴고 두근거리는 가슴으로 방금 들은 말을 생각했다. 올리버는 페이긴의 경고를 생각하면 할수록 당황스러워서 그 말의 진의와 그 말을 한 이유를 알아차릴 수가 없었다. 페이긴이 자기를 사익스에게 보내 나쁜 짓을 시키려 한다는 사실은 선혀 눈치채지 못했다. 사실 페이긴이 나가지 않았다고 해도 제대로 된 대답을 얻지 못했을 터였다. 한참을 고민하던 올리버는 사익스의 잡다한 일을 도와주러 보내지는 것이며 그 일을 할 더 적합한 아이가 나타날 때까지만 머물 것이라고 결론지었다. 길지 않은 인생이지만 살아오면서 너무나 많은 고통을 겪어서 웬만한 고통에는 익숙했기 때문에 거처를 옮기는 것쯤은 크게 슬퍼할 일도 아니었다. 한동안 생각에 잠겨 있던 올리버가 한숨을 쉰 다음 촛불의 심지를 자르더니 페이긴이 건네준 책을 들고 읽기 시작했다.

처음에는 책장을 무성의하게 넘겼지만 관심을 끄는 대목이 눈에 띄자 곧 책에 정신을 빼앗겼다. 유명한 범인들의 삶과 재판에 관한 이야기책이었는데, 얼마나 여러 번 읽었는지 책장에 손때가 꼬질꼬질 묻어 있었다. 이 책에서 올리버는 등골이 오싹해지는 끔찍한 사건에 대해 읽게 되었다. 쓸쓸한 길가에서 남몰래 살인을 저질러 시체를 깊은 구덩이나 우물에 숨겨 사람의 눈에 띄지 않게 처리했지만, 아무리 깊이 숨겨도 몇 년이 지난 뒤 결국 밖으로 드러난 시체를 본 살인자가 너무나 흥분한 나머지, 무서움에 떨며 자기의 잘못을 자백하고 차라리 교수형을 시켜 고통을 없애달라고 애원한다는 내용이었다. 또 다른 사건은, 한밤중에 침대에 누워 있던 남자들이 나쁜 생각에 이끌려 피비린내 나는 잔인한 짓을 저지른다는 내용으로 생각만 해도 역시 소름이 끼치고 오금이 저렸다. 끔찍한 장면에 관한 묘사가 어찌나 생생하고 사실적인지 누렇게 변색된 책장이 피고름으로 붉게 변하고, 죽은 자의 영혼이 공허하게 중얼거리는 속삭임이 귀에 들리는 것 같았다.

겁이 덜컥 난 올리버는 책을 덮고 멀찌감치 밀어 놓았다. 그러고는 무릎을 꿇더니 자기가 이런 일을 저지르지 않게 막아달라며, 그런 끔찍하고 무시무시한 범죄를 저지르느니 차라리 지금 당장 죽는 게 낫다고 하느님께 기도를 드렸다. 점점 냉정을 되찾아 낮고 갈라진 목소리로 현재 처한 위험에서 구원되게 해 달라고도 애원했다. 친구나 친척의 사랑을 받아본 적 없는 버려진 불쌍한 아이에게 도움의 손길을 내려주시려면, 사악함과 죄악의 무리 속에 적막하게 버려져 홀로 서 있는 지금이 바로 적기라고도 기도했다.

올리버는 기도를 마치고도 머리를 양손으로 감싼 채 그대로 있다가 바스락거리는 소리에 깜짝 놀랐다.

"거기 누구예요!"

올리버가 벌떡 일어서며 소리쳤다. 문가에 사람이 서 있는 모습이 보였다.

"누구세요?"

"나야, 나."

떨리는 목소리가 대답했다.

올리버가 촛불을 머리 위로 들고 문 쪽을 쳐다보았다. 낸시였다.

"촛불 내려놔. 눈부셔."

낸시가 고개를 돌리며 말했다.

올리버는 얼굴이 아주 창백한 낸시를 보며 어디 아프냐고 조심스럽게 물었다. 낸시는 의자에 털썩 앉더니 등을 올리버 쪽으로 돌린 채 양손을 비틀 뿐 아무 대답도 하지 않았다.

"하느님, 용서하세요. 이런 일은 생각도 못 했어요"

낸시가 한참 후에 외쳤다.

"무슨 일 있어요?"

올리버가 물었다.

"도와드릴까요? 도울 수 있으면 도울게요. 진심이에요."

낸시는 몸을 앞뒤로 흔들고 나서 양손을 거칠게 쥐어짜더니 자기 목을 조르며 숨넘어가는 소리를 내다가 버둥거리며 가쁜 숨을 쉬었다.

"낸시! 왜 그래요?"

올리버가 깜짝 놀라서 소리쳤다.

낸시가 갑자기 손으로 무릎을 치고 다리로 바닥을 구르며 웃음을 터뜨렸다. 한동안 발작을 하는 듯이 그러더니 느닷없이 멈추고 숄로 어깨를 꼭 여미며 추운 듯 몸을 떨었다.

올리버가 불을 헤집었다. 낸시가 의자를 불 가까이 끌어당기더니 아무 말 없이 한동안 앉아 있었다. 한참 후, 낸시가 고개를 들어 주위를 두리번거렸다.

"가끔은 내게 무슨 일이 닥칠지 잘 모르겠어."

낸시가 옷매무시를 고치느라 부산한 척하면서 말했다.

"여기는 습기 차고 지저분해. 올리버, 갈 준비 됐니?"

"제가 낸시랑 같이 가요?"

올리버가 물었다.

"응, 빌이 보내서 왔어. 나랑 같이 갈 거야."

낸시가 대답했다.

"왜요?"

올리버가 뒤로 물러서며 물었다.

"왜요?"

낸시가 올리버의 말을 따라 하며 눈을 치켜떴다가 올리버의 눈과 마주치는 순간 눈을 피했다.

"응, 나쁜 일은 아니야."

"거짓말이잖아요."

올리버가 낸시를 가까이서 쳐다보며 말했다.

"마음대로 생각해."

낸시가 웃는 척하면서 되받아쳤다.

"그럼, 좋은 일은 아니라고 해두자."

올리버는 자신에게 낸시의 진심을 움직일 힘이 있다는 것을 알았기 때문에 의지할 데 없는 자기 처지에 대해 동정심을 자극해볼까 잠깐 생각하다가, 아직 11시도 안 된 시각이라 많은 사람이 거리에 나와 있을 테고, 그러면 그중에 자기의 이야기에 귀를 기울여줄 사람이 있을지도 모른다는 생각이 퍼뜩 떠올랐다. 그런 생각이 떠오르자, 올리버는 앞으로 한 발 나서 약간 허둥대며 준비가 됐다고 말했다.

낸시는 올리버가 잠깐 생각을 한 것도 그 생각의 내용도 모두 눈치챘다. 올리버가 이야기하는 동안 낸시가 실눈을 뜨고 올리버를 쳐다보았다. 낸시는 올리버의 머릿속에 어떤 생각이 떠올랐는지 감 잡았다는 것을 충분히 알릴 수 있는 눈길을 보냈다.

"쉿!"

낸시가 올리버 위로 몸을 숙이더니 조심스럽게 주위를 두리번거리면서 문을 가리켰다.

"넌 선택의 여지가 없어. 내가 너를 위해 싸워봤지만 아무 소용이 없었어. 너는 겹겹이 둘러싸여 있어. 여기서 도망을 치고 싶더라도 지금은 때가 아니야."

올리버는 낸시의 태도에 진심이 실린 것 같아 충격을 받고 깜짝 놀라서 낸시의 얼굴을 올려다보았다. 낸시가 정말 진실을 말하는 것 같았다. 얼굴이 하얗게 될 정도로 흥분해 있었고 정말로 떨고 있었기 때문이었다.

"내가 한 번 너를 곤란한 상황에서 구해줬었잖아. 내가 구해줄게. 그것도 지금."

낸시가 큰 소리로 말했다.

"나 말고 다른 사람이 데리러 왔다면 나보다 훨씬 거칠게 굴었을 거야. 나는 네가 얌전히만 있으면 해치지 않아. 하지만 허튼짓을 하면 너와 내게 해만 될 뿐이야. 내가 죽을 수도 있어. 잘 봐! 너 때문에 내가 이렇게 된 거야. 맹세코 정말이라고."

낸시가 목과 팔에 든 시퍼런 멍 자국들을 허둥지둥 가리키더니 속사포처럼 말을 계속했다.

"이걸 잊지 마. 지금 당장은 너 때문에 내가 또 당하게 하지 마. 너를 도울 수 있을 때 도와줄게. 하지만 지금 나는 힘이 없어. 그 사람들이 너를 해치려는 것은 아니야. 그 사람들이 네게 무슨 일을 시키든 그건 네 탓이 아니야. 아무 말도 하지 마. 네가 무슨 말을 할 때마다 내가 또 얻어맞아. 이리 네 손을 줘. 서둘러, 어서 손 줘!"

낸시는 올리버가 본능적으로 내민 손을 잡고 촛불을 입으로 불어 끈 다음, 올리버를 데리고 계단 쪽으로 갔다. 어둠 속에 숨어 있던 누군가가 문을 재빠르게 열어주더니 두 사람이 문을 나서자 재빨리 문을 닫았다. 말 한 필이 끄는 마차가 대기하고 있었다. 낸시는 방 안에서 올리버에게 일장 연설을 늘어놓을 때처럼 씩씩하게 올리버를 데리고 마차에 타더니 커튼을 닫아버렸다. 마부는 목적지를 묻지도 않은 채 한순간도 지체하지 않고 채찍질을 하여 말을 전속력으로 달리게 했다.

낸시는 여전히 올리버의 손을 꼭 잡은 채 올리버의 귀를 잡아

당겨 방에서 들려주었던 경고와 약속을 계속 반복했다. 모든 일이 너무 빠르고 순식간에 진행되었기 때문에 올리버는 도착지가 어디인지, 언제 어떻게 왔는지 생각할 겨를이 없었다. 올리버가 도착한 곳은 지난밤에 페이긴의 발걸음이 향했던 바로 그 집이었다.

잠깐 올리버가 인적이 없는 거리를 허겁지겁 둘러보며 도와달라는 소리를 지르려는 찰나, 낸시의 목소리가 귀에 들렸다. 고통으로 가득 찬 목소리로 자기를 잊지 말라고 애원하는 것이었다. 그래서 올리버는 소리 지를 용기가 나지 않았다. 머뭇거리는 동안 기회는 물 건너갔다. 올리버가 이미 집 안에 들어와 문이 닫혔기 때문이었다.

"이쪽이야."

낸시가 잡았던 손을 처음으로 놓으며 말했다.

"빌!"

"안녕!"

사이크스가 계단 꼭대기에서 촛불을 들고 나타나 인사를 했다.

"오호, 제때에 왔군. 어서 와."

이것은 사이크스의 성격상 흔하지 않게 진심에서 우러나온 환영이었고 분명히 칭찬으로 말이었다. 낸시는 그 말에 상당히 만족한 듯이 보였고 사이크스에게 정중하게 인사를 했다.

"불스아이는 톰과 집에 갔어. 그 개는 방해만 되잖아."

두 사람이 계단을 오르도록 불을 비춰주면서 말했다.

"그렇죠."

낸시가 대꾸했다.

"그 애를 데려왔군."

두 사람이 방에 들어오자 문을 닫으며 사익스가 말했다.

"네, 여기 있잖아요."

낸시가 대꾸했다.

"오는 동안 소란은 안 피웠어?"

사익스가 물었다.

"순한 양 같았어요."

낸시가 대답했다.

"듣던 중 반가운 소리군."

사익스가 올리버를 험상궂게 쳐다보며 말했다.

"이 어린 몸뚱이를 위해서도 그래야지. 안 그랬으면 혼이 났을 테니까 말이야. 이리 온, 꼬마야. 네게 설교를 좀 해줘야겠다. 이런 건 빨리 끝내는 게 좋지."

사익스는 새로 온 수제자에게 이렇게 말하더니 올리버의 모자를 벗겨 방구석에 던져버린 다음, 탁자 옆에 앉으며 올리버의 어깨를 잡고 앞에 세웠다.

"첫 번째, 이게 뭔지 아니?"

사익스가 탁자에 놓여 있던 권총을 들면서 물었다.

올리버가 안다고 대답했다.

"좋아, 그럼 여기를 잘 봐."

사익스가 말을 계속했다.

"이게 화약이고 여기 이건 총알이야. 이건 총알 장전용 구멍이지."

올리버는 사익스가 말을 할 때마다 알았다고 작은 목소리로 대답했고, 사익스는 정확하고 신중하게 권총에 총알을 장전하기 시작했다.

"자, 다 장전했다."

사익스가 장전을 끝내자 말했다.

"네, 그러신 것 같네요."

올리버가 떨면서 대꾸했다.

"그래."

사익스가 올리버의 손목을 꽉 잡더니 총구를 올리버의 관자놀이에 닿을 정도로 가까이 댔다. 그러자 올리버가 비명을 지르고 말았다.

"나하고 같이 문밖으로 나갔을 때 내가 말을 시키지도 않는데 찍소리라도 내는 날에는 장전된 총알이 바로 네 머릿속에 박힐 줄 알아. 내 허락 없이 한마디라도 할 생각이라면 기도 먼저 하는 게 좋을 거야."

사익스가 경고의 효과를 끌어올리기 위해 눈살을 찌푸린 다음 말을 계속했다.

"내가 아는 한 네가 없어지더라도 네 행방을 찾는 사람은 없을 테니, 너를 위해서가 아니라면 내가 이런 구차한 설명을 할 필요도 없어. 내 말 알아들어?"

"당신이 말하고 싶은 얘기는……."

낸시가 힘주어 말했다. 자기가 하는 말을 잘 들으라고 말하는 것처럼 올리버에게 살짝 눈살을 찌푸렸다.

"앞으로 일을 하면서 올리버가 당신의 기분을 상하게 하면, 더는 한 마디도 못 하도록 머리통을 총으로 쏴버리겠다는 거잖아요. 평생 그런 일을 하면서 수도 없이 해왔듯이 교수형을 낭하게 될지라도 말이죠."

"그렇지!"

사익스가 만족스럽게 대답했다.

"여자들은 참 간단하게 말을 한단 말이야. 허풍을 떨 때는 예외적으로 말이 많지만 말이야. 이제 애가 잘 알아들었을 테니 저녁을 먹고 일을 시작하기 전에 잠이나 푹 자두자."

사익스의 제안에 따라 낸시가 식탁보를 깐 다음 잠깐 사라졌다가 흑맥주와 양머리 고기 한 접시를 갖고 돌아왔다. 양머리 고기는 '구운 양의 머리'를 일컫는 말이지만, 사익스가 도둑질을 할 때 주로 애용하는 독창적인 도구의 이름이기도 했기 때문에(양머리를 뜻하는 'jemmies'는 도둑들이 쓰는 쇠막대란 뜻이 있다.) 사익스에게는 재미있는 농담거리가 되었다. 사실 사익스는 계획을 당장 실행에 옮기게 되었다는 기대감에 들떠서 흥분상태였으며 기분이 아주 좋았다. 사익스가 얼마나 기분이 좋았는지를 말해주는 증거로, 사익스는 즐겁게 맥주를 단숨에 모두 들이켰으며 대충 계산해도 저녁 식사 동안 욕을 입에 담은 횟수가 80번 미만이었다.

저녁 식사를 끝내며 올리버는 도통 식욕이 없었다는 것을 쉽게 알 수 있었다. 사익스는 물을 탄 독주를 몇 잔 마신 다음 침대에 벌렁 드러누우며 낸시에게 실수할 경우 가만두지 않겠다는 협박과 함께 새벽 5시 정각에 깨우라고 지시를 했다. 사익스의 지시에 따라 올리버도 옷을 입은 채 바닥에 깔린 매트 위에 누웠다. 낸시는 깨우라는 시간에 실수 없이 깨워야 해서 난로 앞에 앉아 불을 뒤적였다.

한참 동안 올리버는 낸시가 귓속말로 충고해 줄지 모른다고 생각하고 눈을 뜬 채 누워 있었다. 하지만 낸시는 가끔 촛불의 심지를 자를 때를 제외하고 꼼짝하지 않고 앉아서 불만 물끄러

미 바라보았다. 기다림과 걱정에 지친 올리버는 이내 잠에 빠져
들었다.

올리버가 잠에서 깨어보니 식탁에는 차가 준비되어 있었고,
사익스가 의자 등받이에 걸쳐진 두꺼운 외투 주머니에 이것저
것 다양한 물건을 집어넣고 있었다. 낸시는 아침을 준비하느라
부산했지만, 아직 날이 밝지 않았기 때문에 촛불이 여전히 타고
있었다. 밖은 아직도 캄캄했다. 세찬 빗줄기가 창틀을 때리고
있었고 하늘은 구름이 잔뜩 껴 어두웠다.

"자, 시간 됐어!"

올리버가 일어나자 사익스가 소리를 질렀다.

"벌써 5시 반이야! 서둘러. 안 그러면 아침 못 먹을 줄 알아.
벌써 늦었단 말이야."

순식간에 준비를 마친 올리버는 아침을 먹은 다음, 사익스의
퉁명스러운 재촉에 준비됐다고 대답했다.

좀처럼 올리버에게 눈길을 주지 않던 낸시가 올리버의 목에
목도리를 둘러 묶어주었고, 사익스는 올리버의 어깨에 거칠고
큼직한 망토를 둘러준 다음 단추까지 채워주었다. 외출 준비를
끝낸 올리버는 사익스에게 손을 잡혔고, 사익스는 위협적인 몸
짓으로 두꺼운 외투 옆 주머니에 권총이 들어 있다는 것을 올리
버에게 보여주기 위해 잠깐 멈춘 다음, 낸시와 작별인사를 나누
더니 올리버의 손을 꽉 잡고 데리고 나갔다.

올리버는 낸시와 눈을 마주치고 싶어서 문에 다다랐을 때 잠
깐 뒤를 돌아보았지만, 낸시는 난로 앞의 자기 자리를 고수한
채 석고상처럼 꼼짝도 하지 않고 앉아 있었다.

⟡ 제21장 ⟡
원정(遠征)

　사익스와 올리버가 나선 거리의 아침은 활기라고는 눈을 씻고 찾아도 찾을 수 없었다. 비바람이 세차게 부는 데다 구름이 잔뜩 끼어서 폭풍우가 휘몰아칠 것처럼 우중충했다. 전날 밤에 비가 왔기 때문에 길에는 커다란 웅덩이가 생겼고 하수구는 넘쳐흘렀다. 멀리 하늘에서는 먼동이 터오고 있었지만 음산함을 없애주기는커녕 가중시킬 뿐이었다. 거무칙칙한 새벽 어스름은 비에 젖은 지붕이나 쓸쓸한 거리에 따뜻하고 밝은 기운을 비추는 것이 아니라 가로등 불빛마저 더 어슴푸레하게 만들었다. 아직 아무도 일어나지 않은 것처럼 집집의 모든 창문이 굳게 닫혀있었고 두 사람이 지나는 거리에서는 아무 소리도 들리지 않았으며 사람이라고는 그림자도 볼 수 없었다.

　두 사람이 베스널 가든 거리로 접어들 무렵, 날이 희미하게 밝기 시작했다. 가로등 대부분이 이미 꺼져 있었고, 시골 짐수레 몇 대가 천천히 런던을 향해 힘겹게 움직이고 있었다. 때때로 진흙투성이의 역마차가 요란한 소리를 내며 바삐 지나갔다. 역마차의 마부는 짐수레꾼이 주행 방향과 반대 방향에서 길을 비켜주지 않는 바람에 역마차가 예정시간보다 늦게 종점에 도착하게 되었다고 뚱뚱한 짐수레꾼에게 채찍을 휘둘러 조심하라는 경고를 했다. 선술집은 벌써 문을 열었고 안에 가스등을 밝혔다. 다른 가게들도 하나둘 문을 열기 시작했으며 사람들과 드문드문 마주쳤다. 삼삼오오 무리를 지어 일터로 향하는 노동자들, 머리에 생선 바구니를 인 남녀, 채소를 가득 실은 나귀수레, 고기로 가득한 손수레, 들통에 담은 우유 파는 여자들, 런던의 동쪽 교외로 다양한 생필품을 지고 터덜터덜 걷는 사람들의 행렬이 끝없이 이어졌다. 두 사람이 런던에 도착하자 소음뿐 아니라 마차와 사람들의 왕래도 점점 늘어났고 쇼레드치와 스미스필드 사이에 있는 길을 걸을 때는 소음은 고함이 되고 마차와 사람들의 왕래는 혼잡해졌다. 그럭저럭 날이 밝았으니 다시 밤이 찾아올 때까지는 낮이 계속될 테고 런던 시민의 반이 바쁜 아침을 시작했다.

두 사람이 선가와 크라운가로 접어들어 핀스버리 광장을 건너자, 사익스가 치스웰가 중간에서 바비칸으로 향하다가 다시 롱레인을 거쳐 스미스필드로 들어섰다. 스미스필드 입구에서부터 싸움 소리가 들려 올리버는 깜짝 놀라고 어안이 벙벙했다.

장이 서는 날이었다. 땅바닥은 발목 깊이의 오물과 거름으로 덮여 있었고, 악취 나는 소의 몸뚱이에서 쉬지 않고 무럭무럭 피어오르는 김은 굴뚝 꼭대기에 걸려 있는 깃 같던 안개와 합쳐져 사방에 무겁게 드리웠다. 넓은 공터의 한가운데에 있는 우리뿐 아니라, 빈 곳에 임시로 세운 임시 우리까지도 양들이 수

269

용한계까지 갇혀 있었다. 도랑 옆 말뚝에는 소를 비롯한 가축들이 묶여 삼중 사중 겹겹이 긴 줄로 늘어서 있었다. 시골 사람들, 도살자, 가축상, 행상인, 아이들, 도둑, 건달, 부랑자 등 신분이 천한 사람들이 발 디딜 틈 없이 한데 뒤섞여 있었다. 가축상의 휘파람 소리, 개 짖는 소리, 가축의 울음소리와 터벅거리며 걷는 소리, 양의 울음소리, 돼지의 꿀꿀거리는 소리와 먹 따는 소리, 행상인들의 외침, 고함, 욕설, 사방에서 들리는 싸움질 소리, 종소리, 모든 선술집에서 새어 나오는 왁자지껄한 목소리, 사람들이 떼 지어 밀고 밀리는 소리, 가축을 때리고 모는 소리, 채찍질 소리, 비명 등 끔찍하고 귀에 거슬려 듣기 거북한 소음이 사방에서 울려 퍼졌다. 씻지도 수염을 깎지도 않은 꼬질꼬질하고 지저분한 사람들이 끊임없이 이리저리 뛰어다녔고, 무리를 지어 우르르 몰려다니는 바람에 그렇지 않아도 당황스러운 상황에 혼란을 가중시켜 정신을 차릴 수가 없었다.

사익스는 올리버를 앞에서 질질 끌면서 인파 속을 헤치며 앞으로 나아갔다. 올리버를 그렇게 놀라게 했던 다양한 광경과 소리에는 전혀 아랑곳하지 않았다. 다만 스쳐 지나는 친구들에게 두어 번 고개를 끄덕였을 뿐, 술 한잔하자는 수많은 유혹을 모두 뿌리친 채 쉬지 않고 나아가, 드디어 혼란스러운 시장통에서 완전히 빠져나와 호지어레인을 거쳐 홀본으로 접어들었다.

"야, 인마!"

사익스가 세인트 앤드류 성당의 시계를 올려다보며 퉁명스럽게 말했다.

"7시에 맞추기도 어렵겠어! 발걸음을 서둘러. 어서어서. 뒤에서 꾸물거리면 안 돼. 이 게으름뱅이야!"

사익스는 이 말과 함께 올리버의 손목을 확 비틀었고, 올리버는 뛰기와 걷기의 중간 속도로 종종걸음을 치면서 사익스의 빠른 걸음을 따라가느라 가랑이가 찢어질 판이었다.

두 사람은 하이드 파크 모퉁이를 돌 때까지 이런 속도로 걸었고, 켄싱톤으로 접어들자 사익스가 걸음을 늦추더니 약간 뒤에 있던 빈 짐마차가 다가오기를 기다렸다가 짐마차에 '하운슬로우'라고 쓰인 것을 확인하자 마부에게 최대한 공손하게 이즐워스까지 태워줄 수 있는지 물었다.

"올라타쇼."

마부가 말했다.

"당신 애요?"

"네, 제 아이입니다."

사익스가 올리버를 쏘아보고 권총을 넣은 주머니에 손을 집어넣는 척하며 대답했다.

"아빠 걸음이 네가 따라오기엔 너무 빠르지?"

마부가 숨을 헐떡거리는 올리버를 보며 물었다.

"전혀 아니에요."

사익스가 대신 대답하며 끼어들었다.

"이런 걸음에 익숙해요. 자, 내 손을 잡아라, 네드. 어서 타!"

사익스는 이렇게 말하면서 올리버가 마차에 올라타도록 도와주었다. 마부는 자루더미를 가리키며 올리버에게 거기 누워서 쉬라고 말했다.

마차가 여러 지역을 지나자 올리버는 사익스가 도내체 어디로 자기를 데려가는 건지 점점 더 궁금해졌다. 마차는 막 여행을 시작한 것처럼 켄싱톤, 해머스미스, 치스위크, 큐 브리지,

브렌트포드를 지나 쉬지 않고 달렸다. 드디어 마차가 '코우치 앤드 호시스'라는 선술집에 도착했고, 선술집에서 약간 떨어진 뒤쪽에 샛길이 보이자 그곳에서 멈췄다.

사이크스는 마차에서 서둘러 내리면서도 한 번도 올리버의 손을 놓지 않았다. 직접 올리버를 들어서 내려놓으며 험상궂은 눈길을 보냈고 주먹으로 옆 주머니를 의미심장하게 두드렸다.

"잘 가라, 아가!"

마부가 말했다.

"애가 무뚝뚝해요."

사이크스가 마부에게 악수를 청하며 대답했다.

"원래 무뚝뚝한 아이예요. 섭섭하게 생각하지 마세요."

"섭섭하긴요!"

마부가 마차에 올라타며 대꾸했다.

"아무튼 날이 아주 좋네요."

그러고는 마차를 출발시켰다.

사이크스는 마차가 완전히 안 보일 때까지 기다렸다가 올리버에게 도움을 청하고 싶다면 주위를 둘러보라고 말한 다음 올리버를 데리고 다시 걷기 시작했다.

선술집을 지나 왼쪽으로 돌자마자 오른쪽 길로 접어들더니 한참을 계속 걸으며 양쪽 길가에 있는 넓은 정원과 대저택을 지났다. 한참을 걸어 작은 다리를 건너자 트위켄햄으로 접어들었다. 이곳에서부터 두 사람은 맥주를 마시러 잠깐 멈춘 것을 빼면 쉬지 않고 걸어 새로운 마을에 도착했다. 그 마을에 있는 어느 집 담벼락에 커다랗게 적힌 '햄프톤'이라는 글씨가 보였다. 두 사람은 '레드 라이온'이라는 간판이 걸린 선술집을 끼고돌아

잠시 강가를 걷다가 좁은 골목으로 접어들자, 사익스가 간판마저 떨어진 낡고 허름한 선술집으로 곧장 들어가더니 부엌 화덕을 지나며 저녁을 주문했다.

부엌은 낡고 지붕도 낮았다. 커다란 대들보가 천장을 가로질렀고 등받이가 높은 의자가 난로 옆에 놓여 있었다. 의자에는 작업복을 입은 막노동꾼 네댓 명이 앉아서 술을 마시며 담배를 피우고 있었다. 아무도 올리버를 거들떠보지 않았다. 사익스도 그 사람들을 그저 힐끔 쳐다볼 뿐 별로 관심을 두지 않은 채, 올리버를 데리고 구석에 조용히 앉았기 때문에 다른 손님에게서 별 방해를 받지 않았다.

두 사람은 저녁으로 차가운 고기를 먹은 다음, 한참 동안 그곳에 앉아 있었다. 사익스가 담배를 서너 대 피우는 동안, 올리버는 오늘은 더 걷지 않을 것이라고 확신하기 시작했고, 아침에 일찍 일어난 데다 온종일 걸었기 때문에 처음에는 꾸벅꾸벅 졸다가, 피곤을 이길 수 없어 결국 곯아떨어지고 말았다.

사익스가 찔러서 눈을 떠보니 밖이 상당히 어두웠다. 일어나 앉을 정도로 정신을 차린 올리버가 주위를 둘러보니, 사익스가 한 농부와 맥주를 마시며 아주 친하게 이야기를 나누고 있었다.

"그러니까 로우어 할리포드로 간다는 얘기죠?"

사익스가 물었다.

"네, 맞아요."

술을 마셔 기분이 좋아진 것인지 나빠진 것인지 알 수 없는 농부가 대답했다.

"그것도 천천히 가는 게 아니죠. 내 말은 아침과 달리 등에 짐을 많이 싣지 않을 거거든요. 그러니까 빨리 달릴 수 있죠.

내 말을 위해 건배! 아주 좋은 말이죠!"

"거기까지 아이와 저를 좀 태워주시겠어요?"

사익스가 새로 사귄 농부에게 맥주잔을 권하며 물었다.

"곧바로 간다면 그러죠."

농부가 맥주잔 너머로 사익스를 보며 대답했다.

"로우어 할리포드에 가세요?"

"쉐퍼턴까지 갑니다."

사익스가 대답했다.

"가는 데까지 데려다주리다."

농부가 말했다.

"베키, 얼마야?"

"앞에 계신 손님이 계산했어요."

종업원이 대답했다.

"이봐요!"

농부는 얼큰하게 취했지만 사뭇 진지하게 말했다.

"그럴 필요 없어요."

"왜요?"

사익스가 대꾸했다.

"신세를 지는데 맥주 한두 잔 산다고 안 될 것도 없잖소?"

농부는 심각한 얼굴로 이치를 따져보더니, 사익스의 손을 잡더니 사익스가 아주 좋은 사람이라고 말했다. 이 말에 사익스는 농담하지 말라고 대꾸했다. 농부가 술에 취하지 않은 맑은 정신이었다면 아마도 농담이라고 여길 것이 분명했다.

두 사람은 서로에 대한 칭찬을 몇 마디 더 늘어놓은 다음, 다른 손님들에게 작별인사를 하고 밖으로 나왔다. 세 사람이 나가자 종업원이 와서 맥주병과 잔을 치워 손에 병과 잔을 든 채 문으로 와서 사익스 일행이 출발하는 모습을 지켜보았다.

말은 선술집 안에서 주인이 자기를 위해 건배를 한 줄도 모른 채 밖에서 수레를 달고 출발 준비를 하고 서 있었다. 올리버와 사익스는 더는 예의를 차리려 머뭇거리지 않고 마차에 냉큼 올라탔다. 말 주인은 말의 방향을 돌리고 자기 말에 필적할 말이 있다면 보여 달라며 선술집 소속 마부와 주변 사람들에게 큰소리를 치느라 1, 2분가량 지체한 다음 마차에 올라탔다. 말고삐를 잡고 있던 선술집 소속 마부가 고삐를 마부 자리에 앉은 농부에게 건네주었다. 농부가 고삐를 잘못 당기는 바람에 기분이 상한 말은 거만하게 고개를 쳐들더니 길 건너편에 있는 가게의 창문을 향해 돌진했다. 그리고 뒷발로 서기 같은 곡예를 뽐낸 다음 전속력으로 출발해 자신만만하게 마을을 빠져나갔다.

그날 밤은 칠흑같이 어두웠다. 물안개가 주변의 강과 늪에서 피어올라 음산한 들판으로 빠르게 퍼져나갔다. 뼛속까지 시릴 정도로 추웠으며 사방이 음침하고 어두웠다. 마부 자리에 앉은 농부는 졸음이 쏟아졌고 사익스도 농부에게 말을 시킬 기분이 아니었기 때문에 두 사람은 한마디도 하지 않았다. 올리버는 마차의 한쪽 구석에 웅크리고 앉아서 놀람과 두려움에 마음이 뒤숭숭했다. 앙상한 나뭇가지가 이리저리 으스스하게 흐느적거리며 만들어 내는 기괴한 모습은 쓸쓸한 풍경이 좋아 못 견디겠다는 듯 춤을 추는 것처럼 보였다.

마차가 선버리 교회를 지날 때 시계가 7시를 쳤다. 반대편에 있는 선착장 창문에서 희미한 불빛이 새어 나와 길까지 비췄고, 묘지 위의 시커먼 주목이 음산한 그림자를 만들었다. 멀지 않은 곳에서 물이 떨어지는 단조롭고 지루한 소리가 들렸고, 늙은 나무의 잎사귀가 밤바람에 가볍게 흔들렸다. 망자가 편히 잠들도록 하기 위한 엄숙하고 적막한 음악 같았다.

마차는 선버리를 지나 한적한 길로 다시 접어들었다가 4, 5킬로미터 더 가서 멈춰 섰다. 사익스가 마차에서 내리더니 올리버의 손을 잡고 또다시 걷기 시작했다.

두 사람은 쉐퍼턴에 도착했지만 지친 올리버의 예상과는 반대로 어떤 집으로 들어가기는커녕, 음침한 오솔길을 따라 어둠 속에서 진흙투성이가 되어 춥고 넓은 황무지를 지나 계속 걸어갔다. 드디어 멀지 않은 곳에서 마을의 불빛이 보였다. 올리버는 열심히 앞을 바라보며 걷다가 발밑에서 물이 흐르고 있으니 다리에 가까워지고 있다는 것을 알아차렸다.

사익스는 다리에 가까이 갈 때까지 계속 걷다가, 갑자기 왼쪽에 있는 둑으로 내려갔다.

'물이다!'

이런 생각이 들자 올리버는 무서워서 불안한 마음이 들었다.

'나를 죽이려 이 한적한 곳으로 데려왔구나!'

올리버가 땅바닥에 몸을 던지며 어린 목숨을 살려달라고 떼를 쓰려는 찰나, 두 사람 앞에 인적이 없고 다 쓰러져가는 폐가가 한 채 나타났다. 무너져가는 입구 양쪽 2층에 창문이 있었지만 불빛은 안 보였다. 깜깜하고 황폐한 상태로 보아 아무도 살지 않는 것 같았다.

사익스는 올리버의 손을 잡은 채 조심스럽게 아래층 현관으로 다가가더니 걸쇠를 올렸다. 사익스의 힘에 현관문이 열리고 두 사람은 안으로 들어갔다.

제22장
도둑질

"어서 옵쇼!"

두 사람이 복도에 발을 디디기 무섭게 크고 거친 목소리가 들렸다.

"소란 떨 것 없어!"

사익스가 문에 빗장을 걸면서 쏘아붙였다.

"불 좀 켜, 토비!"

"알았어요!"

아까 그 목소리가 외쳤다.

"촛불, 바니. 촛불! 손님을 안내해, 바니. 그리고 웬만하면 일단 일어나!"

목소리의 주인이 구둣주걱과 비슷해 보이는 물건을 바니에게 던져 잠을 깨우는 것 같았다. 나무 물건이 거칠게 떨어지는 소리와 바니가 비몽사몽 간에 내뱉는 알아들을 수 없는 웅얼거림이 들렸다.

"내 말 안 들려?"

아까 그 목소리가 말했다.

"빌 사익스가 복도에 와 있는데 아무도 안 반기면 쓰겠어? 음식에 아편을 넣어 먹었어? 왜 이렇게 맥을 못 추고 꾸벅꾸벅 졸기만 하는 거야. 빨리 정신 안 차려? 쇠 촛대로 정신이 번쩍 들게 해줄까?"

이런 협박이 끝나기 무섭게 카펫도 깔리지 않은 방바닥을 허겁지겁 질질 끄는 발소리가 들렸다. 오른쪽 문에서 꺼질 듯 가물거리는 촛불이 먼저 나온 다음, 코맹맹이 소리를 내던 사람이 모습을 드러냈는데, 샤프란 힐에 있는 선술집에서 종업원으로 일하던 그 사내였다.

"사익스 씨!"

바니가 큰 소리로 외쳤다. 정말 반가운 것인지, 아니면 반가운 척하는 것인지 알 수가 없었다.

"어서 옵쇼."

"자! 너 먼저 들어가."

사익스가 올리버를 앞장세우며 말했다.

"꾸물대지 마! 꾸물대면 내 발에 밟힌단 말이야."

사익스는 꾸물대는 올리버에게 저주를 퍼부으며 앞으로 밀었다. 두 사람은 어둡고 지붕이 낮은 방으로 들어갔다. 방에는 연기를 뿜는 난로, 부서진 의자 두 개, 탁자 하나, 아주 낡은 소파 하나가 있었고, 소파에는 머리보다 두 발을 높게 올린 한 사내가 흙으로 빚은 긴 담뱃대로 담배를 피우며 한껏 게으름을 피운 채 쉬고 있었다. 이 사내는 커다란 금속 단추가 달린 멋진 황갈색의 외투와 주황색 목도리, 거칠고 빛깔이 요란한 숄 모양의 조끼, 갈색 바지 차림이었다. 토비 크라킷이라는 이름의 이 사내는 별로 숱이 많지 않았지만 머리카락이나 얼굴에 난 수염이 붉은색을 띠었는데, 억지로 나선형으로 꼬불꼬불하게 해놓고 가끔 그 사이로 크고 흔한 반지를 잔뜩 낀 더러운 손가락을 찔러 넣었다. 토비는 보통 체격보다 약간 컸고 다리가 부실한 게 분명했지만, 긴 장화 신은 발을 높게 올려놓고 황홀한 듯 장화를 감상하는데 정신을 빼앗겼다.

"빌, 어서 와요!"

이 사내가 문 쪽으로 고개를 돌리며 말했다.

"반가워요. 혹시 포기했을까 봐 걱정했었거든요. 그럼 나 혼자라도 할 작정이었죠. 안녕!"

토비 크라킷이 올리버가 눈에 들어오자 짐짓 놀란 목소리로 인사를 하며 몸을 일으켜 자세를 고쳐 앉더니 아이에 대해 묻기 시작했다.

"내가 말했던 그 아이야."

사익스가 난로 쪽으로 의자를 끌어당기며 말했다.

"페이긴 밑에 있는 애들 중 하나군."

바니가 음흉하게 웃으며 말했다.

"페이긴이 데리고 있는 아이라고?"

토비가 올리버를 쳐다보며 소리쳤다.

"교회 할망구들의 주머니를 노리기에 아주 제격이겠군. 면상이 아주 그만이야."

"됐어. 이제 그만하면 됐어."

사익스가 조급하게 끼어들더니, 쉬고 있는 크라킷에게로 몸을 숙여 귓속말로 몇 마디를 했다. 그 말에 크라킷이 박장대소를 했고 놀랐다는 듯이 올리버를 한참 뚫어지게 보았다.

"이제⋯⋯."

사익스가 자리를 잡으며 말했다.

"기다리는 동안 먹을 것을 좀 줘. 그래야 우리가, 아니 최소한 나라도 기운을 차리지. 너도 불 옆에 앉아서 쉬어라. 오늘 밤 우리하고 또 나가야 하니까. 여기서 그리 멀지는 않지만 말이야."

올리버는 말없이 머뭇머뭇 의아하게 사익스를 쳐다보며, 의자를 불 가까이 끌어당겨 앉더니 지끈지끈 쑤시는 머리를 양팔로 감쌌다. 여기가 어디인지, 주위에 뭐가 있는지 도통 알 수 없는 노릇이었다.

"이거 먹어요!"

토비가 탁자에 음식 접시와 술병을 내려놓으며 말했다.

"성공을 위해!"

토비가 건배를 제안하려 일어나 빈 담뱃대를 한쪽 구석에 조심스럽게 내려놓더니, 탁자로 걸어가 술잔을 채운 다음 단숨에 마셔버렸다. 사익스도 단숨에 마셔버렸다.

"너도 한 모금만 마셔."

토비가 포도주 잔을 반만 채워주면서 말했다.

"꿀꺽해. 순진도 하지!"

"사실은⋯⋯."

올리버가 토비의 얼굴을 가련하게 올려다보며 말했다.

"사실은요⋯⋯."

"어서 마셔!"

토비가 소리쳤다.

"네게 해로운 짓을 시킬까 봐 걱정돼서 그래? 빌, 당신이 마시라고 해."

"마셔두는 게 좋아."

사익스가 한 손으로 주머니를 치면서 말했다.

"조그만 게 페이긴이 데리고 있는 아이들 전부보다 훨씬 성가셔! 내 말이 틀리면 나를 화형시켜도 좋아. 어서 마셔! 고집불통 같으니. 마시라고!"

두 사내의 위협적인 몸짓에 놀란 올리버가 허겁지겁 잔에 든 것을 꿀꺽 삼키자마자 발작을 하듯이 기침을 해댔다. 그런 모습을 보자 토비와 바니가 좋아 어쩔 줄 몰라 했고, 심지어 무뚝뚝한 사익스까지도 미소를 지었다.

그러고 나서 사익스는 식탐을 양껏 만족시켰지만 올리버는 사람들이 억지로 삼키게 했던 빵 한 조각 외에는 아무것도 먹지 않았다. 그 뒤 사익스와 토비는 의자에 앉은 채 잠깐 눈을 붙였다. 올리버는 난로 가에 있는 의자에 그냥 앉아 있었고, 담요로 온몸을 감싼 바니는 난로 가까운 바닥에 누웠다.

한참 동안 모두 잠을 잤다. 혹은 잠든 것처럼 보였다. 난로에 석탄을 보충하기 위해 한두 번 일어난 바니를 제외하고는 아무도 꼼짝하지 않았다. 올리버도 깊은 잠에 빠져 음산한 오솔길을 혼자 헤매거나 어두컴컴한 묘지를 서성이거나, 오늘 마주쳤던 사람들에 대해 꿈을 꾸고 있었는데, 토비 크라킷이 벌떡 일어나 새벽 1시 반이라고 큰 소리를 치는 바람에 잠에서 깼다.

순식간에 나머지 두 사내도 벌떡 일어나더니 모두 무언가를 부산하게 준비했다. 사익스와 토비는 크고 진한 숄로 목과 턱을 감싼 다음 두꺼운 외투를 걸쳤다. 한편 바니는 벽장을 열고 이런저런 물건을 꺼내더니 주머니에 허둥지둥 쑤셔 넣었다.

"바니, 무기는 내게 줘."

토비 크라킷이 말했다.

"자, 여기 있어."

바니가 권총 두 자루를 주면서 대꾸했다.

"장전은 직접 해."

"알았어."

토비가 총알을 넣으며 대답했다.

"다른 무기는?"

"내가 챙겼어."

사익스가 말했다.

"복면과 열쇠, 손으로 돌리는 드릴, 손전등, 음…… 뭐 잊은 거 없어?"

토비가 외투 자락 안에 있는 고리에 작은 쇠지레를 묶으며 물었다.

"다 됐어!"

사익스가 대답했다.

"몽둥이 몇 개 가져와, 바니. 그럼 다 된 거야."

이 말과 함께 사익스가 바니의 손에서 두꺼운 몽둥이를 하나 건네받았고, 바니는 토비에게도 하나 전달하더니 올리버의 망토를 묶어주었다.

"자, 됐어!"

사익스가 손을 내밀었다.

올리버는 예사롭지 않은 움직임과 분위기, 강제로 마신 술 때문에 머리가 완전히 멍해져서 사익스가 잡으라고 내민 손을 기계적으로 잡았다.

"저쪽 손도 잡아, 토비."

사익스가 말했다.

"밖을 살펴, 바니!"

바니는 문으로 갔다가 돌아와 사방이 고요하다고 알려주었다. 사익스와 토비가 각각 올리버의 손을 잡고 밖으로 데리고 나갔다. 세 사람이 나가자 문단속을 마치기가 무섭게 바니는 아까처럼 누워서 다시 잠에 빠져들었다.

밖은 칠흑같이 어두웠다. 안개가 초저녁보다 훨씬 짙어졌고 비는 오지 않았지만 밤공기에 습기가 많아져, 집을 나서자마자 올리버의 머리와 눈썹이 반쯤 얼어 뻣뻣해졌다. 세 사람은 다리를 건너 올리버가 아까 올 때 봤던 불빛을 향해 계속 걸어갔다. 거리가 그다지 멀지 않았을 뿐 아니라 어찌나 빨리 걸었는지 금방 처치에 도착했다.

"마을을 서둘러 지나자."

사익스가 속삭였다.

"오늘 밤 우리가 지나는 것을 아무에게도 들키면 안 돼."

토비도 동의했다. 세 사람은 작은 마을의 번화가를 서둘러 지났다. 아주 늦은 시간이라 사람이라곤 그림자도 보이지 않았다. 여기저기 침실에서 흐릿한 불빛이 새어 나왔고 이따금 개가 거칠게 짖어 한밤의 정적을 깨뜨렸지만, 아무도 나와 보지 않았고 교회 종이 2시를 칠 때 세 사람은 마을을 빠져나왔다.

발걸음을 재촉하던 세 사람은 왼쪽으로 닌 길로 접어들어 400미터가량을 걸은 후, 담으로 둘러싸인 단독주택 앞에서 걸음을 멈추었다. 토비 크라킷이 숨 돌릴 틈도 없이 단숨에 담 위로 기어 올라갔다.

"다음은 애."

토비가 말했다.

"애를 들어 올려. 내가 잡을 테니까."

올리버가 주위를 두리번거릴 새도 없이, 사익스는 올리버의 겨드랑이에 손을 넣고 들어 올렸다. 3, 4초 만에 올리버도 토비와 함께 바깥 잔디밭에 엎드려 있었다. 사익스도 금방 똑같이 엎드리더니 모두 집을 향해 조심스럽게 기어갔다.

이제야, 슬픔과 공포로 거의 미칠 지경이 된 올리버가 처음으로 가택침입과 도둑질이 이번 야간 원정의 목적임을 알게 되었다. 살인이 아닌 것이 그나마 다행이었다. 올리버는 양손을 깍지 끼고, 자신도 모르는 사이에 숨을 죽인 채 공포의 탄성을 지르고 말았다. 밤안개가 눈앞에 펼쳐졌고 잿빛 얼굴은 식은땀으로 범벅이 된 채 팔다리가 말을 듣지 않아 털썩 무릎을 꿇고 말았다.

"일어나!"

사익스가 화가 치밀어 몸을 부들부들 떨면서 낮은 소리로 힘을 줘 말하더니 주머니에서 권총을 꺼냈다.

"어서 일어나. 네놈 머리통을 갈겨버리기 전에!"

"맙소사! 제발 저를 보내주세요!"

올리버가 울먹였다.

"차라리 도망치다 들판에서 죽는 게 나아요. 절대 런던 근처에는 가지 않을게요. 절대로요! 저를 불쌍히 여겨주세요. 도둑질은 시키지 마세요. 천국에 있는 착한 천사들을 생각해서라도 저를 불쌍히 여겨주세요!"

올리버가 애원하는 소리를 들은 사익스는 끔찍한 욕설을 퍼붓더니 권총을 겨누었다. 그 순간 토비가 사익스의 손에 들린 권총을 세게 밀치더니 손으로 올리버의 입을 막고 집으로 끌고 갔다.

"입 닥쳐!"

토비가 말했다.

"여기서는 한 마디도 안 돼. 한마디만 더 하면 네놈 머리통을 쥐도 새도 모르게 조용히 날려버릴 테다. 이건 빈말이 아니야. 자, 빌, 덧문을 열어. 이제 꼬마는 말을 잘 들을 거야. 내가 책임지지. 어서 서둘러. 이 아이 또래의 경험이 많은 아이라도 추운 밤이면 1, 2분씩이나 걸린단 말이야."

사익스는 이런 일을 하는데 올리버 같은 아이를 보낸 페이긴에게 험악한 욕을 퍼부으며 쇠지레를 열심히 움직였다. 그런데도 소리는 거의 나지 않았고 조금 지체되긴 했지만 토비의 도움으로 덧문을 활짝 열었다.

격자무늬인 이 창문은 땅에서 1.8미터 높이에 있었다. 복도 끝에 있는 부엌이나 세탁실 창문으로 집의 뒤편에 나 있었다. 이 집 사람들은 창문이 너무 작아서 도둑이 들어올 수 없다고 생각했는지 이 창문 단속에 허술했다. 하지만 올리버처럼 몸집이 작은 꼬마가 들어가기에는 충분하게 넓었다. 사익스가 기술을 몇 번 시도하더니 격자창의 자물쇠를 부수고 눈 깜짝할 사이에 창문도 활짝 열었다.

"이제 잘 들어, 이 자식아!"

사익스가 주머니에서 작은 등불을 꺼내 올리버의 얼굴에 불빛을 비추며 속삭였다.

"너를 저 창문으로 집어넣어 줄 거야. 이 등을 잡고 앞에 있는 계단을 조용히 올라가서 작은 홀을 지나 현관까지 걸어가. 그리고 우리가 들어가게 빗장을 열어."

"네 손이 안 닿는 꼭대기에 빗장이 있어."

토비가 끼어들었다.

"홀에 있는 의자를 하나 가지고 와서 밟고 올라가. 홀에는 의자가 세 개 있어, 빌. 의자 위에는 커다랗고 푸른 유니콘과 금박 갈퀴가 있지. 그게 이 집 주인인 노부인의 문장(紋章)이야."

"조용히 안 해?"

사익스가 눈을 흘기며 말을 막았다.

"그 방문은 열려 있지?"

"활짝."

토비가 확인을 위해 들여다본 다음 대답했다.

"재미있는 것은 문고리를 이용해 문을 항상 열어 놓는다는 거야. 그래야 여기서 자고 있는 개가 깨서 복도를 왔다 갔다 할 수 있거든. 하하! 바니가 오늘 밤 그 개를 끌어냈어. 아주 멋지게 해치웠지."

토비가 들릴까 말까 할 정도로 조용히 속삭이며 소리 내지 않고 웃자, 사익스는 조용히 하고 어서 일을 시작하라고 위압적으로 명령했다. 토비는 순순히 손전등을 꺼내 땅바닥에 내려놓았다. 창문 아래에 있는 담에 머리를 단단하게 들이대더니 무릎에 손을 놓아 등을 계단처럼 밟을 수 있게 만들었다. 눈 깜짝할 사이에 사익스가 토비의 등을 밟고 올라가 올리버를 창문으로 들여보냈는데, 발을 먼저 들여보낸 후 올리버가 실내 바닥으로 무사히 설 수 있도록 옷깃을 잡고 있었다.

"이 손전등을 받아."

사익스가 방 안을 들여다보며 말했다.

"앞에 계단 보이지?"

산목숨이라기보다 죽은 목숨에 가까운 올리버가 억지로 대답했다.

"네."

사익스가 권총 끝으로 현관을 가리키면서, 언제라도 사정권 안에 있어 머뭇거리면 그 순간 죽는다는 것을 명심하라는 충고를 했다.

"1분 안에 끝내."

사익스가 아까와 마찬가지로 낮은 목소리로 말했다.

"손을 놓을 테니 가서 시킨 대로 해. 어서 가!"

"무슨 소리지?"

토비가 속삭였다.

두 사람은 귀를 기울였다.

"아무것도 아니야."

사익스가 올리버를 놓아주며 말했다.

"어서 가!"

마음을 정할 시간이 많지 않았지만 올리버는 시도하다 중간에 죽게 되더라도 계단을 쏜살같이 올라가 집안사람들을 깨우기로 했다. 이런 생각이 가득한 올리버는 당장, 하지만 조심스럽게 앞으로 나아갔다.

"돌아와!"

갑자기 사익스가 큰 소리로 불렀다.

"돌아와! 어서!"

쥐 죽은 듯 조용한 곳에서 갑자기 정적을 깨며 들린 큰 소리에 놀란 올리버는 손전등을 떨어뜨리고 말았다. 계속 가야 할지 숨어야 할지 어리둥절했다. 큰 외침 소리가 계속 들렸고 불빛이 보였다. 계단 위에서 옷을 반쯤 걸친 겁에 질린 두 남자가 올리버의 눈앞에서 어른거렸다. 번쩍, 요란한 소리, 연기, 어디선가 들리는 깨지는 소리⋯⋯. 올리버는 비틀비틀 뒷걸음질을 쳤다.

사익스가 잠깐 사라졌다가 다시 나타나더니 연기가 채 가시기도 전에 올리버의 옷깃을 잡았다. 사익스가 이미 몸을 숨긴 두 남자를 향해 총을 쏘며 올리버를 끌어올렸다.

"겨드랑이를 꽉 붙여!"

사익스가 창문으로 다시 올리버를 끌어올리며 말했다.

"내게 숄을 줘. 놈들이 애를 쏘았어. 서둘러! 빌어먹을, 애가 피를 흘리잖아!"

그리고 나서 아주 시끄러운 종소리가 들렸다. 종소리와 총소리, 사람들의 고함이 함께 뒤섞였다. 올리버는 울퉁불퉁한 땅위에서 빠르게 운반되는 느낌이 들었다. 시끄러운 소리가 점점 멀어지고 한기가 올리버의 심장을 파고들더니, 올리버는 더는 아무것도 보지도 듣지도 못했다.

제2부

그날 밤은 살을 에는 듯 추웠다. 땅에 쌓인 눈은 꽝꽝 얼어붙어 단단하고 두꺼운 벽돌처럼 변했고, 골목과 모퉁이에 쌓인 눈은 윙윙거리는 세찬 바람에 흩날렸다. 바람은 쌓인 울분을 해소하기라도 하려는 듯 세차게 불었다. 눈이 하늘 높이 솟아올라 수많은 축축한 회오리바람을 일으켰다가 허공에서 흩어졌다. 살을 에는 듯 춥고 황량하고 캄캄한 밤이면 좋은 집에 살면서 배불리 먹은 사람들은 밖에 나가지 않고 밝은 난롯가에 모여 집에 있게 된 것을 신께 감사했지만, 허기에 지친 노숙자들은 길에 쓰러져 죽었다. 이런 밤에 쓸쓸한 거리에서 눈을 감는 뼈만 앙상한 부랑자들은, 이 세상에서 어떤 죄를 저질렀든지 간에 다음 세상은 지금보다 힘들지 않을 것이라 기대했다.

올리버 트위스트가 태어난 곳으로 소개되었던 구빈원의 산호사감인 코니 여사는 작은 자기 방에서 활활 타오르는 벽난로 앞에 앉아 작은 원탁을 아주 만족스럽게 바라보았다. 탁자 위에는 탁자 크기에 딱 어울리는 작은 쟁반이 놓여 있었는데, 쟁반에는 사람들이 감사한 마음으로 즐겨 먹는 간식이 다과상의 구색을 갖추기 위해 준비되어 있었다. 사실 코니 여사는 차 한잔으로 마음을 달래려던 참이었다. 탁자에서 벽난로로 시선을 돌렸을 때 세상에서 가장 작은 주전자가 보글보글 끓는 소리를 내자 코니 여사는 만족스럽다는 듯 미소를 지었다.

"좋아."

코니 여사가 팔꿈치를 탁자에 기대며 뭔가를 생각하는 듯 벽난로를 보더니 혼잣말을 했다.

"세상에는 감사할 것이 참 많아. 그저 모르고 있을 뿐이지. 그렇지!"

코니 여사가 감사할 줄 모르는 빈민들의 무지몽매함을 탄식하듯이 슬프게 고개를 가로저었다. 그러고는 코니 여사가 개인적으로 소유한 낡은 은숟가락을 60그램들이 양철 차통 맨 밑바닥까지 깊숙이 넣으며 얼마 남지 않은 차를 꺼내 마실 준비를 했다.

얼마나 사소한 일이 연약한 마음의 평정을 방해하는가! 코니 여사는 감사할 줄 모르는 빈민들을 생각하면서 물을 따르다가 아주 작은 검정 찻주전자에서 뜨거운 물이 넘치는 바람에 손을 살짝 데었다.

"빌어먹을 주전자!"

우아한 코니 여사가 주전자를 벽난로 시렁에 허겁지겁 올려놓았다.

"변변찮은 주전자 같으니! 차를 두 잔밖에 못 끓이잖아! 누가 이런 주전자를 쓰겠어? 아마……."

코니 여사가 여기서 잠깐 혼잣말을 멈추었다.

"아마 나처럼 불쌍하고 쓸쓸한 사람들만 이런 주전자를 쓸 거야. 아이, 짜증 나!"

이 말과 함께 코니 여사는 의자에 털썩 주저앉더니, 다시 탁자에 팔꿈치를 기대고 자신의 고독한 운명을 생각했다. 작은 찻주전자와 외로운 찻잔 한 개를 보니, 죽은 남편 코니 씨에 관한 슬픈 기억이 마음속에 떠올랐다. 코니 씨가 죽은 지 25년도 훨씬 지났지만 코니 여사는 슬픔을 주체할 수 없었다.

"다른 기회는 없을 거야!"

코니 여사가 뿌루퉁하게 말했다.

"내가 그런 기회를 어디서 또 만나겠어!"

기회란 말이 남자를 뜻하는 것인지 찻주전자를 뜻하는 것인지는 분명하지 않았다. 코니 여사가 이 말을 하면서 찻주전자를 다시 집어 들었기 때문에 아마도 찻주전자를 말하는 것 같았다. 코니 여사가 첫 잔을 마시자마자 방문을 가볍게 두드리는 소리가 생각을 방해했다.

"네, 들어오세요."

코니 여사가 짜증스럽게 말했다.

"늙은 할멈 하나가 죽어가는 모양이군. 꼭 내가 간식 먹을 때 죽는다니까. 거기 서 있으면 찬바람이 들어오잖아요. 도대체 이번에는 무슨 일이에요?"

"별일 아닙니다, 여사."

사내의 목소리가 대답했다.

"맙소사!"

코니 여사가 훨씬 부드러운 목소리로 탄성을 질렀다.

"범블 씨군요?"

"그렇습니다, 여사."

범블이 대답했다.

범블은 한 손에 챙을 올린 중절모를 들고, 다른 한 손에는 지팡이를 든 채 구두를 닦고 외투에서 눈을 털어내기 위해 어물거리다가 비로소 모습을 드러냈다.

"문을 닫을까요, 여사?"

코니 여사는 잠깐 대답을 머뭇거렸다. 문을 닫고 범블과 방 안에서 단둘이 이야기를 나누는 것이 왠지 거북할지 모른다고 생각했기 때문이었다. 코니 여사가 머뭇거리는 사이, 범블은 너무 추웠기 때문에 더는 코니 여사의 허락을 기다리지 않고 문을 닫아버렸다.

"날씨가 아주 대단하네요, 범블 씨."

코니 여사가 말했다.

"정말 대단합니다, 여사."

범블이 맞장구를 쳤다.

"교구에 도움이 안 되는 날씨죠. 4파운드짜리 빵 20조각과 치즈 1.5개를 오늘 오후에 나눠주었거든요. 그런데도 빈민들은 만족하지 못한 모양이에요."

"당연히 만족하지 못했겠죠. 그자들은 언제쯤이나 만족할까요, 범블 씨?"

코니 여사가 차를 홀짝거리며 말했다.

"그러게 말입니다!"

범블이 맞장구를 쳤다.

"아내와 대가족을 부양해야 하는 사내가 빵 4파운드와 치즈

1파운드를 넉넉하게 받았다고 고마워할까요? 만족하겠느냐 말입니다. 털끝만큼도 고마워하지 않습니다. 그 사내는 손수건에 싸 갈 정도라도 좋으니까 석탄을 조금 더 달라고 하더군요. 석탄이라니요! 석탄으로 그 사내가 뭘 하겠어요? 치즈를 데워먹고 다시 와서 더 달라고 할 작정일 겁니다. 빈민들이 하는 짓이야 뻔하죠. 오늘 앞치마에 가득 석탄을 주면, 모레 다시 찾아와 석탄을 더 달라고 요구할 겁니다. 뻔뻔스럽기가 이루 말로 다 할 수 없다니까요!"

코니 여사는 영리한 미소를 지으며 전적으로 동의한다는 표시를 했고, 범블은 말을 계속했다.

"저는 이제껏…… 정도가 이렇게까지 심한 경우를 본 적이 없어요. 그저께는 한 부랑자……, 여사도 결혼을 해보셨으니까 말씀을 드려도 될 듯싶네요. 이 부랑자가 등에 누더기를 걸치고 감독관의 집에 찾아갔습니다. 마침 그때 감독관께서 저녁 식사를 하려고 손님들을 초대했는데, 거기서 자기를 도와달라고 말을 한 겁니다, 코니 여사. 부랑자가 돌아갈 생각을 안 해서 손님들이 굉장히 충격을 받으셨죠. 우리 감독관께서 이 부랑자에게 감자 1파운드와 오트밀 150밀리리터를 주고 돌려보내려고 했대요. '젠장!' 그 배은망덕한 부랑자가 말했죠. '도대체 이게 저에게 무슨 소용인가요? 차라리 쇠 안경을 주시는 게 낫죠.' '좋아.' 감독관께서 오트밀을 다시 뺏으시며 말씀하셨어요. '여기서 가져갈 것은 아무것도 없네.' '그럼 저는 길에서 죽을 겁니다!' 부랑자가 말했죠. '그럴 리가 없어.' 우리 감독관께서 말씀하셨어요."

"하하! 그거 아주 잘하셨네요! 그라넷 씨답네요, 그렇죠?"

코니 여사가 끼어들었다.

"그래서요, 범블?"

"그래서 말입니다."

범블이 말을 되받았다.

"그자가 돌아갔고 길에서 죽었답니다. 빈민 주제에 어찌나 고집이 세던지!"

"정말 믿을 수가 없군요."

코니 여사가 힘을 주며 말했다.

"그런데 극빈자들이 집을 찾아다니며 구걸하는 데 응하는 건 부적절하다고 생각하지 않으세요, 범블? 경험이 많은 분이시니까 잘 아실 거 아니에요. 네?"

"코니 여사……."

범블이 모든 걸 다 알고 있다는 듯이 거만하게 미소 지으며 말했다.

"구빈원 밖의 구제활동은 적절하게 관리만 된다면, 관리만 제대로 이루어진다면 말이죠, 교구의 안전을 보장해 주지요. 외부 구제활동의 가장 중요한 원칙은 빈민들이 원하지 않는 것만을 빈민들에게 주는 겁니다. 그러면 지쳐서 다시는 찾아오지 않죠."

"세상에!"

코니 여사가 탄성을 질렀다.

"그것도 좋은 방법이네요!"

"그렇죠. 우리끼리니까 하는 얘기지만요……."

범블이 말을 이어받았다.

"그게 중요한 원칙이에요. 그래서 그런 이유로 신문들을 장식하는 사건들을 보면 치즈 몇 장으로 구제된 병자가족들을 보게 되는 거죠. 지금은 그게 전국에서 지켜지는 규율이에요. 하지만……."

범블이 들고 온 보따리를 풀려고 몸을 구부리며 말했다.

"이건 직무상 비밀입니다. 교구의 직원이 아닌 외부인과는 이런 이야기를 하면 안 되거든요. 이건 포르투갈산 포도주예요, 여사. 구빈원 위원회 의무실에서 쓰려고 주문한 거죠. 정말 신선한 진짜 포르투갈산 포도주랍니다. 오늘 오후에 포도주 통에서 병에 막 담은 거라서 아주 투명하고 침전물도 없죠."

범블은 병 하나를 들어 불빛에 비추어보고 얼마나 투명한지 테스트를 해보기 위해 흔든 다음, 서랍장 위에 두 병 모두 올려놓고 포도주를 싸 가지고 왔던 보자기를 접어서 조심스레 주머니에 넣더니 가려는 듯이 모자를 집어 들었다.

"범블 씨, 걸어가시려면 추우시겠어요."

코니 여사가 말했다.

"바람이 심하네요."

범블이 옷깃을 세우며 대꾸했다.

"귀가 떨어져 나가겠어요."

코니 여사가 찻주전자를 보다가 문을 향해 움직이는 범블에게로 시선을 돌렸다. 범블이 헛기침을 하며 코니 여사에게 잘 자라는 인사를 하려고 준비하는 찰나, 코니 여사가 혹시 차라도 한잔하겠느냐고 수줍게 물었다.

범블은 기다렸다는 듯이 외투 깃을 내리고 모자와 지팡이를 의자에 놓더니, 탁자 쪽으로 다른 의자를 끌어당겼다. 범블이 천천히 의자에 앉으며 코니 여사를 쳐다보았다. 코니 여사가 작은 찻주전자에 시선을 고정하고 있길래, 범블이 다시 헛기침을 하고 살짝 미소를 지었다.

코니 여사는 찬장에서 찻잔과 잔 받침을 가져오려고 일어섰다. 코니 여사가 다시 자리에 와서 앉을 때, 코니 여사의 눈이 멋진 범블의 눈과 마주쳤다. 코니 여사는 얼굴이 빨개진 채 차 준비에 열중했다. 다시 한번, 범블이 헛기침을 했는데 이번에는 소리가 아까보다 훨씬 컸다.

"설탕 넣으세요, 범블 씨?"

코니 여사가 설탕통을 들면서 물었다.

"네, 아주 많이 넣어주세요, 여사."

범블이 대답을 하면서 코니 여사를 뚫어지게 보았다. 교구 직원도 부드러워질 때가 있다는 것을 범블이 지금 보여주고 있었다.

코니 여사는 차 준비가 끝나자 아무 말 없이 차를 건네주었다. 범블은 빵 부스러기가 떨어져 말끔한 바지가 더러워질까 봐 손수건을 무릎 위에 펼치더니 토스트를 먹고 차를 마시기 시작했다. 간혹 깊은 한숨을 내쉬기도 했지만 식욕을 해치기는커녕, 차와 토스트의 소화 작용을 돕는 것 같았다.

"고양이를 키우시는군요, 여사."

범블이 방 한가운데 난로 앞에서 따스함을 즐기는 고양이를 보며 말했다.

"새끼 고양이도 있네요."

"제가 고양이를 무척 좋아하거든요. 모르셨죠? 고양이는 아주 명랑하고 재롱을 부리며 활기차기 때문에 제게는 아주 좋은 친구랍니다."

코니 여사가 대꾸했다.

"참 귀여운 동물이죠."

범블이 수긍하듯이 말했다.

"또 아주 가정적이고요."

"맞아요!"

코니 여사가 기분 좋게 맞장구를 쳤다.

"더구나 이 집도 아주 좋아하기 때문에 그것도 기분 좋은 일이죠."

"코니 여사."

범블이 찻숟가락으로 박자를 맞추며 천천히 말했다.

"제 말은요, 당신과 같이 사는데 고양이나 고양이 새끼가 이 집을 좋아하지 않는다면 바보가 분명하다는 겁니다."

"어머나, 범블 씨!"

코니 여사가 앙탈을 부리듯 대꾸했다.

"사실을 숨기려 해 봤자 소용없잖아요."

범블이 멋진 인상을 배가시키기 위해 찻숟가락을 위엄 있게 천천히 휘저으며 말했다.

"그게 아니라면 언제라도 고양이를 물에 던져버리고 싶을 지경이에요."

"그럼, 당신은 너무 잔인한 분이시네요."

코니 여사가 범블의 잔을 가지러 손을 뻗으며 활기찬 목소리로 말했다.

"매정하기도 하시고요."

"매정하다고요, 여사?"

범블이 말했다.

"매정?"

범블이 말을 잇지 못하고 잔을 건네주면서 잔을 건네받는 코니 여사의 새끼손가락을 꼭 쥐더니, 손바닥으로 레이스 달린 조끼 위를 두 번 치면서 큰 한숨을 내쉬었고 앉아 있던 의자를 끌어당겨 난로에서 아주 조금 물러났다.

코니 여사와 범블은 원탁을 사이에 두고 마주 보고 앉아 있었고 두 사람 사이는 그다지 멀지 않았다. 난로 앞에 앉아 있었기 때문에 범블이 탁자에서 멀어지지 않은 채 난로에서 물러났다는 것은 코니 여사와의 사이를 더 벌리려 했다는 것을 짐작할 수 있을 것이다. 분별력이 있는 독자라면 분명히 범블의 행동을 멋지고 존경스럽다고 할 것이다. 범블도 시간과 장소에 따라, 또는 기회만 있다면 실없는 소리를 하고 싶은 유혹을 느낀다. 하지만 그런 말은 천박하고 경솔할 뿐 아니라 이 나라의 재판관이나 의회 나리들, 장관님들, 시장님들, 그 밖의 훌륭한 공직자들의 존엄성을 해칠 것이다. 특히 위에 언급한 공직자보다도 완고하고 고지식하다고 자타가 공인하는 교구 직원의 위신과 체면을 손상시킬 것이다.

범블이 어떤 의도였는지 정확하게 알 수는 없어도 분명히 좋은 의도였으리라 믿지만, 이미 두 번이나 언급했듯이 불행히도 탁자가 둥글어 결과적으로, 범블이 조금씩 의자를 움직여 코니 여사와의 사이가 좁아지기 시작했다. 원탁의 테두리를 따라 의자를 움직였기 때문에 자연스럽게 의자가 코니 여사가 앉아 있는 의자와 가까워졌다. 결국 두 의자가 맞닿게까지 되었고, 두 의자가 맞닿자 범블은 의자 옮기기를 멈추었다.

이제 코니 여사가 오른쪽으로 움직이면 난로에 화상을 입을 테고, 왼쪽으로 움직이면 범블의 품 안에 안기게 될 판이었다. 사려 깊은 코니 여사는 단번에 그런 결과를 예견하고, 그 자리에서 움직이지 않은 채 범블에게 차를 한잔 더 권했다.

"매정하다고요, 코니 여사?"

범블이 차를 저으며 코니 여사의 얼굴을 유심히 바라보더니 말했다.

"혹시 당신이 매정하신 게 아닌가요, 코니 여사?"

"어머나!"

코니 여사가 소리쳤다.

"어쩌면 그렇게 짓궂은 질문을 하세요? 도대체 무엇을 알고 싶으신 건가요, 범블 씨?"

범블은 차를 마지막 한 방울까지 마시고 토스트를 다 먹더니, 부스러기를 무릎에서 털어내고 입술을 닦은 다음 코니 여사에게 침착하게 키스를 했다.

"범블 씨……."

사려 깊은 코니 여사는 너무나 겁이 나서 목소리가 잠겼기 때문에 작은 목소리로 속삭였다.

"범블 씨, 소리를 지르겠어요!"

범블은 아무 대꾸도 하지 않은 채, 천천히 위엄이 있는 태도로 코니 여사의 허리를 팔로 감싸 안았다.

코니 여사가 소리를 지르겠다는 의사를 밝혔을 뿐만 아니라, 또한 범블의 팔을 허리에 감싸는 대담한 행동은 코니 여사가 소리를 지르기에 충분한 이유가 됐지만, 그럴 필요가 전혀 없었다. 누군가 급하게 문을 두드렸기 때문이었다. 문을 두드리는 소리를 듣자마자, 범블은 번개처럼 민첩하게 포도주 병 쪽으로 달려가서 병의 먼지를 요란하게 털기 시작했다. 그사이 코니 여사는 누구냐고 짜증스럽게 물었다. 과도한 두려움을 진정시키는 데에는 갑작스럽게 놀라는 것만 한 것이 없음을 보여주는 신기한 본보기로, 코니 여사의 목소리가 사무적인 딱딱한 말투를 이미 모두 되찾았다는 점은 주목할 만하다.

"방해해서 죄송해요, 여사님."

뼈만 앙상하고 끔찍하게 못생긴 가난한 노파가 문으로 고개를 삐죽이 들이밀며 말했다.

"샐리 할멈이 죽을 건가 봐요."

"그래? 그게 나랑 무슨 상관이야?"

코니 여사가 짜증스럽게 물었다.

"나도 죽어가는 사람을 살릴 수는 없어!"

"아니, 그게 아니고요, 여사님."

노파가 손을 들면서 대꾸했다.

"아무도 그렇게는 못 하죠. 이미 손을 쓸 수 있는 단계도 지났고요. 저는 어린 아기들과 건장한 젊은이를 포함해 수많은 사람이 죽는 걸 봤기 때문에 언제 죽음이 다가오는지 너무 잘 압니다. 하지만 샐리는 마음이 괴로운가 봐요. 너무 고통스러워해요. 발작이 멎는 경우는 흔치 않지만, 간혹 발작이 멎으면 여사님께 꼭 드릴 말씀이 있다고 하네요. 여사님이 오실 때까지 못 죽을 거예요."

이 소식을 전해 들은 우아한 코니 여사는 죽을 때까지도 윗사람을 괴롭히는 노파들에게 갖가지 험악한 욕설을 퍼부은 다음 급하게 집어 든 두꺼운 숄로 몸을 감쌌다. 혹시 무슨 일이라도 생길까 봐 범블에게 자기가 돌아올 때까지 가지 말아 달라고 부탁한 다음, 소식을 전한 노파가 계단을 비틀거리며 올라가자, 그렇게 걷다가는 밤을 새우겠다며 빨리 걸으라고 재촉하면서 노파를 따라갔다. 코니 여사는 얼굴에 오만상을 지은 채 걷는 내내 잔소리를 해댔다.

　방 안에 혼자 남겨진 범블의 행동은 도저히 이해가 안 되었다. 범블은 코니 여사의 찻장을 열고 찻숟가락을 셌으며 각설탕 집게의 무게를 재보고 진짜 은인지 확인하기 위해 은우유 통을 자세히 들여다보았다. 궁금증이 모두 풀리자, 챙을 올린 중절모를 비스듬히 쓰고 탁자 주변을 네 바퀴나 돌면서 진지하게 춤을 추었다. 기괴한 행동을 끝내자 모자를 벗더니 난로 앞으로 가 난로를 등지고 팔다리를 벌리고 서서 방 안에 있는 가구의 가격이 정확히 얼마인지를 머릿속으로 계산하는 것 같았다.

아주 불쌍한 사람이
등장하다

　조용한 코니 여사의 방에 뒤숭숭한 소식을 전한 노파는 죽음을 알리는 저승사자라고 부르는 것이 나을 것 같았다. 노파는 나이가 들어 몸이 굽었고 팔다리는 중풍으로 떨었으며 얼굴은 우물쭈물 곁눈질을 하느라 일그러졌다. 조물주가 빚은 작품이라기보다는 사람이 거친 연필로 아무렇게나 그려낸 기괴한 형상 같았다.

　슬프도다! 조물주가 만든 얼굴 그대로 남아서 아름다운 모습으로 우리를 기쁘게 하는 일이 너무 적다! 이 세상을 살면서 겪게 되는 근심과 슬픔, 욕망으로 인해 인간의 마음이 변하고 얼굴도 따라서 변하게 된다. 그런 부정적인 감정은, 영원히 잠들어 모든 고뇌를 내려놓을 때에야 어두운 구름이 걷히고 하늘이 맑아지는 것처럼 물러간다. 죽으면 몸은 비록 굳을지라도 표정만은 이미 오래전에 잊었지만 잠든 아기처럼 편안하게 되는 것이 흔한 일이다. 죽으면 행복했던 어린 시절로 돌아가 차분하고

304

평화로워지기에 망자의 행복했던 어린 시절을 아는 사람들은 망자의 편안한 표정을 보면 너무나 놀라서 관 옆에 무릎을 꿇고 앉는다. 땅 위에서도 천사의 모습이 보이기 때문이다.

쭈그렁 할멈이 복도를 따라 뒤뚱거리며 걷다가 계단을 올라가면서, 코니 여사의 잔소리에 웅얼웅얼 도저히 알아들을 수 없는 대답을 했다. 노파는 한참 뒤, 숨을 고르기 위해 어쩔 수 없이 잠깐 쉬면서 등불을 코니 여사에게 건네주더니, 아직도 끄떡없는 코니 여사가 환자가 누워 있는 방으로 들어가자 뒤따라 들어갔다.

방구석에 희미한 등불만 하나 켜져 있을 뿐 가구라고는 하나도 없는 방이었다. 또 다른 노파가 침대 옆에서 환자를 지켜보고 있었고, 교구 소속 약사의 조수가 난로 옆에 서서 깃대로 이쑤시개를 만들고 있었다.

"몹시 춥네요, 코니 여사."

코니 여사가 방으로 들어오자 젊은 조수가 말했다.

"네, 정말 춥군요."

코니 여사가 무릎을 숙여 인사를 하며 최대한 공손한 어투로 대꾸했다.

"석탄 거래처에 좋은 석탄을 달라고 하셔야겠어요."

약사의 조수가 녹슨 부지깽이로 난로 위에 있는 석탄 덩어리를 부수며 말했다.

"이 석탄은 이렇게 추운 밤에 피울만한 것이 못 되네요."

"그건 위원회에서 선택합니다."

코니 여사가 대꾸했다.

"위원회는 우리가 따뜻하게 지내도록 해주지 않을 거예요.

그래서 이곳은 정말 살기 힘든 곳이죠."

환자의 신음 때문에 대화가 중단되었다.

"이런!"

조수가 환자를 아주 잊고 있었던 것처럼 침대 쪽으로 얼굴을 돌리며 말했다.

"가망이 없어 보이네요, 코니 여사."

"그렇죠?"

"두어 시간이라도 더 버틴다면 기적이에요."

약사 조수가 이쑤시개 끝을 뾰족하게 만드는데 정신을 쏟으며 말했다.

"신체활동이 완전히 멈춘 거예요. 할멈, 환자는 죽은 게 아니라 자고 있는 거죠?"

침대 옆에서 간호하는 노파가 확인하기 위해 몸을 침대 위로 구부리더니 그렇다고 고개를 끄덕였다.

"일부러 깨우지 않는다면 저러다 죽을 겁니다."

조수가 말했다.

"등불을 바닥에 내려놓아요. 그래야 환자가 깨지 않죠."

간호하는 노파는 시키는 대로 했지만, 환자가 그렇게 쉽게 죽지는 않을 것을 넌지시 암시라도 하듯 고개를 가로저었다. 노파는 등불을 내려놓은 다음, 그때쯤 방으로 돌아온 소식꾼 노파의 옆자리에 앉았다. 코니 여사는 초조한 듯이 걸치고 온 숄로 몸을 감싸더니 침대 발치에 앉았다.

이쑤시개 만들기를 끝낸 약사 조수가 난로 앞에 서서 10여 분간 불을 쬐더니, 지루해서 더는 못 참겠다는 듯이 코니 여사에게 수고하라는 말을 남기고 까치발로 방을 나갔다.

잠시 말없이 모두 앉아 있을 때, 간호하던 두 노파가 침대 옆에서 일어나 난로 쪽으로 가 몸을 웅크리더니 앙상한 손을 뻗어 불을 쬐었다. 불빛이 쪼글쪼글 주름진 얼굴 위로 비치자 두 노파는 유령처럼 보였다. 이런 자세로 두 노파가 낮은 목소리로 이야기했기 때문에 못생긴 얼굴이 무서워 보이기까지 했다.

"내가 없는 동안 저이가 아무 말도 안 했어, 애니?"

소식을 전했던 노파가 물었다.

"한마디도."

옆에 앉은 노파가 대답했다.

"잠깐 자기 팔을 꼬집어 뜯더군. 그런데 내가 손을 잡자 금방 잠들었어. 힘이 별로 남지 않았으니까 내가 쉽게 진정시켰지. 교구의 보조금으로 살고 있지만 내가 노파치고 힘이 없지는 않거든. 절대 아니지."

"의사가 마시라고 했던 뜨거운 포도주는 먹였어?"

소식꾼 노파가 물었다.

"마시게 하려고 했는데……."

옆에 앉은 노파가 말했다.

"이를 악물고 컵을 어찌나 꽉 쥐던지 컵을 도로 빼앗기도 힘들었어. 그래서 내가 마셨더니 아주 맛있더군."

엿듣는 사람이 있는지를 확인하기 위해 조심스럽게 주위를 살피더니, 두 노파는 난로에 더 가깝게 다가가며 마음껏 낄낄거렸다.

"내 생각에는……."

소식꾼 노파가 말했다.

"그런 상황이었으면 저이도 똑같은 짓을 했을 거고 배꼽이 빠지라 웃었을 거야."

"맞아, 그랬을 거야."

옆에 앉은 노파가 맞장구를 쳤다.

"저이도 재미있는 사람이었어. 저이의 시체 염하는 솜씨는 최고였지. 밀랍인형처럼 깔끔하고 매끄럽게 했으니까 말이야. 내가 직접 몇 번을 봤잖아. 그래, 나도 몇 번 거들었어. 이 손으로 시체를 만져봤지."

노파가 말을 하면서 떨리는 손을 앞으로 뻗어 자기 얼굴 앞에서 자랑스럽게 손을 흔들더니, 주머니를 더듬어 낡아서 색이 바랜 양철 담뱃갑을 꺼내서 옆에 앉은 노파의 길게 뻗은 손바닥에 몇 잎, 자기 손바닥에는 조금 더 흔들어 떨어뜨렸다. 두 노파가 그러는 동안, 죽어가는 환자가 잠에서 깨어나기를 초조하게 기다리던 코니 여사도 두 노파가 있는 난로 옆으로 다가와 얼마나 더 기다려야 하는지 신경질적으로 물었다.

"금방이에요, 여사님."

소식꾼 노파 옆의 간호하던 노파가 고개를 들어 코니 여사의 얼굴을 쳐다보며 대답했다.

"우리는 아무도 죽는 데 오래 걸리지 않아요. 참으세요, 참아요! 저승사자가 데리러 금방 올 거예요."

"입 다물어요, 노망난 멍청이 같으니라고!"

코니 여사가 단호하게 말했다.

"마사, 말해 봐요. 전에도 이 환자가 이런 적 있어요?"

"종종이요."

소식꾼 노파가 대답했다.

"하지만 이번이 끝일 거예요."

옆에 있는 노파가 거들었다.

"한 번만 더 깨어나면 다시는 깨어나지 못할 거예요. 아주 잠깐 깨어날 거예요, 여사님."

"오래든 잠깐이든……."

코니 여사가 매몰차게 쏘아붙였다.

"만약 깨어나도 나는 여기 없을 거예요. 두 사람 다 명심해요. 쓸데없는 일로 또다시 나를 괴롭히지 말아요. 구빈원에 있는 할망구들이 죽는 것까지 내가 지켜봐야 할 의무는 없다고요. 알았죠? 말도 안 되지. 명심해요, 뻔뻔스럽고 심술궂은 할망구들 같으니! 다시 한번 나를 놀리면 가만두지 않겠어요. 내 장담하죠!"

코니 여사가 나가려고 휙 돌아서는 순간, 침대 쪽으로 몸을 돌린 두 노파의 다급한 외침에 코니 여사가 뒤돌아섰다. 환자가 몸을 꼿꼿이 세우고 두 노파를 향해 양팔을 뻗었다.

"이 사람이 누구야?"

환자가 힘없는 목소리로 물었다.

"쉿!"

한 노파가 환자에게 몸을 숙이며 말했다.

"누워, 어서 누워!"

"죽기 전에는 절대 눕지 않을 거야!"

환자가 버둥거리며 말했다.

"할 말이 있어요! 이리 가까이 오세요. 귓속말로 해야 해요."

환자가 코니 여사의 팔을 움켜잡고 침대 옆 의자에 억지로 앉히더니 말을 하려는 찰나, 주위를 둘러보다가 엿들으려고 몸을 앞으로 들이민 두 노파를 발견했다.

"저 사람들은 내보내세요."

환자가 숨이 넘어갈 듯이 말했다.

"어서요, 시간이 없어요!"

두 노파는 입이라도 맞춘 듯이 불쌍한 환자가 친구도 몰라볼 지경이 되었다며 애처로운 한탄을 늘어놓기 시작하더니, 환자 곁을 절대 떠나지 않을 것이라고 두서없는 말을 지껄이며 떠나기를 완강히 거부했다. 하지만 코니 여사가 두 노파를 방에서 몰아내고 문을 닫은 다음 침대 옆으로 돌아왔다. 방에서 쫓겨난 두 노파는 목소리를 바꾸어 열쇠 구멍을 통해 늙은 샐리가 취해서 그렇다고 소리를 질렀는데, 환자가 취했다는 말이 새빨간 거짓말은 아니었다. 교구 소속 약사가 아편을 취할 만큼 넉넉하게 처방했을 뿐 아니라, 인정이 넘치는 늙은 할멈들이 좋은 뜻으로 몰래 물에 진을 타서 먹여 술기운이 남아 있었기 때문이었다.

"이제 제 말을 잘 들으세요!"

죽어가는 환자가 몸속에 숨겨둔 마지막 기운을 되살리기 위해 죽어라 하고 안간힘을 쓰는 듯이 큰 소리로 말했다.

"바로 이 방에서……, 이 방에서…… 내가 아주 젊고 예쁜 여자를 보살폈다오. 그 여자는 오래 걸어서 발이 갈라지고 멍투성이인 채 구빈원에 실려 왔는데 먼지와 피로 온몸이 엉망진창이었답니다. 그 젊은 댁이 사내아이를 낳고 죽었죠. 가만있자……, 그게 몇 년도였더라?"

"몇 년도였는지는 중요하지 않아요."

참을성 없는 코니 여사가 말했다.

"그 여자가 누군데요?"

"아……."

환자가 아까의 혼수상태로 다시 돌아가며 중얼거렸다.

"그 여자가 누구냐고요? 누구더라…… 그렇지!"

환자가 무섭도록 벌떡 일어나며 소리를 질렀다. 얼굴이 빨개지더니 눈알이 뒤쪽에서 돌아왔다.

"내가 그 젊은 댁을 털었어요, 그랬다고요! 아직 온기가 가시기도 전에요. 그 젊은 댁의 체온이 아직 남아 있었는데 내가 그걸 훔쳤어요!"

"뭐를 훔쳐요? 맙소사!"

코니 여사가 도움이라도 청하는 것 같은 몸짓을 하면서 소리쳤다.

"그거요!"

환자가 코니 여사의 입을 손으로 막으면서 말했다.

"그 여자는 그것밖에 안 갖고 있었어요! 그 젊은 댁은 몸을 따뜻하게 할 옷과 먹을 것이 필요했는데도 그것을 팔지 않고 가슴에 품고 안전하게 숨겼어요. 그건 금이었죠. 순금이요. 그거면 목숨을 구했을 텐데……."

"금이요?"

환자가 다시 침대로 쓰러지자 코니 여사가 환자에게로 몸을 숙이며 말을 따라 했다.

"그래서요, 그래서 어떻게 됐죠? 그래서 산모가 누구냐고요? 그게 언제였어요?"

"그 젊은 댁이 그걸 내게 안전하게 보관해달라고 맡겼어요."

환자가 신음을 섞어가며 대답했다.

"그때 주변에는 나밖에 없었기 때문에 내게 맡겼죠. 그런데 그 젊은 댁이 목에 건 금을 내게 보여주는 순간 나는 그걸 훔쳐야겠다고 마음먹었어요. 어쩌면 그 여자가 죽은 것도 내 탓일 거예요! 사람들이 그걸 알았다면 아기를 훨씬 잘 돌봤을 테죠!"

"뭘 알아요?"

코니 여사가 소리를 질렀다.

"말해요!"

"그 아이는 자기 엄마와 똑같이 닮았어요."

환자가 질문을 무시한 채 주절주절 자기가 하고 싶은 말을 계속했다.

"그래서 그 아이의 얼굴을 봤을 때 절대 잊을 수가 없었어요. 산모가 너무 불쌍해요! 아주 젊었거든요. 손발이 어찌나 부드럽던지! 잠깐! 할 말이 더 있어요. 할 말이 아직 다 끝나지 않았어요, 그렇죠?"

"맞아요."

코니 여사가 환자의 입에서 나오는 말이 점점 희미해지자 말을 놓치지 않기 위해 고개를 숙이며 대꾸했다.

"서두르지 않으면 너무 늦어요!"

"산모는……."

환자가 아까보다 훨씬 힘겹게 애를 쓰며 말했다.

"죽음의 고통이 처음 찾아왔을 때 내 귀에 대고 속삭였어요. 아기가 태어나서 잘 자란다면, 엄마의 이름을 들어도 부끄러워하지 않을 날이 올 거라 말했어요. '그리고, 하느님!' 산모가 가느다란 손을 잡으며 말했어요. '이 아이가 사내아이든 여자아이든, 이 험한 세상에서 친구가 되어줄 사람을 보내주소서. 홀로 버려진 아이를 불쌍히 여겨 자비를 베풀어주소서!'"

"그 아이의 이름은요?"

코니 여사가 물었다.

"사람들이 '올리버'라고 불렀어요."

환자가 기어들어 가는 소리로 대답했다.

"내가 훔친 금은⋯⋯."

"그래요, 금은요?"

코니 여사가 소리를 질렀다.

코니 여사는 대답을 듣기 위해 환자에게 몸을 숙였지만, 환자가 천천히 그러나 뻣뻣하게 몸을 일으켜 앉으며 양손으로 이불을 움켜잡은 채 알아들을 수 없는 말을 목구멍에서 웅얼거리다가 침대로 쓰러져 죽자 본능적으로 물러났다.

"완전히 죽었군!"

문이 열리자마자 허겁지겁 들어온 두 노파 중 하나가 그 모습을 보고 말했다.

"아무 말도 하지 않았어요!"

코니 여사가 무심한 척 걸어 나가며 대꾸했다.

두 노파는 달갑지 않은 임무를 수행할 준비를 하느라 너무 바쁜 나머지, 아무런 대꾸도 하지 않았고 방에 남아서 시체 주변을 왔다 갔다 서성댔다.

❈ 제3장 ❈
다시 페이긴과 그 패거리들의
이야기로 돌아가다

　이런 일들이 시골 구빈원에서 벌어지고 있을 때, 페이긴은 낸시가 올리버를 데려간 바로 그 낡은 소굴에서 앉아서 연기만 내며 꺼져가는 난로를 바라보며 생각에 잠겨 있었다. 무릎 위에 손풀무가 놓여 있는 것으로 보아, 좀 전에 꺼져가는 난롯불을 살리려 애썼던 모양인데 지금은 깊은 생각에 빠져있었다. 양 팔을 무릎 위에 세우고 턱을 엄지손가락으로 받친 채, 눈으로는 녹슨 빗장을 멍하니 바라보았다.

　페이긴의 뒤에 있는 탁자에는 미꾸라지 도저와 찰리 베이츠, 톰 치틀링이 둘러앉아서 휘스트라는 카드놀이에 여념이 없었다. 휘스트는 두 명이 한편이 되어 즐기는 카드놀이였기 때문에 찰리 베이츠와 치틀링이 한편을 먹고 도저가 두 사람 몫을 하고 있었다. 도저는 머리가 아주 비상할 뿐 아니라 침착하기까지 해서, 게임이 진행되는 상황을 열심히 관찰하고 치틀링의 손놀림에도 신경을 써서 때때로 부수적인 이득을 얻었다. 다양하고 진지한 눈길로 옆 사람의 카드를 읽은 다음 현명하게 자기 패를 관리했다. 그날 밤은 몹시 춥기도 했고, 평소에도 실내에서 모자를 쓰는 버릇이 있는 도저는 그날도 모자를 쓰고 있었다. 그리고 이빨 사이에 사기 담뱃대를 물고 있었는데, 카드놀이를 하는 동안 기분전환용으로 마시기 위해 탁자 위에 마련해둔 1리터들이 항아리에서 물을 섞은 진을 떠 마시려고 입을 벌려야 할 때만 입에서 담뱃대를 뺐다.

베이츠도 카드놀이에 집중하고 있었지만, 도저보다 쉽게 흥분하는 성격 탓에 물을 섞은 진을 훨씬 자주 마셨고, 머리를 써야 하는 카드게임과 아무 상관이 없는 농담과 쓸데없는 헛소리를 지껄였다. 사실 도저는 베이츠와 친하다고 생각했기 때문에 베이츠에게 그런 쓸데없는 말을 떠들어대지 말라고 여러 번 진지하게 충고했었다. 하지만 베이츠는 도저의 충고를 모두 심각하게 받아들이지 않고 꺼져버리라든가, 웃기지 말라든가 하는 종류의 말로 대꾸해버릴 뿐이었다. 기분 좋게 받아넘기는 베이츠의 태도에 치틀링은 상당한 존경심마저 들었다. 언제나 치틀링과 베이츠가 지지만, 베이츠는 판이 끝날 때마다 이렇게 재미있는 게임은 태어나서 처음이라고 떠들며 미친 듯이 웃는 것으로 보아, 게임에서 지는 것이 베이츠를 화나게 하기는커녕 최고로 기쁘게 만드는 것 같았다.

"10대 3이군."

치틀링이 조끼 주머니에서 반 크라운짜리 화폐를 꺼내며 침울한 표정으로 말했다.

"니 같은 애는 처음이야, 도저. 언제나 네가 이겨. 우리 패가 훨씬 좋아도 베이츠와 나는 그 패를 이용할 수가 없어."

이 말이 사실이기 때문인지, 치틀링의 유감스러운 말투 때문인지 찰리 베이츠가 자지러지게 웃는 바람에 깊은 생각에 잠겨 있던 페이긴이 제정신을 차리고 무슨 일이냐고 물었다.

"무슨 일이요, 페이긴?"

베이츠가 소리쳤다.

"카드놀이 하는 것을 직접 봤어야 했어요. 톰 치틀링이 1점도 못 땄거든요. 우리 둘이 한편을 먹고 도저와 내기를 했죠."

"아, 그래? 다시 해봐, 톰. 다시 해보라고."

페이긴이 냉소를 지으며 말했다. 그 이유를 확실하게 알고 있는 것이 분명했다.

"인제 그만할래요, 페이긴. 잃을 만큼 잃었어요. 도저가 운이 좋은 모양이에요. 도저히 당할 재간이 없어요."

치틀링이 말했다.

"하하! 그렇군."

페이긴이 대꾸했다.

"도저를 이기려면 매일 아침 일찍 일어나."

"아침이요?"

찰리 베이츠가 물었다.

"도저를 이기려면 밤에 장화를 신은 채 양쪽 눈에 망원경을 하나씩 쓰고 오페라 관람용 안경을 어깨에 걸고 자야 해."

도저는 이런 아낌없는 찬사를 듣고도 들뜨기는커녕, 한 번에 1실링씩 걸고 첫 번째 그림 카드가 높은 사람이 판돈을 먹는 내기를 하자고 제안했다. 아무도 제안을 받아들이지 않았고 담뱃대의 불도 꺼진 상태라, 도저는 특별히 높은 음으로 휘파람을 불며 카드놀이의 점수를 계산하는데 쓰던 분필 조각으로 탁자에 뉴게이트 감옥의 평면도를 그리며 놀기 시작했다.

"너 진짜 멍청하구나, 치틀링!"

도저가 한참 동안 아무도 말을 하지 않자, 그림을 그리다 말고 치틀링에게 말을 했다.

"치틀링이 무슨 생각을 할까요, 페이긴?"

"내가 어떻게 알겠니?"

페이긴이 열심히 손풀무질을 하다가 주위를 두리번거리면서 대꾸했다.

"잃은 돈? 막 떠나온 시골의 작은 감옥? 하하! 맞아?"

"전혀 아니죠."

도저는 대답을 하려는 치틀링의 말문을 막으며 말했다.

"너는 어떻게 생각해, 베이츠?"

"내 생각에는…… 치틀링이 베티에게 아주 특별히 달콤한 감정을 갖고 있는 것 같아. 얼굴 빨개지는 것 좀 봐! 이런, 내 눈이 의심스럽군. 황홀한 기분에 빠진 사람이 여기 있어. 톰 치틀링이 사랑에 빠졌어! 세상에, 페이긴, 페이긴! 기분 끝내주겠는걸!"

베이츠가 히죽거리며 대답했다.

치틀링이 그런 달콤한 감정의 포로가 되었음을 알아차려 한껏 기가 살아 의기양양해진 베이츠는 의자에서 벌떡 일어났다가 어찌나 힘껏 도로 털썩 주저앉았는지, 균형을 잃고 바닥에 나동그라지고 말았다. 바닥에 나동그라졌어도 웃음을 그치지 않던 베이츠는 웃음이 멈출 때까지 한참을 비닥에 누워 있다가, 다시 일어나 앉더니 또다시 웃기 시작했다.

"저 아이한테 신경 쓸 필요 없어."

페이긴이 도저에게 눈짓을 하며 말한 다음, 손풀무의 주둥이로 베이츠를 꾸짖듯 가볍게 한 대 때렸다.

"베티는 좋은 여자야. 베티를 잘 붙잡아, 치틀링. 절대 놓치지 말라고!"

"내가 하고 싶은 말은요, 페이긴······."

치틀링이 얼굴까지 새빨갛게 붉히며 말했다.

"그게 여기 있는 사람들과 아무 상관이 없다는 거예요."

"그렇지, 전혀 상관없지."

페이긴이 말했다.

"앞으로도 베이츠가 떠들어댈 거야. 그래도 신경 쓰지 마. 베이츠는 신경 쓸 필요 없어. 베티는 좋은 여자야. 베티가 하자는 대로 해, 치틀링. 그럼 넌 부자가 될 거야."

"네, 베티가 시키는 대로 할 거예요."

치틀링이 대꾸했다.

"베티의 충고가 아니었다면 감옥에 다시 가지도 않았을 거예요. 하지만 페이긴, 당신한테도 좋은 일이었잖아요, 그렇죠? 그리고 6주 정도잖아요. 언제라도 결국에는 다녀와야 하죠. 겨울이면 어때요. 어차피 밖에 나다니고 싶지도 않은 계절이니까요. 그렇죠, 페이긴?"

"물론이지."

페이긴이 대답했다.

"정말 괜찮은 거지, 치틀링?"

도저가 베이츠와 페이긴에게 눈짓을 하면서 말했다.

"베티만 무사하다면 말이지?"

"괜찮고말고."

치틀링이 화를 내며 말했다.

"당장 가도 좋아! 이렇게 말할 수 있는 사람이 있으면 한번 나와 보라고 해. 그렇죠, 페이긴?"

"그럼, 한 사람도 없어, 치틀링. 너 말고 그럴 수 있는 사람은 없어. 한 사람도 없고말고."

페이긴이 맞장구를 쳤다.

"베티에 대해 불었다면 나는 무사했을 거예요, 그렇죠?"

멍청한 치틀링이 분통을 터뜨리며 말했다.

"내가 한마디만 했으면 끝장났을 거예요. 그렇죠, 페이긴?"

"당연하지."

페이긴이 대꾸했다.

"하지만 난 불지 않았어요. 그렇죠, 페이긴?"

치틀링이 수다스럽게 했던 질문을 자꾸만 반복했다.

"안 불었지. 그래."

페이긴이 대꾸했다.

"너는 그 점에 대해서는 정말 믿음직했어. 아주 굉장했지."

"맞아요."

치틀링이 주변을 둘러보며 맞장구를 쳤다.

"그런데 왜 웃는 거예요, 페이긴?"

치틀링이 몹시 불쾌해한다는 것을 눈치챈 페이긴이 아무도 웃지 않았다고 허겁지겁 치틀링을 안심시켰다. 그 말이 사실임을 입증하기 위해 치틀링의 기분을 상하게 한 주범인 베이츠에게 눈짓을 했지만, 불행하게도 베이츠는 평생 지금보다 너 심각했던 때는 없었다는 말을 하려고 입을 벌리는 순간 터져 나오는 웃음을 막을 수 없었다. 모욕을 당했다고 느낀 치틀링이 느닷없이 방을 가로질러 달려들며 베이츠를 향해 주먹을 한 방 날렸다. 하지만 뺀질거리기로 유명한 베이츠는 날아오는 주먹을 살짝 피했는데, 시간이 어찌나 절묘하게 맞아떨어졌는지 베이츠를 겨냥했던 주먹은 페이긴의 가슴을 정통으로 맞혔다. 예상치 못한 일격을 당한 페이긴은 비틀비틀 벽에 기대더니 그 자리에서 숨을 헐떡였다. 그러는 사이, 치틀링은 당황하여 눈만 멀뚱멀뚱 뜨고 있었다.

"쉿!"

그 순간 도저가 외쳤다.

"종소리가 들렸어."

도저가 촛불을 집어 들며 살금살금 계단을 올라갔다.

남은 사람들이 어둠 속에 남아 있는데, 또다시 종이 다급하게 울렸다. 잠시 후 도저가 다시 나타나더니, 페이긴에게 비밀스럽게 귓속말을 했다.

"뭐! 혼자?"

페이긴이 소리쳤다.

도저가 그렇다고 고개를 끄덕이더니, 손으로 촛불을 가리며 찰리 베이츠에게 지금은 웃지 않는 게 좋을 것 같다는 뜻을 몸짓으로 넌지시 알려주었다. 그런 다음 페이긴의 얼굴을 뚫어지게 보며 지시를 기다렸다.

페이긴은 노래진 손가락을 물어뜯으며 몇 초 동안 생각에 잠겼다. 그사이 무언가를 겁내며 최악의 사태가 일어날까 봐 걱정하는 듯 페이긴의 얼굴은 불안한 기색이 역력했다. 마침내 페이긴이 고개를 들었다.

"지금 어디 있어?"

페이긴이 물었다.

도저가 위층을 가리키며 방에서 나가려는 듯 몸짓을 했다.

"좋아."

페이긴이 무언의 질문에 대답했다.

"이곳으로 데려와. 쉿! 조용히 해, 베이츠! 얌전히 굴어, 치틀링! 어서 나가, 어서!"

방에서 나가라는 짤막한 지시를 들은 베이츠와 치틀링은 순순히, 그리고 그 즉시 지시를 따랐다. 도저가 촛불을 손에 들고 계단을 내려왔고 남루한 작업복 차림의 사내가 그 뒤를 따라 내려왔을 때 두 아이의 행방에 관한 아무런 흔적이 없었다. 그 사내는 방을 황급히 둘러보더니 얼굴 밑 부분을 가리고 있던 커다란 숄을 벗어 얼굴을 드러냈다. 세수도 하지 않고 수염도 깎지 않은, 수척하지만 잘생긴 토비 크라킷이었다.

"잘 지내셨어요, 페이긴?"

크라킷은 페이긴에게 머리를 꾸벅 숙이며 말했다.

"이 숄을 잘 보이는 곳에 둬, 도저. 그래야 갈 때 쉽게 찾지. 그렇지, 아주 잘하는군! 너는 지금의 저 늙은이보다 훨씬 훌륭한 도둑이 될 거야!"

이 말과 함께 크라킷은 작업복을 벗어 허리에 감싸더니 벽난로 곁으로 의자를 끌어당겨 벽난로 안 시렁에 발을 올려놓았다.

"이것 좀 봐요, 페이긴."

크라킷은 자기가 신은 목이 긴 장화를 서글프게 가리키며 말했다.

"그때부터 구두약을 한 번도 못 칠했어요. 구두약 근처에도 못 갔죠. 하지만 나를 그런 눈으로 보지 말아요. 좀 있다가 다

얘기할게요. 난 먹을 것과 마실 것이 들어가야 일 얘기를 할 수 있어요. 그러니 입맛 다실 것을 좀 내와요. 사흘이나 굶었으니 배부터 채우자고요!"

페이긴이 도저에게 먹을 것을 탁자 위에 갖다 놓으라고 손짓을 하고, 크라킷 맞은편에 앉아 그가 입을 열기를 기다렸다.

크라킷의 태도로 보아 서둘러 입을 열 것 같지 않았다. 먼저, 페이긴은 크라킷의 표정을 통해 그가 갖고 온 정보의 단서를 얻으려는 듯 표정을 살피며 참고 기다리려고 했지만 소용이 없었다. 크라킷는 피곤하고 지쳐 보였지만, 늘 그렇듯이 만족스럽고 편안한 표정이었다. 지저분하고 수염이 덥수룩하지만 잘생긴 토비 크라킷의 자만심이 넘쳐흐르는 능글맞은 웃음은 변함이 없었다. 드디어 인내심의 한계에 도달한 페이긴이 크라킷이 입에 넣는 음식을 놓치지 않고 쳐다보면서 흥분을 가라앉히지 못하고 방 안을 왔다 갔다 서성댔다. 크라킷은 이에 아랑곳하지 않고 더는 먹지 못할 때까지 계속 먹기만 했다. 그런 다음, 도저에게 밖으로 나가라고 지시하더니 문을 닫고 독주에 물을 타서 들고 이야기를 시작했다.

"무엇보다 말이죠, 페이긴."

크라킷이 말했다.

"그래, 그래!"

페이긴이 의자를 끌어당기며 끼어들었다.

크라킷이 술을 한 모금 마시더니 술맛이 최고라고 말한 다음, 장화가 눈높이에 오도록 발을 낮은 벽난로 턱에 올려놓고 조용히 이야기를 계속했다.

"우선, 빌은 어때요?"

"뭐?"

페이긴이 의자에서 일어나며 소리를 질렀다.

"그러니까 내 말은요……."

크라킷이 하얗게 질려서 말을 시작했다.

"그러니까 도대체 모두 어디 있어? 사익스하고 그 아이, 어디 있어? 어디 있었던 거야? 두 사람은 지금 어디에 숨어 있어? 왜 여기로 안 오는 거야?"

페이긴이 화가 나서 발로 바닥을 구르며 소리쳤다.

"작전이 실패했어요."

크라킷이 기어들어 가는 목소리로 말했다.

"그건 나도 알아. 그 다음은?"

페이긴이 말했다.

"그 사람들이 총을 쏴서 아이가 맞았어요. 우리는 아이를 양쪽에서 부축하고 뒤쪽 들판을 가로질러 울타리와 도랑을 뛰어넘어 일직선으로 곧장 뛰었죠. 추격을 하더군요. 빌어먹을! 동네가 벌컥 뒤집힌 거예요. 개들까지 달려들었다니까요!"

"아이는?"

페이긴이 다급하게 물었다.

"빌이 등에 업고 바람처럼 달렸어요. 우리가 양쪽에서 부축하려고 아이를 내렸더니 고개가 축 늘어졌고 몸이 싸늘했어요. 까딱하다간 잡힐 판이었어요. 다른 사람을 생각할 겨를이 없었다고요! 그래서 우리는 찢어졌어요. 도랑에 아이를 버려두고서요. 죽었는지 살았는지 아무도 몰라요."

페이긴은 더는 듣지 않고 고래고래 소리를 질렀고 양손으로 머리카락을 쥐어뜯으면서 방에서 뛰쳐나가 집 밖으로 나갔다.

제4장

새로운 등장인물과
계속 이어지는 사건들

　　페이긴은 길모퉁이까지 와서야 겨우 토비 크라킷이 전한 소식 때문에 받은 충격에서 회복되었다. 평소와는 다르게 놀랍도록 빠른 걸음걸이를 늦추지 않은 채, 미치광이처럼 정신없이 계속 앞으로 걸어갔다. 마차가 별안간 무시무시한 속도로 옆을 지나쳤지만 페이긴이 위험하다고 생각한 보행자들이 수선스럽게 소리를 질러준 덕분에 무사히 다시 인도로 올라왔다. 페이긴은 어디로 가야 할지 목적지를 모르겠다는 듯 허둥지둥 주위를 두리번거리다가 잠시 멈추더니, 지나온 방향과 정반대로 발걸음을 옮겼다. 되도록 큰길을 피하고 뒷골목이나 좁은 골목으로만 도둑고양이처럼 살금살금 가다가, 드디어 스노우 힐에 당도했다. 이곳에 도착하자 아까보다도 더 빨리 걸었다. 공터로 들어서자 걸음을 늦추었는데, 자기에게 딱 어울리는 장소에 왔다는 생각이 들었는지, 평소처럼 어기적어기적 걷기 시작했고 숨쉬기도 한결 편안해진 것 같았다.

스노우 힐과 홀번 힐이 만나는 지점에 가까워지자, 런던을 등지고 섰을 경우 오른쪽으로 샤프란 힐로 통하는 좁고 음산한 뒷골목이 나타났다. 그곳에는 지저분한 가게가 즐비했는데, 온 갖 크기와 모양의 중고 비단 손수건이 큰 묶음으로 묶여 진열되어 있었다. 소매치기들에게서 손수건을 사들이는 장물아비들이 이곳에 거주한다. 손수건 수백 개가 창문밖에 주렁주렁 걸려 있거나, 문설주에 자랑스럽게 걸려 펄럭이고 가게 선반에도 쌓여 있다. 필드레인이라고 불리는 이곳에는 이발소, 찻집, 맥 줏집, 생선튀김집이 있어서, 좀도둑들 사이에서는 나름의 번화 가이며 그들의 아지트다. 이른 아침이나 석양이 물들 때가 되면 뒷골목 가게에서 거래하는 말 없는 장사치들이 은근슬쩍 모였다가 다시 은근슬쩍 사라진다. 이곳에서 헌 옷 장수며 구두 수선공, 넝마 장사치들도 좀도둑들의 눈에 띄기 위한 간판처럼 각자의 물건을 펼쳐 놓는다. 고철과 뼈다귀 더미, 곰팡이 난 모직물과 리넨 조각들이 더러운 지하 광에서 녹슬고 썩고 있다.

페이긴이 바로 이곳에 들어섰다. 필드레인의 혈색이 안 좋은 주민 중에서 페이긴을 모르는 사람은 없었기 때문에, 대부분 장물을 사거나 팔기 위해 망을 보다가 페이긴이 지나가면 스스럼 없이 고개를 숙여 인사를 했다. 페이긴도 똑같이 목례만 할 뿐, 골목 끝에 도착할 때까지 더는 아는 척을 하지 않았다. 그러다 막다른 골목에서 걸음을 멈추고, 아동용 의자에 몸을 억지로 구겨 넣고 가게 앞에서 담뱃대로 담배를 피우는 몸집이 작은 장사꾼에게 말을 걸었다.

"이게 누구야. 페이긴 씨를 만났으니 눈병이 다 낫겠네요."

페이긴이 안부를 묻자 그 장사꾼이 고맙다는 듯 말했다.

"라이블리, 동네가 좀 덥군요!"

페이긴이 눈썹을 치켜뜨더니 양손으로 반대편 어깨를 감싸며 말했다.

"맞아요! 전에도 한두 번 그런 불평을 들은 적이 있지요."

장사꾼이 대답했다.

"하지만 다시 선선해져요. 그렇지 않던가요?"

페이긴이 그렇다고 고개를 끄덕이더니, 샤프란 힐 쪽을 가리키며 오늘 밤 저쪽에 누군가가 왔는지를 물었다.

"크리플즈 주점에요?"

장사꾼이 되물었다.

페이긴이 고개를 끄덕였다.

"어디 보자⋯⋯."

장사꾼이 잠시 생각에 잠겼다.

"맞아, 내가 알기로는 대여섯 명이 왔어요. 근데 당신 친구는 없는 것 같아요."

"사익스 말이오?"

페이긴이 실망스러운 표정으로 물었다.

"법조인들의 용어로 '소재불명'이죠."

몸집이 작은 장사꾼이 머리를 절레절레 흔들며 놀랄 정도로 교활한 표정을 지으며 대꾸했다.

"오늘 밤 내게 용건이 있나요?"

"오늘 밤은 없소."

페이긴이 발걸음을 돌리며 말했다.

"크리플즈에 올라갈 거예요, 페이긴?"

몸집이 작은 장사꾼이 페이긴을 부르며 소리를 질렀다.

"잠깐만요! 당신과 거기서 한잔해도 좋을 것 같은데요?"

하지만 페이긴이 뒤돌아보며 혼자 있고 싶다는 뜻으로 손을 흔들었다. 몸집이 작은 라이블리 씨는 의자에서 몸을 빼내기도 쉽지 않기 때문에, 한동안 크리플즈를 방문하는 기쁨을 누리지 못했다. 라이블리 씨가 의자에서 몸을 빼내 일어섰을 때쯤에는 페이긴이 이미 사라지고 없었다. 그래서 라이블리 씨가 까치발로 서서 페이긴을 찾으려 애를 쓰다가 다시 그 작은 의자에 몸을 억지로 구겨 넣고, 맞은편 가게에 있는 여주인과 의심스럽고 믿을 수 없다는 뜻으로 서로 고개를 절레절레 젓더니 의젓하게 담배를 다시 피웠다.

크리플즈 주점은 절름발이 그림이 그려진 간판으로 단골손님에게 친숙한 곳이었다. 사익스와 그의 개도 이미 단골손님이었다. 바에 있는 한 사내에게 아는 척을 한 페이긴은 곧장 계단을 올라가더니, 홀 문을 열고 은근슬쩍 들어가서 손을 눈썹 위에 대고 특별히 찾는 사람이라도 있는 듯이 홀 안을 초조하게 두리번거렸다.

가스등 두 개가 방을 밝히고 있었지만, 그 불빛은 빗장이 쳐진 덧문과 빈틈없이 내려진 빛바랜 붉은 색 커튼 때문에 밖으로 전혀 새어나가지 못했다. 천장은 가스등의 너울거리는 불길에 그을리는 것을 막기 위해서 까맣게 칠해져 있었다. 방 안에 담배 연기가 자욱했기 때문에 처음에는 아무것도 알아볼 수 없었지만, 열린 문으로 담배 연기가 좀 빠져나가자 알아들을 수 없었던 소리가 귀에 점차 들리면서 옹기종기 모인 사람들의 머리가 눈에 들어왔다. 눈이 환경에 적응함에 따라, 페이긴은 그곳에 수많은 사람이 남녀 구별 없이 둥근 탁자에 빙 둘러앉아 있다는 것을 알게 되었다. 둥근 탁자의 상석에는 의장이 손에 의사봉을 들고 앉아 있었고, 코가 푸르스름하고 치통 때문에 얼굴을 칭칭 동여맨 반주자가 한쪽 구석에서 피아노를 뚱땅거리며 치고 있었다.

페이긴이 조용히 안으로 한 발을 들여놓는 순간, 피아노로 전주를 치던 반주자가 손님들에게 노래를 부르라고 이따금 소리를 질렀다. 반주자의 목소리가 사라지자, 젊은 여자가 4절로 된 감상적인 연가를 불러 사람들을 즐겁게 해주기 시작했다. 반주자는 절과 절 사이마다 멜로디를 최대한 크게 연주했다. 이 노래가 끝나자 의장이 건배를 제안했다. 건배가 끝나고 의장의 좌우에 앉은 신사 두 명이 자진해서 이중창을 불러 큰 박수갈채를 받았다.

많은 사람 가운데 특별히 눈에 띄는 몇몇 얼굴을 관찰하는 것이 재미있었다. 의장도 눈에 띄었지만 상스럽고 거칠어 보이는 뚱뚱한 이 술집 주인도 눈에 띄었는데, 남들이 노래를 부르는 동안 눈을 이리저리 굴리며 좋아서 어쩔 줄 몰라 했고, 주위에서 벌어지는 일을 하나라도 놓칠세라 눈을 크게 뜨고 귀를 쫑긋세웠다. 술집 주인 옆에는 가수들이 있었는데, 직업이 가수이다 보니 사람들의 찬사에는 별 관심을 보이지 않았고, 극성스러운 팬들이 권하는 독주를 차례로 열댓 잔 들이켰다. 팬들의 표정에는 온갖 종류의 불량기가 드러났는데, 바로 그런 불량기에 관한 거부감 때문에 어쩔 수 없이 팬들도 눈에 띄었다. 약삭빠르고 난폭하며 술에 취한 모습들이 제대로 드러났다. 젊은 시절의 싱싱함이라고는 눈을 씻고 찾으려야 찾을 수 없는 여자들도 있었고, 여성스러움이라고는 흔적도 없이 사라지고 정숙하지 못한 짓을 할 기회만 호시탐탐 노리는 여자들도 있었다. 한창때가 아직 지나지 않은 젊은 여자도 있었는데, 모두 이 음산한 장면에서 가장 어둡고 슬픈 부분을 차지했다.

페이긴은 이곳의 떠들썩한 분위기에 기분이 상했지만 얼굴을 하나하나 열심히 쳐다보았다. 그러는 동안 찾는 얼굴이 눈에 띄지 않았다. 드디어 자리에 앉아 있던 사내의 눈길을 끄는 데 성공한 페이긴은 그 사내에게 살짝 손짓한 다음, 방에 들어올 때만큼이나 슬쩍 방을 나갔다.

"무엇을 도와드릴까요, 페이긴 씨?"

계단참까지 페이긴을 따라 나온 사내가 친절하게 물었다.

"우리와 함께하시겠어요? 모두 아주 좋아할 겁니다."

페이긴은 초조하게 머리를 가로저으며 귓속말로 속삭였다.

"그 녀석 여기 있소?"

"아니요."

사내가 대답했다.

"바니에게서도 소식이 없고?"

페이긴이 물었다.

"전혀요."

크리플즈의 주인이 대답했다. 페이긴을 따라 나온 사내가 바로 술집 주인이었다.

"잠잠해질 때까지 꼼짝하지 않을 거예요. 사람들이 아직도 단서를 찾고 있거든요. 잘못 움직였다가는 당장 붙잡힐 게 뻔하잖아요. 바니는 무사합니다. 분명해요. 무소식이 희소식이니고, 안 그러면 무슨 소식이 들렸을 겁니다. 바니가 눈치껏 행동한다는 쪽에 1파운드를 걸죠. 지금은 그냥 놔두세요."

"오늘 밤 녀석이 여기 올까요?"

페이긴이 아까처럼 '녀석'을 강조하며 물었다.

"몽크스 말이에요?"

술집 주인이 머뭇거리며 물었다.

"쉿!"

페이긴이 말했다.

"맞소."

"오겠죠."

술집 주인이 말했다. 바지 허리춤의 작은 주머니에서 금시계를 꺼내며 대답했다.

"올 때가 지났어요. 10분만 기다리면 올 겁니다."

"아니, 아니요."

페이긴이 허겁지겁 대답했다. 몽크스를 보고 싶은 마음이 아무리 간절하다고 해도 아직 오지 않았다는 말에 안심이 된 모양이었다.

"내가 만나러 왔었다고 전해주고, 오늘 밤 내게 꼭 오라고 해주시오. 아니 내일 밤에. 지금 여기 없으니까 내일 밤이 좋을 것 같군요."

"좋아요!"

술집 주인이 말했다.

"다른 건 없어요?"

"지금은 없소."

페이긴이 계단을 내려가며 말했다.

"내 생각에는……."

술집 주인이 난간 너머를 보면서 쉰 목소리로 작게 말했다.

"거래하기 딱 좋은 시간이군요! 여기 필 바커가 와 있는데 술에 취했으니 어린아이라도 필을 속일 수 있을 거요."

"그래요? 하지만 지금은 필 바커가 필요하지 않소."

페이긴이 위를 올려다보며 말했다.

"필은 나중에 따로 시킬 일이 있소. 그러니 어서 가서 노래나 계속하고, 사람들에게 즐길 수 있을 때 즐겁게 지내라고 전하쇼. 하하하!"

술집 주인도 페이긴이 웃자 웃음으로 답하고 손님들에게로 돌아갔다. 페이긴은 혼자 남겨지자마자 다시 걱정과 고민에 싸인 표정을 지었다. 그러고는 잠시 생각에 잠겼다가 마차를 불러 타고 마부에게 베스널 그린으로 가자고 말했다. 사이크스의 거처에서 400미터 전에 내려 마차를 돌려보내고 걸어갔다.

'좋아!'

페이긴이 현관문을 두드리며 혼자 중얼거렸다.

'나를 속이려는 수작을 부린다면, 알아내고야 말겠어. 쥐새끼 같은 계집애.'

문을 열어준 여자가 페이긴이 찾는 여자는 방에 있다고 말했다. 그래서 페이긴이 조용히 계단을 올라가서, 노크도 하지 않고 불쑥 방으로 들어갔다. 여자가 방에 혼자 있었는데, 미친 여자처럼 머리를 산발하고 탁자에 엎드려 있었다.

'술을 마셨군!'

페이긴이 냉정하게 생각했다.

'아니면 착잡해서 그러나?'

페이긴이 혼자 생각하며 돌아서서 문을 닫자, 문이 닫히는 소리에 여자가 고개를 들었다. 여자가 페이긴의 교활한 얼굴을 실눈을 뜨고 쳐다보며 무슨 소식이 있는지 묻는 눈치였다. 그래서 페이긴은 토비 크라킷이 들려준 이야기를 그대로 전달해주었다. 이야기가 끝나자, 여자는 아까처럼 탁자에 엎드린 채 한마디도 하지 않았다. 겨우 짜증스럽게 촛불을 멀리 밀었고 한두 번 미친 듯이 자세를 바꾸며 방바닥을 발로 비볐다. 그게 전부였다.

침묵이 흐르는 동안, 페이긴은 불안하게 방 안을 두리번거렸다. 남몰래 사익스가 돌아오지 않았다는 것을 확인하려는 듯했다. 사익스가 없다는 것을 확인한 페이긴은 두어 번 헛기침을 하며, 이야기를 시작하려고 무던히 애를 썼다. 하지만 여자는 페이긴이 돌덩어리인 양 전혀 신경을 쓰지 않았다. 결국 페이긴이 다른 시도를 해보았다. 양손을 비비며 한껏 달래는 말투로 말을 걸었다.

"그런데 빌이 지금 어디 있을 것 같아?"

여자는 말할 수 없다는 취지의 잘 알아들을 수 없는 대답을 내뱉었고, 목이 반쯤 멘 소리가 입에서 새어 나오는 것으로 보아 울고 있는 것 같았다.

"그럼 그 아이도?"

페이긴이 여자의 얼굴을 잠깐이라도 보려고 눈을 크게 뜨며 말했다.

"어린 것이 불쌍하기도 하지. 도랑에 버려졌대, 낸시. 생각 좀 해봐!"

"그 아이는……."

낸시가 갑자기 얼굴을 들며 말했다.

"우리랑 함께 있는 것보다 지금이 더 나아요. 그 일로 인해 빌에게 아무런 해가 없다면 아이는 도랑에서 죽는 게 나아요. 그 어린 것이 거기서 썩겠죠."

"뭐?"

페이긴이 소스라치게 놀라서 말했다.

"그래요, 맞아요."

낸시가 페이긴의 눈을 마주 보며 쏘아붙였다.

"그 아이가 내 눈앞에 없는 것이 얼마나 다행인지 몰라요. 더는 나빠지지 않을 테니까요. 그 아이가 내 곁에 있는 것을 참을 수가 없어요. 그 아이를 보면 나 자신과 당신들 모두에게 화가 나거든요."

"놀고 있네!"

페이긴이 비아냥거리며 말했다.

"취했군!"

"내가요?"

낸시가 사납게 쏘아붙였다.

"내가 안 취했다면 당신 잘못은 없겠지요. 그런데 당신은 언제나 나를 취하게 했어요. 당신이 뜻을 이루었다면 내게 아무 관심도 없었을 테지만 지금은 아니죠? 그 농담이 마음에 안 드나 보네요, 그렇죠?"

"맞아!"

페이긴이 신경질적으로 되받아쳤다.

"마음에 안 들어!"

"그럼, 바꿔요."

낸시가 웃으며 대꾸했다.

"바꾸라고?"

페이긴은 그날 밤에 이미 속이 상해 있었는데, 거기에 예상치 못한 상대방의 고집에 분을 참지 못하고 벌컥 화를 내며 소리쳤다.

"좋아, 내가 바꾸지! 내 말 잘 들어, 이 더러운 매춘부 계집애야! 잘 들어. 내가 입만 뻥긋하면 사이크스 정도는, 당장 내 손가락으로 그놈의 개를 목 졸라 죽일 만큼 간단히, 교수형 시킬 수 있으니까 말이야. 사이크스가 그 아이를 거기에 버려두고 혼자 돌아오면, 죽었든 살았든 아이를 내게 데려오지 않고 혼자만 살아서 돌아온다면, 네가 네 손으로 그놈을 죽여. 안 그러면 그놈을 내가 교수대에 세울 테니까. 그것도 그놈이 여기에 발을 들여놓는 순간 지체하지 말고 죽여. 안 그러면 후회하게 될 거야!"

"그게 다 무슨 소리죠?"

낸시가 자기도 모르게 질문했다.

"무슨 소리냐고?"

페이긴이 머리끝까지 치민 화를 주체하지 못하고 소리쳤다.

"말해주지! 내게 그 아이는 수백 파운드의 가치가 있단 말이야. 무사히 내 손에 들어오도록 예정된 돈을 눈앞에서 놓치란 말이야? 그것도 목숨이 내 손에 달린 주정뱅이들의 변덕 때문에? 나는 태생이 나쁘고 마음만 먹으면 무슨 짓이라도 할 수 있는 능력이……."

숨이 차서 하던 말을 잠시 멈춘 페이긴은 별안간 용솟음치는 분노를 가라앉히고 태도를 갑자기 바꿨다. 조금 전까지만 해도 양손으로 주먹을 꽉 움켜쥔 채 눈을 부릅뜨고 얼굴은 흥분으로 납빛이었지만, 지금은 의자에 털썩 주저앉아 온몸을 웅크리더니 숨겨왔던 지난 만행을 털어놓은 것이 두려워 몸을 부들부들 떨었다. 잠시 침묵이 흐른 다음, 페이긴은 겨우 용기를 내서 주변을 두리번거리다 낸시를 쳐다보았는데, 낸시가 아까 고개를 들기 전과 마찬가지로 얼이 빠진 모습인 것을 보고 안심하는 것 같았다.

"낸시!"

페이긴이 평소처럼 음산한 목소리로 불렀다.

"내 말 들었어?"

"지금은 나를 내버려 둬요, 페이긴."

낸시가 마음이 내키지 않는 듯 고개를 들면서 대답했다.

"이번에 실패했다면 다음에는 성공할 거예요. 당신을 위해 수많은 일을 했잖아요. 앞으로도 할 수 있다면 더 많은 일을 할 거예요. 하지만 할 수 없을 때는 못 하죠. 그러니 더는 왈가왈부하지 말아요."

"그 아이에 대해서도?"

페이긴이 양 손바닥을 초조하게 비비며 물었다.

"그 아이도 다른 아이와 마찬가지로 그 아이의 운명에 맡겨야 해요."

낸시가 조급하게 끼어들었다.

"다시 말하지만 나는 그 아이가 죽어서 나쁜 일에서, 당신의 손아귀에서 벗어났기를 바라요. 그러니까 빌만 무사하면 되죠. 만약 토비가 무사히 도망쳤다면 빌도 무사할 게 뻔해요. 빌은 토비보다 훨씬 나으니까요."

"그럼 아까 내가 한 말은?"

페이긴이 이글거리는 눈으로 낸시를 응시하면서 물었다.

"내게 뭔가를 시킬 거라면 다시 말해줘요."

낸시가 대꾸했다.

"그리고 뭘 시키든 내일까지 기다리는 게 좋을 거예요. 당신 덕분에 잠깐 정신이 들었지만 지금은 다시 멍하니까요."

페이긴은 낸시가 좀 전에 자기가 무심코 떠들어댄 말을 기억하는지 확인하기 위해서 몇 가지 질문을 더 했지만 낸시의 대답은 두서가 없었다. 더구나 페이긴이 미심쩍은 눈길로 살피는데도 태연한 것으로 보아, 생각했던 대로 낸시는 술에 취한 것이 분명하다고 생각하며 마음을 놓았다. 사실 낸시도 페이긴이 데리고 있던 다른 여자애들과 마찬가지로 술을 아주 좋아했고, 초창기에는 페이긴이 술을 제지하기는커녕 오히려 장려하는 편이었다. 낸시의 단정하지 못한 모습과 방 안을 진동하는 술 냄새는 페이긴의 추측을 확실하게 입증해주고도 남았다. 앞서서 묘사했듯이 낸시가 처음에는 심하게 굴었지만 지금은 어느 정도 진정이 되었다. 처음에는 멍했다가 시간이 지날수록 복잡한 감정에 휩싸여, 1분 동안 눈물을 흘리더니 이내 다양한 감탄사를 뱉어냈다. 심지어 신사 숙녀가 행복할 수 있는 확률이 얼마나 되는지 정말 말도 안 되는 계산을 했을 때는, 평생 이런 장면을 많이 본 페이긴으로서는 낸시가 완전히 맛이 갔다는 것을 확신하고 크게 안심할 정도였다.

이로써 마음을 놓으며 그날 밤 자기가 들은 이야기를 낸시에게 전달해주고, 사익스가 돌아오지 않았다는 것을 두 눈으로 직접 확인하는 두 가지 목적을 모두 이루자, 페이긴은 낸시가 탁자에 엎어져 자도록 내버려 두고 다시 집으로 향했다.

자정이 지난 지 채 한 시간도 안 된 시각이라 몹시 어두웠고 추웠기 때문에 페이긴은 길거리를 배회할 생각이 전혀 없었다. 거리를 훑고 지나가는 살을 에는 듯한 바람 때문에 먼지도 흙도 행인도 볼 수 없었다. 그야말로 인적이 드물었으며 그나마 행인들이 있다고 해도 모두 집으로 돌아가기 바빴다. 페이긴은 바람이 뒤쪽에서 불어왔기 때문에 바람을 등지고 걸으니 바람이 불 때마다 온몸이 덜덜 떨리기는 해도 쉽게 앞으로 나아갈 수 있었다.

페이긴이 동네 모퉁이까지 도착해 주머니에서 현관 열쇠를 찾기 시작할 때, 깊은 그늘 속에 있는 삐죽이 튀어나온 입구에서 검은 그림자가 나오더니 길을 건너 페이긴이 눈치채지 못하게 슬쩍 다가왔다.

"페이긴!"

페이긴의 귀에 대고 속삭이는 목소리가 들렸다.

"아니!"

페이긴이 재빠르게 돌아서며 말했다.

"너는……."

"맞아!"

사내가 허겁지겁 페이긴의 말을 막았다.

"두 시간 동안 너를 기다렸어. 도대체 어디를 갔다 온 거야?"

"너 때문이야."

페이긴이 상대방을 불편하게 쳐다보더니 이내 발걸음을 늦추며 말했다.

"밤새 너 때문에 돌아다녔어."

"물론 그랬겠지!"

사내가 이죽거리며 말했다.

"좋아. 그래 뭘 알아냈는데?"

"좋은 소식은 없었어."

페이긴이 대답했다.

"나쁜 소식이 없었겠지!"

사내가 별안간 걸음을 멈추더니 놀란 토끼 눈으로 페이긴을 쳐다보며 말했다.

페이긴이 고개를 가로저은 다음 대꾸를 하려는 찰나, 사내가 말을 가로막더니 집으로 들어가자는 몸짓을 했다. 마침 그 순간 두 사람이 집 앞에 도착하자, 사내는 자기가 오랫동안 밖에서 바람을 맞으며 서 있어서 몸이 꽁꽁 얼었으니 실내에 들어가서 용건을 말하는 것이 좋겠다고 말했다.

페이긴은 적절하지 않은 시간에 손님을 집에 데리고 들어가지 않을 구실을 찾으려는 듯이 쳐다보며 난로가 없다는 말을 웅얼거렸다. 하지만 사내가 명령조로 자기의 주장을 반복했기 때문에 페이긴은 문을 열고 들어가서 불을 켜는 동안 사내에게 문을 조용히 닫으라고 부탁했다.

"무덤 속처럼 캄캄하군."

사내가 더듬더듬 앞으로 몇 발짝을 걸으며 말했다.

"서둘러! 어두운 건 질색이야!"

"문이나 닫아!"

페이긴이 복도 끝에서 속삭였다. 페이긴이 말하는 사이 문이 쾅하고 닫혔다.

"내가 그런 거 아니야."

사내가 앞을 더듬으며 말했다.

"바람 때문이든지, 아니면 저절로 닫힌 거야. 어서 불이나 찾

아. 이러다가 무덤 같은 곳에서 부딪혀 머리를 깨뜨리겠어."

페이긴이 도둑고양이처럼 살금살금 부엌 계단을 내려갔다가 잠시 후 촛불을 들고 돌아와, 아래층 뒷방에서는 토비 크라킷이, 앞방에서는 아이들이 자고 있다는 소식을 전했다. 페이긴은 사내에게 따라오라는 손짓을 하더니 위층으로 데리고 올라갔다.

"여기에서 용건을 말해."

페이긴이 1층에 있는 방문을 열면서 말했다.

"덧문에 구멍이 많아서 촛불을 들고 들어가면 이웃에게 들키니까 촛불을 계단에 놓고 들어가야 해."

이 말과 함께 페이긴은 몸을 숙이고 촛불을 방문 반대편 계단에 놓고 방으로 먼저 들어갔다. 방 안에는 부서진 안락의자와 덮개도 덮지 않은 낡은 소파만 문 뒤에 서 있을 뿐, 붙박이가 아닌 가구는 아무것도 없었다. 사내가 낡은 소파 위로 지친 몸을 던졌다. 페이긴은 안락의자를 맞은편으로 끌어와 사내와 마주 보고 앉았다. 방 안은 비스듬히 열린 문틈으로 밖에 세워둔 촛불이 반대편 벽에 희미하게 비쳤기 때문에 캄캄하지는 않았다.

두 사람은 한동안 작은 소리로 속삭였다. 이따금 단어가 들렸지만 대화의 내용은 조금도 알 길이 없었다. 다만 사내가 몹시 초조해한다는 것과 사내의 공격에 페이긴이 변명을 하는 것처럼 보였다. 두 사람은 15분 이상 이야기를 나누었는데, 이야기를 하는 도중 페이긴이 이 사내를 몇 번인가 몽크스라고 불렀다. 몽크스가 목소리를 약간 높여 말했다.

"다시 말하지만 애초에 계획이 틀렸어. 왜 그 아이를 여기 데리고 있다가, 우는 척하면서 몰래 주머니를 터는 소매치기를 시키지 않았지?"

"말은 쉽지!"

페이긴이 어깨를 으쓱이며 소리쳤다.

"왜? 선택의 여지가 없었다는 얘기야?"

몽크스가 단호하게 물었다.

"다른 아이들에게는 몇십 번이나 그렇게 했잖아? 기껏해야 열두 달만 참았다면 유죄 판결을 받고 평생 감옥에서 썩도록 보내버릴 수도 있었을 텐데."

"누구 좋으라고?"

페이긴이 계면쩍게 물었다.

"나."

몽크스가 대답했다.

"나는 아니잖아."

페이긴이 온순하게 말했다.

"거래를 하게 되면 둘 모두에게 이익이 되도록 흥정하는 것이 당연하지 않아?"

"그다음은?"

몽크스가 퉁명스럽게 물었다.

"그 아이는 훈련시키기가 쉽지 않아."

페이긴이 대꾸했다.

"비슷한 처지에 있는 다른 아이들과는 달랐단 말이야."

"벼락 맞을 놈!"

몽크스가 중얼거렸다.

"안 그랬으면 이미 오래전에 도둑이 되었을 테지."

"그 아이에게 도둑질을 시키는 건 내 능력 밖의 일이었어."

페이긴이 불안하게 몽크스의 눈치를 살피며 주장했다.

"그 아이는 꿈쩍도 안 했다고. 협박할 방법이 없었어. 처음에 협박을 해야지, 안 그러면 헛수고일 뿐이잖아. 내가 뭘 할 수 있었겠어? 도저와 베이츠에게 딸려 밖에 내보내? 처음에는 여러 번 딸려 내보내려 했어. 하지만 우리 모두를 위험에 빠뜨릴까 봐 불안해서 견딜 수가 없었단 말이야."

"그건 내가 알 바 아니야."

몽크스가 대꾸했다.

"아니지."

페이긴이 말을 계속했다.

"지금은 그걸로 싸울 때가 아니야. 그런 일이 없었다면 네가 그 아이를 눈여겨보지도 않았을 테고, 그럼 그 아이를 알아보지도 못했을 테니까 말이야. 네가 찾는 아이가 그 아이라는 것을 알게 되었잖아. 네게 보내려고 낸시를 이용해 그 아이를 도로 찾아왔는데 낸시가 그 아이를 예뻐하기 시작한 거야."

"그 년의 목을 졸라버려!"

몽크스가 참을성 없이 말했다.

"지금은 그럴 수 없어."

페이긴이 웃으며 말했다.

"그리고 그런 일은 내 전문이 아니야. 요즘 같으면 누군가 그래 줬으면 좋겠지만 말이야. 난 여자애들을 잘 알아, 몽크스. 그 아이가 씩씩해지면 낸시는 눈곱만큼도 그 아이에게 관심을 보이지 않을 거야. 너는 그 아이를 도둑으로 만들고 싶어 하지만 그 아이가 살아 있다면 이번에는 내가 직접 도둑으로 만들 수 있어. 살아만 있다면……."

페이긴이 몽크스 쪽으로 다가가며 말했다.

"그럴 가능성은 희박하지만 최악의 경우 그 아이는 죽었을지도 몰라."

"그 아이가 죽었다고 해도 그건 내 잘못이 아니야."

몽크스가 잔뜩 겁에 질린 표정으로 말을 가로채더니 떨리는 양손으로 페이긴의 팔을 잡았다.

"다시 말하지만, 페이긴. 나는 아무 짓도 하지 않았어. 처음에도 말했지만 그 아이가 죽는 건 내 탓이 아니야. 난 피를 흘리지 않을 거야. 일을 저지르면 꼭 들키고 게다가 꿈자리까지 뒤숭숭하거든. 그 사람들이 총을 쐈다면 나 때문은 아니야. 내 말 알아들어? 이 지옥 같은 소굴에 불을 질러버려! 저게 뭐야?"

"뭐가?"

페이긴이 벌떡 일어나더니 양팔로 겁쟁이 몽크스를 끌어안으며 소리쳤다.

"저기!"

몽크스가 맞은편 벽을 뚫어지게 노려보며 대답했다.

"그림자 말이야. 망토와 모자를 쓴 여자의 그림자가 바람처럼 벽을 따라 지나갔어!"

페이긴이 몽크스를 끌어안았던 팔을 풀자, 두 사람이 방에서 미친 듯이 뛰쳐나갔다. 촛불이 바람에 흔들리며 아까 놓아두었던 곳에 그대로 서서 빈 계단과 두 사람의 창백한 얼굴을 비췄다. 두 사람이 귀를 기울였으나 집 안은 쥐죽은 듯 고요했다.

"잘못 봤나 봐."

페이긴이 촛불을 들어 몽크스를 비추면서 말했다.

"정말이야. 확실히 봤다니까!"

몽크스가 몸을 심하게 떨면서 대꾸했다.

"처음에 봤을 때 여자가 몸을 앞으로 숙였는데, 내가 소리치자 쏜살같이 꽁무니를 뺐어."

페이긴이 몽크스의 파리한 얼굴을 경멸하는 듯이 쳐다보고, 따라오고 싶으면 따라오라고 말한 다음 계단을 올라갔다. 두 사람은 방마다 확인을 해봤는데, 모두 춥고 가구 하나 없는 빈방이었다. 두 사람은 다시 계단을 내려와 아래에 있는 광으로 들어갔다. 벽 아래쪽에는 푸른 물곰팡이가 피었고 달팽이가 지나간 흔적이 불빛에 빛났지만 역시 쥐죽은 듯 고요했다.

"자, 어때?"

페이긴이 몽크스와 함께 복도를 걸어가며 말했다.

"우리 둘하고 토비, 그리고 아이들 말고는 이 집에 아무도 없어. 그 아이들은 믿어도 돼. 여기를 봐!"

그 사실을 입증이라도 하듯, 페이긴은 주머니에서 열쇠 두 개를 꺼내더니 자기가 처음 계단을 내려갔을 때 그 누구도 두 사람의 대화를 방해하지 못하도록 문을 잠갔다고 설명했다.

열쇠까지 보자 몽크스는 주춤했다. 두 사람이 방마다 확인했지만 아무것도 찾을 수 없었기 때문에 몽크스도 더는 고집을 부리지 못했다. 몽크스는 씁쓸한 헛웃음을 몇 차례 지으며 자기가 너무 흥분해서 그런 모양이라며 한발 물러섰다. 하지만 그날 밤에는 이야기를 계속하기를 거부했다. 갑자기 새벽 1시가 지난 것을 떠올린 것이다. 그래서 사이좋은 두 사람은 헤어졌다.

　교구 직원 같은 훌륭한 사람이 난로를 등진 채 외투 자락을
둘둘 말아 겨드랑이에 끼고 마음 내킬 때까지 기다리도록 하는
것은 옳은 일이 아니다. 또한 그 교구 직원이 따뜻한 사랑의 눈
길로 바라보았고 어떤 신분의 여성이라도 가슴 설렐 달콤한 말
을 귓속말로 속삭였던 숙녀를, 그렇게 버려두는 것은 교구 직원
이라는 지위에도 맞지 않을 뿐 아니라, 여성에 대한 정중한 행
동도 아니다. 고로 이 땅에 고귀하고 중요한 권리를 받고 태어
난 모두를 즐겁게 해줘야 할 임무를 띠고 이 이야기를 쓰고 있
는 믿음직한 작가로서, 독자들이 마땅히 받아야 할 심심한 경
의를 표함과 동시에 독자의 지위와 인품에 걸맞는 예의를 갖추
기 위해, 하다만 이야기를 서둘러야 한다. 이런 목적을 달성하
기 위해, 작가는 이곳 교구 직원의 거룩한 권리, 즉 교구 직원
은 마음이 곧은 독자에게 유쾌하거나 유익하지 않을 수 있는 어
떤 과오도 범할 수 없는 처지임을 설명하는 학설을 소개하고 싶

었다. 하지만 불행하게도, 시간에 쫓기고 지면이 부족한 관계로 어쩔 수 없이 적절한 기회가 언젠가 있을 것이라며 나중을 기약할 수밖에 없다. 그런 기회가 오면, 작가는 교구 직원이 교구 구빈원 소속이며 교구 교회에 공식적으로 참석하는 것이 인간으로서 갖춰야 할 훌륭한 자질이며 최고의 품성인 동시에, 공식적인 권리이자 덕목임을 설명할 것이다. 회사 직원이나 법원 서기도 이런 덕목에 걸맞는 훌륭한 자질을 갖추었다고 감히 주장할 수 없다. 더구나 신분이 낮고 열등한 교회당의 서기는 두말할 것도 없다.

범블은 찻숟가락을 다시 세어보고 각설탕 집게의 무게도 다시 재보고 우유 통도 더 세밀하게 살핌은 물론 가구 하나하나, 심지어 의자의 말총 시트까지 정확한 상태를 확인했다. 이런 조사를 처음부터 끝까지 모두 여섯 번이나 반복하고 나서야, 코니 여사가 돌아올 때가 되었다는 생각이 들기 시작했다. 하지만 생각은 생각을 낳는 법, 코니 여사가 돌아올 기미가 없자 단순히 호기심 차원에서 서랍장 안을 잠깐 살펴보는 것도 시간을 보내기에는 그다지 나쁘지 않겠다는 생각이 범블 머리에 떠올랐다.

열쇠 구멍에 귀를 갖다 대고 바깥 동정을 살펴 아무도 방 쪽으로 다가오지 않는다는 것을 확인한 범블은 서랍장 맨 밑단부터 시작해 3층짜리 긴 서랍장에 들어 있는 내용물을 살펴보기 시작했다. 서랍장에는 고급 옷감으로 만든 최신 유행의 다양한 옷으로 가득했는데, 말린 라벤더를 넣은 신문지를 사이에 깔고 옷이 두 층으로 잘 보관되어 있었다. 범블은 만족하고도 남는 것 같았다. 어느덧 시간이 흘러 오른쪽 구석에 있는 서랍장까지 살펴보게 되었는데, 그곳에는 열쇠와 함께 자물쇠로 잠긴 작은 상자가 있었다. 상자를 흔들어 보았더니 동전이 부딪치는 것 같은 듣기 좋은 소리가 들렸다. 범블은 거만한 걸음으로 벽난로 쪽으로 걸어와 아까처럼 위엄 있는 자세를 다시 잡더니 의젓하고 단호한 태도로 혼자 중얼거렸다. '해보겠어!' 범블은 자기의 중대한 결심을 큰 소리로 외친 다음, 개가 꼬리를 흔들듯이 고개를 10분 동안 절레절레 흔들었다. 신이 난 개처럼 행동하는 자신을 비난하기라도 하는 것 같았다. 그런 다음 기쁘고 만족스럽게 자기 다리의 옆선을 훑어보았다.

범블이 아직 자기 다리를 훑어보고 있을 때, 코니 여사가 헐레벌떡 방으로 들어오더니 숨을 고르며 난로 옆에 있는 의자에 털썩 주저앉았다. 한 손은 눈을 가리고, 다른 한 손은 가슴에 얹더니 가쁜 숨을 몰아쉬었다.

"코니 여사."

범블이 코니 여사 쪽으로 몸을 숙이며 말했다.

"왜 그래요, 여사? 무슨 일이 생겼나요? 대답 좀 해주세요. 저는, 저는……."

범블은 너무나 놀라서 '가시방석에 앉은 기분'이라는 말이 생각나지 않아 '깨진 병 위에 앉은 기분'이라 말해버렸다.

"세상에, 범블! 저 정말 죽는 줄 알았어요!"

코니 여사가 소리를 쳤다.

"죽는 줄 알다니요?"

범블이 큰 소리로 말했다.

"감히 누가요? 말씀하세요! 못된 빈민들 짓이군요!"

범블이 타고난 위엄으로 자제하며 말했다.

"생각하기도 끔찍해요!"

코니 여사가 몸을 부들부들 떨며 말했다.

"그럼 생각하지 마세요."

범블이 대꾸했다.

"그럴 수가 없어요."

코니 여사가 울먹였다.

"그럼 뭘 좀 드시죠. 포도주라도 좀 드릴까요?"

범블이 달래듯이 말했다.

"세상에 이런 일이!"

코니 여사가 대꾸했다.

"이건 말도 안 돼. 세상에! 포도주는 오른쪽 구석의 선반 위에……, 어머나!"

코니 여사가 이 말과 함께 찬장을 미친 듯이 가리키더니 심한 발작을 일으키다가 경기를 했다. 범블이 찬장으로 달려가 코니 여사가 기절하며 가리켰던 500밀리리터들이 녹색 병을 선반에서 낚아채 찻잔에 따라서 코니 여사의 입술에 갖다 댔다.

"이제 좀 낫네요."

코니 여사가 포도주를 반쯤 마시더니 의자에 툭 쓰러지며 말했다. 범블은 감사하는 뜻으로 눈을 경건하게 치켜떠 천장을 바라보고, 잔으로 다시 눈을 내리면서 잔을 들어 코에 갖다 댔다.

"페퍼민트예요."

코니 여사가 범블에게 부드러운 미소를 지으며 기어들어 가는 목소리로 설명했다.

"맛보세요. 다른 것도 약간 섞었어요."

범블이 의심스러운 표정으로 맛을 보고 입술을 핥더니, 마저 다 마시고 빈 잔을 내려놓았다.

"속을 편안하게 해주죠."

코니 여사가 말했다.

"정말 그러네요, 여사."

범블이 말했다. 그러더니 의자를 코니 여사 옆으로 당겨 앉아 무엇 때문에 충격을 받았는지 부드럽게 물었다.

"별거 아니에요."

코니 여사가 대답했다.

"제가 멍청하고 흥분을 잘하는 약한 사람이라서 그래요."

"약하시지는 않지요, 여사. 정말 약하세요?"

범블이 의자를 조금 더 가깝게 당기더니 되물었다.

"인간은 누구나 약한 존재잖아요."

코니 여사가 일반적인 원칙으로 말을 돌렸다.

"그건 그렇죠."

범블이 말했다.

두 사람은 그 이후 1, 2분 동안 아무 말도 하지 않고 잠자코 있었다. 그러다가 범블이 코니 여사가 앉은 의자의 등받이에 아까부터 얹어두었던 왼팔을 앞치마 끈으로 옮겨 점점 허리를 감싸 안았다.

"우리 모두는 약한 존재입니다."

범블이 말했다.

코니 여사가 한숨을 쉬었다.

"한숨 쉬지 마세요, 코니 여사."

범블이 말했다.

"저절로 나오네요."

코니 여사가 또 한숨을 내쉬며 대꾸했다.

"아주 아늑한 방입니다, 여사."

범블이 방을 둘러보며 말했다.

"이 방과 함께 방 하나를 더 쓰면 딱 좋겠어요."

"한 사람에게 방 두 개는 너무 크죠."

코니 여사가 낮은 소리로 말했다.

"두 사람이면 괜찮잖아요. 안 그래요, 코니 여사?"

범블이 부드럽게 힘을 실어 대꾸했다.

범블이 이 말을 하는 찰나, 코니 여사가 고개를 숙였기 때문에 코니 여사의 얼굴을 보기 위해 범블도 고개를 숙였다. 코니 여사가 시의적절하게 고개를 돌리며 손수건을 잡으려 손을 뻗었지만 어느새 범블의 손안에 코니 여사의 손이 들어와 있었다.

"교구 위원회에서 석탄을 주지 않습니까?"

범블이 코니 여사의 손을 꼭 쥐며 애정 어리게 말했다.

"촛불도 주죠."

코니 여사도 범블의 손을 살짝 쥐며 대답했다.

"석탄과 촛불, 거기다 집세도 공짜잖아요."

범블이 말했다.

"와, 코니 여사, 천사가 따로 없구려!"

코니 여사도 이런 감정의 분출을 막을 수 없었다. 코니 여사는 범블의 품 안에 안겼고, 범블은 두근거리는 마음으로 코니 여사의 순결한 콧잔등에 열정적으로 입을 맞추었다.

"우리는 교구 내에서 가장 환상적인 배필이 될 거요!"

범블이 황홀하게 외쳤다.

"슬라우트 씨의 병세가 오늘 밤 악화되었다는 것을 아세요?"

"네."

코니 여사가 행복에 겨워 대답했다.

"일주일은 못 버틸 거라 의사가 말했죠."

범블이 계속 말했다.

"슬라우트 씨는 이 구빈원의 원장이시니까 돌아가시면 구빈원 원장 자리가 공석이 됩니다. 새 원장을 뽑아야 한다는 얘기죠. 그러니 코니 여사, 생각을 해봐요. 마음이 맞는 사람들끼리 살림을 합칠 절호의 기회가 아닙니까!"

코니 여사가 울먹였다.

"한마디만 해 봐요."

범블이 행복에 겨워하는 코니 여사에게로 몸을 숙이며 속삭이듯 말했다.

"어서 간단하게 한 마디만 해줘요, 사랑스러운 코니!"

"조…… 좋…… 좋아요!"

코니 여사가 말을 뱉었다.

"한 번만 더요."

범블이 재촉했다.

"마음을 진정시키고 한 번만 더 해줘요. 언제 합칠까요?"

코니 여사는 대답하려고 두 번이나 애를 썼지만 두 번 모두 실패했다. 그러다가 드디어 용기를 내 양팔로 범블의 목을 감싸더니, 언제라도 범블이 좋은 때 하자면서 '도저히 거부할 수 없는 남자'라고 말했다.

두 남녀는 상황이 우호적이고 만족스럽게 진행되자, 페퍼민트를 섞은 음료를 가득 채운 잔을 한 잔씩 더 마시며 약속을 엄숙하게 재확인했다. 코니 여사는 가슴이 두근거리고 흥분되어 술기운이 꼭 필요했다. 코니 여사가 잔을 비우면서 범블에게 노파의 죽음을 알렸다.

"잘됐군요."

범블이 잔을 홀짝이며 말했다.

"내가 돌아가는 길에 소어베리 장의사에 들러서 내일 아침 이 곳으로 가라고 말하죠. 그게 그렇게 무서웠소, 내 사랑?"

"그게 특별한 일은 아니죠."

코니 여사가 애매하게 말했다.

"그럼 뭔가 다른 일이 있는 모양이로군."

범블이 다그쳤다.

"당신의 범블에게도 말을 안 할 참이오?"

"지금은 안 돼요. 우리가 결혼한 다음에 말할게요."

코니 여사가 대꾸했다.

"결혼 후라고요? 남자 빈민들의 무례한 행동은 아니겠지!"

범블이 소리쳤다.

"아니, 아니에요."

코니 여사가 서둘러 대답했다.

"만약 그랬다면…… 감히 이렇게 사랑스러운 얼굴에 무례하게 천한 눈길을 보냈다면……."

범블이 말을 계속했다.

"아무도 감히 그런 짓 못 할 거예요."

코니 여사가 대꾸했다.

"안 그러는 게 좋을 거요!"

범블이 주먹을 불끈 쥐며 말했다.

"교구 내에 살든 아니든, 감히 그럴까 하는 생각이라도 하는 자가 있으면 내가 만나서, 두 번 다시는 그런 생각조차 못 하게

351

따끔한 맛을 보여주겠소!"

주먹을 불끈 쥐는 등의 몸짓이 수반되지 않았다면, 이 말은 코니 여사의 매력에 대한 높은 찬사로 들리지 않았을지도 모른다. 하지만 범블이 당장 싸움이라도 할 태세로 열변을 토했기 때문에, 코니 여사는 범블의 말을 헌신적인 사랑의 징표로 믿고 큰 감동을 받았으며 범블을 정말 순수한 사람이라며 감탄했다.

순수한 범블은 외투 깃을 올려세우고 챙을 올린 중절모를 쓰더니, 장래의 아내가 될 코니 여사와 길고 뜨거운 포옹을 나눈 후 다시 한번 차가운 밤바람에 맞섰다. 가는 길에 남자 빈민들의 숙소에 잠깐 들러 이런저런 사소한 잔소리를 늘어놓았는데, 구빈원 원장이 되려면 어느 정도 신랄함이 필요하다고 생각했기 때문이었다. 스스로 구빈원 원장이 될 자격이 충분하다고 확신한 범블은 승진이라는 장밋빛 미래를 생각하며 가벼운 마음으로 빈민 숙소를 나왔고, 장의사에 당도할 때까지 그런 기분이 범블의 마음을 가득 채웠다.

소어베리 부부는 저녁을 먹기 위해 외출을 했고, 노아 클레이폴은 먹고 마시기 위해 몸을 움직여야 하는 두 가지 경우 외에는 몸 움직이기를 극도로 자제하는 아이였기 때문에, 벌써 문을 닫을 시간이 훨씬 지났지만 아직도 가게 문을 닫지 않았다. 범블이 지팡이로 카운터를 몇 차례 두드렸는데도 아무도 대꾸를 하지 않았다. 가게 뒤에 딸린 작은 방의 유리 창문을 통해 불빛이 새어 나왔기 때문에, 범블은 용기를 내서 방 안을 들여다보았고 그 안에서 벌어지는 일을 목격하게 되었다. 방 안에서 벌어지는 광경을 보고 소스라치게 놀라지 않을 수 없었다.

저녁상을 위한 식탁보가 펼쳐져 있었고, 빵과 버터, 접시,

컵, 주전자, 포도주 병들이 식탁 위에 널려 있었다. 식탁의 상석에 노아 클레이폴이 안락의자의 한쪽 팔걸이에 두 다리를 걸친 채, 한 손에 접는 칼을 열어 들고 다른 한 손에 버터 바른 빵조각을 든 채 게으르게 축 늘어져 앉아 있었다. 그 옆에 바짝 서 있는 샬럿이 통에서 굴을 꺼내자, 노아가 보기 흉할 정도로 게걸스럽게 굴을 받아 삼켰다(당시 사람들은 굴을 최음제로 즐겨 먹었다.). 노아는 코가 평소보다 훨씬 빨갰고 오른쪽 눈을 지그시 감고 있는 모양이 이미 상당히 흥분한 상태임을 알 수 있었다. 노아가 굴을 맛있게 받아먹는 모습은 상당히 흥분돼 있음을 입증하고도 남았다.

"이건 아주 통통하게 살이 올랐네요, 노아!"

샬럿이 말했다.

"어서 먹어요. 이것까지만 먹어요."

"굴은 정말 맛이 좋아!"

노아가 굴을 꿀꺽 삼키고 나서 감탄을 했다.

"굴을 많이 먹으면 속이 불편하다니 참 안 됐어, 샬럿."

"정말 속이 안 좋아져요."

샬럿이 말했다.

"그러니까…… 너는 굴이 안 좋아?"

노아가 물었다.

"별로예요."

샬럿이 대꾸했다.

"그리고 내가 먹는 것보다 당신이 먹는 것을 보는 게 훨씬 좋아요, 노아."

"그렇군!"

노아가 뭔가를 생각하며 대꾸했다.

"정말 이상해!"

"하나 더요? 살이 아주 통통하니 먹음직스럽네요."

샬럿이 물었다.

"더는 못 먹어. 미안해. 이리 와, 샬럿. 키스해줄게."

노아가 말했다.

"뭐?"

범블이 방으로 불쑥 들어오며 말했다.

"다시 말해 봐."

샬럿이 비명을 지르고 앞치마로 얼굴을 가렸다. 노아는 다리를 바닥에 내려놓으려고 버둥대기만 할 뿐 똑바로 앉지 못한 채 정신이 혼미한 상태에서 겁에 질려 범블을 바라보았다.

"다시 말해 봐, 이 못된 놈아! 뻔뻔스럽기도 하지!"

범블이 말했다.

"너는 감히 어떻게 그런 말을 입에 담는 거냐? 그리고 너는 감히 어떻게 노아에게 꼬리를 치는 거야? 정숙하지 못한 계집애 같으니라고. 키스를 한다고?"

범블이 분을 참지 못하고 고함을 질렀다.

"말세로구나!"

"그런 뜻이 아니었어요!"

노아가 울먹이며 말했다.

"샬럿은 늘 제게 키스를 했어요. 제가 아무리 싫다고 해도 소용없었죠."

"어머, 노아!"

샬럿이 따지듯이 소리쳤다.

"네가 그랬잖아, 안 그랬어?"

노아가 윽박질렀다.

"샬럿이 매일 그랬어요, 범블 씨. 제 턱밑을 어루만지며 온갖 교태를 다 부렸다고요!"

"조용히 해!"

범블이 단호하게 고함을 질렀다.

"샬럿, 아래층으로 내려가. 노아, 너는 가게 문을 닫아. 주인이 돌아올 때까지 한마디만 더 하면 가만두지 않을 테야. 주인이 돌아오거든, 내가 내일 아침 식사 후 노파용 관을 하나 보내라고 했다고 전해. 내 말 알아들었어? 키스를 한다고?"

범블이 양손을 번쩍 들어 올리며 고함을 질렀다.

"내 교구 내에 사는 천한 것들이 저지르는 못되고 음탕한 짓에 몸서리가 쳐져. 의회가 그것들의 혐오스러운 행동을 내버려 둔다면 이 나라는 망하고, 농부의 순박한 성품은 영원히 사라지고 말 거야!"

범블은 이 말을 하면서 거만하고 침통한 기분으로 장의사에서 걸어 나갔다.

범블이 집으로 돌아가는 길을 지금까지 살펴봤고 노파의 장례식 준비도 마쳤으니, 이제 올리버 트위스트에 관한 몇 가지 궁금한 소식을 알아보러 가봐야겠다. 토비 크라킷이 버려둔 도랑에 아직도 누워 있는지 확인해봐야 하지 않을까?

355

✥ 제6장 ✥
올리버를 찾아내고 올리버와
함께 모험을 계속하다

"늑대가 네놈들의 목을 물어뜯을 거야!"

사익스가 이를 갈며 중얼거렸다.

"나도 네놈들 편이면 좋겠다. 이놈들아, 아무리 악을 써 봐라. 소용이 있나."

원래 성품이 악랄한 사익스는 처절하리만치 사나운 기세로 저주를 퍼부으며, 무릎에 총상을 입은 아이를 땅에 내려놓고 잠깐 고개를 돌려 뒤쫓는 무리를 힐끔 돌아보았다.

안개와 어둠 속에서 식별할 수 있는 것은 별로 없었지만, 시끄럽게 외치는 사내들의 고함이 들렸고 경고종이 울리는 바람에 깨어난 동네 개들의 짖는 소리가 사방에 울려 퍼졌다.

"거기 서, 이 겁쟁이 비열한 인간아."

사익스는 긴 다리로 한참 앞서서 도망치고 있는 토비 크라킷을 향해 악을 썼다.

"거기 서지 못해!"

사익스가 계속 소리를 지르자 토비가 우뚝 멈춰 섰다. 사정권에서 벗어났다는 확신도 없으니, 혹시 사익스가 총을 쏠지도 모르고 나중에라도 가만두지 않을 것 같았기 때문이었다.

"애 손을 잡아."

사익스가 분을 참지 못하고 토비에게 손짓을 하며 고함을 질렀다.

"이리 와!"

토비가 돌아왔지만 낮은 목소리로 숨을 헐떡거리며 느릿느릿 걸어와 몹시 못마땅하다는 표시를 했다.

"더 빨리!"

사익스가 발밑의 마른 땅에 아이를 내려놓고 주머니에서 총을 꺼내며 소리를 질렀다.

"나를 이용하려는 수작은 마!"

그 순간 소란스러운 소리가 점점 커졌다. 사익스가 다시 한 번 주위를 둘러보니 뒤쫓는 무리가 이미 자기가 서 있는 들판으로 올라오고 있었고 몇 발짝 앞장선 개 두 마리가 보였다.

"다 끝났어요, 빌."

토비가 소리를 질렀다.

"아이를 버리고 빨리 뛰어요."

토비는 이런 충고를 하면서 뒤쫓는 사람들에게 잡히느니 차라리 사익스가 쏘는 총에 맞겠다고 결정하고, 뒤로 돌아 죽을힘을 다해 뛰었다. 사익스는 이를 악물고 다시 뒤를 돌아본 후 자기 목에 둘렀던 망토를 축 늘어진 올리버 위에 던졌다. 올리버가 누워 있는 곳을 뒤에 쫓아오는 무리들이 찾지 못하게 하려는 듯이, 앞에 있는 울타리 앞을 따라 뛰다가 직각으로 만나는 울타리 앞에서 잠깐 멈춘 다음, 허공으로 총을 높이 집어 던지더니 단번에 울타리를 뛰어넘어 사라졌다.

"저기야, 저기!"

뒤쪽에서 떨리는 목소리가 소리쳤다.

"핀처, 넵튠, 이리 와, 여기야!"

주인과 마찬가지로 개 두 마리도 지금 벌어지고 있는 추격전에 특별한 재미를 못 느끼는지 당장 이 명령에 따랐다. 그리고 앞장서서 들판에 들어온 세 사내가 상의를 위해 멈춰 섰다.

"내 충고, 아니 내 생각은……."

세 명 중 가장 뚱뚱한 사내가 말했다.

"당장 집으로 돌아가자는 거야."

"저는 가일즈 씨의 생각이라면 무조건 따르겠어요."

키 작은 사내가 말했다. 이 사내도 결코 날씬한 몸매는 아니었으며, 겁에 질린 사내들이 그렇듯이 얼굴이 무척 창백했고 아주 공손했다.

"저도 버릇없어 보이고 싶지는 않습니다."

세 번째 사내가 말했는데, 아까 개를 부른 사내였다.

"가일즈 씨가 어련히 잘 아시겠어요."

"당연하죠."

키 작은 사내가 대꾸했다.

"가일즈 씨가 무슨 말씀을 하시든 저희는 반대할 처지가 아닙니다. 아니고말고요. 전 제 처지를 잘 알죠. 제 처지를 안다는 것이 얼마나 다행인지 몰라요."

솔직히 말해 키 작은 사내는 자기 처지를 정말 잘 아는 것 같았다. 특히 이 말을 하는 동안 이가 딱딱 부딪히는 것으로 보아, 자기 처지가 전혀 자랑스럽지 않다는 것을 잘 알고 있는 모양이었다.

"겁나는 모양이군, 브리틀즈."

가일즈가 말했다.

"아닙니다."

"맞는데 뭘."

"틀리셨습니다, 가일즈 씨."

"거짓말을 하는군, 브리틀즈."

이렇게 주고받은 말씨름은 가일즈의 장난기에서 비롯됐다. 사실 가일즈의 장난기는 나머지 두 사람이 집으로 다시 돌아가야 하는 책임을 칭찬으로 포장해 자기에게 전가하려는데 신경질이 났기 때문에 시작됐다. 세 번째 사내가 말씨름을 제법 현명하게 종결지었다.

"내가 결론을 내리죠, 여러분."

세 번째 사내가 말했다.

"우리 모두 겁납니다."

"자기 얘기나 하지."

세 명 중 얼굴이 가장 창백한 가일즈가 말했다.

"물론 나도 겁나죠."

세 번째 사내가 되받아쳤다.

"이런 상황에서 겁나는 것은 너무 당연한 일이죠."

"저도 그래요."

브리틀즈가 말했다.

"그렇게 으스대면서 남의 얘기를 할 필요는 없죠."

두 사람이 이렇게 솔직하게 인정하자, 가일즈는 화가 누그러져 자기도 겁난다고 당장 실토해버렸다. 세 사내는 의견이 일치하자 뒤로 돌아 다시 집으로 뛰어갔다. 세 명 중 숨을 제일 헐떡이고 더구나 무거운 쇠갈퀴까지 짊어지고 있던 가일즈는 잠깐 멈춰 서더니, 자기가 말을 함부로 한 점에 대해 사과해야 한다고 어지간히 고집을 부렸다.

"흥분하면 사내란 다 그런 거지. 놈들을 잡았다면 내가 죽었을 거야. 분명해."

가일즈가 설명했다.

나머지 두 사내도 비슷한 생각을 했다가 흥분이 가라앉았기 때문에, 어쩌면 이렇게 쉽게 가라앉는지 이상하게 생각됐다.

"왜 그런지 난 알아. 들판 출입구 때문이었어."

가일즈가 말했다.

"그 말이 맞는 것 같네요."

브리틀즈가 그 말을 알아듣고 맞장구를 쳤다.

"아무래도…… 출입구가 흥분이 계속되는 것을 막은 것 같아. 나는 출입구에 올라가는 순간, 갑자기 흥분이 사라지는 것을 느꼈거든."

가일즈가 말했다.

우연의 일치로 나머지 두 사람도 똑같은 순간에 똑같이 유쾌하지 않은 기분이 들었었기 때문에 출입구가 원인이라는 결론을 내리게 되었다. 특히 세 사람 모두 도둑을 본 바로 그 순간, 흥분했다는 것을 기억하고 있었던 터라 흥분한 순간에 대해서는 아무도 이견이 없었다.

이 대화를 나누는 세 사내는 집 안에서 도둑을 발견하고 쫓은 두 사람과, 헛간에서 잠을 자다가 소란한 소리에 일어나 데리고 다니던 개 두 마리와 함께 추격전에 합류한 떠돌이 땜장이였다. 가일즈는 집사 겸 노부인의 오른팔 역할을 하는 사람이었고, 잡일을 모두 책임지는 브리틀즈는 이미 서른이 넘었지만 어릴 적에 이 집에 고용살이로 들어왔기 때문에 아직도 장래가 촉망되는 어린아이 취급을 받았다.

세 사람은 이런 대화로 서로에게 용기를 북돋워 주었지만, 바람이 불어올 때면 서로에게 착 달라붙어서 걱정스럽게 주위를 두리번거리며 나무로 다시 서둘러 달려갔다. 도둑이 불빛을 보고 총을 발사할까 봐 초롱불을 그 나무 뒤에 숨겨뒀기 때문이었다. 세 사람은 불을 집어 들고 빠른 걸음으로 집으로 돌아갔다. 거무스름한 세 사내의 모습이 보이지 않게 된 한참 뒤에도 반짝거리며 흔들리는 불빛이 멀리에서 보였는데, 축축하고 음산한 허공에서 불빛이 휙휙 떠다니는 것이 마치 도깨비불 같았다.

새벽녘이 되면서 공기가 점점 차가워졌고, 새벽이슬이 무거운 담배 연기처럼 땅 위를 굴러다녔다. 풀잎은 이슬을 머금어 축축했고 골목길과 지대가 낮은 곳은 모두 물이 고여 웅덩이가 되었다. 건강에 이롭지 않은 축축한 바람의 숨결도 공허한 신음을 내며 맥없이 불어왔다. 올리버는 사익스가 버려둔 곳에 아직도 꼼짝 못 하고 의식 없이 누워 있었다.

날이 빠르게 밝았다. 공기가 살을 에는 듯 점점 차가워졌다. 새로운 하루의 시작이 아니라 전날 밤의 죽음처럼 첫새벽의 음울한 분위기가 하늘에서 희미하게 깜박였다 어둠 속에서는 희미하고 끔찍해 보였던 물체들이, 점점 선명해지면서 조금씩 친숙한 모습을 드러냈다. 비가 억수같이 빠르게 내리더니 나뭇잎이 다 떨어진 숲 속으로 후두둑거리며 요란하게 떨어지기 시작했다. 하지만 올리버는 빗줄기가 세차게 몸을 때려도 아무 감각도 의식도 없이 진흙 바닥에 널브러져 누워 있었다.

한참 후, 낮은 신음이 적막을 깼다. 올리버가 신음을 내며 깨어났다. 솔이 아무렇게나 칭칭 감긴 왼팔이 쓸모없이 옆에 무겁게 늘어져 있었고, 솔에는 피가 흥건히 배어 있었다. 올리버는 기진맥진해서 도저히 몸을 일으킬 수가 없었지만, 억지로 몸을 일으켜 앉아 도움받을 곳이 없나 주위를 두리번거리며 고통으로 신음했다. 올리버는 춥고 지쳐서 온몸을 부들부들 떨며 똑바로 서려고 안간힘을 쓰다가, 머리끝에서 발끝까지 온몸을 덜덜 떨며 앞으로 고꾸라지고 말았다.

올리버는 다시 잠시 의식을 잃은 뒤, 계속 땅바닥에 그렇게 누워 있다가는 죽을지도 모른다는 경고를 보내는 것처럼 심장이 서서히 조여와 다시 일어나 걸음을 옮겨보려 안간힘을 썼다. 머리가 어지러워서 술 취한 사람처럼 다리가 이리저리 휘청거렸지만 계속 걸었다. 고개를 가슴까지 힘없이 떨어뜨리고 어디로 가는지도 모른 채 계속 앞으로 비틀거리며 나아갔다.

머릿속은 당혹스러움과 혼란스러움이 뒤섞여 복잡했다. 사익스와 크라킷이 양쪽에서 걸으며 말다툼을 하는 것처럼 두 사람의 화난 목소리가 귓가에 울리는 것 같았다. 쓰러지지 않으려고 몹시 안간힘을 쓰며 겨우 정신을 차려 보니 옆에 있지도 않은 두 사람에게 뭐라고 중얼거리고 있었다. 이번에는 전날처럼 사익스와 단둘이 터덜터덜 걷는데 희미한 형체의 사람들이 옆으로 지나가자 사익스가 잡고 있던 손목에 힘을 주는 것처럼 느껴졌다. 갑자기 총소리가 들려 놀라서 뒤를 돌아보니, 시끄러운 고함이 허공으로 울려 퍼졌고 눈앞에서 빛이 번쩍했다. 보이지 않는 손이 올리버를 낚아채는 것 같았고 사방이 소음과 소란으로 가득했다. 머릿속에서 이런 환영들이 빠르게 지나는 동안, 올리버를 끊임없이 지긋지긋하게 괴롭히던 정체 모를 고통이 온몸에 퍼졌다.

그래도 올리버는 계속 비틀거리며 걸었고 도중에 만나는 문설주 사이나 울타리 사이를 거의 아무 생각 없이 기어서 지나갔다. 드디어 길에 도착했을 때 억수처럼 쏟아지기 시작한 비 덕분에 정신이 번쩍 들었다.

올리버는 주위를 두리번거렸다. 멀지 않은 곳에 집 한 채가 보였고, 그 집까지는 걸어갈 수 있을 것 같았다. 올리버의 상태를 보면 사람들이 불쌍히 여길지도 모르고, 만일 그렇지 않더라도 홀로 공터에서 죽는 것보다 사람들 근처에서 죽는 것이 훨씬 다행이라는 생각이 들었다. 이 마지막 희망을 위해 젖 먹던 힘까지 동원해 그 집을 향해 휘청거리는 발걸음을 옮겼다.

그 집에 점점 가까워지자, 이 집을 전에 본 듯한 기분이 들었다. 자세히는 기억이 나지 않았지만 집 모양과 풍경이 낯이 익은 것 같았다. 정원 담! 지난밤 그 담 안 잔디 위에서 올리버가 무릎을 꿇고 동행했던 두 사내에게 제발 놓아달라고 애원을 했었다. 인제 보니 지난밤 도둑질을 하려고 들어갔던 바로 그 집이었다.

올리버는 그 사실을 기억해내는 순간 너무나 무서워 상처의 아픔까지도 새까맣게 잊어버리고 도망쳐야 한다는 생각만 들었다. 도저히 서 있을 수도 없었다. 비쩍 마르고 어린 몸에 남아 있는 온 힘을 총동원한다 해도 어디로 도망칠 것인가? 정원 문을 밀어보았다. 문이 잠겨 있지 않아서 활짝 열렸다. 올리버는 잔디밭을 비틀거리며 가로질러 계단을 올라가서 현관문을 힘없이 두드렸다. 순간 온몸을 지탱하던 힘이 쑥 빠져 작은 현관 기둥 하나에 기댄 채 주저앉고 말았다.

마침 이때 가일즈와 브리틀즈, 떠돌이 땜장이가 전날 밤 일어난 사건으로 인한 피로와 공포에서 체력을 회복하기 위해 부엌에서 차와 간식을 먹고 있었다. 평소 자신의 신분이 하인들보다 높다는 것을 주지시키기 위해 하인들과는 어울리지 않았던 거만한 가일즈였지만 지금은 평소와는 달리 허물없는 태도를 보였다. 죽음, 불, 도둑질은 만인 앞에 평등하다. 가일즈가 부엌 난로 앞에 다리를 쭉 뻗고 앉아 식탁 위로 왼팔을 기댄 채 오른팔을 휘둘러가며 도둑의 정황을 자세히 설명했다. 가일즈의 설명을 듣는 청중 가운데 특히 요리사와 하녀가 숨을 죽이고 귀를 기울이고 있었다.

"새벽 2시 반이야."

가일즈가 말했다.

"아니면 거의 3시가 다 됐을 거야. 내가 일어나서 침대에서 돌아눕는데……."

이 대목에서 가일즈가 의자를 돌려 식탁보 귀퉁이를 침대보인 양 자기 쪽으로 당겼다.

"이상한 소리가 들리는 것 같더라고."

이 대목에서 얼굴이 창백해진 요리사가 하녀에게 부엌문을 닫으라고 시키자, 하녀는 브리틀즈에게 시켰고 브리틀즈는 땜장이에게 시켰지만 땜장이는 못 들은 척했다.

"처음에는 잘못 들었다고 생각하며 다시 잠을 청하려는 순간

이상한 소리가 또 들리는 거야. 이번엔 분명했어."

"어떤 소리였나요?"

요리사가 물었다.

"뭔가를 두드리는 소리였어."

가일즈가 주위를 둘러보며 대답했다.

"향신료 가는 기계에 철봉을 가는 소리처럼요?"

브리틀즈가 물었다.

"맞아, 그렇게 들렸어."

가일즈가 대꾸했다.

"하지만 그때는 뭔가를 두드리는 소리인 줄 알았어. 그래서 이불을 걷고…… 침대에서 일어나 앉아 귀를 기울였어."

가일즈가 식탁보를 다시 올려놓으며 말했다.

요리사와 하녀가 동시에 소리를 질렀다.

"어머나!"

그러고는 서로 의자를 가깝게 당겼다.

"그랬더니 소리가 훨씬 확실하게 들렸어. '누군가 문이나 창문을 억지로 열고 있구나. 어떻게 하지? 브리틀즈를 깨워야겠구나. 그래야 침대에서 살해당하지 않을 거야'라고 생각했어. '잠든 사이 목이 오른쪽 귀에서 왼쪽 귀까지 살릴지도 모른다'고 생각했거든."

이 대목에서 모두의 눈이 브리틀즈에게로 쏠렸다. 브리틀즈는 가일즈에게서 눈을 떼지 못한 채 입을 떡 벌리고 있었으며 얼굴에는 주체할 수 없는 공포가 어려 있었다.

"이불을 걷어치우고……."

가일즈가 식탁보를 집어 던지고 요리사와 하녀를 뚫어지게 보며 말했다.

"침대에서 조용히 내려와 신발을……."

"여자들도 있어요, 가일즈 씨."

땜장이가 중얼거렸다.

"신었지."

가일즈가 땜장이를 돌아보며 이 말에 특히 힘 주어 말했다.

"접시 바구니와 함께 계단 위에 놓아둔 장전된 총을 집어 들고 까치발로 브리틀즈의 방으로 갔어. 내가 브리틀즈를 깨운 다음 말했어. '브리틀즈, 겁먹을 것 없어'라고."

"맞아요, 그렇게 말씀하셨어요."

브리틀즈가 낮은 목소리로 맞장구를 쳤다.

"내가 '우리는 죽을지도 몰라, 브리틀즈'라고 말했지."

가일즈가 말했다.

"하지만 무서워할 것 없어'라고도 말했어."

"브리틀즈가 무서워했어요?"

요리사가 물었다.

"전혀 아니야."

가일즈가 대답했다.

"브리틀즈는 의젓…… 그렇지, 나처럼 아주 의젓했어."

"그게 저였다면 저는 아마 그 자리에서 죽었을 거예요."

하녀가 말했다.

"너는 여자잖아."

브리틀즈가 용기를 내서 대꾸했다.

"브리틀즈 말이 맞아."

가일즈가 수긍하듯이 고개를 끄덕이며 말했다.

"여자에게서는 그런 것은 기대할 수가 없지. 하지만 우리는 남자니까 브리틀즈의 방에 있는 벽난로 시렁에 세워둔 등불을 들고 깜깜한 어둠 속에서 계단을 더듬더듬 내려갔어. 정말 깜깜하더군."

가일즈가 자리에서 일어나 눈을 감은 채 두어 발짝을 떼놓는 행동까지 더해가며 당시의 상황을 설명했다. 그러다가 이야기를 듣는 사람들과 마찬가지로 무엇 때문인지 깜짝 놀라더니 서둘러 자기 자리로 돌아와 앉았다. 그 순간 요리사와 하녀가 비명을 질렀다.

"문 두드리는 소리가 났어. 아무나 가서 문을 열어."

가일즈가 아주 침착하게 말했다.

아무도 움직이지 않았다.

"정말 이상하군. 이런 시간에 문을 두드리다니 말이야."

가일즈가 주위의 창백한 얼굴들을 살피며 어리둥절한 표정으로 말했다.

"하지만 누군가 문을 열긴 해야 해. 내 말 안 들려?"

가일즈가 이 말을 하면서 브리틀즈를 쳐다보았지만, 브리틀즈는 태생적으로 나서지 않는 성품인지라 자신이 그 자리에 없다고 생각하는 것 같았다. 그래서 가일즈의 질문이 자기에게 해당되지 않는다고 굳게 믿었고 무슨 일이 있어도 대답할 의향이 전혀 없었다. 가일즈가 땜장이에게 부탁하는 눈길을 보내자, 땜장이는 갑자기 잠든 척했다. 여자들에게 시킬 수는 없는 노릇이었다.

"만일 브리틀즈가 누군가와 함께 가서 문을 열겠다면……."

잠시 침묵이 흐른 뒤 가일즈가 말했다.

"내가 함께 가주지."

"나도요."

갑자기 잠들었던 땜장이가 또 갑자기 잠에서 깨더니 말했다.

브리틀즈는 이런 조건에서는 버틸 수 없었다. 가일즈와 브리틀즈, 땜장이가 덧문을 열어보고 이미 날이 훤히 밝았다는 것을 깨닫고 안도하며 개를 앞세워 계단을 올라갔다. 무서워서 밑에 남아 있지 못하고 두 여자도 함께 뒤를 따랐다. 가일즈의 충고에 따라 모두 목소리를 높여 아주 시끄럽게 떠들어 밖에 악당이 서 있다면 안에 있는 사람들이 수적으로 우세하다는 것을 경고했다. 잔머리를 잘 굴리는 가일즈는 현관에 도착하자 때맞춰 개가 요란하게 짖도록 꼬리를 꼬집기까지 했다.

가일즈는 이런 경고를 보내면서 땜장이가 도망치지 못하도록 팔을 꼭 잡은 채 문을 열라고 지시했다. 브리틀즈가 그 지시에 따라 문을 열자, 사람들이 서로의 어깨너머로 소심하게 상황을 살폈다. 그런데 눈에 들어온 것은 무시무시한 상대는커녕 피곤에 지쳐 할 말을 잃은 불쌍하고 어린 올리버 트위스트뿐이었다. 올리버는 말도 없이 무거운 눈만 들어 사람들에게 동정을 호소했다.

"아이잖아!"

가일즈가 땜장이를 바닥으로 용감하게 밀치며 외쳤다.

"무슨 일이니? 브리틀즈, 여기를 봐. 이 아이 누군지 알아?"

문을 열면서 문 뒤에 숨어버린 브리틀즈가 올리버를 보자마자 누군지 안다고 큰 소리로 말했다. 가일즈가 올리버의 한쪽 다리와 팔을 잡고 곧장 현관으로 끌어당겨 바닥에 내동댕이쳤다. 다친 다리를 잡지 않은 것이 천만다행이었다.

"잡았다!"

가일즈가 몹시 흥분해서 2층을 향해 큰 소리로 외쳤다.

"도둑 한 놈을 잡았습니다, 마님! 여기 한 놈 잡았어요. 다친 놈이에요, 아가씨! 제가 총으로 맞힌 놈이죠. 브리틀즈는 불을 들고 있었어요."

"등불이요."

브리틀즈가 목소리를 더 멀리까지 전달되도록 한 손을 입가에 대고 큰 소리로 외쳤다.

두 하녀는 가일즈가 도둑을 잡았다는 소식을 전달하기 위해 2층으로 냅다 뛰었고, 땜장이는 올리버가 교수대에 세우기 전에 죽을까 봐 정신을 들게 하느라 여념이 없었다. 번잡스러운 소동이 진행되는 와중에, 낭랑한 여인의 목소리가 들리자 모든 소란이 일거에 가라앉았다.

"가일즈!"

계단 꼭대기에서 작은 목소리가 들렸다.

"네, 저 여기 있습니다, 아가씨."

가일즈가 대답했다.

"걱정하지 마십시오, 아가씨. 저는 다치지 않았습니다. 놈이 심하게 저항하지 않았거든요. 저를 당해낼 수가 없으니까요."

"쉿!"

젊은 여인이 대꾸했다.

"그렇게 큰 소리로 떠들면 숙모님이 도둑 때문에 놀라신 것만큼이나 놀라시잖아요. 도둑이 많이 다쳤나요?"

"심하게 다쳤습니다, 아가씨."

가일즈가 형언할 수 없을 만큼 자랑스럽게 대꾸했다.

"금방 죽을 것 같습니다, 아가씨."

브리틀즈가 아까처럼 똑같이 큰 소리로 소리쳤다.

"내려오셔서 한 번 보시겠습니까, 아가씨? 혹시라도…… ."

"쉿! 제발 조용히 해요. 손님이 계시잖아요."

젊은 여자가 대꾸했다.

"숙모님께 말씀드리는 동안 잠깐만 기다려요."

목소리만큼이나 부드럽고 점잖은 발소리를 내며 젊은 여자가 사라졌다가, 곧 돌아와 부상자를 가일즈의 방으로 조심해서 옮기고 브리틀즈는 당장 조랑말을 타고 처치 마을에 가서 경관과 의사를 신속하게 모시고 오라는 지시를 전달했다.

"하지만 놈을 우선 한 번 보지 않으시겠어요, 아가씨?"

가일즈는 올리버를 자기가 솜씨 있게 잡은 희귀 새인 양 자랑스럽게 말했다.

"잠깐이라도 보세요, 아가씨."

"지금은 안 돼요."

젊은 여자가 대꾸했다.

"불쌍하기도 하지! 잘 보살펴주세요, 가일즈. 나를 봐서라도요. 알겠죠?"

가일즈는 젊은 여자가 돌아서서 멀어지는 것을 여자가 자기 딸이라도 되는 듯 자랑스럽고 사랑스러운 눈길로 올려다보았다. 그런 다음, 몸을 수그리더니 여자처럼 걱정스럽고 조심스럽게 올리버를 2층으로 옮기도록 도와주었다.

현대적이고 우아하다기보다 오래되고 쓰기 편한 가구로 꾸며진 깨끗한 방에서, 두 여자가 잘 차려진 아침 식탁 앞에 앉아 있었고, 검정 정장을 단정하게 갖춰 입은 가일즈가 식사 시중을 들고 있었다. 가일즈는 찬장과 식탁 중간쯤에 자리를 잡고 몸을 꼿꼿하게 편 채 고개를 뒤로 젖혀 한쪽으로 아주 약간 숙이고 왼발을 앞으로 내밀면서 오른손을 조끼 속에 찔러 넣고 서 있었다. 빈 쟁반을 쥔 왼손을 옆에 늘어뜨리고 있는 모습이 중요한 임무를 수행 중인 사람처럼 보였다.

두 여자 가운데 한 명은 나이가 지긋하게 들었지만 등받이가 높은 참나무 의자 못지않게 꼿꼿하게 앉아 있었다. 유행이 지난 의상에 요즘 유행을 살짝 곁들여, 어딘지 어색했지만 고풍스러운 분위기를 감소시키기는커녕 한층 더 고조시켜 볐스러워 보이는 정갈하고 단정한 치림의 노부인은 앞에 있는 식탁에 양손을 포개고 당당한 자세로 앉아 있었다. 나이가 들어 눈이 침침해졌지만 눈동자는 여전히 반짝거렸고 앞에 앉은 젊은 여자에게서 눈을 떼지 않았다.

젊은 여자는 한창 피어나는 사랑스러운 나이로 이제 막 여자로서의 봄을 맞았다. 천사가 신의 분부로 좋은 일을 하려고 인간의 형태를 빌어 지상에 내려온다면 아마도 이런 모습일 것이라 말해도 손색이 없을 것 같았다.

젊은 여자는 이제 막 열일곱 살이 된 것 같았다. 여리고 섬세한 주물로 빚은 듯 어찌나 우아하고 기품이 있는지, 얼마나 청초하고 아름다운지 이 땅 위에 사는 사람 같지 않았으며, 속세의 상스러운 생물체와도 어울리지 않았다. 깊고 푸른 눈동자에서 빛나는 총명함이 우아한 머리에 가득 차 나이답지 않았지만 그렇다고 되바라지지도 않았다. 얼굴에는 사랑스러움과 풍부한 유머가 깃들었고, 수천 가지 밝은 빛이 떠나지 않았으며 어두운 그림자라고는 눈을 씻고 찾을래야 찾을 수 없었다. 무엇보다 그 미소, 활기차고 행복한 미소에는 인간의 마음에 깃들 수 있는 최고의 호감과 사랑이 잘 어우러져 있었다.

젊은 여자는 식사에 열중하다가도 노부인이 쳐다보면 가끔 고개를 들어 눈을 마주치고, 땋아 내린 머리가 이마 쪽으로 흘러내리면 장난스럽게 뒤로 넘겼다. 애정과 꾸밈없는 사랑스러움이 넘쳐흐르는 빛나는 눈길을 지녔기 때문에 천사가 보았대도 미소를 지었을 정도였다.

노부인도 미소를 지었다. 하지만 가슴이 벅차올라 미소를 지으면서도 눈물을 훔쳤다.

"브리틀즈가 출발한 지 한 시간쯤 지났지?"

잠시 후 노부인이 물었다.

"한 시간 12분 됐습니다, 마님."

가일즈가 검정 리본이 묶인 은시계를 꺼내 본 후 대답했다.

"그 아이는 늘 그렇게 느려."

노부인이 말했다.

"브리틀즈는 행동이 늘 굼뜨답니다, 마님."

가일즈가 맞장구를 쳤다. 브리틀즈는 30년이 넘도록 느렸기 때문에, 지금 갑자기 행동이 재빨라질 가능성은 거의 없었다.

"행동이 빨라지기는커녕 점점 더 느려지는 것 같아."

노부인이 말했다.

"동네 사람들과 만나서 노닥거린다면 절대로 용서하지 말아야 해요."

젊은 여자가 웃으며 말했다.

가일즈가 자기도 점잖은 웃음을 지어야 예의에 어긋나지 않는다고 생각하고 있을 때, 이륜마차가 정원 출입구에 다가와 정지했다. 뚱뚱한 신사가 마차에서 뛰어내려 문으로 직행하더니 이상하리만큼 급하게 집 안으로 들어왔다. 방으로 어찌나 불쑥 들어왔는지 하마터면 가일즈를 넘어뜨리고 아침 식탁을 뒤엎을 뻔했다.

"이런 일은 듣도 보도 못했습니다!"

뚱뚱한 신사가 큰 소리로 말했다.

"존경하는 메일리 여사, 큰일 날 뻔했습니다. 조용한 한밤중에…… 이런 일은 처음입니다!"

이런 위로의 말과 함께, 뚱뚱한 신사는 두 여자와 악수를 하고 의자를 당겨 앉더니 무사한지를 물었다.

"무서우셨겠어요. 무사하신 건만도 다행입니다."

뚱뚱한 신사가 말했다.

"제게 알리지 그러셨어요. 그럼 제 하인이 당장 왔을 테고, 그랬더라면 저와 제 조수가 마음을 놓았을 겁니다. 이런 상황에서는 당연하지요. 세상에나 한밤중에 이게 무슨 일이랍니까?"

의사인 뚱뚱한 신사는 생각지도 못했던 도둑이, 그것도 한밤중에 들었다는 사실에 특히 신경이 쓰이는 모양이었다. 의사의 태도로 보아 도둑은 한낮에 들어야 하고 그것도 엽서를 띄워 집주인과 사전에 약속을 잡아야 한다는 듯했다.

"그리고, 로즈 양."

의사가 젊은 여자를 돌아보며 말했다.

"나는……."

"맞아요, 그러게 말이에요!"

로즈가 의사의 말을 가로채며 끼어들었다.

"그건 그렇고요, 2층에 환자가 있어서 숙모님께서 오시라고 한 겁니다."

"아, 참! 맞습니다."

의사가 대답했다.

"그렇죠. 가일즈가 간단하게 잡았다지요."

찻잔을 정리하는 데 열중했던 가일즈가 얼굴을 붉히며 어쩌다 보니 그런 영광을 얻게 되었었다고 말했다.

"영광?"

의사가 말했다.

"글쎄요. 부엌에서 총을 쏴 맞춘 것이 열두 발짝 떨어진 곳에서 상대를 맞춘 것만큼 영광스러운지 모르지. 자네가 결투를 벌이는데 상대가 허공에 총을 쐈다고 상상해 봐, 가일즈."

가일즈는 뚱보 의사가 자기가 한 일을 이렇게 헐뜯는 것은 업적을 퇴색시키는 부당한 처사라고 생각했다. 그래서 자기가 이런 일의 시비를 가릴 것은 못 되지만, 상대를 제압한다는 것이 말처럼 쉬운 일은 아니라고 공손히 말했다.

"그렇지. 맞는 말이야!"

의사가 말했다.

"환자는 어디 있나요? 안내해 주세요. 환자를 보고 내려와서 다시 뵙겠습니다, 메일리 여사. 저기 있는 작은 창으로 도둑이 들어왔겠군요? 세상에, 도저히 믿을 수가 없네요."

의사는 쉬지 않고 떠들며 가일즈를 따라 계단을 올라갔다. 의사가 계단을 올라가는 동안 독자에게 뚱보 의사에 관해 소개해야겠다. 뚱보 로즈번 씨는 외과 의사로 이웃에 살며 16킬로미터 근방에서는 그냥 '의사'로 통하는데, 호의호식 때문이 아니라 태평한 성격 덕분에 뚱뚱해졌으며, 마음이 따뜻하지만 이런 괴팍한 성품의 늙은 독신남은 유명한 탐험가를 동원해 이 마을의 다섯 배나 되는 곳을 샅샅이 뒤져도 찾기 어려울 정도다.

로즈번 씨는 자신이나 두 여자가 예상했던 시간보다 훨씬 오랫동안 내려오지 않았다. 크고 넓적한 상자가 마차에서 내려져 전달되고 침실 종이 자주 울렸으며 하인들이 쉴 새 없이 2층을 오르락내리락했다. 이것으로 미루어 보아, 2층에서 심각한 일이 벌어지고 있음을 알 수 있었다. 드디어 로즈번 씨가 내려왔고, 환자의 상태를 걱정하는 질문을 받자 이상한 표정을 지으며 조심스럽게 문을 닫았다.

"정말 이상한 일입니다, 메일리 여사."

의사는 문이 열리지 않도록 하려는 듯 문에 등을 기대고 서서 말했다.

"생명이 위태롭지는 않겠죠?"

노부인이 말했다.

"이런 상황에서는 생명이 위태로운 것은 전혀 이상한 일이 아닙니다."

의사가 대답했다.

"물론 위태롭지도 않고요. 이 도둑을 직접 보셨습니까?"

"아니요."

노부인이 잘라 말했다.

"아무 말도 못 들으셨나요?"

"못 들었어요."

"죄송하지만요, 마님."

가일즈가 끼어들었다.

"그 도둑에 대해 말을 하려던 차에 로즈번 선생님께서 들어오셨습니다."

사실은 처음에 가일즈는 자기가 아이를 쐈다는 사실을 고백할 마음의 준비가 되어 있지 않았다. 도둑을 잡았다는 용맹성에 대해 찬사가 쏟아진 터라 더더욱 그랬고, 단 몇 분이라도 고백을 미룰 수 있다면 목숨이라도 걸 수 있었다. 사실 가일즈는 고백을 미룬 그 짧은 몇 분 동안 물불을 가리지 않은 용기에 대해 칭찬을 한껏 누렸다.

"로즈가 보고 싶어 하긴 했다오."

메일리 여사가 말했다.

"하지만 나는 환자의 상태에 대해 한마디도 듣지 못했소."

"쳇!"

의사가 끼어들었다.

"매우 놀랄 모습은 아닙니다. 제가 모시고 갈 테니 한번 보시겠습니까?"

"그래야 한다면 그러지."

노부인이 말했다.

"갑시다."

"꼭 보셔야 합니다."

의사가 말했다.

"제가 장담하는데요, 나중에 보시겠다고 미루고 지금 보시지 않으면 분명히 후회하실 겁니다. 환자는 지금 아주 조용하고 편히 잠들었거든요. 그럼 가실까요, 로즈 양? 조금도 겁낼 필요 없어요. 제가 장담합니다."

그 밖에 도둑의 모습이 의외일 것이라는 말로 안심을 시킨 의사는 로즈의 팔을 자기 팔에 걸어 팔짱을 끼고, 남은 한 손을 메일리 여사에게 내밀어 한껏 예의를 갖추고는 조용히 2층으로 두 여자를 안내했다.

"다 왔습니다."

의사가 침실의 문고리를 조용히 돌리며 작게 속삭였다.

"두 분이 그 도둑을 어떻게 생각하는지 알고 싶군요. 도둑은 최근에 수염을 깎지도 않았는데도 전혀 사나워 보이지 않습니다. 잠시만요, 우선 제가 가서 들어가도 괜찮은지 보고 오겠습니다."

의사가 두 여자보나 한발 앞서 들어가 방 안을 살펴보고 두 여자에게 들어오라고 손짓을 한 다음, 두 여자가 들어오자 방문을 닫고 조심스럽게 침대 머리맡의 커튼을 열었다. 그러자 두 여자가 상상했던 거칠고 시커먼 수염이 뒤덮인 악당 대신, 고통과 피로에 지쳐 깊은 잠에 빠진 어린아이가 침대에 누워 있었다. 총에 맞은 팔은 부목에 대고 붕대에 감겨 가슴 위에 얹혀 있었고 머리는 멀쩡한 팔을 베고 있었다. 긴 머리카락이 베개 위로 흘러내려 머릿밑에 베고 누운 팔을 반쯤 덮고 있었다.

의사는 커튼을 손으로 잡고 말없이 1, 2분가량 환자를 내려다보았다. 의사가 환자를 보는 동안 로즈가 살그머니 옆으로 지나가 침대 옆에 놓인 의자에 앉으며 얼굴에서 머리카락을 쓸어 주었다. 로즈가 올리버에게 몸을 숙이자 로즈의 눈에서 눈물이 흘러 올리버의 이마로 떨어졌다.

올리버가 몸을 살짝 움직이더니 잠결에 얼굴에 웃음을 띠었다. 마치 동정과 연민이 담긴 이런 행동 때문에 올리버가 한 번도 받아본 적 없는 사랑과 애정에 관한 기분 좋은 꿈에서 깬 것 같았다. 부드러운 음악이나 조용한 곳에서 이는 물결 소리, 향긋한 꽃내음, 귀에 익은 다정한 속삭임 등은 때로 현실에 존재하지도 않았던 희미한 기억을 갑자기 불러내지만 숨결처럼 금방 사라지고, 오래전에 지나간 행복했던 삶의 짧은 기억이 일깨워진 듯하지만 마음속으로 아무리 애를 써도 그 기억을 떠올릴 수 없다.

"아니, 이게 어떻게 된 일이야!"

노부인이 소리를 질렀다.

"이 가련한 아이가 도둑이었다니 말도 안 돼."

"사탄이……."

커튼을 다시 치며 의사가 탄식했다.

"교회당에 머물기도 하잖습니까? 겉으로 보아 착한지 아닌지를 어떻게 알 수 있겠습니까?"

"하지만 나쁜 짓을 하기에는 너무 어리잖아요."

로즈가 주장했다.

"세상에나, 아가씨."

의사가 괴로운 듯이 고개를 가로저으며 끼어들었다.

"죄란 죽음과 같아요. 노인이나 병자만 죽는 것은 아닙니다. 어리고 건강해도 죽는 경우가 종종 있답니다."

"하지만 어떻게…… 정말 이렇게 연약한 아이가 사회에서 버림받은 도둑 무리에 자진해서 가담했다고 생각하세요?"

로즈가 걱정스럽게 물었다.

의사는 그럴 수 있다는 것을 알리려는 듯이 고개를 가로젓더니, 자기들이 환자의 숙면을 방해할지도 모른다고 생각하며 옆방으로 두 여자를 데리고 갔다.

"아무리 나쁜 아이라 해도…… 얼마나 어린지 생각해보세요. 엄마의 사랑도 모르고, 심지어 집의 편안함도 모른다고 생각해보시라고요. 학대받고 두들겨 맞거나, 배가 고파서 도둑질을 강요한 사람들의 무리에 끼어들게 되었는지도 모르잖아요. 숙모님, 제발 이 아픈 아이를 경관이 끌고 가 감옥에 가두기 전에 다시 생각해주세요. 감옥에서는 아이를 교화시킬 가능성이 아주 희박하잖아요. 숙모님이 저를 사랑해 주시고 다정하게 보살펴주신 덕분에 제가 부모님의 사랑이 부족하다고 느끼지 않았잖아요. 저 아이처럼 저도 가망이 없는 신세였는데 누구의 보호도 받지 못했다면 저도 저런 처시가 됐을지 몰라요. 너무 늦기 전에 자비를 베풀어주세요."

로즈가 말했다.

"가엾기도 하지!"

노부인이 울먹이는 로즈를 품에 안으며 말했다.

"내가 저 아이의 머리카락 한 올이라도 해칠 것 같으냐?"

"아니요!"

로즈가 힘주어 말했다.

"숙모님은 그럴 분이 아니시죠, 절대로요!"

"아니고말고."

노부인이 떨리는 입술로 말했다.

"나는 살 날이 별로 남지 않았어. 내가 남에게 자비를 베풀면 죽을 때 나도 자비를 얻지 않겠니? 저 아이를 살리기 위해 내가 할 수 있는 일은 무엇인가요, 의사 선생?"

"글쎄요, 여사."

의사가 말했다.

"생각을 해보죠."

로즈번 씨는 주머니에 양손을 찔러 넣고 방 안을 서너 차례 왔다 갔다 서성대다가, 가끔 발을 멈추고 까치발을 디디며 균형을 잡기도 하고 험상궂게 인상을 쓰기도 했다. '이제야 생각났어!' '아니지, 그건 아니야' 등의 다양한 혼잣말을 내뱉고, 걷기와 인상 쓰기를 수도 없이 반복한 다음, 드디어 걸음을 완전히 멈추고 다음과 같이 말했다.

"가일즈와 브리틀즈의 입단속을 시킬 전권을 제게 주신다면 제가 어떻게 해보겠습니다. 가일즈는 충성심이 강한 사람이고 오랫동안 노부인을 모셨으니 다양한 방법으로 보상을 해주시면 될 것 같습니다. 총을 잘 쏜다고 상을 주셔도 좋고요. 동의하시겠습니까?"

"아이를 구할 방법이 따로 없다면요."

메일리 여사가 말했다.

"다른 방법은 없습니다."

의사가 말했다.

"없고말고요. 제 말을 믿으셔야 해요."

"그럼 숙모님께서 선생님께 전권을 맡기실 거예요."

로즈가 눈물을 머금은 채 미소를 지으며 말했다.

"하지만 부득이한 경우를 제외하고 가일즈와 브리틀즈를 필요 이상으로 심하게 다루지는 말아 주세요."

"아가씨는 본인만 인정이 넘치고 다른 사람은 모두 매정하다고 생각하나 보군요. 많은 젊은 청년을 대신해서, 아가씨도 끌리는 마땅한 청년을 만나면 마음이 너그럽고 부드러워지기를 바랍니다. 내가 젊어서 지금처럼 아가씨를 만나는 기회가 있을 때 사랑에 빠졌다면 오죽 좋았겠습니까."

의사가 쏘아붙였다.

"선생님은 브리틀즈처럼 몸만 큰 아이시군요."

로즈가 얼굴을 붉히며 되받아쳤다.

"글쎄요."

의사가 너털웃음을 지으며 말했다.

"그건 별로 어려운 일이 아닙니다. 그건 그렇고 다시 아이의 문제로 돌아가면, 이제 중요한 결정을 내려야 합니다. 아이는 한두 시간 안에 깰 겁니다. 아래층의 우둔한 경관에게 아이는 절대 안정이 필요해 못 움직인다고 말했습니다만 실은 옮겨도 위험하지는 않습니다. 제 조건은 이렇습니다. 제가 여사님의 입회하에 아이를 진찰한 다음 아이가 하는 말을 듣고 우리 셋이 판단을 하는 겁니다. 만일 정말 나쁜 아이라고 판단을 하면, 그럴 가능성은 없어 보입니다만 그냥 아이는 아이의 운명에 맡기고 무슨 일이 있어도 저는 더는 이 일에 간섭하지 않겠습니다."

"안 돼요, 숙모님."

로즈가 애원했다.

"그러셔야 합니다, 여사님."

의사가 말했다.

"제 제안이 어떠세요?"

"저 아이는 악에 물들었을 리가 없어요. 불가능하다고요!"

로즈가 말했다.

"네, 좋아요. 그럼 제 제안에 반대할 이유가 없지 않습니까?"

의사가 쏘아붙였다.

결국 양편은 합의에 이르렀고 올리버가 깨어날 때까지 앉아서 인내심을 갖고 기다렸다.

시간이 한 시간, 두 시간이 지나면서 두 여자는 로즈번 씨가 예상했던 것보다 훨씬 오래 인내심을 시험해야 했다. 하지만 올리버는 아직도 깊은 잠에 빠져 있었다. 저녁이 되고 나서야 친절한 의사는 올리버가 말을 할 정도로 의식을 회복했다는 소식을 두 여자에게 알려주었다. 의사는 아이가 지독히 아프다면서 출혈로 인해 몸이 아주 쇠약하지만 마음속에 털어놓을 것이 있어서인지 괴로워한다고 말했다. 상식적으로 본다면 내일 아침에 말하게 하는 것이 좋겠지만, 말하고 싶어 애쓰는 기색이 역력하니 지금 이야기를 들어보는 것이 좋을 것 같다고 했다.

면담은 길어졌다. 올리버가 지금까지의 과거를 모두 털어놓았는데 통증과 기력 부족으로 가끔 말을 중단해야 했기 때문이었다. 어두운 방에서 아픈 아이가 기어들어 가는 목소리로 나쁜 사람들 때문에 겪어야 했던 학대와 불행을 소상히 털어놓은 이야기를 듣고 있노라니 듣는 이의 마음도 엄숙해졌다. 아! 인간이 같은 인간을 학대하고 못살게 굴 때, 그 끔찍한 증거가 무거운 먹구름처럼 느리지만 확실하게 하늘로 올라가 나중에 우리가 저세상에서 모든 죗값을 치러야 한다는 걸 한 번이라도 생각할 수 있다면! 죽은 사람이 뼈저리게 후회하는 고백을 단 한 번이라도 상상할 수 있다면! 아무리 거만한 인간이라도 귀담아들을 수밖에 없는 증언을 헤아릴 수 있다면! 매일 일어나는 모욕과 부당함, 고통, 불행, 잔혹함이 있을 곳이 어디 있겠는가!

그날 밤 한 여자가 올리버의 베개를 어루만졌고, 잠든 올리버를 사랑과 인자함으로 내려다보았다. 올리버는 차분함과 행복함을 느꼈고 불평은커녕 죽어도 여한이 없었다.

이 중대한 면담이 끝나고 올리버가 다시 쉬려고 눕자마자, 의사는 눈을 비비면서 한순간에 눈이 침침해졌다고 투덜대며 계단을 내려와 계획을 행동으로 옮기기 위해 가일스에게 갔다. 아래층 거실에 아무도 없자, 의사는 부엌에서 말하면 효과가 훨씬 클 것이라는 생각이 들어 부엌으로 갔다.

집안일을 보는 하녀들, 브리틀즈, 가일스, 땜장이, 경관이 부엌에서 의회 회의라도 여는 것처럼 모여 있었다. 땜장이가 아직도 이 집에 남아 있는 이유는 그날 도둑을 잡는 데 수고를 아끼지 않았음을 고려해 특별초대를 받았기 때문이었다. 경관은 커다란 경찰봉을 들었고 머리가 크고 몸집도 컸으며, 큰 장화 차림에 맥주를 지나치게 많이 마신 것처럼 보였다. 아니, 맥주를 많이 마신 건 사실이었다.

아직도 전날 밤에 있었던 모험이 주제였다. 의사가 부엌에 들어갔을 때 가일즈는 자기가 얼마나 침착했는지를 설명하고 있었다. 브리틀즈는 한 손에 맥주잔을 들고 윗사람인 가일즈가 말을 하기도 전에 모든 것이 옳다고 맞장구를 쳤다.

"모두 조용히 앉아요."

의사가 손을 흔들며 말했다.

"감사합니다, 선생님. 마님께서 맥주를 내주셨는데 제 방에서 혼자 마시는 것보다 여럿이 마시는 게 나을 것 같아서 이곳에서 함께 마시고 있었습니다."

가일즈가 말했다.

브리틀즈가 뭐라고 중얼거렸는데, 그곳에 있던 사람들은 그게 가일즈 덕분에 모두가 좋은 시간을 보내게 되었다는 걸 고마워한다는 표현임을 다 알아들었다. 가일즈는 보호자 같은 태도로 모두 예의 바르게 행동만 한다면 절대 저버리지 않겠다는 말이라도 하듯이 주위를 둘러보았다.

"오늘 밤 환자는 어떤가요, 선생님?"

가일즈가 물었다.

"그저 그래요."

의사가 대답했다.

"가일즈 씨, 지난밤 큰 실수를 저질렀더군요."

"그렇다면 설마……."

가일즈가 몸을 떨면서 말했다.

"환자가 죽는다는 말씀은 아니시겠죠? 만약 그렇다면 저는 평생 괴로움 속에서 살아야 해요. 아이를 죽이려는 생각은 없었어요. 여기 있는 브리틀즈도 마찬가지죠. 억만금을 준다고 해도 아니에요."

"그게 문제가 아니오. 가일즈 씨는 기독교 신자인가요?"

의사가 의심스럽게 말했다.

"네, 선생님. 저는 그렇게 생각합니다."

가일즈가 하얗게 질려서 말을 더듬었다.

"그럼 자네는 어떤가?"

의사가 브리틀즈를 쏘아보며 물었다.

"맙소사! 당연하죠, 선생님."

브리틀즈가 깜짝 놀라며 대답했다.

"저도 가일즈 씨와 똑같습니다."

"그럼 내게 솔직히 말해주시오."

의사가 무섭게 말했다.

"두 사람 모두 말이요. 2층에 있는 아이가 어젯밤 작은 창문을 통해 집에 침입한 그 아이가 맞다고 목숨을 걸고 맹세할 수 있소? 어서 말해요! 어서요. 우리는 두 사람에 대해 마음의 준비를 하고 있소."

세상에서 가장 너그러운 사람에 속하는 것으로 정평이 난 의사가 무시무시한 목소리로 이런 질문을 하자, 이미 맥주와 흥분으로 알딸딸해진 가일즈와 브리틀즈는 멍한 상태에서 서로를 멀뚱멀뚱 쳐다볼 뿐이었다.

"두 사람의 대답을 잘 들어요, 경관 양반!"

의사가 최대한 엄숙하게 검지를 흔들더니, 엄지로 콧등을 톡톡 두드리며 말했다. 경관에게 정신 바짝 차리고 집중하라고 주문하는 듯했다.

"조만간 중대한 사실이 밝혀질 거요."

경관은 똑똑해 보이려고 기를 쓰며 굴뚝 모퉁이에 아무렇게나 세워두었던 경찰봉을 집어 들었다.

"이건 신원확인을 위한 간단한 질문이오."

의사가 말했다.

"그렇죠. 맞습니다, 선생님."

경관이 대답하면서 심하게 바른 기침을 했다. 맥주를 급하게 마시다가 사레가 들렸기 때문이었다.

"도둑이 들었는데 몇 명이 화약 연기가 자욱한 가운데 한 아이를 발견한 겁니다. 그것도 놀라고 어두워 정신이 없는 상황에서요. 다음 날 아침에 어떤 아이가 어젯밤에 도둑이 든 집에 왔습니다. 우연의 일치로, 손을 다쳐서 치료를 받아야 했기 때문에요. 그런데 어젯밤에 도둑질하려던 아이를 봤던 사람들이 이 아이를 붙잡은 겁니다. 아이를 붙잡는 와중에 아이의 목숨이 위태롭게 됐습니다. 아이를 붙잡은 사람들은 그 아이가 도둑이라고 장담을 합니다. 자, 질문입니다. 도둑을 잡았다는 사람들이 정말 도둑을 잡은 걸까요? 만약 아니라면, 도둑을 잡았다고 주장하는 사람들은 어떤 상황에 부닥치게 될까요?"

의사가 말했다.

경관이 신중하게 고개를 끄덕이며 그것이 법이 아니라면 도대체 뭐가 법이겠냐고 말했다.

"두 사람에게 다시 묻겠소. 2층에 있는 아이가 도둑이 틀림없다고 엄숙하게 맹세를 할 수 있습니까?"

의사가 큰 소리로 다그쳤다.

브리틀즈는 자신 없다는 표정으로 가일즈를 쳐다보았고, 가

일즈는 자신 없다는 표정으로 브리틀즈를 쳐다보았다. 경관은
대답을 잘 듣기 위해 손을 귀 뒤에 대고 기다렸고, 두 하녀와 땜
장이도 대답을 들으려 몸을 앞으로 기울였다. 의사는 실눈을 뜨
고 주위를 둘러보았다. 그 순간 현관에서 종이 울리고, 마차가
멈춰서는 소리가 들렸다.

"탐정님들이에요!"

브리틀즈가 이제 살았다는 표정을 지으며 소리를 질렀다.

"뭐? 누구라고?"

이번에는 의사가 혼비백산하며 외쳤다.

"이 지역에서 활동하는 탐정님들이요."

브리틀즈가 촛불을 집어 들며 대답했다.

"가일즈 씨와 제가 오늘 아침에 오시라고 연락을 했거든요."

"뭐라고!"

의사가 고함쳤다.

"제가 마부를 시켜 전갈을 보냈어요. 왜 이렇게 늦는지 궁금
했는데……."

브리틀즈가 말했다.

"그랬군, 그랬어. 망할 자식, 제기랄! 아니, 내 말은 마차가
느리다는 뜻이야."

의사가 꽁무니를 빼며 말했다.

❖❖ 제8장 ❖❖
위태로운 처지에 놓이다

"누구세요?"

브리틀즈가 걸쇠 사슬을 건 채 현관문을 조금 연 다음 손으로 촛불을 가리고 밖을 살짝 엿보며 물었다.

"문을 여시오!"

문밖에서 한 사내가 대답했다.

"오늘 전갈을 받은 탐정이요."

이 말에 마음을 놓으며 브리틀즈가 문을 활짝 열었다. 현관 앞에 서 있던 두꺼운 외투를 입은 사내가 말 한마디 없이 성큼성큼 걸어 들어와, 마치 이 집이 제집인 양 뻔뻔스럽게도 매트에 신발을 털었다.

"바깥에 나와서 나와 같이 온 사람을 도와줄 수 있겠나, 젊은 친구?"

탐정이 말했다.

"내 동료가 아직도 마차에서 고삐를 잡고 있거든. 한 5분에서

10분 정도 고삐를 묶어둘 마차 보관소가 있소?"

브리틀즈가 있다고 대답을 하며 건물을 가리켰더니, 풍채가 좋은 탐정은 다시 정원 문 쪽으로 걸음을 옮겨 동료가 마차를 마차 보관소에 넣는 것을 도와주었다. 그동안 브리틀즈는 존경스러운 마음으로 불을 비춰주었다. 마차를 잘 세워둔 뒤 세 사람은 집 쪽으로 다시 걸어갔다. 현관에 도착한 두 탐정이 두꺼운 외투와 모자를 벗자 탐정다운 모습이 되었다. 현관문을 두드렸던 탐정은 쉰 살가량 된 중간 정도 키의 땅딸한 사내였다. 새까맣게 윤이 나는 머리를 짧게 잘랐고 구레나룻을 반쯤 길렀으며 얼굴은 둥글고 눈매가 날카로웠다. 동행한 동료 탐정은 빨간 머리의 비쩍 마른 사내로 긴 부츠를 신었고 얼굴은 못생긴 데다 코까지 흉측한 들창코였다.

"집사에게 블래더스와 더프가 왔다고 전하시오."

땅딸한 탐정이 머리카락을 가지런히 정리하고 수갑을 탁자 위에 내려놓으며 말했다.

"안녕하십니까, 선생. 잠깐 드릴 말씀이 있습니다."

이 말은 그때 나타난 로즈번 씨가 한 말이었다. 로즈번 씨는 브리틀즈에게 물러가라고 손짓을 하고 두 여자를 모시고 들어와 문을 닫았다.

"이 분이 이 집의 주인이십니다."

로즈번 씨가 메일리 여사를 가리키며 말했다.

블래더스 씨가 인사를 했고 주인이 앉으라고 권하자 의자에 앉으며 모자를 바닥에 내려놓더니 더프에게도 그렇게 하라고 신호를 했다. 더프는 상류사회에 익숙하지 않았는지, 아니면 이런 분위기가 아주 불편했는지 아무튼 손발을 몇 차례 만지작거리고 나서 자리에 앉더니 당황하는 표정을 지었다.

"자, 이 집에 있는 도둑 말입니다. 선생."

블래더스가 말했다.

"상태가 어떤가요?"

로즈번 씨는 최대한 시간을 벌고자 지루하게 빙빙 돌려가며 환자의 상태를 설명했다. 블래더스와 더프는 환자의 상태가 납득이 간다는 표정을 지으며 이따금 서로에게 고개를 끄덕여 보이기도 했다.

"사건 현장을 직접 보기 전에는 확실하게 말씀드릴 수 없지만……."

블래더스가 말했다.

"음, 현재 제 생각으로는…… 이 정도까지는 말씀드려도 괜찮을 것 같아서 말인데요. 선수의 짓인 것 같습니다. 안 그런가, 더프?"

"물론입니다."

더프가 맞장구를 쳤다.

"숙녀들의 이해를 돕기 위해 제가 다시 말씀드리자면, 이번 사건은 전문털이범들이 저지른 짓이란 뜻입니다."

로즈번 씨가 미소를 지으며 말했다.

"맞습니다, 선생."

블래더스가 말했다.

"도둑질하기 위한 짓이죠."

"맞습니다."

의사가 맞장구를 쳤다.

"자, 하인들의 말에 의하면 이 집에 꼬마가 있다는데, 그럼 그 꼬마는 뭐죠?"

블래더스가 물었다.

"아무 상관이 없죠. 겁에 질린 하인 한 명이 꼬마가 도둑질을 하려고 이 집을 침입했던 도둑과 상관이 있다고 혼자 생각해버린 겁니다. 하지만 말도 안 되죠. 정말 어이가 없습니다."

의사가 대답했다.

"그럼 아주 간단하지 않습니까?"

더프가 말했다.

"자네 말이 맞아."

블래더스가 동의한다는 듯이 고개를 끄덕이며 맞장구를 치더니, 캐스터네츠라도 되는 양 아무렇지도 않게 수갑을 가지고 장난을 쳤다.

"그럼 꼬마는 누구죠? 자기가 누구라고 하던가요? 어디서 왔답니까? 하늘에서 뚝 떨어지지는 않았을 테죠, 선생?"

"물론 아니죠."

의사가 두 여자를 불안한 눈길로 한 번 쳐다보며 대답했다.

"나는 그 아이의 이야기를 모두 알지만, 지금은 그 이야기를 할 수 없습니다. 우선 도둑들이 침입하려 했던 현장을 보고 싶지 않으신가요?"

"물론입니다."

블래더스가 대꾸했다.

"우선 현장부터 조사하고 그다음에 하인들을 심문하는 게 좋겠습니다. 그게 일반적인 수사 절차입니다."

촛불을 든 블래더스와 더프가 현지 경관과 브리틀즈, 가일즈 등 모두를 뒤에 거느리고 복도 끝에 있는 작은 방으로 가서 창밖을 내다보았다. 그런 다음, 밖으로 나가 잔디를 밟으며 창문을 통해 안을 들여다보았다. 그러고는 촛불을 앞으로 쭉 내밀어 덧문을 조사했고 촛불로 발자국을 따라 비춰본 뒤 쇠스랑으로 덤불 속을 찔러보았다. 구경꾼들이 숨을 죽이고 모든 광경을 지켜보는 가운데 현장 조사가 끝나자 모두 안으로 다시 들어왔다. 이제 안에서 가일즈와 브리틀즈가 전날 밤 벌어졌던 모험에서 각자의 역할을 감정까지 섞어가며 한 편의 드라마처럼 재연했다. 두 사람은 공연을 여섯 번이나 반복했다. 처음에는 서로 말이 안 맞는 중요한 대목이 한 군데밖에 없었는데 여섯 번째 공연에서는 열 군데가 넘었다. 여섯 번에 걸친 재공연이 모두 끝나자, 방에서 관객을 내보내고 둘이서만 긴 회의를 했다. 탐정들의 회의에 비하면 유명한 의사들이 의학상의 가장 까다로운 문제를 상의하는 의료회의는 아이들 장난에 불과했다.

그동안 의사는 너무 초조해서 안절부절못하고 옆방을 왔다 갔다 서성댔고, 메일리 여사와 로즈는 불안한 표정으로 그런 의사를 쳐다보았다.

"솔직히⋯⋯."

의사가 셀 수 없이 여러 차례 빠른 걸음으로 왔다 갔다 서성대다가 갑자기 우뚝 걸음을 멈춰 서며 입을 열었다.

"어떻게 해야 할지 모르겠습니다."

"맞아요."

로즈가 말했다.

"탐정들이 저 불쌍한 아이의 이야기를 들으면 분명히 무죄임을 입증해줄 거예요."

"제 생각은 다릅니다, 아가씨."

의사가 고개를 절레절레 흔들며 말했다.

"아이의 이야기를 듣는다고 탐정이나 상급 법집행기관원들이 무고하다고 인정할 것 같지 않아요. 그 사람들은 아이를 기껏해야 부랑아 정도라고 여기겠죠. 상식적으로 보면 이 아이의 이야기는 의심받기에 십상이거든요."

"선생님은 믿으시잖아요?"

로즈가 황급히 끼어들었다.

"저야 믿죠. 물론 이해가 안 가는 부분도 있지만요. 늙고 어리석어서 믿는지도 모르죠. 하지만 경험이 많은 경찰이라면 믿을 거라고 생각하지 않습니다."

의사가 맞받아쳤다.

"왜죠?"

로즈가 다그쳤다.

"그건 말이죠……."

의사가 대답했다.

"그건 그 사람들의 입장에서 보면 이야기에 허점이 너무 많기 때문이에요. 아이의 이야기는 혐의를 입증할 뿐이지, 혐의를 부정할 수 있는 부분이 없어요. 탐정이란 사람들을 당황하게 하고 '왜', '어째서'를 꼬치꼬치 캐물으며 그냥 넘어가는 것은 하나도 없거든요. 들으셨다시피 아이는 과거 한동안 도둑들과 한 패거리였고 신사의 주머니를 소매치기한 혐의로 경찰서에 잡혀간 적이 있으며, 그 신사의 집에 머물다가 도저히 설명할 수 없는 장소로 억지로 끌려갔다고 말했잖아요. 자기가 어떤 상황에 놓였는지 전혀 몰랐다고요. 아이에게 나쁜 일을 시키려고 데려갔던 작자들의 손에 끌려 처치까지 왔고, 도둑질하기 위해 창문을 통해 이 집에 들어왔지만, 집안사람들에게 도둑이 들었다는 사실을 말하고 악당들의 손아귀에서 벗어나려는 바로 그 순간, 그 일을 하지 못하게 일부러 막기라도 하려는 듯 칠푼이만도 못한 어리석은 집사가 나타나 아이를 쐈다고 했잖습니까. 이제 이해가 되시죠?"

"물론 이해되죠."

로즈가 의사의 흥분한 모습에 미소를 지으며 대답했다.

"하지만 그래도 도둑으로 몰 이유를 찾을 수는 없어요."

"없죠."

의사가 대답했다.

"물론 없고말고요! 여자들은 늘 낙천적으로 생각한다니까요! 좋든 나쁘든 처음에 든 생각대로 한쪽 면만 보는 거 같아요."

의사는 자기가 겪은 경험을 토대로 내린 결론에 대해 흥분하며 양손을 주머니에 찔러 넣더니 아까보다도 더 빠르게 다시 방을 왔다 갔다 서성댔다.

"생각하면 할수록…… 아이의 이야기를 두 탐정에게 알리면 일이 더 힘들어질 것 같습니다. 믿지도 않을뿐더러 아이를 그냥 내버려 둔다고 해도 앞으로 끄집어내서 만천하에 공개해 사람들에게 의혹을 심어주는 등, 불행에서 아이를 구하려는 여사님의 자비로운 계획을 방해할 것이 분명합니다."

의사가 말했다.

"어머나! 그럼 어떻게 해야 할까요?"

로즈가 외쳤다.

"맙소사! 도대체 왜 탐정을 불러온 거죠?"

"그러게 말이다."

메일리 여사도 맞장구를 쳤다.

"애초에 탐정이 오지 않았다면 좋았을 텐데!"

"제가 아는 한……."

드디어 로즈번 씨가 절망감에 빠진 채 자리에 앉으며 입을 열었다.

"대담하게 이 일을 해치워야 합니다. 그래야 해요! 아이가 착하니까 그게 충분한 이유가 됩니다. 아이는 열이 아주 심해서 더는 이야기를 할 수 있는 상태가 아닙니다. 참 다행이죠. 우리는 아이가 아프다는 점을 최대한 이용해야 합니다. 최악의 사태가 벌어지더라도 우리 잘못은 아닙니다. 들어오세요."

"실례합니다, 선생."

블래더스가 뒤에 더프를 데리고 방으로 들어오며 문을 꼭 닫은 다음 말을 계속했다.

"이건 자작극입니다."

"자작극이라니 도대체 무슨 소리요?"

의사가 성질 급하게 소리를 쳤다.

"우리는 이런 일을 일컬어 꾸며낸 일이라고 부릅니다."

블래더스가 두 여자를 돌아보며 두 여자의 무지함이 안쓰럽다는 듯, 그리고 의사는 경멸스럽다는 듯 말했다.

"하인이 이 일에 언제 가담했을까요?"

"아무도 하인들을 의심하지는 않았어요."

메일리 여사가 말했다.

"여사님, 그럴 가능성이 희박하지만……."

블래더스가 대꾸했다.

"그런데 이 일에 가담했을지도 모릅니다."

"아마도 그 말이 맞을 겁니다."

더프가 거들었다.

"이번 사건은 선수들의 솜씨입니다."

블래더스가 보고를 계속했다.

"솜씨가 예사롭지 않을 걸 보면 알 수 있어요."

"정말 놀라운 솜씨입니다."

더프가 목소리를 깔면서 말했다.

"일당이 두 명이었어요. 거기에 꼬마가 한 명 더 포함됐죠. 분명해요. 창문의 크기를 보면 알 수 있어요. 현재는 그 정도만 말할 수 있습니다. 2층에 있는 아이를 당장 볼 수 있을까요?"

블래더스가 계속했다.

"우선 탐정들이 목이라도 축이도록 해 주시는 게 어떨까요, 메일리 여사?"

의사가 새로운 생각이 떠올랐다는 듯이 밝은 표정을 지으며 말했다.

"어머! 그렇군요! 원하시면 당장 드릴게요."

로즈가 큰 소리로 외쳤다.

"네, 감사합니다, 아가씨!"

블래더스가 외투 소매로 입을 닦으며 말했다.

"이런 일은 입이 많이 마릅니다. 아무거나 간단한 거로 주세요, 아가씨. 저희 때문에 번거롭게 해드려 미안합니다."

"뭐가 좋을까요?"

의사가 로즈를 따라 찬장 쪽으로 가면서 물었다.

"번거롭지 않다면 술로 부탁합니다, 선생."

블래더스가 말했다.

"런던에서 오는데 몹시 추웠거든요, 여사님. 술을 마시면 몸이 따뜻해지면서 마음까지 편안해진답니다."

이 흥미로운 대화는 메일리 여사에게 들으라고 한 것이었는데, 메일리 여사는 이것을 정중하게 받아주었다. 이 대화가 메일리 여사에게 전달되는 동안, 의사는 방을 살짝 빠져나갔다.

"아, 참!"

블래더스가 포도주 잔을 왼손 엄지와 검지로 밑단을 잡아 가슴 앞에 놓으며 말했다.

"탐정 노릇을 하면서 이런 자작극을 수없이 경험했답니다."

"그때 에드몬튼의 뒷골목에서 있었던 사건 생각나나요, 블래더스?"

더프가 블래더스의 기억을 돕기 위해 입을 열었다.

"그 사건도 자작극으로 유명했지. 그 사건은 콩키 칙위드가 저지른 자작극이었어."

블래더스 씨가 맞장구를 쳤다.

"선배님은 꼭 그자가 저지른 짓이라고 하더군요."

더프가 대꾸했다.

"그 사건은 가족들이 공모한 사건이에요. 콩키는 이 일과는 아무 상관이 없다고요."

"입 다물어!"

블래더스가 면박을 주었다.

"내가 더 잘 알아. 당시 콩키가 돈을 도둑맞았다는 것 때문에 그렇게 생각하나? 시작부터 아주 놀라웠지! 소설보다 훨씬 흥미로운 사건이었어!"

"뭐였는데요?"

로즈는 달갑지 않은 손님들이었지만 흥을 돋우기 위해 질문을 던졌다.

"절도사건이었습니다, 아가씨. 다른 사람 같으면 절대 해결하지 못했을 거예요."

블래더스가 말했다.

"그 사건에서 콩키 칙위드가……."

"콩키란 '개코'란 뜻입니다, 여사님."

더프가 끼어들었다.

"물론 여사님께서도 그런 뜻인 거 다 아셔."

블래더스가 면박을 주었다.

"자네는 맨날 이렇게 끼어드는군. 이 사건의 콩키 칙위드란 자는 배틀 브리지 근처에서 선술집을 운영했었죠. 그 선술집의 지하에서 닭싸움이나 오소리 잡기 등 불법 게임이 벌어졌는데, 그걸 보기 위해 젊은 신사들이 자주 찾았답니다. 그곳에서는 불법 경기가 아주 지능적으로 진행되죠. 저도 자주 가봤답니다. 당시에 콩키는 혼자 살고 있었지요.

어느 날 밤에 327기니가 든 자루를 도둑맞았습니다. 한밤중에 침실에 두었던 돈 자루를 눈에 검정 안대를 한 키가 훤칠한 남자가 훔쳐갔다는 거예요. 침대 밑에 숨어 있던 도둑이 돈을 훔쳐 1층 높이밖에 안 되는 창문에서 뛰어내려 도망쳤죠. 도둑은 몸이 아주 쟀어요. 하지만 이상한 소리에 잠에서 깬 콩키가 재빨리 침대에서 일어나서 도둑을 향해 산탄총을 쏘아댔답니다. 그 소리에 동네 사람들이 다 깼죠. 동네 사람들도 도둑을 쫓으며 고함을 질렀어요. 한참을 쫓던 동네 사람들은 콩키가 도둑을 총으로 맞혔다는 것을 알게 되었죠. 멀리 떨어진 말뚝까지

가는 길에 피가 뚝뚝 떨어진 흔적이 있었거든요.

사람들은 말뚝 근처에서 핏자국을 놓쳤죠. 하지만 도둑이 현금을 훔쳐갔기 때문에 허가받은 선술집 주인인 칙위드 씨도 〈가제트〉라는 정부 발행 잡지의 파산자 명단에 이름을 올리게 되었습니다. 보험금과 기부금 등 모든 위로금이 불쌍한 칙위드 씨에게 전달됐어요. 그래도 칙위드 씨는 자기가 입은 손해 때문에 몹시 침울해했죠. 사나흘 동안 거리를 헤매고 다니며 절망감에 머리를 어찌나 쥐어뜯었는지, 동네 사람들은 칙위드 씨가 자살이라도 할까 봐 걱정할 정도였어요. 그러던 중 하루는 황급히 관서에 들어와서 치안판사와 은밀히 면담했습니다. 치안판사는 칙위드와 장시간 면담을 나눈 뒤에 종을 울려 젬 스파이어스를 들어오라고 불렀어요. 젬은 민완형사였거든요. 그리고는 젬에게 가서 칙위드 씨를 도와 도둑을 체포하라고 지시했죠. '내가 도둑을 봤어요, 스파이어스.', 칙위드가 말했어요. '어제 아침에 우리 집 앞을 지나갔답니다' '근데 왜 직접 붙잡지 않았나요?' 스파이어스가 물었죠. '나는 파산의 충격이 너무 커서 이쑤시개로 건드려도 머리가 산산조각이 날 지경이었거든요.' 불쌍한 칙위드 씨가 말했어요. '하지만 밤 10시에서 11시 사이에 또 우리 집 앞을 지났기 때문에 우리가 분명히 잡을 수 있을 거예요.' 스파이어스는 이 말을 듣자마자 하루 이틀 잠복근무를 해야 할지도 모르니까 주머니에 깨끗한 속옷과 빗을 넣고는 당장 출발했죠. 스파이어스는 한시라도 달려나갈 준비를 하고 모자를 눌러쓴 채 선술집의 붉은 커튼 뒤 창문 아래 자리를 잡았답니다.

늦은 밤 스파이어스가 이곳에서 담배를 피우고 있는데 갑자기 칙위드가 소리를 질렀어요. '저놈이에요! 도둑놈 잡아라! 살인자!' 젬 스파이어스가 달려갔더니 칙위드가 울며불며 뛰어가는 거예요. 스파이어스도 칙위드를 따라 뛰었죠. 칙위드도 계속 뛰었고 동네 사람들도 따라 뛰었어요. 따라 뛰는 사람들도 모두 고함을 쳤습니다. '도둑이다!' 칙위드도 미친 듯이 뛰는 내내 소리소리 질렀어요. 스파이어스는 소리를 지르며 모퉁이를 도는 순간 칙위드를 놓쳤지만, 모여 있는 사람들이 보이자 사람들 속으로 뛰어들었답니다. '어떤 놈이야?' '빌어먹을!' 칙위드가 말했어요. '또 놓쳤습니다!' 기가 막힌 우연의 일치지만, 아무튼 도둑은 보이지 않았지요. 그래서 선술집으로 돌아갔답니다.

다음 날 아침, 스파이어스가 어제 잠복했던 커튼 뒤에 있는 자리로 돌아와서 눈에 검정 안대를 한 키가 훤칠한 사내를 기다리며 두 눈이 짓무를 때까지 망을 봤습니다. 결국 도저히 참지 못하고 두 눈을 잠깐 붙인 사이, 바로 그 순간에 칙위드가 고래고래 악을 쓰는 소리를 들은 겁니다. '도둑놈이다!' 또다시 스파이어스가 튀어나갔는데, 칙위드가 몇 발짝 앞서서 뛰어가고 있었죠. 어제보다 두 배가량 더 뛰었는데, 놈이 또 종적을 감췄지 뭡니까! 이런 일이 한두 번 더 있고 난 뒤, 동네 사람들의 반은 칙위드의 돈을 훔쳐간 도둑은 사람이 아니라 악마라서 술수를 쓰기 때문에 잡히지 않는다는 소문을 믿기 시작했고, 나머지 반은 이러다가 칙위드가 슬픔을 견디지 못하고 미쳤다고 생각했습니다."

"젬 스파이어스는 뭐라고 했나요?"

블래더스가 이야기를 시작할 때쯤 방으로 다시 돌아온 의사가 물었다.

"젬 스파이어스는……."

블래더스가 말을 계속했다.

"오랫동안 아무 말도 하지 않고 관련 정보만 수집했습니다. 형사 본연의 임무를 잘 알고 있었다는 얘기죠. 하지만 어느 날 아침, 선술집으로 들어가서 담뱃갑을 꺼내면서 말했어요. '칙위드, 범인을 찾았소' '그래요?' 칙위드가 말했죠. '정말 대단하네요, 스파이어스. 범인은 어디 있죠?' '이리 와!' 스파이어스가 담뱃가루를 집어 칙위드에게 뿌리며 말했어요. '연극은 인제 그만하시지! 당신이 꾸민 자작극이잖아.' 그렇습니다. 이 사건은 칙위드가 꾸민 짓이고 그로 인해 칙위드는 많은 돈을 벌었죠. 완전범죄를 꿈꾸며 계속 나타나는 바람에 들통이 난 거예요. 과하게 연극만 하지 않았다면 아무에게도 들키지 않았을 겁니다. 잘 해보려다 그만 도를 지나치고 말았던 거죠."

블래더스 씨가 포도주 잔을 내려놓고 수갑을 쩽 소리 나게 겹치면서 이야기를 마쳤다.

"아주 흥미롭군요. 그럼 이제 2층으로 올라가실까요?"

의사가 말했다.

"그러지요."

블래더스 씨가 대꾸했다. 그리고 두 탐정은 로즈번 씨를 바짝 뒤쫓아서 올리버가 누워 있는 방으로 올라갔다. 그 앞에서 가일즈가 촛불을 들고 앞장서서 걸었다.

올리버는 졸고 있었지만 상태가 악화되어 보였고 처음 왔을 때보다 훨씬 열이 높았다. 올리버는 의사의 도움을 받아 가까스로 1, 2분 동안 침대에서 몸을 일으켜 앉았지만 앞으로 도대체 무슨 일이 벌어질 건지 전혀 알지 못한 채 낯선 사람들을 쳐다보았다. 사실 올리버는 자기가 지금 어디에 있는지, 무슨 일이 벌어졌었는지조차 기억을 못 하는 것 같았다.

"바로……."

로즈번 씨가 조용하지만 아주 힘찬 목소리로 말했다.

"이 아이요. 남의 집 땅에서 장난을 치다가 우연히 용수철 총에 맞아 다쳤답니다. 오늘 아침에 도움을 청하려고 이 집에 왔다가 그 자리에서 잡혀, 저기 촛불을 손에 들고 서 있는 똑똑한 남자에게 부당한 대우를 받았습니다. 그래서 의사로서 내가 장담하건대 아이의 목숨이 위험할 뻔했죠."

블래더스와 더프가 가일즈를 쳐다보자, 두 탐정의 눈길을 눈치챈 가일즈는 당황한 나머지 두려움과 당황스러움이 묘하게 섞인 표정으로 두 탐정에게서 올리버에게, 그리고 다시 로즈번 씨에게로 눈길을 옮겼다.

"부인할 생각은 아니죠?"

의사가 올리버를 다시 조심스레 누이며 가일즈에게 물었다.

"잘하려다 보니 그렇게 된 겁니다."

가일즈가 대답했다.

"저는 이 아이가 그 아이가 확실하다고 생각했습니다. 아니면 왜 잡았겠습니까? 저는 원래 그리 나쁜 사람이 아닙니다."

"이 아이가 누구라고 생각했다고요?"

블래더스가 물었다.

"이 집에 침입한 아이요!"

가일즈가 대답했다.

"도둑들은 아이를 데리고 있었단 말입니다."

"그럼, 지금도 그렇게 생각하시오?"

블래더스가 다시 물었다.

"그렇게라니요?"

가일즈가 멍청한 눈길로 질문한 블래더스를 빤히 쳐다보며 물었다.

"이 아이가 그 도둑이라고 생각하느냐 말이오, 멍청하기는!"

블래더스가 신경질적으로 면박을 주었다.

"잘 모르겠습니다. 정말 모르겠어요."

가일즈가 후회하는 표정을 지으며 대답했다.

"이 아이가 틀림없다고 맹세할 수는 없습니다."

"당신 생각을 말해보시오."

블래더스가 말했다.

"아무 생각이 나지 않습니다."

불쌍한 가일즈가 대꾸했다.

"이 아이가 그 아이가 아닌 것 같아요. 사실 아니라는 확신이 듭니다. 생각해보니까 그 아이일 리가 없어요."

"집사가 술을 마셨나요? 선생?"

블래더스가 의사에게 물었다.

"이런 멍청한 사람 같으니라고!"

디프가 경멸이 가득 찬 눈길로 가일즈를 쳐다보며 무섭게 쏘아붙였다.

가일즈와 두 탐정 사이에 짧은 대화가 오가는 동안 환자의 맥박을 짚어본 로즈번 씨가 침대 옆에 있던 의자에서 일어나며 두 탐정이 환자에게 더 볼일이 없으면 옆방으로 옮긴 다음 브리틀즈를 불러 조사를 하는 것이 어떠냐고 제안했다.

이 제안에 따라, 모두 옆방으로 순순히 이동해서 브리틀즈를 올라오라고 불렀다. 방으로 들어온 브리틀즈는 자기뿐 아니라 가일즈마저, 엇갈린 주장과 말도 안 되는 불가능한 상황이 뒤얽힌 빠져나갈 길 없는 미로에 빠뜨리고 말았다. 어찌나 말이 앞뒤가 안 맞는지, 자기가 제정신이 아니라는 것만을 확인시켜줬을 뿐이었다. 더구나 그 순간 진짜 도둑이 눈앞에 다시 나타난다 해도 알아보지 못할 것이며, 자기가 올리버를 도둑이라고 지목했던 이유는 단지 가일즈가 그렇다고 말했기 때문이고, 겨우 5분 전에 가일즈가 부엌에서 자기가 너무 성급했던 것 같다는 말을 했다고 실토해버리기까지 했다.

갖가지 기발한 억측 중에서도, 가일즈가 정말로 누군가를 총으로 맞혔는지에 관한 의문이 제기되었다. 가일즈가 쏘았다는 총을 조사해보니 화약과 갈색 종이 외에는 파괴력 있는 어떤 탄환도 장전되어 있지 않았다는 것이 밝혀졌다. 10분 전에 그 총에서 탄환을 빼놓은 의사를 제외하고, 모든 사람이 경악을 금치 못했다. 하지만 사람에게 총을 쏘았다는 두려움 속에서 몇 시간 동안 마음고생을 했던 가일즈 자신보다 더 놀란 사람은 없었다. 가일즈는 자기가 사람에게 총을 쏘지 않았다는 새로운 소식을 기쁘게 받아들이며 진심으로 만족해했다. 결국 두 탐정은 올리버에게 크게 신경 쓰지 않고 처치 현지 경관을 집에 남겨둔 채, 그날 밤 휴식을 취하려 마을로 내려가면서 다음 날 아침 다시 돌아오겠다고 말했다.

다음 날 아침, 두 사내와 한 아이가 지난밤 수상한 짓을 했기 때문에 체포되어 킹스톤 구치소에 수감되어 있다는 소문이 돌았다. 블래더스와 더프가 킹스톤으로 가보았다. 그러나 조사를 해보니 그 사람들이 했다는 수상한 짓이란 건초더미에서 자다가 들킨 것이었다. 두 탐정은 노숙이 철창 신세를 질 만큼 중죄이지만 노숙자들이 폭력 사태를 수반하는 강도짓을 저질렀다는 확실한 증거가 없어, 국왕이 백성을 사랑하는 마음으로 제정한 너그러운 영국 법에 따라 그들을 사형에 처하는 것은 지나치다는 생각을 하며 킹스톤에 도착할 때만큼이나 재빠르게 다시 돌아왔다.

블래더스와 더프는 다시 돌아오자 간단히 몇 가지 조사를 더 하고 여러 사람과 이야기를 나눈 다음, 마을의 치안판사가 올리버를 법정에 출두하라고 소환하면 메일리 여사와 로즈번 씨가 올리버의 공동 보호자로 동행할 것을 서약시켰다. 수고비로 금화 몇 닢씩을 챙긴 두 탐정은 이번 사건의 주범에 대해 의견의 일치를 보지 못한 채 런던으로 돌아갔다. 더프는 모든 상황을 심사숙고해본 결과 이번 절도미수 사건은 내부인이 관련되었다는 쪽으로 믿었고, 블래더스는 콩키 칙위드 씨의 사건처럼 자작극이라고 결론을 지었다.

한편 올리버는 메일리 여사와 로즈, 마음씨 착한 로즈번 씨의 보살핌 덕분에 점차 기운을 되찾았다. 진심에서 우러나와 열정적으로 올리는 감사의 기도만이 하늘에 닿는다면, 그때 올리버가 올린 기도 말고 하늘에 닿을 기도가 또 있겠는가? 가엾은 이 고아는 자기를 보살펴주는 세 은인에게 은총이 내리고 그 은인들의 마음에 평화와 행복이 깃들기를 간절히 기도했다.

제9장

올리버가 친절한 은인들과
행복한 생활을 하다

올리버는 부상이 가볍지 않기 때문에 온몸이 상처투성이였다. 부러진 다리의 통증도 꽤 심했지만, 치료가 지체된 데다 습하고 추운 날씨에 오래 노출되었었기 때문에 열이 심하게 났고 온몸이 오한으로 부들부들 떨렸다. 그런 상태로 몇 주일을 앓고 나자 차마 눈 뜨고 볼 수 없을 정도로 뼈만 앙상한 모습이었다. 하지만 더딘 속도로라도 조금씩 회복되기 시작했고 때때로 눈물을 흘리며 몇 마디라도 할 수 있을 정도로 기운을 되찾았다. 올리버는 다정한 두 은인의 친절함을 얼마나 깊이 느꼈는지, 몸이 완전히 회복되면 은혜에 보답하기 위해 어떤 일이든 얼마나 진심으로 하고 싶어 하는지 등의 말을 했다. 두 은인에게 자신의 마음에 가득 담긴 사랑과 의무감을 보여줄 수 있다면, 그들의 기품 있는 친절함이 헛되지 않았음을 증명할 수만 있다면, 어떤 사소한 일이라도 하리라 결심했다. 두 은인의 자비심 덕분에 처참한 생활과 죽음에서 구조된 이 불쌍한 올리버는 몸과 마음을 다해 그들에게 봉사하고 싶은 마음이 간절했다.

"불쌍하기도 하지!"

어느 날, 들릴까 말까 한 목소리로 죽을힘을 다해 감사의 말을 파리한 입술로 전하는 올리버에게 로즈가 말했다.

"나중에라도 하고 싶다면 보답할 기회가 충분히 있어. 우리는 시골로 내려갈 거야. 숙모님께서 너도 데려가자고 하셨어. 아주 조용하고 공기도 아주 맑은 곳이거든. 그곳에서 며칠만 지내도 봄의 기쁨과 아름다움으로 너는 금방 회복될 거야. 네가 수고를 감당할 수 있을 때 봉사할 기회를 줄게."

"수고라니요!"

올리버가 소리쳤다.

"세상에! 아가씨. 제가 아가씨를 위해 일할 수 있다면, 하다 못해 아가씨의 꽃에 물을 주거나 새를 돌봐서라도 아가씨를 기쁘게 할 수만 있다면, 온종일 뛰어다녀서라도 아가씨를 행복하게 할 수 있다면 제가 못 할 일이 뭐가 있겠어요!"

"아무것도 안 해도 된단다."

메일리 여사가 미소 지으며 말했다.

"전에도 말했듯이, 네가 우리에게 봉사할 방법은 수도 없이 많아. 네가 지금 한 약속의 반만 실행하더라도 우리는 충분히 행복하단다."

"행복하시다고요, 마님!"

올리버가 소리쳤다.

"세상에, 그런 말씀을 하시다니 정말 너그러우시네요!"

"너는 내가 말하는 것보다 훨씬 더 나를 기쁘게 해줄 거야."

로즈가 말했다.

"나는 자애로우신 숙모님께서 네가 설명했던 끔찍한 불행에서 누군가를 구해주셨다는 생각만으로도 말할 수 없이 기뻐. 네가 숙모님이 베풀어주신 친절과 동정에 진심으로 감사할 줄 알고 보답하려 한다니 내가 생각했던 것보다 훨씬 기분이 좋구나. 내 말이 이해되니?"

로즈가 의미심장한 표정을 짓는 올리버를 보며 물었다.

"네, 그럼요. 이해하고말고요."

올리버가 진심으로 대답했다.

"하지만 저는 제가 배은망덕하다고 생각했어요."

"누구에게?"

로즈가 물었다.

"전에 저를 진심으로 보살펴주셨던 친절한 신사와 나이 지긋하신 아주머니께요."

올리버가 대답했다.

"제가 지금 행복하다는 걸 아신다면 두 분 모두 진심으로 좋아해 주실 거예요. 분명해요."

"분명 그러실 거야."

올리버의 젊은 은인인 로즈가 말했다.

"그리고 로즈번 씨가 친절하게도 네가 여행을 견딜만해 지면 그분들을 만나도록 데려다주겠다고 단단히 약속하셨단다."

"정말요?"

올리버가 기뻐서 표정이 확 밝아지며 소리쳤다.

"다시 친절한 그분들을 만날 수 있다니 생각만 해도 너무 기뻐서 어쩔 줄 모르겠어요!"

며칠 지나지 않아 올리버는 여행의 피로를 견딜 만큼 충분히 회복되었다.

어느 날 아침, 올리버와 로즈번 씨는 메일리 여사 소유의 작은 마차를 타고 길을 나섰다. 마차가 처치 브리지에 도착했을 때, 올리버가 하얗게 질려서 비명을 질렀다.

"왜 그러니, 올리버!"

의사가 언제나처럼 화들짝 놀라며 소리쳤다.

"뭔가가 보이니? 무슨 소리가 들리니? 뭐가 느껴지니? 응?"

"저거요."

올리버가 마차 창을 가리키며 소리쳤다.

"저 집이요!"

"그래, 그런데 저 집이 왜? 마부, 마차를 세워. 여기 세워."

의사가 소리를 질렀다.

"저 집이 어떻다는 거야, 응?"

"도둑들이 저를 데려갔던 집이 저 집이에요."

올리버가 속삭였다.

"이런 몹쓸 것들!"

의사가 소리쳤다.

"여기 세워, 여기! 나를 내려줘."

하지만 마부가 마부석에서 내리기도 전에, 의사는 마차 밖으로 그냥 뛰어내려 그 집을 향해 달려가 미친 사람처럼 발로 문을 찼다.

"누구야!"

꼽추가 문을 확 열면서 대답하는 바람에, 또 의사가 문을 차려고 들어 올린 발의 관성 때문에 복도 안으로 넘어질 뻔했다.

"무슨 일이야?"

"무슨 일?"

의사가 다짜고짜 꼽추의 멱살을 잡으며 고함을 질렀다.

"너 말 잘했다. 도둑놈 잡으려고 그런다, 왜!"

"이러다가 생사람 잡겠군."

꼽추가 시큰둥하게 대꾸했다.

"손 치워. 내 말 안 들려?"

"들린다."

의사가 꼽추의 멱살을 흔들며 말했다.

"도대체, 그놈은 어디 있어? 그 악랄한 놈 이름이 뭐더라? 사익스, 그래. 사익스는 어디 있어, 이 도둑놈아?"

깜짝 놀란 꼽추는 분을 참을 수 없다는 듯이 노려보며 의사의 손아귀에서 솜씨 좋게 몸을 비틀어 빠져나오더니 끔찍한 저주를 퍼부으며 집 안으로 들어가 버렸다. 하지만 꼽추가 문을 닫기 전에 의사가 한마디 말도 없이 현관으로 냅다 뛰어들어갔다. 의사는 초조하게 집 안을 두리번거렸다. 가구는커녕 사람도 물건도 아무 흔적이 없었고 찬장의 위치조차도 올리버의 말과는 하나도 맞지 않는 것이 아닌가!

"자……."

의사를 자세히 살피던 꼽추가 말했다.

"이렇게 무례하게 내 집에 들어온 용건이 뭐요? 내 돈을 훔칠 거야, 나를 죽일 거야? 원하는 게 뭐야?"

"마차를 타고 와서 그런 짓을 하는 놈 봤어? 이 멍청한 늙은 박쥐 같은 놈아."

화가 머리끝까지 난 의사가 고함쳤다.

"그럼 원하는 게 뭐야?"

꼽추가 매섭게 쏘아붙였다.

"내쫓기 전에 당장 나가시지, 이 무례하고 벼락 맞을 놈!"

"용건이 끝나면 붙잡아도 갈 거야."

로즈번 씨가 다른 방을 살펴보며 말했다. 다른 방도 역시 올리버의 설명과는 확연히 달랐다.

"언젠가는 네놈의 정체를 밝힐 날이 올 거야."

"그래?"

기분이 상한 꼽추가 콧방귀를 뀌었다.

"나는 언제나 여기 있으니까 언제라도 필요하면 다시 와. 여기서 25년 동안이나 살았어. 나는 미치지도 않았고 가족도 있는 몸이야. 네놈이 오든 말든 하나도 무섭지 않아. 네놈이야말로 대가를 치르게 될 거야. 이런 무례한 짓에 대한 빚을 꼭 갚아주겠어."

이렇게 말하면서 꼽추가 고막이 찢어져라 고함을 질렀지만 그래도 분이 풀리지 않았는지 미친 듯이 바닥을 발로 쾅쾅 구르기 시작했다.

"이런 어리석은 짓을 하다니……."

의사가 혼잣말로 중얼거렸다.

"아이가 뭔가 착각을 한 모양이오. 이거 받아 넣고 그만 진정하시오."

이 말과 함께 의사가 돈을 꼽추에게 던져준 다음 곧장 마차로 돌아왔다.

꼽추는 마차까지 따라오면서 입에 담기조차 험한 욕설과 저주를 퍼부었다. 하지만 로즈번 씨가 마부에게 말을 하려고 돌아서는 순간, 꼽추가 마차 안을 들여다보면서 안에 있는 올리버를 무섭게 노려보았다. 꼽추의 눈빛이 분노와 적개심으로 어찌나 이글거렸는지, 올리버는 몇 달이 지나도록 잠들었을 때나 깨어 있을 때나 그 눈빛을 잊을 수가 없었다. 꼽추는 마부가 다시 마부석에 앉을 때까지 무시무시한 욕설을 계속 퍼부었고, 마차가 출발하고 나서도 한참 동안 그 자리에 남아서 발로 땅을 쾅쾅 구르며 분을 삭일 수가 없다는 듯이 머리카락을 쥐어뜯고 있었다.

"내가 바보지!"

의사가 오랜 침묵 끝에 입을 열었다.

"이게 바보짓이었다는 것을 알았니, 올리버?"

"아니요, 선생님."

"그럼 절대 잊지 말거라."

"바보짓이었어."

한동안 또 입을 다물었던 의사가 다시 입을 열었다.

"그 집이 맞았고 그자들이 그곳에 있었다고 해도, 나 혼자 뭘 할 수 있었겠어? 설사 도와주는 사람이 있었다고 해도, 나를 노출하는 결과만 가져올 뿐 아무 소득이 없었을 거야. 애써서 숨겨온 올리버에 관한 비밀을 털어놓을 수밖에 없었을 테니 말이야. 그럼 자업자득이었을 테지. 나는 항상 이 급한 성격 때문에 곤경을 자초한다니까. 오늘 일은 좋은 약이 될 거야."

사실은 이랬다. 이 훌륭한 의사는 평생 흥분을 잘하는 성질 때문에 물불 안 가리고 생각을 행동으로 옮겨왔다. 그렇다고 그런 충동적인 성품이 꼭 나쁜 것만은 아니었다. 그런 성품 덕분에 특별한 문제를 일으켰다거나 불행이 닥쳤다거나 하기는커녕, 주위 사람들로부터 지극한 존경을 받아왔기 때문이었다.

사실을 말하자면, 의사는 올리버의 이야기에 관한 진실 여부를 확인할 수 있는 첫 기회였는데, 도움이 되는 증거를 하나도 얻지 못해 실망한 나머지 한 1, 2분 동안 기분이 언짢았지만 곧 기분을 풀었다. 자기의 질문에 대해 올리버가 전과 마찬가지로 여전히 솔직하고 일관되며 성실한 태도로 정직하게 대답을 한다는 것을 알았기 때문에 또다시 올리버를 전적으로 믿기로 마음을 먹었다.

올리버가 브라운로 씨의 집이 있는 거리의 이름을 알고 있어서 마차가 그곳으로 직행할 수 있었다. 마차가 그 거리로 접어들자 올리버는 가슴이 어찌나 심하게 쿵쾅거리는지 숨을 쉬기조차 힘들 지경이었다.

"다 왔구나. 얘야, 어떤 집이니?"

로즈번 씨가 물었다.

"저 집이요, 저 집!"

올리버가 창문 밖을 흥분해서 가리키며 대답했다.

"저기 하얀 집이에요. 세상에! 빨리 가요. 제발 서둘러주세요. 몸이 너무 떨려서 금방이라도 죽을 것 같아요."

"알았어, 진정해라!"

마음씨 좋은 의사가 올리버의 어깨를 토닥이며 말했다.

"곧 그분들을 직접 만나게 될 거야. 그분들도 네가 안전하고 건강하다는 것을 보시면 무척 기뻐하실 거야."

"맞아요, 그럴 거예요!"

올리버가 큰 소리로 말했다.

"정말 제게 잘 해주셨거든요. 정말 잘 해주셨어요."

마차는 계속 달렸다. 그러다 드디어 멈춰 섰다. 아니다. 이 집이 아니었다. 그 옆집. 몇 걸음을 더 가서 다시 섰다. 올리버가 행복한 기대에 차 눈물까지 흘리며 창문을 올려다보았다.

맙소사! 이 하얀 집은 텅 비었고 창문에는 안내문이 붙어 있었다.

'세놓음.'

"옆집을 두드려 봐."

로즈번 씨가 올리버의 팔을 잡으며 소리쳤다.

"옆집에 사시던 브라운로 씨에게 무슨 일이 생겼는지 혹시 아시오?"

옆집 하녀는 아무것도 몰랐고 알아보러 안으로 들어갔다. 하녀는 곧 돌아와 브라운로 씨가 6주 전에 가재도구를 모두 처분하고 서인도제도로 이사 갔다는 소식을 전해주었다. 올리버는 양손을 깍지 낀 채로 기운이 빠져서 뒤로 주저앉아버렸다.

"집사도 함께 갔소?"

로즈번 씨가 잠깐 침묵이 흐른 뒤 물었다.

"네, 그렇습니다."

하녀가 대답했다.

"주인과 집사, 그리고 브라운로 씨의 친구 한 분이 함께 가셨습니다."

"그럼 다시 집으로 돌아갑시다."

로즈번 씨가 마부에게 말했다.

"이 정떨어지는 런던을 벗어나기 전까지는 말에게 풀을 먹이려 서지도 마시오!"

"책방 주인은요, 선생님?"

올리버가 물었다.

"가는 길을 알아요. 그분이라도 보고 싶어요. 제발 책방 주인이라도 보러 가요!"

"올리버, 하루 동안 이만큼 실망했으면 충분해."

의사가 대꾸했다.

"우리 둘 다 충분히 지쳤어. 우리가 책방 주인에게 간다면 그 사람도 죽었거나 집에 불이 났거나 도망쳤을지도 몰라. 오늘은 이만하면 됐어. 이제 집으로 돌아가자."

이번에도 의사의 급한 성격 때문에 마차는 그대로 집으로 돌아갔다.

그날의 쓰라린 실망으로 인해 올리버는 행복한 가운데서도 큰 슬픔에 사로잡혔다. 아파서 누워 있는 동안 브라운로 씨와 베드윈 여사가 자기를 만나면 무슨 말을 할지, 그리고 두 사람이 자기에게 해준 고마운 일들을 몇 날 며칠이나 생각했는지 모른다. 또 두 사람과 그렇게 어처구니없이 헤어져서 얼마나 슬펐는지 두 사람에게 이야기할 것을 생각하는 게 낙이었다. 올리버는 무엇보다 두 사람이 자기에게 갖고 있을 오해를 풀기 위해 자기가 어떻게 끌려갔는지 설명할 수 있을 거란 희망으로 고통도 참고 견뎌냈는데, 자기가 사기꾼이고 도둑이라는 오해를 간직한 채 두 사람이 멀리 떠났다는 생각만으로도 참기 어려웠다. 올리버가 죽을 때까지 두 사람의 오해가 풀리지 않고 계속될 것이기 때문이었다.

그런 일이 있었던 뒤에도 메일리 여사와 로즈가 올리버를 대하는 태도는 조금도 변함이 없었다. 또다시 2주가 지나 청명하고 따뜻한 날씨가 시작되자 나무에서는 어린잎이 움트고 꽃은 몽우리를 터뜨리기 시작했다. 두 은인은 몇 달 동안 처치에 있

415

는 집을 떠날 채비를 했다. 도둑들이 군침을 삼킬 만한 고급 접시는 은행으로 보내 보관시킨 다음, 가일스와 브리틀즈는 집을 돌보라고 남겨놓고 멀리 시골에 있는 작은 별장으로 떠나면서 올리버도 함께 데리고 갔다.

병약한 아이가 향긋한 공기를 맡으며 푸른 언덕과 녹음이 짙은 숲 속에서 느끼는 기쁨과 즐거움, 마음의 평화, 감미로운 평온을 어떻게 설명할 수 있을까! 평화롭고 고요한 풍경이 시끄럽고 답답한 도시에서 고통에 찌든 사람들의 마음에 어떻게 자리 잡고, 지칠 대로 지친 가슴에 이런 풍경의 신선함을 어떻게 전해주는지를 누가 설명할 수 있을까!

복잡하고 답답한 거리에서 평생 고된 노동을 하며 어떤 변화도 기대하지 못한 채 살았던 사람들, 습관이 제2의 천성이 되어버려 매일 걷는 비좁은 거리의 벽돌과 돌 하나하나까지 사랑하게 되어버린 딱한 사람들은 죽음이 손길을 뻗친다고 해도 자연을 잠깐만이라도 구경하고 싶어 한다고 했다. 해묵은 고통과 쾌락이 가득한 일상에서 벗어나면 당장 새로운 마음가짐이 되어 매일 햇살이 쏟아지는 푸른 들로 어슬렁거리며 나와 하늘이나 언덕, 들판, 반짝이는 물만 슬쩍 봐도 마음속에 잠들었던 기억을 일깨우게 된다. 이렇게 천국을 미리 맛보면 빨리 늙어가는 신세를 한탄하지 않고 위로하며, 몇 시간 전에 창가에서 쓸쓸하게 바라보던 저녁 해가 침침하고 흐릿한 눈앞에서 사그라지는 것처럼 평화롭게 무덤에 들어갈 수 있게 되지 않겠는가! 평화로운 시골 풍경이 불러낸 기억은 이 세상에 관한 생각이나 희망이 아니었다. 시골의 평화로운 풍경은 사랑하는 사람들의 무덤에 놓을 싱싱한 화관을 만들도록 가르치고, 생각을 정화해주며 원한과 증오심을 없애게 해줄지도 모른다. 그런데 이런 추억의 바탕에는 아득히 먼 옛날, 이런 감정을 가졌었다는 것조차 제대로 기억하지 못할 과거에, 이런 느낌이 있었다는 의식이 희미하면서도 애매하게 자리하고 있다. 그래서 까마득한 과거를 떠올리면서 이면에 존재하는 자만심과 속된 마음을 버리게 한다.

두 은인과 올리버가 머물게 될 시골 별장은 미리 수리를 해둔 아주 멋진 곳이었다. 평생을 악한 사람들 속에서 시끄러운 욕설과 싸움 소리에 젖어 살았던 올리버는 그야말로 신세계에 접어든 것 같았다. 장미와 물앵두나무가 별장 담벼락에 붙어 있었고, 담쟁이덩굴이 나무 둥지를 감싸고돌았다. 정원은 화초들이 내뿜는 향긋한 꽃내음이 진동했다. 별장 근처에 있는 작은 교회 마당은 키만 껑충한 볼품없는 묘비가 아니라, 이제 막 자라기 시작한 파릇파릇한 잔디와 이끼로 뒤덮인 나지막한 봉분으로 가득했다. 그 봉분 밑에는 먼 옛날 이 마을에 살았던 사람들이 영면을 취하고 있었다. 가끔 이곳을 산책하던 올리버는 자기 엄마가 누워 있을 비참한 묘지를 생각하며 주저앉아 남몰래 눈물을 흘렸다. 하지만 울음을 그치고 고개를 들어 머리 위 높은 하늘을 올려다보면서 엄마는 초라한 무덤 속에 누워 있지 않고 저 하늘에서 자기를 내려다보고 있을 거라고 생각하면 슬프기는 해도 가슴이 아프지는 않았다.

아주 행복한 시간이었다. 낮에는 평화롭고 청명했으며 밤에는 아무런 걱정이 없었다. 비참한 감옥에 갇혀 고통을 당하거나 비열한 악당들과 함께 지내지 않아도 되었기 때문에 즐겁고 행복한 생각뿐이었다.

매일 아침 올리버는 작은 교회 근처에 사는 머리가 하얀 할아버지를 방문하여 읽기와 쓰기를 갈고 닦았다. 할아버지는 말투가 아주 친절했으며 올리버가 이해를 잘못해도 화를 내지 않고 기다려줬고 이해할 때까지 설명을 다시 해주셨다. 올리버는 메일리 여사와 로즈와 함께 산책하며 두 은인이 책에 대해 나누는 이야기를 듣고, 그늘진 곳에 함께 앉아서 로즈가 책을 읽는 것을 들었다. 날이 너무 어두워져 글자가 안 보이지만 않는다면 언제까지라도 계속했을 것이었다. 올리버는 다음날 해야 할 나름의 숙제가 있었다. 정원이 내려다보이는 작은 방에서 저녁이 서서히 다가올 때까지 열심히 숙제를 했다. 두 은인이 다시 저녁에 산책을 나가면 올리버도 동행하여 두 은인이 하는 모든 이야기를 즐겁게 들었다. 어찌나 행복했는지 두 은인이 꽃을 갖고 싶어 하면 꽃을 꺾으러 어디라도 올라갔고, 집에 깜빡 잊고 두고 온 물건이 있다면 기꺼이 가지러 다녀왔다. 이런 일들을 더 빨리하지 못하는 게 한이었다. 날이 어두워지면 모두 집으로 돌아와, 로즈는 피아노에 앉아서 우울한 음악을 연주하거나 낮고 부드러운 음색으로 숙모가 듣기 좋아하는 옛날 노래를 불렀다. 그럴 때면 촛불도 켜지 않은 채 올리버는 창가에 앉아서 감미로운 음악을 들으며 남몰래 기쁨의 눈물을 흘렸다.

　일요일도 올리버가 지금까지 살아온 날들과 너무나 달랐다. 일생에서 가장 행복한 나날을 보내던 그 시절의 다른 날과 마찬가지로 행복이 가득했다. 일요일 아침 작은 교회에서는 파릇파릇한 나뭇잎이 창문에서 팔랑거리고 새가 노래를 불렀다. 달콤한 꽃향기가 낮은 예배실로 몰래 들어와서 소박한 건물을 가득 채웠다. 가난한 마을 사람들이 깔끔하고 단정한 차림으로 경건하게 무릎을 꿇고 기도를 드렸기 때문에 교회에 모이는 것이 마지못해 치러야 하는 못마땅한 임무가 아니라 기쁨 그 자체 같았다. 찬송가를 부르는 솜씨가 서투를지는 모르지만 진심이 담겨 힘이 넘쳤으며, 최소한 올리버의 귀에는 전에 교회에서 들었던 어떤 찬송가보다 훨씬 훌륭하게 느껴졌다. 올리버는 두 은인과 함께 예배가 끝나면 평소처럼 산책을 했는데, 산책길에서 만나는 농부들은 자기 집으로 올리버 일행을 초대했다. 밤에는 올리버가 성경을 한두 장씩 낭독했다. 올리버는 일주일 내내 성경 공부를 했는데, 매일 성경을 공부하는 것이 올리버에게는 목사가 된 것보다 훨씬 자랑스럽고 기뻤다.

올리버는 새벽 6시에 일어나 들판을 돌아다녔고 야생화 꽃다발을 만들기 위해 먼 곳에 있는 울타리까지도 살피기를 마다치 않았다. 꽃다발을 만들어 집으로 돌아오면 아침 식탁을 꾸미기 위해 온갖 궁리를 해 아름답게 꽃꽂이를 했다. 올리버는 메일리 여사가 키우는 새를 먹이기 위해 싱싱한 개쑥갓도 준비했다. 메일리 여사가 키우는 새에 대해 교회 서기에게 적당한 수업료를 내고 배우고 있었기 때문에 메일리 여사의 취향에 가장 잘 맞게 새장을 꾸밀 수 있었다. 새장을 깔끔하게 단장하고 나면 마을에서 열리는 빈민 돕기 행사에 참여했고, 그런 행사가 없는 날은 항상 정원에서 화초를 돌봤다. 올리버에게 새장 꾸미는 일을 가르치는 교회 서기가 원래 전문 정원사였기 때문에 올리버에게 정원 돌보는 일도 함께 가르쳤다. 그래서 올리버는 교회 서기에게 배운 정원 돌보는 솜씨를 한껏 발휘할 수 있었다. 로즈는 밖에 나오면 올리버가 한 모든 일에 대해 끝도 없이 칭찬했는데, 올리버에게는 칭찬도 칭찬이지만 로즈가 칭찬을 할 때마다 얼굴에 짓는 뿌듯한 미소만으로도 충분한 보상이 되었다.

어떻게 지났는지 모르게 어느덧 석 달이 지났다. 복을 많이 받은 사람들의 인생에서 석 달이란 그렇고 그런 행복한 시간의 연속일 뿐이지만, 굴곡지고 어두운 삶을 살았던 올리버에게는 말 그대로 더없는 행복이었다. 두 은인은 순수하고 친절한 너그러움으로, 올리버는 가장 믿음직스럽고 따뜻하며 진심으로 느껴지는 감사함을 갖고 서로를 대했기 때문에 석 달이라는 짧은 기간이 끝나갈 때쯤 올리버 트위스트와 두 은인은 서로를 진심으로 아끼게 되었다. 어린 올리버가 감수성이 풍부한 감정으로 애정을 쏟자 두 은인은 올리버를 자랑스러워하게 되었고, 그래서 더욱 올리버를 사랑하게 되었다.

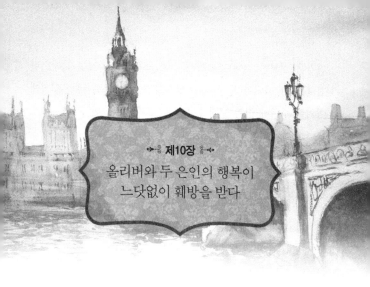

제10장

올리버와 두 은인의 행복이
느닷없이 훼방을 받다

    봄이 빠르게 지나가고 여름이 되었다. 처음 왔을 때는 마을이 그냥 아름다웠다면, 지금은 선명한 녹음이 한층 짙어졌다. 이른 봄에 헐벗었던 큰 나무들은 건강한 생명을 터뜨렸고, 푸른 팔을 목마른 땅 위로 뻗어 황량하고 헐벗었던 곳을 멋진 장소로 바꾸어 놓았다. 나뭇가지가 만들어 준 행복한 그늘에서는 햇볕이 쨍쨍 내리쬐는 넓은 들판이 한눈에 들어왔다. 땅은 밝은 녹색 옷을 뽐내고 향긋한 풀 내음을 멀리까지 풍겼다. 여름이 일 년 중 가장 황금기임을 유감없이 발휘하려는 듯 모든 것들이 즐겁고 활기찼다.

    작은 시골 별장에서는 여전히 조용한 생활이 계속되었고, 올리버와 두 은인은 유쾌하고 평온한 분위기 속에서 지냈다. 올리버는 살도 통통하게 오르고 튼튼해졌지만, 아플 때나 건강할 때나 두 은인에 내한 진심에서 우러나온 감정은 변함이 없었다. 흔히들 아플 때와 건강할 때 감사의 마음이 다르다고들 하지만 건강을 회복한 뒤에도 올리버는 여전히 예의 바르고 사랑스럽고 상냥한 아이였다. 아프고 힘들어 자기를 돌봐 준 은인에게 의지할 수밖에 없었을 때나 건강을 회복한 지금이나 태도는 조금도 달라지지 않았다.

어느 아름다운 밤에 두 은인과 올리버는, 낮에 너무 더워서 산책을 못 했기 때문에, 평소보다 저녁 산책을 오래 했다. 달이 아주 밝았고 부드러운 바람이 불어 밤공기가 시원했다. 로즈도 기분이 아주 좋았고 모두 즐거운 이야기를 나누며 걷다 보니 보통 때보다 좀 멀리까지 오게 되었다. 메일리 여사가 피곤해했기 때문에 모두 천천히 걸어서 집으로 돌아왔다. 로즈는 평소처럼 모자를 벗어서 훌떡 던지더니 피아노에 앉았다. 몇 분 동안 아무렇게나 피아노를 치더니 갑자기 무겁고 침울한 분위기의 곡을 치기 시작했다. 로즈가 피아노를 연주하는 동안 메일리 여사와 올리버는 로즈가 우는 듯 흐느끼는 소리를 들었다.

"로즈야, 아가야!"

메일리 여사가 불렀다.

로즈는 대답 대신 피아노를 조금 빨리 쳤다. 숙모가 부르는 소리 때문에 슬픈 생각에서 벗어난 것 같았다.

"로즈야!"

메일리 여사가 급히 일어서서 로즈의 얼굴을 보려 몸을 수그리며 다시 불렀다.

"어머, 왜 그러니? 너 울고 있구나. 아가야, 무슨 걱정이라도 있니?"

"아니에요, 숙모님."

로즈가 대답했다.

"왜 그런지 저도 모르겠어요. 이유를 모르겠는데 오늘 밤 기분이 너무 우울해요. 그리고……."

"아픈 건 아니니?"

메일리 여사가 말을 끊었다.

"아니에요! 안 아파요!"

로즈가 대답했다. 대답하는 동안 끔찍한 오한이 느껴지는 것처럼 몸을 부르르 떨었다.

"다시 좋아질 거예요. 창문을 닫았으면 좋겠어요."

올리버가 재빠르게 창문을 닫았고, 로즈는 다시 명랑해지려고 안간힘을 쓰며 밝은 음악을 연주하기 시작했다. 하지만 로즈는 연주를 하다말고 양손으로 얼굴을 감싸면서 소파에 몸을 던지더니 더는 참을 수 없다는 듯 울음을 터뜨리고 말았다.

"로즈야!"

메일리 여사가 로즈를 품에 안으며 말했다.

"한 번도 이런 적이 없었는데……."

"참을 수 있었으면 어떻게든 참으려고 했어요."

로즈가 말했다.

"하지만 아무리 애를 써도 도저히 어쩔 수가 없었어요. 몸이 안 좋아요, 숙모님."

정말이었다. 촛불을 가깝게 가져오니 집에 돌아온 지 얼마 되지도 않았는데 로즈의 얼굴색이 백지장처럼 변해 있었다. 얼굴은 여전히 아름다웠지만 창백했고, 생기있고 상냥하던 얼굴에 전에 없이 초조하고 초췌한 빛이 역력했다. 1분쯤 지나자 얼굴이 홍조를 띠었고 부드럽고 푸른 눈에 두려움이 깃들었다가, 지나가는 구름이 드리웠던 그늘처럼 이내 사라졌다. 그러더니

423

언제 그랬냐는 듯이 다시 얼굴이 백지장처럼 하얘졌다.

올리버는 걱정스럽게 메일리 여사의 기색을 살피고 있었기 때문에 메일리 여사가 로즈의 이런 징후를 보고 깜짝 놀라는 모습을 목격하게 되었다. 사실 올리버도 놀라기는 마찬가지였다. 하지만 메일리 여사가 태연한 척하려고 했기 때문에 올리버도 메일리 여사처럼 태연하려고 애썼다. 두 사람이 어찌나 연기를 잘했는지, 로즈는 안심을 했고 메일리 여사가 권하는 대로 잠자리에 들기 위해 나갈 때쯤에는 기분이 좋아져서 기운도 좀 차리는 것 같았다. 다음 날 아침 일어날 때는 한층 건강을 회복할 거라 두 사람을 안심시키기까지 했다.

"혹시라도……."

메일리 여사가 로즈를 방에 데려다주고 돌아오자 올리버가 말했다.

"큰일이 난 것은 아니겠죠? 로즈 아가씨가 오늘 밤 몸이 안 좋아 보이지만……."

메일리 여사가 올리버에게 잠자코 있으라고 눈짓을 하더니 어두운 구석으로 가서 앉아 한참을 조용히 있었다.

"나도 그러면 좋겠구나, 올리버. 한동안 로즈 덕에 아주 행복했단다. 너무 행복했지. 이제 불행이 닥칠 때가 되었나 보구나. 안 그러길 진심으로 바라지만 말이야."

"무슨 불행이요, 마님?"

올리버가 물었다.

"감당하기 힘든 일이 벌어질 거야."

메일리 여사가 도통 알아들을 수 없는 말을 했다.

"오랫동안 내게 위안과 행복을 주었던 사랑스러운 로즈를 잃게 될지도 모르지."

"세상에! 말도 안 돼요!"

올리버가 황급히 소리쳤다.

"그러게 말이다, 올리버."

메일리 여사가 양손을 쥐어짜며 말했다.

"그렇게 무서운 일은 없을 거예요!"

올리버가 말했다.

"두 시간 전만 해도 아가씨는 건강했잖아요."

"로즈는 사실 매우 아프단다."

메일리 여사가 말했다.

"그리고 분명히 더 나빠질 거야. 사랑스러운 로즈! 세상에 로즈 없이 내가 어떻게 산단 말이냐!"

메일리 여사가 참담한 생각으로 무너져서 슬픔을 주체할 수 없었기 때문에 올리버는 슬픔을 억누른 채, 로즈를 위해서라도 메일리 여사가 침착해야 한다고 말하며 메일리 여사를 위로하기 위해 안간힘을 썼다.

"그리고 생각해보세요, 마님."

올리버가 아무리 애를 써도 터져 나오는 눈물을 주체하지 못하면서 말했다.

"로즈 아가씨가 얼마나 젊고 착하신데요. 모두에게 얼마나 기쁨과 위안을 주시는데요. 분명히 그리고 확실히, 착하게 사신 마님과 로즈 아가씨, 그리고 아가씨 덕분에 행복한 모든 사람을 위해서라도 아가씨는 죽지 않을 거예요. 신이 아가씨를 죽세 내버려 두지 않을 거예요."

"쉿!"

메일리 여사가 올리버의 머리에 손을 가만히 얹어 놓으며 말을 막았다.

"역시 아이는 아이구나. 아무리 그렇게 말하는 게 당연하다고 해도 그런 말은 입 밖으로 내서는 안 된단다. 아무튼 네가 나를 깨우쳐 주었어. 내가 할 일을 깜빡 잊고 있었는데 고맙구나, 올리버. 잠시 잊고 있었지만 나이 탓이니까 용서받을 수 있을 거야. 나는 병자와 죽음을 자주 경험했기 때문에 뒤에 남겨진 사람들이 겪는 고통도 너무나 잘 알고 있단다. 그리고 젊고 훌륭하다고 해서 사랑하는 사람들 곁에 남겨지는 것이 아니라는 것도 잘 안단다. 하지만 하느님은 공정하시기 때문에 우리에게 슬픔보다는 위안을 주실 거야. 천국은 이곳보다 훨씬 좋은 곳이고 천국에 이르는 시간이 오래 걸리지는 않는단다. 모든 걸 하느님의 뜻에 맡겨야 해! 하느님만이 내가 로즈를 얼마나 사랑하는지 아실 거야."

올리버는 메일리 여사가 이런 말을 하면서 슬픔을 한 번에 꾹 참으며 마음을 추스르고 단호하게 냉정을 찾는 모습을 보고 깜짝 놀랐다. 메일리 여사가 단호함을 흐트러뜨리지 않고 한동안 평정을 유지하는 태도에 더욱 놀랐다. 메일리 여사는 모든 상황을 살피고 앞으로 어떤 일이 닥칠지 예의 주시하며 냉정함을 잃지 않고, 최소한 겉으로만이라도 즐거운 마음가짐으로 할 일을 하나씩 실행에 옮겼다. 하지만 어린 올리버는 힘든 상황에서 강인한 정신력이 얼마나 대단한 힘을 발휘하는지 깨닫지 못했다. 사실 정신력이 강한 사람들 본인도 모르는데 올리버가 어떻게 알겠는가?

걱정스러운 밤이 지나고 아침이 되었을 때 메일리 여사의 불길한 예감이 너무나 정확하게 맞아떨어졌다. 로즈가 위험한 고열증세의 초기 단계에 접어든 것이었다.

"우리는 개의치 말고 평소처럼 행동해야 해, 올리버. 쓸데없이 슬픔에 잠기지 말아야 한단다."

메일리 여사가 손가락을 자기 입술에 갖다 대더니 올리버의 얼굴을 빤히 쳐다보며 말했다.

"이 편지를 무슨 수를 써서라도 로즈번 씨에게 전달해야 해. 들판을 가로질러 6킬로미터 정도 걸어가면 시장이 나온단다. 시장에서 급행 우편마차를 이용해 처치까지 이 편지가 곧장 배달되도록 해야 해. 시장통의 여관 사람들이 이 편지를 받아서 처리해 줄 거야. 네가 직접 해줬으면 좋겠구나."

올리버는 대답 대신 당장 출발하려고 채비를 했다.

"여기 편지 한 통이 더 있다."

메일리 여사가 잠시 생각에 잠긴 다음 말했다.

"하지만 지금 보낼지, 아니면 로즈의 상태를 더 두고 봐야 할지 잘 모르겠구나. 최악의 사태가 벌어지지 않는다면 보낼 필요가 없거든."

"이 편지도 처치로 보내야 하나요, 마님?"

올리버가 얼른 심부름을 하고 싶어 좀이 쑤신다는 듯 편지를 받으려 떨리는 손을 뻗으며 물었다.

"아니야."

메일리 여사가 무의식적으로 편지를 건네주며 대답했다. 올리버가 편지를 흘끔 보았더니 어딘지 잘 모르지만 시골 어떤 저택의 주소와 함께 해리 메일리 귀하라고 적혀 있었다.

"이 편지도 부칠까요, 마님?"

올리버가 메일리 여사를 올려다보며 조급하게 물었다.

"아니야."

메일리 여사가 편지를 도로 가져가며 말했다.

"내일까지 기다려 보자."

이 말과 함께 메일리 여사가 올리버에게 지갑을 주자, 올리버는 한순간도 지체하지 않고 최대한의 속도로 출발했다.

올리버는 재빠르게 들판을 가로질러 뛰었다. 예전에는 훤히 잘 보였는데 지금은 양쪽에 키 큰 옥수수가 자라 잘 보이지 않는 좁은 오솔길을 내려와 넓은 들판으로 접어들었다. 넓은 들판에서는 사람들이 풀을 베고 건초더미를 만드느라 여념이 없었다. 올리버는 간간이 가쁜 숨을 고르기 위해 잠시 멈추기는 했어도 한 번도 머뭇대거나 쉬지 않고 달렸다. 드디어 더위가 한창일 때 먼지투성이가 되어 시내의 작은 시장에 들어섰다.

올리버는 여기서 잠깐 멈춰 서서 여관을 두리번거리며 찾았다. 하얀 은행 건물과 붉은 벽돌로 지어진 양조장, 노란 공회당이 보였다. 한쪽 모퉁이에 온통 나무로 둘러싸인 커다란 녹색 집이 있었는데, 그 집 앞에 '조지 여관'이라는 간판이 붙어 있었다. 올리버는 간판을 보자마자 그쪽으로 달려갔다.

올리버가 대문에서 졸고 있던 우편집배원에게 말을 걸었다. 집배원은 올리버의 말을 다 듣고 나더니 여관의 마부에게 올리버를 데려갔다. 마부는 올리버가 똑같은 말을 되풀이하자 다 듣더니 여관 주인에게 올리버를 데려다주었다. 여관 주인은 키가 컸고 푸른 넥타이와 흰 모자, 갈색 바지, 거기에 어울리는 긴 장화 차림이었는데, 마구간 문 옆의 펌프에 기대어 서서 은 이쑤시개로 이를 쑤시고 있었다.

여관 주인은 배달 요금 영수증을 작성하기 위해 카운터로 거들먹거리며 걸어갔다. 한참 만에 영수증이 작성되어 올리버가 값을 치르자, 말에 안장이 놓였고 한 사내가 떠날 채비를 했다. 그러는 사이 10여 분이 족히 흘렀다. 한편 올리버는 너무나 조급하고 걱정스러운 나머지, 자기가 직접 말에 올라타 전속력으로 달려 편지를 전달하고 싶어 견딜 수가 없었다. 드디어 모든 준비가 완료되었다. 여관 주인은 작은 소포를 건네주며 배달을 신속하게 하는 데 필요한 지시와 부탁을 끝도 없이 늘어놓았다. 우편집배원이 말에 올라타 박차를 가하자 마차가 시장통의 울퉁불퉁한 길을 달리기 시작해 마을을 벗어나 몇 분 안에 유료 도로까지 달려갔다.

일단 도움을 요청하는 편지가 발송되었으니 더는 시간을 지체할 수가 없었다. 올리버가 좀 가벼워진 마음으로 여관 마당으로 급히 들어와 대문을 막 돌아서는데, 마침 그 순간 여관에서 나오던 망토를 입은 키가 큰 사내와 부딪쳤다.

"아야!"

사내가 고함을 지르며 올리버를 뚫어지게 보다가 갑자기 움찔하더니 한 걸음 물러났다.

"죄송합니다."

올리버가 말했다.

"집에 가려고 서두르다가 나오시는 것을 못 봤습니다."

"안 죽었군!"

사내가 크고 검은 눈으로 올리버를 무섭게 노려보면서 혼잣말로 중얼거렸다.

"누가 생각이나 했겠어! 네놈을 갈아서 가루로 만들어 버릴

테다! 대리석 관에서 살아나와 내 앞에 다시 나타날 줄은 꿈에
도 몰랐네!"

"무슨 말씀이신가요?"

올리버가 말을 더듬었다. 올리버는 낯선 사내의 매서운 눈길
에 당황하지 않을 수 없었다.

"혹시 다치셨나요?"

"썩을 놈!"

사내가 어금니를 꽉 깨물고 무섭게 중얼거렸다.

"내가 저놈을 없애라는 말을 할 용기가 있었다면 하룻밤 만에
놈에게서 자유로워질 수 있었을 거야. 천벌을 받을 놈. 벼락 맞
을 놈! 너 여기서 뭐 하는 거야?"

사내는 주먹을 휘두르며 이를 갈면서 이런 말을 조리 없이 내
뱉더니 올리버를 한 대 치기라도 하려는 듯이 다가오다가, 갑자
기 땅바닥에 쓰러져서 입에 거품을 물고 발작을 일으켰다.

올리버는 어찌할 바를 모르고 미친 사내가 발작을 일으켜 버
둥거리는 모습을 한동안 지켜보다가 여관으로 뛰어들어가 도움
을 청했다. 미친 사내가 여관으로 안전하게 옮겨지는 것을 지켜
본 올리버는 집으로 돌아가기 위해 뛰기 시작했고, 미친 사내
때문에 지체한 시간을 벌충하기 위해 최대한 속도를 냈다. 열심
히 뛰면서도 이 사내의 기이한 행동을 떠올렸다. 무척 놀랐고
약간 두렵기까지 했다.

하지만 그 일을 오래 기억할 겨를이 없었다. 별장에 도착했
을 때 신경 쓸 일이 한둘이 아니었기 때문에 사소한 생각은 기
억에서 완전히 지워졌다.

로즈의 병세는 급격하게 악화되었고 한밤중이 되기도 전에

헛소리를 했다. 근처에 사는 의사가 쉬지 않고 로즈의 침대를 지켰다. 의사는 로즈를 처음 진찰하더니 메일리 여사를 따로 불러 상태가 위중하다는 말을 했다.

"사실……."

의사가 말했다.

"회복된다면 기적일 겁니다."

그날 밤 올리버가 로즈의 방에서 나는 아주 작은 소리라도 들으려고 얼마나 자주 침대에서 일어나 계단을 소리 없이 몰래 올라갔던가! 쿵쾅거리는 발소리가 갑자기 들리면 생각하기도 무서운 일이 생겼을까 봐 얼마나 자주 몸을 떨었으며 이마에 식은땀이 맺혔던가! 올리버가 죽음의 문턱을 들락거리는 자비로운 로즈의 생명과 건강을 위해 고통 속에서 얼마나 열의를 갖고 기도를 드렸는지, 그 기도에 비하면 과거에 했던 기도는 기도라고 할 수도 없었다.

사랑하는 사람이 생사의 갈림길에 선 상황에서 아무것도 못하고 바라보고만 있어야 하는 공포와 불안함! 미리 떠올린 이미지 때문에 고통스러운 생각이 온통 마음을 휘젓고, 심장이 터질 듯이 두근거리며 숨이 점점 가빠진다. 고통을 덜거나, 그럴 수 없을 경우 위험을 감소시키기 위해 무언가를 해야 한다는 간절함! 자기가 무용지물이라는 슬픈 생각으로 인해 기운이 빠지고 용기가 좌절된다. 어떤 고문이 이보다 더 고통스러울까! 시간이 흐르는 동안 어떤 노력으로 이런 고통을 달랠 수 있을까!

아침이 되었다. 작은 별장은 쓸쓸하고 조용했다. 사람들은 조용조용 밀을 했고 수심이 가득한 얼굴로 문 앞을 기웃거렸다. 여자와 어린이들은 눈물을 흘리며 발길을 돌렸다. 긴 하루가 지

나고 어두워지기 시작한 뒤 몇 시간 동안 올리버는 정원을 서성
거리며 환자가 누워 있는 방을 계속 올려다보았다. 죽음이 어두
운 창문을 타고 들어가는 것처럼 보여 소름이 끼쳤다. 늦은 밤,
로즈번 씨가 도착했다.

"어쩌다……."

로즈번 씨가 방을 나서며 말했다.

"이렇게 젊고 사랑스러운 아가씨가……. 유감스럽지만 가망
이 없어 보이네요."

다음 날 아침, 해가 밝게 빛났다. 어찌나 밝은지 아무런 불행
이나 근심이 없어 보였다. 로즈의 머리맡에 활짝 핀 꽃과 나뭇
잎을 놓아 살아 있는 것과 건강한 것, 즐거운 소리와 광경만 대
할 수 있게 했지만, 아름다운 로즈는 점점 약해져만 갔다. 올리
버는 몰래 빠져나와 교회 마당으로 가서 녹색 봉분에 앉아 로즈
를 위해 조용히 눈물을 흘렸다.

그곳은 평화롭고 아름다웠으며 햇살을 받아 밝고 즐거움이
넘쳤다. 여름새가 지저귀는 명랑한 노랫소리, 빠르게 나는 당
까마귀의 자유로움, 모든 것에 깃든 생명과 즐거움. 올리버가
쓰린 눈을 들어 두리번거릴 때 본능적으로 마음에 떠오른 생각
이 있었다. 지금은 죽음과 어울리지 않는 시간이고 미물들도 모
두 기쁘고 즐거운데 로즈가 죽을 수는 없다는 것이었다. 무덤은
춥고 활기가 없는 겨울에 어울리지 햇살과 향긋함과는 거리가
멀었고, 수의란 늙고 쪼글쪼글한 사람들을 위한 것이지 젊고 우
아한 아가씨가 입을 옷은 아니라는 생각이 들었다.

교회에서 들리는 음산한 종소리가 어린아이 특유의 단순한
생각을 가차 없이 깨뜨렸다. 종소리가 또다시 한 번 울렸다! 이

것은 장례식을 알리는 종소리였다. 허름한 옷을 입은 추모객들이 문으로 들어왔다. 아이가 죽었는지 모두 흰색 상장(喪章)을 달고 있었다. 추모객들은 파헤쳐진 무덤 옆에 서 있었다. 그곳에 엄마가, 눈물을 흘리는 추모객 사이에 죽은 아이의 엄마가 있었다. 하지만 햇살은 눈이 부셨고 새들은 계속 노래를 지저귀었다.

올리버는 집으로 돌아오는 길에 로즈가 자기에게 베풀어준 친절을 모두 떠올리며, 그런 시간이 다시 온다면 로즈에게 자기가 얼마나 감사하고 애정을 가졌는지를 쉬지 않고 보여주겠다고 기도했다. 올리버는 로즈에게 성심성의껏 대했기 때문에 태만했다거나 무성의했다고 자신을 탓할 이유는 없었다. 하지만 이제 와 생각하니 더 열정적이고 성의껏 했어야 했고 사소하지만 후회되는 일이 한둘이 아니었다. 우리는 일상생활을 하면서 주위 사람들을 어떻게 대하는지 돌아볼 필요가 있다. 누군가가 죽으면 산 사람들은 그 사람에게 못 해준 일만 떠오르고, 잊고 지냈다는 미안한 마음과 후회만 가득하기 때문이다. 이런 후회가 가장 가슴 아픈 상처로 남는다. 누군가 죽고 나면 아무리 후회해도 소용이 없으니 이 점을 잘 기억해야 한다.

올리버가 집에 도착해보니 메일리 여사가 작은 응접실에 앉아 있었다. 메일리 여사를 보자 올리버는 가슴이 철렁 내려앉았다. 메일리 여사는 로즈의 곁을 떠난 적이 없었기 때문이었다. 무슨 일 때문에 메일리 여사가 로즈의 곁을 떠났는지 생각하기 무서웠다. 하지만 올리버는 로즈가 깊은 잠에 빠졌으며, 깊은 잠에서 깨어나 건강을 회복하든지, 아니면 영영 깨어나지 못하고 작별을 고하게 될지도 모른다는 것을 알게 되었다.

올리버도 메일리 여사 옆에 앉아 몇 시간 동안 조용히 소식을 기다릴 뿐 아무도 감히 입을 열지 못했다. 입맛이 없어서 저녁은 손도 대지 않은 채, 저녁상을 물리고 정신을 딴 데 두고 온 듯한 표정으로 해가 점점 지는 모습을 바라보았다. 드디어 해가 하늘과 땅에 찬란한 노을을 던지며 일몰을 알렸다. 누군가 이쪽으로 오는 발소리가 들리자, 두 사람은 자기도 모르게 문 쪽으로 달려가는데 로즈번 씨가 작은 응접실로 들어왔다.

"로즈는 어떤가요?"

메일리 여사가 물었다.

"어서 말해주세요. 두려움에 떠는 것보다 차라리 직접 듣는 게 낫겠어요. 어서요! 하느님 맙소사!"

"진정하십시오."

의사가 메일리 여사를 부축하며 말했다.

"사랑스러운 로즈가 죽었군요. 죽어가는군요!"

"아닙니다!"

의사가 씩씩하게 말했다.

"하느님은 자비로우시니까 로즈 양은 앞으로도 몇 년 동안 우리를 위해 죽지 않을 겁니다."

메일리 여사가 무릎을 꿇고 양손을 깍지 끼고 하느님께 감사의 기도를 올리자마자 오랫동안 그녀를 지탱해온 힘이 갑자기 쭉 빠져서 의사가 뻗은 양팔 속으로 쓰러지고 말았다.

제11장

제11장
새로 등장한 젊은 신사와
또 다른 모험에 나서게 된 올리버

너무나 행복해서 견딜 수 없을 지경이었다. 올리버는 뜻밖의 소식에 놀라서 머리가 멍해졌고 울 수도 말할 수도 쉴 수도 없었다. 무슨 일이 있었는지 도저히 이해가 안 되었다. 조용한 저녁 공기를 맡으며 오랫동안 산책을 하면서 정신을 수습하고 실컷 눈물을 흘리고 나서야, 겨우 로즈의 상태가 호전되어서 지금껏 가슴을 짓누르던 납덩이 같던 고민이 해결됐다는 것을 비로소 깨달았다.

올리버는 밤이 한참 깊어서야 집으로 향했다. 환자의 방을 꾸미기 위해 특별히 신경 써서 꺾은 꽃을 한 아름 안고 돌아오는 길이었다. 올리버가 활기찬 걸음으로 길을 걷는데 뒤에서 빠른 속도로 다가오는 마차 소리가 들렸다. 뒤를 돌려다 보니 무서운 속도로 달려오는 미차가 보였다. 말이 빠른 속도로 달렸고 길이 좁았기 때문에 올리버는 어떤 집 대문에 바짝 기대어 서서 마차가 지나가도록 길을 비켜주었다.

435

마차가 점점 다가오자 잠자리에서 쓰는 하얀 수면모자를 쓴 사내가 눈에 들어왔다. 순간적으로밖에 보지 못했기 때문에 누군지 정확하게 알 수는 없었지만 사내의 얼굴이 아주 낯익은 것 같았다. 1, 2초가 지나고 수면모자가 창문 밖으로 고개를 내밀며 마부에게 마차를 세우라고 우레 같은 목소리로 소리쳤다. 마부는 말을 세우라는 말을 듣기 무섭게 말을 세웠고, 수면모자가 다시 한번 나타나더니 올리버의 이름을 불렀다.

"여기야!"

목소리가 들렸다.

"올리버! 무슨 소식이라도 있니? 로즈 양 말이야."

"가일즈 씨세요?"

올리버가 마차 문으로 달려오며 소리쳤다.

가일즈가 수면모자를 창밖으로 쏙 내밀며 무슨 대답을 하려고 하는데, 옆에 앉아 있던 젊은 신사가 가일즈를 갑자기 뒤에서 잡아당기며 로즈의 상태를 초조하게 물었다.

"한 마디로 어때?"

젊은 신사가 소리쳤다.

"좋아졌어, 나빠졌어?"

"좋아졌어요, 아주 좋아졌습니다."

올리버가 서둘러 대답했다.

"하느님, 감사합니다!"

젊은 신사가 소리쳤다.

"확실해?"

"네."

올리버가 대답했다.

"몇 시간 전에 좋아지기 시작했어요. 로즈번 씨가 위험한 상황은 지나갔댔어요."

젊은 신사는 다른 말 없이 마차 문을 열고 뛰어내려 올리버를 급히 팔에 안아 옆으로 데려갔다.

"그 말이 분명하지? 혹시 착각한 건 아니겠지?"

젊은 신사가 떨리는 목소리로 물었다.

"나를 속여 헛된 희망을 품도록 하면 안 돼."

"절대 그런 일은 없어요."

올리버가 대답했다.

"제 말을 믿으셔도 돼요. 로즈번 선생님께서 로즈 아가씨는 죽지 않고 앞으로 오랫동안 우리를 행복하게 해주실 거라 말씀하셨어요. 그렇게 말씀하시는 것을 제가 이 두 귀로 직접 들었습니다."

행복이 시작되는 장면을 떠올리자 올리버는 눈에 눈물이 고였고, 젊은 신사는 얼굴을 돌리더니 한참 동안 조용히 기다렸다. 올리버는 젊은 신사가 훌쩍이는 소리를 여러 번 들은 것 같았지만, 신사를 방해하고 싶지 않아 더는 아무 말도 하지 않았다. 젊은 신사가 어떤 기분일지 너무나 잘 알기 때문에 멀리 떨어져서 들고 있던 꽃다발만 만지작거리는 척했다.

그동안 가일즈는 수면모자를 쓴 채 팔꿈치를 양쪽 무릎에 올려놓고 마차 계단 위에 앉아서 흰색 물방울무늬가 있는 파란 면 손수건으로 연신 눈물을 훔쳤다. 가일즈가 우는 척한 게 아니라 진심으로 슬퍼서 울었다는 것은 젊은 신사가 돌아와 출발하자고 말을 할 때 젊은 신사를 쳐다본 가일즈의 빨간 눈을 보면 알 수 있었다.

"가일즈, 마차를 타고 어머니께 먼저 가 있어요."

젊은 신사가 말했다.

"나는 천천히 걸어가야겠어요. 어머니를 뵙기 전에 마음을 좀 진정시켜야겠어요. 어머니께는 내가 가고 있다고 말씀드려 주세요."

"도련님, 죄송하지만……."

가일즈가 손수건으로 푸석해진 얼굴을 정리하며 말했다.

"그 전갈은 마부를 시켜주시면 정말 감사하겠습니다. 하녀들이 이 꼴을 보는 것은 옳다고 생각되지 않는군요. 이래서야 하녀들에게 제 위신이 서겠습니까?"

"그런가?"

해리 메일리가 웃으며 대꾸했다.

"하고 싶은 대로 하세요. 짐은 마부와 먼저 보내고 괜찮다면 나와 걸어도 좋을 것 같네요. 우리와 함께 걸으시겠어요? 우선 그 모자부터 점잖은 것으로 바꿔 쓰면 어떨까요? 사람들이 미쳤다고 생각하겠어요."

가일즈는 자기가 보기 흉한 차림이라는 것을 생각해내고 수면모자를 벗어 주머니에 넣더니, 마차에서 점잖고 수수한 모자를 꺼내 썼다. 마부가 먼저 출발하고 가일즈와 메일리 씨, 올리버가 천천히 걷기 시작했다.

세 사람이 길을 걷는 동안, 올리버는 때때로 처음 보는 젊은 신사를 관심과 호기심 어리게 힐끗거렸다. 메일리 씨는 스물다섯 살 정도 되어 보였고 중간 정도의 키에 얼굴은 잘생겼으며 행동거지가 편안하고 호감을 주었다. 나이의 차이는 있었지만, 메일리 씨가 메일리 여사와 비슷한 점이 아주 많았기 때문

에 메일리 여사를 어머니라고 부르지 않았다고 해도 올리버는
두 사람의 관계를 짐작하는 데 별 어려움이 없었을 것이었다.

메일리 씨가 시골 별장에 도착하자 메일리 여사가 아들을 아
주 초조하게 기다리고 있었다. 모자의 상봉에는 기쁨이 가득
했다.

"어머니!"

메일리 씨가 속삭였다.

"진작 편지를 쓰지 그러셨어요?"

"썼는데……."

메일리 여사가 대꾸했다.

"다시 생각해보고 로즈번 선생의 의견을 들은 후에 보내려고
기다렸단다."

"왜요, 어머니?"

젊은 신사가 말했다.

"그러시다 정말 일을 당할 뻔했잖아요. 로즈가…… 제 입에
올리기도 무섭지만, 잘못되기라도 했다면, 어쩌실 뻔했어요?
그랬다면 저도 다시는 행복하지 못했을 거예요."

"해리, 만약 그랬다면……."

메일리 여사가 말했다.

"어차피 너는 행복을 잃었을 테고, 네가 하루 일찍 오든 늦게
오든 그건 별로 중요하지 않았을 거야."

"만약 그랬다면 아니라고 할 사람이 누가 있겠어요. 안 그래
요, 어머니?"

젊은 신사가 대꾸했다.

"그런데 만약이라니…… 제가 무슨 소리를 하는 거죠? 그건,

그건 있을 수도 없는 일이잖아요. 그리고 저는…… 어머니도 잘 아시잖아요. 저는 확실하게……."

"로즈는 누구에게서나 최고의, 가장 순수한 사랑을 받을 자격이 있는 아이이지. 로즈는 품성이 워낙 헌신적이고 사랑스러워서 평범한 사랑이 아니라 깊고 변하지 않는 사랑을 받아야 한단다. 내가 이런 사실을 몰랐다면, 로즈가 사랑하는 사람이 변심했을 경우 그 아이 심장이 무너질 거라는 걸 몰랐다면, 이렇게 어려운 처지를 자처하지도 않았을 테고 내가 혼자서 그렇게 수많은 갈등에 시달리지도 않았을 거야."

메일리 여사가 말했다.

"잔인하시군요, 어머니."

해리가 말했다.

"아직도 제가 제 마음을 모르거나 충동도 구별 못 하는 철부지라고 생각하세요?"

"나는 말이야, 아들아……."

메일리 여사가 손을 아들의 어깨에 올려놓으며 대꾸했다.

"젊었을 때는 누구나 무척 충동적이란다. 물론 충동 중에는 다행스럽게도 순간적인 것들도 있지. 그런데 무엇보다 내 생각에는……."

메일리 여사가 눈을 아들의 얼굴에 고정시킨 채 말했다.

"열정적이고 장래가 촉망되며 야심 찬 젊은이가 오명이 있는 여자를 아내로 맞았다고 하자. 물론 그 오명이 그 여자 탓이 아니라고 해도, 아내와 그 자녀들이 사람들의 냉대를 받으며, 젊은이가 세상에 출세하는 것과 비례해서 그만큼의 비난을 받고 조롱의 대상이 된다면, 그 사람이 아무리 너그럽고 성품이 훌륭하다 해도 젊은 날에 생각을 잘못해서 이런 여자를 아내로 맞은 것을 후회하게 될 테고, 여자도 남편이 후회한다는 것을 알고 고통스러워하지 않겠니?"

"어머니."

젊은 신사가 참지 못하고 메일리 여사의 말을 가로막았다.

"그런 남자는 순전히 비열한 이기주의자일 뿐이에요. 그렇다면 그런 여자의 남편이 될 자격도 없고 남자라고 할 수도 없는 겁니다."

"지금은 그렇게 생각하겠지, 해리."

메일리 여사가 말했다.

"앞으로도 변하지 않을 거예요."

해리가 대꾸했다.

"지난 이틀 동안 고민을 해서 얻은 결론이기 때문에 어머니께 숨김없이 제 열정을 말씀드릴 수 있습니다. 어머니도 아시다시피 어제 갑자기 생긴 성급한 감정도 아닙니다. 사랑스럽고 상냥한 로즈에게 제 사랑을 주기로 단단히 마음을 정했습니다. 세상의 젊은 남자가 사랑하는 여자에게 갖는 그런 마음이지요. 로즈가 없다면 제 인생에는 아무런 장래도 희망도 없습니다. 이런 중요한 결심을 반대하신다면 어머니께서 제 평화와 행복을 손에 쥐고 바람에 날려버리시는 것과 같습니다. 어머니, 다시 생각해주세요. 어머니께서 못 미더워하시지만 제 감정을 가볍게 생각하지 말아 주세요."

"해리."

메일리 여사가 말했다.

"그건 내가 상처받기 쉬운 따뜻하고 예민한 사람들을 보호해야 하기 때문이란다. 하지만 이미 충분히, 아니 충분 이상으로 이야기를 했으니 이제 그 이야기는 그만하자꾸나."

"그럼 로즈가 결정하도록 해주세요."

해리가 끼어들었다.

"어머니의 지나친 의견을 로즈에게 강요하시거나 저를 방해하지 말아 주세요."

"그러지 않으마."

메일리 여사가 말했다.

"하지만 나는 네가 좀 더 신중하게……."

"저는 충분히 신중했어요."

해리가 성급하게 대답했다.

"몇 년 동안이나 심사숙고한 거예요. 저는 철이 들면서부터 줄곧 이 문제를 생각해왔습니다. 제 감정은 조금도 변하지 않았어요. 앞으로 변하지 않을 거고요. 왜 그런 제 감정을 표현하지 못하고 머뭇거리면서 고통당해야 하는 거죠? 그래서 얻을 수 있는 것이 아무것도 없잖아요. 없고말고요. 제가 이곳을 떠나기 전에 로즈와 이야기를 해야겠어요."

"그러렴."

메일리 여사가 말했다.

"로즈가 제 사랑을 거절할 거라 생각하시는 모양이군요."

해리가 걱정스럽게 말했다.

"거절이라니?"

메일리 여사가 대꾸했다.

"그 반대겠지."

"그럼 왜 그렇게 말씀하셨죠?"

해리가 다그쳤다.

"혹시 로즈가 다른 사람을 사랑하나요?"

"아니야."

메일리 여사가 대답했다.

"내가 잘못 봤는지 모르지만, 로즈도 이미 너를 무척 사랑하고 있단다."

"어떻게 말을 해야 할까?"

말을 하려는 아들을 가로막으며 메일리 여사가 이야기를 이어나갔다.

"네 모든 것을 거는 모험을 하기 전에, 너무 크게 희망을 품기 전에 로즈의 과거에 대해 조금만 더 신중하게 생각하고, 로즈가 출생의 비밀을 알게 되면 결정을 내릴 때 어떤 영향을 미칠지 생각해 보거라. 로즈는 진심으로 우리에게 헌신적이었고, 크든 작든 모든 일에 자기를 희생했잖니. 그게 로즈의 성품이란다."

"무슨 뜻이세요?"

"무슨 뜻인지는 네가 직접 알아내거라."

메일리 여사가 대답했다.

"나는 로즈에게 돌아가 봐야겠다. 편히 쉬거라!"

"오늘 밤에 어머니를 또 뵐 수 있나요?"

해리가 간절히 물었다.

"그러자."

메일리 여사가 대답했다.

"로즈가 잠들면 내려오마."

"로즈에게 제가 왔다는 말을 하실 건가요?"

해리가 물었다.

"물론이지."

메일리 여사가 대답했다.

"제가 얼마나 걱정했는지, 얼마나 괴로워했는지, 얼마나 보고 싶어 하는지도 말씀해주세요. 제 부탁을 들어주실 거죠, 어머니?"

"알았다."

메일리 여사가 대답했다.

"모두 말해주마."

메일리 여사가 아들의 손을 사랑스럽게 꼭 쥐여주고 나서 방을 서둘러 나갔다.

로즈번 씨와 올리버는 두 모자가 이야기를 나누는 동안, 방한쪽 구석에서 기다리고 있었다. 로즈번 씨가 해리 메일리에게 손을 내밀어 악수를 청했고, 두 남자는 정다운 인사를 주고받았다. 의사는 젊은 친구가 환자의 정확한 상태를 알려고 쏟아붓는 갖가지 질문에 대답을 해주었다. 올리버의 말을 듣고도 해리는 희망을 품었었는데 환자의 상태에 대해 의사에게 직접 들어서 그런지 더욱 마음이 놓였고 믿음이 갔다. 가일즈도 짐을 정리하는 척하면서 귀를 쫑긋 세우고 두 모자의 이야기뿐 아니라 의사의 설명도 한마디 빠짐없이 몽땅 들었다.

"최근에는 뭐 총으로 쏜 것이 없나, 가일즈?"

의사가 환자의 상태에 관해 이야기를 마치고 가일즈에게 물었다.

"없습니다, 선생님."

가일즈가 눈까지 빨개지며 대답했다.

"강도나 도둑도 못 잡았고?"

의사가 심술궂게 물었다.

"전혀 없습니다, 선생님."

가일즈가 정색하며 대답했다.

"그렇구먼."

의사가 대꾸했다.

"그거 안 됐군. 자네는 그런 일을 참 잘하는데 말이야. 그건 그렇고 브리틀즈는 어떤가?"

"잘 지냅니다."

가일즈가 평소처럼 브리틀즈의 보호자 목소리를 되찾아 대답했다.

"선생님께 안부를 전해달라고 했습니다."

"그거 고맙군."

의사가 말했다.

"여기서 자네를 만나니 내가 허둥지둥 방문하던 그 날이 생각나네그려. 자네의 친절하신 마님의 부탁으로 자네를 위해 작은 일을 하나 처리했지. 잠깐 이쪽 구석으로 오겠나?"

가일즈는 제법 의미심장하고 조금은 어리둥절해 하며 의사를 따라 한쪽 구석으로 갔다. 의사가 은밀한 귓속말을 해주었다. 가일즈는 의사의 말이 끝나자 허리를 굽실거리며 몇 번이고 절을 하고 평소와 달리 제법 위엄 있는 걸음으로 물러났다. 귓속말이 어떤 내용이었는지 응접실에서는 밝혀지지 않았지만, 부엌에서는 빠르게 소문이 났다. 가일즈가 부엌으로 곧장 걸어가서 맥주 한 잔을 갖고 오라고 시킨 다음, 한껏 살난 척을 하며 귓속말로 들은 이야기를 떠벌렸기 때문이었다. 그 내용인즉, 마님이 절도미수 사건이 일어났을 때 가일즈의 용감한 행동에 만족하셨기 때문에 현지 은행에 가일즈의 명의로 계좌를 개설해 25파운드를 예치해 주었다는 것이었다. 가일즈의 잘난 척은 효과가 만점이었다. 이 이야기를 들은 두 하녀가 두 손과 눈을 하늘로 치켜들며 그렇지 않아도 아니꼬운 가일즈의 잘난 척이 하늘을 찌르겠다고 속으로 비아냥거린 것이다. 그러자 가일즈가 셔츠 깃을 잡아당겨 세우며 말했다.

"아니야."

자기가 아랫사람들에게 잘난 척하는 모습을 목격하면 언제라도 지적해주면 고맙겠다고 말했다. 그러더니 가일즈는 자기가 무척 겸손한 사람임을 강조하면서 다른 여러 가지 이야기를 했다. 가일즈의 이야기는 찬사와 박수를 받았으며, 저명인사의 연설만큼이나 아주 독창적이고 의미가 있다는 말을 들었다.

위층에서는 그날 저녁 늦도록 활기찬 분위기에서 시간이 흘러갔다. 의사가 몹시 기분이 좋았기 때문에, 처음에는 피곤하고 생각할 것도 많던 해리 메일리도 의사의 즐거운 우스갯소리에 빠져들지 않을 수 없었다. 남 흉보기, 직업상 얻어들은 이야기, 간단한 농담 등 의사는 소재가 무척 다양했다. 올리버는 생전 이렇게 재미있는 이야기를 처음 들어보았기 때문에 배꼽을 잡고 웃었는데, 그런 올리버를 보고 스스로 너무나 흡족한 나머지 의사도 웃음을 참지 못했다. 해리 메일리도 두 사람의 웃는 모습에 공감해서 마음껏 웃었다. 환자가 있는 집이지만 즐거움이 집 안에 가득했다. 밤이 깊어 헤어질 때는 모두 가볍고 감사한 마음으로 잠을 청할 수 있었다. 사실 최근에 겪은 걱정과 불안 때문에 모두 편안한 휴식이 필요했다.

다음 날 아침, 올리버는 한결 가벼운 마음으로 일어나 지난 며칠보다 훨씬 큰 기대와 기쁨으로 매일 하던 일을 시작했다. 노래가 잘 들리도록 새장을 원래 있던 자리로 옮겨 놓았고, 향기와 아름다움으로 로즈를 기쁘게 해주기 위해 가장 달콤하고 아름다운 야생화를 골라 꺾었다. 며칠 동안 올리버의 눈은 수심이 가득하고 모든 것이 우울하게 보였는데, 갑자기 마술이라도 부린 듯이 모든 것이 아름다워 보였다. 이슬은 푸른 잎에서 더욱 반짝이는 것 같았고, 바람이 나뭇잎 사이에서 바스락거리며 달콤한 음악을 연주했다. 하늘도 더욱 푸르고 맑아 보였다. 사람의 마음이 어떤 상태이냐에 따라 외부 사물의 모습조차도 달라 보이게 되는 모양이었다. 자연과 주변 사람들을 바라보며 모든 것이 어둡고 우울하다고 울부짖는 사람들은 그럴 만한 이유가 있다. 칙칙한 색으로 보인다는 것은 그 사람의 눈과 마음에 편견이 작용했기 때문이다. 원래 색이란 복잡 미묘하며 더 맑은 눈과 마음으로 봐야 알 수 있다.

여기서 강조하고 싶은 것은, 아침에 밖에 나온 사람이 올리버만이 아니었다는 점이다. 해리 메일리도 이곳에 도착하던 날, 아침 꽃을 들고 집으로 돌아오던 올리버를 만난 이후 열심히 꽃을 꺾어서 꽃꽂이를 했는데, 해리의 꽃꽂이 솜씨가 어찌나 고상한지 올리버는 도저히 따라갈 수 없었다. 그런데 꽃꽂이에서는 해리가 올리버를 능가했지만, 어디에 가야 예쁜 꽃을 꺾을 수 있는지는 올리버를 따라올 수 없었다. 매일매일 해리와 올리버는 함께 동네를 찾아다니며 제일 예쁜 꽃을 꺾어서 집으로 가져왔다. 로즈의 방은 이제 창문이 열려 있었다. 로즈가 방 안으로 불어 들어온 싱그러운 여름 바람을 느끼고, 시원한 바람 덕분에 건강이 회복되기를 바랐기 때문이었다. 그리고 격자무늬 창문 안에는 물병이 있었는데, 거기에는 매일 아침 특히 공들인 작은 꽃다발이 꽂혀 있었다. 올리버는 꽃이 정기적으로 추가되기는 했지만 시든 꽃이 버려지지는 않는다는 것을 알아차렸다. 로즈번 씨가 정원에 나올 때면 언제나 꽃병이 있는 창문가를 쳐다보고 아주 의미심장하게 고개를 끄덕인 다음 아침 산책을 나선다는 것도 눈치챘다. 이렇게 평화로운 날들이 계속되는 동안 로즈도 빠르게 회복되어 갔다.

로즈가 방에서 아직 나오지 않았고, 올리버는 가끔 메일리 여사와 잠깐씩 나가던 산책을 제외하면 저녁 산책을 가지 않았지만 시간을 그냥 흘려보내지도 않았다. 마을 할아버지의 가르침을 전보다 두 배는 더 열심히 익혔다. 어찌나 열심히 노력했는지 자신도 빠른 학업 성과에 놀랄 지경이었다. 이렇게 노력하는 동안 정말 놀랍고 당황스러운 뜻밖의 사건이 발생했다.

올리버가 앉아서 열심히 공부하던 작은 방은 건물 뒤편 1층에 있었는데, 시골집에 딱 어울리게 격자무늬 창문이 있는 방이었다. 재스민과 물앵두나무가 여닫이창 주위를 휘휘 감싸 올라갔고 향긋한 내음이 방 안을 가득 채웠다. 방에서 정원이 내려다보였으며, 정원은 쪽문을 통해 작은 마당으로 연결되었다. 작은 마당 너머는 멋진 초원과 숲이 펼쳐졌다. 근처에는 아무도 살지 않았기 때문에 시원하게 앞이 탁 트여 있었다.

아름다운 어느 날 저녁, 땅거미가 내리기 시작할 때 올리버는 이 방의 창가에 앉아서 책을 읽고 있었다. 그것도 한참 동안 독서삼매경에 빠져 있었다. 날이 몹시 후텁지근했고 오랫동안 책과 씨름을 했기 때문에, 올리버는 점점 그리고 아주 천천히 졸음에 빠져들었다.

때로는 졸음 때문에 몸이 말을 듣지 않지만 정신은 주변에서 벌어지는 일을 뚜렷이 기억하며 이리저리 돌아다닐 때가 있다. 몸이 나른하고 기진맥진해서 도저히 생각이나 행동을 제어할 수 없는 상태를 가수면 상태라 말한다. 올리버가 지금 그런 상태였다. 주위에서 일어나는 모든 일을 기억할 수 있지만 꿈이라도 꾼다면 실제로 들리는 말과 소리가 꿈속에서 벌어지는 일과 뒤섞여 꿈인지 생시인지 분간할 수 없는 상태 말이다. 선잠이 든 상태에서 부수적으로 일어나는 기묘한 현상은 이것만이 아니다. 분명한 사실은 촉각과 시각이 쉬고 있는 동안에도 잠든 생각과 꿈속에서 눈앞에 펼쳐지는 현상은 조용히 존재하는 어떤 외부 사물에 크게 영향을 받는다는 점이다. 외부의 사물이란 눈을 감았을 때 주변에 있지 않을 수도 있고 눈을 떠도 바로 알아볼 수 없는 존재일 수도 있다.

올리버는 책상에 책이 펼쳐져 있었기 때문에 자기 방에 있다는 것을 너무도 잘 알고 있었다. 밖에서는 향긋한 바람이 덩굴 사이를 흔들고 있었는데, 아직 선잠을 자고 있었다. 갑자기 공기가 무겁고 답답해졌고, 다시 페이긴의 집에 있는 것 같아 소름이 끼쳤다. 페이긴이 올리버를 가리키며 늘 앉아 있던 구석에 앉아서 얼굴을 돌린 채 옆에 앉은 다른 사내와 귓속말을 했다.

"쉿! 조용히 해!"

페이긴이 말하는 소리가 들렸다.

"그 아이가 맞아. 분명해. 비켜봐!"

"맞아!"

옆에 있던 사내가 대답했다.

"내가 잘못 봤을 것 같아? 악마 무리가 비슷한 모습으로 변신해 이 아이와 섞여 있다고 해도, 나는 이 아이를 찾아낼 수 있지. 15미터 깊이에 파묻어 둔 대도, 근처를 지나면 표시가 없어도 이 아이가 그 안에 누워 있다는 것을 나는 알 수 있어. 살이 빠져도 알아볼 수 있거든!"

사내는 소름이 끼칠 정도로 혐오스럽게 이 말을 했다. 올리버는 두려움에 잠이 깨어 화들짝 놀랐다.

다행이야! 그런데 도대체 왜 피가 거꾸로 흐르는 것 같고 말할 기운도 움직일 힘도 없는 걸까? 아니, 바로 거기, 창문에, 올리버와 아주 가깝게, 올리버가 뒤로 물러나지 않으면 손을 뻗어 닿을 만한 곳에, 방을 들여다보는 눈이 올리버의 눈과 마주쳤다. 그곳에 페이긴이 서 있었고, 그 옆에서 화가 났는지 두려워서인지, 아니면 둘 다인지 모르지만 안색이 창백한 사내가 못마땅하게 노려보고 있었다. 그런데 며칠 전 여관 마당에서 올리버와 부딪쳤던 바로 그 사내가 아닌가!

분명히 올리버를 보고 있던 두 사내는 한순간에 올리버의 눈앞에서 홀연히 사라졌다. 하지만 두 사람이 올리버를 알아봤고 올리버도 두 사람을 알아봤다. 두 사람의 얼굴이 마치 돌에 새겨지듯이 올리버의 기억에 깊게 각인되었다. 태어나면서부터 올리버의 기억에 새겨진 것 같았다. 올리버는 한동안 꼼짝도 하지 못하다가, 창문을 통해 정원으로 뛰어내려 도와달라고 소리를 질렀다.

시골 별장 사람들은 올리버의 비명에 놀라 올리버가 있는 곳으로 급하게 모여들었다. 그곳에서 올리버는 창백한 얼굴로 두려움에 떨었고 집 뒤편의 초원을 가리키며 "페이긴이에요! 페이긴!"이라는 말도 제대로 못 하고 있었다.

가일즈는 도대체 올리버가 뭐라고 소리를 지르는 것인지 도저히 알아들을 수가 없었다. 하지만 해리 메일리는 눈치가 빨랐고 어머니로부터 올리버의 과거에 대해 이미 들었기 때문에 금방 알아차렸다.

"어느 쪽으로 갔니?"

해리가 한쪽 구석에 세워져 있던 무거운 몽둥이를 집어 들며 물었다.

"저쪽이요."

올리버가 두 사내가 사라진 쪽을 가리키며 대답했다.

"한순간에 사라졌어요."

"그럼 도랑에 숨었겠구나!"

해리가 말했다.

"가자, 내 뒤를 바짝 따라오너라!"

그렇게 말하면서 해리가 울타리를 훌쩍 뛰어넘어 다른 사람이 도저히 따라갈 수 없을 만큼 재빠르게 달려갔다.

가일즈도 온 힘을 다해 따라 뛰었고 올리버도 따라갔다. 1, 2분 뒤 산책을 나갔던 로즈번 씨도 돌아오자마자 울타리를 뛰어넘어 추격전에 가담했다. 어디서 그런 민첩함이 숨어 있었는지 상상할 초월할 만큼 재빠르게 일행을 따라잡았다. 놀라운 속도로 달리면서 도대체 무슨 일이냐고 계속 큰 소리로 물었다.

모두 계속 달렸다. 앞장섰던 해리는 숨을 고르기 위해서라도 멈추지 않고 계속 달리다가, 올리버가 가리켰던 들판의 끝에 도착하자 근처 도랑과 울타리를 샅샅이 뒤지기 시작했다. 그사이 뒤따라 뛴 일행도 도착했다. 그제야 올리버도 로즈번 씨에게 추격전이 시작된 자초지종을 설명할 수 있었다.

하지만 수색작업은 헛수고였다. 심지어 최근 지나간 발자국 흔적조차도 없었다. 추격단은 드넓은 사방을 5, 6킬로미터까지 바라볼 수 있는 작은 언덕 봉우리에 서 있었다. 왼편에 움푹 들어간 분지에 마을이 하나 보였다. 올리버가 가리켰던 방향으로 뛰어온 다음 그곳으로 가려면 도망자들은 들판을 가로질러야 했다. 하지만 그렇게 짧은 시간에는 불가능한 노릇이었다. 또 다른 쪽에는 숲이 초원을 둘러싸고 있었다. 하지만 그 숲 속으로 도망치기에도 시간이 너무 짧았다.

"올리버, 꿈을 꾼 모양이구나."

해리 메일리가 올리버를 한쪽으로 데려가서 말했다.

"절대 아니에요. 분명히 봤어요. 지금 도련님을 보고 있는 것처럼 두 사람을 똑똑히 봤습니다."

올리버는 페이긴의 얼굴이 머릿속에 떠오르자 몸서리를 치면서 대꾸했다.

"같이 온 사람은 누구더냐?"

해리와 로즈번 씨가 동시에 물었다.

"여관으로 심부름 갔다가 어떤 사람과 갑자기 부딪쳤다고 말씀드렸잖아요. 그 사람이었어요."

올리버가 말했다.

"우리는 서로 뚫어지게 봤거든요. 그 사람이 분명해요."

"그자들이 이쪽으로 갔단 말이지? 이쪽이 분명하니?"

해리가 재차 물었다.

"두 사람이 창가에 서 있었어요. 키가 큰 남자가 저기를 뛰어넘었고 페이긴은 오른쪽으로 몇 발자국 뛰어가서 저 틈으로 기어나갔어요."

올리버가 초원과 별장 정원을 나누는 울타리를 가리키며 대답했다.

해리와 로즈번 씨는 올리버가 말을 하는 동안 올리버의 진지한 표정을 쳐다보았다. 두 사람은 다시 서로를 바라보았고 일관된 올리버의 말에 만족하는 듯했다. 하지만 여전히 어디에도 두 사람이 급하게 도망친 흔적이 없었다. 풀이 무성히 자랐지만 추격단이 밟아서 뭉개진 곳을 제외하면 멀쩡했다. 도랑 옆과 가장자리도 축축한 진흙이었지만 어느 한 곳 신발 자국조차 찾을 수 없었다. 몇 시간 전에라도 사람이 지나간 흔적조차 없었다.

"이상하군!"

해리가 말했다.

"정말 이상해. 명탐정 블래더스와 더프라도 별수 없겠어."

의사가 맞장구를 쳤다.

수색이 아무런 소용이 없었음에도 추격단은 밤이 되어 수색이 불가능해질 때가 되어서야 겨우 수색을 중단했는데 그때도 마지못해 포기한 거였다. 올리버가 제공한 두 도망자의 인상착의를 들은 가일즈가 마을로 파견되어 여러 맥줏집을 뒤졌다. 두 도망자 중 특히 페이긴은 술에 취하거나 어슬렁거리며 거리를 헤맬 것이기 때문에 눈에 금방 띌 것이었다. 하지만 가일즈는 이 수수께끼를 풀거나 해결할 만한 정보를 얻지 못한 채 빈손으로 돌아왔다.

다음날도 수색은 계속되었고 올리버에게 다시 물어보기도 했지만 성공을 거두지 못했다. 그다음 날, 올리버와 해리 메일리가 두 사람을 찾거나 소식을 들을지도 모른다는 기대를 걸고 시장까지 갔다. 하지만 역시나 별다른 성과가 없었다. 사건이란 원래 그렇듯이 며칠이 지나자 잊히기 시작했다. 호기심은 새로운 사건이 계속 터져주지 않으면 스스로 사그라지게 마련이다.

한편 로즈는 빠르게 회복되고 있었다. 방을 나와 집 밖으로 나갈 수도 있게 되었고 다시 가족들과 어울려 모두에게 기쁨을 주었다. 하지만 이런 행복한 변화가 가족들에게 가시적인 효과가 있었고 별장에서는 쾌활한 목소리와 즐거운 웃음소리가 다시 들렸지만, 때때로 가족들 사이에서 어색한 긴장감이 감돌기도 했다. 심지어 로즈에게서도 이런 분위기가 느껴졌는데, 어린 올리버라고 눈치채지 못할 리가 없었다. 메일리 여사와 아들은 한참 동안 둘이서만 따로 밀담을 나누기도 했고, 가끔은 로즈의 얼굴에 눈물 자국이 보이기도 했다. 로즈번 씨가 처치로 돌아갈 날을 정한 후부터 이런 현상이 빈번해졌다. 분명히 무슨 일인가가 진행되고 있었다. 그래서 로즈와 가족들의 평화가 깨진 것이었다.

드디어 어느 날 아침, 로즈가 식당에 혼자 있을 때 해리 메일리가 들어와서 잠깐 머뭇거리며 망설이더니 잠깐 이야기를 나누어도 되는지 물었다.

"잠깐, 아주 잠깐이면 되오, 로즈."

해리가 의자를 로즈 쪽으로 당겨 앉으며 말했다.

"내가 하고 싶은 말은 당신도 이미 알고 있을 거요. 내가 내 마음을 당신에게 말로 전하지는 않았지만, 내가 가장 바라는 것이 무엇인지는 당신도 이미 잘 알고 있을 거요."

로즈는 사실 해리가 식당으로 들어오는 순간부터 얼굴이 창백해졌다. 최근 심각한 병을 앓았기 때문인지도 모를 일이었다. 로즈는 고개를 까딱하고 옆에 있는 나무를 향해 몸을 수그리며 아무 말 없이 해리가 말하기를 기다렸다.

"나, 나는 벌써 이곳을 떠났어야 했소."

해리가 말했다.

"그래요. 이렇게 말해서 미안하지만 저도 가시길 바랐어요"

로즈가 대꾸했다.

"나는 두렵고 괴로워 불안한 마음을 이기지 못하고 이곳에 오게 되었소."

해리가 말했다.

"내 모든 희망과 바람의 근본이 되는 사랑하는 사람을 잃을까 봐 정말 두려웠다오. 당신이 삶과 죽음의 갈림길에서 죽어가고 있었으니까 말이오. 젊고 아름다우며 착한 사람들이 병에 걸리면 그 사람들의 순수한 영혼이 편안한 만년 유택으로 향한다는 것을 이미 잘 알고 있소. 미인박명이라는 말도 있지 않소이까."

해리가 이야기하는 동안 착하디착한 로즈의 눈에 눈물이 고였다. 로즈가 몸을 수그리고 있었기 때문에 눈물 한 방울이 꽃 위에 떨어져서 봉오리 안에서 밝게 반짝이며 꽃을 더욱 아름답게 만들었다. 젊고 건강한 감정을 대신 분출해줄 가장 사랑스러운 자연의 대체물이 필요했던 모양이었다.

"천사가……."

해리가 열정적으로 말을 계속했다.

"신이 보낸 천사처럼 아름답고 순수한 사람이 생사의 갈림길에서 허우적거렸다오. 맙소사! 천사 같은 사람이 저세상에 발을 반쯤 들여놓았는데, 누가 이 슬프고 불행한 세상으로 다시 돌아올 거라 기대할 수 있었겠소! 로즈, 오, 로즈, 햇빛이 땅을 비출 때 희미한 그림자가 사라지듯이 당신은 서서히 죽어가고 있었다오. 그래서 남겨진 사람들을 위해 당신이 다시 살아날 거라는 기대조차도 할 수 없었단 말이오. 왜 죽어야 하는지 그 이유도 모른 채, 아름답고 착한 수많은 사람이 이른 나이에 어린 날개를 펼쳐 날아간 저세상으로 당신이 가고 있다고 생각했기 때문이라오. 그래서 당신을 사랑하는 사람들을 위해 당신이 회복될지도 모른다고 여기며 기도로 위안하려 해도 끔찍한 생각이 들어 견딜 수가 없었소. 나는 밤낮으로 끔찍한 생각밖에 들지 않았고 두려움과 걱정에 정신을 차릴 수가 없었다오. 내가 당신을 얼마나 사랑했는지 알지 못한 채 당신이 죽을까 봐 후회스러웠기 때문에 판단력과 사고력이 흐려졌었소. 그러나 당신은 하루가 다르게, 아니 한 시간이 다르게 회복되었고 조금씩 생기를 되찾았소. 당신 몸속에서 가늘게 남아 있었던 희미한 생명의 불씨가 타올라 당신은 활기찬 기운을 되찾았소. 나는 죽음에서 삶으로 힘겹게 돌아서는 당신을 눈물로 촉촉해진 두 눈에 깊은 사랑을 담아 지켜봤소. 내가 쓸데없는 짓을 했다고 말하지는 마시오. 그래도 그 덕분에 내가 세상에 너그러워졌으니까 말이오."

"내 말은 그런 뜻이 아니었어요."

로즈가 훌쩍이며 말했다.

"그저 당신이 여기를 떠났기를 바란 것뿐이에요. 나는 당신이 다시 더 높고 고귀한 이상을 좇기 바라죠. 당신에게 어울리는 이상 말이에요."

"당신의 마음을 얻기 위한 노력보다 더 고귀한 이상은 없소. 당신이 세상에 존재하는 어떤 것보다 더 고귀하기 때문이오."

해리가 로즈의 손을 잡으며 말했다.

"로즈, 내 사랑 로즈. 오랫동안 당신을 사랑했소. 명예를 얻은 다음 자랑스럽게 집으로 돌아와, 내가 그토록 명예를 얻고자 한 이유는 오직 당신과 함께 나누기 위해서였다고 말하고 싶었소. 그 행복한 순간에 어린 시절 내가 당신에게 표시했던 수없이 많은 말 없는 정표를 당신에게 떠올려주는 꿈을 꾸었었소. 그 정표들을 떠올리며 당신이 얼굴을 붉히면 내가 당신을 보듬어 주고 손도 잡아줄 생각도 해두었다오. 우리 사이에 맺었던 오래된 암묵적인 약속을 다시 한번 확인하는 것처럼 말이오. 그러나 명예를 얻지도 못했고 이상을 실현하지도 못했기 때문에 아직은 때가 아니지만, 당신에게 내 마음을 고백해야겠소. 내 모든 것을 걸고 당신에게 내 진심을 말로 고백하니 내 사랑을 받아주시오."

"당신은 언제나 친절하고 기품이 있었어요."

로즈가 흔들렸던 감정을 추스르면서 말했다.

"내가 감정이 메마르고 고마운 줄도 모른다고 생각하지 않으실 테니, 내 대답을 들어주세요."

"그럼 내가 당신에게 버금가는 남편감이 되도록 노력해도 된다는 뜻이오, 로즈?"

"내 말은…… 나를 잊도록 노력하시라는 거예요. 오랜 친구로서의 나를 잊는다면 내게 깊은 상처가 될 거예요. 하지만 당신이 사랑하는 대상으로서는 나를 잊어주세요. 세상을 잘 보세요. 세상의 반이 여자예요. 당신의 사랑을 얻고 싶어 하는 여자들이 얼마나 많은지 생각해보라고요. 사랑이 아니라면 다른 모든 것은 다 받아들일 수 있어요. 당신의 가장 믿음직하고 따뜻하며 성실한 친구가 되어 드릴게요."

로즈가 대답했다.

잠시 침묵이 흘렀다. 그사이 로즈는 한 손으로 얼굴을 가리고 마음껏 눈물을 흘렸다. 해리는 아직도 로즈의 나머지 한 손을 잡고 있었다.

"이유를 말해주시오, 로즈. 이런 결정을 내리게 된 이유를 물어봐도 되겠소?"

해리가 한참 후 낮은 목소리로 말했다.

"당신도 아실 권리가 있죠. 당신이 무슨 말을 해도 내 결심을 바꿀 수는 없어요. 이게 내가 해야 할 의무예요. 다른 사람이나 나 자신에 대한 약속이거든요."

로즈가 대답했다.

"당신 자신이라니?"

"그래요, 해리. 나는 내게 약속을 했었어요. 의지할 곳 없는 빈털터리인 데다 이름까지 더럽힌 내가 성공과 미래에 무임승차하려고 당신의 젊은 열정을 야비하게 이용했다는 의심을 받고 싶지 않아요. 당신은 천성이 너그러운 사람이라서 내게 동정심으로 그러지만, 나는 당신을 말리는 것이 당신과 당신 가족에 대한 내 의무예요. 나는 당신의 출세에 장애물일 뿐이죠."

"거절하는 이유가 의무감 때문이라면……."

해리가 말을 시작했다.

"꼭 그런 것만은 아니에요."

로즈가 얼굴을 붉히며 말을 가로막았다.

"그럼 당신도 나를 사랑한다는 말이오? 어서 대답해요, 로즈. 어서 말해서 견디기 힘든 실망과 고통을 달래주시오"

해리가 물었다.

"사랑하는 이를 배신하지 않고 그렇게 할 수만 있다면……."

로즈가 대꾸했다.

"그렇게 하는 게……."

"그럼 마음을 바꿀 수도 있다는 뜻이오? 최소한 나에게만큼은 숨기지 말아요, 로즈."

해리가 몸이 달아 물었다.

"이제…… 그만해요."

로즈가 해리에게서 손을 빼며 말했다.

"왜 우리가 이런 괴로운 대화를 계속해야 하나요? 정말 견디기 힘드네요. 하지만 이 행복한 기분은 영원히 간직할게요. 당신이 나를 사랑했다는 것을 안 것만으로 행복해요. 당신이 살면서 이루는 모든 성공 소식은 내게 힘과 의지가 될 거예요. 잘 가요, 해리! 오늘 이후로 이런 일로는 다시 만나지 말아요. 그렇다고 관계를 아주 끊는다는 뜻은 아니니까, 이런 일 외에는 만나서 즐겁게 이야기를 나누도록 해요. 정성을 다해 진심으로 당신의 안위를 위해 기도할게요. 건강하고 행복하세요."

"한마디만 더 합시다, 로즈."

해리가 말했다.

"당신의 입으로 거절의 이유를 솔직히 말해주시오."

"당신의 앞날은…… 창창해요. 당신은 남자가 출세하는 데 필요한 뛰어난 재능과 막강한 배경을 가졌으니, 모든 영광이 당신을 기다리고 있잖아요. 그런 배경은 자랑스러운 거예요. 나를 낳아준 어머니의 허물 때문에 그런 배경에 먹칠을 할 수도, 제게 어머니 자리를 채워주신 훌륭한 분의 아드님 명예를 실추시킬 수도 없어요. 다시 말해서……."

여기까지 억지로 버티며 단호하게 말하다가 마음이 약해지자 로즈는 고개를 돌렸다.

"내 잘못은 아니지만 나는 허물이 있어요. 죽을 때까지 그 허물을 지고 살아야 하니까 비난을 받는 건 나 하나로 족해요."

"한마디만 더요, 로즈. 딱 한마디만요."

해리가 로즈 앞에 몸을 던지며 울먹였다.

"내 신분이 낮고 세상에 덜 알려지고 조용하게 살 운명이며 내가 가난하고 병들어 의지할 데 없다고 해도 당신이 나를 거부하겠소? 내가 출세해 큰 부자가 되고 명예를 얻을 것이기 때문에 주저하는 거요?"

"대답을 강요하지 말아요."

로즈가 대답했다.

"이런 말도 안 되는 질문은 시간 낭비예요. 그런 질문을 강요하다니 부당하고 가혹해요."

"당신의 대답이 내가 지금까지 그토록 애타게 듣고 싶은 대로라면……."

해리가 응수했다.

"내가 가는 외로운 길을 한줄기 행복으로 비춰줄 테고, 내 앞길을 환하게 밝혀줄 거요. 우리 두 사람을 모두 사랑하시는 어머니를 생각해서라도, 간단히 몇 마디를 해준다고 크게 잘못하는 것은 아닐 거요. 오, 로즈! 내 지고지순한 사랑을 존중한다면 당신 때문에 졸인 마음을 봐서라도, 당신 때문에 내가 겪어야 할 고통을 생각해서라도, 그 질문에 대답을 해주시오."

"당신의 운명이 지금과 달랐다면, 저와 비교도 안 될 만큼이 아니라 조금만 신분이 높았다면, 내가 야심만만하고 훌륭한 사람들 속에서 당신의 발목을 잡거나 짐이 되는 게 아니라 소박한 마을에서 평범하고 조용히 살면서 당신에게 도움과 위로가 될 수만 있다면, 나도 이런 고통을 겪을 필요가 없을 거예요. 나도 행복해지고 싶어요. 정말로요. 하지만 해리, 솔직히 말해서 당신의 사랑을 받아들일 수 있다면 더 행복할 거라 인정해요."

로즈가 대꾸했다.

로즈는 속마음을 고백하는 동안 소녀 시절에 품었던 해묵은 희망들이 마음속에 떠올랐다. 하지만 오래된 희망들은 눈물도 함께 불러왔다. 앞으로도 옛날의 희망이 떠오르면 언제나 눈물이 날 테지만, 눈물을 흘리고 나니 어느 정도 진정이 되었다.

"이렇게 약한 모습을 참을 수가 없지만, 눈물을 흘리고 나니

461

내 결심이 더 확고해지네요."

로즈가 손을 뻗으며 말했다.

"이제 정말 나가야겠어요."

"한 가지만 약속해주시오."

해리가 말했다.

"단 한 번, 딱 한 번만, 일 년 안에, 훨씬 빠를지도 모르지만, 당신과 이 이야기를 다시 한번 마지막으로 하게 해주시오."

"내 올바른 결심을 바꾸라고 강요하지만 않는다면요. 그래도 소용없을 거예요."

로즈가 씁쓸한 웃음을 지으며 대답했다.

"아니오."

해리가 반박했다.

"그때 똑같은 말을 반복하려면 그렇게 해도 좋소. 그때 내가 아무리 높은 지위를 얻었든 많은 재물을 모았든 당신 발밑에 내려놓을 거요. 그래도 당신이 결심을 바꾸지 않는다면 어떤 말과 행동으로도 당신의 결심을 바꾸려 하지 않을 것을 약속하오."

"그럼 그렇게 하세요."

로즈가 대꾸했다.

"그럼 한 번 더 고통을 반복하는 것일 테고, 그때쯤이면 나도 고통을 훨씬 잘 견딜 수 있을 테니까요."

로즈가 다시 손을 뻗었지만 해리는 로즈를 품에 안고 아름다운 이마에 입을 맞추더니 서둘러 방을 나갔다.

제13장

해리 메일리가 다시 런던으로 떠나다

"그래서 오늘 아침 나와 같이 떠나기로 했소?"

의사와 올리버가 함께한 아침 식탁에 해리가 합석하자 의사가 물었다.

"결심이 2시간 30분 동안 계속되는 것을 못 봤지만 말이오."

"조만간 저의 달라진 모습을 보게 될 겁니다."

해리는 특별히 그럴 만한 이유가 없는데도 얼굴을 붉히며 말했다.

"나도 제발 그렇게 되기를 진심으로 바라오."

로즈번 씨가 대꾸했다.

"솔직히 그렇게 될 것 같지 않지만 말이오. 어제 아침에 그냥 이곳에 남아 효자처럼 어머니를 바닷가에 모시고 가겠다고 급히 결심하더니, 점심때가 되기도 전에 런던으로 가는 동안 영광스럽게도 나와 동행하겠다고 마음을 바꾸었잖소. 그러더니 무슨 이유인지 모르나 밤이 되자 여사님과 로즈 양이 다음 날 일어나기 전에 출발하자고 하지 않았소. 그래서 어린 올리버가 꽃을 꺾으려 초원을 돌아다닐 이렇게 이른 시각에 아침 식탁에 붙잡아 놓은 것 아니오. 참 안됐구나, 올리버, 그렇지?"

"제가 집에 없을 때 도련님과 선생님께서 출발하시게 되면 섭섭하실 테니까 저는 괜찮아요."

올리버가 대답했다.

"착하기도 하구나."

의사가 말했다.

"집으로 돌아오면 내게 놀러 오너라. 그리고 해리, 정말 궁금해서 묻는 건데 혹시 높은 분들이 돌아오라고 연락을 했기 때문에 이렇게 서두르는 건가?"

"높은 분들이라면……."

해리가 대답했다.

"위엄 있는 제 삼촌을 말씀하시는 모양인데, 제가 이곳에 온이후로는 그분들과 아무런 연락을 하지 않았을 뿐 아니라 이맘때쯤에는 그분들에게 제가 필요한 일도 없답니다."

"그런가?"

의사가 말했다.

"자네는 아주 이상한 친구군. 물론 그 사람들이 크리스마스 이전에 자네를 의회에 진출시킬 테고, 그런 갑작스러운 변화가 정치 생활에 나쁠 거야 없겠지. 하지만 뭔가가 이상해. 선거든 시합이든 도박이든 제대로 된 훈련을 받는 것이야 늘 바람직하지만 말이야."

해리 메일리는 한두 마디로 로즈번 씨의 입을 막아 이 짧은 대화를 마무리할 수 있는 것처럼 보였지만, 두고 보면 알 거라는 말로 만족하고 더는 이 이야기를 계속하지 않았다. 곧 마차가 문에 당도했고 가일즈가 짐을 가지러 들어왔다. 의사는 짐이 제대로 실리는지 확인하기 위해 부산스럽게 밖으로 나갔다.

"올리버."

해리 메일리가 낮은 목소리로 불렀다.

"너와 잠깐 할 얘기가 있는데⋯⋯."

올리버는 메일리 씨가 서서 손짓해 부르는 오목하게 들어간 창가로 걸어갔다. 메일리 씨의 모든 행동에 슬픔과 분노가 뒤섞인 것을 보고 적잖이 놀랐다.

"이제 글을 잘 쓸 수 있지?"

해리가 올리버의 팔에 손을 올려놓으며 물었다.

"그럴 거예요."

올리버가 대답했다.

"나는 아마도 당분간 집에 다시 오지 않을 거야. 그래서 말인데 네가 내게 편지를 써줬으면 좋겠구나. 예를 들어 2주에 한번 정도로. 격주 월요일마다 런던 중앙 우체국으로 말이야. 그럴 수 있지?"

메일리 씨가 물었다.

"네! 그럼요. 그럴 수만 있다면 영광이죠."

올리버는 이런 임무가 주어져 너무나 기쁜 나머지 큰 소리로 대답했다.

"내가 어머니와 로즈 양이 어떻게 잘 지내고 있는지 알고 싶어서 말이야."

해리가 덧붙였다.

"어디로 산책을 갔는지, 무슨 이야기를 나누었는지, 로즈가……, 아니 내 말은 어머니와 로즈가 행복하게 잘 지내시는지를 편지에 자세히 써 줬으면 좋겠다. 내 말 알아듣겠니?"

"네, 그럼요. 알아듣고말고요."

올리버가 대답했다.

"어머니와 로즈에게는 말하지 말았으면 좋겠구나."

해리가 황급히 말을 끝맺었다.

"어머니께서 아시면 내게 더 자주 편지를 보내야 한다고 생각하실까 봐 그런다. 편지를 자주 쓰시는 것도 힘든 일일 테니까. 이 일은 너와 나 사이의 비밀로 해두자. 그리고 내게 하나도 빠뜨리지 말아야 한다는 것을 명심해라. 나는 너만 믿으마."

올리버는 자기가 중요한 일을 하게 된다는 생각에 영광스럽고 어깨가 으쓱해져서 비밀을 지키고 하나도 빠짐없이 편지에 쓰겠다고 믿음직스럽게 약속했다. 메일리 씨는 올리버의 약속에 크게 안심하며 올리버에게 작별을 고했다.

의사는 벌써 마차 안에 타 있었다. 가일스는 두 사람이 출발하도록 준비만 해주고 뒤에 남을 것이기 때문에 손으로 문을 열고 기다리고 있었다. 하녀들도 정원에서 구경을 하고 있었다. 해리가 격자무늬 창가를 한번 슬쩍 올려다본 다음, 마차 안으로 뛰어올랐다.

"출발합시다!"

해리가 소리를 질렀다.

"쉬지 말고 전속력으로 가는 거요. 오늘은 날아가는 것처럼 가야 해요."

"이봐!"

의사가 급하게 앞쪽 창유리를 내리며 마부에게 소리쳤다.

"나는 날아가는 것 절대 싫소. 내 말 알아들었소?"

마차는 짤랑거리고 덜그럭거리는 소리를 요란하게 내며 출발했다. 점차 멀어져 소리는 안 들리고 달려가는 모습만 보이게 되더니, 결국 뭉게뭉게 일어난 흙먼지에 싸여 모습이 보일 듯 말 듯 하다가, 꼬불꼬불한 길모퉁이를 돌면서 완전히 모습을 감추었다가 다시 나타났다. 꼬불꼬불한 길을 다 지나갈 때까지 마차는 보였다 안 보였다를 반복했다. 드디어 흙먼지도 안 보일 때가 되어서야 배웅꾼들이 흩어졌다.

하지만 마차가 몇 마일을 달려간 후에도 마차가 사라진 곳에 두 눈을 고정한 채 움직이지 않고 배웅하는 사람 한 명이 있었다. 흰 커튼 뒤에 숨어 있었기 때문에 누구의 눈에도 뜨이지 않았지만, 해리가 창문을 올려다보았을 때도 로즈는 그곳에 앉아 있었다.

"해리는 기분이 좋고 행복한 모양이네."

드디어 로즈가 혼잣말을 했다.

"혹시라도 오랫동안 기분이 나쁠까 봐 걱정했는데…… 괜한 걱정을 했네. 이제 마음이 놓여. 다행이야."

눈물은 슬플 때뿐 아니라 기쁠 때도 흐른다. 지금 우수에 젖어 창가에 앉아 한 곳만을 계속 바라보는 로즈의 얼굴에 흘러내리는 눈물은 기쁨보다는 슬픔을 나타내는 것 같았다.

범블은 불 꺼진 난로에 두 눈을 고정한 채 우울한 모습으로 구빈원 거실에 앉아 있었다. 여름철이라 불이 꺼진 난로는 차디찬 표면 위에서 햇빛을 반사할 뿐 쓸쓸해 보였다. 범블은 천장에 매달린 파리잡이 종이를 가끔 올려다보면서 우울한 생각에 빠져 있었다. 파리가 조잡한 파리잡이 주위를 맴돌자 한숨을 내쉬었고 얼굴에는 더욱더 우울한 그림자가 깃들었다. 범블은 깊은 생각에 빠져 있었다. 파리 때문에 가슴 아픈 과거가 생각나는 모양이었다.

우울한 범블의 모습이 보는 이의 가슴에서 기분 좋은 애수를 불러일으키는 것만은 아니었다. 다른 어디에도 부족함이 없어 보였지만, 범블의 분위기로 보아 신변에 크나큰 변화가 있었음을 알 수 있었다. 레이스가 달린 외투와 챙이 올라간 중절모는 어디로 갔단 말인가? 범블은 여전히 무릎까지 오는 바지를 입고 면양말을 신었다. 하지만 전에 입던 그 바지가 아니었다. 외

468

투도 자락이 넓다는 점에서 보면 비슷하지만 전에 입던 외투와 너무나 달랐다. 각이 진 멋진 중절모도 둥근 모양으로 바뀌었다. 범블은 이제 교구 직원이 아닌 것이다.

물질적인 보상과는 별도로 승진하게 되면 보통 그에 따른 복장에서 독특한 가치와 위엄을 얻는다. 장군에게는 직위에 맞는 제복이, 주교에게는 비단 앞치마가, 법정 재판관에게는 비단 법복이, 교구 직원에게는 각이 진 중절모가 있다. 주교에게 비단 앞치마를 벗기고 교구 직원에게서 각이 진 중절모자와 금테 레이스를 뺏으면 어떻게 되겠는가? 그저 평범한 인간일 뿐이다. 때로는 위엄이나 신성함도 우리가 생각하는 것보다 의복에서 나오는 경우가 훨씬 많다.

범블은 코니 여사와 결혼을 했고 구빈원의 원장이 되었다. 그리고 후임 교구 직원이 임명되어 각이 진 중절모와 금테 레이스를 단 외투, 지팡이 등 세 가지를 모두 물려주었다.

"내일이면 벌써 두 달째군."

범블이 한숨을 내쉬며 말했다.

"평생이 지난 것 같아."

범블이 지난 8주라는 짧은 기간 동안 온갖 행복에 빠져 살았다는 뜻으로 말했을지도 모르지만, 그렇다면 한숨은 무슨 뜻인가? 범블이 내쉰 한숨은 의미심장했다.

"내가 미쳤지."

범블이 아까 하던 생각에서 벗어나지 못한 채 말했다.

"찻숟가락 6개, 각설탕 집게 1개, 우유 통 1개, 중고 기구 몇 개, 현금 20파운드에 나를 팔다니⋯⋯. 내가 돌았어. 너무 헐값이었어."

"헐값이라니요?"

신경질적인 목소리가 범블의 귀에 들렸다.

"당신은 그것도 과분한 사람이에요. 내가 너무 비싼 값을 치렀죠. 그건 하늘도 다 알아요."

범블이 고개를 돌렸다가 흥미로운 배우자의 얼굴과 마주쳤다. 범블 부인은 범블이 혼잣말로 중얼거린 불평을 몇 마디만 언뜻 들었기 때문에 제대로 이해하지 못했지만 지레짐작으로 소리를 질러본 것이었다.

"여보!"

범블이 감정을 실어 단호하게 말했다.

"왜요!"

범블 부인이 고함을 질렀다.

"진정하고 나를 좀 봐요."

범블이 아내를 뚫어지게 보며 말했다.

'내가 이렇게 노려보는데도 꿈쩍하지 않는다면……'

범블이 속으로 말했다.

'어떤 일이 닥쳐도 꿈쩍하지 않고 해치울 여자야. 내가 이렇게 노려보면 구빈원의 빈민들은 숨도 제대로 못 쉬었는데, 내가 여기서 기선을 제압하지 못하면 나는 아주 끝장이야.'

눈을 살짝만 부릅떠도 구빈원 빈민들이 벌벌 떨었던 것은 제대로 먹지 못해서 그런 눈길마저 견디지 못할 만큼 건강이 안 좋았기 때문이었는지, 아니면 이제는 범블 부인이 된 코니 여사가 노려보는 눈길에 유난히 강한 건지는 알 수 없는 노릇이다. 문제는 범블 부인이 범블의 노려보는 눈길에 꿈쩍하기는커녕, 오히려 경멸하는 눈길로 마주 쳐다보며 같잖다는 듯이 비웃었는데 비웃는 소리가 진심 같았다는 것이었다.

전혀 예상하지 못한 비웃음 소리를 듣자, 범블은 처음에는 믿을 수 없다는 표정을 짓더니 나중에는 기가 막혔다. 하지만 이내 아까처럼 다시 우울한 상태로 돌아갔다가 아내의 목소리에 다시 현실로 돌아와 정신을 차렸다.

"온종일 거기 앉아서 코를 골 거예요?"

범블 부인이 물었다.

"내가 여기 앉아 있고 싶으면 언제까지라도 앉아 있을 거요."

범블이 대꾸했다.

"사실 내가 코를 골지는 않았지만, 내가 코를 골든 입을 벌리든 침을 흘리든 웃든 울든 나는 내 기분 내키는 대로 할 거란 말이요. 그건 내 특권이고."

"당신의 특권?"

범블 부인이 경멸감을 도저히 참을 수 없다는 듯이 콧방귀를 뀌었다.

"그렇소, 내 특권."

범블이 대꾸했다.

"남편은 하늘이란 말도 모르오?"

"그럼 아내의 특권은 뭐죠? 어디 말 좀 해봐요."

죽은 코니 씨의 미망인이었던 범블 부인이 소리쳤다.

"복종이오."

범블이 고함을 질렀다.

"당신 전 남편은 그런 것도 안 가르쳤던 말이오? 혹시 가르쳤다면 아직 안 죽었을지도 모르지. 당신 전 남편은 죽지 말았어야 했소."

범블 부인은 결정적인 순간이 왔다는 것을 한눈에 알 수 있었다. 가부장적인 남편에게 한 방 날리면 모든 게 분명해지고 결론이 날 것이었다. 죽은 전 남편을 언급하는 소리를 듣자마자 범블 부인은 의자에 쓰러져서, 범블이 피도 눈물도 없는 비정한 인간이라며 시끄럽게 악을 쓰며 울부짖었다.

　하지만 범블은 눈물 따위에 마음이 흔들릴 사람이 아니었다. 범블의 심장은 철저하게 방수처리가 되어 있었기 때문이었다. 비를 아무리 맞아도 끄떡없는 방수 모자처럼, 범블의 마음은 눈물이 폭포처럼 쏟아지자 더욱 견고해졌고 힘이 불끈 솟았다. 범블은 눈물이란 패배를 인정하는 상징이라고 생각했기 때문에 이번 싸움에서 기선을 제압했다고 느끼고 기분이 좋아 우쭐해졌다. 만족스러운 눈으로 아내를 바라보며, 의사의 말에 따르면 우는 것이 건강에 아주 이로우니 울고 싶으면 마음껏 울라고 부추기기까지 했다.

　"눈물은 가슴을 뻥 뚫어주고 얼굴을 닦아주며 눈을 운동시켜 감정을 순화시킨다더군."

　범블이 말했다.

　"그러니 실컷 우시오."

　이 말을 마치자 우위를 차지했다고 확신한 남자라면 누구라도 그런 행동을 하듯이 의자에서 일어나 못에 걸어두었던 모자를 집어 들어 한껏 멋을 부려 한쪽으로 삐딱하게 쓰더니 양손을 주머니에 찌르고 가벼운 마음으로 문을 향해 걸었다. 거만함이 온몸에서 줄줄 흘러넘쳤다.

　사실 범블 부인이 눈물을 쥐어짰던 이유는 육탄 공격을 하는 것보다 눈물을 흘리는 편이 훨씬 덜 번거롭다고 생각했기 때문이었다. 하지만 범블이 눈물을 보고도 꿈쩍하지 않았기 때문에 이제 육탄 공격을 감행해야겠다고 마음을 바꾸었다.

범블이 경험한 첫 번째 육탄 공격의 증거는 공허한 소리에 실려 왔고, 즉시 뒤이어 범블의 모자가 방의 반대편으로 갑자기 획 날아갔다. 이 선제공격으로 범블의 맨머리가 드러나자, 육탄 공격 전문가인 범블 부인이 한 손으로 범블의 목을 꽉 조르고 나머지 한 손으로 똑같은 힘과 솜씨로 주먹세례를 퍼부었다. 일단 한 차례의 육탄 공격이 끝나자, 범블 부인은 범블의 얼굴에 다양한 오선지를 그렸고 머리카락을 쥐어뜯었다. 이쯤이면 어느 정도 분이 풀렸다고 생각한 범블 부인은 마침 이런 용도로 쓰일 수 있도록 그 자리에 있던 의자 위로 범블을 밀어 쓰러뜨리고, 아직도 용기가 있으면 다시 한번 남자의 특권 운운해보라며 몰아붙였다.

"일어나!"

범블 부인이 명령조로 말했다.

"더 험한 꼴 당하고 싶지 않거든 어서 여기서 꺼져!"

범블은 후회로 얼룩진 표정을 지으며 일어서서, 더 험한 꼴이란 무엇일까 잠시 생각하다가 모자를 집어 들고 문을 쳐다보았다.

"나가려고?"

범블 부인이 물었다.

"네, 나갈게요."

범블이 문 쪽으로 서둘러 발걸음을 옮기며 대답했다.

"사실 밖에 나갈 생각은 아니었지만, 당신이 너무 폭력적이라서……."

이 순간 범블 부인이 육탄 공격으로 인해 구겨진 카펫을 다시 잘 펴려고 급하게 발을 떼어놓자, 범블이 다시 육탄 공격을 받을까 봐 지레 겁을 먹고 하다만 말을 끝낼 생각도 못 한 채 깜짝 놀라 허둥지둥 방 밖으로 뛰쳐나갔다. 범블 부인만 혼자 방에 남겨졌다.

　범블은 제대로 기습을 당했고 늘씬하게 두들겨 맞았다. 범블도 협박에는 일가견이 있고, 비열하고 잔인하게 남을 괴롭히는 걸 꽤 즐기는 사람이었지만, 따지고 보면 이루 말할 수 없는 겁쟁이였다. 이렇게 말한다고 해서 범블의 인격에 손상이 가지는 않는다. 대단한 존경과 찬사를 받는 공직자 중에는 이런 유약함이라는 결함을 가진 사람이 꽤 많다. 겁쟁이라는 말을 한 이유는 범블을 옹호하기 위해서이지 헐뜯을 의도가 있는 것은 아니며, 독자들에게 범블이 공직자의 자격을 갖춘 사람임을 알려주기 위해서이다.

　하지만 범블의 체면 손상은 이것으로 끝이 아니었다. 구빈원을 한 바퀴 돈 다음, 빈민구제법은 너무 가혹한 비인도적 악법으로 남편이 아내를 버리려면 교구에 돈을 치러야 하는 그런 법은 철폐되어야 하고, 심지어 고통을 당한 남편은 훌륭한 인물이기 때문에 보상금을 주어야 한다고 생전 처음 생각했다. 범블이 구빈원에 거주하는 여자들이 교구의 리넨 천을 빠는 빨래방 앞에 당도했을 때, 방 안에서 주고받는 이야기가 들렸다.

　"에헴!"

　범블이 얼마 남지 않은 위엄을 긁어모아 헛기침을 했다.

　"최소한 이 여자들은 남편을 하늘처럼 받들 테지. 이봐! 왜 이렇게 시끄럽게 떠드는 거야?"

이 말과 함께 범블이 방문을 열고 화가 잔뜩 난 사람처럼 안으로 불쑥 걸어 들어갔다. 그런데 뜻밖에도 아내의 모습이 보이자 갑자기 기가 죽어 비굴한 태도로 돌변했다.

"여보."

범블이 말했다.

"당신이 여기 있는 줄 몰랐소."

"내가 여기 있는 줄 몰랐다고요?"

범블 부인이 따지듯 물었다.

"당신은 여기서 뭐 하는 거죠?"

"사람들이 떠드느라 제대로 일을 안 하는 것 같아서 말이오."

범블이 빨래통에서 빨래를 하던 두 노파에게로 눈길을 돌리며 대답했다. 마침 두 노파는 겁을 먹은 구빈원장이 의외라는 듯 귓속말을 주고받고 있었다.

"이 사람들이 말을 너무 많이 한다고 생각해요? 그게 당신하고 무슨 상관이죠?"

범블 부인이 물었다.

"그게 그러니까……"

범블이 비굴하게 입을 열었다.

"그게 당신하고 무슨 상관이냐고요?"

범블 부인이 다시 다그쳤다.

"그렇죠. 이곳 책임자는 당신이죠."

범블이 비굴하게 대답했다.

"하지만 나는 당신이 이곳에 없는 줄 알았소."

"잘 들어요, 범블."

범블 부인이 말했다.

"우리는 당신의 간섭을 받고 싶지 않아요. 원래 당신은 당신과 상관없는 일에도 끼어들기를 좋아하는 사람이라서, 당신이 뒤로 돌아서기만 하면 구빈원 식구들이 당신을 비웃죠. 언제 봐도 바보처럼 보인다고요. 어서 나가요. 당장!"

범블은 웃음을 참지 못해 웃음보가 터지기 일보 직전인 두 노파를 처참한 심정으로 쳐다보면서 잠깐 머뭇거렸다. 원래 참을성이 많지 않은 범블 부인은 비누 거품이 가득한 빨래통을 집어 들고 범블에게 문으로 가라고 눈짓을 하더니, 안 나가면 그 뚱뚱한 몸에 비눗물을 뒤집어쓰게 될 거라 협박하며 당장 나가라고 소리를 질렀다.

범블이 뭘 할 수 있었겠는가? 범블은 기가 죽어 주위를 두리번거리다가 살금살금 뒷걸음질을 쳤다. 범블이 문에 당도하자, 두 노파는 더는 참지 못하고 웃음보를 터뜨리고 말았다. 이것으로 범블의 체면은 말이 아니게 되었다. 구빈원 거주자들이 보는 앞에서 개망신을 당한 것이었다. 구빈원 거주 빈민들 앞에서 위신은 뭉개졌고, 고매함을 뽐내던 교구 직원 나리에서 체면이 땅에 떨어져 묵사발이 된 비굴한 공처가가 되어 버렸다.

"두 달 동안에!"

참혹한 생각으로 머릿속이 가득한 범블이 말했다.

"두 달 전에는, 두 달 전만 해도 교구 내 구빈원에 관한 한 모든 것을 내 마음대로 했는데 지금은 이게 뭐람!"

정말 어이가 없었다. 범블은 이런 생각을 하면서 현관문에 도착했었기 때문에 현관문을 열어주는 아이의 뺨을 괜히 후려갈긴 다음 아무 생각 없이 거리로 나갔다.

범블은 여기저기를 정처 없이 걷다 보니 슬픔이 어느 정도 가라앉았고, 감정이 변하자 갑자기 목이 말랐다. 수많은 선술집을 지난 다음 결국 뒷골목 어느 선술집 앞에 멈춰 섰다. 그러고는 블라인드 뒤를 슬쩍 훔쳐보니 선술집 안은 외로운 손님 한 명을 제외하고는 텅 비어 있었다. 마침 그때 장대비가 퍼붓기 시작하자 그곳에 들어가기로 했다. 범블이 들어서서 카운터를 지나면서 마실 것을 주문하고는 아까 밖에서 살짝 훔쳐본 홀 안으로 들어갔다.

안에서 혼자 앉아 술을 마시던 사내는 키가 크고 얼굴이 검었으며 커다란 망토를 두르고 있었다. 아주 낯선 사내였다. 얼굴이 비쩍 말랐고 옷이 꼬질꼬질 더러운 점으로 미루어 보아 이 근방 사람은 아닌 것 같았다. 사내는 범블이 안으로 들어오자 곁눈질로 슬쩍 쳐다보았을 뿐, 인사를 하려 고개조차 까딱하지 않았다.

범블도 누구 못지않게 자존심이 대단한 사람이었으므로, 혹시 낯선 사내가 잘 아는 사람이었다 해도 상대를 하지 않았을 것이었다. 그래서 물을 탄 진을 혼자 조용히 마시며 한껏 허세를 뿜냈고 신문을 읽었다.

그러다 문제가 발생했다. 그런 상황에서 남자 둘이 있게 되면 늘 일어나는 일이지만, 역시 범블도 도저히 참을 수 없는 강한 유혹에 낯선 사내를 몰래 훔쳐보았다. 그럴 때마다 낯선 사내도 범블을 훔쳐보고 있었기 때문에 범블은 당황해서 눈길을 돌렸다. 더구나 사내의 눈빛이 남달랐기 때문에 범블은 무척 어색했다. 사내의 눈빛은 날카롭고 밝게 빛났지만 불신과 의심으로 눈살을 찌푸리고 있어서 그런지 그늘이 있었다. 한 번도 본 적이 없는 예사롭지 않고 참기도 힘든 눈빛이었다.

이런 식으로 몇 번 눈길이 마주치자, 낯선 사내가 갈라지고 두꺼운 목소리로 침묵을 깼다.

"나를 찾은 겁니까?"

사내가 말했다.

"밖에서 몰래 안을 훔쳐볼 때 말이에요."

"그런 건 아니지만, 혹시 당신이……."

여기까지 말하고 범블이 입을 다물었다. 사내의 이름을 알고 싶었기 때문에 여기까지만 말하면 혹시 사내가 참지 못하고 뒷말을 이어줄까 싶어서였다.

"아닌 것 같군요."

사내가 입가를 실룩거리며 비아냥거리듯 말했다.

"그렇지 않으면 내 이름을 알고 있었겠죠. 내 이름을 모르는 모양인데 묻지 않는 편이 좋을 겁니다."

"기분 상하게 했다면 미안하오, 젊은 친구."

범블이 으스대며 말했다.

"아니, 괜찮습니다."

낯선 사내가 대꾸했다.

짧은 대화 뒤에 또다시 침묵이 흘렀다. 이번에도 낯선 사내가 침묵을 깼다.

"어디서 뵌 분 같네요."

사내가 말했다.

"그때는 다른 옷을 입었던 것 같고요. 거리에서 잠깐 스쳤지만 분명히 만난 적이 있어요. 이곳의 교구 직원이 아니었나요?"

"맞소."

범블이 짐짓 놀라며 대답했다.

"이 교구에서 일했었소."

"그렇군요."

사내가 고개를 끄덕이며 대꾸했다.

"예전에 만났을 때는 그런 분위기가 났어요. 지금은 뭘 하시죠?"

"구빈원 원장이오."

범블이 천천히, 하지만 자못 엄숙하게 대답했다. 범블은 낯선 사내가 불필요하게 친한 척을 할까 봐 염려스러웠다.

"구빈원의 원장이라오, 젊은 친구!"

"늘 그래 왔듯이 자기 배를 채우는 데만 혈안이겠군요, 아닌가요?"

낯선 사내는 범블이 질문에 놀라 고개를 들자 범블의 눈을 유심히 들여다보며 물었다.

"대답은 안 해도 괜찮아요. 나는 당신을 아주 잘 압니다."

당황한 기색이 역력한 범블이 손을 눈썹 위에 대고 낯선 사내를 머리끝에서 발끝까지 훑어보며 말했다.

"내 생각에 유부남은…… 기회가 있다면 총각 때보다 정직하게 돈을 버는 데 덜 망설이게 된다오. 뭐 교구 직원들은 급여가 많지 않기 때문에 정당한 방법으로라면 눈먼 돈이 생기는 걸 싫어할 이유가 없지."

낯선 사내가 미소 짓더니 사람을 잘못 알아본 게 아니라는 것을 확신한다는 듯이 다시 한번 고개를 끄덕이더니 종을 울려 술집 주인을 불렀다.

"저 잔을 다시 채워주시오."

낯선 사내가 범블의 빈 잔을 가리키며 술집 주인에게 말했다.

"독하고 따끈한 것으로 말이오. 그런 술을 좋아하시죠?"

"너무 독한 것은 말고."

범블이 우아하게 헛기침을 하며 대답했다.

"무슨 뜻인지 알아들었소, 주인장?"

낯선 사내가 퉁명스럽게 말했다.

주인이 웃더니 사라졌다가 금방 다시 김이 무럭무럭 나는 잔을 갖고 돌아왔다. 첫 모금을 마시자 범블의 눈에서 눈물이 찔끔 나왔다.

"이제 내 말 잘 들으시오."

낯선 사내가 문과 창문을 닫더니 말했다.

"오늘 당신을 찾으러 이곳에 왔습니다. 그런데 운이 좋게도 내가 당신 생각을 골똘히 하고 있는데 당신이 내가 있는 이곳에 스스로 들어온 겁니다. 당신에게서 듣고 싶은 말이 있어요. 하지만 맨입으로 알려달라는 것은 아닙니다. 이건 착수금 조로 받아 두십시오."

이 말을 하면서 낯선 사내는 탁자 위에 금화 두어 개를 꺼내더니 짤랑거리는 소리를 내서 미안하다는 듯이 조심스럽게 맞은편 쪽으로 밀었다. 범블이 금화가 진짜인지 확인하기 위해 꺼림칙한 눈으로 살핀 뒤 아주 흡족해하며 조끼 주머니에 집어넣자, 낯선 사내가 말을 계속했다.

"기억을 잘 떠올려보세요. 12년 전의 겨울 말이에요."

"너무 오래전이군."

범블이 말했다.

"좋소. 기억납니다."

"구빈원 말이에요."

"그래요."

"그날 밤."

"좋아요."

"거기가 어디였는지는 모르지만 시끄러운 소굴이었어요. 그 곳에서 처참한 몰골의 여자들이 아이를 낳았지만, 건강이 악화 돼 산모가 죽는 일이 빈번했죠. 아이만 낳아서 교구에 떠넘기고 는 죽었단 말입니다. 수치와 함께 무덤 속에서 썩어버렸죠."

"분만실 말이군요?"

범블이 낯선 사내의 흥분된 설명을 제대로 이해하지 못한 채 물었다.

"그렇죠."

낯선 사내가 대답했다.

"거기서 한 사내아이가 태어났습니다."

"사내아이는 수도 없이 태어났소."

범블이 실망스럽다는 듯 고개를 절레절레 흔들며 말했다.

"모두 악마 같은 아이들이죠!"

낯선 사내가 참지 못하고 소리를 질렀다.

"그중 한 아이를 찾는 거요. 말끔하고 창백한 얼굴인데, 장의 사 집으로 보내진 아이 말이오. 차라리 거기서 자기 관이나 짜 서 들어갔으면 좋았을 텐데……. 그리고 장의사 집에서 런던으 로 도망을 쳤지요."

"아니, 그럼 올리버를 말하는군. 올리버 트위스트?"

범블이 물었다.

"물론 기억하지. 그 아이보다 더 고집불통인 말썽꾸러기는 없었거든."

"그 아이에 대해 듣고 싶은 것이 아니에요. 그 아이 이야기라면 귀가 따갑게 들었거든요."

낯선 사내가 올리버의 이야기를 장황하게 늘어놓으려는 범블의 말을 막으며 계속 말했다.

"그 아이를 낳을 때 산파를 했던 노파를 찾고 있는 거요. 그 노파는 어디 있죠?"

"어디 있냐고?"

물을 탄 진을 마셔서 장난기가 발동한 범블이 물었다.

"그건 말하기가 참 어렵군. 여기는 없고 그 노파가 간 곳은 산파가 필요 없는 곳이라 아마 실직 중일 테니까."

"무슨 뜻이죠?"

낯선 사내가 정색을 하고 물었다.

"지난겨울에 죽었거든."

범블이 대답했다.

범블이 대답하는 동안 낯선 사내는 범블을 뚫어지게 보았다. 그 뒤로도 한동안 눈을 떼지 않았지만 눈길이 점점 공허하고 초점을 잃더니 깊은 생각에 빠진 것 같았다. 한동안 낯선 사내는 이 소식에 안심해야 할지, 아니면 실망해야 할지 감을 못 잡는 것 같았다. 하지만 한참 지나서 겨우 숨을 편하게 쉴 수 있게 되자, 눈을 떼더니 대수롭지 않은 일이라고 말하며 떠나려는 듯 일어섰다.

범블은 산전수전 다 겪은 닳고 닳은 사람이라 눈치가 보통이 아니었기 때문에 아내가 알고 있는 비밀을 알려주고 한밑천 두둑하게 잡을 기회가 왔음을 대번에 알아챘다.

범블도 늙은 샐리가 죽던 날 밤을 기억하고 있었다. 코니 여사에게 청혼을 했던 날이었기 때문에 특별한 날로 기억하고 있었다. 물론 범블 부인은 혼자 들었던 샐리의 이야기를 남편인 자신에게도 털어놓지 않았지만, 샐리가 구빈원의 산파로 일할 때 어린 올리버 트위스트를 낳은 여자를 돌보면서 일어났던 어떤 일과 관련이 있는 이야기라는 것쯤은 익히 들어 알고 있었다. 갑자기 이 사실이 떠오르자, 범블은 그 늙은 산파가 죽기 직전 단둘이 이야기를 나눈 여자가 있는데, 아마도 그 여자가 낯선 사내의 궁금증을 풀어줄 수 있을 것 같다고 제법 의미심장하게 말했다.

"그럼 그 여자는 어디 있죠?"

낯선 사내가 두려움을 드러내며 물었다.

그 소식에 걱정이 생겨났음을 엉겁결에 들키고 만 것이었다.

"나밖에는 그 여자를 아는 사람이 없소."

범블이 대답했다.

"언제 만날 수 있죠?"

낯선 사내가 조급하게 물었다.

"내일."

범블이 대답했다.

"저녁 9시 어때요?"

낯선 사내가 수첩을 꺼내 강가 외진 곳의 주소를 적으며 말했다. 글씨를 보니 낯선 사내가 얼마나 마음이 어지러운지 알 수 있었다.

"저녁 9시예요. 그 여자분을 그곳으로 데려오세요. 말할 필요도 없겠지만 비밀을 지켜주세요. 소문이 나면 당신에게도 좋을 게 없을 겁니다."

이 말과 함께 낯선 사내는 문 쪽으로 갔다. 술값을 치르려고 계산대에 섰다가 갈 길이 서로 다르다는 말을 남기고 다음 날 약속장소와 시간을 다시 한번 강조해 반복하고는 인사도 없이 나가버렸다.

범블이 주소를 척 보니 이름이 없었다. 낯선 시내기 멀리 가지 않았을 테니까 이름을 물어보러 낯선 사내를 쫓아갔다.

"누구야?"

범블이 낯선 사내의 팔을 툭 치자 낯선 사내는 재빠르게 돌아서며 고함쳤다.

"누가 나를 따라오는 거야?"

"질문이 있소."

범블이 종이쪽지를 가리키며 말했다.

"이름이 없어서 말이요."

"몽크스!"

사내가 이름을 툭 내뱉더니 빠른 걸음으로 멀어졌다.

제3부

❖ 제1장 ❖
한밤중에 범블 부부와
몽크스 사이에 오간 대화

구름이 잔뜩 끼어 무겁고 답답한 여름 저녁이었다. 이미 한 차례 비가 퍼부었는데 여전히 금방이라도 다시 내릴 것처럼 구름이 낮고 무겁게 깔려 번개를 동반한 폭풍이라도 칠 기세였다. 범블 부부가 시내 중심가를 돌아 남루한 집들이 드문드문 흩어져 있는 곳을 향하고 있었다. 이 마을은 시내에서 약 2.5킬로미터 떨어진 지저분한 습지 위에 세워졌으며 강과 근접해 있었다.

범블 부부는 비를 피할 뿐 아니라 신분이 노출되는 것을 막기 위한 이중목적으로 낡고 초라한 외투로 온몸을 칭칭 감았다. 범블이 등을 들고 있었지만 불을 켜지 않아 아무런 불빛도 비추지 못했다. 길이 더러웠기 때문에 몇 발짝 앞서가며 범블 부인이 따라 걷도록 큼직한 발자국을 남겨놓고 있었다. 두 사람은 한마디도 히지 않은 채 계속 걷기만 했다. 이따금 범블이 걸음걸이를 늦추고 고개를 돌려 부인이 제대로 따라오는지를 확인할 뿐이었다. 그리고 부인이 바로 뒤에 따라오는 것을 확인하면 다시

487

속도를 냈고, 점점 가속도가 붙어 약속장소까지 나아갔다.

약속장소는 지저분하다는 표현만으로는 설명이 부족할 지경이었다. 이곳은 비천하고 대책이 없는 부랑자들이 거주하던 곳으로 오래전부터 유명했다. 이곳에 거주하는 사람들은 겉으로는 막노동으로 먹고사는 것처럼 보이지만, 주로 도둑질과 각종 범죄를 일삼는 사람들이었다. 퍼슬퍼슬한 벽돌을 이용해 날림으로 지은 오두막집들이 대부분이었고, 선박에서 떼어낸 목재를 벌레가 갉아 먹은 채로 아무렇게나 얽어놓은 집도 있었다. 집들은 대부분 강둑에서 몇 미터 떨어진 곳에 모여 있었다. 개펄 위에는 물이 새는 배 몇 척이 개펄을 둘러싼 낮은 벽에 단단히 묶여 있었다. 여기저기에 밧줄이 놓여 있어 얼핏 보면 주민들이 강에서 고기잡이라도 하는 것처럼 보였지만, 자세히 보면 밧줄이 끊어지고 쓸 수 없는 상태인지라 사용하기 위해서가 아니라 장식용으로 놓여 있는 것임을 단순히 지나는 사람이라도 쉽게 알 수 있었다.

2층이 강 쪽으로 삐죽이 돌출한 커다란 건물 한 채가 오두막집들이 다닥다닥 모여 강을 둘러싼 마을 한가운데에 자리하고 있었다. 예전에 공장으로 사용되던 건물로 한창때는 동네 주민들에게 일자리를 제공했었던 곳이었다. 하지만 부서지기 시작한 지 이미 오래되었다. 쥐와 벌레, 습기로 인해 건물이 서 있는 지반이 약해지고 썩기 시작했기 때문에 건물의 상당 부분이 이미 물속에 가라앉아 있었다. 그나마 물에 가라앉지 않고 남은 부분은 시커먼 강물 위에서 비딱하게 기울어져 있었다. 마치 물속에 이미 가라앉은 나머지를 따라 같은 운명이 되기를 눈이 빠지게 기다리고 있는 것 같았다.

바로 이 허물어져 가는 건물 앞에서 고매한 범블 부부가 걸음을 멈췄다. 마침 그때 멀리서 들리는 우렛소리가 사방에서 메아리쳤고 비가 무섭게 퍼붓기 시작했다.

"이 근처 어디인데……."

범블이 손에 든 종이쪼가리를 들여다보며 말했다.

"이봐, 여기예요!"

위에서 큰 목소리가 들렸다.

범블이 소리가 들리는 곳으로 고개를 들어보니 2층에 있는 가슴 높이의 창문에서 내다보는 사내가 어렴풋이 보였다.

"잠깐 기다리시오."

어떤 목소리가 소리쳤다.

"내가 당장 내려가리다."

이 말과 함께 머리가 사라지더니 창문이 닫혔다.

"저 사람이에요?"

범블의 고매한 부인이 물었다.

범블이 그렇다고 고개를 끄덕였다.

"그리고 내가 한 말 잊지 말아요. 될수록 말을 많이 하지 말아요. 안 그러면 당장 본심을 들킬 테니까요."

범블 부인이 말했다.

건물을 쳐다보고 무척 언짢은 표정을 짓던 범블은 과연 이것이 잘하는 짓인지 어떤지 걱정스럽다는 말을 막 하려는 찰나, 몽크스가 나타나자 입을 다물었다. 몽크스는 부부가 서 있는 근처에 있던 직은 문을 열더니 안으로 들어오라고 손짓을 했다.

"들어와요!"

몽크스가 조급하게 발로 바닥을 구르며 소리를 질렀다.

"언제까지 날 여기 세워둘 셈이요?"

처음에 주저하던 범블 부인이 더는 재촉을 듣지 않고 과감하게 걸어 들어갔다. 범블은 뒤따라 들어가는 것이 창피해서인지 무서워서인지 불편한 기색이 역력한 채 뒤따라 들어갔다. 범블의 특허인 위엄이라고는 눈 씻고 찾을래야 찾을 수가 없었다.

"도대체 비가 그렇게 내리는데 왜 냉큼 들어오지 않는 거요?"

두 사람이 들어오자 몽크스가 문에 걸쇠를 채운 뒤 돌아서며 범블에게 물었다.

"그냥 땀을 좀 식히려고요."

범블이 걱정스럽게 두리번거리더니 더듬거리며 말했다.

"땀을 식혀?"

몽크스가 반박을 했다.

"이제껏 내린 비와 앞으로 내릴 비를 모두 합쳐도 인간의 가슴에서 타오르는 불을 끌 수는 없을 거요. 땀은 그렇게 쉽게 식는 게 아니지, 안 그래요?"

몽크스는 이런 일리가 있는 말을 하더니 범블 부인 쪽으로 휙 돌아서서 이글거리는 눈으로 범블 부인을 뚫어지게 보았다. 범블 부인도 눈싸움에서는 일가견이 있었지만, 이번에는 어쩔 수 없이 눈길을 돌려 바닥을 보았다.

"이 여자요?"

몽크스가 물었다.

"그렇소, 이 여자요."

범블이 부인의 주의사항을 생각하며 대답했다.

"여자들은 원래 비밀을 못 지킨다고 생각하죠?"

범블 부인이 끼어들며 뭔가를 살피는 몽크스의 눈을 똑바로 보았다.

"한 가지 비밀만은 끝까지 지키지."

몽크스가 경멸적인 말투로 대꾸했다.

"한 가지라면 뭘 말하는 거죠?"

범블 부인도 똑같이 경멸적인 말투로 물었다.

"이름을 더럽히는 비밀 말이오."

몽크스가 대답했다.

"그래서 그런 원칙에 따라 여자들은 교수형 당하거나 추방당하는 한이 있더라도 그런 비밀은 지키지. 내 말 알아듣소?"

"아니요."

범블 부인이 살짝 얼굴을 붉히며 대답했다.

"물론 아니겠지!"

몽크스가 비아냥거리듯이 말했다.

"당신이 어떻게 알아듣겠어!"

몽크스는 두 손님에게 조롱과 위협이 반씩 섞인 표정을 짓더니, 다시 자기를 따라오라고 손짓을 하고 방을 서둘러 가로질렀다. 그 방은 무척 길었고 천장이 낮았다. 몽크스는 가파른 계단인지 사다리인지로 올라갈 준비를 했다. 위층의 창고로 가려는 모양이었다. 번개의 섬광이 건물의 틈을 통해 쏟아져 들어왔고 천둥소리가 뒤따라 들렸다. 다 쓰러져가는 건물은 천둥소리에도 기둥뿌리째 흔들렸다.

"잘 들어요!"

몽크스가 뒤로 움찔하며 소리쳤다.

"벼락이 동굴 수천 개에 숨어 있는 악마의 비명처럼 메아리치는 것 같지 않소? 빌어먹을 저 소리! 아주 진저리가 나!"

몽크스는 한동안 아무 말이 없더니 갑자기 손을 얼굴에서 떼는 바람에, 너무 무서워서 말문까지 막힌 범블에게 거의 얼이 빠져 일그러진 얼굴을 들키고 말았다.

"가끔 이렇게 발작을 일으킨다오."

몽크스는 범블의 놀란 표정을 살피며 말했다.

"번개가 치면 가끔 발작을 일으키지. 이제 걱정하지 마시오. 이렇게 한 번 지나면 괜찮아지니까."

몽크스는 이렇게 말하며 다시 사다리를 앞장서서 올라가더니, 허겁지겁 창 덧문을 닫고 천장에 있는 육중한 대들보에 걸쳐있는 도르래와 밧줄에 매달린 등을 아래로 잡아당겼다. 등에서 나오는 희미한 불빛으로 보니 그곳에는 낡은 탁자 하나와 의자 세 개가 놓여 있었다.

"자⋯⋯."

세 사람이 모두 자리에 앉자 몽크스가 입을 열었다.

"본론으로 빨리 들어갈수록 좋지. 무슨 뜻인지 이 여자도 알겠지요?"

몽크스는 범블에게 질문을 던졌지만 범블 부인이 이야기의 장본인임을 잘 알고 있어 부인이 대답을 하리라고 기대했다.

"이 사람 말로는 산파를 했던 노파가 죽던 날 밤에 당신이 임종을 지켰다던데 노파가 당신에게 무슨 말을⋯⋯."

"당신이 말했던 사내아이의 엄마에 대한 거였죠."

범블 부인이 몽크스의 말을 끊으며 끼어들었다.

"맞아요."

"첫 번째 질문은, 그 노파가 무슨 말을 했냐는 거요."

몽크스가 물었다.

"그건 두 번째 질문이죠."

범블 부인이 무척 신중하게 말했다.

"첫 번째 질문은, 내가 그 내용을 알려주면 얼마나 받을 수 있느냐죠."

"어떤 내용인지도 모르는데 얼마나 줄지 어떻게 알겠소?"

몽크스가 물었다.

"그거야 당신이 제일 잘 알 테죠."

범블 부인은 몽크스에게 전혀 주눅 들지 않고 대답했다. 범블 부인의 배짱이 얼마나 두둑한지는 누구보다도 범블이 잘 알고 있었다.

"쳇!"

몽크스가 궁금해서 도저히 못 참겠다는 표정을 지으며 의미심장하게 헛기침을 했다.

"그럼 중요한 정보가 있다는 뜻이군?"

"아마도요."

범블 부인이 침착하게 대답했다.

"아이 어미의 물건이나…… 착용했던 것 또는……."

몽크스가 관심을 보이며 말했다.

"흥정부터 하죠."

범블 부인이 말을 가로막았다.

"당신이 내 정보를 필요로 한다는 것은 익히 들어서 알고 있으니까요."

범블은 부인으로부터 이미 알고 있는 내용 외에는 더 들은 내용이 없었기 때문에, 목을 길게 빼고 눈을 크게 뜬 채 몽크스와 부인을 번갈아 쳐다보며 놀라움을 감추지 못하고 대화를 경청했다. 더구나 부인이 정보에 대한 대가를 당당하게 요구하자 더욱 놀라지 않을 수 없었다.

"도대체 얼마를 줄 건가요?"

범블 부인이 전혀 흐트러짐 없이 다시 물었다.

"한 푼도 못 줄 수도 있고 20파운드를 줄 수도 있소."

몽크스가 대답했다.

"어서 말이나 하시오. 그래야 얼마를 줄지 알 거 아니오?"

"그럼 당신이 말한 20파운드에 5파운드를 더 주세요. 금화로 25파운드요. 그럼 내가 아는 이야기를 모두 해줄게요."

범블 부인이 말했다.

"25파운드라니!"

몽크스가 뒤로 한발 물러나며 고함을 질렀다.

"솔직하게 말한 거예요. 사실 그렇게 큰돈도 아니잖아요."

범블 부인이 대꾸했다.

"하찮은 비밀의 대가인데 큰돈이 아니라고? 만약 쓸모없는 내용이면 어쩌고?"

몽크스가 조바심을 내며 소리쳤다.

"그것도 12년이나 묵은 이야기잖소!"

"좋은 포도주처럼 묵을수록 값어치가 나가는 비밀도 있잖아요. 시간이 지나면서 가치가 두 배가 되기도 하죠."

범블 부인이 계속 냉정하고 단호하게 대답했다.

"죽은 사람은 앞으로 12만 년이 지나도, 아니 12억 년이 지나도 무덤에 누워 있을 테고, 내가 하는 이야기는 당신과 나만 죽을 때까지 간직하게 될 텐데요."

"다 들었는데 아무 쓸모가 없다면?"

몽크스가 머뭇거리며 물었다.

"그럼 다시 빼앗아 가면 되겠네요."

범블 부인이 대답했다.

"나야 보호해주는 사람 없이 혼자일 테니까요."

"혼자라니요, 여보. 내가 보호해주면 되지요."

범블이 두려움에 떨리는 목소리로 끼어들었다.

"내가 있잖소. 그것도 당신 바로 옆에."

이 말을 하는 동안 범블은 이빨이 딱딱 부딪쳤다.

"몽크스 씨는 점잖은 신사이기 때문에 교구 직원에게 폭력을 행사하지는 않을 거요. 물론 몽크스 씨는 내가 젊은이가 아니라는 것도, 도망칠 힘이 없다는 것도 잘 알고 있소. 하지만 확신하건대, 몽크스 씨는 내가 마음먹은 일은 무슨 일이 있어도 꼭 해내고야 마는 사람이라고 들었을 거요. 내가 분명히 말하는데 나는 굉장히 단호한 사람인 데다가 한번 건들면 힘이 보통이 아니오. 그리고 그렇게 화가 나면 어쩔 도리가 없다는 것을 몽크스 씨도 잘 알 거요."

범블은 말을 하면서 단호한 결의에 차서 들고 있던 전등을 꽉 잡는 시늉을 했다. 그런데 동작마다 겁에 잔뜩 질린 표정이 함께해 상대가 특별히 체중 감량을 한 빈민들이 아니라면 전투 개시 전에 조금이 아니라 엄청나게 큰 도발이 필요하다는 걸 보여주었다. 상당한 도발이 있어야 전쟁이라도 벌일 것처럼 단호하게 행동할 거라는 걸 똑똑히 알려준 것이다.

"멍청한 소리 작작해요! 차라리 입을 다무는 게 좋겠어요."

범블 부인이 쏘아붙였다.

"입 다물고 있을 수 없다면 여기 오기 전에 입을 꿰매는 게 좋앗을 텐데 그랬군. 이 사람이 당신 남편이구먼, 응?"

몽크스가 으스스하게 말했다.

"내 남편?"

범블 부인이 낄낄거리며 대답을 회피했다.

"딱 들어올 때부터 감을 잡았지."

몽크스가 대꾸했다.

범블 부인이 남편을 쏘아보았던 것과 같은 눈빛으로 몽크스도 범블을 노려보았다.

"훨씬 잘됐군요. 일심동체인 두 사람과 거래를 하는 편이 훨씬 쉬우니까. 진심이오. 자, 이거나 받으시지."

몽크스가 주머니에 손을 집어넣었다가 천 주머니를 꺼내서 금화 25파운드를 탁자 위에 꺼내더니 범블 부인 쪽으로 밀었다.

"세어보시지. 지붕을 날려 보낼 듯이 달려오는 빌어먹을 벼락이 지나가거든 이야기를 들어보자고."

몽크스가 말했다.

우렛소리는 아주 가까이에서 들리는 것 같았고, 세 사람의 머리 위가 흔들리고 부서질 것 같았다. 우렛소리가 잦아들자 몽크스가 탁자 밑으로 처박았던 얼굴을 들어 범블 부인이 하는 말을 잘 듣기 위해 몸을 앞으로 수그렸다. 두 남자가 이야기를 듣기 위해 앞으로 모여들었고, 범블 부인도 아주 작은 소리로 말하려고 몸을 앞으로 수그리는 바람에, 세 사람의 얼굴은 거의 맞닿을 지경이었다. 천장에 매달린 희미한 등불이 머리 위를 비춰 세 사람의 얼굴은 더욱 창백하고 수심이 가득해 보였다. 더구나 아주 깊은 음산함과 어둠에 둘러싸인 터라 세 사람은 마치 유령 같았다.

"샐리라는 노파가 죽을 때 임종을 본 사람은 나뿐이었어요."

범블 부인이 입을 열었다.

"옆에 아무도 없었소?"

몽크스가 나지막하게 속삭였다.

"다른 병자나 멍청이가 옆 침대에 누워 있지 않았냔 말이오. 두 사람이 나눈 이야기를 들은 사람이 정말 아무도 없었소? 혹시라도 이야기가 새어나가지는 않았겠지?"

"절대 없었어요. 우리 단둘뿐이었어요. 노파가 죽을 때 침대 옆에 나 혼자 있었죠."

범블 부인이 대답했다.

"좋소."

몽크스가 범블 부인을 뚫어지게 보며 말했다.

"계속하시오."

"샐리가 젊은 여자 얘기를 했어요."

범블 부인이 말을 계속했다.

"몇 년 전에 사내아이를 낳은 여자랬어요. 바로 그 방에서 그것도 샐리가 죽어가는 바로 그 침대에서 아이를 낳았댔죠."

"그래? 제기랄! 결국 이렇게 된다니까!"

몽크스가 입술을 떨고 어깨너머를 흘끗거리며 말했다.

"그 아이가 어젯밤 당신이 말한 바로 그 아이였어요."

범블 부인이 남편을 향해 조심스럽게 고개를 끄덕이면서 말했다.

"아이의 엄마에게서 샐리가 도둑질을 했죠."

"살아 있는데?"

몽크스가 물었다.

"죽고 나서요."

범블 부인이 몸서리를 치면서 대답했다.

"시체에서 훔쳤죠. 죽은 산모가 아이를 위해 간직해달라고 마지막 숨을 쉬면서 부탁을 했는데 산모의 체온이 채 식기도 전에 그걸 훔친 거예요."

"그래서 그걸 팔았답디까?"

몽크스가 절망감에 빠져 소리를 버럭 질렀다.

"팔았다면 어디에? 언제? 누구에게? 얼마나 오래전에?"

"그걸 훔쳤다는 이야기도 너무나 힘겹게 했답니다."

범블 부인이 말했다.

"그 말만 하고는 끝내 죽어버렸어요."

"다른 말은 없었고?"

몽크스가 끓어오르는 화를 참느라 더 무서운 목소리가 되어 소리를 질렀다.

"거짓말! 날 속일 수는 없어. 무슨 말을 더 했을 거야. 네 연놈을 가만두지 않을 거야. 기필코 그 말을 알아내고야 말겠어!"

"정말 다른 말은 없었어요."

범블 부인이 눈 하나 깜짝하지 않고 말했다. 하지만 몽크스의 험악한 기세에 범블은 부인과는 정반대로 혼비백산했다.

"하지만 샐리가 한 손으로 내 옷을 거칠게 움켜잡았죠. 샐리가 죽은 걸 보고 내가 억지로 샐리의 손을 떼어냈는데, 꼬깃꼬깃한 종이쪼가리를 손에 꼭 쥐고 있었어요."

"뭐라고 쓰여 있었소?"

몽크스가 앞으로 달려들며 물었다.

"아무것도요."

범블 부인이 대답했다.

"그냥 전당포 영수증이었죠."

"잡힌 물건은?"

몽크스가 물었다.

"차근차근 말할게요. 내가 생각하기에 싸구려 장신구를 갖고 있었나 봐요. 샐리는 시세가 좀 좋아지기를 기다리다가 전당포에 맡겼고, 나중에 큰돈이 될지도 모른다고 생각하며 전당포에서 물건을 처분할까 봐 어렵게 돈을 모아 매년 이자를 내며 버텼나 봐요. 하지만 끝내 큰돈을 벌 기회가 찾아오지 않은 거죠. 그래서 샐리는 전당포 영수증을 간직한 채 죽은 거죠. 영수증이 너덜너덜해졌더라고요. 이틀이 지나고 혹시 나중에 큰돈을 벌지도 모른다는 생각에 그 전당포 영수증을 갖고 가서 물건을 찾아왔습니다."

"그 물건은 지금 어디 있소?"

몽크스가 재빠르게 물었다.

"여기요."

범블 부인이 대답했다. 물건을 처분해서 다행이라는 듯이 범블 부인은 기껏해야 프랑스제 작은 회중시계가 겨우 들어갈 만한 작은 주머니를 재빠르게 꺼내 탁자 위에 내려놓았다. 몽크스가 허겁지겁 달려들어 떨리는 손으로 주머니를 열었다. 그 안에는 사진 등을 넣어 줄에 매달아 목에 걸 수 있는 작은 금 펜던트가 들어 있었는데, 펜던트 안에는 머리카락 두 가닥과 평범한 결혼 금반지가 들어 있었더.

"안에 아그네스라고 새겨져 있어요."

범블 부인이 말했다.

"성은 쓰지 않고 날짜가 적혀 있는데, 아이가 태어나기 일 년 전이더군요. 그건 내가 알아냈죠."

"이게 전부요?"

몽크스가 작은 상자의 내용물을 조심스럽게 찬찬히 살펴본 후 물었다.

"전부예요."

범블 부인이 대답했다.

범블은 이야기가 끝나서 한시름 놓았다. 몽크스가 25파운드를 돌려달라고 하지 않아서 다행이라는 듯이 긴 한숨을 내쉬었고, 처음에 이야기가 시작되면서부터 콧잔등에 맺힌 땀을 이제야 용기를 내 닦아냈다.

"나는 이 이야기에 대해 그저 추측만 할 뿐이지, 더 이상은 몰라요."

잠깐 말이 없던 범블 부인이 몽크스에게 말했다.

"그리고 알고 싶지도 않고요. 모르는 게 약이니까요. 하지만 두 가지만 물어볼게요, 괜찮죠?"

"마음대로 하시오."

몽크스가 약간 놀라는 기색을 보이며 대꾸했다.

"하지만 대답을 하고 안 하고는 또 다른 문제지."

"그럼 문제가 세 개군요."

범블이 썰렁한 농담을 했다.

"이게 당신이 내게서 손에 넣고 싶어 하던 건가요?"

범블 부인이 물었다.

"그렇소."

몽크스가 대답했다.

"나머지 질문은?"

"이걸 어떻게 쓸 작정이죠? 혹시 나에게 피해가 되는 건 아닌가요?"

"절대 아니오. 나한테도 해가 되지 않지. 인제 더는 이 문제에 관심을 가지지 마시오. 그리고 지금부터 한 발짝도 움직이지 마시오. 만약 움직이면 두 사람은 파리 목숨이 될 테니까!"

몽크스가 대답했다.

이 말과 함께 몽크스가 느닷없이 탁자를 옆으로 밀고 바닥에 있는 철 고리를 잡아당겼더니 범블의 발 근처에서 커다란 뚜껑문이 열렸다. 범블은 깜짝 놀라서 뒷걸음을 쳤다.

"밑을 보시오."

몽크스가 구멍으로 등을 내려 비추며 말했다.

"나를 무서워 마시오. 마음만 먹었으면 두 사람이 여기 앉았을 때 빠뜨릴 수도 있었으니까."

그러자 범블 부인이 용기를 내 구멍 가까이 걸어갔고, 범블도 호기심을 이기지 못하고 부인을 따라갔다. 폭우로 인해 불어난 탁한 흙탕물이 바로 밑에서 빠르게 흘러갔다. 이끼가 끼어 미끈미끈한 푸른 말뚝에 물이 부딪혀 소용돌이를 일으키며 내는 요란한 소리에, 다른 소리는 모두 묻혀 하나도 들리지 않았다. 예전에 밑에 물레방아가 있었던 모양이었다. 아직 남은 썩은 말뚝 몇 개와 기계 조각들 주위에서 물살이 부딪혀 물거품을 일으켰다. 앞으로 나가는 힘을 가로막으려는 장애물에서 풀려난 물실이 새로운 힘을 얻어 위로 치솟아 오르는 것 같았다.

"이 아래로 시체를 던져버리면 내일 아침에 어디에 있을까?"

몽크스가 캄캄한 구멍에서 등을 이리저리 흔들며 말했다.

"강 아래로 200킬로미터 떠내려가서 산산이 부서질 거야."

범블이 움찔하면서 대답했다.

몽크스는 아까 서둘러 가슴에 집어넣었던 작은 상자를 도로 꺼내 마루에 놓여 있던 도로래의 일부인 납추에 단단히 묶어 물속으로 떨어뜨렸다. 작은 상자는 물속으로 거의 아무 소리도 내지 않고 쏙 들어가 가라앉아 자취를 감추고 말았다.

세 사람은 서로의 얼굴을 찬찬히 쳐다보고 그제야 편하게 숨을 쉬었다.

"자!"

몽크스가 뚜껑 문을 닫으며 말했다. 문은 원래의 자리로 무겁게 내려앉았다.

"성경에서 말하듯이 바다는 죽은 자를 밖으로 내보내지만 죽은 자의 금은보화는 간직할 테니까, 아까 그 쓰레기도 영원히 가라앉아 있겠지. 이제 더는 할 이야기가 없으니 헤어질 때가 된 것 같군."

"그렇고말고요."

범블이 기다렸다는 듯이 대꾸했다.

"입조심하는 게 좋을 거요."

몽크스가 위협적인 눈길로 쳐다보며 말했다.

"당신 마누라는 걱정이 안 되는데 당신이 걱정이군."

"믿어도 좋소, 젊은 친구."

범블이 비굴할 정도로 공손하게 사다리 쪽으로 슬금슬금 걸음을 옮기며 말했다.

"모두를 위해서 말이오, 젊은 친구. 나를 위해서도 말이오, 몽크스 씨."

"그 말을 들으니 안심이군."

몽크스가 말했다.

"등을 켜고 될수록 빨리 이곳에서 떠나시오."

대화가 여기서 끝나게 되어 다행이었다. 만약 안 그랬다면 이미 사다리에서 15센티미터밖에 떨어져 있지 않던 범블이 슬금슬금 뒷걸음질을 치다 영락없이 아래층으로 곤두박질쳤을 것이었다. 범블은 몽크스가 밧줄에서 풀어 든 등에서 불씨를 받아 등을 켜서 손에 들고, 아무 말 없이 묵묵히 사다리를 내려갔다. 범블 부인이 그 뒤를 따라갔다. 몽크스는 빗소리와 출렁이는 물소리 외에는 아무 소리도 들리지 않는다는 것을 확인하기 위해 계단 위에 잠시 서 있다가 맨 뒤에서 사다리를 내려왔다.

세 사람은 조심조심, 그리고 천천히 아래층을 가로질러 갔다. 몽크스는 그림자가 나타날 때마다 놀랐고, 범블은 등을 바닥에서 30센티미터 높이로 들고 특별히 조심스러울 뿐 아니라 그 덩치의 남자치고는 놀랍도록 가벼운 걸음걸이로 걸었으며, 혹시라도 비밀 뚜껑 문이 있을까 봐 주위를 두리번거렸다. 몽크스가 아까 범블 부부가 들어왔던 문의 걸쇠를 살며시 풀고 열어 주었다. 부부는 정체를 알 수 없는 몽크스와 단순히 목례만 주고받고는 비가 내려 축축하고 깜깜한 밖으로 나갔다.

부부가 밖으로 나가자마자 몽크스는 혼자 남겨진 것을 도저히 참을 수 없는지 아래층 어딘가에 숨겨놓은 사내아이를 불러내, 등을 들고 먼저 올라가라고 시킨 다음 방금 내려왔던 방으로 다시 돌아갔다.

그날 저녁, 범블 부부와 몽크스가 만나 사업상 중요한 이야기를 나누기 두 시간 전에, 빌 사익스가 낮잠에서 깨어나 몇 시나 되었을까 투덜거렸다.

사익스가 늘어지게 낮잠을 자고 일어난 방은 처치 원정 도둑질을 벌이기 전에 세 들어 살던 방과 같은 마을에 있긴 하지만 같은 곳은 아니었고, 전에 거주하던 데에서도 그리 멀리 떨어지지 않았다. 외관상 전에 살던 곳만큼이나 사람이 살기에 부적당한 곳이었다. 좁고 초라하며 가구도 형편없었고 경사진 천장에 뚫린 작은 창문을 통해서만 빛이 들어왔으며 좁고 더러운 골목에 접해 있었다. 그 밖에도 방주인이 몹시 궁색한 생활을 하고 있다는 증거가 넘쳐흘렀다. 가구는커녕 안락함이라고는 눈을 씻고 찾으려야 찾을 수 없었다. 여벌의 옷이나 수건 같은 소지품도 없었기 때문에 궁색함이 이만저만이 아님을 보여주었다. 야위고 기운이 떨어진 사익스의 모습만으로도 사익스가 얼마나 어려운 처지에 놓였는지를 대번에 알 수 있었다.

처치 원정 도둑질을 주도했던 사익스는 흰 외투를 실내복처럼 온몸에 휘감고 침대에 누워 있었다. 안색은 병든 시체처럼 창백했다. 때가 꼬질꼬질한 수면모자를 쓰고 있었고 일주일째 면도를 하지 않아 검고 뻣뻣한 수염까지 덥수룩하니 그야말로 가관이었다. 사익스의 개는 침대 옆에 앉아서 주인을 안쓰러워하는 눈으로 쳐다보고 있었다. 길거리나 아래층에서 무슨 소리라도 들리면 귀를 쫑긋 세우고 나지막하게 으르렁거렸다. 한 여자가 창문가에 앉아서 일상복 중 하나인 낡은 조끼를 수선하느라 여념이 없었다. 밤새워 간호하고 잘 먹지 못해서 얼굴이 창백하고 몸은 비쩍 말라 전에 등장했던 낸시라고는 도저히 생각되지 않았지만, 사익스의 질문에 대답하는 목소리를 들으니 낸시가 맞았다.

"7시 조금 지났어요."

낸시가 대답했다.

"오늘 밤은 기분이 어때요, 빌?"

"물에 젖은 빨래 같아."

사익스가 대답했다. 사익스는 눈과 팔다리가 아프다며 저주를 퍼부었다.

"나 좀 도와줘. 이 덜컹거리는 침대에서 좀 일어나야겠어."

아프다고 해서 사익스의 성깔까지 수그러진 것은 아니었다. 낸시가 사익스를 일으켜 의자에 앉히자, 사익스는 낸시에게 솜씨가 서툴다고 욕지거리를 퍼부으며 한 내 후려쳤다.

"질질 짜는 거야?"

사익스가 윽박질렀다.

"야, 질질 짜면서 거기 서 있지 마! 이렇게밖에 못할 거면 당장 꺼져버려! 내 말 알아들어?"

"알았어요."

낸시가 고개를 돌리고 억지웃음을 지으며 대답했다.

"도대체 무슨 생각을 하고 있는 거예요?"

"왜 울어? 네가 나보다 낫다 이거야?"

사익스가 낸시 눈에서 눈물 자국이 보이자 으르렁거렸다.

"그래, 너 잘났다."

"오늘 밤 내게 너무 심하다고 생각하지 않아요, 빌?"

낸시가 사익스의 어깨 위에 손을 얹으며 말했다.

"뭐?"

사익스가 소리를 질렀다.

"절대 아니야!"

낸시가 여성 특유의 부드러움이 깃든 말투로 말했다.

"그렇게 많은 밤을…… 당신 곁에서 참아 왔어요. 당신이 어린아이인 것처럼 간호하고 돌보면서요. 그런데 또다시 이렇게 옛날처럼 거칠게 구니 참 낯서네요. 당신도 이런 생각을 한다면 나를 함부로 대하지 않을 수도 있다는 얘기예요. 그렇죠? 어서 앞으로 그러지 않겠다고 말해요."

"그래?"

사익스가 대꾸했다.

"그렇다면 안 그러지. 빌어먹을! 또 질질 짜는군."

"아니에요."

낸시가 의자에 몸을 던지며 말했다.

"나는 신경 쓰지 말아요. 곧 끝날 테니까요."

"뭐가 끝나?"

사익스가 야비한 목소리로 물었다.

"도대체 지금 무슨 수작을 부리려는 거야? 어서 일어나서 움직여! 여자들의 얄팍한 수작으로 나를 속일 생각은 하지도 마!"

다른 때였다면 이런 호령과 말투가 소기의 목적을 달성했을 테지만, 낸시는 몸이 쇠약해지고 피곤에 지쳤기 때문에 의자 등받이 너머로 고개를 떨어뜨리고 기절해버렸다. 그런 줄도 모르고 사익스는 비슷한 상황에서 협박할 때 언제나 그래왔듯 욕설을 퍼부었다. 그동안 낸시는 기절해도 아무 도움 없이 스스로 몸을 뒤척이며 애를 써서 정신을 차렸기 때문에, 사익스는 이런 비상사태에 어떻게 해야 하는지를 몰랐다. 내친김에 욕을 마저 더 퍼부었는데 그래 봐야 아무 소용이 없다는 것을 깨닫자 도움을 청했다.

"무슨 일이야?"

페이긴이 안을 들여다보며 물었다.

"낸시 좀 도와줘, 응?"

사익스가 조급하게 대답했다.

"거기 서서 능글맞게 웃으며 수다만 떨지 말고, 어서!"

페이긴이 깜짝 놀라며 서둘러 낸시에게 달려갔다. 페이긴을 따라 방에 들어온 잭 다킨스, 일명 미꾸라지 도저가 손에 들었던 보따리를 바닥에 내려놓고, 바로 뒤에 서 있던 찰리 베이츠의 손에서 술병을 낚아채서 이빨로 마개를 비틀어 열더니 낸시의 목 안에 술을 들이부었다. 낸시에게 넘기기 전에 실수를 방지하기 위해 술을 미리 맛보는 것도 잊지 않았다.

"손풀무로 낸시에게 바람을 부쳐줘, 베이츠."

도저가 말했다.

"낸시의 손을 때리세요, 페이긴. 사익스는 속치마를 벗기시고요."

모두 합심해서 낸시의 회복을 위해 노력했다. 특히 베이츠는 자기에게 주어진 임무가 무척 마음에 들었기 때문에 꾀부리지 않고 성심성의껏 소임을 다했다. 그 덕분에 오래지 않아 소기의 목적을 달성했다. 낸시는 점차 정신이 들기 시작했고 비틀거리며 침대 옆에 놓인 의자로 가더니 베개에 얼굴을 파묻었다. 사익스는 도와주러 들어온 세 사람이 뜻밖이라 좀 놀랐지만 아무튼 세 사람을 맞이했다.

"도대체 무슨 바람이 불어서 여기 왔어?"

사익스가 페이긴에게 물었다.

"바람은 무슨 바람."

페이긴이 대답했다.

"바람에 희소식이 실려 오는 거 봤어? 네가 들으면 기뻐할 소식을 갖고 왔지. 도저, 보따리를 열어서 우리가 오늘 아침 내내 주머니를 털어 산 물건을 빌에게 주거라."

페이긴의 지시에 따라 도저가 낡은 식탁보로 만든 꽤 큰 보따리를 풀어 내용물을 하나씩 찰리 베이츠에게 건네주었다. 물건을 건네받은 베이츠가 다양한 찬사를 덧붙여 하나씩 탁자 위에 올려놓았다.

"이건 토끼고기 파이예요, 빌."

베이츠가 큼직한 고기파이를 꺼내며 탄성을 질렀다.

"맛이 아주 기가 막히죠. 새끼로 만들어서 어찌나 연한지 뼈를 가려낼 것도 없이 입에서 살살 녹을 거예요. 이건 7실링 6펜스짜리 녹차 0.5파운드예요. 아주 진하기 때문에 끓는 물을 섞으면 찻주전자 뚜껑까지 날아갈 거예요. 그리고 설탕시럽 1.5파운드인데, 이렇게 맛있는 시럽을 손에 넣으면 하인들도 일하지 않을 거예요. 아, 참! 2파운드 빵 두 개, 버터 1파운드, 글로스터 치즈 한 조각, 그리고 마지막으로 당신이 그렇게 바라던 포도주!"

이 마지막 말을 하면서 찰리 베이츠가 큼직한 주머니에서 포도주 한 병을 꺼내 조심스럽게 코르크를 땄다. 그 순간 도저는 갖고 다니던 술병에서 독주를 포도주 잔에 따랐다. 사익스는 조금의 망설임도 없이 독주를 단숨에 들이켰다.

"이런!"

페이긴이 아주 흡족해서 양손을 비비며 말했다.

"그러면 그렇지, 빌. 이제 다 나았군!"

"다 나아?"

사익스가 고함을 질렀다.

"네놈이 나를 도와주기만 했다면 스무 번도 더 나았을 거야! 사람을 이런 곳에 처박아 두고 3주가 넘도록 한 번도 찾아오지 않은 이유가 뭐야, 이 비열한 인간아?"

"말하는 것 좀 들어봐라, 얘들아."

페이긴이 어깨를 으쓱하며 말했다.

"맛있는 음식을 이렇게 한 보따리 싸 가지고 온 우리에게 저런 말을 하다니 정말 너무 하지 않니?"

"음식을 깆고 온 깃은 아무튼 고맙긴 하지."

사익스가 탁자를 흘끔 보더니 기분이 좀 누그러져서 말했다.

"하지만 나를 이런 곳에 처박아 둔 이유를 어떻게 설명할 거야? 음식도 떨어지고 건강도 엉망인데 이렇게 다 죽어가도록 저기 있는 개보다도 신경을 써주지 않았잖아. 베이츠, 저 개를 내려보내!"

"이렇게 재미있는 개는 처음 봐요."

베이츠가 시키는 대로 개를 아래로 내려보내며 말했다.

"시장에 가는 노파처럼 음식 냄새를 알아보잖아요! 무대에 세우면 큰돈을 벌겠어요. 곡예단을 다시 살려요."

"시끄러워!"

사익스는 개가 침대 밑에 들어가 화가 난 듯 계속 으르렁거리자 고함을 질렀다.

"이 늙은 사기꾼, 어서 이유를 설명해 봐, 응?"

"일이 있어서 일주일 넘게 런던에 없었어."

페이긴이 대답했다.

"그럼 나머지 2주일은?"

사익스가 다그쳤다.

"나를 쥐구멍의 병든 쥐새끼처럼 여기에 버려둔 나머지 보름은 어떻게 된 거냐고?"

"어쩔 수가 없었어, 빌."

페이긴이 대답했다.

"애들 앞이라 길게 설명할 수는 없지만, 아무튼 어쩔 수 없었어. 내 명예를 걸 테니 믿어줘."

"네놈의 뭐?"

사익스가 불쾌해서 견딜 수 없다는 듯 으르렁거렸다.

"너희 중 아무나 파이를 한 조각 잘라줘 봐. 어디 맛이나 한 번 보자. 배가 고파 죽을 지경이야."

"화 풀어, 빌."

페이긴이 비굴하게 말했다.

"너를 잊은 게 아니야. 한순간도 잊지 않았어."

"아니야, 그게 거짓말이라는 거 다 알아."

사익스가 쓴웃음을 지으며 말했다.

"내가 여기서 벌벌 떨고 열이 펄펄 끓으며 앓는 동안 온갖 궁리를 했겠지. 빌한테 이걸 시키고 빌한테 저걸 시켜야지······. 회복되자마자 헐값에 빌에게 이걸 떠넘겨야지. 빈털터리가 됐으니 아무 일이나 할 테지 이렇게 생각하면서 말이야. 낸시가 아니었다면 나는 아마 죽었을 거야."

"그것 봐, 빌."

페이긴이 사익스의 말이 끝나기가 무섭게 받아쳤다.

"낸시가 없었다면 이라고 했잖아. 내가 아니면 네가 어디서 낸시 같은 괜찮은 여자를 만났겠어?"

"페이긴 말이 맞아요."

낸시가 서둘러 앞으로 나서며 말했다.

"빌, 인제 그만 화 풀어요."

낸시의 등장으로 두 사람의 대화는 새로운 국면을 맞았다. 도저와 베이츠는 약삭빠른 페이긴이 보내는 음흉한 눈짓을 받고 낸시에게 술을 갖다 주기 시작했다. 하지만 낸시는 거의 입도 대지 않았다. 페이긴은 보통 때와 달리 쉬지 않고 술을 들이켰고 사익스의 협박을 기분 좋은 농담으로 여기는 척하며 사익스의 기분을 살살 풀어주었다. 심지어 사익스가 독주를 연거푸 마신 뒤에 마음이 누그러져서 던진 썰렁한 농담에도 기분 좋게 웃어주었다.

"좋아, 그건 그렇다 치고……."

사익스가 말했다.

"오늘 밤 네놈한테서 돈을 좀 긁어내야겠어."

"지금 땡전 한 푼 없어."

페이긴이 대꾸했다.

"집에 엄청 쟁여놨겠지."

사익스가 쏘아붙였다.

"쟁여 놓은 것 중에서 좀 덜어줘."

"엄청이라니!"

페이긴이 양손을 잡으며 말했다.

"생각보다 많지 않아."

"네놈이 얼마나 갖고 있는지 나도 모르지만 네놈도 잘 모를 거야. 얼마인지 다 세려면 밤을 새워야 할 테니까."

사익스가 말했다.

"아무튼 나도 오늘 밤 수입 좀 잡아야겠어."

"좋아, 좋아."

페이긴이 한숨을 내쉬며 말했다.

"집에 가자마자 도저에게 들려 보낼게."

"그 말을 믿으라고?"

사익스가 말했다.

"도저가 얼마나 잔머리를 잘 굴리는데. 깜빡 잊었다거나 길을 잃었다거나, 아니면 경찰에게 미행을 당했다고 둘러댈 테지. 네놈이 시키는 대로 말이야. 낸시를 보내 가져오는 게 좋겠어. 그럼 확실하지. 낸시가 돌아올 때까지 나는 여기 누워서 눈 좀 붙이고 있을게."

한참 동안 옥신각신하더니, 페이긴이 선급금을 5파운드에서 3파운드 4실링 6펜스로 낮추는 데 성공한 다음 이제 자기는 수중에 18펜스밖에 없다고 투덜거렸다. 사익스도 더는 받을 수 없다면 그 정도로 만족하겠다고 퉁명스럽게 말했다. 낸시가 페이긴과 함께 페이긴의 숙소에 다녀올 준비를 하는 동안, 도저와 베이츠가 음식을 찬장에 넣었다. 그런 다음 페이긴이 사익스에게 작별을 고하고 낸시와 도저, 베이츠를 데리고 집으로 향했다. 한편 사익스는 침대에 몸을 던지고 낸시가 돌아올 때까지 잠을 잘 준비를 했다.

한참 만에 모두 페이긴의 집에 도착해보니 그곳에서는 토비 크라킷과 치틀링이 벌써 15판째 카드놀이에 열중하고 있었다. 치틀링이 이번 판도 졌다는 것은 말할 필요도 없었다. 치틀링은 수중에 남은 마지막 6펜스마저 모두 잃었다. 크라킷은 실력과 지능이 자기보다 훨씬 열등한 사람을 상대로 게임을 했다는 사실이 창피한 나머지, 하품을 늘어지게 하더니 사익스의 안부를 물은 다음 자리를 뜨려고 모자를 집어 들었다.

"아무도 안 왔었어, 크라킷?"

페이긴이 물었다.

"개미 한 마리도요."

크라킷이 깃을 올리며 대답했다.

"김빠진 맥주처럼 지루했어요. 이렇게 오랫동안 집을 지키게 했으니 두둑하게 보상을 해 주셔야 해요. 빌어먹을, 배심원처럼 지루했다고요. 내가 지틀링과 시간을 보낼 만큼 성격이 좋지 않았다면 뉴게이트 감옥에서처럼 일찍 잠이나 잤어야 했을 겁니다. 지루해서 죽는 줄 알았어요. 그나마 이렇게라도 시간을 보냈으니 망정이지……."

그 밖에도 비슷한 종류의 탄식을 길게 늘어놓더니, 토비 크라킷이 게임에서 딴 돈을 긁어모아 자기처럼 훌륭한 사람에게 이런 푼돈은 너무나 하찮다는 듯이 아주 거만하게 조끼 주머니에 쑤셔 넣고는, 제법 기품 있고 점잖게 으스대며 방을 나갔다. 치틀링은 크라킷의 다리와 장화가 보이지 않을 때까지 부러운 눈길로 쳐다보더니, 한 판에 6펜스씩 15번을 잃지만 크라킷 같은 사람과 어울리는 값을 생각하면 정말 아무것도 아니라고 자신만만하게 말했다.

"너도 참 희한해, 치틀링."

베이츠가 치틀링이 한 말에 놀라며 말했다.

"뭐가 희한해?"

치틀링이 대답했다.

"제가 이상해요, 페이긴?"

"아니, 아주 똑똑하지."

페이긴이 치틀링의 어깨를 토닥이고 다른 사람들에게는 눈짓을 하며 말했다.

"그리고 크라킷은 정말 훌륭한 친구죠, 페이긴?"

치틀링이 물었다.

"그럼, 두말하면 잔소리지."

페이긴이 대답했다.

"그런 사람과 친하다는 것이 자랑거리가 되는 거죠. 안 그래요, 페이긴?"

치틀링이 계속 추궁했다.

"그럼, 당연하지."

페이긴이 대꾸했다.

"저 아이들은 부러워서 저러는 거야. 크라킷이 자기들하고는 안 놀아주니까."

"맞아요!"

치틀링이 의기양양해서 소리쳤다.

"그렇다니까요. 크라킷에게 다 털렸지만 상관없어요. 나가면 제가 갖고 싶은 만큼 또 금방 벌 수 있으니까요. 안 그래요, 페이긴?"

"그렇지, 그렇고말고."

페이긴이 대꾸했다.

"빨리 나가면 나갈수록 좋아, 치틀링. 그러니 당장 나가서 잃은 돈을 벌충해야지. 시간을 허비하고 있을 때가 아니야. 도저, 베이츠, 뭘 꾸물거리고 있어! 어서 서둘러. 벌써 10시가 다 되어 가는데 한 게 없잖아."

페이긴의 재촉에 아이들은 순순히 일어나 낸시에게 인사를 하더니 모자를 들고 밖으로 나갔다. 도저와 베이츠는 길을 걸으면서도 계속 치틀링을 놀렸다. 사실 런던의 상류사회에 끼기 위해 치틀링보다 훨씬 비싼 수업료를 내는 젊은이가 많았고, 잘생긴 토비 크라킷 같은 수법으로 이름을 날리는 사람도 적지 않았다. 그러니 크라킷이나 치틀링이 이상하다거나 특별하지는 않았다.

"이제……."

아이들이 모두 나가자 페이긴이 말했다.

"내가 나가서 현금을 갖고 올게, 낸시. 이게 아이들이 가져오는 희귀한 물건을 넣어둔 찬장 열쇠야. 찬장을 절대 잠그지 않지. 돈이 없으니 잠글 필요가 없거든. 하하하. 잠글 필요가 없다고. 요즘은 벌이가 신통치 않아, 낸시. 하지만 젊은 애들을 주위에 데리고 있는 게 좋아. 그래서 참고 있는 거야. 억지로 참는다고! 쉿!"

페이긴이 급히 열쇠를 가슴속에 숨기며 말했다.

"누구지? 조용히 해!"

팔짱을 끼고 탁자에 앉은 것을 보니 낸시는 누가 오든, 가든 아무 관심이 없는 모양이었다. 하지만 웅얼거리는 남자 목소리가 들리자 태도가 바뀌었다. 낸시는 목소리를 듣자마자 모자와 숄을 전광석화처럼 재빨리 벗어서 탁자 밑에 쑤셔 넣었다. 그러자 페이긴이 뒤돌아보았고 낸시는 덥다며 투덜댔다. 불평하는 목소리는 좀 전에 모자와 숄을 벗을 때의 민첩함과 너무나 확연한 대조를 이루었다. 그러나 페이긴은 뒤돌아서 있었기 때문에 낸시가 얼마나 민첩하게 모자와 숄을 벗었는지 보지 못했다.

"쳇!"

페이긴이 낸시의 불평이 귀에 거슬리는지 나지막하게 콧방귀를 뀌었다.

"아까부터 기다리던 사람인데 이제 아래층에 도착했나 봐. 그 사람 듣는 데서 돈 얘기는 입도 뻥긋하지 마. 오래 있지는 않을 거야. 10분이면 충분해."

페이긴은 나무젓가락처럼 비쩍 마른 집게손가락을 자기 입술에 갖다 대더니, 촛불을 들고 문으로 다가갔다. 계단을 올라오는 남자의 발소리가 들렸다. 페이긴이 촛불을 들고 문에 도착하는 순간 남자가 급하게 방으로 불쑥 들어왔다. 남자는 낸시 근처까지 와서야 낸시가 있다는 것을 알아차렸다.

몽크스였다.

"내가 데리고 있는 애들 중 한 명이야."

몽크스가 낯선 사람을 보고 깜짝 놀라 뒷걸음질을 치자 페이긴이 말했다.

"그냥 있어도 괜찮아, 낸시."

낸시가 탁자 앞으로 다가가서 몽크스를 아무 관심 없다는 듯 힐끗 쳐다보고 다시 눈을 돌렸다. 하지만 몽크스가 페이긴 쪽을 쳐다보자 낸시는 몽크스를 몰래 훔쳐보았다. 낸시의 눈길이 뭔가를 찾는 듯 날카로웠기 때문에 혹시 처음부터 낸시의 눈길을 본 사람이라면 한 사람이 어떻게 저렇게 확연히 다른 눈길을 보낼 수 있는지 의아해했을 정도였다.

"무슨 소식이라도?"

페이긴이 물었다.

"엄청난 소식이 있지."

"그런데…… 희소식인가?"

페이긴이 머뭇거리며 물었다. 너무 노골적으로 관심을 보이면 몽크스가 짜증을 낼까 봐 걱정스러운 눈치였다.

"나쁘지는 않아."

몽크스가 미소 지으며 말했다.

"이번에는 아주 재빠르게 손을 썼지. 은밀히 할 말이 있어."

낸시는 몽크스가 자기를 겨냥해 한 말이라는 것을 알면서 탁자 쪽으로 몸을 기울일 뿐 방을 나갈 기색이 없었다. 낸시가 혹시라도 돈에 대해 큰 소리로 떠들까 봐 조마조마한 페이긴은 위층을 가리키며 몽크스를 방에서 데리고 나갔다.

"전에 갔던 끔찍한 다락은 아니겠지."

두 사람이 위층으로 올라가면서 하는 이야기가 낸시의 귀에 들렸다. 페이긴이 너털웃음을 웃으며 뭐라고 대답을 했는데 낸시의 귀에는 들리지 않았다. 바닥이 삐걱거리는 것으로 보아 페이긴이 몽크스를 위층으로 데리고 가는 모양이었다.

두 사람의 발소리가 집 안을 메아리치기도 전에, 낸시는 신발을 벗더니 윗옷을 머리 위까지 뒤집어쓰고 양팔을 속에 감추더니 문 앞에 서서 숨을 죽이고 귀를 기울였다. 발소리가 멈추자마자, 낸시는 방을 살짝 빠져나와 놀랄 만큼 조심조심 계단을 올라가서 어둠 속으로 모습을 감추었다.

15분가량이 지나서 낸시가 빈방으로 빠져나갈 때와 마찬가지로 아무도 모르게 슬쩍 들어오자, 곧이어 두 사람이 내려오는 소리가 들렸다. 몽크스는 그 길로 거리로 나가고 페이긴은 돈을 가지러 다시 위층으로 느릿느릿 올라갔다. 페이긴이 돌아왔을 때 낸시는 돌아갈 채비를 하는 듯 모자와 숄을 걸치고 있었다.

"왜 그래, 낸시?"

페이긴이 촛불을 내려놓다 말고 놀라서 말했다.

"안색이 창백하잖아!"

"창백해요?"

낸시가 페이긴을 침착하게 살피려는 듯 손을 눈썹 위에 갖다 대며 되받아쳤다.

"아주 심해."

페이긴이 말했다.

"도대체 무슨 짓을 한 거야?"

"아무것도요. 얼마나 오랫동안인지는 몰라도 그저 이 답답한 방에 혼자 앉아 있었죠."

낸시가 대수롭지 않게 대답했다.

"이제 돌아가야겠어요."

페이긴은 동전 하나마다 한숨을 섞어가며 세어 낸시의 손에 쥐여주었다. 두 사람이 헤어질 때는 간단한 인사 말고는 서로에게 한마디도 하지 않았다.

낸시는 큰길로 나서자마자 현관 계단에 앉더니 당황스러웠는지 한참 동안 그 자리에 앉아 있었다. 그러다 갑자기 일어서서 사익스가 기다리고 있는 곳과 정반대 방향으로 서둘러 걷기 시작했다. 이윽고 온 힘을 다해 무서운 속도로 뛰기에 이르렀다. 낸시는 기운이 빠져 더는 뛸 수 없게 되자 멈춰 서서 숨을 고르다가, 갑자기 정신을 차리고 아무것도 할 수 없는 자신의 무능을 한탄하면서 양손을 비틀며 울음을 터뜨렸다.

울고 나니 진정이 되었는지, 아니면 아무런 희망이 없다는 것을 깨달았기 때문인지, 뒤돌아서 왔던 길을 다시 온 힘을 다해 뛰기 시작했다. 반은 허비한 시간을 벌충하기 위해서, 반은 복잡한 머릿속과 속도를 맞추기 위해서인 듯했다. 아무튼 그 덕분에 사익스가 기다리고 있는 집에 금방 도착했다.

사익스와 대면할 때 낸시가 어떤 마음의 동요를 드러냈다고 해도 사익스는 알아차리지 못했을 것이다. 사익스의 관심은 오로지 낸시가 돈을 가져왔느냐는 것뿐이었기 때문이다. 가져왔다는 대답을 듣자 사익스는 이내 머리를 베개에 파묻고 낸시 때문에 깨었던 꿈나라로 다시 돌아갔다.

사익스는 수중에 돈이 생기자 다음날부터 먹고 마시기에 여념이 없었다. 낸시에게는 참으로 다행스럽지 않을 수 없었다. 돈은 사익스의 분을 삭이는 데 아주 탁월한 효과가 있었기 때문에 낸시의 행동이나 태도에 신경 쓸 시간도 이유도 없었다. 대담하고 위험한 행동을 결행하기 전날 밤이라면 누구나 멍하고 긴장된 태도로 보내기 마련인데, 낸시도 예외는 아니었다. 눈치 빠른 페이긴이라면 낸시의 변화를 금방 눈치챘을 테지만, 사익스는 눈치도 없었고 원래 남의 자잘한 일에 신경을 쓰지 않는 성격이었다. 더구나 수중에 돈이 있는 관계로 기분이 무척 들뜬 상태였기 때문에 낸시의 행동이 전과 다르다는 것을 전혀 눈치채지 못했다. 낸시에게 전혀 신경 쓰지 않았기 때문에 낸시가 마음이 흔들린다는 사실이 분명했다 치더라도 사익스의 의심을 사지는 못했을 것이었다.

날이 저물자 낸시의 흥분은 극에 달했다. 밤이 깊어지자 낸시는 가만히 앉아서 사익스가 술에 취해 잠들기를 기다렸다. 낸시의 얼굴이 유달리 창백했고 눈에서는 광기가 났기 때문에 둔한 사익스조차 놀라지 않을 수 없었다.

열병을 앓고 난 터라 몸이 약해진 사익스는 침대에 누워서 해열작용을 하는 진에 뜨거운 물을 타서 마시고 있었다. 석 잔인가 넉 잔째 잔을 채워달라고 낸시에게 잔을 내밀었을 때 낸시의 이상한 조짐을 처음 눈치챘다.

"무슨 일이야? 죽었다 깨어난 사람처럼 안색이 왜 그래?"

사익스가 낸시의 얼굴을 빤히 쳐다보며 몸을 일으키더니 물었다.

"안색이요?"

낸시가 대꾸했다.

"괜찮아요. 왜 사람을 그렇게 뚫어지게 쳐다봐요?"

"또 무슨 수작이야?"

사익스가 낸시의 팔을 움켜잡아 심하게 흔들며 다그쳤다.

"뭐야? 무슨 생각을 하는 거야? 무슨 꿍꿍이냔 말이야!"

"생각이야 많이 하죠."

낸시가 몸을 부들부들 떨면서 두 손으로 눈을 누르더니 대답했다.

"그런데 무슨 생각을 하든 당신은 상관하지 말아요."

낸시가 화나고 굳은 표정을 지었을 때보다 억지로 기분 좋은 말투로 마지막 말을 하자, 사익스는 이전보다 훨씬 더 호기심이 발동했다.

"뭔지 어서 말해."

사익스가 다그쳤다.

"너도 감기에 걸렸거나 감기 기운이 있는 게 아니라면 낌새가 이상해. 뭔가 위험한 징조야. 여기서 꼼짝하지 마! 안 돼! 그러지 마!"

"뭘 그러지 말아요?"

낸시가 물었다.

"설마……"

사익스가 낸시를 뚫어지게 보며 혼잣말로 중얼거렸다.

"네가 의리 없는 여자였다면 석 달 전에 네 목을 잘랐을 거야. 그러니 아마 감기에 걸려서 그러는 걸 거야. 맞아."

사익스는 이런 자위를 하며 잔을 비웠다. 그러고는 불평이 가득한 욕설을 퍼붓더니 약을 달라고 했다. 낸시가 민첩하게 발딱 일어나 사익스에게 등을 돌린 채 약을 따라 주고, 사익스가 약을 다 마실 때까지 잔을 입에 대주었다.

"이제…… 이리 와서 내 옆에 앉아서 원래 짓던 표정을 지어. 안 그러면 내가 손을 대줄 테니까. 그럼 나중에는 웃고 싶어도 못 웃게 될 거야."

사익스가 말했다.

낸시가 시키는 대로 말을 듣자 사익스는 낸시의 손을 꼭 잡고 베개 위로 쓰러져 낸시의 얼굴을 뚫어지게 쳐다봤다. 눈이 감겼다가 다시 떠졌다. 다시 감겼다가 잠시 후 또 떠졌다. 사익스는 불편한 듯 자세를 바꾸고 2, 3분가량 졸다가 놀란 듯이 눈을 번쩍 뜨고 주위를 둘러보고는 일어나려는 듯 허우적대다가 갑자기 깊은 잠에 빠졌다. 손의 악력이 풀어지더니 위로 치켜들었던 팔이 옆으로 힘없이 뚝 떨어졌다. 사익스는 깊은 잠에 빠진 것 같았다.

"수면제가 효과가 있긴 하군."

낸시가 침대에서 일어서며 중얼거렸다.

"지금도 너무 늦었어."

낸시는 서둘러 모자와 숄을 걸치면서 때때로 걱정스럽게 주위를 두리번거렸다. 사익스가 잠에 곯아떨어졌지만 그의 무거운 손이 어깨를 짓누르는 것처럼 느껴지는 모양이었다. 낸시는 몸을 침대로 숙여 사익스에게 살짝 입을 맞추더니, 아무 소리도 안 들리게 방문을 살짝 열었다 닫고는 집에서 재빠르게 나왔다.

낸시가 큰길로 나가려면 지나야 하는 어두운 골목에서 야경꾼이 9시 반을 알렸다.

"9시 반이 얼마나 지났어요?"

낸시가 물었다.

"15분 후에 10시를 칠 겁니다."

야경꾼이 등을 들어 낸시의 얼굴을 비추며 말했다.

"거기까지 한 시간 안에 갈 수 없을 텐데 큰일이네."

낸시가 중얼거리며 야경꾼을 스쳐 지나서 급하게 뛰어갔다.

낸시가 스피탈필드를 거쳐 런던의 웨스트 엔드를 향해 뛰어가는 동안 지나는 뒷골목에 있는 상점들은 대부분 이미 문을 닫았다. 시계가 10시를 치자 낸시는 마음이 급해졌다. 좁은 포장도로를 따라 뛰면서 지나는 사람들을 팔꿈치로 이리저리 밀치며 마차의 말머리 밑을 쏜살같이 지나 인파로 북적이는 길을 건넜다. 거리에는 수많은 사람이 낸시처럼 행인들을 이리저리 밀치고 지나갈 기회를 호시탐탐 노리고 있었다.

"이 여자가 미쳤나!"

낸시가 행인들을 거칠게 밀치고 지나가자 한 행인이 낸시를 쳐다보려 고개를 돌리며 소리를 질렀다.

웨스트 엔드의 부유층 동네는 상대적으로 인적이 드물었다. 여기서도 낸시는 여전히 앞만 보고 달음박질을 쳤기 때문에, 낸시 옆을 지나가는 사람들은 호기심이 일었다. 왜 그렇게 이상하리만치 빨리 달려가는지 보려는 듯 빠른 걸음으로 뒤에서 따라오는 사람들도 있었고, 낸시를 앞지른 다음 뒤돌아서 보는 사람도 있었다. 하지만 그래도 낸시가 속도를 늦추지 않고 계속 달리자 당황하는 사람도 있었다. 하지만 결국 한 명씩 떨어져 나갔고 목적지 근처에 다가오자 낸시 혼자뿐이었다.

낸시의 목적지는 하이드 파크 근처의 조용하고 깨끗한 거리에 있는 가족용 호텔이었다. 현관문 앞에서 타고 있던 등불의 밝은 빛을 목표로 삼아 열심히 뛰고 있는데 시계가 11시를 쳤다. 낸시는 아직 결심이 서지 않은 듯 우물쭈물 몇 발짝 서성이다가 시계 소리를 듣더니 결심을 굳히고 용기를 내 현관 안으로 성큼 들어섰다. 문지기는 자리에 없었다. 낸시는 불안한 마음으로 주위를 두리번거리다가 계단 쪽으로 나아갔다.

"이봐요, 뭐죠?"

깔끔한 차림의 여자가 낸시의 뒤에 있는 문에서 고개를 밖으로 삐죽이 내밀며 말했다.

"누구를 찾아요?"

"이곳에 묵고 계시는 아가씨요."

낸시가 대답했다.

"아가씨? 어떤 아가씨 말이죠?"

여자가 경멸스러운 표정과 함께 소리쳤다.

"로즈 양이요!"

낸시가 말했다.

젊은 여자 낸시의 행색을 훑어보더니 대답 대신 경멸의 눈길만 보낸 다음, 자기 대신 상대하라고 심부름꾼 남자를 불렀다. 낸시는 그 남자에게도 똑같은 질문을 반복했다.

"이름이 뭐요?"

심부름꾼은 물었다.

"내 이름은 알 필요 없고요."

낸시가 대답했다.

"용건도?"

"아니, 그건 아니고…… 아무튼 그분을 꼭 만나야 해요."

낸시가 말했다.

"나가!"

심부름꾼은 낸시를 문 쪽으로 밀면서 말했다.

"어디 와서 수작이야! 어서 꺼져!"

"가라면 가야죠."

낸시가 신경질적으로 말했다.

"두 분은 자기 일을 제대로 하고 싶지 않은 것 같군요. 다른 사람은 없나요? 나처럼 불쌍한 사람을 위해 간단한 말을 전달해줄 사람 말이에요."

낸시가 주위를 두리번거리며 물었다.

낸시의 애절한 호소는 성격이 좋아 보이는 남자 요리사에게 효과를 발휘했다. 다른 종업원들과 함께 이 광경을 지켜보고 있던 요리사가 끼어들기 위해 앞으로 나섰다.

"무슨 일이야? 조, 좀 도와드려."

요리사가 말했다.

"뭐하러 그래요?"

심부름꾼이 말했다.

"그 아가씨께서 저런 여자를 만나고 싶어 하실 것 같아요?"

낸시의 수상쩍은 행색을 빗댄 심부름꾼의 말은 하녀 네 명의 가슴에 정절과 관련한 감당할 수 없는 분노를 불러일으켰다. 하녀들은 열을 내가며 낸시를 여자의 수치라고 말했고, 가차 없이 시궁창에 처박아 버려야 한다고 강하게 주장했다.

"당신이 하고 싶은 대로 해요."

낸시가 심부름꾼을 다시 돌아보며 말했다.

"하지만 내가 부탁한 것부터 먼저 들어줘요. 제발 부탁이니까 내 말을 아가씨께 전달해줘요."

마음이 약한 요리사가 중재에 나섰다. 그 결과 심부름꾼이 낸시의 부탁을 전달하는 임무를 맡기로 했다.

"무슨 내용이오?"

심부름꾼이 한 발을 계단에 올려놓고 말했다.

"젊은 여자가 로즈 양을 단둘이 만나서 드릴 말씀이 있다고 전해주세요."

낸시가 말했다.

"아가씨가 내가 하는 첫 마디를 들으면 나를 사기꾼이라고 내쫓을지, 내 말을 계속 귀담아들을지 알게 될 거예요."

"가서 당신이 세게 나오더라고 전하죠!"

심부름꾼이 말했다.

"아무튼 내 말이나 전달해요."

낸시가 단호하게 말했다.

"그리고 아가씨의 답을 알려줘요."

심부름꾼이 계단을 뛰어 올라갔다. 낸시는 하얗게 질려서 제대로 숨도 쉬지 못하고 입술을 부들부들 떨며 정숙한 하녀들이 쏟아내는 비난의 소리를 꾹 참고 들으며 기다렸다. 하녀들이 쏟아내는 비난의 정도가 훨씬 심해졌을 때 심부름꾼이 돌아와서 위층으로 올라가라고 말했다.

낸시는 후들거리는 다리로 심부름꾼을 따라 작은 대기실로 올라갔다. 심부름꾼은 천장에 달린 등이 환하게 비추는 대기실에 낸시를 데려다주고 나가버렸다.

낸시는 평생을 거리, 그중에서도 런던의 매춘굴과 도둑 소굴에서 보냈지만 여성 특유의 속성은 아직 몸에 남아 있었다. 낸시가 들어온 문의 반대편 쪽에서 가벼운 발걸음이 다가오는 소리가 들렸다. 갑자기 이 작은 대기실에서 만나게 될 사람이 자신과 엄청난 신분 차이가 난다는 사실을 생각하자, 낸시는 스스로에 대한 수치심에 마음이 무거워졌고 기품 있는 아가씨와 함께 있을 자기 모습을 견딜 수 없을 것처럼 주눅이 들었다.

이런 감정에 시달리는 것은 자존심 때문이었다. 비천한 사람이라고 해서 고귀하고 자신감 있는 사람보다 자존심이 못하라는 법은 없다. 도둑과 강도의 한 사람, 미천한 사람들의 소굴에서 뒹굴던 낙오자, 감옥을 제집 드나들듯 들락거리던 무리의 친구, 늘 교수형의 가능성을 달고 사는 범죄자인 타락하고 막된 낸시도 여자로서의 자기 약점을 드러내기에 자존심이 상했다. 낸시의 여성적 본성은 착한 심성과 관련이 있지만, 거칠게 사는 동안 아주 어렸을 때 갖고 있던 흔적조차 모두 지워졌다.

낸시는 눈을 들어 천천히 대기실로 들어온 여자의 아름다운 모습을 살피더니, 눈을 바닥 쪽으로 다시 내리깔고 짐짓 대수롭지 않다는 듯 고개를 젖히고 말을 하기 시작했다.

"아가씨를 직접 뵈러 오기가 무척 어려웠어요. 다른 사람들처럼 저를 내치신다면 나중에 후회하실 거예요. 후회하실만한 이유가 충분히 있습니다."

"혹시 다른 사람들이 실례를 범했다면 미안해요."

로즈가 대답했다.

"기분 나쁘게 생각하지 말아요. 아무튼 나를 만나려는 용건부터 말해 봐요. 나를 만나고 싶어 한다고 들었어요."

로즈의 대답하는 말투, 낭랑한 목소리, 기품 있는 태도, 거만함이나 불쾌감을 절대 주지 않는 어조에 낸시는 깜짝 놀라 그만 울음을 터뜨리고 말았다.

"세상에! 아가씨, 아가씨."

낸시가 얼굴 앞에 힘껏 양손을 깍지 끼며 말했다.

"아가씨 같은 분이 많았다면 저 같은 것은 훨씬 줄었을 거예요. 이 세상에 말이에요!"

"앉아요. 마음이 아프네요. 돈이 필요하거나 도움이 필요하면 기꺼이 도울게요. 진심이에요."

로즈가 친절하게 말했다.

"그냥 서 있겠어요, 아가씨."

낸시가 아직도 울먹이며 말했다.

"저는 형편없는 여자니까 편하게 하대하세요. 밤이 많이 늦었죠? 문은 확실히 닫혔나요?"

"그래요."

로즈는 혹시 도움을 청하게 될지도 모른다고 생각하는지 몇 발짝 뒤로 물러서며 말했다.

"무슨 일이에요?"

"그러니까…… 저는 아가씨께 제 목숨과 다른 사람의 목숨을 맡길 참이에요. 어린 올리버가 펜톤빌의 어느 저택에서 심부름을 나왔을 때 늙은 페이긴에게 끌고 간 여자가 바로 저예요."

"당신이라고요?"

로즈가 소리쳤다.

"맞아요, 아가씨."

낸시가 말했다.

"아가씨께서 들었던 도둑들과 함께 살고 있는 그 파렴치한 여자가 바로 저예요. 저는 런던에 처음 왔을 때 더 나은 삶이 있다거나 함께 산 사람들이 제게 하는 말보다 더 친절한 말이 있을거라 생각하지 못했었죠. 저를 믿어주세요! 제가 혐오스러우시면 멀리 떨어지셔도 좋아요, 아가씨. 저는 아가씨가 생각하시는 것보다 나이가 그리 많지 않지만, 남들이 저를 피하려는 것에 꽤 익숙하답니다. 인파가 북적대는 길을 걷다 만나는 가난한 여자들도 저를 피하거든요."

"도대체 그게 무슨 말이에요?"

로즈가 자기도 모르는 사이에 낸시에게서 멀어지며 말했다.

"아가씨를 보살펴주신 신께 감사드리세요, 아가씨."

낸시가 울먹였다.

"아가씨를 어릴 적부터 보살펴주신 고마우신 분들이 계셨으니까요. 그래서 아가씨는 추위의 배고픔, 소란과 술주정뱅이와 함께 살지 않게 되었잖아요. 저는 요람에서부터 그것보다 훨씬심한 것들도 많이 겪었답니다. 사실 요람이라고 했지만 뒷골목

529

과 시궁창이 제게는 요람이었어요. 죽을 때도 그런 곳에서 죽겠지만요."

"가엾어라! 당신 이야기를 듣고 있자니 가슴이 아려오네요."

로즈가 목멘 소리로 말했다.

"아가씨는 정말 친절하신 분이군요."

낸시가 대꾸했다.

"사실 제가 때때로 무슨 일을 겪는지 아신다면 저를 정말로 가엾게 여기실 거예요. 하지만 그 사람들이 한 이야기를 제가 몰래 엿듣고 여기 와서 아가씨께 말한 줄 알면 그 사람들은 분명히 저를 죽일 거예요. 혹시 몽크스라는 자를 아세요?"

"아니요."

로즈가 대답했다.

"그자는 아가씨를 알더군요."

낸시가 말했다.

"아가씨가 여기 계시다는 것도 알고 있었어요. 그자가 이야기하는 것을 듣고 제가 이곳에 찾아온 거예요."

"그런 이름은 못 들어봤어요."

로즈가 말했다.

"그럼 다른 이름을 썼을지도 모르죠. 저희 같은 사람들은 흔히 가명을 쓰거든요."

낸시가 말했다.

"그걸 거라 생각했었어요. 얼마 전에 올리버가 아가씨댁에 도둑질을 하러 들어간 직후, 몽크스와 페이긴이 어둠 속에서 나누는 이야기를 들었어요. 제가 좀 전에 말한 몽크스가 바로 이 몽크스예요. 그때 제가 들은 이야기는……."

"그래서요."

로즈가 말했다.

"몽크스가……"

낸시가 말을 계속했다.

"저희가 올리버를 처음 잃은 날 다른 아이 두 명과 함께 우연히 올리버를 봤다는 거예요. 올리버가 자기가 찾던 바로 그 아이라고도 했고요. 저는 그 이유를 잘 모르겠지만…… 어쨌든 페이긴과 거래를 했답니다. 만일 올리버가 돌아오면 페이긴에게 얼마를 주고 올리버를 자기가 데려가기로요. 페이긴이 올리버를 도둑으로 만들면 더 큰돈을 받기로 했고요. 몽크스는 올리버를 도둑으로 만들어야 할 다른 꿍꿍이가 있는 모양이었어요."

"무슨 꿍꿍이죠?"

로즈가 물었다.

"마침 그때 몽크스가 제가 엿듣고 있는 모습이 벽에 그림자로 비친 것을 보았어요."

낸시가 말했다.

"그런 순간에 잡히기 전에 도망칠 수 있는 사람은 저 말고 그리 많지 않죠. 아무튼 저는 안 잡히고 무사히 도망쳤어요. 그날 이후 몽크스를 못 봤는데 어제 나타난 거예요."

"그래서 어떻게 됐죠?"

"지금부터 말씀드릴게요, 아가씨. 어젯밤 몽크스가 다시 왔어요. 페이긴과 둘이 위층으로 올라가길래 그림자로 저인지 알아볼까 봐 옷을 뒤집어쓰고 문에 귀를 대고 엿들었죠. 몽크스가 첫마디로 이렇게 말했어요. '그 아이의 신분을 증명할 수 있는 증거는 모두 강바닥에 묻혔어. 그 아이의 어미에게서 그 증거물을 받은 할멈은 무덤에서 썩고 있지.' 두 사람은 몽크스가 일을 제대로 처리했다고 말하며 웃었어요. 그러더니 몽크스가 아이에 관해 이야기하는 동안 점점 흥분하며 자기가 아이의 유산을 안전하게 가로챘지만 언제라도 도로 빼앗길 수 있다고 말했어요. 자기 아버지의 유언을 무효화시키는 것은 식은 죽 먹기라며, 아이를 런던 감옥에 집어넣고 중죄인으로 만들어 교수대에 세우기만 하면 모두 끝이라고 했죠. 그건 돈을 벌 수만 있다면 페이긴으로서는 쉽게 할 수 있는 일이거든요."

"도대체 그게 다 무슨 소리예요?"

로즈가 물었다.

"사실은요, 아가씨, 제 입으로 말하기는 그렇지만⋯⋯."

낸시가 대답했다.

"몽크스는 제 귀에는 익숙하지만 아가씨 같은 분은 처음 듣는 욕지거리를 해가며, 자기가 교수형 당할 위험에 노출되지 않고 아이를 죽여 자기의 분을 풀 수만 있다면 그렇게 하겠다고 말했어요. 하지만 그렇게 못하니까 언제 어디서고 아이를 만날 수 있도록 조치를 해놓았다고 하면서, 아이의 출생과 과거를 이용하면 아이에게 치명타를 입힐 수도 있다고도 말했죠. '다시 말하지만 페이긴, 내가 내 이복동생, 올리버에게 씌우려는 함정을 자네는 사용해본 적이 없을 거야.'"

"동생이라고요?"

로즈가 양손을 맞잡으며 소리를 질렀다.

"몽크스가 직접 그렇게 말했어요."

낸시가 불안하게 주위를 두리번거리며 말했다. 사실 이야기를 하는 동안에도 낸시는 사이크스의 환영이 눈앞에 끊임없이 아른거려서 계속 두리번거렸다.

"그리고 더 있어요. 몽크스가 아가씨와 아가씨의 숙모님 이 야기를 하면서 올리버가 아가씨와 함께 있게 된 것은 하늘이 자기를 돕는 거 아니면 악마의 장난이라고 하면서 웃었답니다. 그나마 다행인 건 영악한 아첨꾼 올리버가 누구인지 알기 위해서 아가씨가 돈을 쓸 일은 없을 거라고도 했어요."

"설마…… 정말 그렇게 말하지는 않았겠죠."

안색이 창백하게 변한 로즈가 말했다.

"정말 그렇게 말했어요. 맹세할 수 있어요."

낸시가 고개를 절레절레 흔들며 말했다.

"몽크스는 미움이 발동하면 정말 솔직하게 하고 싶은 말을 다 한답니다. 하긴 더 심한 사람도 많지만, 그런 심한 말은 다른 사람들의 입을 통해 열 번 듣는 것이 몽크스의 입을 통해 한 번 듣는 것보다 훨씬 나아요. 시간이 많이 늦었어요. 이런 일을 했다는 의심을 받기 전에 무사히 돌아가야 해요. 그러니 빨리 서둘러야 해요."

"그럼 나는 어떻게 해야 하지요?"

로즈가 말했다.

"당신 없이 내가 이 이야기를 어떻게 처리할 수 있을까요? 그리고 그렇게 끔찍하다고 말하는 사람들에게 왜 다시 돌아가려 하는 건가요? 당장 옆방에 있는 신사를 부를 테니 이 이야기를 반복해줘요. 그러면 한시도 지체하지 않고 안전한 곳에서 머물수 있도록 조치를 해줄게요."

"돌아가고 싶어요."

낸시가 말했다.

"돌아가야 해요. 왜냐하면…… 아가씨처럼 순진한 분께 이런 말을 어떻게 해야 할까요? 왜냐하면 제가 말씀드렸던 사람 중에는 제가 떠날 수 없는 아주 무시무시한 사람이 있습니다. 아니지, 지금의 제 생활에서 벗어날 수 없다고 해도 상관없어요."

"진에 그 아이를 도우려 끼어들었듯이……."

로즈가 말했다.

"당신은 크나큰 위험을 무릅쓰고 여기 와서 당신이 들은 이야기를 해주었잖아요. 당신의 태도로 보아 당신의 말이 진실임을 알 수 있어요. 당신이 과거에 대해 후회하고 창피해하는 걸 보니 다시는 그런 생활로 돌아가지 않으리라고 믿어요. 맙소사!"

로즈의 얼굴을 타고 눈물이 흘러내렸고, 로즈가 두 손을 맞잡으며 말했다.

"같은 여자가 하는 애원을 못 들은 척하지 말아요. 아마…… 당신에게 이렇게 동정과 연민으로 호소했던 사람은 내가 처음일 거예요. 내 말을 들어요. 당신이 더 나은 삶을 살도록 내가 도울게요."

"아가씨."

낸시가 무릎을 꿇으며 울먹였다.

"사랑스럽고 따스한 천사 같은 아가씨. 이런 말을 해준 분은 아가씨가 처음이에요. 이런 말을 몇 년 전에만 들었더라도 슬프고 사악한 생활을 청산할 수 있었을 거예요. 하지만 지금은 너무 늦었어요. 너무 늦었다고요."

"참회와 속죄를 하는 데 있어서…… 늦었다는 말은 있을 수 없어요."

"아니에요."

낸시가 가슴이 아파 몸부림치며 말했다.

"지금은 그 사람을 떠날 수 없어요. 제가 떠나면 그 사람은 죽을 거예요."

"왜 그렇죠?"

로즈가 물었다.

"누구도 그 사람을 살리지 못해요."

낸시가 울면서 말했다.

"제가 아가씨께 드린 말씀을 다른 사람에게도 해서 모두 잡혀가도록 한다면, 그 사람은 분명히 사형당할 거예요. 그 사람이 가장 악랄하고 잔인했거든요."

"그렇다면…… 그런 사람을 위해 당신이 당장 벗어날 수 있는 확실한 손길과 미래를 포기한다는 게 말이 되나요? 그건 미친 짓이에요."

로즈가 말했다.

"왜 그런지 모르겠어요."

낸시가 대답했다.

"미친 짓이라는 것은 알아요. 저 혼자만이 아니라 저처럼 못나고 비참한 다른 수백 명도 마찬가지일 거예요. 저는 돌아가야 해요. 제가 저질렀던 나쁜 짓에 대해 신이 분노할지도 모르지만, 어떤 고통과 학대를 당하더라도 그 사람에게 가야 해요. 결국 그 사람의 손에 죽더라도 가야 해요."

"그럼 나는 어떻게 해요?"

로즈가 말했다.

"당신을 이렇게 보낼 수가 없단 말이에요."

"보내셔야 해요, 아가씨. 보내주시리라 믿어요."

낸시가 일어서며 말했다.

"아가씨는 제게 억지로 약속을 받아낼 수도 있었는데 그러지 않으셨죠. 저는 아가씨의 고운 마음씨를 믿어요. 아가씨는 저를 못 가게 막지 않으실 거예요."

"그럼 그 이야기를 왜 한 거죠? 당신이 말해준 비밀은 반드시 조사를 해야 해요. 안 그러면 당신이 내게 해준 이야기가 올리버에게 무슨 도움이 되겠어요?"

로즈가 물었다.

"주위에 있는 믿을 만한 분에게 이 이야기를 비밀로 당부하고 들려주신 다음 어떻게 할지 조언을 해달라고 하세요."

낸시가 말했다.

"그러면 혹시 필요할 때 내가 어떻게 당신과 연락하죠?"

로즈가 물었다.

"그렇게 무시무시한 사람들이 사는 곳을 알려는 게 아니라 일정한 시간에 당신이 지나다니거나 산책하는 장소를 알 수 있을까요?"

"제 비밀을 철저히 지키고, 혼자 오시거나 아가씨가 믿는 한 사람하고만 함께 오겠다고 약속할 수 있으세요? 저를 감시하시거나 미행하지 않겠다고 약속하시겠어요?"

낸시가 물었다.

"맹세코 약속할게요."

로즈가 대답했다.

"매주 일요일 밤 11시부터 12시까지……."

낸시가 서슴없이 말했다.

"제가 죽지 않고 살아 있다면 런던 브리지 위를 걸을게요."

"잠깐만 기다려줘요."

낸시가 바삐 문 쪽으로 걸어가자 로즈가 말했다.

"당신의 상황과 그 상황에서 벗어날 수 있는 이번 기회를 다시 한번 더 생각해 봐요. 나는 당신에게 빚을 졌어요. 일부러 자진해서 이런 이야기를 전해줬을 뿐만 아니라, 같은 여자로서 당신은 보상받을 수 없을 만큼 많은 부분을 잃어버렸으니까요. 당장 구제받을 수 있는데도 도둑의 소굴로, 그 남자에게로 정말 다시 돌아갈 거예요? 도대체 그곳에 무슨 마력이 있기에 당신이 다시 돌아가고 그런 사악함과 불행에서 벗어나지 못하는 거죠? 맙소사! 당신의 마음을 움직일 방도가 정말 없는 건가요? 뭔가에 완전히 홀려 있는 당신을 돕기 위해 내가 할 수 있는 일이 아무것도 없단 말이에요?"

"아가씨처럼 젊고 아름다우며 착한 분들도……."

낸시가 차분하게 말했다.

"마음을 누군가에게 주시면 사랑의 힘으로 어떤 일도 감내할 수 있잖아요. 집과 친구, 따르는 사람들 등 아무 부족한 게 없는 아가씨도 마찬가지일 거예요. 집도 절도 없어서 죽으면 들어갈 관밖에 의지할 데가 없고, 아플 때나 죽을 때 만날 병원 간호사 말고는 친구조차 없는 저 같은 여자가 마음을 어떤 남자에게 주면, 비참한 삶을 사는 동안 한 번도 채워지지 않았던 가슴을 그 남자로 가득 채우니 누가 우리를 도울 수 있겠어요. 저희를 불쌍히 여겨주세요, 아가씨. 저에게 남은 한 남자에 대한 사랑을 봐서라도 불쌍히 여겨주세요. 그런 사랑이 제 미련한 판단으로 위안과 자랑이 되기는커녕 폭력과 고통이라는 새로운 수단으로 바뀐다고 해도 불쌍히 여겨주세요."

"그렇다면……."

로즈가 잠깐 뜸을 들였다가 말했다.

"내가 주는 돈을 받아가세요. 이 돈이면 최소한 우리가 다시 만날 때까지는 정직하게 살 수 있을 거예요."

"한 푼도 안 받겠어요."

낸시가 손을 흔들며 말했다.

"당신을 어떻게든 돕고 싶은 내 마음을 전부 거절하지는 말아 주세요."

로즈가 우아하게 다가오며 말했다.

"당신을 정말 돕고 싶어요."

"당장 저를 죽여주시는 것이……."

낸시가 양손을 비틀며 말했다.

"제게 가장 큰 은혜를 베푸시는 거예요. 오늘 밤처럼 제 신세가 이렇게 비참하게 느껴진 적은 한 번도 없었거든요. 제가 살아온 지옥에서 죽지 않는 것만도 다행일 거예요. 신의 은총이 아가씨와 함께하시고, 제가 저 자신에게 느끼는 수치심만큼 아가씨에게 행복이 내리길 빌어요!"

이렇게 말하면서 울먹이던 불쌍한 낸시가 돌아섰다. 그사이 로즈는 뜻밖의 만남으로 인한 충격을 이기지 못하고 의자에 주저앉았다. 로즈에게는 오늘 밤 일이 현실이라기보다는 순간적으로 스쳐 지나가는 꿈만 같았다. 로즈는 갈피를 잡을 수 없는 생각을 가다듬으려고 안간힘을 썼다.

❖ 제4장 ❖
불행과 마찬가지로 놀라운 사건도
혼자 찾아오지 않는다

로즈는 상당히 어려운 시련과 맞닥뜨리고 있었다. 올리버의 과거를 둘러싼 비밀을 풀고 싶다는 간절한 열망을 느끼면서도, 자기를 정직하고 순수한 사람이라고 믿고 이야기를 털어놓아 준, 알 수 없는 한 여자와의 비밀유지 약속도 철저하게 지킬 수밖에 없었기 때문이었다. 낸시의 말투와 태도는 로즈의 심금을 울렸다. 로즈는 자기가 그토록 아끼는 어린 올리버에 대한 사랑에 낸시에게 느끼는 진심과 애정이 뒤섞여, 사회에서 버림받은 낸시를 하루바삐 희망이 있는 삶으로 데려오고 싶은 마음이 간절했다.

로즈 일행은 먼 해변에서 몇 주일을 보내러 가는 길에 런던에 들러 사흘 동안만 머물 예정이었다. 지금은 런던에 온 첫날 밤 자정이었다. 앞으로 남은 48시간 동안 로즈는 어떤 행동을 취할지 결정할 수 있을까? 별다른 의심을 사지 않고 해변으로 가는 여행을 연기하고 런던에 더 오래 머물 방법은 없을까?

로즈번 씨도 로즈 일행과 함께 있었고, 앞으로 이틀 동안도 함께 머물 예정이었다. 하지만 로즈는 로즈번 씨의 욱하는 성질을 너무나 잘 알고 있었다. 로즈번 씨는 로즈에게 그 이야기를 듣자마자 낸시가 올리버를 억지로 끌고 갔다는 말에 고함을 지를 것이 불을 보듯 뻔했다. 그럼 비밀은 지켜지지 못할 테고, 인생의 경험이 풍부한 사람이라면 낸시를 보호하기 위한 로즈의 변명을 믿지 않을 것이기 때문이었다. 이것들은 로즈가 메일리 여사에게 이 사실을 전달할 때 아주 조심스럽고 에둘러야 하는 이유이기도 했다. 메일리 여사도 이 이야기를 들으면 제일 먼저 로즈번 씨와 상의를 할 게 뻔했다. 법률 고문의 도움을 받는 문제도, 법률 고문의 도움을 받는 방법을 로즈가 안다손 치더라도, 같은 이유로 거의 생각할 수 없었다. 그때 해리에게 도움을 청해야겠다는 생각이 들었지만 마지막으로 헤어질 때가 떠올랐다. 어떤 식으로든 해리와 다시 엮이는 것은 바람직하지 않아 보였다. 해리가 지금쯤 로즈를 잊고 행복하게 지내고 있을지도 모른다는 생각이 들자 로즈의 눈에 눈물이 고였다.

이런저런 생각이 꼬리에 꼬리를 물고 떠올라 머릿속이 복잡해질 대로 복잡해진 로즈는 다시 본 문제로 돌아가 걱정 때문에 한숨도 자지 못했다. 다음날 혼자 이리저리 궁리한 끝에 해리 메일리와 상의를 하는 것이 최선이라는 절박한 결론에 이르렀다.

'해리가 이곳에 돌아오는 것이 힘들다면…… 나는 또 얼마나 힘들까! 하지만 해리가 오지 않고 편지만 보낼지도 몰라. 오더라도 일부러 계속 나를 피할지도 몰라. 떠날 때도 나를 만나 작별인사도 하지 않았잖아. 해리가 그럴 거라고는 생각도 못 했지만, 따지고 보면 그런 편이 우리 둘을 위해 훨씬 나았어. 정말

다행이었지.'

여기까지 생각하다 로즈는 편지지에게 눈물을 들키지 않으려는 듯 펜을 내려놓고 얼굴을 돌렸다.

로즈는 50번도 넘게 펜을 들었다 놓았다. 로즈가 한 글자도 쓰지 못한 채 편지의 첫 줄을 어떻게 시작할지 생각하고 또 생각하고 있는데, 가일즈의 경호 아래 거리 산책을 다녀온 올리버가 숨을 헐떡거리며 불안한 기색으로 방에 들어왔다. 뭔가 새로 놀라운 것을 발견한 모양이었다.

"왜 그렇게 허둥대니?"

로즈가 올리버를 맞으러 일어서며 물었다.

"올리버, 왜 그래?"

"저도 이유를 잘 모르겠어요. 숨이 막히는 것 같아요."

올리버가 대답했다.

"맙소사! 드디어 그분을 만났어요. 이제 아가씨도 제가 했던 말이 모두 사실이라는 것을 아시게 될 거에요."

"네가 거짓말을 했다고 생각한 적 없었어, 올리버."

로즈가 올리버를 진정시키며 말했다.

"무슨 일인데 그래? 그분이라니 누구를 말하는 거야?"

"그 신사를 봤어요."

올리버가 너무 흥분한 나머지 정확하지 않은 발음으로 대답했다.

"제게 잘 대해주셨다던 분이요. 브라운로 씨요. 왜 그분에 대해 제가 자주 말씀드렸잖아요."

"어디서?"

로즈가 물었다.

"마차에서 내리셨어요."

올리버가 기쁨의 눈물을 흘리며 대답했다.

"그러고는 어떤 집으로 들어가셨어요. 그런데 그분께 한 마디도 못 했어요. 아무 말도 할 수가 없었거든요. 그분은 저를 못 봤는데 저는 너무나 떨려서 그분께 뛰어갈 수가 없었어요. 그런데 가일즈 아저씨가 저 대신 그분이 거기에 사시느냐고 물으셨더니 사람들이 그렇다고 대답했어요. 여기를 보세요."

올리버가 종이쪽지를 펼쳐 보이며 말했다.

"여기예요. 여기에 그분이 사세요. 당장 그곳에 가야겠어요. 맙소사! 감사합니다! 그분을 다시 만나 말씀하시는 것을 들으면 기분이 어떨까요?"

올리버가 일관성 없이 다양한 감탄사를 연발하며 쏟아내는 설명을 하나도 빠짐없이 경청한 로즈가 종이에 쓰인 주소를 읽었다. 주소는 스트랜드 지구의 크레이븐가였다. 주소를 본 순간 로즈의 머리에 묘안이 떠올랐다.

"서둘러!"

로즈가 말했다.

"마차를 준비하라고 시키고 너도 나와 함께 갈 채비를 해. 1초도 꾸물거리지 않고 내가 직접 데려다줄게. 숙모님께 한 시간 가량 외출하고 돌아오겠다고 말씀드리고 올 테니 너도 어서 준비해."

올리버는 따로 준비할 필요 없이 당장에라도 출발할 수 있었기 때문에 두 사람은 5분 안에 크레이븐가로 출발했다. 그곳에 도착하자 로즈는 브라운로 씨가 올리버를 맞으려면 마음의 준비를 해야 한다는 구실을 들어 올리버를 마차에서 기다리라고 남겨두고 혼자 내렸다. 그 집 하인에게 명함을 주고 긴한 용건으로 브라운로 씨를 만나고 싶다는 말을 전해달라고 부탁했다. 하인이 곧 돌아와 올라오라며 로즈를 위층으로 안내했다. 로즈는 진한 녹색 외투를 입은 너그러운 인상의 노신사 앞으로 안내되었다. 그 신사에게서 별로 멀리 떨어지지 않은 곳에 무명 7부 바지에 각반 모양의 목이 긴 부츠 차림을 한, 별로 너그러워 보이지 않는 또 다른 신사가 앉아 있었다. 그 신사는 두꺼운 지팡이 손잡이에 양손을 깍지 끼고 얹은 다음 그 위에 턱을 고이고 있었다.

"맙소사!"

진한 녹색 외투를 입은 신사가 허둥지둥 일어서며 공손하게 말했다.

"죄송합니다, 아가씨. 성가신 사람인 줄 알았습니다. 용서해 주세요. 앉으시지요."

"브라운로 씨가 맞으시지요?"

로즈가 지팡이로 턱을 고인 신사에게서 방금 말을 한 신사에게로 눈길을 돌리며 물었다.

"맞습니다."

노신사가 말했다.

"이 사람은 내 친구 그림위그 씨고요. 그림위그, 잠깐 자리를 비켜주겠나?"

로즈가 끼어들었다.

"자리를 비켜주시는 수고를 하지 않으셔도 괜찮을 것 같아요. 제가 제대로 들었다면 이 분도 제가 말씀드리려는 용건과 관련이 있으시거든요."

브라운로 씨가 고갯짓을 하자, 못마땅하다는 듯 아주 뻣뻣하게 고개를 숙이고 자리에서 일어났던 그림위그 씨가 선 채로 다시 한번 아주 뻣뻣하게 고개를 숙이더니 이내 의자에 앉았다.

"제가 드리는 말씀에 많이 놀라실 거예요."

당혹스러운 기색이 역력한 로즈가 말했다.

"하지만 예전에 제 어린 친구에게 큰 온정을 베푸셨다고 들었습니다. 그래서 그 아이의 소식을 듣고 싶어 하실 것 같아서 왔어요."

"그 아이의 이름이 뭐지요?"

브라운로 씨가 물었다.

"올리버 트위스트라고 알고 계실 거예요."

로즈의 입에서 올리버라는 이름이 떨어지기가 무섭게 책상에 놓인 두꺼운 책을 읽는 척하던 그림위그 씨가 요란한 소리를 내며 책을 덮더니 의자 뒤로 깊숙이 몸을 기댔다. 얼굴에는 놀라는 기색이 역력했고 멍하니 한참 동안 로즈를 바라보았다. 자기 감정이 여과 없이 솔직히 드러난 것이 창피했는지 발작이라도 일으키는 듯 깜짝 놀라 몸을 움찔하더니 고개를 돌려 다시 정면을 응시하면서 낮은 휘파람을 길게 내보냈다. 하지만 휘파람 끝부분은 바람을 내보내지 못하고 뱃속 가장 깊숙한 곳에서 사라지는 것 같았다.

그림위그 씨처럼 기괴하게 놀라움을 나타내지는 않았지만 브라운로 씨도 적잖이 놀라는 눈치였다. 브라운로 씨는 로즈 쪽으로 의자를 더욱더 가까이 당겨 앉으며 말했다.

"아가씨께서 말한 진심과 온정은 더는 말씀하지 말아 주세요. 우리 말고는 아무도 모르는 일이거든요. 내가 그 불쌍한 아이에게 품었던 나쁜 감정을 바꿀 수 있는 어떤 증거라도 있다면 제발 부탁이니 어서 알려주세요."

"나쁜 자식! 그 녀석이 나쁜 자식이 아니라면 내가 내 머리를 먹어 보이겠어!"

그림위그 씨가 얼굴 근육을 하나도 움직이지 않은 채 복화술을 이용해 으르렁거렸다.

"그 아이는 천성이 온화하고 마음이 따뜻하죠."

로즈가 얼굴을 붉히며 말했다.

"그 아이는 평생 고난 속에서 고통받았지만, 그런 천성 덕분에 자기보다 여섯 배나 더 산 사람들조차 창피해할 정도로 마음이 사랑과 온정으로 가득하답니다."

"나는 예순한 살밖에 안 먹었소!"

그림위그 씨가 아까처럼 경직된 표정으로 말했다.

"그리고 그 올리버라는 아이는 최소한 열두 살을 먹었을 테니, 나를 빗대서 그런 산수를 했다고 생각되지는 않는구려."

"내 친구는 신경 쓰지 말아요, 로즈 양."

브라운로 씨가 말했다.

"이 친구가 하는 말은 진심이 아니라오."

"진심이오."

그림위그 씨가 으르렁거렸다.

"아니, 절대 아니오."

브라운로 씨가 말했다.

"진심이 아니라면 자기 머리를 직접 먹어치울 거요."

그림위그 씨가 또 으르렁거렸다.

"진심이라면 머리가 없어져도 할 말이 없을 테지!"

브라운로 씨가 말했다.

"그럴 수 있다면 그렇게 해보든지."

그림위그 씨가 지팡이로 바닥을 내리치며 쏘아붙였다.

여기까지 옥신각신하던 두 노신사는 둘 사이의 습관대로 코담배를 몇 차례 피우고는 이내 악수를 하며 화해했다.

"자, 로즈 양⋯⋯."

브라운로 씨가 말했다.

"아가씨가 큰 관심을 갖고 있는 그 이야기로 다시 돌아갑시다. 아가씨가 그 불쌍한 아이에 대해 어떤 소식을 갖고 왔는지 알려주세요. 그보다 앞서, 내가 그 아이를 찾기 위해 내 능력이 허락하는 한 모든 수단을 다 써보았다는 말을 하고 싶습니다. 그리고 그 이후 내가 이 나라를 떠나 있었기 때문에 친구들의 꼬임에 빠져서 내 주머니를 털려 했다는 그 아이의 첫인상이 상당히 흔들렸다오."

이곳에 오기 전에 생각을 정리했던 로즈는 브라운로 씨의 집을 나간 이후 올리버에게 닥친 모든 일을 조리 있게 단숨에 털어놓았다. 물론 낸시에게 들은 이야기는 나중에 브라운로 씨가 혼자 있을 때 들려주기 위해 아껴둔 채, 지난 몇 달 동안 올리버가 자기를 보살펴준 은인이자 친구를 만날 수 없어서 몹시 슬퍼했다는 말까지 전해주었다.

"하느님, 감사합니다!"

브라운로 씨가 말했다.

"정말 기쁜 소식입니다. 정말 기뻐요. 그런데 그 아이가 어디 있는지는 말을 안 하는군요, 로즈 양. 아가씨를 원망하는 것은 아니지만 왜 그 아이를 데려오지 않았나요?"

"지금 문밖에 있는 마차 안에서 기다리고 있답니다."

로즈가 대답했다.

"이 집 문밖에요?"

브라운로 씨가 소리쳤다. 그 말과 함께, 방에서 허겁지겁 달려나가 계단을 내려가서 마차 계단을 올라가더니 말 한마디 하지 않고 불쑥 안으로 들어갔다.

브라운로 씨가 나가고 방문이 닫히자, 그림위그 씨가 고개를 들고 의자 뒷다리 하나를 축으로 삼아 지팡이와 탁자를 의지해 의자에 앉은 채 세 바퀴를 돌았다. 이 동작이 끝나자 일어서더니 절뚝거리는 다리로 최대한 빠르게 방안을 10여 차례 이상 왔다 갔다 서성댄 다음, 갑자기 로즈 앞에서 멈추더니 아무런 예고도 없이 느닷없이 로즈에게 키스를 했다.

"쉿!"

로즈가 기습 키스에 놀라 일어서자 그림위그 씨가 말했다.

"겁낼 것 없어요. 내가 할아버지뻘은 될 테니 말이오. 아주 사랑스러운 아가씨구려. 나는 당신이 좋소. 두 사람이 오는군!"

정말이었다. 그림위그 씨가 놀랍도록 익숙한 솜씨로 아까 앉았던 의자에 몸을 날리자, 브라운로 씨가 올리버를 데리고 돌아왔다. 그림위그 씨가 올리버를 반갑게 맞았다. 그 순간에 느껴지는 감동이 그동안 올리버를 돌보며 느낀 걱정과 보살핌에 대한 보상이었다면 로즈는 충분히 보상을 받았을 것이었다.

"그건 그렇고, 잊어서는 안 되는 또 한 사람이 있지."

브라운로 씨가 종을 울리며 말했다.

"베드윈 여사를 올라오시라고 해요."

늙은 집사가 주인의 부름을 듣고 한달음에 달려와 문 앞에서 인사를 하더니 지시를 기다렸다.

"아니, 베드윈, 하루가 다르게 눈이 더 침침해지는가 보구려."

브라운로 씨가 짐짓 성마르게 말했다.

"맞아요. 점점 침침해집니다."

베드윈 여사가 대꾸했다.

"제 나이가 되면 눈이 좋아지지 않는답니다."

"그건 나도 알아요."

브라운로 씨가 말했다.

"당신이 그렇게 보고 싶어 하던 사람이 눈앞에 있는데도 못 알아본다면 안경을 쓰세요."

베드윈 여사가 주머니를 뒤적거려 안경을 찾았다. 하지만 올리버는 이런 새로운 시련을 더는 참고 기다릴 수가 없어서 베드윈 여사의 품으로 뛰어들었다.

"하느님, 감사합니다."

베드윈 여사가 올리버를 끌어안으며 소리를 질렀다.

"보고 싶었어요!"

올리버가 울먹였다.

"돌아왔구나. 돌아올 줄 알았어."

베드윈 여사가 올리버를 품에 꼭 끌어안으며 말했다.

"어디 보자. 아주 좋아 보이는구나. 양갓집 자제처럼 말쑥하게 입었어. 그렇게 오랫동안 어디 있었니? 그래, 사랑스러운 얼굴 그대로고 창백하지도 않구나. 부드러운 눈빛도 그대로고 슬퍼 보이지도 않네. 네 눈빛과 부드러운 미소를 잊지 않았단다. 내가 젊었을 때 내 곁을 떠난 자식들의 얼굴과 함께 매일 떠올랐지."

여기까지 말하고 나서 올리버를 이리저리 살피며 그동안 얼마나 자랐는지 확인을 해보고 다시 올리버를 꼭 안으며 사랑스럽다는 듯 손가락으로 머리카락을 훑었다. 불쌍한 올리버는 웃다가 목이 메어 울기를 번갈아 했다.

브라운로 씨는 베드윈 여사와 올리버가 마음 편하게 회포를 풀도록 그 방에 남겨두고 로즈만 옆방으로 데리고 갔다. 그곳에서 로즈가 낸시에게서 들은 이야기를 모두 전해 들은 브라운로 씨는 놀라움과 당황스러움을 감출 수가 없었다. 로즈는 낸시에게 들은 이야기를 친한 로즈번 씨에게 당장 전달하지 못한 이유도 설명했다. 브라운로 씨는 로즈가 현명하게 처신했다며 당장 자기가 로즈번 씨를 만나 상의하겠다고 말했다. 브라운로 씨는 이 일을 서둘러 처리하기 위해서, 오늘 저녁 8시에 호텔을 방문할 테니 그동안 로즈는 메일리 여사에게 그간의 일들을 조심스럽게 알려드리자는 작전을 짰다. 작전 수립을 마치자 로즈와 올리버는 돌아갔다.

로즈번 씨가 불같이 화를 낼 것이라는 로즈의 걱정은 근거 없는 것이 아니었다. 낸시의 과거를 듣자마자 로즈번 씨는 협박을 섞어가며 욕설을 소나기처럼 사정없이 퍼부었다. 그리고 명탐정 블래더스와 더프도 함께 수사에 착수해 낸시를 우선 체포해야 한다고 우겼다. 정말 두 탐정에게 수사를 의뢰하러 가려고 모자를 쓰기까지 했다. 로즈번 씨는 그에 못지않게 성마른 브라운로 씨가 힘으로 저지하지 않았거나, 욱하는 성질을 가라앉히기 위해 최상의 설명으로 조리 있게 실득하시 않았다면, 자신의 행동이 어떤 결과를 불러올지 한 치도 생각하지 않고 순간적인 감정대로 행동하고도 남았을 사람이었다.

"그럼 도대체 이제 어쩌죠?"

로즈번 씨가 브라운로 씨와 메일리 여사, 로즈와 합석을 했을 때 흥분을 가라앉히지 못하고 말했다.

"그 못된 것들에게, 남녀 구별 없이 올리버에게 베풀어준 친절에 대해 감사의 인사라도 하고, 약소한 성의지만 100파운드씩을 사례비로 받아달라고 통사정이라도 해야 합니까?"

"그건 아니지요."

브라운로 씨가 웃으며 말했다.

"하지만 점잖고 아주 조심스럽게 일을 진행해야 합니다."

"점잖고 조심스럽게!"

로즈번 씨가 고함을 질렀다.

"그것들을 모조리⋯⋯."

"어디로 보낼지는 차치하시죠."

브라운로 씨가 말을 막았다.

"그 사람들을 어디로 보내는가보다 우리가 목적한 일이 성공하느냐가 더 중요합니다."

"무슨 목적이요?"

로즈번 씨가 물었다.

"우선 올리버의 부모를 찾고 만약 이 이야기가 모두 사실이라면, 그 아이의 유산을 찾아주는 것이지요. 올리버는 부모님의 유산을 부당하게 빼앗겼잖아요."

"아, 참! 그렇지!"

로즈번 씨가 손수건으로 땀을 닦으며 말했다.

"그걸 깜빡했네요."

"그러니까⋯⋯."

브라운로 씨가 말을 계속했다.

"일단 불쌍한 그 낸시라는 여자는 거론하지 맙시다. 그 여자를 위험에 빠뜨리지 않고 그 악당들을 법의 심판대에 세우도록 한다는 전제하에 어떻게 하는 게 좋을까요?"

"최소한 몇 놈은 교수형을 시켜야 합니다."

로즈번 씨가 제안했다.

"나머지는 유배를 보냅시다."

"아주 좋습니다."

브라운로 씨가 미소를 지으며 대구했다.

"하지만 분명히 시간이 지나면 어차피 그자들은 벌을 받을 텐데, 괜히 우리가 먼저 끼어들면 우리의 목적과 정반대, 아니 최소한 올리버에게 해가 되는 무모한 행동을 하게 될 겁니다. 결국 우리의 목적과 정반대가 되면 올리버에게 해가 된다는 뜻이지만요."

"왜죠?"

로즈번 씨가 물었다.

"그러니까 우리가 몽크스라는 자의 무릎을 꿇리지 않는다면 이 수수께끼의 본질을 알아내는 것은 거의 불가능합니다. 몽크스가 자백을 하도록 만들려면 전략이 필요하죠. 몽크스라는 자가 악당들에게 둘러싸여 있지 않을 때 붙잡아야 합니다. 그자를 붙잡는다고 해도 우리는 아무런 증거가 없잖아요. 우리가 알기로 몽크스라는 자는 악당들이 저지른 도둑질이나 강도질과는 아무런 상관이 없습니다. 몽크스가 유죄 판결을 받는다고 해도, 사기꾼이나 건달로 옥살이를 할 뿐, 더는 처벌을 받을 가능성은 희박하다는 얘기지요. 그자가 옥살이를 한 다음 입을 굳게 다물어 장님, 귀머거리, 벙어리, 머저리처럼 행동하면 우리는 목적을 이룰 수 없을 겁니다."

"그렇다면!"

로즈번 씨가 버럭 화를 내며 말했다.

"그럼 한 가지만 더 물읍시다. 그 여자에게 한 약속을 꼭 지킬 필요가 있다고 생각하시오? 물론 그 약속이야 친절한 선의에서 비롯됐지만, 정말로……."

"지금은 그 점을 논의하지 마십시다, 아가씨."

로즈가 로즈번 씨의 질문에 막 대답을 하려는데 브라운로 씨가 말을 가로막았다.

"약속은 약속입니다. 우리의 필요에 의해 약속을 조금이라도 어길 수는 없다고 생각합니다. 하지만 우리가 정확한 행동지침을 정하기 전에, 그 여자를 만나 우리가 그 여자를 도울 것이고 결코 법대로 처벌하지 않을 것임을 약속한 다음, 몽크스라는 자가 누구인지 알려줄 수 있는지를 물어봐야 합니다. 만일 그 여자가 그렇게 못하고 절대 안 하겠다고 한다면, 그 여자에게서 그자가 자주 가는 곳과 인상착의 등을 확보해야 합니다. 그래야 우리가 그자를 알아볼 수 있으니까요. 낸시라는 여자를 다음 주일요일 밤이나 되어야 만날 수 있고 오늘은 화요일이니까, 그동안 우리는 얌전히 기다리면서 이 사실을 절대 비밀에 부쳐야 합니다. 심지어 올리버에게조차도 말입니다."

브라운로 씨가 행동개시를 닷새 뒤로 연기하자는 제안을 하는 동안 로즈번 씨는 못마땅해서 오만상을 찡그렸다. 하지만 더 좋은 수가 떠오르지 않았기 때문에 어쩔 수 없이 브라운로 씨의 제안에 동의할 수밖에 없었다. 더구나 로즈와 메일리 여사도 강력하게 브라운로 씨 편을 들었기 때문에 브라운로 씨의 제안은 만장일치가 되었다.

"그리고……."

브라운로 씨가 말했다.

"제 친구인 그림위그의 도움을 청하고 싶습니다. 성격이 좀 특이하긴 하지만 머리가 아주 비상하기 때문에 우리에게 실질적인 도움이 될 겁니다. 실은 그 친구가 변호사로 활동을 하다가 10년 동안 소송사건을 한 건밖에 수임하지 못했고 법정에 탄원서를 한 번밖에 제출하지 못했기 때문에 염증을 느껴서 그만두었다는 점을 밝히고 싶습니다. 이런 사실이 그 친구를 추천하는 것인지 아닌지는 모르겠으나 잘 생각하시고 결정해주시기 바랍니다."

"제 친구도 포함시켜준다면 당신의 친구가 포함되는 것에 반대하지 않겠습니다."

로즈번 씨가 말했다.

"그럼 투표를 해야겠군요."

브라운로 씨가 대꾸했다.

"그런데 그 친구가 누구십니까?"

"메일리 여사님의 아들이자 로즈 양의 오랜 친구이지요."

로즈번 씨가 메일리 여사 쪽으로 몸짓을 하더니 로즈 양에게 의미심장한 눈길을 보내며 말했다.

로즈가 얼굴을 붉혔지만 로즈번 씨의 제안에 특별히 반대하지는 않았다. 반대해봤자 의견이 반영되지 않을 것으로 생각했는지도 모른다. 그래서 해리 메일리와 그림위그 씨도 이 일에 합류하기로 결정되었다.

"우리는 런던을 떠나지 않겠어요."

메일리 여사가 말했다.

"이 일이 조금이라도 성공할 가능성이 있다면 말이에요. 나는 올리버를 위해서라면 수고도 비용도 아끼지 않을 겁니다. 우리는 모두 그 아이를 사랑하거든요. 문제를 해결할 희망이 있다면 설사 열두 달 이상이 걸린다고 해도 나는 이곳에 머물겠어요."

"좋습니다."

브라운로 씨가 말을 받았다.

"여러분의 얼굴을 보니 내가 왜 올리버의 이야기를 믿고 돕지 않았는지, 그리고 왜 그렇게 갑자기 영국을 떠났는지 궁금해하시는 것 같은데, 나중에 모든 이야기를 다 털어놓아도 좋을 때가 올 때까지 기다려달라고 부탁을 드리고 싶습니다. 그럴 만한 사정이 있어서 그러는 것이니 양해해주시기 바랍니다. 지금 말해버리면 이루어질 수 없는 희망을 불러일으켜 이미 수없이 겪은 어려움과 실망을 더 안겨드릴지 모르기 때문입니다. 이제 이쪽으로 오십시오. 저녁 준비가 다 되었답니다. 옆방에 혼자 있는 어린 올리버가 지금쯤 우리가 자기에게 싫증을 느껴 세상으로 쫓아낼 궁리를 한다고 걱정을 시작할 것 같습니다."

이 말과 함께 브라운로 씨가 메일리 여사에게 손을 내밀어 저녁 식사가 준비된 방으로 모시고 갔다. 로즈번 씨도 로즈의 뒤를 따라가 이것으로 회의가 끝났다.

낸시가 사익스를 잠에 빠져들게 만들고 로즈에게 급하게 다녀온 바로 그 날, 런던의 북부도로를 걸어가는 두 사람이 있었다. 두 사람은 이 이야기의 내용상 주목받아야 마땅하다.

한 남자와 여자였다. 남자는 팔다리가 길었지만 안짱다리였고 삐삐 마른 편이었으며 도무지 나이를 가늠할 수 없었다. 아직 아이라고 하기에는 조숙해 보였고, 어른이라고 하기에는 너무 어려 보였다. 젊은 여자는 등에 짊어진 무거운 꾸러미의 무게를 견딜 수 있을 만큼 건강하고 튼튼해 보였다. 여자와 함께 걷는 남자는 무거운 짐 대신, 평범한 손수건에 싸인 작은 꾸러미를 묶은 지팡이를 어깨에 걸쳤다. 대롱대롱 매달린 작은 꾸러미가 무척 가벼워 보였다. 짐도 가벼운 데다 그렇지 않아도 특별히 긴 다리 덕분에 남자는 같이 가는 여자보다 대여섯 걸음 앞서서 걷는 데 아무 어려움이 없었다. 남자는 동행하는 여자에게 걸음이 더디다고 핀잔을 놓으며, 빨리 걸으라고 재촉하는 듯

555

이 이따금 신경질적으로 고개를 휙 돌려다 보았다.

아무튼 두 사람은 먼지가 풀풀 나는 길을 터벅터벅 걸으며, 런던을 급하게 빠져나가는 우편마차가 지나가도록 길을 비켜줄 때 말고는 눈에 띄는 어떤 것에도 별로 관심을 보이지 않았다. 하이게이트 육교를 지날 때쯤이 되어서야 앞섰던 남자가 걸음을 멈추고 동행자를 신경질적으로 불렀다.

"빨리 못 걸어? 왜 그렇게 게을러빠졌어, 샬럿!"

"짐이 너무 무거워요."

숨도 못 쉴 정도로 지친 여자가 다가오며 말했다.

"무겁다니? 도대체 무슨 소리를 하는 거야? 짐꾼으로도 못 쓰면 너를 어디다 써먹게?"

앞장섰던 남자가 작은 꾸러미를 매단 지팡이를 반대편 어깨에 바꿔 걸치며 소리를 버럭 질렀다.

"뭐야! 또 쉬겠다고? 너는 사람을 환장하게 만드는 재주가 있구나."

"아직도 멀었어요?"

여자가 쉬려고 둑에 앉으며 땀이 비 오듯 쏟아지는 얼굴을 들어 물었다.

"아직도 멀었어! 온 만큼 더 가야 해."

다리가 긴 남자가 앞을 가리키며 말했다.

"저기를 봐. 저게 런던의 불빛이야."

"최소한 3킬로미터는 족히 더 가야겠네요."

여자가 실망스럽게 대꾸했다.

"3킬로미터든 30킬로미터든 신경 쓸 것 없어."

이렇게 말한 남자는 바로 노아 클레이폴이었다.

"당장 일어나. 안 그러면 걷어찰 거야. 경고했어."

노아는 화가 나서 빨간 코가 점점 더 빨개졌다. 노아가 경고를 실행에 옮기기라도 하려는 듯이 협박하면서 길을 건너자, 여자는 더는 아무 말도 못 한 채 그 옆에서 터벅터벅 무거운 발걸음을 옮겼다.

"오늘 어디서 잘 예정이에요, 노아?"

여자가 수백 미터를 걸은 다음 물었다.

"그걸 내가 어떻게 알아?"

한참을 걸어서 화가 머리끝까지 오른 노아가 소리를 꽥 지르며 윽박질렀다.

"근처면 좋겠어요."

샬럿이 말했다.

"아냐, 근처는 아니야. 저기야. 근처는 아니니까 가까운 데서 자는 건 꿈도 꾸지 마."

노아가 대답했다.

"왜요?"

"내가 아니라면 그냥 아닌 줄 알아. 이유는 꼬치꼬치 캐묻지 말고."

노아가 위엄을 갖춰 면박을 주었다.

"왜 그렇게 화가 났어요?"

샬럿이 물었다.

"별거 아니야. 생각해 봐. 집에서 벗어나서 나오는 첫 번째 여관에서 머물다가 소어베리가 우리 뒤를 따라오면 그곳부터 뒤질 텐데, 그럼 우리는 붙잡혀서 포박당한 채 짐마차에 실려서 도로 끌려갈 거 아냐."

노아가 비아냥거리는 말투로 말했다.

"안 되지. 나는 가능하면 가장 어두운 뒷골목을 찾아서 거기서 몸을 숨길 거야. 소어베리가 절대 찾을 수 없는 변두리 여관에 도착할 때까지는 절대 쉬지 않을 거란 말이야. 내가 머리가 좋은 걸 다행이라고 생각해. 처음에 우리가 일부러 길을 잘못 들어섰다가 다시 돌아오지 않았다면, 너는 일주일 전에 갇혔을 테고 멍청함에 대한 대가를 치러야 했을 거야."

"나도 내가 당신만큼 영리하다고 생각하지는 않아요."

샬럿이 대꾸했다.

"하지만 모두 내 탓이고 내가 갇혔어야 한다고 말하지는 말아요. 내가 갇혔다면 당신도 무사하지는 못했을 테니까요."

"네가 돈 서랍에서 돈을 꺼냈잖아. 네 짓인 거 너도 알잖아."

노아가 말했다.

"당신을 위해서 훔친 거잖아요, 노아."

샬럿이 대꾸했다.

"그래서 그 돈을 내가 가졌어?"

노아가 물었다.

"아니요. 당신은 나를 믿어서 내가 보관하도록 했죠."

샬럿이 말했다.

샬럿은 노아의 턱을 어루만지며 품 안에 노아를 잡아당겼다.

사실이었다. 하지만 노아는 남을 맹목적이고 어리석게 믿는 사람이 아닌데 이 정도로 샬럿을 믿었다는 것은 음흉한 속셈이 있기 때문이었다. 혹시 붙잡힌다면 샬럿이 돈을 갖고 있으니 자기는 도둑질과 무관하다고 주장해서 쉽게 빠져나갈 가능성이 있었기 때문이었다. 물론 노아가 이 순간까지도 이런 속셈을 털어놓지 않았기 때문에 두 사람은 아주 사이좋게 함께 걸었다.

노아는 이 주도면밀한 계획을 가슴에 품고 이슬링턴의 앤젤에 도착할 때까지 쉼 없이 계속 걸었다. 그곳에서 북적이는 인파와 마차를 보고 런던에 드디어 도착했음을 실감했다. 노아는 인파가 가장 북적이는 곳을 피해야 했기 때문에 잠깐 멈춰 서서 살핀 다음 가장 한적한 세인트존스 길로 접어들었다. 그리고 곧 '그레이스 인 레인'과 '스미스필드' 중간에 위치한 복잡하고 지저분한 골목 속으로 모습을 감추었다. 이곳은 런던의 근대화 바람이 비껴간 가장 낙후되고 지저분한 지역으로 페이긴의 활동무대였다.

노아 클레이폴은 이 길을 따라 샬럿을 억지로 잡아끌며 걸었다. 한 허름한 선술집의 전체 외관을 한눈에 보기 위해 하수구에까지 들어섰다. 하지만 외관이 너무 멋져서 사람들로 북적일 것같아, 자기 계획을 이행하기에 부적합하다고 판단하고 다시 발걸음을 돌렸다. 드디어 이제껏 본 중에서 외관이 가장 허름하고 지저분한 술집 앞에 멈춰 섰다. 노아는 길을 건너 반대편 도로에서 살핀 다음, 그날 밤은 이 집에서 머문다고 말했다.

"그 보따리 이리 줘."

노아가 샬럿의 등에서 짐을 내려 자기가 어깨에 들쳐 메며 말했다.

"내가 말하라고 할 때 말고는 한마디도 하지 마. 이 집 이름이 뭐야? 쓰...... 쓰리 뭐야?"

"크리플즈요."

샬럿이 말했다.

"쓰리 크리플즈."

노아가 따라 했다.

"아주 좋은 뜻이군. 이제 내 뒤에 바짝 붙어서 따라와."

이 지시와 함께, 노아는 삐걱거리는 여닫이문을 어깨로 밀고 안으로 들어갔다. 그 뒤를 샬럿이 따라 들어갔다.

선술집 안에는 젊은 유대인 말고는 아무도 없었다. 젊은 유대인은 팔꿈치를 카운터에 올려놓고 지저분한 신문을 읽고 있었다. 젊은 유대인은 노아를 노려보았고 이에 질세라 노아도 젊은 유대인을 노려보았다.

노아가 자선학교 교복을 입고 있었다면 젊은 유대인이 눈을 크게 떴을 테지만, 외투와 배지를 버리고 가죽 반바지 위에 짧은 작업복을 입었기 때문에 선술집에서 상당한 관심을 끌 만한 복장은 아니었다.

"여기가 쓰리 크리플즈인가?"

노아가 물었다.

"그렇게들 부르지요."

젊은 유대인이 대꾸했다.

"시골에서 올라온 신사를 길에서 만났는데 이 집을 추천해주더군."

노아가 말하며 샬럿을 팔꿈치로 찔렀는데, 업신여김을 당하지 않기 위해 이런 말을 생각해낸 자신의 천재성을 잘 보라는 뜻인지, 아니면 얼빠진 표정을 짓지 말라는 경고의 뜻인지 알 수 없었다.

"오늘 밤 여기서 머물고 싶은데……."

"빈방이 있는지 모르겠지만……."

종업원인 바니가 말했다.

"주인한테 물어보지요."

"물어보러 가기 전에 탁자로 안내해주고 고기 안주와 맥주를 갖다 줘."

노아가 말했다.

바니는 노아의 말대로 작은 뒷방으로 두 사람을 안내하고 주문한 음식을 차려놓은 뒤, 오늘 밤 이곳에 머물러도 좋다고 말하고는 두 사람을 남겨놓고 나가버렸다.

이 뒷방은 홀 바로 뒤 몇 계단 아래에 있었기 때문에, 이 집에 드나드는 사람이라면 누구라도 벽에 고정된 150센티미터 높이에 있는 유리창의 작은 커튼을 젖히고 들킬 염려 없이 뒷방에 있는 손님을 내려다볼 수 있었다. 그뿐만 아니라 칸막이에 귀만 살짝 갖다 대도 안에서 나누는 대화의 토씨 하나 빠뜨리지 않고 들을 수 있다는 것을 훤히 알고 있었다. 유리창은 벽의 어두운 구석과 수직으로 선 큼직한 기둥 사이에 있어서 누구라도 들킬 염려 없이 안전하게 안을 훔쳐볼 수 있었다. 이 집 주인은 5분 전부터 이 뒷방에서 눈을 떼지 않고, 바니가 노아와의 대화를 막 마치고 돌아온 바로 그즈음에 페이긴이 저녁 일과로 어린 제자들의 동태를 살피기 위해 이 술집에 들어왔다.

"쉿!"

바니가 말했다.

"낯선 손님이 옆방에 있어요."

"낯선 손님?"

페이긴이 낮은 목소리로 말을 받았다.

"네! 그런데 좀 수상해요."

바니가 덧붙였다.

"시골에서 온 것 같은데 한몫 챙길 수 있을 것 같아요. 아니면 말고요."

페이긴은 바니가 주는 정보에 혹하는 것 같았다. 페이긴이 높은 의자에 올라앉아 조심스럽게 유리창 안을 들여다보았다. 유리창으로 보니 노아가 접시에 놓인 차가운 고기와 맥주를 먹고 마시며 샬럿에게는 쥐똥만큼 나누어 주었고, 샬럿은 그 옆에서 참을성 있게 앉아서 주는 대로 받아먹었다.

"이런!"

페이긴이 고개를 돌려 바니를 쳐다보며 속삭였다.

"난 저렇게 생긴 녀석이 좋아. 아주 쓸모가 있겠어. 여자를 어떻게 다뤄야 하는지 벌써 알고 있잖아. 찍소리 내지 마. 무슨 말을 하는지 들어봐야겠어. 어디 들어보자고."

페이긴은 다시 창에 눈을 갖다 대고 안을 들여다보며 귀를 칸막이에 대고 엿듣기 시작했다. 그때 야비하고 욕심 사나운 표정이 얼굴에 드러났다. 늙고 사악한 여우 같은 표정이었다.

"그러니까 나는 신사란 말이야."

노아가 다리를 차며 말했다. 페이긴은 너무 늦게 도착하는 바람에 대화의 시작을 놓치고 말았다.

"더는 관 같은 거는 안 만든다는 말이야, 샬럿. 나는 이제 신사처럼 살 거야. 너도 숙녀로 살고 싶으면 그렇게 살아."

"나도 숙녀처럼 살고 싶어요."

샬럿이 대꾸했다.

"하지만 돈 서랍을 매일 훔칠 수는 없어요. 사람들에게 결국 붙잡힐 거예요."

"돈 서랍은 집어치워!"

노아가 말했다.

"세상에는 돈 서랍에서 돈을 훔치는 것 말고도 할 일이 아주 많아."

"무슨 소리예요?"

샬럿이 물었다.

"소매치기, 핸드백들치기, 도둑질, 우편마차 털기, 은행 털기 말이야."

맥주를 마셔 술기운이 살짝 돈 노아가 말했다.

"하지만 그런 걸 전부 할 수는 없잖아요."

샬럿이 말했다.

"그런 일을 하는 사람들을 찾아가 끼워달라고 하면 돼."

노아가 대꾸했다.

"아무튼 그 사람들도 우리가 쓸모 있다는 것을 알게 될 테니까. 너도 50명 몫은 하잖아. 내가 시키기만 하면 너만큼 야비하게 남을 잘 속이는 인간은 못 봤거든."

"세상에, 당신이 내게 칭찬을 하다니 정말 기뻐요."

샬럿이 못생긴 노아의 얼굴에 키스를 하며 탄성을 질렀다.

"그만, 됐어. 나를 너무 좋아하지 마. 내가 너를 싫어할 수도 있으니까."

노아가 샬럿을 떼어내며 아주 근엄하게 말했다.

"어떤 무리의 우두머리가 되고 싶어. 수많은 무리를 거느리고 아무도 모르게 부하들을 미행하는 거야. 돈벌이가 쏠쏠할 테니 내게 딱 맞는 일이지. 그런 일을 하는 사람과 사귈 수만 있다면 우리가 가진 20파운드짜리 수표를 다 주어도 아깝지 않아. 사실 우리는 이 수표를 어떻게 써야 하는지도 잘 모르잖아."

노아는 이렇게 의견을 털어놓은 다음 제 딴에는 자기가 아주 지혜롭다고 생각하며 맥주 통을 들여다보고, 통을 흔들더니 샬럿에게 고개를 끄덕여 보이고는 한 모금 꿀꺽 마셨다. 그러자 갑자기 기운이 샘솟는 것처럼 보였다. 노아가 뭔가를 골똘히 생각하고 있는데 갑자기 문이 벌컥 열리며 낯선 사람이 방으로 불쑥 들어왔다.

방으로 들어온 낯선 사람은 바로 페이긴이었다. 페이긴은 아주 붙임성 있는 표정을 지으며 방 안으로 들어오더니 공손하게 인사를 하고 가까운 탁자에 가서 앉아 능글맞게 웃으며 바니에게 마실 것을 주문했다.

"아주 상쾌한 밤인데 예년보다 좀 춥네."

페이긴이 양손을 비비며 말했다.

"시골에서 올라오셨나 봐."

"아니 그걸 어떻게 아시죠?"

노아 클레이폴이 물었다.

"런던에서는 흙을 밟는 일이 별로 없거든."

페이긴이 노아와 샬럿의 신발, 그리고 보따리 두 개를 가리키며 대답했다.

"눈썰미가 대단하시네요."

노아가 말했다.

"하하하! 샬럿, 너도 잘 들어둬!"

"글쎄. 이곳에서는 그렇지 못하면 살아가기 힘들거든."

페이긴이 은밀하게 속삭이듯이 목소리를 낮추며 대꾸했다.

"그게 현실이야."

페이긴은 오른손 집게손가락으로 자기 코 옆을 쳐보였다. 노아도 페이긴을 똑같이 따라 해보았지만 성공하지 못했다. 노아의 코는 그렇게 하기에는 너무 작았기 때문이었다. 하지만 페이긴은 노아의 시도를 자기 생각과 완전히 똑같다는 표현으로 받아들이는 것 같았고, 바니가 갖다 준 술을 아주 친근하게 노아에게 권했다.

"아주 맛있군요."

노아가 입맛을 다시며 말했다.

"비싼 술이지."

페이긴이 말했다.

"이런 술을 자주 마시려면 늘 돈 서랍 털기나 소매치기, 핸드백들치기, 도둑질, 우편마차 털기, 은행 털기를 해야 해."

노아는 자기가 방금 했던 말이 상대에게서 그대로 튀어나오자 몸을 움츠려 의자 등받이 쪽으로 기대며, 백지장처럼 창백하고 두려움이 가득한 표정으로 페이긴과 샬럿을 번갈아 쳐다보았다.

"걱정하지 마."

페이긴이 의자를 가까이 당겨 앉으며 말했다.

"하하! 다행히도 자네가 하는 말은 우연히 나밖에 안 들었으니까 말이야. 나만 들었으니 천만다행이지."

"내가 훔치지 않았어요."

노아가 거만하게 쭉 뻗고 있던 긴 다리를 다소곳하게 의자 밑으로 우그려 넣으며 말을 더듬었다.

"모두 저 여자가 한 짓이에요. 샬럿, 맞잖아. 네가 갖고 있잖아, 그렇지?"

"돈을 누가 갖고 있느냐, 또는 누가 훔쳤느냐는 별로 중요하지 않아!"

페이긴이 그렇게 대꾸하면서도 도끼눈을 뜨고 샬럿과 보따리 두 개를 노려보았다.

"나도 그런 일을 하거든. 동지를 만나서 아주 기뻐."

"그런 일이라니요?"

노아가 다소 안심을 하면서 물었다.

"자네가 말했던 그 일 말이야."

페이긴이 대답했다.

"이 집에 있는 사람들도 모두 같은 일을 하지. 자네가 제대로 찾아온 거야. 여기서는 아주 안전하니까 안심해도 돼. 런던 어디에도 크리플즈보다 더 안전한 곳은 없거든. 그러니까 내 말은, 자네들이 내 마음에 들었기 때문에 이곳에서 안전하게 지낼 수 있도록 해주겠다는 뜻이야. 내가 이렇게 말한 이상, 자네들은 마음 편하게 여기서 지내면 돼."

노아 클레이폴의 마음은 이 말을 듣고 안심이 됐을지 모르지만, 몸은 그렇지 않았는지 이리저리 뒤척이며 불편한 자세를 바꾸었다. 몸을 뒤척이는 동안 두려움과 의심이 가득한 눈길로 이 낯선 사내에게서 눈을 떼지 않았다.

"더 해줄 말이 있네."

페이긴이 친절한 고갯짓과 알 수 없는 칭찬으로 샬럿을 안심시킨 다음 말했다.

"자네의 소원을 이루게 도와줄 친구가 있는데, 자네를 잘 가르쳐줄 거야. 자네가 가장 적당하다고 생각하는 일부터 시작한 다음 나머지도 모두 배우는 거지."

"진심인 것처럼 말하는군요."

노아가 대꾸했다.

"거짓말을 해서 내게 득이 될 게 뭐 있겠나?"

페이긴이 어깨를 으쓱하며 물었다.

"그럼, 밖에서 단둘이 잠깐 이야기를 해볼까?"

"그럴 필요 전혀 없어요."

노아가 긴 다리를 다시 점점 길게 뻗으며 말했다.

"우리가 이야기하는 동안 저 여자는 짐을 위층으로 옮길 테니까요. 샬럿! 보따리를 옮겨."

노아가 아주 거만하게 명령을 하자 샬럿은 군소리 한마디 없이 시키는 대로 했다. 샬럿은 짐을 들고 빠르게 나갔고, 그동안 노아는 문을 열어주며 샬럿이 나가는 것을 지켜보았다.

"말을 아주 잘 듣죠?"

노아가 다시 자리에 와서 앉으며 야생동물을 길들이는 조련사처럼 말했다.

"아주 완벽해."

페이긴이 노아의 어깨를 탁 치며 맞장구를 쳤다.

"자네는 천재야."

"맞아요. 만약 천재가 아니었다면 여기 못 왔을 거예요."

노아가 대꾸했다.

"하지만 이렇게 꾸물거리는 동안 금방 다시 내려올 거예요."

"자 이제, 자네 생각은 어떤가?"

페이긴이 물었다.

"자네만 괜찮다면 내 친구를 소개해주고 싶은데?"

"정말 이쪽 일을 잘하나요? 지금 어디 있죠?"

노아가 단춧구멍처럼 작은 눈을 찡긋하며 말했다.

"이 분야에서는 최고야."

페이긴이 말했다.

"밑에 데리고 있는 애들도 많은데, 그 애들도 모두 솜씨가 이쪽에서 최고들이지."

"원래 런던 토박이들인가요?"

노아가 물었다.

"시골 출신은 한 명도 없어. 그래서 수하가 부족하지 않으면 내가 추천한다 해도 자네를 받아들일지는 장담할 수 없어."

페이긴이 대답했다.

"혹시 뇌물이라도 바쳐야 할까요?"

노아가 바지 주머니를 치면서 물었다.

"뇌물 없이는 불가능할 거야."

페이긴이 무척 단호하게 대답했다.

"20파운드뿐인데…… 아주 큰 돈이잖아요."

"현금화할 수 없는 수표라면 별 소용이 없지."

페이긴이 대꾸했다.

"수표번호와 날짜가 적혀 있을 테고 은행에서 지급정지가 됐을 테니까 말이야. 그렇지! 그 사람에게는 별 소용이 없을 거야. 외국으로 빼돌리거나 시장에서 현금화할 수 없거든."

"언제 그 사람을 만날 수 있죠?"

노아가 의심스럽다는 듯 물었다.

"내일 아침."

페이긴이 대답했다.

"어디서요?"

"여기서."

"그럼……."

노아가 말했다.

"얼마나 내야 하죠?"

"신사처럼 살 수 있어. 식사, 숙소, 담배, 독주가 무료인 대신 자네와 아까 그 여자가 버는 것의 반을 내야 해."

페이긴이 대답했다.

욕심이 끝도 없는 노아 클레이폴이 완전히 자유로운 처지였대도 이런 어처구니없는 조건을 수락했으리라고 장담할 수는 없다. 하지만 혹시 거절한다면 당장 신고를 당할 수도 있는 처지임을 떠올리자 분을 삭이며 그 정도면 적당하다고 생각한다고 말했다. 그렇지 않아도 자기가 했던 말을 이 낯선 사람이 그대로 알고 있는 등 놀라운 일들이 벌어졌었기 때문이었다.

"하지만 있잖아요."

노아가 말했다.

"저 여자는 일을 아주 많이 하니까, 대신 나는 쉬운 일을 하게 해줘요."

"쉽고 편안한 일로?"

페이긴이 물었다.

"네! 그런 일이요."

노아가 대답했다.

"내게 어떤 일이 적당할 것 같아요? 무리하지 않아도 되고 위험하지 않은 일 말이에요. 그런 일 있잖아요!"

"다른 사람을 미행하는 일을 하고 싶다고 했던 것 같은데?"

페이긴이 말했다.

"내 친구가 그런 일을 아주 잘하는 사람을 찾고 있지."

"맞아요, 내가 그런 말 했어요. 저는 지금이라도 그 일을 시작할 수 있어요."

노아가 천천히 맞장구를 쳤다.

"하지만 그 일로는 돈을 벌 수 없잖아요."

"그렇지!"

페이긴이 생각에 잠기더니, 아니 생각에 잠기는 척하더니 말했다.

"아니야. 꼭 그렇지도 않아."

"그게 무슨 뜻이에요?"

노아가 초조하게 페이긴을 쳐다보며 물었다.

"뭔가를 몰래 하는 것이 딱 맞기는 하죠. 집에 있는 것만큼이나 위험하지도 않고요."

"늙은 여자들은 어떻게 생각해?"

페이긴이 물었다.

"늙은 여자들의 가방을 낚아채고 튀면 큰돈을 벌 수 있거든."

"고함을 치거나 할퀴지 않을까요?"

노아가 고개를 저으며 물었다.

"내가 바라는 일은 아닌 것 같네요. 다른 일은 없나요?"

"잠깐."

페이긴이 노아의 무릎에 손을 올려놓으며 말했다.

"삥 뜯기는 어때?"

"그게 뭐죠?"

노아가 물었다.

"아이들 말이야."

페이긴이 대답했다.

"어린아이들이 잔돈을 들고 엄마 심부름을 가잖아. 그걸 빼앗는 거야. 아이들은 돈을 손에 꼭 쥐고 있거든. 돈을 뺏은 다음 아이를 때려서 시궁창에 처박아 두고 아무 일도 없었다는 듯이 천천히 걸어 나오면 그만이야. 아이는 시궁창에 처박혀 있는 거지. 하하하!"

"하하!"

노아가 미친 듯이 다리를 버둥거리며 배를 잡고 웃었다.

"그렇죠, 바로 그런 일이에요!"

"그럴 줄 알았어!"

페이긴이 맞장구를 쳤다.

"캄덴 타운이나 배틀 브리지 같은 동네에서 한몫 잡도록 주선해줌세. 그런 동네에는 심부름하러 나오는 아이들이 꽤 많거든. 원하는 만큼의 아이에게서 아무 때나 빼앗으면 되니까. 안 그래? 하하하!"

이렇게 말하면서 페이긴이 노아의 옆구리를 찔렀고, 두 사람은 한참 동안 박장대소를 했다.

"좋아요. 아주 좋아요!"

노아가 평정심을 되찾고 샬럿이 돌아오자 말했다.

"내일 몇 시죠?"

"10시 어때?"

페이긴이 묻자 노아가 알았다고 고갯짓을 했다.

"친구가 되었으니 이름이라도 알아야 할 텐데, 자네는 이름이 뭔가?"

"볼터예요."

노아가 대답했다. 노아는 이런 상황을 대비해서 가명을 생각해두었다.

"모리스 볼터예요. 이 여자는 볼터 부인이죠."

"볼터 부인, 잘 부탁합니다."

페이긴이 메스꺼울 정도로 공손하게 인사를 하며 말했다.

"이른 시일 안에 부인에 대해서도 제대로 알고 싶습니다."

"이 분이 하는 말이 안 들려, 샬럿?"

노아가 벽력같이 소리를 질렀다.

"알았어요, 노아."

볼터 부인이 손을 내밀며 대답했다.

"노아는 제 애칭입니다."

모리스 볼터라는 가명을 쓰는 노아가 페이긴에게 고개를 돌리며 말했다.

"아셨죠?"

"그럼, 알다마다."

페이긴이 이상하게도 이번만은 솔직히 대답했다.

"잘 자게! 잘 자!"

"그러니까 어제 말한 친구가 바로 당신 자신이란 말이죠?"

볼터라는 가명을 쓰는 노아가 두 사람 사이에 맺어진 계약에 따라 다음날 페이긴의 집으로 짐을 옮기고서 물었다.

"맙소사! 어젯밤에도 어쩐지 그럴 거라 생각했었지!"

"사람은 누구나 자기 자신의 친구야."

페이긴이 대꾸했다.

"마법의 숫자가 3이라고 말하는 마법사도 있고 7이라는 마법사도 있어. 하지만 아니야. 둘 다 틀렸어. 정답은 1이야."

"하하!"

볼터가 웃음을 터뜨렸다.

"숫자 1 만세!"

"이런 작은 조직에서는……."

페이긴이 자기 입장을 옹호할 필요가 있다고 느끼며 말했다.

"모두가 '넘버원'일 수밖에 없어. 자네가 나를 넘버원이라고 생각하지 않으면 자기 자신을 넘버원이라고 생각할 수 없는 거야. 다른 젊은이들도 마찬가지지."

"이런, 악마 같으니라고!"

볼터가 소리를 질렀다.

"왜 그래!"

페이긴이 볼터가 소리를 지르든 말든 말을 계속했다.

"우리는 서로 뗄려야 뗄 수 없어. 서로의 이해가 딱 맞아 떨어졌거든. 그건 사실이잖아. 예를 들어 넘버원, 즉 자네 자신을 보살피는 것이 자네의 목적이잖아."

"당연하죠. 그 말은 맞네요."

볼터가 대꾸했다.

"그럼, 자네는 나, 넘버원을 보살피지 않고는 자네, 넘버원을 보살필 수 없어."

"'넘버 투'겠죠."

이기적인 자질을 천부적으로 타고난 볼터가 말했다.

"아냐, 그런 뜻이 아니야."

페이긴이 쏘아붙였다.

"자네가 자네에게 중요하듯이 나도 자네에게 그만큼 중요하다는 말이야."

"그러니까……."

볼터가 끼어들었다.

"당신이 아주 괜찮은 사람이고 당신을 좋아하지만 그래도 우리가 그럴 정도로 친한 것은 아니잖아요."

"한번 생각해 봐."

페이긴이 어깨를 으쓱하더니 양팔을 내뻗으며 말했다.

"자네는 아주 멋진 일을 했어. 그래서 나는 자네가 마음에 들어. 하지만 동시에 그것 때문에 자네는 묶기는 아주 쉽지만 풀기는 매우 어려운 넥타이를 자네 목에 두를 수도 있어. 알아듣기 쉽게 말하면 교수대의 올가미 말이야!"

볼터는 넥타이가 불편할 정도로 꽉 조인다는 듯이 손을 넥타이에 얹더니 알았다고 웅얼거렸다. 자신감 있는 말투였지만 속마음은 그렇지 못했다.

"교수대는…… 아주 짧고 급격한 선회를 가리키는 끔찍한 이정표야. 탄탄대로를 달리던 수많은 대범한 사람들이 그곳에서 운명을 끝장냈지. 편한 길을 계속 가고 교수대를 멀리 피하는 것이 자네가 명심해야 할 수칙 넘버원이야."

페이긴이 말했다.

"물론 그렇죠."

볼터가 대꾸했다.

"도대체 그 이야기를 왜 하는 거요?"

"내 의사를 정확하게 알려주기 위해서지."

페이긴이 눈썹을 치켜뜨며 말했다.

"그러기 위해서 자네는 내가 필요하고, 내 사업이 잘되기 위해서 나는 자네가 필요하지. 첫 번째는 자네가 넘버원, 두 번째는 내가 넘버원이란 말일세. 자네가 자네의 넘버원을 귀하게 여기면 여길수록, 내 넘버원도 신경 써야 한다는 거지. 결국 우리는 내가 처음에 했던 결론에 도달한 거야. 넘버원에 대한 관심이 우리를 하나로 묶는 거지. 우리는 모두가 뿔뿔이 흩어지지 않는다면 끝까지 하나여야 해."

"맞는 말이에요."

볼터가 무언가를 깨달았다는 듯이 맞장구를 쳤다.

"그래요! 여우 같은 영감탱이!"

페이긴은 자신의 능력에 대한 이런 찬사가 단순한 칭찬이 아니라는 것과 새 식구가 자신의 천재적인 교활함에 깊은 감명을 받았음을 알아차리고 기뻐 어쩔 줄을 몰랐다. 페이긴은 처음 만나면서부터 볼터에게 자신의 천재적인 교활함을 각인시키는 것이 가장 중요하다고 생각했다. 자신에 대한 이상적이고 쓸모 있는 인상을 강화하기 위해 활동범위와 규모에 대해 볼터에게 상세하게 알려주며 마무리했다. 물론 목적 달성을 위해서 사실과 과장을 적당히 섞었음은 두말하면 잔소리였다. 페이긴이 뛰어난 솜씨를 과시하자 볼터는 페이긴에 대한 존경심이 눈에 띄게 증가했을 뿐만 아니라 어느 정도의 두려움을 느껴 온순해지기까지 했다. 사실 어느 정도의 두려움을 일깨우는 것은 상당히 바람직한 일이었다.

"우리가 서로에게 가진 상호신뢰라면 내가 입은 엄청난 손실을 메워줄 거야."

페이긴이 말했다.

"어제 아침에 내 오른팔이 당했거든."

"네? 당했다면…….."

"붙잡혔다고."

페이긴이 볼터의 말을 끊었다.

"그래. 체포당했단 말이야."

"아주 흔치 않은 일인가 보죠?"

볼터가 물었다.

"당연하지."

576

페이긴이 대답했다.

"흔치 않고말고. 소매치기를 했다는 혐의로 체포됐는데, 경찰이 몸수색을 하다가 은담뱃갑을 발견한 거야. 그건 그 아이 거거든. 애연가란 말이야. 그런데 오늘까지도 유치장에 붙잡혀 있어. 경찰이 은담뱃갑의 주인을 알고 있다는 거야. 빌어먹을! 걔는 그까짓 은담뱃갑 50개보다 훨씬 소중한 아이란 말이야! 나는 그 아이를 되찾아올 수만 있다면 기꺼이 그 정도의 대가를 치를 용의가 있어. 자네도 도저를 알아둬야 하는데…… 정말 대단한 아이거든."

"글쎄요. 언젠가 알게 되겠죠. 그렇지 않을까요?"

볼터가 물었다.

"장담할 수 없어."

페이긴이 한숨을 내쉬며 대답했다.

"경찰이 새로운 증거를 찾지 못한다면, 즉결심판을 받게 될 테고 약 6주 후에는 그 아이를 다시 데려올 수 있을 거야. 하지만 새로운 증거를 찾는다면 학교에 가게 될 거야. 경찰은 그 아이가 얼마나 영리한지 알기 때문에 그 아이는 평생 학교에서 썩어야 할 거야."

"학교에 가는 건 뭐고 학교에서 썩는 건 또 뭐예요? 내게 그런 식으로 얘기해서 좋은 게 뭐죠? 내가 알아들을 수 있는 말로 해요."

페이긴이 아리송한 말을 알아듣기 편한 말로 풀어주려는 찰나, 하필이년 ㄱ 순산 양손을 바지 주머니에 꽂고 슬픔과 익살이 뒤섞인 묘한 표정을 지으며 베이츠가 불쑥 들어오는 바람에 설명이 중단되고 말았다. 쉽게 풀어준 말을 볼터가 들었더라면 학교에서 썩는다는 말이 종신형을 뜻한다는 것을 알 수 있었을 것이었다.

"모두 끝장났어요, 페이긴."

신참 모리스 볼터와 통성명을 나눈 찰리 베이츠가 말했다.

"무슨 소리야?"

페이긴이 입술을 부르르 떨며 물었다.

"은담뱃갑 주인이라는 신사를 찾았대요. 증인도 두세 명 확보했고요. 도저는 유배가는 거로 확정됐어요."

베이츠가 대답했다.

"도저가 유배지로 떠나기 전에 애도의 표시로 상복을 입고 상장(喪章)을 두른 다음 찾아가 봐야겠어요. 생각해보세요. 그 능수능란한 잭 다킨스가, 아이고 잭, 우리의 도저, 미꾸라지 도저가 그까짓 2.5펜스짜리 담뱃갑 때문에 유배를 가다니요! 최소한 금시계나 금줄, 도장이라면 몰라도 말이에요. 세상에! 차라리 부유한 노신사의 지갑을 털다가 걸렸다면 덜 창피하지. 좀도둑이라니 창피해서 못 살겠네!"

베이츠는 운도 지지리 없는 친구에 대해 이런 한탄을 털어놓더니, 분통이 터지고 실망스럽다는 표정으로 가까운 의자에 털썩 앉았다.

"지금 창피한 게 문제야?"

페이긴이 화가 난 눈길로 베이츠를 노려보며 소리를 질렀다.

"누가 뭐래도 도저가 너희들 중에서는 최고였어. 도저만한 녀석이 한 명이라도 있는 줄 알아? 어림없는 소리 마."

"없죠."

베이츠가 어찌나 애석한지 목까지 잠겨서 대답했다.

"없고말고요."

"그런데 무슨 할 말이 있어?"

페이긴이 화가 나서 쏘아붙였다.

"왜 이렇게 쓸데없는 소리를 지껄여대?"

"도저가 얼마나 멋진 일을 했었는지 아무런 기록도 없을 테니까요."

베이츠가 애석하답시고 페이긴의 신경을 긁는 말을 했다.

"기소장에도 표시되지 않을 테고, 아무도 도저가 했던 일의 반도 모를 테니까요. 어떻게 악명 높은 뉴게이트 감옥의 악질 소개 책자에 소개될 수 있겠어요? 그 책자에는 언급도 안 될 거예요. 아이고, 내 눈! 이게 누구 주먹이야!"

"하하!"

페이긴이 오른손을 쭉 뻗어 베이츠를 때리고는 볼터를 돌아보더니 마비라도 온 듯이 몸을 흔들면서 미친 듯이 웃었다.

"잘 봐. 모두 얼마나 자기 직업을 자랑스럽게 생각하는지 말이야. 멋지지 않아?"

볼터가 동의한다고 고개를 끄덕였다. 페이긴은 확실히 만족스러운 얼굴로 잠깐 베이츠가 슬퍼하는 모습을 지켜본 다음, 베이츠에게 다가가 어깨를 다독여주었다.

"걱정하지 마, 베이츠."

페이긴이 달래듯이 말했다.

"다 알게 될 거야. 분명히 경찰은 도저가 얼마나 영리한 아이인지 알아. 도저가 경찰에게 그걸 보여줘서 너를 포함한 오랜 친구들과 선생인 나를 실망시키지 않을 거야. 그리고 도저가 얼마나 어린지 생각해 봐! 그런 어린 나이에 감옥에 갇히다니 얼마나 대단한 녀석이냐!"

"그건 그래요. 영광이죠!"

베이츠가 약간 위로가 되는 듯 말했다.

"그곳에서 도저는 원하는 것은 무엇이든 갖게 될 거야."

페이긴이 말을 계속했다.

"돌 감방에서 신사처럼 지내게 되는 거지. 신사처럼 매일 맥주를 마시고 돈을 쓸데가 없으니 주머니에 넣고 만지작거리고 던지면서 말이야."

"설마, 그게 정말이에요?"

찰리 베이츠가 탄성을 질렀다.

"정말이다마다."

페이긴이 대꾸했다.

"우리는 말 잘하는 재능을 타고난 유능한 변호사를 골라서 도저의 변론을 맡길 거야, 베이츠. 물론 도저도 원한다면 자기 변론을 하게 되겠지. 신문에 대서특필 될 거야. '미꾸라지 도저, 법정을 웃음바다로 만들다.' 이렇게 말이야. 어때, 베이츠?"

"하하!"

베이츠가 웃었다.

"얼마나 재미있을까요, 페이긴? 법정이라고 해서 도저가 거리낄 게 뭐 있겠어요, 그렇죠?"

"그렇지!"

페이긴이 대꾸했다.

"도저는 하고 말 거야. 그럼 하고말고!"

"네. 분명히 그렇게 할 거예요."

베이츠가 양손을 비비며 말했다.

"도저가 눈에 선해."

페이긴이 베이츠를 물끄러미 쳐다보며 말했다.

"저도요."

찰리 베이츠가 맞장구를 쳤다.

"하하하! 저도 그래요. 눈앞에서 보는 것처럼 상상이 가요, 페이긴. 정말 재미있겠어요. 진짜 얼마나 재미있을까요? 엄숙한 표정을 지으려고 애쓰는 잘난 판사들에게 미꾸라지 도저가 판사의 친아들이라도 되는 듯이 친근하고 편안하게 연설을 하는 거예요. 저녁 식사 후에 수다를 떨듯이요. 하하하!"

사실 페이긴은 베이츠의 기괴한 성품을 교묘히 자극한 것이었다. 애초에 베이츠는 옥살이를 하게 될 도저를 피해자로 여겼었다. 하지만 지금은 아주 특별하고 잘 연출된 희극의 한 장면에서 주연배우가 된 도저를 부러워하며 도저가 능력을 마음껏 발휘할 기회가 빨리 오기를 눈이 빠지게 기다리도록 만들었다.

"손을 써서 도저가 오늘 어떻게 지내는지 알아봐야겠어."

페이긴이 말했다.

"어떻게 할까 생각 좀 해보자."

"제가 갈까요?"

베이츠가 물었다.

"절대 안 돼."

페이긴이 대답했다.

"너 미쳤어? 완전히 미쳤구나. 네 발로 경찰서에 가겠단 말이야? 안 돼, 베이츠. 도저 하나를 잃는 깃만으로 충분해."

"그럼 직접 가시겠다는 말이에요?"

베이츠가 장난치듯 비아냥거리며 물었다.

"그것도 좋은 생각은 아니지."

페이긴이 고개를 절레절레 흔들며 대답했다.

"그럼 신참을 보내시지 그래요?"

베이츠가 볼터의 팔에 손을 얹으며 제안했다.

"이 사람을 아는 사람은 없잖아요."

"그렇지. 이 친구만 괜찮다면 말이야."

페이긴이 말했다.

"괜찮다마다요!"

베이츠가 끼어들었다.

"괜찮지 않을 이유가 뭐 있어요?"

"사실 없지."

페이긴이 볼터를 돌아보며 말했다.

"정말 없어."

"솔직히 말하자면……."

볼터가 문 쪽으로 뒷걸음질 치면서 놀라움을 감추지 못한 채 고개를 절레절레 흔들며 말했다.

"싫어요. 절대 못 가요. 그건 내가 할 일이 아니잖아요."

"이 친구는 어떤 일을 하기로 했어요, 페이긴?"

베이츠가 재수 없다는 표정으로 볼터의 비쩍 마른 체형을 훑어보며 물었다.

"아무 일도 없을 때는 나타나서 배불리 먹고 일이 잘못되면 꽁무니를 빼는 일인가요? 그런 일을 하기로 했어요?"

"참견 마!"

볼터가 쏘아붙였다.

"어른 일에 참견하다가는 나중에 후회할 일이 생길 거야!"

베이츠가 볼터의 당당한 협박을 비웃듯 미친 듯이 웃었다. 페이긴은 베이츠가 웃음을 그칠 때까지 한참 동안 기다렸다가 다시 끼어들더니, 볼터에게 경찰서를 방문한다고 해도 아무런 위험이 없다고 설득했다. 볼터가 저지른 도둑질이 고발되었거나 볼터의 몽타주가 런던에 도착하지도 않았고, 심지어 볼터가 런던으로 도망쳤으리라고는 상상도 못 하기 때문에 경찰서에서는 볼터를 전혀 의심조차 하지 않을 것이라고 안심시켰다. 더구나 변장까지 한다면 경찰서도 런던의 어느 곳 못지않게 안전하며, 경찰은 잘못을 저지른 사람이 경찰서를 제 발로 방문할 거라고는 상상도 못 할 것이라 설득했다.

　　볼터는 페이긴의 설명에 어느 정도 설득당하기도 했지만, 사실 나중에 페이긴이 보복을 할지도 모른다는 두려움에 마지못해 경찰서 방문을 수락했다. 페이긴의 지시에 따라, 볼터는 페이긴이 갖고 있던 마부의 작업복과 벨벳 7부 바지로 당장 갈아입고 가죽 장화를 신었다. 또한 모직 모자도 쓰고 간선도로 통행표와 채찍까지 들었다. 만반의 준비를 마치고 코벤트 가든 시장에서 온 시골 청년이 호기심을 충족시키기 위한 것처럼 경찰서로 건들건들 걸어 들어간다는 작전이었다. 볼터가 촌스럽고 볼품없으며 빼빼 말랐기 때문에 페이긴은 볼터만큼 그 역할에 적임자는 없다고 생각했다.

　　준비를 모두 마치자 볼터는 미꾸라지 도저를 알아볼 수 있도록 도저의 인상착의와 특징을 듣고, 베이츠가 이끄는 대로 어둡고 꼬불꼬불한 뒷골목을 가로질러 보우가에서 그리 멀지 않은 곳에 도착했다. 베이츠는 볼터에게 경찰서가 정확히 어디에 있는지, 경찰서에 들어가면 복도를 어떻게 곧장 걸어가야 하는지를 자세히 설명해주었다. 경찰서 마당에 도착하면 오른쪽에 있는 계단을 올라가 문을 통해 안으로 들어가면 모자를 벗으라고까지 세심하게 일러준 뒤, 헤어진 자리에서 기다리고 있을 테니 혼자 어서 가라고 볼터의 등을 떠밀었다.

노아 클레이폴, 아니 모리스 볼터는 이곳 지리에 정통한 베이츠에게서 들은 그대로 정확하게 따라 했더니, 과연 다시 위치를 묻거나 도중에 어떤 방해를 받지도 않고 치안판사가 있는 곳을 찾아갈 수 있었다. 볼터는 그곳에 도착하자 지저분하고 후텁지근한 방에 수많은 인파, 특히 여자들이 옹기종기 모여 있는 속으로 휩쓸려 들어갔다. 한쪽 끝에 있는 높은 단 위에는 난간이 있었다. 왼쪽에는 벽에 죄수를 위한 피고석이, 가운데에는 증인석이, 오른쪽에는 치안판사석이 놓여 있었다. 판사석은 일반인들이 보지 못하도록 칸막이로 가려 일반인들이 판사의 위엄을 상상하도록 되어 있었다.

피고인석에는 여자 두 명뿐이었다. 두 피고인이 방청석의 친구들에게 인사를 하는 동안, 법정서기가 경찰 두 명과 탁자에 기댄 사복 입은 사내에게 선서문을 읽어주었다. 법정경위는 피고석 난간에 기대듯 서서 큼직한 열쇠로 아무 생각 없이 코를 가볍게 치다가, 방청객들이 이야기를 나누려고 하면 조용히 하라고 소리를 질렀다. 영양실조에 걸린 채 엄마의 솔에 반쯤 숨이 막힌 갓난아기가 가냘픈 목소리로 칭얼대기라도 해서 준엄한 재판을 방해할 거면 아기를 데리고 나가라는 가차 없는 눈길로 여자들을 쏘아보았다. 재판정은 숨이 막힐 정도로 답답했고 악취가 났다. 벽은 지저분하게 퇴색했고 천장은 새까맸다. 벽난로 위 선반에는 먼지로 뿌얘진 오래된 흉상이 놓여 있었고,

피고석 위에는 먼지가 앉은 시계가 걸려 있었다. 그나마 그곳에서 제 몫을 하는 것은 먼지투성이 시계뿐이었다. 부패나 빈곤, 또는 두 가지가 떠날 날이 없는 방청객들도 지저분하기는 매한가지였으며, 눈살을 찌푸리게 만드는 가구나 물건에 앉은 두꺼운 기름때보다 방청객들이 더 보기 좋다고 말할 수도 없었다.

노아는 도저를 찾기 위해 주위를 열심히 두리번거렸다. 도저의 엄마나 누이라고 해도 좋을 만큼 닮은 여자 네댓 명과, 도저의 아빠와 똑같이 생겼을 것 같은 남자 한 명이 있을 뿐, 베이츠의 설명에 따르면 도저라고 여겨지는 사람은 눈에 띄지 않았다. 노아는 불안하고 초조한 상태에서 재판을 받던 여자들이 의기양양하게 걸어 나갈 때까지 기다렸다. 드디어 다음 죄수의 모습을 보고 금방 안심이 되었다. 그 죄수를 보는 순간 노아가 이곳에 찾으러 온 바로 그 사람임을 한눈에 알 수 있었기 때문이었다.

그 죄수는 정말로 도저가 맞았다. 과연 들은 대로 커다란 외투 자락을 둘둘 걷어 올리고 왼손은 주머니에 찌른 채 모자를 오른손에 들고 형용할 수 없을 만큼 건들건들 건방지게 팔자걸음으로 법정경위보다 앞서서 법정으로 들어와서 피고인석에 자리를 잡더니 자기가 왜 이런 명예롭지 못한 곳에 와야 하느냐고 큰 소리로 떠들었다.

"입 다물어!"

법정경위가 고함쳤다.

"나는 영국 국민이야."

도저가 맞섰다.

"영국 국민으로서의 기본권은 어떻게 된 거야?"

"곧 기본권을 얻게 될 거야."

법정경위가 윽박질렀다.

"그것도 아주 호되게 말이야."

"내가 기본권을 누리지 못한다면, 내무부 장관이 치안판사에게 뭐라고 하는지 알게 될 거야."

도저가 맞받아쳤다.

"좋아, 이제 어떻게 할 거야? 치안판사가 신문을 읽고 있는 동안 이런 하찮은 일을 생략하고 나를 풀어준다면 고맙겠어. 시내에서 신사와 중요한 약속이 있단 말이야. 나는 약속을 꼭 지키고 약속 시각에 늦지 않는 사람이라서, 내가 제시간에 약속 장소에 나가지 못하면 그 신사는 가버릴 거야. 나를 약속장소에 못 나가게 한 인간들에게 내가 손해배상청구소송을 제기하지 않을 줄 알아? 아니야, 절대 가만두지 않겠어!"

도저는 여기까지 말하고 나서 손해배상청구소송을 제기할 때를 대비해 법정경위에게 '판사석에 앉은 두 늙은 너구리의 이름을 대'라고 소리쳤다. 이 광경을 보고 있던 방청객들은 웃음을 참지 못하고 배를 움켜쥐고 웃었다. 아마 베이츠도 이 광경을 봤다면 자지러지게 웃었을 것이었다.

"조용!"

법정경위가 소리를 질렀다.

"이자는 뭐야?"

치안판사가 물었다.

"소매치기입니다, 판사님."

"재범자인가?"

"수도 없이 들락거렸습니다."

법정경위가 대답했다.

"다른 법정에서도 아주 유명한 자입니다. 저도 개인적으로 이자를 잘 압니다, 판사님."

"그래? 당신이 나를 알아?"

도저가 법정경위에게 시비를 걸었다.

"아주 다행이군. 이건 명예훼손에 해당하지."

방청객에서 또 웃음이 터졌고 조용히 하라는 고함도 들렸다.

"좋아. 증인은 어디 있습니까?"

법정서기가 물었다.

"그래! 맞아!"

도저가 맞장구를 쳤다.

"증인은 어디 있는 거야? 어디 얼굴 좀 보고 싶군."

도저의 바람은 당장 이루어졌다. 인파 속에서 도저가 어떤 신사의 주머니에 손을 넣고 손수건을 꺼내는 것을 보았던 경찰이 앞으로 나왔다. 사실 도저는 그 손수건이 아주 낡았기 때문에 얼굴을 한 번 닦은 다음 도로 집어넣는 중에 붙잡힌 것이었다. 아무튼 현장에서 이 경찰이 옆으로 다가가 도저를 붙잡아 유치장에 넣었고, 도저의 몸을 수색하던 중 주인의 이름이 뚜껑에 새겨진 은담뱃갑이 나왔던 것이었다. 그래서 귀족 명단에서 은담뱃갑 주인의 이름을 찾아내 경찰에 출두시켰더니, 은담뱃갑 주인이 자기 것이 맞고 전날 인파 속을 헤치고 나오다가 잃어버렸다고 진술했다. 당시 은담뱃갑 주인은 인파 속에서 아주 바쁘게 뛰어가는 젊은이를 봤는데, 그 젊은이가 바로 자기 앞에 있는 피고인이라고 말했다.

"피고인은 이 증인에 대해 할 말 있나?"

치안판사가 물었다.

"저따위 인간과 말을 섞을 만큼 내 품위를 떨어뜨리고 싶지 않아."

도저가 대꾸했다.

"다른 할 말은 없나?"

"판사님께서 할 말이 없냐고 물으시는 소리가 안 들려?"

법정경위가 입을 다물고 있는 도저를 팔꿈치로 찌르며 채근했다.

"뭐라고 했는데?"

도저가 멍청한 표정을 지으며 판사를 올려다보며 물었다.

"내게 뭐라고 했나, 친구?"

"평생 저렇게 구제불능 꼴통은 본 적이 없습니다, 판사님."

경찰이 능글맞은 웃음을 웃으며 말했다.

"뭐 할 말이 없냐고, 이 건방진 애송이야!"

"없어. 여기서는 없어. 여긴 정의가 없는 곳이니까. 밖에서 내 변호사가 하원 부의장과 함께 지금 조찬 중이니까, 나중에 내가 할 말이 있으면 내 변호사가 알아서 해줄 거야. 나는 배경이 든든한 사람이라 아는 사람도 아주 많고 영향력도 대단해서 내 친구들에게 치안판사를 가만두지 말라고 할 거야. 그때 가서 오늘 아침 나를 심판하겠다고 나오기 전에, 차라리 하인의 도움을 받아 모자걸이에 목을 매 자살하는 편이 나았다고 생각하게 될 거야. 나로 말할 것 같으면……."

도저가 말했다.

"이자에게 실형을 선고한다!"

치안판사가 도저의 말을 끊었다.

"데리고 나가!"

"가자."

법정경위가 말했다.

"그래, 알았어. 갈게."

도저가 손바닥으로 모자를 털며 대꾸했다.

"아, 참! 판사, 그렇게 겁먹은 척할 필요 없어. 나는 절대 당신들을 용서하지 않을 테니까. 눈곱만큼도 용서 안 해. 후회하게 될 거야, 이 잘난 늙은이들아! 내가 가만히 있을 줄 알아? 나중에 무릎을 꿇고 손이 발이 되게 빈다고 내가 가만둘 줄 알아? 좋아, 감방으로 가자. 어서 데려가."

도저는 이렇게 마지막 말을 하고서 멱살을 잡혀 끌려나가는 수모를 당하면서도, 의회에서 문제 삼도록 하겠다고 으름장을 놓았다. 법정 마당에 도착하자 경찰의 얼굴을 빤히 쳐다보며 히죽히죽 웃더니 스스로가 대견스러운 듯 크게 기뻐했다.

작은 독방에 도저가 수감되는 것을 직접 목격한 노아는 베이츠와 헤어졌던 곳으로 쏜살같이 달려갔다. 노아가 그곳에서 잠깐 기다리자 베이츠가 나타났다. 베이츠는 으슥한 곳에 숨어서 조심스럽게 주변을 살핀 다음, 노아가 아무에게도 미행당하지 않았다는 것을 확인하고서야 모습을 드러내는 신중함을 발휘했다.

노아와 베이츠는 페이긴에게 도저가 페이긴의 가르침에 전혀 부끄럽지 않게 행동해 영광스러운 명성을 얻었다는 소식을 생생하게 전달하려고 서둘러 발길을 돌렸다.

교활함과 시치미 떼기에서 타의 추종을 불허하는 낸시지만, 사랑하는 사람을 배신했다는 죄책감이 마음을 짓눌러 미안함을 완전히 숨길 수는 없었다. 교활한 페이긴과 잔인한 사익스가 다른 사람에게는 철저히 비밀에 부치더라도 자기한테만은 솔직히 털어놓았던 것을 기억했다. 두 사람이 낸시를 믿을 만하고 의심할 여지가 전혀 없다고 철석같이 믿었기 때문이었다. 두 악당의 계략은 야비하고 상대방을 절망시켰다. 낸시는 자신을 점점 깊은 범죄의 수렁으로 빠뜨려 도저히 도망칠 수 없는 지경이 되도록 만든 장본인인 페이긴을 증오하지만 낸시의 폭로로 인해 페이긴이 그토록 오랫동안 교묘하게 피했던 철퇴를 맞고 무너지게 될 터이기 때문에 일말의 연민을 느꼈다. 하지만 페이긴은 그런 처벌을 받아야 마땅한 사람이었다.

하지만 이렇게 마음이 흔들리는 이유는 불쌍한 올리버를 돕겠다는 목적으로 굳게 마음을 먹고 무슨 일이 있어도 마음을 바꾸지 않으리라 단단히 결심했어도 옛 친구들을 완전히 버릴 수 없었기 때문이었다. 또 아직 시간이 있을 때 이제라도 포기할까 마음이 흔들렸던 이유는 아무래도 사익스에 대한 두려움이 너무 컸기 때문이었다. 하지만 낸시는 비밀을 철저히 지켜야 한다는 조건을 내걸었고 사익스를 위험에 빠뜨릴 수 있는 어떤 단서도 흘리지 않았다. 낸시는 자기를 둘러싼 죄악과 비참한 생활에서 도망칠 기회도 사익스 때문에 거절했다. 낸시가 무엇을 더할 수 있겠는가? 낸시는 단호했다.

온갖 고민을 한 끝에 이런 결론을 내렸지만, 양심의 가책으로 낸시는 계속 괴로웠고 결국 흔적을 남기고 말았다. 낸시는 며칠 만에 얼굴이 창백해지고 핼쑥해졌다. 때때로 눈앞으로 뭐가 지나가는지조차 신경 쓰지 않았고, 평소에 가장 열심히 끼어들던 대화에도 전혀 끼지 않았다. 별로 웃기지도 않는데 미친 듯이 웃을 때도 있었고, 이유 없이 수선을 떨기도 했다. 그러다가 문득 입을 꾹 다물고 풀이 죽은 채 앉아 있거나, 양손으로 턱을 괴고 골똘히 고민에 빠져 있기도 했다. 하지만 억지로 기운을 차리려고 안간힘을 쓰는 모습은 낸시가 마음이 편치 않음을 나타내는 다른 여러 징조보다 훨씬 더 많은 것을 말해줬다. 낸시는 동료들이 나누는 토론보다 아무 상관이 없는 문제에 정신이 팔려 있음이 분명했다.

일요일 밤이었다. 가까운 교회의 종이 시간을 알려줬다. 사익스와 페이긴이 이야기를 나누다가 종이 울리자 종소리를 듣기 위해 멈췄다. 낸시두 쭈그리고 앉았던 낮은 자리에서 고개를 들더니 종소리에 귀를 쫑긋 세웠다. 11시였다.

"한 시간만 더 있으면 자정이군."

사익스가 블라인드를 걷더니 밖을 내다보고 다시 자리로 돌아오면서 말했다.

　"깜깜하고 구름이 꽉 끼었어. 일하기에 아주 딱 좋은 날씨야, 그렇지?"

　"맞아!"

　페이긴이 맞장구를 쳤다.

　"당장 시작할 일이 없으니 서운하군, 빌."

　"누가 아니래. 나도 몸이 근질근질해."

　사익스가 퉁명스럽게 쏘아붙였다.

　페이긴이 한숨을 내쉬며 낙담한 듯 고개를 가로저었다.

　"때가 되면 우리는 허비한 시간을 벌충해야 해. 무슨 수를 써서라도 말이야."

　사익스가 말했다.

　"내가 하고 싶은 말이야."

　페이긴이 용기를 내 사익스의 어깨를 토닥이며 말했다.

　"자네가 그렇게 말해주니 힘이 솟는군."

　"힘이 솟는다고? 그렇겠지. 당연히 그래야지."

　사익스가 소리를 질렀다.

　"하하하!"

　페이긴이 너털웃음을 지었다. 페이긴은 사익스가 자기 말에 동의해준 것만으로도 안심이 되는 모양이었다.

　"오늘 밤에야 자네답군, 빌. 예전 모습 그대로야."

　"네놈이 내 어깨에 그 말라빠진 손을 올려놓으면 난 기분이 나빠. 어서 손 치워."

　사익스가 페이긴의 손을 뿌리치며 말했다.

"손을 얹으면 불안한 모양이군, 빌. 경찰에게 잡힌 것 같나?"

페이긴이 말했다.

페이긴은 사익스에게 화를 내지 않기로 작정한 모양이었다.

"악마에게 목 졸리던 생각이 떠오르거든."

사익스가 맞받아쳤다.

"경찰이 아니고 말이야. 네놈 같은 얼굴을 한 사람은 세상에 없을 거야. 네놈 아비는 그런 얼굴이겠지만. 지금쯤이면 네놈 아비의 희끗희끗 센 붉은 수염이 홀라당 다 타버렸을 거야. 네 놈이 악마의 새끼가 아니라 사람의 새끼라면 말이야. 그래도 전혀 놀랄 일은 아니지만⋯⋯."

페이긴은 이런 욕설을 듣고도 아무 대꾸를 하지 않았다. 그러면서 사익스의 소매를 잡아끌며 두 사람이 옥신각신하는 틈을 타 모자를 쓰고 외출을 하려는 낸시를 손가락으로 가리켰다.

"이봐!"

사익스가 고함을 질렀다.

"낸시, 이렇게 늦은 밤에 어디를 가려는 거야?"

"그냥, 요 앞에요."

"대답하는 꼴 보게. 도대체 어디 가는 거야?"

사익스가 다그쳤다.

"그냥, 요 앞이라니까요."

"요 앞 어디냐고 묻잖아."

사익스가 큰 소리로 쏘아붙였다.

"내 말 안 들려?"

"어디인지 나도 몰라요."

낸시가 대꾸했다.

"그럼 내가 알려주지."

낸시가 나가는 것이 진짜 싫다기보다 자기 말이 무시당했다고 생각한 사익스가 고함을 질렀다.

"아무 데도 못 가. 가만히 앉아 있어."

"몸이 안 좋아요. 아까도 말했잖아요. 그냥 바람 쐬고 싶어서 그래요."

"그럼 머리를 창문 밖으로 내밀고 거기서 바람을 쐐."

사익스가 말했다.

"그거 가지고는 부족해요. 길거리에서 바람을 쐬고 싶단 말이에요."

낸시가 대꾸했다.

"그럼 바람 쐬지 마."

사익스가 쏘아붙였다. 사익스는 이렇게 말하면서 일어나더니 문을 열쇠로 잠그고 열쇠를 뺀 뒤 낸시의 머리에서 모자를 벗겨서 낡은 옷장 위로 던져버렸다.

"이제…… 얌전히 그 자리에 가만히 있어, 알았어?"

사익스가 말했다.

"그까짓 모자 없다고 못 나갈 줄 알아요?"

낸시가 하얗게 질린 얼굴로 쏘아붙였다.

"도대체 왜 그래요, 빌? 당신이 지금 무슨 짓을 하는지 알기나 해요?"

"알긴 뭘…… 맙소사!"

사익스가 페이긴을 돌아보며 소리를 질렀다.

"저 여자가 제정신이 아니야. 제정신이라면 감히 내게 저렇게 말하지 못하거든."

"당신 때문에 내가 정말 못 살아요."

낸시가 양손으로 가슴을 누르며 중얼거렸다. 심한 발작이 일어나려는 것을 간신히 억누르는 것 같았다.

"제발 나가게 해줘요. 지금 당장이요. 제발요."

"안 돼!"

사익스가 버럭 소리를 질렀다.

"나 좀 내보내 주라고 해요, 페이긴. 그래야 해요. 사익스를 위해서예요. 내 말 안 들려요?"

낸시가 발로 바닥을 구르며 악을 썼다.

"시끄러워!"

사익스가 의자에 앉은 채 몸을 돌려 낸시를 쳐다보며 소리를 질렀다.

"제기랄! 30초만 더 떠들면 개한테 네년 목을 물어뜯으라고 할 거야. 더는 징징거리지 못하도록 말이야. 너 도대체 왜 그러는 거야, 미친 것처럼? 왜 그래?"

"나가게 해줘요."

낸시가 진심으로 애원했다. 그러더니 문 앞 방바닥에 주저앉아서 울부짖었다.

"빌, 제발 나가게 해줘요. 당신은 지금 무슨 짓을 하는지 몰라요. 정말 몰라요. 딱 한 시간만 나갔다 올게요."

"저게 미쳤나……."

사익스가 낸시의 팔을 거칠게 잡으며 고함을 질렀다.

"내 사지를 하나씩 갈라 봐라. 내보내 수나! 어서 일어나!"

"내보내 줄 때까지 못 일어나요. 제발 내보내 줘요. 절대 못 일어나. 절대!"

낸시가 발악을 했다. 사익스는 잠깐 낸시를 쳐다보며 기회를 엿보다가, 갑자기 낸시의 손을 낚아채서 질질 끌며 옆방으로 데려갔다. 사익스는 옆방으로 끌려 오는 동안 발버둥과 몸부림을 치던 낸시를 의자에 밀어 앉히더니 힘으로 못 움직이게 눌러 놓았다. 낸시는 시계가 12시를 칠 때까지 화도 내보고 애원도 하다가, 결국 지치고 피곤해지자 더는 고집부리기를 그만두었다. 사익스는 수도 없이 욕설을 퍼부으며 그날 밤 밖에 나가려 하지 말라는 충고를 하더니, 편히 제정신을 차리라고 낸시를 그 방에 혼자 두고 페이긴이 있는 방으로 돌아왔다.

　"휴! 도저히 이해할 수 없는 여자야!"

　사익스가 얼굴에서 땀을 닦으며 입을 열었다.

　"누가 아니래, 빌."

　페이긴이 깊은 생각에 잠긴 채 대꾸했다.

　"내 말이 그 말이야."

　"도대체 이 밤중에 왜 밖에 나가겠다는 건지 모르겠어. 너는 어떻게 생각해?"

　사익스가 물었다.

　"말해 봐. 네가 나보다 저 여자를 더 잘 알잖아. 왜 저러는 것 같아?"

　"여자들의 괜한 고집이지, 뭐."

　페이긴이 어깨를 으쓱하며 말했다.

　"맞아, 나도 그렇게 생각해."

　사익스가 맞장구를 쳤다.

　"길을 잘 들인 줄 알았더니 아직도 안 들었나 봐."

　"더 나빠졌어."

페이긴이 생각에 잠겨서 말했다.

"나는 낸시가 별거 아닌 이유로 저러는 것을 한 번도 보지 못했거든."

"나도 그래."

사익스가 말했다.

"아직도 몸에 신열이 남아 있나 봐. 열이 안 떨어졌나?"

"그럴지도 모르지."

페이긴이 대답했다.

"또 저러면 의사한테 갈 것도 없이 내가 죽도록 패서 피를 흘리게 해 열을 떨어뜨려줘야겠어."

사익스가 말했다.

페이긴은 그런 치료법이 일리가 있다는 듯 고개를 끄덕였다.

"내가 몸져누워 있을 때 낸시는 밤이고 낮이고 온종일 내 곁을 떠나지 않았어. 속이 시커먼 늑대 같은 네놈이 코빼기도 디밀지 않을 때 말이야."

사익스가 말했다.

"먹을 것도 없었기 때문에 아무래도 낸시가 몹시 초조하고 걱정되었을 거야. 그렇게 오랫동안 이곳에 갇혀 있었으니 불안해서 저렇게 될 만도 해, 안 그래?"

"맞아."

페이긴이 나지막한 목소리로 대답했다.

"쉿!"

페이긴이 이 말을 하자마자, 낸시가 나타니 아까 앉았던 자리에 다시 앉았다. 낸시는 눈이 퉁퉁 붓고 충혈되었다. 자리에 앉자 몸을 앞뒤로 흔들다가 고개를 젖히고 갑자기 미친 듯이 웃기도 했다.

"왜 저래? 이번에는 다른 수법을 쓰는군."

사익스가 깜짝 놀란 표정으로 페이긴을 쳐다보며 말했다.

페이긴은 사익스에게 그냥 내버려 두라고 고갯짓을 했다. 몇 분 후에 낸시는 평상시대로 돌아왔다. 페이긴은 낸시가 다시 이상한 행동을 할 염려가 없다고 사익스에게 귓속말을 한 다음, 모자를 집어 들고 잘 자라는 말을 남기고 방을 나섰다. 문에 도착하자 잠시 걸음을 멈춰 서더니 뒤를 돌아보았다. 누군가 어두운 계단을 등잔으로 비춰주지 않을까 기대하는 눈치였다.

"페이긴에게 불 좀 비춰줘."

사익스가 담배 파이프를 채우며 말했다.

"혹시 목이라도 부러지면 구경꾼들이 실망할 텐데 얼마나 애석하겠어! 어서 불을 비춰줘!"

낸시가 촛불을 들고 페이긴을 따라 계단을 내려갔다. 두 사람이 복도에 도착하자, 페이긴이 손가락을 입술에 갖다 대며 낸시를 가까이 잡아당겨 귓속말로 속삭였다.

"왜 그래, 낸시?"

"무슨 소리예요?"

낸시도 페이긴처럼 귓속말로 속삭였다.

"아까 왜 그랬느냐는 말이야."

페이긴이 말했다.

"만약에 저놈이 너를 너무 함부로 대한다면, 원래 잔인한 놈이지만 말이야, 낸시. 네가……."

페이긴이 비쩍 마른 집게손가락으로 계단 위를 가리켰다.

"글쎄요!"

페이긴이 말을 잠깐 멈추자 낸시가 바로 끼어들었다. 페이긴은 입술이 낸시의 귀에 거의 닿을 지경이었고 낸시의 눈을 뚫어지게 보았다.

"지금은 좀 그렇고 나중에 다시 이야기하자. 나는 네 편이야, 낸시. 믿음직스러운 네 편이란 말이야. 너를 도와줄 방법이 다 있어. 조용히 아무도 모르게 말이야. 너를 개처럼, 그래 개처럼, 아니 가끔 개를 어르는 일이 있으니까 개보다도 못하게 대하는 놈들에게 복수하고 싶다면 언제든 내게 와. 저놈은 남 괴롭히는 재미로 살거든. 다시 말하는데 내게로 와. 저놈을 만난 지는 얼마 안 됐지만 낸시, 나를 안 지는 아주 오래됐잖아."

페이긴이 말했다.

"그럼요, 당신을 아주 잘 알죠. 잘 가요."

낸시가 어떤 감정도 나타내지 않고 대꾸했다.

낸시는 페이긴이 손을 잡으려고 손을 뻗자 뒤로 물러서며, 침착한 목소리로 잘 가라는 인사를 반복하고 페이긴이 작별인사의 눈길을 보내자 알았다고 고개를 끄덕이더니 페이긴이 나가자 문을 닫았다.

페이긴은 집으로 걸어가면서 머릿속으로 한 가지 생각에 골몰했다. 방금 있었던 낸시의 이상행동이 페이긴에게 그런 생각을 떠올리게 만든 원인은 아니었지만, 오래전부터 조금씩 들기 시작했던 의심을 확인시켜주기는 했다. 페이긴은 낸시가 사익스의 잔인함에 염증을 느끼고 새로운 남자를 마음에 두기 시작했다고 생각하던 참이었다. 낸시는 태도기 돌변했다. 혼자 계속 외출하고, 예전에는 그렇게 열심이던 도둑질에 상대적으로 무관심했다. 이 밖에도 그날 밤 특정 시간에 그렇게 절실하게 밖으로 나가려고 했다는 점이 페이긴의 억측을 증폭시켰다. 그런 억측은 최소한 페이긴에게는 확실하다고 생각되었다. 낸시가 새로 좋아하는 사람은 페이긴의 부하 중에는 없었다. 낸시 같은 훌륭한 내조자를 꼬드긴 것을 보니 그자도 솜씨가 이만저만이 아닐 테니 바로 자기편으로 만들어야 했다.

좀 더 음흉한 목적이 하나 더 있었다. 사익스가 페이긴에 대해 너무 많이 알기 때문에 치사하게 비아냥거려 페이긴의 속을 뒤집어 놓았지만 페이긴은 기분 나쁜 티를 내지 않았다. 그래도 속으로는 원한이 있었다. 아마도 낸시는 자신이 사익스를 버린다면 사익스가 낸시와 낸시의 새 연인을 절대로 가만두지 않고 팔다리를 부러뜨리거나 죽일 것을 잘 알 것이다. 그러다 보니 이런 생각까지 들었다.

'조금만 설득하면…… 낸시도 사익스를 독살하는 것에 당장 가담할 거야. 여자들은 새로운 애인을 얻기 위해 그런 짓, 아니 그보다 더한 짓도 해왔지. 그런 악랄한 악당은 없어져 줘야 해. 나는 정말 그놈이 싫어. 다른 놈으로 그놈을 대신해야 해. 그리고 나는 낸시가 사익스를 독살했다는 것을 알 테니까 낸시는 내 말을 듣지 않을 수 없게 되는 거지.'

아까 사익스와 낸시가 옆방으로 자리를 옮긴 사이 방에 혼자 남아 있던 잠깐 동안에 이런 생각들이 페이긴의 마음을 스쳐 지나갔다. 이런 생각에 사로잡혔던 페이긴은 사익스의 집에서 나올 때 기회를 잡아 낸시에게 알 듯 모를 듯 암시를 던졌던 것이다. 낸시는 페이긴이 던진 암시에 전혀 놀라거나, 이해할 수 없다는 기색을 보이지 않았다. 페이긴의 의중을 분명히 이해했다는 뜻이었다. 헤어질 때 낸시의 눈빛이 그 점을 확인해주었다.

사익스를 제거하는 것이 페이긴의 간절한 소망이었지만, 낸시가 사익스를 죽이자는 음모에서 발을 뺄지도 모를 일이었다.

'어떻게 낸시를 조종하지? 어떻게 해야 낸시를 꼼짝 못 하게 할 수 있을까?'

페이긴이 집으로 천천히 걸어가면서 혼자 생각했다. 잔머리를 굴리는 데 있어서는 페이긴만 한 사람도 드물었다. 만약 낸시가 실토하지 않는다면 감시를 붙여 낸시의 새 연인을 찾아내, 사익스에게 바람난 사실을 고자질하겠다고 협박하면 그만이었다. 낸시가 페이긴의 모략에 끼어들지 않는다면 이 방법 말고 더 좋은 수가 있겠는가?

"좋았어."

페이긴이 큰 소리로 말했다.

"낸시는 내 말을 안 들을 수가 없지. 죽고 싶지 않으면 말이야! 역시 나는 천재야! 방법이 정해졌으니 시작하기만 하면 되겠군! 기다려, 사익스. 너는 이제 죽었어!"

페이긴은 뒤돌아서 음흉한 눈길을 보내며 죽을 줄도 모르고 자기를 협박했던 사익스가 있는 곳을 향해 주먹을 휘둘러 위협하는 시늉을 하더니 가던 길을 재촉했다. 비쩍 마른 양손을 다 떨어진 옷 속에서 바삐 움직였다.

다음 날 아침, 페이긴은 평소보다 일찍 일어나서 신참이 나타나기를 초조하게 기다렸다. 신참은 예정보다 조금밖에 늦지 않았지만 페이긴에게는 일각이 여삼추였다. 드디어 신참이 나타나더니 아침 식사가 형편없다고 불평하기 시작했다.

"볼터!"

페이긴이 의자를 당겨 맞은편에 앉으며 볼터를 불렀다.

"네, 왜요."

볼터가 대꾸했다.

"아침 식사가 끝나기 전에 일을 시킬 생각은 꿈도 꾸지 말아요. 식사하는데 그건 대단한 실례니까요. 당신도 아침 식사 중이잖아요."

"먹으면서도 말할 수 있잖아, 안 그래?"

페이긴이 속으로 볼터의 식탐을 욕하며 말했다.

"그렇죠. 말할 수 있고말고요. 말하면 입맛이 더 나죠."

볼터가 빵을 우악스럽게 잘라내며 말했다.

"샬럿은 어디 있어요?"

"나갔어. 오늘 아침에 다른 여자애랑 같이 내보냈어. 자네와 단둘이 할 얘기가 있어서 말이야."

페이긴이 대답했다.

"그래요? 내보내기 전에 빵을 구워놓으라고 시키지 그랬어요. 아무튼 얘기해요. 얘기해도 먹는 데 방해되지 않으니까요."

볼터가 대꾸했다.

사실 웬만해서는 게걸스러운 볼터의 식욕을 방해할 수 없을 것 같았다. 볼터가 아침을 배불리 먹어보기로 작정하고 앉은 게 분명했기 때문이었다.

"어제는 아주 잘했어. 대단했어. 첫날 6실링 9.5펜스라니! 자네는 삥 뜯기로 떼돈을 벌겠더군."

페이긴이 말했다.

"500밀리리터들이 항아리 세 개하고 우유 통도 절대 빼놓지 말아요."

볼터가 말했다.

"그렇지. 500밀리리터 항아리 세 개도 천재적인 솜씨였지만, 우유 통은 정말 대단한 실적이었어."

페이긴이 대꾸했다.

"그렇고말고요. 신참 치고는 대단하죠."

볼터가 스스로 만족스러워하며 말했다.

"항아리는 널찍한 난간에서 집어 왔고, 우유 통은 선술집 앞에 서 있길래 비를 맞으면 녹슬거나 감기에 걸릴 것 같아서 들고 왔죠. 하하하!"

페이긴도 진심으로 웃는 시늉을 했다. 볼터는 실컷 웃고 나서 처음에 잘랐던 빵을 게걸스럽게 다 먹자 빵을 또 잘랐다.

"볼터, 나는 자네가……."

페이긴이 식탁 쪽으로 몸을 기울이며 말했다.

"나를 좀 도와줬으면 좋겠어. 이 일은 상당히 조심해야 하는 일이야."

"내가 말했죠? 위험한 일을 시키거나 경찰서에 보내지 말라고요. 그런 일은 내게 안 맞아요. 절대로요. 전에도 분명히 말했잖아요."

볼터가 공격했다.

"이 일은 조금도 위험하지 않아. 눈곱만큼도 말이야."

페이긴이 말했다.

"어떤 여자의 뒤를 밟기만 하면 돼."

"늙은 여자요?"

볼터가 물었다.

"젊은 여자."

페이긴이 대답했다.

"그런 일이라면 자신 있어요. 학교 다닐 때도 몰래 따라다니는 일을 했거든요. 그런데 왜 뒤를 밟는 거죠? 다른 할 일은……."

"아무것도 없어."

페이긴이 말을 끊었다.

"그 여자가 어디를 가는지, 누구를 만나는지, 가능하다면 무슨 말을 하는지 내게 말해주면 돼. 어디에 갔다면 길이면 길, 집이면 집을 기억했다가 모든 정보를 내게 알려줘."

"그럼 내게 뭘 해줄 거죠?"

볼터가 잔을 가만히 내려놓고 페이긴의 얼굴을 똑바로 쳐다보며 물었다.

"이번 일을 잘하면 1파운드 줄게. 1파운드야."

페이긴이 되도록 볼터가 혹하기를 바라며 제법 욕심나는 미끼를 던졌다.

"여간한 일이 아니고서는 그만한 돈을 준 적이 없었어."

"그 여자가 누군데요?"

볼터가 물었다.

"우리 식구야."

"맙소사!"

볼터가 콧구멍을 벌름거리며 소리를 질렀다.

"그러니까 그 여자를 의심하는 거군요, 그렇죠?"

"그 여자가 새로운 친구들을 찾은 것 같아. 그게 누구인지 꼭 알아내야 해."

페이긴이 대답했다.

"그렇군요."

볼터가 말했다.

"그 사람들이 누군지를 알아내기만 하면 된다는 말이군요. 쓸 만한 사람들인지가 궁금하다는 거죠? 하하하! 나만 믿어요."

"자네가 해줄 줄 알았어."

페이긴은 자기 제안이 성공했다고 여기고 의기양양해서 큰 소리로 말했다.

"물론이죠. 그 여자 어디 있어요? 어디서 그 여자를 기다리면 되죠? 언제 갈까요?"

볼터가 맞장구를 쳤다.

"다 말해줄게. 때가 되면 그 여자를 지목해줄 거야. 자네는 준비만 하고 있으면 되고 나머지는 모두 내게 맡겨."

페이긴이 말했다.

그날 밤과 다음날, 그리고 그다음 날 볼터는 신발까지 신고 짐 마차꾼 차림으로 페이긴이 한마디만 하면 출동할 만반의 준비를 하고 앉아 있었다. 엿새가 지났다. 길고 지루한 시간이었다. 매일 밤 페이긴은 실망스러운 표정을 지으며 집에 돌아와서 아직 때가 되지 않았다고만 간단하게 통보했다. 이레째 되는 날 밤, 평소보다 일찍 돌아온 페이긴이 흥분을 감추지 못했다. 일요일이었다.

"그 여자가 오늘 밤 나갈 모양이야."

페이긴이 말했다.

"틀림없이 그 일 때문일 거야. 오늘 온종일 혼자 있었는데, 그 어지기 무시워하는 사내는 내일 새벽까지는 안 돌아올 거거든. 어서 따라와. 빨리."

볼터는 한마디도 하지 않고 벌떡 일어났다. 페이긴이 어찌나 흥분을 했던지 볼터도 덩달아 흥분이 되었다. 두 사람은 살그머니 집을 나와 미로 같이 복잡한 골목길을 바삐 지나서 드디어 어느 선술집 앞에 도착했다. 볼터가 런던에 처음 왔던 날 하룻밤을 잤던 바로 그 집이었다.

11시가 지난 시각이라 문이 닫혀 있었다. 페이긴이 낮은 휘파람을 불자 문이 조용히 열렸다. 두 사람은 아무 소리도 내지 않고 들어갔고, 그들이 들어가고 나자 문이 소리 없이 닫혔다.

페이긴과 문을 열어줬던 젊은 종업원이 감히 귓속말조차 시도하지 못하고 말을 손짓으로 대신하며 볼터에게 유리창을 가리키더니, 계단을 올라가 안에 있는 사람을 잘 보라고 손짓을 했다.

"저 여자예요?"

볼터가 겨우 들릴까 말까 한 목소리로 물었다.

페이긴이 그렇다고 고개를 끄덕였다.

"얼굴이 잘 안 보여요. 고개를 숙이고 아래를 내려다보고 있거든요. 게다가 촛불까지 뒤에 놓여 있잖아요."

볼터가 속삭였다.

"거기서 기다려."

페이긴이 속삭였다. 페이긴이 바니에게 손짓을 하자 바니가 사라졌다. 바로 다음 순간, 바니가 방으로 들어가더니 괜히 심지를 자르는 척하며 촛불을 적당한 위치로 옮겨 놓고 그 여자가 고개를 들도록 말을 걸었다.

"이제 잘 보여요."

볼터가 말했다.

"정확하게?"

페이긴이 물었다.

"천 명 속에서도 찾아낼 수 있어요."

볼터는 방문이 열리자 서둘러 내려왔고 여자도 나왔다. 페이긴은 휘장이 쳐진 작은 칸막이로 볼터를 데리고 숨어서, 여자가 두 사람이 숨은 곳에서 몇 발짝 앞을 지나 문으로 나갈 때까지 숨을 죽이고 기다렸다.

"조용히 해!"

바니가 문을 열고 소리쳤다,

"나가!"

볼터는 페이긴과 눈길을 교환하고 나서 뛰어나갔다.

"왼쪽이야."

바니가 속삭였다.

"왼쪽으로 가서 건너편 길로 따라가."

볼터는 시키는 대로 했다. 여자가 훨씬 앞서서 걷고 있지만 가로등 덕분에 뒷모습이 잘 보였다. 볼터는 여자의 움직임을 더 잘 보기 위해 안전하다고 생각되는 거리까지 최대한 가까이 다가갔다. 계속 건너편 길을 걸었다. 여자는 두세 번 정도 불안하게 뒤를 돌아봤고, 한 번은 바로 뒤에서 걷고 있던 두 남자를 먼저 보내기 위해 걸음을 멈추었다. 앞으로 나아가면서 용기를 내는 것 같았다. 발걸음이 점점 확고하고 과감해졌다. 볼터는 둘 사이에 일정 거리를 유지한 채 여자에게서 눈을 떼지 않았다.

제8장
약속을 지키다

　교회 시계가 11시 45분을 알릴 때 두 사람의 모습이 런던 브리지 위에 나타났다. 한 사람은 여자로 민첩하고 날쌘 걸음으로 나아가며 뭔가를 찾는 듯이 주위를 열심히 두리번거렸다. 또한 사람은 남자로 어두운 그림자를 이용해 여자를 따라가고 있었다. 남자는 여자와 일정 거리를 유지한 채 여자가 서면 따라서고 걸으면 따라 걸으며 들키지 않게 살그머니 뒤를 밟았지만, 미행에 몰입한 나머지 너무 가까워져 들킬 정도로 바짝 다가가지는 않았다. 두 사람이 미들섹스에서 서리 해안 방향으로 다리를 건널 때, 여자는 행인들을 초조하게 살피다가 몹시 실망한 빛을 보이며 뒤로 돌아섰다. 여자가 너무나 갑작스럽게 뒤로 돌아섰지만 뒤를 따라오던 남자는 들키지 않았다. 여자가 뒤로 도는 순간, 남자는 다리 교각 위에 있는 난간의 움푹 들어간 곳으로 몸을 숙이며 재빨리 숨었기 때문이다. 남자는 여자가 건너편에서 지나가기를 기다렸다. 여자가 아까만큼 멀어지자 남자는 조용히 난간에서 몸을 일으켜 여자를 다시 따라갔다. 다리 중앙 쯤 왔을 때 여자가 걸음을 멈췄다. 남자도 걸음을 멈췄다.

칠흑같이 어두운 밤이었다. 낮부터 날씨가 좋지 않았고, 더구나 그런 시각, 그런 장소에 사람들이 많을 리가 없었다. 몇 명 있기는 했지만 모두 서둘러 지나가며 아무도 여자와 여자의 뒤를 밟는 남자를 쳐다보거나 알아보지 않았다. 하룻밤을 보낼 차가운 다리 밑이나 허름한 오두막을 찾아 다리를 건너는 가난한 런던 시민들에게 두 사람의 모습은 아무런 관심을 끌지 못했다. 두 사람이 그 자리에 조용히 서 있었지만, 행인 중에 아무도 두 사람에게 말을 걸거나 말을 걸 만한 사람은 없었다.

안개가 템스강 위에 자욱하게 끼어 있어서, 먼 선착장에 정박된 작은 선박들 위에서 타오르는 빨간 불빛이 뿌옇게 보였고, 강기슭에 서 있는 희미한 건물들이 더 시커멓고 어렴풋하게 보였다. 강 양쪽 기슭에는 연기에 그을린 오래된 창고들이 다닥다닥 밀집된 일반 주택의 지붕보다 무겁고 둔하게 우뚝 솟아서, 시커먼 강물을 잔뜩 찡그린 무시무시한 얼굴로 굽어보고 있었다. 하지만 강물은 너무 시커메 덩치 큰 창고조차 반사하지 못했다. 고색창연한 런던 브리지를 지켜온 수호상처럼 사우스워크 대성당 탑과 성 매그너스 성당의 첨탑이 안갯속에서 어렴풋하게 보였다. 하지만 다리 밑 수많은 돛단배가 이룬 돛의 숲과 다리 위 빽빽하게 흩어져 있는 교회 첨탑들도 안갯속에 가려 거의 보이지 않았다.

여자가 불안한 듯 왔다 갔다 서성대는 동안에도, 여자를 몰래 미행하던 남자는 여자에게서 한순간도 눈을 떼지 않았다. 그때 성 바오로 성당에서 하루의 끝을 알리는 둔탁한 종이 울렸다. 복잡한 런던에 자정이 찾아온 것이었다. 왕궁과 지하의 값싼 술집, 감옥, 정신병원, 출산과 사망 및 건강과 질병이 공존하는 병원, 얼굴이 굳은 주검, 편안하게 잠이 든 아이……. 모두에게 한밤중이 찾아왔다.

자정을 알리는 종소리가 들리고 채 2분도 되지 않아, 젊은 아가씨가 노신사와 함께 다리에서 얼마 멀지 않은 곳에서 대절해서 타고 온 마차에서 내리더니 마차를 돌려보내고 다리 쪽으로 곧장 걸어왔다. 두 사람이 다리에 발을 올려놓자마자, 안절부절못하던 여자가 깜짝 놀라며 두 사람 쪽으로 즉시 달려갔다.

두 사람은 이번에도 틀렸다고 어느 정도 체념한 듯한 태도로 주위를 두리번거리며 계속 걸어왔다. 그때 두 사람에게 어떤 사람이 갑자기 바싹 다가섰다. 두 사람은 기겁을 하고 걸음을 멈추면서 비명을 지를 뻔했으나 순간적으로 비명을 삼켰다. 시골 농부 차림의 남자가 다가왔기 때문이었다. 그 남자가 바로 그 순간 세 사람을 스치고 지나갔다.

"여기는 위험해요. 여기서 말씀을 드리기는 무서워요. 이쪽으로 오세요. 큰길에서 벗어나면 저쪽 밑에 계단이 있거든요."

낸시가 이 말을 내뱉으며 두 사람이 가기를 바라는 쪽을 가리켰다. 옆을 스쳐 지나갔던 농부가 뒤를 돌아보며 도대체 왜 길을 막고 있느냐고 투덜대며 지나갔다.

낸시가 가리켰던 계단은 런던 브리지 교각과 붙어 있는 템스강 나루터로, 서리 방향 강기슭 위에 있는 사우스워크 대성당과 같은 편에 있었다. 낸시가 손을 들어 이곳을 가리키기 무섭게 농부 차림을 한 남자가 이곳까지 눈에 띄지 않게 먼저 뛰어가더니 계단을 잠깐 살펴본 후 내려갔다.

계단은 교각의 일부로 중간에 계단참이 두 개 있다. 위에서 두 번째 계단참 바로 밑 왼쪽에 서 있는 돌벽 끝에 템스강 쪽을 향한 장식용 주춧돌이 있다. 바로 여기에서부터 계단 맨 밑단이 넓어지기 때문에 벽 모퉁이를 돌아 한 사람이 숨으면 바로 한 계단 위에 있는 사람도 전혀 눈치채지 못하는 공간이 있다. 농부 차림의 남자는 이곳에 도착하자 허둥지둥 주위를 두리번거리다가 달리 숨을 만한 곳이 없자, 물이 빠져서 공간이 넓어진 곳 벽에 등을 대고 몸을 살짝 숨겼다. 세 사람이 이 밑으로까지는 내려오지 않을 것이라고 믿으며 그곳에서 한참을 기다렸다. 이 남자는 설사 세 사람이 나누는 이야기 소리를 듣지 못하더라도 쉽게 세 사람을 다시 미행할 수 있으리라고 생각했다.

　그곳에 숨어서 세 사람이 내려오기를 기다리는 동안 시간은 마치 굼벵이처럼 더디게 지나갔다. 세 사람이 만나는 이유가 미행자의 기대와는 아무 상관이 없는 내용이지만, 그래도 미행자는 알고 싶어 견딜 수가 없었다. 기다리다 지친 미행자는 세 사람이 계단 위쪽에서 이야기를 나누든지, 아니면 완전히 다른 곳으로 갔을지도 모른다고 생각하며, 오늘 임무는 실패라고 여기고 몇 번이고 포기할 뻔했다. 미행자가 포기하고 숨은 곳에서 나와 막 계단을 올라가려는 찰나, 아주 가까이에서 말소리가 들리더니 곧이어 발소리도 들렸다.

　미행자는 다시 벽에 몸을 바짝 붙이고 제대로 숨도 쉬지 못한 채 주의 깊게 귀를 기울였다.

　"이 정도면 충분히 멀리 왔소."

　노신사의 목소리가 들렸다.

　"어린 아가씨를 더는 걷도록 할 수는 없소. 당신을 믿고 이렇게 멀리까지 오는 사람은 많지 않았을 텐데, 나는 당신을 존중하기 때문에 기꺼이 따라온 거요."

"저를 존중하신다고요?"

미행당하고 있던 여자가 소리를 질렀다.

"정말 사려 깊은 분이시군요. 저를 존중하시다니요. 아무튼 그런 건 아무래도 상관없어요."

"도대체, 왜…… 무슨 이유로 우리를 이렇게 이상한 곳으로 데려온 거요? 다리 위는 가로등도 있고 사람들도 오가는데, 이렇게 어둡고 음산한 곳 말고 그냥 다리 위에서 이야기하는 게 좋지 않았겠소?"

노신사가 아까보다 누그러진 목소리로 말했다.

"말씀드렸다시피 거기서 말하기는 겁이 났어요. 왜 그런지 이유는 저도 잘 모르겠어요."

낸시가 몸을 부르르 떨며 말했다.

"그리고 오늘은 너무 무서워서 제대로 서 있기도 힘들어요."

"뭐가 무서운 거요?"

노신사가 낸시를 안쓰러워하며 물었다.

"저도 뭔지 분명히는 모르겠어요."

낸시가 대답했다.

"저도 알고 싶어요. 끔찍한 주검과 그 위에 피범벅이 되어 덮여 있는 수의(壽衣)가 떠올라요. 마치 화형을 당하는 것처럼 두려움에 몸이 펄펄 끓는 생각들로 온종일 시달렸죠. 밤에는 책을 읽으며 시간을 보냈는데, 책 속에서도 똑같은 장면이 보였어요."

"망상일 뿐이에요."

노신사가 낸시를 진정시키며 말했다.

"망상이 아니에요. 책 속에 '관(棺)'이라고 대문짝만하게 쓰인 새까만 글자를 분명히 봤다니까요. 맙소사! 오늘 밤에도 길에서 사람들이 관을 들고 가는 모습을 가까이에서 봤어요."

낸시가 목멘 소리로 대꾸했다.

"그건 이상한 일이 아니라오. 나도 관이 지나가는 모습을 자주 봤소."

노신사가 말했다.

"진짜 관은…… 아니었어요."

낸시가 말했다.

낸시가 어딘가 아주 이상했기 때문에 숨어서 엿듣는 노아는 낸시가 관이라고 하는 말을 들을 때 소름이 돋았고 피가 얼어붙는 것 같았다. 낸시에게 진정하고 그런 무서운 망상에 사로잡혀 자신을 망가뜨리지 말라고 말하는 젊은 아가씨의 부드러운 목소리는 노아가 이 세상에서 들었던 그 어떤 목소리보다 큰 위안이 되었다.

"저분에게 친절하게 말씀해주세요. 정말 불쌍하잖아요! 친절한 말이 필요할 거예요."

젊은 아가씨가 노신사에게 부탁했다.

"신의 선택을 받은 거만한 분들은 고개를 높이 들고 오늘 밤 저 같은 사람을 쳐다보며 격정과 복수에 대해 설교할 거예요. 맙소사, 아가씨! 신의 선택을 받았다는 사람들은 왜 젊고 아름다운 아가씨처럼 가난하고 비참한 사람들을 너그럽고 친절하게 내하지 않을까요? 겸손하기는커녕 거만하기만 하잖아요."

낸시가 울먹였다.

"그래요! 이슬람교도들은 몸을 청결하게 씻은 다음 몸을 동쪽으로 돌려 메카를 향해 기도를 올립니다. 그런데 기독교도들은 세상일에 마구 비벼서 미소를 지워버린 얼굴로 천국의 가장 어두운 면을 바라보지요. 이슬람교도와 형식에 얽매이는 위선자 둘 중에서는 이슬람교도가 훨씬 낫습니다."

노신사는 이 말을 함께 온 젊은 아가씨에게 들으라고 한 것 같았다. 낸시가 흥분과 불안을 가라앉히도록 시간을 주기 위해서였다. 이 말을 하고 나서 바로 이번에는 낸시에게 말을 했다.

"지난 일요일 저녁에는 안 나왔더군요."

"올 수가 없었어요. 강제로 잡혀 있었거든요."

낸시가 대꾸했다.

"누구에게?"

"빌이요. 전에 제가 아가씨께 말씀드린 그 사람이죠."

"당신이 오늘 우리와 나눌 이야기 때문에 의심을 받는 건 아니겠죠?"

노신사가 걱정스럽게 물었다.

"아니에요."

낸시가 고개를 가로저으며 말했다.

"그 사람 모르게 나오기가 쉽지 않아요. 제가 아가씨를 만나러 갔던 날도 그 사람에게 수면제를 먹이지 않았다면 불가능했을 거예요."

"돌아갔을 때 깨어났었소?"

노신사가 물었다.

"아니에요. 그 사람뿐 아니라 누구의 의심도 안 받았죠."

"좋소."

노신사가 말했다.

"이제 내 말을 잘 들으시오."

"말씀하세요."

낸시가 말했다.

"여기 계신 아가씨는…… 나와 믿을 수 있는 몇 명에게 당신이 약 2주 전에 들려준 이야기를 전해주었소. 처음에는 당신을 믿어도 괜찮은지 의심이 들었지만, 지금은 확실하게 믿소."

노신사가 말했다.

"믿으세요."

낸시가 정색을 하고 말했다.

"다시 말하지만 나는 당신을 믿소. 내가 당신을 믿는다는 것을 입증하기 위해 하나도 숨김없이 말하겠소. 우리는 그 몽크스라는 자를 겁을 줘서 실토하도록 할 계획이라오. 하지만 혹시라도…… 그자를 잡을 수 없다면, 다시 말해 우리가 바라는 대로 계획을 수행할 수 없다면, 당신이 페이긴이라는 자를 우리에게 넘겨줘야 하오."

"페이긴을요?"

낸시가 움찔하며 고함을 질렀다.

"당신이 꼭 그자를 우리에게 넘겨줘야 하오."

노신사가 말했다.

"그렇게 못 해요. 정말 그렇게는 못 해요."

낸시가 말했다.

"그 사람은 악마예요. 제게는 악마보다도 더 지독했기 때문에 저는 그렇게 할 수 없어요."

"못 한다고?"

노신사가 이런 대답을 예상했다는 듯이 말했다.

"절대로요."

낸시가 못을 박았다.

"이유를 말한다면?"

"한 가지 이유는 아가씨가 이미 알고 계시니까 그 점에 대해서는 제 편을 들어주실 거예요. 약속을 하셨거든요. 또 한 가지 이유는 그자가 못된 짓을 하며 살았다지만 저도 만만치 않거든요. 우리 같은 사람들은 대부분 같은 일을 함께하면서 살죠. 그러니까 그 사람들이 아무리 나쁜 짓을 했다고 해도, 그동안 저를 배신하지 않았는데 제가 그 사람들을 배신할 수는 없어요."

낸시가 단호하게 말했다.

"그렇다면……."

노신사가 이 말을 하려고 오래 기다려왔다는 듯이 재빨리 말을 받았다.

"몽크스라는 자를 내 손에 넘겨주고 내가 그자를 상대하게 해주시오."

"혹시 몽크스가 우리를 배신하면 어쩌고요?"

"약속하리다. 만약 그럴 경우, 그자가 진실을 실토한다면 당신들과 관련된 나머지 일은 모두 덮겠소. 올리버의 과거에 대해서도 만천하에 드러나면 안 좋은 일도 있을지 모르니 말이오. 진실만 밝혀지면 다른 사람은 아무도 벌 받지 않고 안전할 거요."

"진실이 밝혀지지 않는다면요?"

낸시가 물었다.

"그렇다면 페이긴이라는 자는 당신이 동의하지 않는 한 절대 벌을 받지 않게 하겠소. 꼭 벌을 받아야 한다면, 당신이 처벌에 동의할 수 있도록 그 이유를 충분히 설명하겠소."

"그럼 아가씨가 약속을 해주실 수 있나요?"

낸시가 정색을 하고 물었다.

"약속할게요."

로즈가 대답했다.

"내가 진심으로 맹세하죠."

"몽크스는 아가씨와 선생님께서 어떻게 이 사실을 알았는지 몰라야 해요."

낸시가 잠깐 뜸을 들인 다음 말했다.

"당연하오. 당신이 알려준 사실로 그자를 다그친다고 해도, 그 사실을 누구에게 들었는지는 그자가 상상도 못 할 거요."

노신사가 대꾸했다.

"저는 어려서부터 거짓말쟁이들 틈에서 살아왔고 저도 거짓말쟁이예요."

낸시가 또다시 잠깐 말을 멈추더니 다시 말을 이었다.

"그래서 누구의 말도 안 믿지만 선생님 말씀은 믿겠어요."

두 사람에게서 다짐을 받아낸 다음, 낸시는 낮은 목소리로 그날 밤 자기가 들렀던 선술집의 이름과 위치를 이야기했다. 하지만 목소리가 어찌나 낮은지 엿듣고 있던 노아는 도대체 낸시가 무슨 말을 하는지 짐작조차 하기 힘들었다. 낸시가 잠시 말을 끊는 것으로 미루어 보아, 노신사가 낸시가 하는 말을 수첩에 적는 모양이었다. 낸시는 '쓰리 크리플즈'의 위치와 들키지 않고 그곳을 지켜볼 수 있는 최적지, 몽그스가 주로 그곳을 방문하는 요일 및 시각까지 상세하게 설명하고 나서, 몽크스의 인상착의와 특징을 애써서 떠올리려는 듯 잠깐 생각에 잠겼다.

"키가 아주 커요."

낸시가 말했다.

"몸집이 좋은데, 그렇다고 뚱뚱하지는 않죠. 걸음걸이는 살금살금 걷는데 걸을 때면 늘 어깨너머를 이리저리 힐끔거려요. 잊지 마세요. 눈이 남보다 유별나게 아주 움푹 들어갔기 때문에 그것만 봐도 금방 알아볼 수 있을 거예요. 얼굴은 머리카락이나 눈처럼 까맣고, 나이가 스물여덟이나 일곱밖에 안 됐지만 초췌하고 비쩍 말랐죠. 입술은 핏기가 없고 이로 깨문 자국으로 뒤둥그러졌답니다. 성깔이 못 돼서 손을 물어뜯기도 해서 손이 늘 상처투성이예요. 왜 그렇게 놀라세요?"

낸시가 갑자기 말을 중단하고 물었다.

노신사는 당황하며 자기가 놀랐는지 몰랐다고 대답하더니, 낸시에게 계속하라고 말했다.

"사실은 저도 그자를 두 번밖에 못 봤기 때문에 아까 말씀드렸던 선술집에서 일하는 사람들에게 들은 내용도 있어요. 두 번 봤을 때도 그자는 큼직한 망토를 뒤집어쓰고 있었거든요. 제가 그자에 대해 말씀드릴 수 있는 것은 이것뿐이에요. 잠깐만요."

낸시가 말했다.

"너무 높이 있어서 그자가 얼굴을 돌릴 때 넥타이 아래로 일부밖에 안 보이지만 목에……."

"붉은색 커다란 상처가 있죠. 화상 당했거나 불에 덴 자국처럼요."

노신사가 큰 소리로 말했다.

"어떻게 아세요?"

낸시가 말했다.

"그자를 아시는군요!"

아가씨가 놀라 비명을 질렀고, 잠시 세 사람은 꼼짝도 하지 않았다. 그 덕분에 노아는 세 사람의 숨소리까지도 정확하게 들을 수 있었다.

"아는 자 같소. 당신의 설명을 들으니 알겠소. 곧 밝혀지겠죠. 비슷한 사람이 많아서 내가 착각하는 건지도 모르니까."

노신사가 침묵을 깨고 입을 열었다.

노신사는 대수롭지 않다는 듯하게 중얼거리더니, 노아가 숨어 있는 쪽으로 한두 계단 내려가서 혼잣말로 중얼거렸다.

"그 아이가 분명해!"

노신사의 혼잣말이 분명하게 들렸기 때문에 노아도 노신사가 가까이 왔음을 알 수 있었다.

"그건 그렇고⋯⋯."

노신사가 아까 서 있던 곳으로 다시 돌아가는 소리가 들리더니 말했다.

"당신은 우리에게 가장 소중한 정보를 주었소. 그러니 당신에게 보답을 하고 싶소. 바라는 것이 무엇이오?"

"없어요."

낸시가 대답했다.

"계속 그렇게 고집을 부리지 마시오."

노신사가 어찌나 친절한 목소리로 말을 하는지, 아무리 고집이 센 사람도 흔들리지 않을 수 없을 정도였다.

"다시 생각하고 말해요."

"정말 없습니다."

낸시가 울먹이며 대꾸했다.

"선생님께서는 절대 저를 도울 수 없으세요. 저는 이미 아무 희망도 없는 사람이거든요."

"말도 안 되는 소리 하지 말아요."

노신사가 말했다.

"당신의 과거는 끔찍했소. 젊은 기운을 낭비한 거요. 조물주가 단 한 번밖에 허락하지 않고 다시는 얻을 수 없는 그런 소중한 시간을 허비했소. 하지만 미래는 희망이 있다오. 마음의 평화는 당신이 스스로 찾아야 하기에 우리가 줄 수 있다고 약속할 수는 없지만, 당신에게 국내에 조용한 은신처를 마련해 주거나, 혹시 이 나라에 머무는 것이 두렵다면 바다 건너 외국에 마련해 줄 수도 있소. 당신에게 은신처를 마련해 주는 일은 우리의 능력으로 충분히 할 수 있는 일일 뿐 아니라, 당신의 안전을 위해 우리가 가장 바라는 일이기도 하오. 새벽이 밝기 전에, 템스강이 여명의 빛에 깨어나기 전에, 당신은 옛 동료들이 손을 뻗치지 못하는 곳으로 아무런 흔적을 남기지 않고 감쪽같이 사라질 수 있소. 한순간에 이 땅에서 사라진 것처럼 말이오. 자, 어서요. 나는 당신이 돌아가 동료들과 한마디라도 하거나 낡은 소굴을 다시 쳐다보거나, 당신에게 죽음처럼 해로운 공기를 마시게 내버려 둘 수는 없소. 시간과 기회가 있을 때 그자들과의 관계를 모두 끊으시오."

"마음이 흔들리나 봐요."

젊은 아가씨가 큰 소리로 말했다.

"망설이고 있어요. 분명해요."

"아닐 거요."

노신사가 말했다.

"맞아요, 아니에요."

낸시가 잠깐 고민을 하더니 대답했다.

"저는 과거에 얽매여 있어요. 지금은 그런 생활이 지겹고 싫지만, 그렇다고 버릴 수는 없어요. 돌아가기에는 너무 멀리까지 왔어요. 글쎄요, 혹시 예전에 이런 말을 해주셨더라면 웃어넘길 수 있었을지 잘 모르겠어요. 하지만……."

낸시가 허둥지둥 주위를 두리번거리며 말했다.

"다시 무서운 생각이 들어요. 집에 가야겠어요."

"집!"

젊은 아가씨가 집이라는 말에 힘을 주어 말했다.

"집이요, 아가씨."

낸시가 다시 말했다.

"제가 평생을 살며 자란 그 집 말이에요. 이제 헤어져요. 누군가 감시를 하는 것 같아요. 어서요. 가세요. 아가씨께 조금이라도 도움이 되었다면, 제가 바라는 것은 저 혼자 집으로 돌아가게 내버려 달라는 거예요."

"아무 소용이 없군."

노신사가 한숨을 내쉬며 말했다.

"우리가 여기 계속 서 있으면 이 사람을 위험에 빠뜨리는 건지도 몰라요. 예상보다 훨씬 오래 잡고 있었는지도 모르죠."

"맞아요."

낸시가 서둘러 맞장구를 쳤다.

"도대체…… 이 가엾은 사람의 인생은 어떻게 될까요!"

젊은 아가씨가 말했다.

"어떻게요?"

낸시가 말을 따라 했다.

"아가씨, 앞을 보세요. 저 검은 물을 보시라고요. 저 검은 물로 뛰어들었지만 슬퍼해 줄 가족이나 친척 하나도 없는 저 같은 사람에 대한 기사를 얼마나 읽으셨나요? 몇 년이나 몇 달 후가 될지 모르지만, 결국 저도 그렇게 될 거예요."

"그런 소리 하지 말아요, 제발."

젊은 아가씨가 울먹이며 말했다.

"아가씨 귀에는 들어가지 않을 거예요. 그렇게 끔찍한 일은 절대로……."

낸시가 말했다.

"안녕히 가세요. 안녕히."

노신사가 돌아섰다.

"이 지갑…… 제발 이거라도 받아줘요. 혹시 나중에라도 위험에 처하거나 어려울 때가 있을 거예요."

젊은 아가씨가 말했다.

"아니에요."

낸시가 대꾸했다.

"돈을 바라고 그런 일을 한 게 아니에요. 마음만 받겠어요. 정 그러시다면 아가씨가 쓰시던 물건을 하나 주세요. 저는 그저 그런…… 안 돼요. 반지는 안 돼요. 아가씨가 쓰시던 장갑이나 손수건을 주세요. 그럼 제가 아가씨와 연관이 있다고 생각하고 소중히 간직할게요, 친절한 아가씨. 됐어요. 신의 은총이 내리시길 빌어요, 아가씨! 안녕히들 가세요. 안녕히요!"

들키면 학대나 폭력을 당하게 될지도 모른다고 초조해하고 걱정하는 낸시를 보자, 노신사는 낸시가 바라는 대로 보내주는 게 좋다고 결심한 것 같았다. 멀어지는 발소리가 들렸고 말소리가 끊겼다.

젊은 아가씨와 함께 온 노신사의 모습이 다시 다리 위에 나타나더니, 두 사람이 계단 꼭대기에서 걸음을 멈췄다.

"잠깐!"

젊은 아가씨가 고함을 쳤다.

"우리를 불렀어요! 우리를 부르는 소리를 들은 것 같아요."

"아니오."

브라운로 씨가 슬픈 표정으로 뒤를 돌아보며 말했다.

"저 사람은 꼼짝도 안 하고 서 있어요. 우리가 사라질 때까지 안 움직일 거예요."

로즈가 머뭇거리자 브라운로 씨가 로즈의 팔을 감싸 안으며 부드럽게 이끌었다. 두 사람이 모습을 감추자, 낸시는 돌계단에 쓰러지듯 털썩 주저앉아서 가슴 속의 고통을 처절한 눈물로 뿜어냈다.

잠시 후 낸시는 일어나서 힘없이 비틀거리는 걸음으로 길로 올라갔다. 놀란 노아는 한동안 그 자리에서 꼼짝도 못 하고 가만히 있다가, 주위를 조심스레 여러 번 살펴 자기 혼자밖에 없음을 확인하자 숨어 있던 자리에서 살금살금 올라갔다. 내려올 때와 마찬가지로 어두운 벽에 몸을 숨기며 몰래 돌아갔다.

계단 위로 올라가는 동안 몇 번이고 주위를 살펴 지켜보는 사람이 없음을 확인한 노아는 죽을힘을 다해 페이긴의 집으로 쏜살같이 뛰어갔다.

❖ 제9장 ❖
불행한 결과

날이 밝기까지 겨우 두 시간 남짓밖에 안 남았지만 가을이라서 아직 한밤중이었다. 거리는 조용하고 인적이 끊어져 잠자는 소리밖에 들리지 않았다. 난봉꾼이나 주정꾼도 비틀거리며 집으로 돌아가 꿈나라를 헤매는 시각이었다. 이런 고요한 시각에 페이긴은 사악한 생각으로 괴로워하며 앉아서 자기 은신처를 지키고 있었다. 얼굴은 창백한 데다 일그러지기까지 했고 눈에는 온통 핏발이 서서 시뻘겠기 때문에, 사람이라기보다는 무덤에서 막 기어 나온 축축하고 섬뜩한 유령 같아 보였다.

페이긴은 불이 꺼져 썰렁한 난로 위로 몸을 수그린 채 웅크리고 앉아서 옆에 놓인 탁자 위에서 하릴없이 타고 있는 촛불 쪽으로 얼굴을 돌리고 다 떨어진 침대보를 뒤집어쓰고 있었다. 오른손을 입술에 대고 깊은 생각에 빠져서 길고 시커먼 손톱을 물어뜯었고 이 빠진 잇몸 위에 개와 늑대나 갖고 있을 것 같은 송곳니 몇 개를 드러냈다.

노아 클레이폴은 바닥에 깔린 매트 위에서 팔다리를 벌리고 널브러져서 깊은 잠에 빠져 있었다. 페이긴은 가끔 노아에게 잠깐씩 눈길을 보낼 뿐 계속 촛불을 쳐다보았다. 심지가 길어지다 못해 두 겹으로 접힌 초가 탁자 위에 촛농을 떨어뜨리고 있는 것을 보니 페이긴이 딴 데 정신을 팔고 있음이 분명했다.

정말 그랬다. 오래전부터 계획해 온 중대한 모략이 어긋났다는 낭패감과 낯선 사람들과 내통한 낸시에 대한 혐오감, 자신을 고자질하라는 요구를 거절한 낸시에 대한 의심, 사익스에게 복수할 기회를 놓친 쓰라린 실망감, 체포되어 인생이 끝날 것 같은 두려움, 죽음, 이런 것들로 촉발된 적개심과 타오르는 분노⋯⋯. 많은 감정이 페이긴의 머릿속을 빠르게 쉼 없이 소용돌이치며 온통 휘젓고 다녔다. 모든 사악한 생각들과 음흉한 계략들이 페이긴의 가슴속에 떠올랐다.

페이긴은 꼼짝도 하지 않고 시간이 얼마나 지났는지 전혀 관심 없는 상태로 앉아 있었는데, 페이긴의 예민한 귀에 길에서부터 발소리가 들리는 것 같았다.

"결국⋯⋯."

페이긴이 부들부들 떨리는 바짝 마른 입술을 훔치며 중얼거렸다. 페이긴이 중얼거리는 동안 종이 조용히 울렸다. 페이긴은 문을 열러 살금살금 계단을 올라갔다가 겨드랑이 밑에 보따리를 끼고 턱까지 목도리를 두른 사내를 데리고 돌아왔다. 자리에 앉아 외투를 벗어 던진 사내는 다름 아닌 사익스였다.

"받아."

사익스가 탁자 위에 보따리를 내려놓으며 말했다.

"조심하라고! 그거 마음대로 써. 그걸 손에 넣는데 아주 애먹었어. 세 시간 전에 도착할 수도 있었는데…….."

　페이긴은 보따리를 들어 찬장에 넣고 잠근 다음, 아무 말 없이 도로 자리에 앉았다. 하지만 그러는 동안 페이긴은 사익스에게서 한순간도 눈을 떼지 않았고, 이제 두 사람이 서로 얼굴을 마주 보고 앉자 사익스를 뚫어지게 보며 입술을 심하게 떨었다. 페이긴이 속에서 끓어오르는 감정을 억제하지 못한 채 얼굴이 일그러질 대로 일그러졌기 때문에, 사익스는 자기도 모르게 의자를 뒤로 빼더니 정말 깜짝 놀란 표정으로 페이긴을 살폈다.

　"뭐야?"

　사익스가 물었다.

　"사람을 왜 그렇게 쳐다보는 거야? 어서 말해. 뭐야?"

　페이긴은 오른손을 들어 떨리는 집게손가락을 허공에서 흔들었다. 어찌나 격하게 흔들어댔는지 기운까지 빠져 한동안 한 마디도 못 할 정도였다.

　"젠장!"

　사익스가 놀란 표정으로 가슴을 쓸어내리며 말했다.

　"아주 미쳤구먼! 나도 여기서 몸조심해야겠어."

　"아니, 아니야."

　페이긴이 목소리를 되찾아 말했다.

　"그게 아니야. 자네 때문이 아니야, 빌. 자네는 아무 잘못이 없어."

　"그래? 당연히 그렇겠지."

　사익스가 페이긴을 단호한 눈길로 쳐다보며 말했고, 총을 갖고 있음을 일부러 상기시키려는 듯이 총을 꺼내기 더 쉬운 주머니로 옮겼다.

"아주 다행이야. 우리 둘 중 한 명에게는 말이야. 그 한 명이 누군지는 별로 중요하지 않지만 말이야."

"자네에게 해줄 말이 있네, 빌."

페이긴이 의자를 가까이 당겨 앉으며 말했다.

"나보다는 자네에게 더 안 좋은 일이야."

"그래?"

사익스가 믿을 수 없다는 태도로 대꾸했다.

"어서 말해 봐. 빨리! 안 그러면 낸시는 내가 길을 잃은 줄 알 거야."

"길을 잃어?"

페이긴이 큰 소리로 말했다.

"낸시는 벌써 딴생각을 하고 있어."

사익스가 무척 당황스러운 표정으로 페이긴의 얼굴을 쳐다보았다. 페이긴이 도대체 무슨 소리를 하는 건지 만족스러운 설명을 들을 수 없자, 큼직한 손으로 페이긴의 멱살을 움켜잡고 거칠게 흔들었다.

"어서 말해!"

사익스가 소리를 질렀다.

"말 안 하면 숨 막혀 죽을 줄 알아! 주둥아리 벌리고 알아듣기 쉬운 말로 어서 지껄여! 이 늙은 똥개 같은 놈아! 당장 말하지 못해?"

"저기서 자고 있는 저 아이가……."

페이긴이 말을 시작했다.

사익스는 노아가 자고 있는 곳으로 고개를 돌렸다. 미처 노아를 보지 못했던 모양이었다.

"저 아이가 뭐?"

사익스가 다시 페이긴을 쳐다보며 말했다.

"우리 모두를 밀고한다고 생각해 봐. 우리를 밀고할 대상자를 먼저 물색한 다음 길거리에서 그 사람들을 만나서, 우리를 금방 알아볼 수 있도록 인상착의를 자세히 설명하고, 우리가 자주 가는 단골 술집까지도 모두 알려줬다고 생각해 봐. 저 아이가 일신의 영화를 위해 그런 짓을 하고, 우리가 꾸미고 있는 중요한 일을 일러바쳤다고 생각해보란 말이야. 체포되거나, 미행당하거나, 재판을 받거나, 목사에게 설교를 듣거나, 향응을 받거나 하지도 않았는데, 그냥 자기가 자진해서 말이야. 단지 자기 기분 좋자고 밤에 몰래 빠져나와 우리를 못 잡아 안달하는 자들을 찾아서 밀고했단 말이야. 내 말 알아들어?"

페이긴이 화가 나서 눈을 부라리며 소리를 질렀다.

"저 아이가 그런 짓을 모두 했다고 생각해 봐. 어쩔 텐가?"

"어쩔 거냐고?"

사익스가 어마어마한 욕을 퍼부으며 대꾸했다.

"내가 돌아올 때까지 살아 있다면, 내 장화의 쇠 뒤축으로 대갈통을 밀가루처럼 곱게 갈아버리겠어."

"내가 그런 짓을 했다면?"

페이긴이 고함을 지르듯이 큰 소리를 질렀다.

"우리 일을 가장 많이 알고, 가장 많은 사람을 교수대로 보낼 수 있는 내가 말이야!"

"글쎄……."

사익스가 이를 꽉 다물며 페이긴의 가정에 하얗게 질려서 말했다.

"그렇다면 내가 철창에 갇혀 족쇄를 하고 있어도 네놈을 가만 두지 않을 거야. 네놈과 함께 재판을 받는다면, 공개 법정에서 사람들이 지켜보는 가운데 네놈에게 달려들어 족쇄로 흠씬 두들 겨 패고 대갈통을 부숴버릴 거야. 나는 그 정도의 힘이 있거든."

사익스가 근육이 잘 발달된 팔을 들어 보이며 중얼거렸다.

"짐을 잔뜩 실은 마차가 짓밟고 지나간 듯이 네놈의 대갈통을 부숴버릴 수도 있어."

"정말 그럴 거야?"

"그러고말고."

사익스가 말했다.

"궁금하면 해보시지."

"만약 베이츠나 도저라면, 아니면 베티나……."

"누구든 상관없어."

사익스가 짜증스럽게 쏘아붙였다.

"그게 누구라도 똑같이 해줄 거야."

페이긴은 사익스를 다시 똑바로 노려보며 조용히 하라는 신 호를 보내더니, 바닥에 놓인 매트 위로 몸을 수그리고는, 꿈속 을 헤매는 노아를 흔들어 깨웠다. 사익스는 앉은 자리에서 몸을 앞으로 숙이고 손을 무릎에 놓은 채 페이긴의 행동을 물끄러미 쳐다보았다. 도대체 페이긴이 한 말이 무슨 뜻이고 왜 자는 아 이를 흔들어 깨우는지를 곰곰이 생각하는 모양이었다.

"볼터! 볼터! 불쌍한 녀석!"

페이긴이 극악부도한 기대감을 품은 채 볼터를 깨우더니, 아 주 천천히 단어에 힘을 주며 말했다.

"애가 아주 지쳤어. 너무 오랫동안 그 여자를 지켜봤거든. 그 여자를 지켜봤다고, 빌."

"무슨 소리를 하는 거야?"

사익스가 뒤로 물러앉으며 물었다.

페이긴은 대답 대신 아직 깨지 않은 볼터에게 몸을 구부리더니 억지로 일으켜 세웠다. 가명이 서너 번 반복해서 들리자 노아는 눈을 비비며 게으른 하품을 하더니 졸린 눈으로 주위를 두리번거렸다.

"그 이야기 다시 해봐. 다시 한번. 저 사람이 듣도록 똑똑히 말이야."

페이긴이 사익스를 가리키며 말했다.

"무슨 말을 하라고요?"

졸린 노아가 짜증스럽게 고개를 가로저으며 물었다.

"그거. 낸시에 대한 이야기."

페이긴이 사익스의 손목을 움켜잡으며 말했다. 노아의 이야기를 다 듣기도 전에 방을 뛰쳐나가지 못하게 하려는 속셈 같았다.

"네가 미행했던 여자 말이야!"

"알았어요."

"런던 브리지에 갔었잖아!"

"맞아요."

"그 여자가 거기서 두 사람을 만났지?"

"그랬죠."

"낸시가 전에도 만난 적이 있는 신사와 아가씨를 만났잖아. 두 사람이 낸시에게 친구들과 몽크스를 먼저 밀고하라고 부추겼더니 낸시가 그렇게 했고. 낸시에게 몽크스의 인상착의를 설명하라니까 설명했지. 우리가 어느 술집에서 만나고 자주 가는지, 어디에서 술집을 감시하기 좋은지, 우리가 몇 시에 주로 가는지도 알려줬어. 낸시가 모든 걸 알려줬단 말이야. 협박을 받지도 않았는데 머뭇거리지도 않고 모두 말이야. 그렇지?"

페이긴이 화가 나서 반은 정신이 나간 듯 고래고래 소리를 질렀다.

"모두 맞아요."

노아가 머리를 극적이며 대답했다.

"모두 사실이에요."

"지난 일요일에 관해 그 사람들이 뭐라고 했지?"

페이긴이 물었다.

"지난 일요일이라⋯⋯."

노아가 잠시 생각을 하면서 입을 열었다.

"아까 모두 말해줬잖아요."

"다시, 다시 말하란 말이야!"

페이긴이 사익스를 잡은 손에 힘을 주고 나머지 한 손으로는 입에서 뿜어져 나온 거품을 닦아내며 소리를 질렀다.

"그 사람들이 여자에게 물었어요."

노아가 말했다. 노아는 점점 잠에서 깨어나 정신을 차리자 사익스가 누구인지를 깨닫는 것 같았다.

"두 사람이 여자에게 왜 약속한 대로 지난 일요일에 안 나왔냐고 물었죠. 여자가 나올 수가 없었다고 대답했고요."

"그 이유는 뭐랬어?"

페이긴이 의기양양하게 끼어들었다.

"그것도 말해."

"왜냐하면 빌이 강제로 집에 붙잡아둬서 그랬대요. 전에도 그 여자가 말했던 남자라고요."

노아가 대답했다.

"그리고 또 무슨 얘기를 했지?"

페이긴이 소리를 질렀다.

"그리고 빌에 대해 또 무슨 얘기를 했다고 하더냐? 그것도 말해. 어서."

"빌은 그 여자가 어디에 가는지 알지 못하면 절대로 문밖으로 내보내지 않는다고도 했어요."

노아가 말했다.

"그 여자가 아가씨를 처음 만나러 갔던 날도…… 하하하! 그 여자가 이 말을 하는데 웃겨 죽는 줄 알았어요. 빌에게 수면제를 먹였다고 했거든요."

"가만두지 않을 거야!"

사익스가 페이긴의 손을 무섭게 뿌리치며 소리를 질렀다.

"가야겠어!"

사익스는 페이긴을 밀쳐 버리더니 방에서 급하게 뛰쳐나가서 미친 듯이 계단을 뛰어 올라갔다.

"빌, 빌!"

페이긴이 허겁지겁 뒤따라가며 소리를 질렀다.

"한마디만 더 들어봐. 딱 한마디만."

사익스가 그 한마디를 듣기 위해 기다리는 일은 없었을 테지만, 하필이면 문이 잠겨 있는 바람에 문을 열 수 없자 애꿎은 문에 대고 온갖 욕설을 퍼붓는 사이 페이긴이 숨을 헐떡이며 따라 뛰어 올라왔다.

"어서 문이나 열어!"

사익스가 소리를 고래고래 질렀다.

"한마디도 하지 마! 어떻게 할지 나도 몰라! 나가게 어서 문 열어!"

"한마디만 들어."

페이긴이 자물쇠에 손을 얹더니 말했다.

"절대로……."

"뭐야?"

사익스가 되물었다.

"절대 거칠게 다루면 안 돼. 알았지, 빌?"

페이긴이 애원했다.

날이 밝았다. 사람들이 얼굴을 알아볼 수 있을 만큼 훤해졌다. 두 사람은 서로를 힐끔 쳐다보았다. 두 사람의 눈에서 타오르는 불꽃을 몰라볼 수는 없었다.

"그러니까 나는……."

페이긴이 말했다. 어떤 이야기도 소용없다는 것을 알아차린 눈치였다.

"혹시라도 너무 거칠게 다루지는 말라는 말을 하고 싶었어. 머리를 쓰란 말이야, 빌. 너무 덤비지는 마."

사익스는 대답 대신, 페이긴이 자물쇠를 풀어주자 문을 열고 조용한 거리로 쏜살같이 뛰쳐나갔다.

사익스는 단 한 순간도 생각을 하거나, 단 한 번도 좌우로 고개를 돌리거나, 하늘을 올려다보지도 땅을 내려다보지도 않고, 무지막지한 결심으로 죽이라고 잎만 쳐나보며 턱이 살갗을 뚫고 나올 만큼 이를 앙다문 채 집으로 달려갔다. 사익스는 긴장을 조금도 풀지 않고 자기 집 현관에 도착하자 현관문을 열쇠로 살그머니 열고 도둑고양이처럼 계단을 살금살금 올라갔다. 자기 방으로 들어가더니 문을 이중으로 잠그고 무거운 탁자를 문에 기대놓은 다음 침대의 커튼까지 쳤다.

낸시는 옷을 입는 둥 마는 둥 한 차림으로 침대에 누워 있었다. 사익스가 낸시를 깨우자 낸시는 화들짝 놀라며 일어났다.

"일어나!"

사익스가 말했다.

"당신이군요, 빌."

낸시가 사익스가 돌아와서 반갑다는 표정으로 말했다.

"그래."

사익스가 대답했다.

"일어나."

촛불이 켜져 있었지만 사익스는 재빠르게 촛대에서 초를 들어 난로에 집어 던졌다. 촛불 없이 새벽의 희미한 여명을 보며 낸시가 다시 커튼을 걷으려고 일어났다.

"그냥 둬."

사익스가 한 손으로 낸시를 막으며 말했다.

"이 정도 밝기면 내가 할 일을 충분히 할 수 있어."

"빌."

낸시가 놀란 듯 낮은 목소리로 말했다.

"왜 나를 그런 눈으로 보는 거예요?"

사익스는 침대에 걸터앉더니 콧구멍을 벌름거리고 가슴을 들썩이며 몇 초 동안 낸시를 바라보았다. 그러더니 낸시의 머리와 목을 움켜잡고 방 한가운데로 질질 끌고 온 다음, 문을 한 번 힐끗 보더니 낸시의 입을 두꺼운 손으로 틀어막았다.

"빌, 빌!"

낸시가 죽을지도 모른다는 두려움에 온 힘을 다해 몸부림을 치면서 헐떡거리는 목소리로 빌을 불렀다.

"나…… 소리 안 지를게요. 절대로요. 내 말 들어요. 내가 뭘 잘못 했는지 말해줘요!"

"네가 잘 알 텐데. 이 악독한 년아!"

사익스가 숨을 멈추며 윽박질렀다.

"너는 어제 미행당했어. 네가 한 말을 처음부터 끝까지 엿들 었단 말이야!"

"그럼, 나를 살려줘요. 나도 당신을 살려줬잖아요."

낸시가 사익스에게 매달리며 대꾸를 했다.

"빌, 제발 빌! 당신은 나를 죽일 만큼 냉정한 사람이 못 돼요! 내가 오늘 밤 이런 꼴을 당하려고 모든 것을 포기했단 말인가 요? 잠깐 생각을 다시 하고 살인만은 저지르지 말아요! 내가 절 대 이 손을 놓지 않을 테니 당신은 나를 뿌리칠 수 없어요. 빌! 빌! 제발 부탁이에요. 당신을 위해서, 그리고 나를 위해서 내가 피를 흘리기 전에 그만 해요. 나는 죄를 많이 지었지만 당신에 게는 늘 진실했어요."

사익스는 손을 빼내려고 안간힘을 썼다. 하지만 낸시의 손이 사익스의 손 위에 깍지 끼워져 있었기 때문에 낸시의 손을 도저 히 뿌리칠 수가 없었다.

"빌."

낸시가 사익스의 가슴에 얼굴을 파묻으며 안간힘을 쓰면서 울먹였다.

"그 신사와 아가씨가 내게 조용하고 평화롭게 여생을 살 수 있도록 외국에 거처를 마련해 주겠다고 말했어요. 내가 그분들을 다시 만나게 해줘요. 그럼 무릎을 꿇고 당신에게도 똑같은 선처를 내려달라고 애원할게요. 우리 같이 이 끔찍한 곳을 떠나서 새로운 삶을 살아요. 우리의 과거를 깨끗하게 잊고 다시는 과거의 사람들을 보지 말고 살자고요. 반성이란 언제 해도 절대 늦지 않아요. 그분들이 내게 그렇게 말했어요. 그게 무슨 뜻인지 나도 이제 알겠어요. 잠깐만, 아주 잠깐만 우리 시간을 갖고 생각해 봐요!"

사익스가 한 손을 억지로 빼내 총을 잡았다. 화가 머리끝까지 난 상황이지만 총을 쏜다면 당장 체포될 것이라는 생각이 머릿속에 떠올랐다. 그래서 자기 얼굴에 거의 닿을 정도로 치켜든 낸시의 얼굴을 그 총으로 있는 힘껏 두 번 내리쳤다.

낸시는 매달린 채 안간힘을 쓰다가 이내 쓰러졌다. 이마에 난 찢어진 상처에서 쏟아져 내리는 피가 눈을 가려 도무지 앞을 볼 수 없을 지경이었지만, 힘겹게 몸을 일으켜 무릎을 꿇고 가슴에서 흰 손수건을 꺼냈다. 로즈가 준 손수건이었다. 낸시는 젖 먹던 힘까지 동원해 손수건을 되도록 하늘에 가깝게 높이 들어 올리며 조물주에게 자비를 베풀어달라는 기도를 올렸다.

차마 눈 뜨고 볼 수 없을 정도로 처참한 몰골이었다. 벽 쪽으로 비틀거리며 물러선 사익스가 한 손으로 눈을 가리고 육중한 몽둥이를 움켜잡더니 낸시를 내리쳤다.

런던에 밤이 오면 어둠을 틈타 자행되는 셀 수 없이 많은 나쁜 짓 중에서도 이번 사건은 최악이었다. 맑은 아침 공기 위에 악취가 피어오르는 끔찍한 사건 중에서도, 이보다 더 비열하고 잔인한 사건은 없었다.

빛나는 햇빛은 밝은 빛뿐만 아니라 새로운 생명과 희망, 신선함을 인간에게 전해주는데, 이 맑고 찬란한 빛을 복잡한 런던에도 비추었다. 값비싼 스테인드글라스나 종이로 구멍을 메운 창문을 통해, 성당의 원형 지붕이나 부서진 벽 틈을 통해, 해는 공평하게 빛을 비추었다. 살해된 낸시가 누운 방도 환하게 비추었다. 그랬다. 사익스가 햇빛을 막으려 아무리 애를 써도 빛은 아랑곳하지 않고 방으로 쏟아져 들어왔다. 흐릿한 아침 햇살이 비추더라도 차마 눈 뜨고 보기 역겨운 광경이었을 텐데, 찬란한 햇살이 비췄다면 얼마나 더 끔찍했겠는가!

사익스는 꼼짝도 하지 않았다. 감히 몸을 움직일 엄두도 나지 않았다. 신음을 내며 손이 살짝 움직였을 뿐이었다. 사익스는 혐오감에 공포감까지 더해져서 몽둥이를 몇 번이고 더 내리쳤었다. 잠깐 카펫을 낸시의 주검 위에 덮었으나 낸시의 눈이 자기를 노려보고 있다고 상상하니 차라리 직접 보는 편이 나았다. 낸시의 눈이 피가 흥건히 고인 바닥에 반사되어 천장에서 흔들리고 춤추는 햇빛을 보는 것 같았다. 그래서 카펫을 다시 훌떡 벗겼다. 거기에는 주검이 있었다. 단순히 살과 피일 뿐이었다. 하지만 그 처참한 꼴이라니!

사익스는 라이터를 켜서 불을 피우더니 불 속에 몽둥이를 밀어 넣었다. 몽둥이 끝에 붙어 있던 낸시의 머리카락이 지글거리며 오그라들더니 재가 되어 굴뚝을 타고 날아 올라갔다. 잔인한 사익스였지만 원을 그리며 굴뚝으로 올라가는 재가 무서웠다. 하지만 사익스는 몽둥이를 부러질 때까지 꽉 잡고 있다가 장작개비처럼 석탄 위에 올려놓아 태워서 재로 만들어버렸다. 사익스는 몸을 씻고 옷을 비벼 빨았다. 핏자국이 지워지지 않았기 때문에 사익스는 핏자국이 있는 부분을 오려내 태워버렸다. 어쩌다 방 안이 온통 핏자국 천지가 됐단 말인가! 사익스의 개가 피를 밟아 발이 피투성이였으니 그 이유가 짐작이 갔다.

그동안 사익스는 주검을 단 한 번도 쳐다보지 않았다. 정말 한 순간도 돌아보지 않았다. 뒤처리를 말끔히 마치자 문 쪽으로 뒷걸음질을 치면서 개도 끌고 갔다. 개가 살인의 새로운 증거를 길거리로 묻혀내지 못하게 하기 위해서였다. 사익스는 현관문을 조용히 닫고 열쇠로 잠근 다음 집을 나섰다.

사익스는 길을 건너서 창문을 올려다보았다. 밖에서는 아무것도 보이지 않는다는 것을 확인하기 위해서였다. 아직 커튼이

드리워져 있었다. 낸시가 살아 있었다면 커튼을 열어 햇살을 방 안으로 들였을 것이었다. 사익스는 낸시가 커튼 바로 아래 누워 있다는 것을 너무나 잘 알고 있었다. 맙소사, 햇살이 바로 그곳 으로 쏟아져 들어가니 어쩔 것인가!

창문을 올려다본 것은 딱 한순간뿐이었다. 방에서 빠져나와 서 여간 다행이 아니었다. 사익스는 휘파람을 불어 개를 부르더 니 빠른 걸음으로 걸어갔다.

사익스는 이슬링턴을 지나서 하이게이트에 있는 언덕을 올 라갔다. 그 언덕에는 런던시장을 네 번이나 역임한 리처드 위팅 턴을 기리기 위해 세운 기념비가 있다. 다시 하이게이트 언덕을 돌아서 내려왔으나 어떻게 해야 할지 모르겠고 갈 곳도 마땅치 않았다. 그래서 언덕을 내려오자마자 오른쪽으로 접어들어 오 솔길을 따라 들판을 가로질렀다. 카엔 숲 언저리를 따라가자 결 국 런던 북서부의 고지대에 있는 햄스테드 히스 유원지까지 오 게 되었다. 사익스는 '베일 오브 헬쓰' 계곡을 가로질러 반대편 산기슭으로 올라가서 햄스테드와 하이게이트 두 마을을 잇는 도로를 건넌 다음 햄스테드 히스 유원지를 마저 지나 노스 엔드 에 있는 벌판까지 갔다. 그곳에 도착하고 나서 울타리 밑에 누 워 잠깐 잠을 청했다.

오래지 않아 사익스는 다시 걷기 시작했다. 먼 시골로 향하 는 것이 아니라 큰길로 접어들어 런던으로 향하다가 다시 돌아 섰고, 그런 다음 이미 지나온 곳을 다른 길로 지나더니 들판을 정처 없이 오라가라했다. 도랑 가장지리에 누워 쉬다가 벌떡 일 어나더니 어떤 곳을 향하다가 또 정처 없이 오락가락 헤맸다.

어디로 가야 한단 말인가! 목도 축이고 허기도 달래야 하는

데, 멀지도 않고 사람들에게 알려지지도 않은 곳이 어디일까? 헨든! 거기가 딱 좋았다. 멀지도 않고 사람들의 왕래가 많지도 않은 곳이었다. 사익스는 그곳을 향해 발걸음을 옮겼다. 때로는 뛰기도 하고 때로는 갑자기 무슨 변덕이 났는지 굼벵이처럼 느릿느릿 늑장을 부리거나 걸음을 멈추고 지팡이로 쓸데없이 울타리를 부러뜨리기도 했다. 그런데 헨든에 도착하자 만나는 사람마다, 문 앞에 나와 있는 아이들에게까지도 사익스에게 의심의 눈초리를 보내는 것 같았다. 그러자 사익스는 벌써 몇 시간째 쫄쫄 굶었는데도 용기를 내 먹을 것을 사는 대신, 다시 뒤돌아서서 한 번 더 히스를 서성거리며 갈 곳을 정하지 못했다.

사익스는 몇 킬로미터를 정처 없이 헤맨 끝에 다시 자기가 살던 곳으로 돌아왔다. 아침과 점심이 지나고 해가 기울고 있었지만, 아직도 이리저리 왔다 갔다 빙빙 돌며 같은 장소를 서성거렸다. 결국 사익스는 다시 걸음을 재촉해 하트필드로 향했다.

밤 9시가 되어서야 사익스는 지칠 대로 지친 상태로, 난생처음 엄청난 걷기 연습을 한 덕분에 절름거리는 개를 이끌고 하트필드에 있는 교회 옆의 언덕을 내려가서 좁은 길을 터벅터벅 걸어 작은 선술집의 희미한 불빛에 이끌려 그곳으로 기다시피 들어갔다. 술집 안에는 난로가 있었고 시골 농부 몇 명이 난로 앞에서 술을 마시고 있었다. 농부들은 낯선 손님을 위해 난로 앞에 자리를 만들어 주었지만, 사익스는 제일 구석으로 가서 자리를 잡고 혼자 배를 채웠다. 사실 이따금 개에게 한 입씩 떼어 주었으니 개와 함께 배를 채웠다는 표현이 옳았다.

난롯가에 모인 농부들은 근처의 토지나 농부들에 관한 이야기를 나누었다. 그러다 이야깃거리가 바닥나자 지난 일요일에 장사를 지낸 어떤 늙은이의 나이를 화제로 삼았다. 거기에 있던 젊은 농부들은 그 늙은이를 아주 늙었다고 여겼고, 늙은 농부들은 아주 젊다고 말했다. 죽은 사람과 비슷한 연배의 머리가 백발인 할아버지는 죽은 이가 몸조심을 했다면 최소한 10년에서 15년은 더 살았을 것이라고 말했다.

이런 대화는 관심을 끌만큼 놀랄 만한 내용이 전혀 아니었다. 사익스는 계산을 한 다음, 구석에서 누구의 눈에도 띄지 않게 조용히 앉아 있다가 꾸벅꾸벅 잠에 빠져들 뻔했다. 하지만 새로운 손님이 시끄럽게 들어오는 바람에 잠에서 반쯤 깨었다.

새로 들어온 손님은 괴짜였다. 행상인 같기도 하고 돌팔이 약장수 같기도 했다. 숫돌이나 면도칼을 가는 가죽, 면도날, 세숫비누, 마구(馬具)를 닦는 되직한 물약, 개나 말의 치료약, 싸구려 향수, 화장품, 그릇 등을 상자에 넣어 등에 짊어지고 전국을 걸어 다니며 물건을 파는 사람이었다. 그 사람이 들어오자 농부들은 시시껄렁한 이런저런 농담을 시작했다. 그런 농담은 새로 들어온 손님이 저녁을 다 먹고 짊어지고 온 보물 상자를 열 때까지 계속되었다. 새로 들어온 손님은 영리하게도 장사와 더불어 손님들을 즐겁게도 해주었다.

"아니 이건 뭐야, 해리? 먹어도 괜찮은 거야?"

능글맞게 웃는 농부가 한쪽 구석에 있던 비누 덩어리처럼 생긴 조각을 가리키며 물었다.

"이건 비단이나 공단, 리넨, 모시, 삼베, 양단, 모직물, 카펫, 메리노 울, 무명, 본버진 천, 모직물에 생긴 온갖 얼룩이나 녹물, 때, 곰팡이, 작은 흠, 점, 흙탕물 튀긴 흔적을 감쪽같이 빼주는 아주 훌륭한 비누올시다. 포도주나 과일, 맥주, 물, 페인트, 송진 자국 등 무슨 자국이라도 이 훌륭한 비누로 한 번만 문지르면 모두 빠집니다. 숙녀가 몸을 더럽혔다면, 이것을 한 조각 꿀꺽 삼키면 모두 끝나죠. 이게 독약이거든요. 자기의 명예를 입증하고 싶은 신사도 작은 조각 하나를 그냥 꿀꺽 삼키기만 하면 모두 해결됩니다. 총알만큼이나 만족스러운 결과를 가져오거든요. 냄새가 아주 고약해서 이걸 삼키는 것으로 훨씬 남자다움을 증명할 수 있죠. 한 조각에 1페니예요. 이렇게 효과가 뛰어난 비누가 한 조각에 단돈 1페니라고요."

보부상이 비누 하나를 꺼내며 말했다.

농부 두 명이 당장 샀고 몇 명은 망설이고 있었다. 사람들이 망설이자 보부상은 목청을 한껏 돋우었다.

"만들기가 무섭게 불티나게 팔린답니다."

보부상이 말했다.

"물레방아 14개와 스팀 엔진 6개, 습전지 1개가 쉬지 않고 만들어내고 있거든요. 죽을 만큼 열심히 일하지만 만들기가 무섭게 날개 돋친 듯 팔려나간답니다. 직원들이 과로로 죽으면 미망인들에게 연금이 지급되는데, 자식 한 명당 1년에 20파운드, 쌍둥이는 50파운드를 덤으로 준답니다. 한 조각에 1페니예요. 0.5페니 동전 2개를 내도 받습니다. 1/4페니짜리 파싱 4개도 기쁘게 받죠. 한 조각에 1페니라고요. 포도주나 과일, 맥주, 땟물, 페인트, 송진, 진흙, 핏자국 등 못 없애는 자국이 없어요. 여기 계신 이 신사의 모자에 생긴 자국도 완전히 없앨게요. 고마우면 맥주나 한잔 사주세요."

"이봐!"

사익스가 벌떡 일어나며 소리쳤다.

642

"모자, 이리 내."

"깨끗하게 지워드릴게요."

보부상이 사람들에게 눈짓을 하며 말했다.

"모자를 뺏으러 여기까지 오기 전에 모자가 깨끗해질 겁니다. 여러분, 이 신사의 모자에 있는 자국을 잘 보세요. 동전 크기만 하고 금화 두께의 반 정도 되는군요. 포도주든 과일이든, 맥주든, 땟물이든, 페인트든, 송진이든, 핏자국이든…… ."

보부상은 말을 더는 계속하지 못했다. 사익스가 너무나 지독한 욕설을 퍼부으며 탁자를 뒤집어엎고 모자를 빼앗아 술집 밖으로 뛰쳐나갔기 때문이었다.

사익스는 술집에 있던 구경꾼 중 아무도 따라오는 사람이 없다는 것을 확인하자 자기를 그저 퉁명스러운 술주정꾼 정도로 생각했을 것이라고 안심을 하며, 낮과 마찬가지로 몸이 피곤했지만 다시 런던으로 향했다. 길가에 서 있던 역마차에서 나온 반짝이는 불빛 옆을 지나다가, 런던에서 출발한 역마차가 작은 우체국 앞에 서 있다는 것을 깨달았다. 사익스는 어떤 일이 벌어질지 잘 알고 있었지만, 그래도 길을 건너서 귀를 기울였다.

우편집배원이 우체국 문 앞에 서서 우편 행낭을 기다리고 있었다. 마침 그때 사냥터지기 차림의 한 사내가 다가오자 집배원이 인도 위에 놓여 있던 우편물 보따리 하나를 건네주었다.

"이건 당신 가족에게 온 거예요."

우편집배원이 말했다.

"안에서 뭘 이렇게 꾸물거려요. 우편 행낭 빨리 내와요. 그저께부터 뭘 하고 아직 행낭도 준비를 안 해둔 거요? 정말 이러면 안 된단 말이에요."

"시내에 새로운 소식 없나, 벤?"

사냥터지기가 말을 살펴보러 창 덧문 쪽으로 가며 물었다.

"없어요. 내가 알기로는 없어요."

우편집배원이 장갑을 끼며 말했다.

"곡식값이 좀 올랐죠. 스피탈필드라는 곳에서 살인사건이 났다는데 확실하지는 않아요."

"그거 정말이에요."

마차 안에서 한 남자가 창문 밖으로 고개를 내밀며 말했다.

"그것도 아주 끔찍한 살인사건이랍니다."

"그래요?"

우편집배원이 모자를 만지며 대꾸했다.

"남자래요, 여자래요?"

"여자요."

마차 안에 탄 남자가 대답했다.

"내 생각에는……."

"저기 행낭 나오네, 벤."

마부가 초조한 듯 소리를 질렀다.

"젠장, 우편 행낭!"

우편집배원이 말했다.

"안에서 잠이라도 든 거야?"

"곧 갑니다."

우체국 직원이 뛰어나오며 소리를 질렀다.

"언제나 곧 간다지."

우편집배원이 툴툴거렸다.

"나를 짝사랑한다는 그 부잣집 젊은 여자도 곧 간다고 하는데

나는 그게 언제인지 모르겠어. 자, 행낭 좀 잡아줘! 좋았어!"

힘차게 경적을 몇 번 울리더니 마차가 떠났다.

사익스는 길에 여전히 서 있었다. 방금 엿들은 소식에 놀라서가 아니라 어디로 가야 하는지를 몰라 고민하는 것뿐이었다. 한참 뒤, 다시 오던 길로 돌아서서 하트필드에서 세이트 알반스로 통하는 길로 접어들었다.

사익스는 지친 몸을 이끌고 계속 걸었다. 하지만 런던을 멀리 떠나서 점점 더 멀리 외롭고 어두운 길로 들어가자, 소름이 돋았고 무서운 생각이 뼛속 깊이까지 파고들었다. 실제 물체건 그림자건, 움직이는 것이든 정지한 것이든, 사익스의 앞에 나타나는 모든 것이 끔찍하게 보였지만, 그날 아침의 참혹한 낸시의 죽은 모습이 바로 뒤에서 따라오는 것처럼 사익스를 괴롭히는 느낌에 비하면 이런 두려움은 아무것도 아니었다. 사익스는 어둠 속에서 죽은 낸시의 그림자를 알아볼 수 있었다. 그뿐만 아니라 사익스 눈에는 그림자의 세세한 부분까지도 보였다. 그림자가 뻣뻣하고 우울하게 계속 따라오는 것 같았다. 심지어 나뭇잎에서 바스락거리는 소리는 낸시의 옷자락이 스치는 소리 같았고, 불어오는 바람에 낸시의 마지막 낮은 울부짖음이 실려 오는 것 같았다. 사익스가 걸음을 멈추면 그림자도 섰다. 사익스가 뛰면 그림자도 따라 뛰었다. 아니, 그림자가 뛰었다면 그나마 마음이 편했을 텐데, 그림자는 뛰지 않았다. 그저 생명체의 모습만 흉내 내는 주검처럼 심하게 일거나 잦아들지 않는, 그리고 우울한 바람에 몸을 실은 것 같았다.

때때로 사익스는 자포자기의 심정으로 유령을 쫓아버리려고 다부지게 결심을 하고 돌아서지만, 그럴 때마다 유령도 감쪽같

645

이 사라지고 없었다. 그러면 머리카락이 쭈뼛 서고 피가 얼어붙는 것 같았다. 사익스가 돌아설 때 유령도 날쌔게 사익스의 등 뒤로 돌아갔기 때문이었다. 아침에는 눈앞에서 아른거리더니 이제는 등 뒤에서 절대로 떨어지지 않았다. 사익스가 강기슭에 몸을 기대면 유령이 머리 위에 선 채 치가운 밤하늘에서 내려다보고 있었다. 길 위에 벌러덩 드러누웠더니 머리 위에 조용히, 그리고 꼿꼿이 움직이지 않고 서 있었다. 비문을 피로 쓴 살아 있는 묘비 같았다.

사익스가 지나온 들판에 오두막이 하나 있었기 때문에 오늘 밤은 그곳에서 묵기로 했다. 문 앞에 키가 큰 미루나무 세 그루가 있어서 오두막 안이 아주 어두웠고, 바람이 나무를 스쳐 지날 때마다 섬뜩한 울부짖는 것 같은 소리를 냈다. 그렇다고 다시 날이 밝을 때까지 계속 걸을 수는 없었기 때문에 벽에 몸을 찰싹 붙이고 누웠다. 하지만 새로운 고문이 시작될 뿐이었다.

이제는 환영까지 눈앞에 나타나기 시작했다. 지겹게 따라다녔던 유령에서 이제 좀 벗어나나 했더니 그것보다 더 지속적이고 끔찍한 환영이 나타났다. 부릅뜬 두 눈이 깜깜한 어둠 속에서 나타났다. 두 눈은 초점이 없고 흐릿했기 때문에 머릿속에 떠올리는 것보다 차라리 직접 보는 편이 훨씬 나았다. 눈 자체는 밝았으나 그렇다고 주위를 비추지는 않았다. 눈은 둘뿐이지만 천지 사방에 널려 있었다. 사익스가 눈을 감자, 낯익은 물건들로 가득한 자기 방이 보였다. 기억에서 억지로 떠올리려 했다면 절대 생각나지 않았을 것이었다. 물건들이 원래 있던 자리에 하나도 빠짐없이 고스란히 놓여 있었다. 낸시도 그 자리에 그대로 있었고, 두 눈도 사익스가 도망칠 때 봤던 그대로였다. 사익스는 벌떡 일어나 밖으로 뛰쳐나갔다. 유령이 여전히 등 뒤에 있었다. 오두막으로 들어가서 다시 한번 웅크리고 앉았다. 사익스가 자리에 눕기도 전에 두 눈이 먼저 와 있었다.

사익스는 혼자만 느끼는 공포에 떨며 그렇게 있었다. 사지가 부들부들 떨리며 식은땀이 온몸에서 흐르기 시작했을 때, 밤바람에 실려 먼 곳에서 비명을 지르는 듯한 소리와 놀라움과 불안이 뒤섞인 울부짖음이 들렸다. 그런 한적한 곳에서 들리는 사람의 소리는 듣는 이의 등골을 오싹하게 하고도 남았겠지만, 사익스에게는 남달랐다. 사익스는 신상에 위험이 닥칠 것을 직감하고 다시 기운을 차리더니 벌떡 일어나 밖으로 뛰쳐나갔다.

드넓은 하늘에 불이라도 난 듯했다. 불꽃이 하늘로 치솟고 화염이 겹겹이 겹쳐 서로 휘감으며 수 킬로미터 밖까지도 대낮같이 훤히 비추었다. 자욱한 연기구름이 사익스가 서 있는 곳을 향해 달려오고 있었다. 새로운 목소리가 합세하자 고함이 점점 커졌다. '불이야!'라는 고함은 마구 울려대는 경보 종소리와 무거운 물체가 떨어지는 둔탁한 소리, 화염이 새로운 장애물을 휘감으며 내는 우지직거리는 소리와 뒤섞여, 먹이를 먹고 기운을 차린 듯이 멀리까지 들려왔다. 사익스가 지켜보는 가운데 요란한 소리는 점점 커졌다. 남녀노소 할 것 없이 많은 사람이 대낮같이 밝은 가운데 부산스럽게 돌아다녔다. 사익스는 새 생명을 얻은 것 같았기 때문에 그쪽을 향해 정신없이 달려갔다. 잡목이나 고사리 덤불 속을 헤치고 문짝이나 울타리를 뛰어넘는 수고도 이끼지 않았고, 앞에서 큰 소리로 짖으며 질주하는 개만큼이나 미친 듯이 달렸다.

드디어 사익스가 화재 현장에 도착했다. 옷도 제대로 입지 못한 사람들이 우왕좌왕하고 있었다. 마구간에서 놀란 말을 끌어내려고 안간힘을 쓰는 사람도 있었고, 마당이나 헛간에서 소를 모는 사람도 있었다. 불똥이 이리저리 마구 튀어 오르고 시뻘겋게 불타는 대들보가 무너져 내리는 불구덩이 속에서 짐을 지고 나오는 사람도 있었다. 한 시간 전만 해도 문이나 창문이던 곳을 통해 활활 타오르는 화마가 보였다. 벽은 흔들거리다가 화염 속으로 무너져 내렸다. 불에 녹은 납과 철이 흘러나와 땅 위에서 백열을 뿜었다. 여자와 아이들은 비명을 질렀고, 남자들은 시끄러운 고함과 기합으로 서로를 격려했다. 엔진 펌프가 철커덕거리며 돌아가는 소리, 이글거리는 나무 위에 물이 뿌려지자 칙칙거리는 소리까지 별의별 소음이 다 더해졌다. 사익스도 목이 쉴 때까지 고함을 질렀다. 끔찍한 기억과 자기 자신마저 잊은 채, 우왕좌왕하는 군중 속에 몸을 던졌다.

사익스는 그날 밤 여기저기를 뛰어다녔다. 펌프를 작동하기도 하고 화염과 연기 속을 뛰어다니는 등, 가장 시끄럽고 혼잡한 곳이면 어김없이 나타났다. 사다리를 오르락내리락거리며 지붕에 올라가기도 하고, 몸무게 때문에 삐걱거리며 흔들리는 바닥을 뛰어넘거나, 무너지려는 벽돌과 돌 밑에 들어가기도 했다. 화재 현장의 어디에도 사익스가 나타나지 않은 곳은 없었다. 하지만 날이 밝아 연기와 까맣게 그을린 잔재만이 남을 때까지 억세게도 운이 좋은 사익스는 상처나 멍 하나 들지 않았고, 피곤도 걱정도 전혀 상관없는 일이었다.

미친 듯한 소란이 끝나자, 죄책감이 열 배는 더 무겁게 사익스를 짓눌렀다. 사익스는 의심스러운 눈초리로 주위를 두리번거렸다. 무리를 지어 이야기를 나누는 사람들이 자기를 화제로 삼을까 봐 겁이 났다. 사익스는 손짓을 하자 순순히 따라온 개를 데리고 살그머니 그곳을 빠져나갔다. 사익스가 엔진 펌프 옆을 지날 때, 그 위에 앉아 있던 사람들이 와서 아침을 함께 먹자고 불렀다. 사익스는 사양하지 않고 빵과 고기를 얻어먹었다. 사익스가 맥주를 한 모금 마시는데, 런던에서 파견된 소방관들이 살인사건에 대해 이야기를 시작했다.

"경찰이 그러는데 범인은 버밍햄으로 도망쳤대요."

한 소방관이 말했다.

"하지만 조만간 범인을 잡을 거예요. 체포조가 벌써 출동했으니까 내일 밤까지는 전국에 지명수배령이 내릴 거랍디다."

사익스는 허겁지겁 일어나 땅에 넘어질 정도로 걸음을 재촉했다. 한참을 걷다가 한적한 오솔길에 오래 누워 있었지만, 불안한 나머지 숙면을 취하기는커녕 토막잠밖에 자지 못했다. 다시 일어나 정처 없이 걷기 시작했는데, 갈 곳도 없고 또다시 혼자 밤을 보낼 두려움에 가슴이 답답했다.

갑자기 사익스는 런던으로 돌아가야겠다고 결심했다.

'아무튼 런던에 가면 이야기할 상대가 있겠지. 숨기 적당한 곳도 있을 테고 말이야. 경찰은 설마 내가 다시 런던으로 돌아올 거라고는 상상도 못 할 테지. 한 일주일 가만히 숨어 지낸 다음, 페이긴에게 돈을 뜯어내 프랑스로 튀는 거야! 젠장! 좋았어, 왜 진작 이 생각을 못 했지?'

사익스는 곧바로 이 결정을 실행에 옮겼다. 인적이 가장 드문 길을 골라 런던으로 돌아가기 시작했다. 런던 근교에서 은신했다가 어둑어둑해지면 우회도로를 이용해 런던에 들어가기로 하고 목적지로 결정한 곳을 향해 전진했다.

하지만 개가 문제였다. 사익스가 지명수배됐다면 개도 없어졌다는 것을 경찰이 잊었을 리가 없을 테니, 사익스의 인상착의에 개도 포함됐을 게 뻔했다. 사익스는 길을 걸으면서도 이점이 걱정되었다. 결국 개를 연못에 빠뜨려 익사시키기로 결심하고 적당한 연못을 찾아 주위를 두리번거렸다. 그러면서 무거운 돌덩이를 집어 손수건에 묶었다.

사익스가 이렇게 준비를 하는 동안 개가 고개를 들어 주인의 얼굴을 쳐다보았다. 개도 본능적으로 위험을 감지했는지, 아니면 사익스의 흘끔거리는 곁눈질이 평소보다 야비하게 보였는지, 약간 떨어져서 슬그머니 꽁무니를 빼며 느릿느릿 걸었다. 주인이 연못가에서 걸음을 멈추고 개를 부르려 돌아서자, 개도 그 자리에 우뚝 섰다.

"이리 오라는 소리 안 들려?"

사익스가 휘파람을 불더니 소리를 질렀다.

개는 주인에게 다가갔지만, 사익스가 목에 손수건을 묶으려 몸을 굽히자 낮은 소리로 으르렁거리더니 뒤로 물러났다.

"이리 와!"

사익스가 발로 땅을 구르며 고함을 질렀다. 개는 꼬리만 흔들 뿐 움직이지 않았다. 사익스는 올가미를 만들고 나서 다시 개를 불렀다. 하지만 개는 앞으로 다가왔다가 물러나더니, 잠깐 멈췄다가 돌아서서 꼬리가 빠지게 도망쳤다.

사익스는 계속해서 휘파람을 불었고, 개가 다시 돌아오리라 기대하며 앉아서 기다렸다. 하지만 개는 돌아오지 않았고 사익스는 다시 길을 걷기 시작했다.

몽크스와 브라운로 씨가
만나다

저녁 어스름이 내리기 시작했을 때, 브라운로 씨가 자기 집 앞에 대절 마차를 세우더니 내린 다음 조용히 마차 문을 두드렸다. 문이 열리자 건장한 남자가 마차에서 내려 계단 한쪽에 섰고, 마차 안에 앉아 있던 또 다른 남자가 내려와서 반대쪽에 섰다. 브라운로 씨의 신호에 따라 두 남자는 세 번째 남자가 마차에서 나오도록 도와준 다음 양쪽에서 세 번째 남자의 팔짱을 끼더니 재빠르게 집 안으로 데리고 들어갔다. 세 번째 남자가 바로 몽크스였다.

두 남자가 양쪽에서 몽크스에게 팔짱을 낀 채 말없이 계단을 올라갔고, 브라운로 씨가 앞장서서 그 사람들을 뒷방으로 안내했다. 억지로 계단을 올라왔음이 역력한 몽크스가 뒷방 문 앞에서 걸음을 멈췄다. 양쪽에서 팔짱을 낀 두 남자가 지시를 기다리는 듯이 브라운로 씨를 쳐다보았다.

"저자도 자기가 처한 상황을 잘 알고 있을 거야."

브라운로 씨가 두 남자에게 지시했다.

"머뭇거리거나 자네들이 시키지도 않았는데 손가락 하나라도 까딱하면, 거리로 끌어내서 경찰을 불러. 내가 이자를 중죄인으로 고소할 테니까 말이야."

"감히 어떻게 내게 그럴 말을 하시오?"

몽크스가 말했다.

"감히 내가 그렇게 하도록 만들지 말게, 젊은이."

브라운로 씨가 몽크스의 얼굴을 똑바로 보며 쏘아붙였다.

"이 집에서 도망칠 만큼 어리석지는 않겠지? 풀어줄게. 좋아, 됐어. 가고 싶으면 가도 좋아. 우리가 따라갈 테니까. 하지만 자네에게 경고 하나 하지. 내 명예를 걸고 하는 말이니 잘 듣게. 자네가 이 집을 떠나 길에 발을 내딛는 순간, 자네는 사기와 강도 혐의로 체포될 거야. 나는 단호하고 의지가 굳은 사람이야. 자네가 나처럼 단호하고 의지가 굳은 사람이 되고 싶다고 해도 자네는 죽었다가 깨어나도 그렇게는 안 될 거야."

"도대체 당신이 뭔데 길에서 나를 납치해서 이런 개 같은 놈들에게 끌려오게 한 거요?"

몽크스가 양쪽에 선 두 남자를 번갈아 쳐다보며 물었다.

"내 권한이지."

브라운로 씨가 말했다.

"이 사람들의 행위에 관한 법적 책임은 내가 질 거네. 자네가 자유를 박탈당했다고 불평을 하지만 여기까지 오는 동안 자네는 마음만 먹으면 얼마든지 자유를 되찾을 수 있었어. 그런데 얌전히 있는 편이 낫다고 생각을 했겠지. 다시 말하지만 억울하면 법에 호소하게. 나도 법대로 처리하면 되니까. 하지만 자네

652

가 돌이킬 수 없는 짓을 한 다음 내가 갖고 있던 권한이 다른 사람의 손에 넘어가면, 자네가 아무리 관용을 베풀어달라고 내게 호소해도 소용없어. 자네가 무덤을 파고 나서 내가 자네를 밀었다고 생떼 쓰지 말란 말일세."

몽크스는 당황하고 놀라는 기색이 역력했다. 하지만 그래도 여전히 머뭇거렸다.

"빨리 결정하게!"

브라운로 씨가 단호하고 침착하게 말했다.

"자네가 이번 일을 공개적으로 처리하고 벌을 달게 받기로 한다면, 어떤 벌을 받을지 생각만 해도 치가 떨리고 불을 보듯 뻔하지만 그렇다고 내가 관여할 수는 없어. 다시 말하지만 자네는 뭐가 이로운지 잘 알 거야. 모른다면 내 관용과 자네가 해친 사람들에게 용서를 구하고, 이 방에서 찍소리하지 말고 앉아 있게. 이틀 동안이나 자네를 기다렸네."

몽크스는 알아들 수 없는 말을 몇 마디 웅얼거렸지만, 여전히 망설였다.

"서두르게."

브라운로 씨가 말했다.

"내가 한마디만 하면 자네는 그나마 선택권도 영원히 잃게 될 테니까 말일세."

그래도 몽크스는 망설였다.

"더는 기다릴 의사가 없네."

브라운로 씨가 말했다.

"그리고 나는 다른 사람들의 권리를 지켜야 할 입장이기 때문에 더는 기다려줄 여유도 없어."

"저기 혹시……."

몽크스가 말을 더듬었다.

"다른 방법은 없나요?"

"없어. 전혀 없어."

몽크스는 걱정스러운 눈으로 브라운로 씨를 쳐다보았다. 하지만 브라운로 씨의 얼굴에서 단호한 결심밖에 읽을 수 없자, 방으로 걸어 들어가 어깨를 으쓱하더니 자리에 앉았다.

"밖에서 문을 잠그고……."

브라운로 씨가 수행원들에게 말했다.

"내가 종을 울리거든 오게."

수행원들은 브라운로 씨의 지시에 따라 돌아가고, 브라운로 씨와 몽크스만이 방 안에 남았다.

"너무 가혹하시군요."

몽크스가 모자와 망토를 벗어 던지며 말했다.

"제 아버지의 오랜 친구셨다면서요."

"내가 자네 아버지의 친구였기 때문에 그나마 대접해 주는 줄이나 알게, 젊은이."

브라운로 씨가 대답했다.

"내가 젊고 행복했던 시절의 희망과 바람을 자네 아버지와 함께 나눈 친구였기 때문이란 말일세. 그렇게 착하던 친구가 젊은 나이에 저세상으로 먼저 떠나고 나를 외롭게 이곳에 남겨두었지. 내가 자네를 이만큼이라도 대접하는 이유는, 자네 아버지가 어렸을 때 나와 함께 무릎을 꿇고 자네 고모의 임종을 맞았기 때문이야. 그 날은 나와 자네 고모가 혼인하기로 했던 날 아침이었는데, 신은 우리의 혼인을 허락하지 않으셨지. 그때부터

654

자네 아버지가 죽을 때까지 자네 아버지가 시행착오를 겪을 때마다 내 가슴이 타들어 갔던 건 늘 자네 아버지를 안쓰러워했기 때문이라네. 또 오래된 기억들이 내 가슴을 메우기 때문이란 말일세. 자네의 모습에서조차도 자네 아버지가 떠오르니 말이야. 이런 이유로 내가 자네를 신사적으로 대접하는 거라네. 맞아, 자네 이름이 에드워드 리포드였지. 지금은 그 가문의 이름값조차 못하는 자네가 수치스럽지만 말이야."

"그 성(姓)과 이게 무슨 상관이에요?"

몽크스가 반은 아무 생각 없이, 반은 상대방의 흥분을 도저히 이해할 수 없는 궁금함에 생각에 잠겼다가 물었다.

"내게 리포드라는 성(姓)이 무슨 가치죠?"

"없지."

브라운로 씨가 대답했다.

"자네에게는 상관없어. 하지만 내 약혼녀도 그 성(姓)을 썼었거든. 오랜 세월이 지났고 이렇게 나이를 먹었지만, 낯선 사람이 그 성(姓)을 부르는 소리만 들어도, 아직도 그때 처음 느꼈던 따스함과 설렘이 느껴진단 말일세. 자네가 이름을 바꿨다니 정말 기쁘기 그지없네."

"아무래도 상관없어요."

몽크스가 오랜 침묵 끝에 체념한 척하며 말했다.

침묵이 흐르는 동안 몽크스는 신경질적으로 몸을 앞뒤로 흔들었고, 브라운로 씨는 한 손으로 얼굴을 가리고 앉아 있었다.

"그래서 제게 뭘 바라는 건가요?"

"자네에게는 남동생이 하나 있어."

브라운로 씨가 정신을 가다듬으며 말했다.

"남동생 말이야. 내가 아까 길에서 자네 뒤에 갔을 때 그 아이의 이름을 속삭여준 것만으로도 자네는 놀라고 궁금해서 순순히 나를 따라왔잖은가."

"나는 남동생 없어요."

몽크스가 대꾸했다.

"내가 외동아들이라는 것을 아실 텐데요. 왜 내게 동생 운운하시는 거죠? 나만큼이나 당신도 잘 아시잖아요."

"내가 하는 말을 잘 들으면 모른다고 발뺌하지 못할 거야."

브라운로 씨가 말했다.

"머지않아 자네가 관심을 갖게 될 거야. 가문의 명예와, 비열하고 편협한 야심에 눈이 먼 친척들 때문에 자네 아버지는 어린 나이에 억지로 비극적인 결혼을 하게 되었지. 그래서 자네처럼 잔혹한 외아들을 두게 된 걸세."

브라운로 씨가 말을 계속했다.

"아무리 심한 말을 해도 신경 안 써요."

몽크스가 비아냥거리는 조소를 띠며 끼어들었다.

"당신이 사실을 안다는 것만으로 족해요."

"거기다 나는……."

브라운로 씨가 다시 말을 이었다.

"잘못된 결혼이 야기하는 불행과 고뇌, 걷잡을 수 없는 고통도 알고 있지. 불행한 부부가 얼마나 활기 없고 힘겹게 두 사람에게 채워진 결혼이라는 무거운 족쇄를 끌고 다녔는지도 잘 알거든. 서먹서먹하던 자네 부모님은 결국 나중에는 공개적으로 서로를 빈정대기에 이르렀어. 무관심은 미움으로, 미움은 혐오감으로, 혐오감은 증오심으로 바뀌었지. 결국 두 사람은 쩔렁거리며 차고 다니던 족쇄를 끊기로 하고, 서로에게서 아주 멀리 떨어져 지냈어. 죽음으로밖에 풀 수 없는 분통 터지는 족쇄 조각을 찼지만, 두 사람이 지을 수 있는 가장 명랑한 표정으로 족쇄를 숨긴 채 새로운 환경에 적응하면서 말이야. 자네 어머니는 성공을 했다네. 족쇄를 금방 잊었지. 하지만 자네 아버지의 가슴 속에서는 족쇄가 몇 년 동안이나 녹슬어 썩어갔다네."

"어차피 헤어졌는데……."

몽크스가 말했다.

"그게 어쨌다는 건가요?"

"두 사람이 헤어져 지내는 동안……."

브라운로 씨가 다시 말을 이었다.

"자네 어머니는 경박한 생활을 즐기며 열 살이나 어린 남편을 완전히 잊고 지냈지. 자네 아버지는 장래가 망가졌으니 방황할 수밖에 없었어. 집에서 하릴없이 세월을 보내는 동안 새로운 친구들을 만났어. 그 상황은 자네도 이미 알고 있을 테지."

"몰라요."

몽크스가 눈을 피하더니 발로 바닥을 차며 말했다. 모든 사실을 부정하기로 결심한 모양이었다.

"나는 몰라요."

"자네의 태도와 행동을 보니 자네도 잊지 않고 있었든지, 아니면 너무 괴로워 생각하지 않기로 한 모양이군."

브라운로 씨가 말을 이었다.

"지금부터 15년 전 이야기를 시작하겠네. 자네가 겨우 열한 살이고, 자네 아버지가 서른한 살이었어. 다시 말하지만 자네 할아버지가 자네 아버지를 어린 나이에 결혼을 시켰기 때문이었지. 자네 부모의 기억에 먹구름을 던져준 사건부터 시작할까? 아니면 자네가 알아서 내게 사실을 밝히겠나?"

"나는 밝힐 게 아무것도 없어요."

몽크스는 무슨 뜻인지 모르겠다는 표정으로 대꾸했다.

"말하고 싶으면 직접 하세요."

"자네 아버지가 그때 새로 사귀었던 친구란…… 현역에서 퇴역한 해군 장교였다네. 그 장교는 부인이 6개월 전에 죽었고 슬하에 아이가 둘 있었어. 다른 아이들은 모두 죽고 두 아이만 남았다네. 둘 다 딸이었어. 큰딸은 열아홉 살의 꽃다운 처녀였고, 작은딸은 겨우 두, 세 살밖에 먹지 않았었지."

브라운로 씨가 말했다.

"그게 나랑 무슨 상관이에요?"

몽크스가 물었다.

"해군 장교가……."

브라운로 씨는 몽크스의 질문에 아랑곳하지 않고 하던 말을 계속했다.

"딸들을 데리고 시골로 내려왔어. 자네 아버지도 마음을 잡지 못하고 내려가서 머물던 곳으로 말일세. 서로 알고 지내다가 가까워지고, 친해지게 되었지. 자네 아버지는 자네 고모와 마찬가지로 남들이 갖고 있지 않은 특별한 재주가 있었다네. 해군 장교는 자네 아버지를 깊이 알아갈수록 점점 마음에 들어 하게 되었지. 일이 거기서 끝났으면 얼마나 좋았겠나만, 장교의 큰딸이 자네 아버지를 사랑하게 된 거야."

브라운로 씨가 말을 잠시 중단했다. 몽크스는 눈을 바닥에 고정한 채 입술을 깨물고 있었다. 브라운로 씨는 이 모습을 보자 곧장 이야기를 계속했다.

"일 년이 지나고 자네 아버지는 약혼을, 그 장교의 큰 딸과 엄숙하게 약혼을 했다네. 순진하고 순수한 소녀의 열정적이고 진심 어린 첫사랑의 상대가 되었거든."

"참 지루한 이야기네요."

몽크스가 불편한 듯 의자에서 몸을 움직거리며 말했다.

"슬프고 힘겹고 애달픈 젊은이의 진실한 이야기일세."

브라운로 씨가 면박을 주었다.

"그리고 그런 이야기가 항상 그렇듯이, 자네 아버지의 이야기도 행복과 기쁨만 가득했다면 아주 짧게 끝났겠지. 그런 중에 자네 아버지를 희생시켜 자기의 이익과 중요한 지위를 강화하려 했던 자네 아버지의 부유한 친척 한 사람이…… 사람들은 늘 그런 식이지. 아무튼 그 친척이 죽었다네. 이런 일도 그리 드문 일은 아니지. 자기가 뿌린 불행을 보상하고 싶었던 그 친척은 돈이 만병통치약이라고 여겼기 때문에 자기가 평생 모은 재산을 자네 아버지에게 유산으로 물려줬어. 그래서 자네 아버지는 당장 로마로 가야 했어. 그 친척이 로마에서 요양 중이었는데 거기서 갑자기 죽는 바람에 혼란에 빠진 뒤처리를 하기 위해 자네 아버지가 로마로 간 걸세. 그런데 자네 아버지도 로마에 도착하자마자 그만 치명적인 병에 걸린 거지. 그 소식이 파리에서 살고 있던 자네 어머니에게 전해졌고, 자네 어머니가 자네를 데리고 파리로 갔다네. 자네 아버지가 유서 한 장 남기지 않고 죽은 다음 날, 자네 모자가 도착한 거야. 그러니 모든 재산은 자네 모자의 몫이 되었지."

이야기가 여기에 이르자, 몽크스가 숨을 멈추고 비록 눈은 감히 브라운로 씨를 직접 쳐다보지 못했지만, 아주 흥미진진한 표정으로 귀를 기울였다. 브라운로 씨가 잠깐 말을 멈추자, 몽크스는 자세를 바꾸고 갑자기 마음이 놓인 사람처럼 벌겋게 달아오른 얼굴과 손을 문질렀다.

"자네 아버지가 로마로 떠나기 전에 런던에 들렀네."

브라운로 씨는 몽크스의 얼굴에 두 눈을 고정한 채 천천히 말했다.

"내게 왔었지."

"그런 말은 난생처음 듣는군요."

몽크스가 말을 가로막았다. 의심스럽다는 느낌을 주려는 목소리였지만, 그 목소리에는 의심보다는 불쾌함과 놀라움이 더 실려 있었다.

"자네 아버지가 내게 찾아와서 이런저런 물건들을 맡겼는데, 그중에 그림도 한 장 있었네. 자네 아버지가 직접 그린 초상화였어. 그 불쌍한 소녀를 닮았더군. 초상화를 집에 두고 싶지 않았지만, 그렇다고 서둘러 떠나는 여행길에 들고 갈 수도 없었거든. 자네 아버지는 걱정과 후회로 뼈만 앙상하게 남아 마치 귀신 같았다네. 자기가 저지른 파멸과 불명예 때문에 제정신이 아닌 듯 횡설수설 조리 없이 말을 했지만, 손해가 아무리 많이 나더라도 갖고 있던 전 재산을 현금으로 바꿔 이번에 받게 되는 유산 일부와 함께 자네 모자에게 주고 이 나라를 떠나 다시는 돌아오지 않을 결심을 내게 털어놓았다네. 나는 자네 아버지가 혼자 떠나지는 않을 것이라 짐작했지. 어린 시절부터 오랜 친구인 내게, 두 사람을 그렇게 깊이 사랑했던 내게까지도 자네 아버지는 그 이상의 자세한 이야기를 하지 않았어. 나중에 편지로 모두 알려준 다음, 마지막으로 나를 다시 만나러 오겠다고 약속을 했다네. 맙소사! 그게 마지막이었어. 편지도 없었고, 자네 아버지를 다시는 못 만났다네."

"모든 것이 끝나고……."

브라운로 씨가 잠시 뜸을 들였다가 다시 말을 이었다.

"나는 자네 아버지가 살았던 곳을 방문했다네. 세상 사람들이 흔히 말하듯이, 슬픔도 기쁨도 죽은 자네 아버지에게는 이제 아무 소용이 없지만, 위로 차원에서 자네 아버지의 이루지 못한 사랑이 살았던 곳이라고 좀 너그럽게 말해도 되겠지. 내가 걱정하는 대로 그 불쌍한 소녀의 처지가 딱하다면, 누군가는 그 소녀를 거두고 가엾게 여겨 머물 곳을 제공해줘야 한다고 생각했기 때문이라네. 하지만 그 소녀의 가족은 모두 일주일 전에 그곳을 떠났더군. 사소한 빚을 모두 갚고 밤에 그곳을 떠났다는 걸세. 그런데 그곳을 떠난 이유와 간 곳을 아는 사람이 하나도 없었네."

몽크스는 이제야 자유롭게 숨을 쉬었고 승리의 미소를 지으며 주위를 둘러보았다.

"자네 동생이……."

브라운로 씨가 의자를 몽크스 쪽으로 끌어당겨 앉으며 천천히 말했다.

"어린 자네 동생이 버림받은 거지꼴의 고아가 되어, 운명이라고밖에 설명이 안 되는 힘에 의해 내 앞에 나타나서 내 손에 의해 치침하고 파렴치한 생활에서 구출됐을 때……."

"뭐요?"

몽크스가 깜짝 놀라며 소리를 질렀다.

"내 손에 의해서 말일세."

브라운로 씨가 말했다.

"머지않아 자네가 관심을 갖게 될 거라 내가 말하지 않던가? 내 손에 의해서라고 말했네. 자네의 교활한 동료가 내 이름을 숨긴 모양이군. 하긴 그자도 몰랐을 테니까. 자네 귀에 이상하게 들리겠지만 말일세. 그 아이가 내 손에 의해 구출되어 내 집에서 건강을 회복하며 머물렀을 때, 내가 아까 말했던 초상화와 너무나 닮아서 나는 깜짝 놀랐다네. 내가 그 아이를 처음 봤을 때도 비록 더러운 누더기를 입고 있었지만, 그 아이의 표정을 보고 내 옛 친구를 생생한 꿈에서 순간적으로 언뜻 본 것 같은 느낌이 들었다네. 내가 그 아이의 과거를 알기도 전에 그 아이가 납치됐던 사실은 자네에게 말할 필요도 없겠지."

"왜요? 하시죠."

몽크스가 허둥지둥 말했다.

"자네가 너무나 잘 알고 있지 않은가?"

"내가요?"

"내게는 부정해도 소용없네."

브라운로 씨가 대꾸했다.

"내가 지금 말한 것보다 훨씬 많이 알고 있다는 것을 자네에게 보여주지."

"당신은…… 당신은 아무것도 입증할 수 없어요."

몽크스가 말을 더듬었다.

"어디 해볼 테면 해보시지!"

"나중에 알게 될 걸세."

브라운로 씨는 탐색하는 눈길로 몽크스를 쳐다보며 말했다.

"나는 그 아이를 잃었고, 아무리 노력을 해도 그 아이를 찾지 못했지. 자네 어머니도 죽었기 때문에, 자네밖에는 이 수수께끼를 풀 사람이 없다는 것을 알게 되었다네. 내가 마지막으로 자네의 소식을 들었을 때, 자네는 서인도제도에서 혼자 살고 있었어. 자네 어머니가 죽자 자네는 여기서 저지른 나쁜 짓으로 인해 받게 될 벌을 피하려 그곳에서 숨어 지냈던 거야. 그래서 나도 그곳으로 갔다네. 하지만 자네는 몇 달 전에 그곳을 떠나 런던으로 돌아간 것 같은데, 아무도 런던 어디인지를 아는 사람이 없었어. 나도 다시 돌아왔지. 자네 재산 관리인들조차 자네의 행방에 대해서 아는 게 없더군. 그 사람들은 자네가 예전처럼 이상스럽게 오갔다고 했지. 때로는 며칠, 때로는 몇 달은 아니더라도 아주 오래, 자네가 난폭했던 어린 시절 드나들던 그런 저급한 도둑 소굴에 모습을 나타내고, 그때 어울렸던 못된 친구들과 늘 몰려다녔다더군. 내가 이런저런 질문으로 자네 재산 관리인들을 못살게 굴었지. 나는 밤낮없이 거리를 헤맸지만, 겨우 두 시간 전까지도 모든 내 노력은 허사였다네. 자네 모습을 볼 수가 없었거든."

"지금 이렇게 보고 있잖아요."

몽크스가 뻔뻔스럽게 일어나며 말했다.

"그게 어쨌다는 거죠? 사기와 강도짓이라니 과장이 심하시군요. 죽은 남자가 장난삼아 그린 초상화와 어떤 어린아이가 닮았다는 것을 증거로 주장하시겠다? 동생이라고요? 그 아이가 불륜을 서지른 그 남녀의 자식인지 아닌지도 모르잖아요? 그것도 모르면서 무슨……."

"모르지."

브라운로 씨도 따라 일어나며 대꾸했다.

"하지만 지난 보름 동안 모두 알게 되었지. 자네는 동생이 있어. 자네는 동생이 있다는 것도, 그리고 그 아이가 누구인지도 알아. 자네 아버지가 남긴 유서가 있었네. 자네 어머니가 없애 버렸지만 말이야. 자네 어머니가 죽으면서 그 비밀과 재산을 모두 자네에게 남겨주었지. 유서에는 그 처녀와의 슬픈 사랑의 결실로 태어날지도 모르는 아이에 대해 적혀 있었어. 그런데 그 아이가 정말로 태어났고, 우연히 자네가 그 아이를 만난 거야. 처음 마주쳤을 때 자네 아버지를 쏙 빼닮은 아이를 보고 혹시 하는 의심이 들었어. 그래서 그 아이가 태어난 곳을 찾아갔지. 거기에 오랫동안 묻혔던 그 아이의 출생과 부모에 관한 증거가 있었거든. 그런데 그 증거들을 자네 손으로 직접 파기했잖아. 자네가 공모자인 페이긴에게 했던 말을 그대로 읊어줄까? '그 아이의 신분을 증명할 증거는 모두 강바닥에 묻었어. 그 아이의 어미에게서 그 증거물을 받은 할멈은 무덤에서 썩고 있지.' 불효자, 겁쟁이, 거짓말쟁이……. 자네는 늦은 밤에 어두운 방에서 도둑질과 살인을 일삼는 무리와 함께 작당해, 자네의 계략과 농간 때문에 자네보다 수백만 배나 가치 있는 한 여자를 처참히 죽게 했어. 자네는 태어나면서부터 자네 아버지의 가슴에 괴로움과 비통함을 안겨주었지. 자네 마음속에는 사악한 열정과 죄악, 방탕함이 곪을 대로 곪아 얼굴 근육이 경련을 일으키는 간질이라는 무서운 질병이 되어 터져 나오게 된 거야. 이봐, 에드워드 리포드, 아직도 아니라고 할 텐가?"

"아뇨."

몽크스가 차츰차츰 드러나는 혐의에 기가 질려 대답했다.

"무슨 이야기를 했는지……."

브라운로 씨가 소리를 질렀다.

"나는 자네가 그 못된 놈과 주고받은 이야기를 한마디도 빠짐없이 모두 알고 있어. 낮말은 새가 듣고 밤말은 쥐가 듣는다는 속담이 있지. 학대받는 한 아이를 보자 사악한 마음이 누그러져 용기를 내어 천사 같은 마음으로 이 모든 것을 내게 알려준 사람이 있었네. 그 사람이 살해됐는데 자네가 직접적으로는 아닐지라도, 도덕적으로는 살인에 한몫한 거야."

"아니에요."

몽크스가 말을 가로챘다.

"나는 살인에 대해 아무것도 몰라요. 선생님이 저를 만나셨을 때 저는 살인 사건의 진상을 알아보러 밖에 나온 참이었어요. 살인의 이유는 정말 몰랐어요. 그냥 흔한 싸움으로만 생각했거든요."

"지금까지 내가 한 말은 자네 비밀의 일부일 뿐이지."

브라운로 씨가 말했다.

"나머지는 자네가 전부 털어놓을 텐가?"

"네, 그럴게요."

"진실 및 사실 서약서에 손을 얹고 입회인들 앞에서 이 말을 반복하겠나?"

"그것도 약속할게요."

"서류가 작성될 때까지 여기서 얌전히 기다렸다가, 나와 함께 자네 증언이 꼭 필요한 곳으로 가서 증언을 하세."

"그렇게 하라고 하시면 그것도 하겠습니다."

몽크스가 대꾸했다.

"그게 끝이 아니야."

브라운로 씨가 말했다.

"순수하고 착한 아이에게 유산을 돌려줘야 하네. 불륜 관계의 부모에게서 태어났지만, 그 아이는 정말 순수하고 착하다네. 자네도 유서 조항을 잊지 않았을 테지. 자네 동생과 관련된 조항을 이행하게. 그러고는 자네가 가고 싶은 곳으로 떠나. 이 세상에서는 자네를 다시 만나지 말기를 바라네."

몽크스가 한편으로는 두려움에, 또 다른 한편으로는 증오심에 어둡고 사악한 표정으로 브라운로 씨의 제안과 이 제안을 교묘히 피할 가능성을 찾느라 고심하면서 방을 서성이고 있는데, 문이 급하게 열리더니 몹시 흥분한 로즈번 씨가 방으로 들어왔다.

"그자가 곧 잡힐 거래요."

로즈번 씨가 소리를 질렀다.

"그자가 오늘 밤 잡힌대요."

"살인범?"

브라운로 씨가 물었다.

"네, 그렇죠."

로즈번 씨가 대답했다.

"그자의 개가 살던 집 주위에 숨어 있는 것을 발견했다네요. 그러니 그 주인도 어딘가 숨어 있든지, 아니면 숨을 게 분명하죠. 어둠 속에서 말이죠. 체포조가 사방에 깔렸어요. 이번 사건의 책임자와 이야기를 나눠봤는데, 범인이 도저히 빠져나갈 수 없다고 했어요. 정부에서 오늘 밤 현상금을 100파운드나 건다고 발표했어요."

"그럼 내가 50파운드를 더 얹어야겠군."

브라운로 씨가 말했다.

"사건 현장에 갈 수 있다면 내가 직접 발표해야겠어. 메일리 군은 어디 있나?"

"아, 해리요? 이 친구가 어르신과 함께 마차로 무사히 도착한 것을 확인하자마자 곧바로 이 소식을 들은 곳으로 달려갔습니다."

로즈번 씨가 대답했다.

"그곳에서 말을 타고 이미 약속한 런던 교외 어딘가에 있는 선두 체포조와 합류를 할 거래요."

"페이긴은……."

브라운로 씨가 말했다.

"어떻게 되었소?"

"최근까지는 잡히지 않았다고 들었습니다. 하지만 곧 잡힐 거예요. 어쩌면 지금쯤 잡혔을지도 모르죠. 경찰이 행방을 알고 있으니까요."

"자네는 결심이 섰나?"

브라운로 씨가 낮은 목소리로 몽크스에게 물었다.

"네."

몽크스가 대답했다.

"비밀은 지켜주실 거죠?"

"그러지. 내가 돌아올 때까지 얌전히 있게. 자네에게 안전한 곳은 여기뿐이야."

브라운로 씨와 로즈번 씨가 방을 나가고 다시 문이 잠겼다.

"도대체 어떻게 하신 거예요?"

로즈번 씨가 속삭였다.

"내가 바라던 대로 모두. 아니 심지어는 그 이상. 불쌍한 낸시가 알려준 내용에다 내가 이미 알고 있던 과거와 해리가 현장에서 조사한 내용까지 모두 종합해서, 빠져나갈 구멍을 주지 않았지. 거기다 이제 백일하에 드러난 살인 사건까지 폭로했거든. 모레 저녁 7시에 만나자고 편지를 쓰시게. 우리는 몇 시간 전에 미리 그곳에 도착하겠지만 휴식을 취해야 하니까. 특히 아가씨는 당신과 나보다 건강에 신경을 더 써야 하니까 말이오. 나는 그 불쌍한 여자의 한을 풀어주고 싶어 피가 끓고 있다오. 사람들이 어느 쪽으로 갔소?"

"사무실로 바로 가세요. 그러면 늦지는 않을 겁니다."

로즈번 씨가 대답했다.

"저는 여기 남아 있을게요."

두 신사가 서둘러 헤어졌다. 두 사람 모두 통제할 수 없을 정도로 흥분해 있었다.

제12장

쫓는 자와 쫓기는 자

로더히드의 교회가 있는 템스강 근처 강기슭에 있는 건물들은 더럽기 그지없고, 강 위에 떠 있는 선박들은 석탄 가루와 다닥다닥 붙은 낮은 지붕의 주택에서 뿜어내는 연기로 새까맣다. 그 근처에 런던에 숨은 지저분하고 괴상하며 기이한 장소 중에서도 가장 으뜸인 곳이 하나 있다. 이름을 대도 이곳 주민들 대부분이 모르는 그런 곳이다.

이곳에 가려면 강가에 사는 가장 비참하고 가난한 사람들이 옹기종기 모인, 미로 같이 좁고 답답한 진흙 길을 걸어가야 한다. 이 골목에 사는 주민들은 장사로 생계를 유지한다. 조잡한 싸구려 물건들이 가게마다 즐비하고, 유행이 지난 흔하디흔한 옷가지가 가게 문에 매달려 있거나 집 난간이나 창문에 줄줄이 걸려 있다. 막노동 일자리도 못 얻은 최하층 실업자들과 선박의 짐꾼들, 석탄 부리는 인부, 뻔뻔스러운 술집 작부들, 누더기를 입은 아이들이 서로 밀치며 다녀야 하는 골목길에 템스강의 쓰레기까지 몰려들어 그야말로 난장판이다. 오른쪽과 왼쪽으로 갈래가 뻗는 좁은 골목에서 눈살이 찌푸려지는 광경과 역겨운 냄새를 참으며 계속 걷는다. 각 모퉁이에 서 있는 창고에서 물건을 받아 산더미처럼 높게 실은 무거운 마차의 덜그덕덜그덕 부딪치는 소리에 귀가 먹을 지경이다. 지금까지 지나온 길보다 훨씬 외지고 한적한 길에 도착해서, 인도로 삐죽이 튀어나온 쓰러져가는 집 처마 밑을 걷는다. 사람이 지나가면 금방이라도 흔들릴 것 같은 부서진 벽, 반은 부서지고 반은 쓰러질까 말까 머뭇거리는 듯한 굴뚝, 세월과 먼지에 삭을 대로 삭은 녹슨 쇠창살이 지키는 창문 등 이곳이 황폐하게 버려진 곳임을 여실히 보여주는 모습이 하나도 빠짐없이 즐비하다.

이 동네에는 사우스워크 구역의 도크헤드 너머에 '야곱의 섬'이 있다. 이 섬은 물이 차면 깊이 2미터 내외, 폭 4.5미터에서 6미터되는 진흙 도랑에 둘러싸인다. 이 도랑은 한때는 밀 폰드라고 불렸지만 지금은 폴리 디치로 알려진 템스강의 지류이며, 리드 밀즈에 있는 수문이 열리면 수위가 최고조에 달한다. 사실 예전에 쓰던 밀 폰드라는 이름도 리드 밀즈에서 비롯되었다. 만조일 때 폴리 디치를 가로질러 밀 레인에 놓인 나무다리 중 하나에 서서 바라보면 강의 양쪽에 서 있는 집에 사는 거주자들이 뒷문과 창문에서 몸을 숙인 채 양동이나 들통 등 온갖 종류의 가정용 기구를 이용해 물을 푸는 모습을 볼 수 있다. 물 푸기에서 집으로 눈을 돌리면 눈 앞에 펼쳐진 광경에 놀라 까무러치게 된다. 대여섯 집이 공동으로 사용하는 뒤쪽에 있는 흔들거리는 나무 난간에는 난간 밑의 진흙이 훤히 내려다보일 정도로 구멍이 숭숭 뚫렸고, 창문은 깨져 판자를 붙여 막았으며 리넨을 말리기 위한 빨랫줄 대용 장대가 나와 있지만 리넨이 걸린 적은 한 번도 없다. 방은 너무나 작고 지저분하며 답답하다. 솔직히 지저분하고 더러운 방보다 그 안의 공기가 훨씬 더 오염됐을 것 같다. 진흙 위로 삐죽이 나와 있는 목조 가옥은 툭 하고 건드리면 금방이라도 무너질 듯 위험해 보였다. 실제로 이미 무너진 것들도 있다. 벽에는 때가 덕지덕지 붙었고 토대도 썩어가고 있다. 빈곤을 상징하는 모든 불쾌한 모습과 지저분함을 상징하는 모든 메스꺼움, 부패, 쓰레기…… 이 모든 것이 폴리 디치 기슭을 장식하고 있다.

야곱의 섬에 있는 창고들은 지붕도 없고 텅텅 비어 있다. 벽은 무너져 내렸고 창문은 더는 창문 구실을 못 하며 출입구는 길로 넘어져 있다. 굴뚝은 새까맣지만 더는 연기를 내뿜지 않는다. 30~40년 전, 소유권을 둘러싼 소송에서 패소하기 전에는 아주 번성했으나 지금은 황폐한 섬일 뿐이다. 집은 주인을 잃었고 무너진 채 문이 열려 있지만 용기 있는 사람만이 들어가서 거기서 살다가 거기서 죽는다. 야곱의 섬에서 은신하는 사람들은 숨어 살아야 하는 피치 못할 이유가 있거나 지독하게 가난한 상황에 부닥친 것이 분명하다.

이런 집 중 나머지 세 면은 흉물스럽지만 문과 창문이 단단하게 닫혀있는 꽤 넓은 외딴집 위층, 앞에서 묘사한 도랑이 한눈에 보이는 뒤편에 세 사람이 모여 있었다. 그 사람들은 당혹스러움과 기대감이 가득한 표정으로 때때로 서로를 바라보며 무겁고 우울한 침묵 속에서 한참 동안 앉아 있었다. 세 사람 중 한 명은 토비 크라킷이고, 또 다른 한 명은 톰 치틀링, 나머지 한 명은 쉰 살가량 된 도둑이었다. 세 번째 사내의 코는 오래전 주먹다짐을 하다가 주저앉았고, 얼굴에는 무시무시한 상처가 있었는데 이 상처도 코가 주저앉을 때 생긴 것 같았다. 이자는 식민지에서 더는 범죄자를 받아들이지 않아 본국으로 송환된 사람으로, 당장 사형당할 처지였기 때문에 탈주하여 이곳에 몰래 숨어든 것이었고 이름이 카그스였다.

"나는 네가…… 예전에 살던 두 곳이 모두 들통나면 다른 숨을 만한 곳을 물색해 놓은 줄 알았어. 여기 말고 말이야."

크라킷이 치틀링을 보며 말했다.

"물색을 했어야지, 이 멍청아?"

카그스가 말했다.

"글쎄. 나는 네가 나를 만나면 지금보다 훨씬 반가워할 줄 알았어."

치틀링이 우울한 말투로 대꾸했다.

"왜 그래, 치틀링? 나처럼 사람들과 잘 어울리지 않는 사람은 안락한 집에서 지내야 해. 아무도 들락거리지 않고 염탐하지 않는 그런 집 말이야. 아무리 존경스럽고 재미있어도, 심심할 때 카드게임 상대가 되어준다 해도, 너처럼 쫓기는 처지의 젊은 친구가 영광스럽게도 이렇게 친히 방문하면 당황스러운 게 당연하거든."

크라킷이 말했다.

"특히 그 비사교적인 젊은 친구에게 외국에서 생각보다 일찍 도착한 손님이 들렀을 때, 더구나 그 손님이 너무 숫기가 없어서 돌아오자마자 판사 앞에 직접 나서지 못할 때는 더 그렇지."

카그스가 덧붙였다.

잠시 침묵이 흘렀다. 얼마 후, 토비 크라킷은 재수 없게 거들먹거리는 평소의 태도를 더는 유지할 필요가 없음을 깨달았는지 태도를 바꿔 치틀링을 돌아보며 말했다.

"페이긴은 언제 잡혔어?"

"점심 식사 시간이었으니까 오늘 2시쯤이었을 거야."

치틀링이 대답을 했다.

"찰리 베이츠와 나는 운 좋게도 세탁실 굴뚝에 숨었지. 볼터는 빗물 통에 머리부터 거꾸로 뛰어들었는데, 다리가 너무 길어서 위로 삐져나오는 바람에 잡혀갔어."

"그럼 베티는?"

"불쌍한 베티. 베티는 시체를 보러 갔어. 누구 시체를 말하는지 알지? 그러고는 미쳐버렸어. 비명을 지르고 헛소리를 하다가 벽에 머리를 찧어대며 길길이 날뛰었어. 그래서 경찰이 미친 사람에게 입히는 조끼를 베티에게 입혀서 병원으로 데려갔어. 그래서 지금 병원에 있어."

치틀링이 점점 더 우울한 표정을 지으며 대답했다.

"그럼 베이츠는 어디 간 거야?"

카그스가 물었다.

"밤을 헤매고 있어요. 어두워지기 전에는 여기 오지 않을 거예요. 하지만 조만간 오겠죠."

치틀링이 대답했다.

"당장은 따로 갈 곳이 없거든요. 크리플즈에 있는 사람들도 모두 체포됐으니까요. 내가 크리플즈에 가서 두 눈으로 직접 봤는데 경찰이 쫙 깔렸더라고요."

"이제 완전히 끝장났어."

크라킷이 입술을 깨물며 말했다.

"교수대에 오를 사람이 한두 명이 아니겠어."

"사냥이 시작된 거지. 수사가 끝나면, 아니 볼터가 유리한 증언을 하면, 볼터는 그간의 행동으로 미루어봐서 그러고도 남을 인간이니까 말이야. 아무튼 그래서 경찰이 페이긴에 대해 살인교사 및 살인음모죄를 입증할 수 있으면 금요일에 재판이 열릴 테고, 페이긴은 엿새 안에 교수대에 매달리게 될 거야. 젠장!"

카그스가 말했다.

"구경꾼들의 불평을 들었어야 했어."

치틀링이 말했다.

"경찰들이 필사적으로 말리지 않으면 구경꾼들이 페이긴을 찢어 죽였을 거야. 페이긴이 구경꾼들에게 눌려서 똑바로 설 수도 없자 경찰들이 원을 만들어서 에워싸고 길을 뚫으면서 질질 끌고 갔어. 구경꾼들이 길길이 날뛰고 이를 드러낸 채 으르렁거리며 야수처럼 달려들던 모습이 지금도 눈에 선해. 페이긴의 머리와 수염은 피로 떡이 지고, 길모퉁이에서 여자들이 죄수의 심장을 찢어버려야 한다고 아우성을 쳤지."

이런 무시무시한 장면을 직접 목격했던 치틀링은 두 손으로 귀를 막고 눈을 꼭 감은 채 벌떡 일어나 미친 사람처럼 방 안을 왔다 갔다 불안하게 서성댔다.

치틀링이 이러는 동안, 나머지 두 사람은 눈을 바닥에 고정한 채 아무 말도 못 하고 꿀 먹은 벙어리처럼 조용히 앉아 있었다. 계단에서 또각또각거리는 소리가 들리더니 사이스의 개가 방으로 뛰어 들어왔다. 세 사람은 창문으로 뛰어갔다가 계단을 내려가 거리로 나갔다. 세 사람이 밖으로 나간 사이 개가 열린 창문으로 뛰어 들어왔지만 세 사람을 따라가려고 하지 않았고

개 주인도 보이지 않았다.

"이게 무슨 뜻이지?"

크라킷이 모두 다시 돌아오자 말했다.

"그자가 여기 오면 안 돼. 제발, 제발 오지 말아야 해!"

"개가 여기 왔다면 그자가 데리고 온 게 틀림없어."

카그스가 바닥에 누워 숨을 헐떡이는 개를 살피기 위해 몸을 구부리며 말했다.

"이봐! 개한테 물 좀 줘. 미친 듯이 뛰어왔나 봐."

"한 방울도 안 남기도 다 마셨군."

카그스가 개를 한동안 쳐다보다가 말했다.

"온몸에 진흙을 뒤집어쓰고 절름거리는 데다 눈까지 반쯤 먼 것을 보니, 멀리에서부터 왔나 봐."

"도대체 어디에서 온 걸까?"

크라킷이 물었다.

"살던 집에 가봤더니 낯선 사람들로 북적대니까 이리로 왔겠지. 전에도 여기에 여러 번 와봤으니까. 하지만 그 전에 어디에 있었을까? 그리고 왜 혼자 왔을까? 주인도 없이 말이야!"

"그 사람이 자살했을 리는 없어. 어떻게 생각해?"

치틀링이 물었다.

아무도 사이스의 이름을 부르지 않았다.

크라킷이 고개를 가로저었다.

"만약 자살을 했다면 개가 우리를 주인이 자살한 곳으로 데려가고 싶어 했겠지. 그러니까 자살하지는 않았어. 내 생각에 그 사람은 이 나라를 떠나면서 개를 그냥 버린 거야. 어떻게든 따돌렸겠지. 그렇지 않다면 쉽게 도망치지 못했을 테니까."

카그스가 말했다.

세 사람은 이 해석이 가장 그럴싸하다고 느끼고 마치 사실인 양 결론을 내렸다. 의자 밑으로 기어들어간 개는 몸을 동그랗게 말아 웅크리고 잠들었기 때문에 그 이후는 아무도 개에게 관심을 갖지 않았다.

점점 밖이 어두워지자 덧문이 닫혔고, 촛불이 밝혀져 탁자에 놓였다. 세 사람은 이틀 동안 벌어진 끔찍한 사건들로 씻을 수 없는 충격을 받았다. 그 사건들로 인해 세 사람에게도 위험과 불안감이 증대됐기 때문이었다. 세 사람은 서로의 의자를 더 가깝게 끌어당겨 앉았고 아주 작은 소리에도 가슴이 철렁 내려앉았다. 이야기도 거의 나누지 않았고 혹시 이야기를 하더라도 작은 귓속말로 속삭였다. 살해당한 낸시의 주검이 옆방에 누워 있는 것처럼 겁이 나서 입을 열지 못했다.

세 사람이 한참을 그렇게 쥐 죽은 듯 조용히 앉아 있었는데, 갑자기 아래층에서 급하게 문을 두드리는 소리가 들렸다.

"찰리 베이츠군."

카그스가 마음속에서 느껴지는 두려움을 억제해보려는 듯 화난 사람처럼 무섭게 주위를 둘러보며 말했다.

문 두드리는 소리가 또 들렸다. 이건 베이츠가 아니었다. 베이츠는 문을 그렇게 두드리지 않았다.

크라킷이 창문으로 가서 밖을 내다보다가 온몸을 부들부들 떨며 고개를 안으로 쏙 숨겼다. 두 사람에게 누구인지 말할 필요가 없었다. 크라킷의 창백한 얼굴만으로 누가 왔는지 짐작하고도 남았다. 개도 갑자기 경계태세를 갖추더니 킹킹거리며 문으로 달려갔다.

"문을 열어줘야겠어."

크라킷이 촛불을 집어 들며 말했다.

"다른 방법은 없는 거야?"

치틀링이 쉰 목소리로 물었다.

"없어. 안으로 들어오게 해줘야 해."

"촛불을 가져가면 여기가 어둡잖아!"

카그스가 벽난로 선반에서 초를 내려놓고 불을 붙였는데, 손을 어찌나 떨어대는지 한참 걸려서야 초에 불을 붙였기 때문에 그동안에도 문 두드리는 소리가 두 번이나 더 났다.

크라킷은 현관문으로 내려갔다가 얼굴의 반을 손수건으로 가린 사내를 데리고 돌아왔다. 모자 밑의 머리를 또 다른 손수건으로 묶은 사내가 천천히 손수건을 벗었다. 창백한 얼굴, 움푹 들어간 눈, 홀쭉한 볼, 사흘 동안 자란 무성한 수염, 삐쩍 마른 몸, 헐떡거리며 내쉬는 가쁜 숨. 유령 같은 빌 사익스였다.

사익스는 방 가운데 있던 의자에 손을 얹었다. 하지만 의자에 앉으려다 말고 몸을 부들부들 떨더니 어깨너머로 힐끗 뒤를 돌아다 보고는 벽 가까이 의자를 끌고 갔다. 의자를 벽에 딱 붙여 놓더니 그제야 의자에 앉았다.

아무도 입을 열지 않았다. 사익스가 세 사람을 한 명씩 조용히 쳐다보았다. 하나같이 눈을 몰래 들어 사익스의 눈과 마주치기라도 하면 허겁지겁 시선을 피했다. 사익스의 공허한 목소리가 정적을 깨자 나머지 세 사람은 가슴이 철렁했다. 모두 처음 듣는 말투였기 때문이었다.

"저 개가 여기 어떻게 왔지?"

사익스가 물었다.

"혼자 왔어. 온 지 세 시간쯤 됐지."

"오늘 저녁 신문에 페이긴이 잡혔다고 나왔던데, 사실이야?"

"사실이야."

모두 다시 정적에 휩싸였다.

"빌어먹을! 나한테 해줄 말 없어?"

사익스가 손으로 이마를 문지르며 말했다.

나머지 세 사람은 어색하게 우물쭈물할 뿐 아무도 입을 열지 않았다.

"여기는 네 집이지?"

사익스가 크라킷 쪽으로 얼굴을 돌리며 물었다.

"내게 이 집을 팔든가, 아니면 검거 열풍이 잦아들 때까지 여기 머물게 해줄 수 있지?"

"여기가 안전하다고 생각되면 머물러도 돼요."

크라킷이 잠깐 망설이다가 대답했다.

사익스는 천천히 크라킷 뒤에 있는 벽을 올려다보았다. 실제로 고개를 돌리기보다 돌리려는 듯 애쓰면서 말했다.

"혹시 그거, 시체 말이야. 그거 묻었대?"

세 사람이 고개를 가로저었다.

"왜?"

사익스가 아까처럼 뒤를 힐끗 보더니 물었다.

"경찰은 왜 그런 걸 묻지 않고 그냥 갖고 있는 거야? 누가 문을 두드리는 거야?"

크라킷이 겁낼 것 없다고 손짓을 하면서 방을 나섰다가, 곧 찰리 베이츠를 뒤에 데리고 돌아왔다. 사익스가 문 맞은편에 앉아 있었기 때문에 베이츠는 방 안에 들어서자마자 사익스의 모습을 보게 되었다.

"토비!"

사익스가 눈을 들어 베이츠를 쳐다보자 베이츠가 뒤로 주춤하며 말했다.

"왜 계단 아래에서 말해주지 않았어?"

세 사람이 자기를 반갑게 맞이하지 않았기 때문에 사익스는 찰리 베이츠에게만이라도 부드럽게 대해야겠다고 마음먹었다. 그래서 베이츠에게 고개를 끄덕였고 악수라도 하려고 손을 내밀었다.

"나는 다른 방에 가 있을게."

베이츠가 여전히 뒷걸음질을 치면서 말했다.

"왜, 베이츠!"

사익스가 앞으로 나서며 소리쳤다.

"너, 너 나를 몰라?"

"가까이 오지 말아요."

베이츠가 여전히 뒷걸음질을 치며 겁에 질린 눈으로 사익스를 쳐다보면서 대답했다.

"이 악마야!"

사익스는 다가가던 걸음을 멈추었고 둘은 서로를 뚫어지게 보았다. 그러다 사익스가 눈을 점점 바닥으로 내리깔았다.

"세 사람은 잘 봐둬."

베이츠가 불끈 쥔 주먹을 흔들며 소리를 질렀다. 베이츠는 말을 하면서 점점 너 흥분했다.

"나는 저자가 무섭지 않아. 경찰이 잡으러 오면 나는 저자가 여기 있다고 알려줄 거야. 정말이야. 다시 한번 말하는데, 저자

679

는 마음만 먹으면 나도 죽일 거야. 죽일 테면 죽이라지. 저자가 여기 있다고 내가 알려주고 말 테야. 저자가 산 채로 끓는 물에 들어간대도 나는 고발할 거야. 세 사람 중에 용기 있는 사람이 있다면 나를 도와줘. 죽이자! 도와줘! 저자를 때려잡자고!"

베이츠는 이렇게 고함을 지르면서 난폭한 몸짓을 하더니, 드디어 힘이 장사인 사익스에게 혼자 몸을 던졌다. 베이츠가 힘이 넘쳤고 또 너무나 느닷없이 달려들었기 때문에 사익스는 바닥에 쿵 하고 넘어졌다.

구경하던 세 사람은 그 자리에서 꼼짝도 못 한 채 넋을 빼앗긴 것 같았다. 아무도 베이츠를 돕지 않았고, 베이츠와 사익스는 방바닥을 함께 뒹굴었다. 베이츠가 사익스에게 주먹세례를 퍼부었고, 사익스의 멱살을 잡고 있던 두 손을 점점 더 조였다. 그런 와중에도 도와달라고 있는 힘을 다해 소리쳤다.

하지만 애초부터 힘 차이가 심했기 때문에 오래 갈 싸움이 아니었다. 사익스가 베이츠를 넘어뜨리고 무릎으로 베이츠의 목을 눌렀을 때, 크라킷이 놀란 표정으로 사익스를 뜯어말리며 창문을 가리켰다. 밑에서 불빛이 번쩍였고 큰 소리로 떠드는 이야기 소리와 급한 발소리가 들렸다. 발소리가 끝도 없이 들리는 것으로 미루어 보아 엄청나게 많은 사람이 나무 다리를 건너는 모양이었다. 고르지 못한 길을 달리는 말발굽 소리가 들리는 것으로 보아 그중에 말을 탄 사람도 한 명 있는 것 같았다. 불빛이 점점 많아졌고 발소리가 점점 크고 시끄러워졌다. 결국 문을 두드리는 소리가 들렸다. 여러 명이 화난 목소리로 떠들썩하게 웅성거리는 소리는 대담한 사람도 움찔하게 만들고 남을 만했다.

"도와줘요!"

680

베이츠가 귀청을 찢을 것 같은 목소리로 비명을 질렀다.

"그자가 여기 있어요. 여기 있다고요. 문을 부숴요!"

"왕명에 따라……."

밖에서 지르는 고함이 들렸다. 아까보다 훨씬 큰 떠들썩한 소리가 다시 시작되었다.

"문을 부숴요! 이 사람들은 문을 열어주지 않을 거예요. 불빛이 있는 방으로 곧장 달려오세요. 어서 문을 부숴요!"

베이츠가 고함을 질렀다.

현관문과 아래층 창문의 덧문을 때리는 육중한 소리가 들리자, 베이츠가 고함지르기를 그쳤고 시끄러운 환호성이 군중 속에서 터져 나왔다. 환호성으로 미루어 얼마나 많은 사람이 모였는지 짐작할 수 있었다.

"저 시끄러운 녀석을 가둘 만한 곳이 없어?"

사익스가 화가 잔뜩 나서 소리를 질렀다. 빈 자루처럼 베이츠를 간단하게 끌고 이리저리 뛰어다녔다.

"저 문. 빨리!"

베이츠를 집어던지고 문을 잠근 다음 열쇠를 돌렸다.

"아래층 현관문은 단단히 잠겼지?"

"이중으로 잠그고 사슬도 걸었어요."

나머지 두 사람과 함께 여전히 어쩔 줄 몰라 우두커니 서 있기만 하던 크라킷이 대답했다.

"문짝은? 문짝도 튼튼해?"

"칠판을 인에 댔어요."

"그럼 창문도?"

"그럼요. 창문도죠."

"어림없다, 이놈들아!"

궁지에 몰린 사익스가 덧문을 열더니 밖을 향해 협박을 하듯 고함을 쳤다.

"무슨 짓이든 할 테면 해 봐! 너희들은 내 상대가 아니야!"

사익스가 아무리 고래고래 악을 쓰며 험한 욕설을 퍼부어도 화가 난 군중의 고함 속에 파묻히고 말았다. 집 가까이에 있는 사람들에게 집에 불을 지르라고 소리를 지르는 이들도 있었다. 경찰에게 총을 쏴서 죽이라고 고함을 치는 사람들도 있었다. 화가 난 군중 가운데에서도 말에 탄 사람이 가장 화가 많이 났다. 말에 탄 사람은 안장에서 뛰어내려 마치 물을 가르듯이 군중을 헤치고 집 가까이 다가와 창문 아래에서 다른 사람들보다 훨씬 큰 목소리로 고함을 질렀다.

"누구든 사다리를 가져오면 20기니를 주겠소!"

가까이에 있던 사람들이 이 소식을 듣자 수백 명이 이 소식을 메아리쳤다. 사다리를 달라고 소리를 지르는 사람, 망치를 달라는 사람, 사다리와 망치를 찾는지 횃불을 들고 이리저리 헤매는 사람, 그냥 돌아와 다시 소리를 지르는 사람도 있었다. 쓸데없는 저주와 욕설을 퍼붓느라 숨을 헐떡이는 사람도 있었고, 미친 사람처럼 앞으로 자꾸 달려들어 밑에 있는 사람들의 작업을 방해하는 사람도 있었다. 홈통구멍이나 벽에 갈라진 틈을 이용해 기어오르려는 대담한 사람도 있었다. 농장에 서 있는 옥수수가 세차게 불어오는 바람에 움직이듯이, 창문 밑 어두운 곳에 있는 사람들은 이리저리 물결치듯 움직였고, 때때로 무섭게 성난 고함을 따라 소리를 지르기도 했다.

"물이……."

사익스가 방 안쪽으로 뒷걸음질 쳐 군중의 얼굴이 보이지 않자 말했다.

　"물이 들어오고 있었어. 내가 올 때부터 말이야. 밧줄을 줘. 아주 긴 밧줄로! 사람들이 모두 앞쪽에 있으니까 나는 폴리 디치로 뛰어내려서 그곳을 이용해 도망쳐야겠어. 밧줄을 줘. 안 그러면 세 사람 다 죽이고 나도 자살해버릴 테니까!"

　공포에 질린 세 사람이 밧줄이 보관된 곳을 가리켰다. 사익스는 허겁지겁 가장 길고 튼튼한 밧줄을 골라 재빠르게 지붕 위로 올라갔다.

　이 집의 뒤쪽에 있는 창문은 모두 오래전에 벽돌로 막혔고, 베이츠가 갇힌 방에 작은 뚜껑 문이 하나 있었지만 베이츠가 빠져나가기에는 너무 작았다. 하지만 이 작은 구멍을 통해 베이츠는 밖에 있는 사람들에게 뒤쪽을 조심하라고 쉬지 않고 소리를 질러댔다. 결국 사익스가 지붕에 있는 문을 통해 지붕 위로 나가자, 베이츠는 앞에 있는 사람들에게 이 사실을 큰 소리로 알렸다. 베이츠가 지르는 소리를 들은 사람들은 당장 한 치의 빈틈도 없이 줄을 지어 집을 빙 둘러싸기 시작했다.

　사익스는 지붕으로 올라갈 때 미리 들고 온 나무 널빤지를 문에 단단히 받혀 놓아 안에서 문을 열기 힘들게 만들어 놓은 다음, 기왓장 위로 기어 올라가 밑의 난간을 넘어다보았다.

　물이 빠지고 도랑이 진흙 바닥을 드러냈다.

　군중들은 이 짧은 순간 동안 모두 입을 다물고 사익스의 행동과 의도를 지켜보았지만, 사익스가 독 안에 든 쥐라는 사실을 알아차리는 순간 모두 승리의 환호성을 질렀다. 지금의 환호성에 비하면 조금 전까지 지른 고함은 귓속말에 불과했다. 환호성

683

은 점점 더 커졌다. 너무나 뒤에 있어 이 환호성의 영문을 깨닫지 못한 사람들도 소리를 듣고 멋모르고 따라서 질렀고, 그 뒷사람들도 또 그 환호성을 듣고 무턱대고 따라 질러댔다. 시민 모두가 뛰쳐나와 사익스를 저주하는 것 같았다.

앞에 있던 사람들이 뒤로 계속, 계속 움직여 성난 얼굴의 물결을 만들었다. 여기저기에서 이글거리는 횃불이 대낮같이 비추어 사람들의 분노와 열정을 잘 보여주었다. 도랑 반대편에 있는 집들도 사람들이 몰려 들어가 창문을 열거나 창문을 통째로 들어내고 다다다닥 내민 얼굴들로 가득했고, 지붕마다 사람들이 옹기종기 모여 있었다. 한눈에 들어오는 다리 세 개는 모두 사람들의 무게를 이기지 못해 중간이 휠 지경이었다. 아직도 사람들이 꾸역꾸역 몰려들며, 소리를 질러 분풀이를 하거나, 잠깐이라도 살인자의 모습을 보려고 서 있을 틈바구니를 찾았다.

"이제 잡기만 하면 돼."

가까운 다리에 있던 남자가 말했다.

"만세!"

사람들은 마음이 가벼워져 모자까지 벗어들고 또 한 차례 환호성을 질렀다.

"50파운드를 포상금으로 걸겠소!"

옆에 있던 한 노신사가 소리를 쳤다.

"살인범을 생포하는 사람에게 50파운드를 주겠소. 살인범을 잡고 포상금을 요구할 때까지 여기서 기다리겠소."

또다시 환호성이 울렸다. 바로 그 순간, 드디어 문을 부수고 처음에 사다리를 찾던 남자가 방으로 올라갔다는 말이 사람들 사이에 퍼졌다. 이 소식이 입에서 입으로 전해지자 사람들이 갑자기 크게 동요했다. 창문에 매달려 있던 사람들은 다리 위에 있던 사람들이 뒤로 우르르 내려가는 것을 보자, 창문에서 내려와 길로 다시 나와 아까 떠났던 지점에서 밀고 당기는 몸싸움을 벌이며 앞쪽으로 끼어들었다. 구경꾼들은 경찰이 살인자를 끌어낼 때, 어떻게든 문 가까이 다가가 살인자의 얼굴이라도 보려고 초조하게 숨까지 헐떡이며 서로 옆 사람을 밀쳤다. 옆에서 너무 짓눌려 질식할 것 같거나, 혼란 속에서 발에 밟힌 사람들이 질러대는 비명은 소름을 돋게 하기에 충분했다. 좁은 골목길이 완전히 막혔다. 어떤 이들은 집 앞의 좋은 자리를 다시 차지하려 몰려들고, 또 다른 이들은 혼잡한 무리에서 빠져나가려고 헛되이 안간힘을 썼다. 그러는 동안 살인범에게서 잠깐 관심이 멀어졌지만, 살인범을 잡아야 한다는 보편타당한 열의는 한층 고조되었다.

사이스크는 사람들의 성난 고함에 기가 질리고, 탈출이 불가능함을 깨닫자 완전히 기운을 잃고 쪼그리고 앉아 있었는데, 사람들이 살짝 어수선한 광경을 보고 갑자기 벌떡 일어서며 도랑에 뛰어들어 마지막 노력을 하기로 결심했다. 질식할 위험을 무릅쓰고 어둠과 혼돈 속에서 몰래 빠져나가려는 계획이었다.

사이스크는 이렇게 새로 기운을 차렸고, 현관문이 열렸음을 알리는 소리가 집 안에서 들리자 이에 자극을 받았다. 순식간에 밧줄 한쪽 끝을 굴뚝 둘레에 단단하게 묶고 다른 한쪽 끝은 손과 이로 튼튼한 고리를 만들어, 굴뚝에 한 발을 디딘 채 밧줄을 잡고 땅에서 자신의 키보다 높지 않은 곳까지 내려오면 밧줄을 자르기 위해 한 손에 주머니칼을 들고 아래로 내려왔다.

그런데 고리를 겨드랑이에 끼기 위해 목에 뒤집어쓰는 바로 그 순간, 아까 50파운드 포상금을 걸었던 노신사가 사람들의 힘에 밀리지 않고 자기 자리를 유지하기 위해 다리 난간에 몸을 단단히 고정한 채, 주위 사람들에게 살인자가 지붕에서 내려오려고 한다고 고함을 질렀다. 바로 그 순간, 살인자가 지붕 위를 다시 돌아보더니 두 팔을 머리 위로 들어 올리며 두려움에 비명을 질렀다.

"두 눈이 또 나타났어!"

사익스는 도저히 사람이 내는 소리라고 생각되지 않는 괴상한 외마디 비명을 질렀다. 그러고는 벼락이라도 맞은 듯 뒤뚱거리더니 그만 균형을 잃고 난간 너머로 떨어졌다. 밧줄 고리가 목에 걸려 있었다. 밧줄 고리는 몸무게 때문에 활시위처럼 팽팽하게, 활시위를 벗어난 화살처럼 신속하게 당겨졌다. 사익스는 10미터 아래로 떨어졌다. 갑자기 몸에 경련을 일으킨 듯 무서울 정도로 팔다리를 떨었다. 거기에 그렇게 매달린 채 뻣뻣한 손에는 주머니칼을 꼭 잡고 있었다.

낡은 굴뚝이 그 충격에 흔들렸지만 무너지지는 않았다. 살인자는 벽에 맥없이 매달려 있었고, 매달린 주검 때문에 시야가 가려진 베이츠는 옆으로 고개를 삐죽이 내밀며 사람들에게 제발 와서 자기를 구해달라고 소리를 질렀다.

지금까지 숨어 있던 개는 무시무시하게 울부짖더니 난간에서 앞뒤로 뛰어다니며 뛰어내릴 준비태세를 갖추더니 죽은 사익스의 어깨를 향해 냅다 뛰었다. 하지만 조준을 잘못하는 바람에 도랑 아래로 곤두박질쳤다. 떨어지면서 완전히 뒤집혀 머리를 돌에 부딪히며 뇌수를 쏟아냈다.

앞의 사건들이 발생하고 겨우 이틀 후, 올리버는 오후 3시에
마차를 타고 태어난 곳을 향해 가고 있었다. 메일리 여사와 로
즈, 베드윈 여사, 사람 좋은 의사 로즈번 씨가 올리버와 함께
타고, 브라운로 씨는 아직 이름이 밝혀지지 않은 또 다른 사람
과 사륜 역마차를 타고 뒤따르고 있었다.

올리버가 정신을 차리지 못할 정도의 흥분과 불안에 휩싸여
할 말을 잃고 있었기 때문에 아무도 말을 많이 하지 않았다. 모
두 올리버와 동행하면서 올리버에게서 영향을 받았는지 비슷한
기분이 들었다. 올리버와 메일리 여사, 로즈는 브라운로 씨가
몽크스에게서 자백받은 사실을 조심스럽게 들어서 알고 있었
다. 이번 여행의 목적은 이미 시작된 일을 마무리 짓기 위한 것
이지만, 아직도 사건의 전모가 풀리지 않은 의혹과 수수께끼에
싸여 있는 터라 모두 참을 수 없는 불안감으로 가슴을 졸였다.

브라운로 씨는 로즈번 씨의 도움을 받아, 다른 사람들이 최

687

근에 발생한 사건 소식을 들을 통로를 조심스럽게 차단했다.

"맞습니다."

브라운로 씨가 말했다.

"모두 오래전에 알았어야 했지만 지금은 때가 아닌 것 같아요. 적당한 시기가 오면 알려드려야죠."

그래서 모두 조용히 여행을 하는 것이었다. 각자 이렇게 한자리에 모이게 한 이유가 무엇일까 궁금했지만, 공통된 궁금증에 대해 입을 여는 사람은 아무도 없었다.

이런 분위기에서 올리버는 자기가 태어난 곳을 향해 한 번도 보지 못한 길로 가는 동안 침묵했다. 그러다가 불쌍하고 집 없이 방랑하는 고아로 도와줄 친구도 없고 눈비를 막아줄 지붕도 없이 걸어서 지나던 길로 마차가 접어들었을 때 다양한 감정이 치밀어오르기 시작했다.

"저기를 보세요! 저기요!"

올리버가 로즈의 손을 꼭 움켜잡고 마차 창밖을 가리키며 소리를 질렀다.

"저게 제가 넘었던 계단이에요. 누군가에게 잡혀 강제로 돌아가게 될까 봐 뒤에서 기어갔던 울타리들도 있어요. 저쪽에는 제가 어렸을 때 살던 집으로 가는 들판을 가로지르는 길이 있어요. 맞아, 딕! 딕은 제 어릴 적 친구예요. 너를 다시 볼 수 있다면 얼마나 좋을까!"

"곧 만나게 될 거야."

로즈가 올리버의 꼭 쥔 손을 부드럽게 잡으며 대꾸했다.

"네가 지금 얼마나 행복한지, 얼마나 부자가 되었는지, 무엇보다 네가 느끼는 모든 행복감 중에서도 딕을 행복하게 하려고 돌아온 것이 가장 기쁘다고도 말해주렴."

"네, 알았어요."

올리버가 대답했다.

"그리고 딕을 거기서 데리고 나와서 옷도 주고 공부도 가르쳐 요. 그리고 건강하게 잘 자랄 수 있도록 한적한 시골 마을로 보 내요. 그래도 되죠?"

로즈는 대답 대신 고개를 끄덕였다. 올리버가 행복에 겨운 눈물을 흘리며 웃자 도저히 말을 할 수 없었기 때문이었다.

"아가씨는 다른 사람에게도 그러니까 그 아이에게도 친절하고 따뜻하실 거예요."

올리버가 말했다.

"그 아이가 하는 이야기를 들으면 아가씨는 눈물을 흘리실 거예요. 하지만 걱정 마세요. 절대로요. 이제 모두 끝났으니까 요. 아가씨는 그 아이가 어떻게 변할지 생각하시면 다시 미소를 지으실 거예요. 분명해요. 저한테도 그러셨잖아요. 제가 도망 칠 때 딕이 '신이 너를 축복해 주실 거야'라고 말했어요."

올리버는 감정에 복받쳐서 울음을 터뜨렸다.

"이제 저도 '딕, 신이 너를 축복해 주실 거야'라고 말할 거예 요. 그때 딕의 기도 덕분에 제가 얼마나 딕을 좋아하게 됐는지 도 알려줄래요."

마을로 접어들어 좁은 길을 통과하게 되자, 올리버는 흥분을 진정시키기가 쉽지 않았다. 장의사 소어베리 가게는 예전 그대 로 그 자리에 있었지만, 올리버가 기억하는 모습보다 크기도 작 았고 다소 초라해 보였다. 낯익은 가게와 집들은 모두 올리버에 게 사소하지만 나름의 추억이 있었다. 갬필드의 화물 수레, 옛날부터 갬필드가 끌던 바로 그 수레가 낡은 선술집 문 앞에 서 있었다. 올리버의 끔찍했던 어린 시절을 보낸 구빈원의 참혹한 창문이 길을 쏘아보고 있었다. 예전의 비쩍 마른 문지기가 그대로 문을 지키고 있었는데, 그 문지기를 보자 올리버는 저도 모르게 움찔하더니 바보 같은 짓을 했다고 생각하며 크게 웃었다. 웃다가 울더니 다시 웃었다. 문과 창문마다 너무나 낯익은 얼굴들이 보였다. 모든 것이 어제 이곳을 떠난 것처럼 생생했고, 오히려 최근의 일들이 행복한 꿈만 같았다.

하지만 지금의 행복은 분명 즐거운 현실이었다. 마차는 이 마을에서 가장 좋은 호텔 문 앞으로 곧장 달려갔다. 올리버가 놀라서 입을 벌리고 올려다보며 웅장한 왕궁이라고 생각했던 바로 그 호텔이었지만, 지금은 어쩐지 웅장함과 크기가 그전만 못한 것 같았다. 이곳에서 그림위그 씨가 올리버 일행을 맞았다. 그림위그 씨는 로즈와 메일리 여사가 마차에서 내리자 두 사람에게 키스를 했다. 만면에 웃음을 띤 친절한 표정으로 자기가 일행의 할아버지쯤 된다고 생각하는 모양이었다. 늘 입버릇처럼 달고 살던 머리를 먹어버리겠다는 말은 웬일인지 입도 뻥긋하지 않았다. 심지어 런던으로 가는 지름길에 대해 늙은 우편집배원과 의견이 갈리자, 그 길을 딱 한 번밖에 지나가지 않았고 그나마도 그때 깊이 잠들어 있었던 주제에, 자기가 맞다고 억지를 부리면서도 그 말을 하지 않았다. 저녁이 준비되어 있었고 침실도 배정되어 있었다. 모든 것이 마치 마술이라도 부린 양 완벽하게 준비되었다.

그런데도 호텔 도착 후 분주했던 처음 30분이 지나자, 아까 여행 중에 엄습했던 똑같은 침묵과 긴장이 다시 몰려왔다. 브라운로 씨는 일행과 함께 저녁을 먹지 않고 다른 방에 혼자 남아 있었다. 로즈번 씨와 그림위그 씨도 저녁을 먹는 동안 걱정스러운 얼굴로 안절부절못하고 방을 바삐 들락거렸다. 두 남자가 일행과 함께 있는 동안 잠깐 두 남자만 귓속말을 주고받았다. 한번은 메일리 여사가 밖으로 불려 나가더니 한 시간가량 돌아오지 않다가 눈이 퉁퉁 부은 채 방으로 돌아왔다. 이런 행동들은 새 소식에 대해 아무것도 모르는 로즈와 올리버를 불안하고 불편하게 만들었다. 로즈와 올리버는 궁금하지만 아무 말도 못 하고 앉아 있었다. 두 사람의 목소리가 들리면 큰일이라도 날 듯, 둘이 몇 마디를 주고받더라도 귓속말로 속삭였다.

드디어 9시가 되었다. 로즈와 올리버가 그날 밤 아무 말도 듣지 못할 거라 생각하기 시작했을 때, 로즈번 씨와 그림위그 씨가 방으로 들어왔고 뒤이어 브라운로 씨가 낯선 남자를 데리고 들어왔다. 올리버는 낯선 남자를 보자 기겁을 하며 하마터면 비명을 지를 뻔했다. 사람들이 자기 형이라고 말하는데, 로즈가 아플 때 호텔로 편지 심부름을 갔던 날 올리버가 호텔에서 부딪쳤던, 다음날 낮에 올리버의 작은 방을 페이긴과 함께 들여다보았던 바로 그 사람이었기 때문이었다. 이 남자는 놀란 올리버를 증오의 눈빛으로 쏘아보았는데, 그 이후로도 눈빛을 숨기지 않은 채 문 근처에 앉았다. 브라운로 씨는 손에 서류를 들고 로즈와 올리버가 앉은 자리 근처의 탁자로 갔다.

"아주 고통스러운 일이지만."

브라운로 씨가 말했다.

"런던에서 많은 증인이 보는 앞에서 서명된 이 진술서를 여기서 사실상 다시 반복해야겠어요. 자네의 체면을 세워주고 싶

691

었지만 우리가 떠나기 전에 자네의 입을 통해 직접 들어야겠네. 그 이유는 자네가 잘 알 테지."

"계속하세요."

브라운로 씨의 말을 들은 사내가 외면하면서 대꾸했다.

"어서요! 이제 지긋지긋해요. 빨리 끝내고 보내줘요."

"이 아이는……."

브라운로 씨가 올리버를 사내 옆으로 밀고 손을 아이의 머리 위에 얹으며 말했다.

"자네의 이복동생이야. 자네 아버지이자 내 절친한 친구 에드윈 리포드와 출산 후 죽은 불쌍한 아그네스 플레밍 사이에서 태어난 사생아란 말일세."

"맞아요."

몽크스가 떨고 있는 아이를 노려보며 말했다. 아이의 심장 소리가 들리는 것 같았다.

"그래요. 두 사람이 뿌린 불륜의 씨앗이죠."

"그런 말을 사용하면…… 이미 이 세상의 하찮은 비난을 오래전에 다 받고 지금은 저세상에 계신 분들에 대한 모욕일세. 그런 말을 사용하는 자네만 망신스러울 뿐이야. 그건 그렇다 치고, 이 아이가 이 마을에서 태어났나?"

브라운로 씨가 무섭게 노려보며 말했다.

"이 마을의 구빈원에서요."

몽크스는 퉁명스럽게 대답했다.

"모든 내용이 그 서류에 다 쓰여 있잖아요."

몽크스는 브라운로 씨가 들고 있는 서류를 짜증스럽게 가리키며 말했다.

"내가 들고 있는 이 서류에 적혀 있지만 자네 입으로 직접 들어야겠네."

브라운로 씨가 듣고 있는 사람들을 둘러보며 말했다.

"그럼 그러시죠."

몽크스가 쏘아붙였다.

"저 아이의 아버지가 로마에서 병에 걸렸기 때문에 오래전에 별거에 들어가셨지만 법적 아내인 제 어머니께서 파리에서 로마로 가셨는데, 그때 저를 데리고 가셨죠. 아버지의 유산상속 문제를 처리하기 위해서였죠. 제가 알기로 어머니는 아버지에게 애정이 별로 없었고 아버지도 마찬가지였어요. 아버지는 우리를 잘 알아보지도 못했어요. 정신을 놓으셨거든요. 다음날까지 계속 잠만 주무시다 그냥 돌아가셨어요. 아버지 방에 있는 책상 위에 서류가 몇 개 있었는데, 그중에 병에 걸리셨던 날 작성한 서류가 두 장 있었어요. 브라운로 씨에게 간단하게 몇 자 적어 동봉되어 있었는데, 겉봉에는 자기가 죽기 전까지 부치지 말라고 적혀 있었습니다. 하나는 아그네스라는 여자에게 보내는 것이었고, 나머지 하나는 유서였어요."

"편지의 내용은?"

브라운로 씨가 다그쳤다.

"편지요? 편지는 귀퉁이에까지 빽빽하게 적혀 있었는데, 내용은 참회하는 고백과 아그네스라는 여자를 도와달라는 기도였어요. 아버지는 알 수 없는 이유로 그 여자와 결혼하지 못했고, 나중에 때가 되면 설명하겠다고 속여 왔던 모양이었어요. 그 여자는 아버지의 말을 너무 철석같이 믿었나 봐요. 사실 너무 믿었죠. 관계가 깊어지자 돌이킬 수 없는 선을 넘고 만 거예요.

693

그래서 당시 그 여자는 임신 중이었죠. 아버지는 자기가 산다면 여자의 불명예를 숨기기 위해 무슨 일이든 하겠지만, 만약 자기가 죽으면 모든 죗값은 자기가 치를 터이니 자신과의 추억을 저주하거나 두 사람의 잘못된 만남으로 인해 여자나 새로 태어날 아이가 죄를 받는다고 여기지 말라고 했어요. 아버지는 여자에게 아그네스라는 이름만 새기고 나중에 결혼하면 자기의 성을 새겨주겠다고 성을 새길 부분을 비워둔 목걸이와 반지를 줬던 날을 잊지 말라며, 목걸이와 반지를 소중히 간직하고 예전처럼 심장과 가까운 곳에 꼭 차고 다니라고 부탁했어요. 그러고는 정신을 놓은 사람처럼 같은 말을 계속 반복했어요."

"유서는……."

브라운로 씨가 말했다. 올리버의 눈에서 눈물이 주르륵주르륵 흘렀다.

몽크스는 아무 말이 없었다.

"유서는……."

브라운로 씨가 몽크스를 대신해 말했다.

"편지와 같은 취지였네. 자네 아버지는 별거 중인 아내가 자기에게 가져다준 불행과 자네의 반항적이고 사악하며 심술궂고 유치한 못된 성품에 대해서 썼어. 자네는 불행한 결혼생활에서 얻은 유일한 자식이었는데 아버지를 증오하도록 교육을 받았었지. 그래도 자네와 자네 어머니에게 유족연금으로 각각 800파운드를 물려주겠다고 했어. 자네 아버지는 나머지 재산을 2등분하여 하나는 아그네스 플레밍에게, 나머지 하나는 무사히 태어나 성인이 되면 아이에게 물려주겠다고 했지. 만약 아이가 딸이면 무조건 주지만, 아들이면 유산상속에 조건을 붙였다네.

성인이 되기 전 불명예, 야비함, 비겁함, 비행으로 이름을 더럽히지 않는다는 조건이었지. 그런 조건을 붙인 이유는 아이 엄마에 대한 자신감과 깊은 신뢰 때문이라고 말했어. 죽음이 다가오자 아이가 어머니의 온유한 심성과 고귀한 품성을 타고날 것이라는 자신감과 깊은 신뢰가 더욱 강해졌거든. 만약 아이가 기대에 못 미치는 실망스러운 짓을 저지른다면, 유산은 모두 자네에게 돌아가게 되어 있었지. 그러지 않는 한 두 아들의 권리는 똑같고, 만약 올리버가 실망스러운 짓을 저지른다면 자기의 재산에 대해 자네의 우선권을 인정하겠고 말이야. 자네는 어렸을 때부터 냉혹함과 혐오감으로 자네 아버지를 거부해왔기 때문에 자네에게는 애정이 없었지."

"제 어머니는……."

몽크스가 조금 큰 목소리로 말했다.

"당연한 일을 하셨어요. 다른 여자라도 유언장을 불태워버렸을 거예요. 편지는 당사자에게 배달되지 않았고, 그 편지와 다른 증거들은 어머니가 보관하셨어요. 혹시라도 그 사람들이 수치스러운 일을 들먹이며 거짓말을 할까 봐 그랬죠. 어머니는 격렬한 증오심에 더할 수 있는 한 최대한 과장해서, 불륜을 저지른 여자의 아버지에게 이 소식을 알렸어요. 지금도 그 점에 대해서 저는 어머니가 자랑스러워요. 수치심과 망신스러움에 자극받은 그 여자의 아버지는 웨일스의 외딴곳으로 자식들을 데리고 도망가서, 친구들조차 숨어버린 곳을 모르게 하려고 이름까지 바꾸어 버렸죠. 그곳에서 머지않아 침대에서 죽은 채 발견됐어요. 그 몇 주 전에 문제의 큰딸이 몰래 집에서 도망쳤기 때문에, 그 아버지가 인근 마을을 모두 걸어서 샅샅이 뒤졌죠. 온 마을을 샅샅이 뒤지고 돌아온 그 날 죽은 거예요. 딸이 자신과 자기 아버지의 불명예를 숨기기 위해 스스로 목숨을 끊었다고 생각하고 가슴이 무너졌던 겁니다."

여기까지 말하고 잠시 침묵이 흘렀다. 브라운로 씨가 그 뒤를 이어 이야기를 계속했다.

"그 후 몇 년이 지나서……."

브라운로 씨가 말했다.

"이 사람, 에드워드 리포드의 어머니가 나를 찾아왔습니다. 아들이 열여덟 살에 어머니의 보석과 돈을 훔쳐 집을 떠나 도박으로 재산을 탕진하고 지폐를 위조하다가, 런던으로 도망가서 2년 동안이나 천한 문제아들과 어울린다고 제게 하소연을 했답니다. 이 사람의 어머니는 고통스러운 불치의 병에 시달리고 있었기 때문에, 자기가 죽기 전에 아들이 정신을 차려주기를 바랐죠. 사방팔방을 돌아다니며 수소문을 했지만 오랫동안 소용이 없다가 드디어 성공했습니다. 그래서 아들과 함께 프랑스로 돌아갔답니다."

"어머니는 그곳에서 돌아가셨어요."

몽크스가 다시 말했다.

"오랫동안 병을 앓으시다가 임종 직전에 이런 비밀을 제게 알려주셨죠. 물론 관련된 모든 사람에 대한 어머니의 걷잡을 수 없는 증오심도 함께요. 하지만 어머니는 증오심을 남겨주실 필요가 없었어요. 이미 오래전부터 저는 어머니의 성품을 이어받았으니까요. 어머니는 그 여자가 스스로 목숨을 끊었다고 믿지 않으셨어요. 물론 아이도 마찬가지였죠. 사내아이가 태어나서 죽지 않고 살아 있다는 생각을 하셨어요. 제가 어머니에게 아이가 언제라도 나타나면 쫓아가서 절대 그냥 두지 않고 지독하고 가차 없이 끝까지 따라가서, 가능하면 교수대로까지 끌고 가서 제 가슴속 증오를 분풀이하고 그 자존심 상하는 유언장의 공허한 허풍에 침을 뱉어 주겠다고 약속했습니다. 어머니의 예감이 맞았어요. 마침내 그 아이가 제 눈에 나타난 겁니다. 처음에는 순조롭게 되어 갔죠. 그 재수 없는 계집만 없었다면 시작했던 대로 잘 끝낼 수 있었는데……. 성공할 수 있었다고요!"

몽크스가 팔짱을 끼고 중요한 일을 그르친 분풀이로 자신에게 저주를 퍼붓자, 브라운로 씨가 옆에 앉아 듣고 있던 사람들에게 고개를 돌려서 몽크스와 오래전부터 한통속이었고 막역한 친구인 페이긴이 올리버를 붙잡고 있는 대가로 큰돈을 챙겼는데, 올리버가 악의 소굴에서 구출되면서 받은 돈의 일부를 토해 내야 해 메일리 여사가 올리버를 데리고 머물던 시골 별장을 둘이 함께 방문해 올리버를 확인했다고 말했다.

"목걸이와 반지는?"

브라운로 씨가 몽크스를 쳐다보며 물었다.

"전에 말했던 어떤 부부에게서 샀어요. 그 사람들은 산파에게서 훔쳤고, 또 그 산파는 산모가 죽을 때 훔쳤대요."

몽크스가 눈도 들지 못하고 대답을 했다.

"그다음은 어떻게 했는지 아시죠?"

브라운로 씨가 그림위그 씨에게 고개를 까딱하자, 그림위그 씨는 그 신호를 받고 재빠르게 사라졌다가 이윽고 범블 부인을 앞장세워 밀고, 뒤에서 수저수저하는 범블을 끌면서 돌아왔다.

"아니 이게 꿈이야, 생시야?"

범블이 반가운 척 소리를 질렀지만 전혀 반갑지 않은 기색이 역력했다.

"너 올리버 아니니? 세상에, 올리버! 내가 너를 얼마나 불쌍하게 생각했는지 알지?"

"입 다물어, 이 멍청아!"

범블 부인이 중얼거렸다.

"이건 인지상정이에요, 여보."

구빈원 원장인 범블이 말대꾸를 했다.

"내가 구빈원에서 키운 이 아이를 존경스러운 신사 숙녀와 함께 있는 이곳에서 만났는데 내가 어떤 심정이겠소? 나는 저 아이를 내…… 내…… 내가 할아버지라도 되는 것처럼 사랑했었다고요."

범블이 말이 헛나온 줄도 모른 채 다시 적당한 말을 찾느라 잠시 말을 멈추었다.

"올리버 군, 흰색 조끼를 입고 친절했던 신사를 기억하니? 세상에, 그분이 지난주 하늘나라로 가셨단다. 손잡이까지 달린 오동나무 관에 묻혀서 말이야."

"이리 오시오."

그림위그 씨가 퉁명스럽게 말했다.

"감정을 자제하시오."

"저는 최선을 다하고 있답니다."

범블이 대꾸했다.

"안녕하십니까? 건강하시죠?"

이 인사를 받은 브라운로 씨가 몽크스 가까이 다가가, 몽크스를 가리키며 물었다.

"저 사람을 아시오?"

698

"아니요."

범블 부인이 무뚝뚝하게 대답했다.

"아마 당신도 모를 테지요?"

브라운로 씨가 범블 부인의 남편에게 물었다.

"평생 한 번도 본 적이 없는 사람입니다."

범블이 대답했다.

"그럼 저 사람에게 아무것도 판 적이 없겠군요."

"없어요."

범블 부인이 대답했다.

"금목걸이나 반지를 갖고 있었던 적도 없지요?"

브라운로 씨가 물었다.

"절대 없어요."

범블 부인이 대답했다.

"왜 우리를 이런 말도 안 되는 질문에 대답하라고 데려온 건가요?"

브라운로 씨는 다시 그림위그 씨에게 고개를 까딱했고, 그림위그 씨는 다시 놀랄 만큼 민첩하게 절뚝거리며 나갔다. 하지만 이번에는 건장한 부부 대신 거동이 불편한 두 노파를 데리고 돌아왔다. 두 노파는 걸으면서 몸을 떨며 뒤뚱거렸다.

"샐리라는 노파가 죽던 날 당신은 그 방문을 닫았어요."

앞서서 들어온 노파가 나무젓가락처럼 비쩍 마른 손을 들며 말했다.

"하지만 소리까지 새어 나오지 못하게 문틈을 틀어막시는 못했죠."

"못했지. 못했고말고."

두 번째 노파가 주위를 둘러보더니 이가 빠진 턱을 흔들며 말했다.

　"못했지. 못했어."

　"우리는 샐리가 자신이 한 짓을 당신에게 털어놓는 말을 다 들었어요. 당신이 샐리의 손에서 종이를 가져가는 것도 봤죠. 다음날 당신이 전당포에 가는 것도 지켜봤답니다."

　첫 번째 노파가 말했다.

　"맞아요."

　두 번째 노파가 맞장구를 쳤다.

　"그리고 전당표에는 목걸이와 금반지라고 적혀 있었어요. 나중에 우리가 알아냈죠. 당신이 그 물건을 찾아갔어요. 우리가 그 옆에 있었거든요. 맞아요! 바로 옆에 있었어요."

　"그것 말고도 아는 게 더 있어요."

　첫 번째 노파가 말을 계속했다.

　"오래전부터 샐리가 우리에게 늘 하던 말이 있었어요. 젊은 산모가 몸이 아주 아팠기 때문에 다시 몸이 회복될 수 없다는 것을 깨닫고 아이 아빠의 무덤 옆에서 죽으려고 가는 중이었다고 했대요."

　"전당포 주인을 직접 만나볼까요?"

　그림위그 씨가 문으로 가는 시늉을 하며 물었다.

　"아니에요."

　범블 부인이 소리를 질렀다.

　"저 사람이……."

　범블 부인이 몽크스를 가리켰다.

　"벌써 겁을 먹고 실토를 한 모양이군요. 아마 그러고도 남을 인간이죠. 그리고 당신이 구빈원을 샅샅이 뒤져 저 늙은이들을 제대로 찾은 모양이니, 나는 더는 할 말이 없어요. 맞아요. 내가 그 물건들을 팔았어요. 하지만 절대 찾을 수 없을 거예요. 이제 어쩔 거죠?"

"어쩔 거는 없소."

브라운로 씨가 말했다.

"두 사람 모두 공무원의 지위를 박탈당하도록 하는 것 말고는 없소. 이제 나가도 좋소."

"저는……."

그림위그 씨가 두 노파를 데리고 사라지자 범블이 후회막급한 표정으로 주위를 둘러보며 말했다.

"저는 이런 수치스러운 상황 때문에 구빈원 원장직을 잃지 않았으면 좋겠습니다."

"그럴 수는 없소."

브라운로 씨가 말했다.

"각오를 단단히 해야 할 거요. 그리고 그 정도로 끝나는 것을 그나마 다행으로 생각하시오."

"모두 저 여편네가 한 짓이에요."

범블이 부인이 방을 나갔다는 것을 먼저 확인하기 위해 주위를 둘러본 다음 주장했다.

"그런 변명은 소용없소."

브라운로 씨가 매몰차게 쏘아붙였다.

"그 물건들을 처리하는 자리에 당신도 함께 있었잖소. 그리고, 법적으로 따지자면 당신이 부인보다 죄가 더 무겁소. 법은 당신 부인이 당신의 지시에 따라 행동한 것으로 볼 테니까 말이오. 안 그렇소?"

"만약 법이 그렇게 생각한다면……."

범블이 양손에 힘을 주어 모자를 쥐어짜며 말했다.

"법은 엉터리군요. 멍청하다고요. 법의 입장이 그렇다면 법은 아직 한참 멀었습니다. 법에게 최소한으로 바라는 것이 있다면 경험으로 눈을 좀 떠야 한다는 겁니다. 경험으로 말입니다."

'경험으로'라는 말에 특히 힘을 주어 말한 범블은 모자를 아주 똑바로 쓰고 주머니에 손을 찌른 다음 부인을 따라 계단을 내려갔다.

"아가씨!"

브라운로 씨가 로즈를 돌아보며 말했다.

"내게 손을 주시오. 왜 이렇게 떱니까? 내가 해야 할 남은 몇 마디를 듣는 것을 두려워하지 말아요."

"그 말씀이, 왜 그런지는 잘 모르겠지만, 그 말씀이 저와 관계가 있다고 해도……."

로즈가 말했다.

"다른 때에 듣고 싶어요. 지금은 기운이 없어요."

"안 된다오."

브라운로 씨가 로즈의 팔에 팔짱을 끼며 말했다.

"아가씨는 아주 강하오. 자네는 이 아가씨를 아는가?"

"네."

몽크스가 대답했다.

"저는 당신을 본 적이 없는데요."

로즈가 들릴까 말까 한 목소리로 말했다.

"나는 자주 봤어요."

몽크스가 대꾸했다.

"불쌍한 아그네스에게는 어린 여동생이 있었다오."

브라운로 씨가 말했다.

"그 어린 여동생은 어떻게 되었소?"

"그 아이는……."

몽크스가 대답했다.

"그 아이의 아버지가 낯선 곳에서 낯모르는 이름으로 편지나 책, 쪽지 한 장, 심지어 친구들이나 친척들도 찾을 수 있는 아무런 실마리조차 남겨놓지 않고 죽는 바람에 가난한 농부가 데려다가 자기 자식으로 키웠죠."

"계속하게."

브라운로 씨가 메일리 여사에게 가까이 오라고 손짓을 하며 말했다.

"계속해!"

"선생님은 그 사람들이 어디로 숨었는지 못 찾았지만……."

몽크스가 말했다.

"우정보다는 증오심이 훨씬 막강한 힘을 발휘하는 모양입니다. 제 어머니는 갖가지 수단을 총동원해서 일 년 만에 찾고 말았습니다. 그 아이를 찾아낸 거죠."

"어머니가 그 아이를 데려갔나?"

"아니요. 아이를 데려간 양부모들이 가난했기 때문에 아이를 데려다 기른 것을 후회하기 시작했죠. 최소한 양아버지는 그랬어요. 그래서 제 어머니가 아이를 그냥 맡기는 내신, 약간의 돈을 쥐여주었죠. 하지만 그 돈은 오래 가지 못했고 어머니가 더 보내주겠다고 약속했지만 보내지 않았어요. 어머니는 아이를 불행하게 만들기 위해 양부모의 가난을 이용했어요. 약속한 돈을 보내주지 않아 불만이 쌓이도록 만든 거죠. 그리고 아이의 언니가 저지른 불륜에 대해 적당히 과장을 섞어가며 알려주면서, 그 아이도 같은 피를 물려받았으니 조심하라고 말했죠. 그러고는 그 아이가 사생아이기 때문에 언제라도 잘못될 거라 거짓말까지 했어요. 상황이 잘 맞아떨어졌거든요. 양부모는 이 말을 철석같이 믿었고 아이를 우리 모자가 만족할 만큼 비참하게 생활하도록 가혹하게 대했답니다. 그러던 중, 체스터에 살던 한 미망인이 우연히 그 아이를 보고 불쌍히 여겨 집으로 데려갔죠. 우리 모자는 저주가 내렸는지, 갖은 노력을 다했음에도 불구하고 그 아이는 그곳에서 아주 행복하게 지냈어요. 저는 한 2, 3년 동안 그 아이의 행방을 놓쳤었는데, 몇 달 전에 다시 그 아이를 만났습니다."

"지금도 눈앞에 있나?"

"네, 선생님의 팔에 기대 있습니다."

"하지만 이 아이는 내 조카예요."

메일리 여사가 기절하려는 로즈를 품에 안으며 울음을 터뜨렸다.

"이 아이는 내 조카가 맞아요. 이 세상을 다 준다고 해도 나는 이 아이를 잃을 수 없어요. 내가 얼마나 사랑하는 아이인데, 내가 얼마나······."

"제게는 유일한 친구이자······."

로즈가 메일리 여사에게 매달리며 울먹였다.

"가장 친절한 분이세요. 저는 심장이 터질 것 같아요. 도저히······ 도저히······ 받아들일 수가 없어요."

"너는 더한 것도 견뎠어. 이 아이는 주위의 모든 사람에게 행복을 비춘 천사 같은 아이였어요."

메일리 여사가 로즈를 따뜻하게 품에 안으며 말했다.

"이리 오너라, 이리 와! 내 사랑하는 아가. 너를 품에 안으려고 손을 벌리고 기다리고 있는 이 아이가 있다는 것도 잊지 말아라. 여기를 보렴. 어서."

"이모가 아니에요."

그와 동시에 올리버는 로즈의 목을 팔로 감싸며 말했다.

"저는 절대로 이모라고 부르지 않을 거예요. 그냥 누나라고 할래요. 친누나요. 로즈는 처음부터 제 가슴에 사랑을 가르쳐 줬어요. 로즈…… 로즈."

눈물이 줄줄 흘러내렸고 둘 다 고아인 이모와 조카가 너무 꼭 끌어안고 있는 바람에 말도 제대로 못 할 지경이었다. 아버지, 엄마, 언니를 찾았고 또 한순간에 잃었다. 기쁨과 슬픔이 한 곳에서 뒤엉켜 눈물을 흘렸지만 가슴 저미도록 아픈 눈물은 없었다. 슬픔 자체도 가슴 에일 것 같지 않았고 따뜻하고 달콤한 기억의 옷을 입고 있었기 때문에 차라리 엄숙한 기쁨이었다. 고통은 온데간데없었다.

아주 오랫동안 이모와 조카 단둘이 있었다. 드디어 부드럽게 문 두드리는 소리가 나며 밖에 누군가가 왔다는 것을 알렸다. 올리버가 문을 열고 슬쩍 밖으로 나가며 해리 메일리에게 자리를 양보했다.

"나도 모두 들었어요."

해리가 사랑스러운 로즈 옆에 있는 의자에 앉으며 말했다.

"사랑하는 로즈, 나도 모두 들었어요."

"내가 여기 온 것도 결코 우연이 아니에요."

오랜 침묵 후에 해리가 덧붙였다.

"이 일을 들은 것도 오늘 밤이 아니고요. 어제 들었거든요. 어제요. 내가 약속을 상기시키려고 왔다고 생각하죠?"

"잠깐만요."

로즈가 말했다.

"모두 들었다고요?"

"모두요. 당신은 내게 지난번 나누었던 이야기를 다시 거론할 수 있는 일 년의 유예를 주었잖아요."

"그랬죠."

"당신의 결심을 바꿔 달라고 떼를 쓰는 것이 아닙니다."

해리가 말했다.

"당신의 결심을 다시 반복하고 싶으면 반복해도 좋아요. 내가 가진 지위와 재산을 당신 발밑에 던졌습니다. 아직도 그때의 결심에 변함이 없다면 그 결심을 바꾸기 위해 어떤 말과 행동도 하지 않겠다고 약속하죠."

"그때 그런 결심을 하도록 했던 이유는 아직도 그대로 변함이 없어요."

로즈가 단호하게 말했다.

"내가 곤궁하고 고통스러운 생활에서 나를 구해주신 그분께 친절을 빚졌다면, 오늘 말고 언제 그 감사함을 더 절실히 느끼겠습니까? 정말 힘드네요."

로즈가 말했다.

"하지만 내가 빚을 갚을 수 있어서 자랑스럽고 이런 고통쯤은 견딜만합니다."

"오늘 밤 드러난 사실로……."

해리가 말을 시작했다.

"오늘 밤 드러난 사실로……."

로즈가 조용히 말을 따라 했다.

"당신과 관련해서 내 입장은 전혀 달라지지 않았어요."

"당신은 내게 여전히 냉정하군요, 로즈."

로즈를 사랑하는 해리가 다그쳤다.

"해리, 해리."

로즈가 울음을 터뜨리며 말했다.

"나도 당신에게 냉정해서 이런 고통을 다시는 겪지 말았으면 좋겠어요."

"그럼 왜 당신 자신을 괴롭히는 건가요?"

해리가 로즈의 손을 잡으며 말했다.

"생각해 봐요, 로즈. 오늘 밤 당신이 들었던 이야기를 생각해 보라고요."

"그리고 오늘 밤 들은 이야기! 오늘 밤 들은 이야기!"

로즈가 울먹였다.

"그것은 언니에 대한 아버지의 깊은 수치심 때문에 아버지가 세상을 멀리하셨다는 이야기잖아요. 이미 충분히 들었어요, 해리. 더는 듣고 싶지 않아요."

"아직은 아니에요. 아직."

해리가 일어나려는 로즈를 붙잡으며 말했다.

"내 희망, 내 소원 , 장래, 감정……. 당신을 향한 내 사랑을 제외하면 이 세상의 모든 생각이 변했어요. 나는 소란한 세상에서 성공하려 하지 않을 것이며, 가문의 일이 자랑이나 수치가 되고 악행과 험담이 판을 치는 세상에 뒤섞이지 않겠다는 약속을 하는 겁니다. 진정한 가정, 따뜻한 가정을 만드는 거로요. 그래요, 로즈. 그런 것만이 내가 당신에게 줄 수 있어요."

"그게 무슨 말이에요?"

로즈가 비틀거리며 말했다.

"그 뜻 그대로예요. 지난번 당신을 떠날 때, 나는 당신과 나 사이의 모든 장벽을 허물겠다고 굳게 결심을 하며 떠난 거였습니다. 내가 속한 세상이 당신의 세상과 같을 수 없다면 내가 당신의 세상으로 가야겠다고 결심을 했죠. 사람들은 내가 명문가에서 태어났다는 이유만으로 당신에게 입을 삐쭉거리지 않을 겁니다. 내가 가문을 떠났으니까요. 이런 이유로 나를 피한 사람들은 당신도 피할 테니까 당신 말이 맞았습니다. 그런 힘이 있는 친척과 후원가들, 실력가 친척이나 지위가 높은 친척들이 예전에는 내게 미소를 보냈지만 지금은 냉랭하죠. 하지만 내게는 우리나라에서 가장 기름진 들판이 미소 짓고 바람에 흔들리는 나무들이 있는 고향이 있잖아요. 마을에 교회도 있죠. 로즈, 그 교회는 내 것이에요. 그곳에는 내가 버린 모든 희망보다 훨씬 나를 자랑스럽게 만드는 소박한 거처가 있죠. 그곳이 수천 배는 더 자랑스러워요. 이게 지금의 내가 가진 전부이고 내 처지예요. 이제 당신 발밑에 내 전 재산과 처지를 내려놓습니다."

"사랑하는 사람들을 위해 저녁 식사를 기다리는 일은 참으로 힘든 일이오."

그림위그 씨가 잠에서 깨어나 얼굴에 덮었던 손수건을 잡아당기며 말했다.

솔직히 말해 시간이 너무 지나서 식사는 썰렁하게 식었다. 메일리 여사와 해리, 로즈가 모두 한꺼번에 들어왔지만, 다른 사람들을 기다리게 만든 이유에 대한 변명의 여지가 없었다.

"오늘 밤 정말 내 머리를 먹어버려야 하나 말아야 하나 심히 걱정했습니다."

그림위그 씨가 말했다.

"오늘 밤 굶어야 할지도 모른다고 생각했거든요. 허락된다면 신부가 될 아가씨에게 축하 키스를 하고 싶습니다."

그림위그 씨는 얼굴이 붉어진 로즈에게 이 말을 실행에 옮기는데 조금도 지체하지 않았다. 그림위그 씨의 행동을 본보기로 삼아, 로즈번 씨와 브라운로 씨도 로즈에게 축하 키스를 했다. 물론 어두운 옆방에서 해리 메일리가 제일 먼저 로즈에게 키스하는 모습을 목격했다고 주장하는 사람도 있지만, 가장 믿을 만한 소식통에 따르면 그런 주장은 말도 안 되는 낭설이다. 해리 메일리는 젊은 성직자이기 때문이다.

"올리버, 아가야."

메일리 여사가 말했다.

"어디 갔었니? 그리고 왜 그렇게 시무룩하지? 숨어서 눈물을 흘렸구나. 무슨 일이니?"

세상은 잔인하다. 우리 대부분이 가슴에 품은 희망, 우리의 품성에 가장 그럴듯한 면목을 세워준 희망이 사라지는 경우가 허다하기 때문이다.

가여운 딕이 죽었다!

　법정은 사람으로 발 디딜 틈이 없었다. 호기심이 가득한 눈
들이 빈틈없이 빽빽하게 법정에 들어찼다. 피고석 앞 난간부터
방청석 제일 구석진 모퉁이에 이르기까지 사람들의 얼굴이 한
사람에게 고정되어 있었다. 바로 페이긴이다. 페이긴의 앞과
뒤, 위와 아래, 오른쪽과 왼쪽까지 번쩍거리는 눈길이 빈틈없
이 꽉 들어찼다.

　페이긴이 거기 서 있었다. 사람들의 눈에서 쏟아지는 뜨거
운 눈길을 받으며 한 손을 앞에 있는 널빤지에 얹고 다른 한 손
은 귀에 갖다 댄 채, 재판장의 입에서 떨어지는 말을 한마디라
도 놓칠세라 특이하게도 고개만 앞으로 쭉 내밀었다. 재판장이
배심원단에게 페이긴의 혐의를 전달하고 있었기 때문이었다.
때때로 페이긴은 배심원 중에 혹시라도 자기를 옹호하는 기색
이 있는지 살피려 배심원들을 쏘아보았다. 또한 혐의가 끔찍할
정도로 낱낱이 언급되자, 변호인에게 뭔가 변론을 해줘야 할 것

아니냐는 뜻의 무언의 시선을 던졌다. 이렇게 불안한 기색을 보이는 것 외에, 페이긴은 손은커녕 발도 꼼짝하지 않았다. 재판이 시작되고 나서 조금도 움직이지 않았고, 재판장의 설명이 끝나고도 긴장한 태도 그대로 여전히 움직이지 않았다. 조용히 뭔가를 귀 기울여 듣는 듯이 재판장을 뚫어지게 바라보았다.

법정의 작은 웅성거림에 정신이 번쩍 든 페이긴은 주위를 두리번거리다 평결을 내리기 위해 한군데 모여 있는 배심원들을 보았다. 페이긴이 시선을 방청석으로 힘없이 돌리자, 사람들은 앞사람의 머리 위로 까치발을 하고 목을 길게 빼며 페이긴의 얼굴을 보려고 안간힘을 쓰고 있었다. 안경을 서둘러 끼는 사람도 있었고, 혐오스러운 표정으로 옆 사람과 귓속말을 나누는 사람도 있었다. 평결이 왜 이리 지체되는지 초조하게 배심원 쪽만 쳐다보며 페이긴에게는 관심을 쏟지 않는 사람도 몇 명 있었다. 그 누구도, 많은 여자가 법정에 구경을 왔지만 심지어 그 여자들조차도, 페이긴을 눈곱만큼도 불쌍하게 생각하는 표정을 짓지 않았고, 페이긴이 유죄 판결을 받아야 한다는 기색이 역력하지 않은 사람은 단 한 명도 없었다.

페이긴이 이런 분위기를 당황스러운 눈길로 확인하는데 갑자기 법정에 쥐죽은 듯한 고요가 찾아왔다. 뒤를 돌아보니 판사를 향해 돌아선 배심원들이 보였다. 쉿!

배심원들은 퇴정 허가를 구하는 중이었다.

배심원들이 퇴정하자 페이긴은 애달픈 표정으로 배심원들의 얼굴을 하나하나 살폈다. 과반수가 어느 쪽으로 기울었는가를 알고 싶은 모양이었다. 하지만 쓸데없는 짓이었다. 법정경위가 페이긴의 어깨를 건드렸다. 페이긴은 아무 생각 없이 피고석 끝

711

으로 따라가서 의자에 앉았다. 법정경위가 의자를 가리키지 않았다면 의자를 보지 못했을 정도로 아무 생각이 없었다.

페이긴은 고개를 들어 다시 방청석을 살폈다. 뭔가를 먹는 사람도 있었고, 사람들이 빽빽이 들어차서 더웠기 때문에 손수건으로 부채질하는 사람도 있었다. 그 가운데, 페이긴의 얼굴을 조그만 공책에 스케치하는 젊은이가 한 명 있었다. 페이긴은 그림이 자기와 비슷하게 그려졌을까 궁금해하면서, 재판을 받는 죄수라기보다 한가한 구경꾼인 양, 연필심이 부러지자 칼을 꺼내 연필을 깎는 그 젊은이를 물끄러미 쳐다보았다.

페이긴은 다시 판사에게 눈을 돌리더니 판사가 입고 있는 옷이 유행이 지났는지, 값비싼지, 어떻게 걸치는 것인지를 생각하느라 여념이 없었다. 판사석에는 30분 전에 법정을 나갔다가 지금 막 돌아온 늙고 뚱뚱한 판사도 있었다. 페이긴은 이 신사가 법정을 비운 30분 동안 뭘 했을까, 저녁을 먹었을까, 먹었다면 무얼 먹었을까, 어디서 먹었을까가 궁금했다. 이런 쓸데없는 생각이 꼬리에 꼬리를 물고 머릿속에서 떠오르다가, 새로운 물건이 시선을 붙잡더니 또 다른 생각이 꼬리를 물고 떠올랐다.

이런저런 생각을 하는 동안에도 페이긴은 발밑에서 입을 벌리고 있는 무덤의 답답한 중압감을 한순간도 떨쳐버릴 수 없었다. 처음부터 중압감을 느꼈지만 막연하게 느껴졌기 때문에 생각을 무덤에 몰입할 수 없었을 뿐이었다. 그래서 무서워 몸을 떨고 곧 죽을 것이라는 생각에 몸이 달아오르면서도, 눈앞에 박힌 쇠못의 개수를 세다가 머리가 깨진 못을 발견하자 어쩌다가 머리가 깨졌을까, 머리 깨진 못을 다시 고칠까, 아니면 그냥 그대로 놔둘까 궁금해졌다. 그다음 끔찍한 교수대와 단두대를 떠올렸고, 법정 바닥에 물을 뿌려 열기를 식히는 남자에게 잠깐 눈길을 주었다가 다시 교수대와 단두대를 떠올렸다.

드디어 조용히 하라는 고함이 들렸다. 숨죽인 시선이 모두 문을 향했다. 배심원단이 돌아와서 페이긴의 옆을 가까이서 스쳐 지나갔다. 하지만 배심원들의 얼굴에서는 아무런 낌새를 챌 수 없었다. 배심원들의 얼굴이 돌로 만들어진 모양이었다. 물을 끼얹은 듯 정적이 흘렀다. 바스락거림은 물론 숨소리조차 들리지 않더니⋯⋯, 유죄!

법정 건물에 엄청난 소리의 만세삼창이 울려 퍼지다가 깊고 커다란 신음이 메아리쳤고, 메아리는 점점 힘을 얻어 분노한 천둥처럼 퍼져나갔다. 페이긴이 월요일에 사형에 처한다는 반가운 소식을 접한 법정 밖 주민들도 기쁨에 겨워 고함을 질렀다.

소란이 가라앉자, 페이긴은 사형선고가 부당하다고 주장할 말이 있느냐는 질문을 받았다. 다시 경청하는 태도를 취하던 페이긴이 질문을 받는 동안 질문자를 골똘히 쳐다보았다. 하지만 같은 질문이 두 번이나 반복된 뒤에야 질문을 제대로 알아들은 것 같았다. 그러고는 자기는 늙은이고⋯⋯ 늙은이고⋯⋯ 늙은이고⋯⋯라고 중얼거리다가 이내 무슨 말인가를 입속으로만 웅얼거리다 다시 입을 다물고 말았다.

재판장은 최종 판결을 내리기 위해 손에 들고 있던 검정 모자를 형식에 맞추려 머리에 썼다. 그동안 죄수는 전혀 변함없는 태도와 몸짓을 유지한 채 서 있었다. 방청석에 있던 한 여자가 숨쉬기조차 조심스러운 엄숙함을 건디기 힘들었던지 비명을 질렀다. 그러자 페이긴은 정적이 깨져서 화가 난 사람처럼 갑자기 고개를 들어 비명 지른 여자를 노려보고는 다시 아까보다 더 귀를 세우고 몸을 앞으로 기울였다. 판결문은 엄숙하고 인상적이었으며, 선고 내용은 듣기에도 겁이 났다. 하지만 페이긴은 석고상처럼 꼼짝도 하지 않고 눈썹 하나 움직이지 않은 채 서 있었고, 해골 같은 얼굴을 여전히 삐죽이 내밀고 아래턱을 늘어뜨린 채 눈은 앞을 멍하니 응시했다. 그때 법정경위가 페이긴의 팔에 손을 얹더니 나가자고 손짓을 했다. 페이긴은 멍청하게 주위를 잠깐 둘러본 다음, 시키는 대로 순순히 따랐다.

법정경위는 페이긴을 데리고 법정 밑에 있는 돌이 깔린 유치장을 지나갔다. 그곳에는 자기 차례가 오기를 기다리는 죄수도 있었고, 법정 마당으로 향한 철문을 옹기종기 둘러싼 친구들과 이야기를 나누는 죄수도 있었다. 그곳에서도 페이긴에게 말을 거는 사람은 아무도 없었다. 하지만 페이긴이 옆을 지나가자, 죄수들은 난간에 다닥다닥 붙어 있던 사람들이 페이긴을 좀 더 잘 볼 수 있도록 한 발 뒤로 물러섰다. 사람들은 페이긴에게 입에 담기도 민망한 험한 욕설을 퍼부으며 야유를 했다. 페이긴은 주먹을 흔들며 침이라도 뱉을 태세였다. 하지만 법정경위가 급히 페이긴을 보잘것없는 횃불 몇 개밖에 켜지 않은 어두침침한 복도를 통과해 감옥 안으로 데리고 들어갔다.

여기서 페이긴은 몸수색을 당했다. 혹시라도 형(刑)이 집행되기 전에 미리 선수를 쳐 자살할 도구를 숨겼을까 봐 확인한 것이었다. 몸수색이 끝나자 간수들은 사형수를 수감하는 독방으로 페이긴을 데리고 가서 그곳에 남겨두고 가버렸다. 페이긴은 그곳에 홀로 남겨졌다.

페이긴은 문 맞은편에 있는 의자와 침대겸용인 긴 돌의자에 앉아서, 충혈된 눈으로 바닥을 응시한 채 정신을 차리려 안간힘을 썼다. 한참 후 법정에서 들을 때는 한 마디도 못 알아들을 것 같았던 재판장의 말이 드문드문 떠오르기 시작했다. 그리고 육하원칙에 따라 각자의 적절한 자리를 찾아 제대로 된 문장이 되더니 점점 그 내용까지 이해되기 시작했다. 잠시 후, 재판장의 말이 전부 기억났다. 숨이 끊어질 때까지 교수대에 매단다. 이 문장이 끝이었다. 숨이 끊어질 때까지 교수대에 매단다.

날이 점점 어두워지자, 페이긴은 교수대에서 죽은 사람들 가운데 자기가 아는 사람들을 모두 떠올리기 시작했다. 페이긴의 모함으로 교수형당한 사람들도 있었다. 그 사람들이 줄줄이 어찌나 빠르게 머릿속에 떠오르는지 헤아릴 수조차 없었다. 페이긴이 직접 죽는 모습을 지켜본 사람도 있었고, 죽을 때 입에 발린 기도를 했다고 조롱을 했던 사람도 있었다. 덜커덩하는 소리와 함께 발판이 밑으로 떨어지면 제아무리 힘이 장사인 사람이라도 얼마나 금방 빨랫줄에 걸린 젖은 빨래처럼 축 늘어지던가!

페이긴이 있는 바로 이 독방, 바로 이 자리에 앉았던 사람도 있었을 것이다. 아주 깜깜했다. 왜 불을 밝혀주지 않는 걸까? 이 감옥은 오래전 옛날에 지어졌다. 생애 마지막 날을 이곳에서 보낸 사람도 수없이 많을 터다. 주검, 두건, 목매는 올가미, 결박당한 팔이 여기저기 어지럽게 널린 지하 납골당에 앉아 있는 것 같았다. 섬뜩한 두건을 씌웠는데도 얼굴을 알아볼 수 있을 것 같았다. 불을 켜라! 불!

육중한 문과 벽을 양손으로 한참을 두들겨 살갗이 벗겨질 때에야 사내 둘이 나타났다. 촛불을 들고 온 사람은 들고 온 촛불을 쇠 촛대에 꽂아 벽에 고정시켰고, 다른 한 사람은 매트를 질질 끌고 왔는데, 오늘 밤 그 위에서 잘 모양이었다. 페이긴을 더는 혼자 놔둘 수 없었기 때문이었다.

드디어 밤이 찾아왔다. 어둡고 음침하며 고요한 밤이었다. 잠을 지새운 사람은 교회 시계가 울리는 소리를 들으면 반갑다. 아직 살아 있고 새날을 맞는다는 뜻이기 때문이다. 하지만 페이긴에게는 절망만을 가져다줄 뿐이었다. 쇠 종이 울려 퍼지는 소리에도 깊고 공허한 소리, 즉 죽음이 깃들어 있었다. 갇힌 감방에 들려오는 활기찬 아침의 분주함과 소란스러움이 페이긴에게 무슨 소용이랴! 죽음이 임박했다는 경고에 조롱이 더해진 음산한 소리일 뿐이었다.

하루가 지났다. 낮…… 낮은 없었다. 낮은 오자마자 다시 가버렸다. 그리고 밤이 다시 찾아왔다. 밤은 길기도 하고 짧기도 했다. 무서운 정적이라는 측면에서 보면 길었고, 시간이 순식간에 지나간다는 측면에서 보면 짧았다. 한 번은 페이긴이 미친 듯이 날뛰며 신을 욕하기도 했고, 어떤 때는 울부짖으며 머리를 쥐어뜯기도 했다. 페이긴을 진정시키기 위해 유대교 랍비들이 옆에서 기도를 해주겠다고 왔지만, 페이긴이 욕설과 저주를 퍼부으며 모두 쫓아 보냈다. 랍비들이 자비심을 다시 발휘하려 했지만, 페이긴이 두들겨 패서 쫓아버렸다.

토요일 밤이 되었다. 이제 교수형 당할 날이 하룻밤밖에 남지 않았다. 페이긴이 이런 생각을 할 때 날이 밝았다. 일요일이 된 것이었다.

이 마지막 날의 밤이 되어서야 어쩔 수 없는 절망적인 상태의 무기력함이 페이긴의 황폐화된 정신을 온 힘을 다해 짓눌렀다. 온정을 바라는 구체적이고 긍정적인 희망을 품어서가 아니라, 곧 닥쳐올 죽음의 참담함 그 이상을 생각할 수 없었기 때문이었다. 페이긴은 자기를 지키기 위해 교대로 파견된 두 간수 중 누구와도 이야기를 나누지 않았고, 간수들도 페이긴의 관심을 일깨우려 하지 않았다. 페이긴은 잠들지는 않았으나 앉은 채 꿈을 꾸었다. 이제는 매 분마다 깜짝 놀라고 입을 벌리고 헐떡거리며 살갗이 타는 듯해 바삐 왔다 갔다 하거나, 공포와 분노가 뒤섞여 발작을 일으키기도 했다. 이런 모습에 익숙한 간수들조차도 두려움에 페이긴에게서 뒷걸음질을 쳤다. 사악한 마음이 총출동하는 바람에 페이긴이 어찌나 무섭게 변했는지, 번갈아가며 한 명씩 페이긴을 지켜보던 간수들도 무서워서 두 명이 함께 보초를 서야 했다.

페이긴은 돌침대 위에 웅크리고 앉아서 과거를 회상했다. 체포당하던 날 사람들이 던진 돌 세례를 맞아 부상당해 머리를 리넨 천으로 칭칭 동여맸다. 빨간 머리카락이 핏기없는 얼굴 위로 흘러내렸고, 수염은 뜯기고 꼬여서 뭉쳐있었으며 눈에서는 무서운 광기가 비쳤다. 며칠 동안 씻지 못한 살은 몸의 열 때문에 쩍쩍 갈라졌다. 8시, 9시, 10시. 페이긴을 겁주기 위한 장난이 아니고 이런 시간들이 정말 쉴 새 없이 흘러가는 진짜 시간이라면, 이런 시간들이 다시 왔을 때 페이긴은 어디에 있을 것인가! 11시. 10시를 알리는 종소리의 여운이 채 가시기도 전에 11시를 알리는 종이 울렸다. 8시에는 페이긴이 자기 장례식의 유일한 조문객이 되어 영구마차에 실려 갈 것이다. 그리고 11시에는……

뉴게이트의 무시무시한 담벼락은 끔찍한 불행과 형언할 수 없는 고통을 오랫동안 지켜봤지만 페이긴이 벌이는 그렇게 끔찍한 광경을 목격한 적은 한 번도 없었다. 뉴게이트 담벼락을 지날 때 내일 교수형 당할 페이긴이 지금 무엇을 하고 있을까 궁금해하면서 근처를 배회하는 사람이 몇 명 있었지만, 페이긴 의 모습을 직접 봤다면 그날 밤 잠을 설쳤을 것이었다.

초저녁부터 자정이 될 때까지, 사람들은 삼삼오오 교도소 문 앞에 모여들어 근심어린 얼굴로 집행유예가 내려졌는지를 물었 다. 집행유예가 내려지지 않았다는 반가운 대답은 거리에 모인 사람들에게 전해졌고, 사람들은 페이긴이 나올 문을 서로 가리 키며 교수대가 지어질 곳을 알려주었다. 떨어지지 않는 발걸음 을 돌리며 사형 장면을 떠올리려 뒤를 돌아보는 사람도 있었다. 사람들은 하나둘 줄어들었고 자정 한 시간 동안 거리는 인기척 없이 어둠만이 깔려 있었다.

교도소 앞의 공간은 깨끗하게 치워졌다. 까맣게 칠해진 튼튼 한 울타리 몇 개가 몰려들 군중을 막기 위해 길을 가로질러 세 워지고 있을 때, 브라운로 씨와 올리버가 교도소 정문에 모습을 나타냈고 주 장관 중 한 명이 서명한 죄수 면담 허가서를 보여 주었다. 두 사람은 즉시 교도소 안으로 안내되었다.

"도련님도 함께 가실 건가요?"

두 사람의 안내를 맡은 사내가 물었다.

"어린 분이 보기에 적합한 광경이 아닐 텐데요."

"물론 그렇소만……."

브라운로 씨가 대답했다.

"내가 죄수를 만나려는 용건이 이 아이와 직접적인 연관이 있 다오. 이 아이는 죄수가 온갖 술수를 써가며 저지르는 악행을 모두 지켜보았기 때문에 그자를 지금 직접 만나는 것이 나을 것 같소. 고통스럽고 무섭기는 하겠지만 말이오."

이 말은 안내를 맡은 사람과 브라운로 씨가 떨어져서 나누었기 때문에 올리버에게는 들리지 않았다. 안내는 모자를 만졌고 호기심 어린 눈으로 올리버를 힐끔 쳐다보더니 브라운로 씨와 올리버가 들어온 문과 마주 보는 문을 열고 어둡고 꼬불꼬불한 길을 지나 두 방문객을 감방으로 안내했다.

"여기가……."

안내가 어두침침한 복도에서 걸음을 멈추며 말했다. 깊은 정적에 쌓인 복도에서 일꾼 두어 명이 뭔가를 준비하고 있었다.

"죄수가 지나갈 길목입니다. 이쪽으로 가시면 죄수가 나오는 문을 볼 수 있을 겁니다."

안내는 죄수들의 식사를 조리하는 구리 솥이 늘어선 돌로 지은 부엌으로 두 사람을 데리고 가더니 문 하나를 가리켰다. 문 위에는 쇠창살이 뚫려 있어서, 그곳을 통해 사람들의 말소리가 망치질하는 소리와 널빤지를 던지는 소리와 뒤섞여 들렸다. 교수대가 지어지는 모양이었다.

이곳에서부터 안에서 다른 간수가 열어줘야 하는 육중한 문을 몇 개 더 지나, 공터로 나갔다가 좁은 계단을 올라가서 왼쪽에 육중한 문이 줄 지어선 복도로 들어섰다. 간수가 면회 온 두 사람에게 멈춰 서라는 신호를 하더니 열쇠 꾸러미로 그중 어떤 문을 두드렸다. 보초를 서던 두 간수가 잠깐 귓속말을 나눈 뒤 복도로 나와 잠깐이지만 휴식을 취하게 되어 기쁘다는 듯이 기지개를 켜더니 방문객에게 간수를 따라 감방으로 들어가라고 신호를 했다. 방문객은 그 신호에 따랐다.

죄수는 침대에 앉아서 인간의 표정이라기보다는 덫에 걸린 야수의 표정으로 몸을 옆으로 흔들고 있었다. 방문객이 들어와 눈앞에 서 있는 줄도 모르고 뭐라고 계속 혼자 중얼거리는 것으로 보아 옛날을 회상하고 있는 모양이었다.

"잘했어, 베이츠. 수고했어."

페이긴이 중얼거렸다.

"올리버도. 하하하! 올리버도 잘했어. 이제 다 컸구나. 잘 컸어. 올리버를 침대로 데려가."

간수는 올리버가 손을 떨자 올리버의 손을 잡으며 놀라지 말라고 귓속말을 한 다음 말없이 페이긴을 계속 쳐다보았다.

"이 아이를 침대로 데려가!"

페이긴이 소리를 질렀다.

"너희들, 내 말 안 들려? 이 아이, 이 아이 때문에 이런 일이 전부 벌어졌단 말이야. 이 아이를 잘만 가르치면 큰돈을 벌 거야. 볼터의 목을……. 빌, 그 년은 신경 쓰지 마. 볼터의 목을 깊숙이 찔러. 머리를 톱으로 썰어버려."

"페이긴."

간수가 불렀다.

"그게 나다."

페이긴이 순간적으로 재판을 받을 때와 똑같이 경청하는 태도를 취하며 고함을 질렀다.

"늙은이라니까. 맙소사! 아주 늙었다고."

"여기 손님이 오셨소. 물어볼 말이 있다는구려. 페이긴, 무슨 말인지 알아 들어?"

간수가 페이긴을 진정시키기 위해 손을 페이긴의 가슴에 얹으며 말했다.

"이제는 못 알아 들어."

페이긴이 인간적인 표정은 하나도 없고 분노와 공포만이 가득한 얼굴로 위를 올려다보며 대답했다.

"모두 때려죽여! 그자들이 무슨 권리로 나를 괴롭히는 거야?"

이렇게 말하던 페이긴의 눈에 올리버와 브라운로 씨가 들어오자, 앉은 자리에서 더 구석으로 몸을 웅크리며 원하는 것이 뭐냐고 물었다.

"진정해요."

간수가 여전히 페이긴을 붙잡은 채 말했다.

"자, 선생님, 원하는 것을 말씀하세요. 될수록 빨리요. 시간이 지나면 더 심해진답니다."

"자네가 편지를 갖고 있을 거요."

브라운로 씨가 앞으로 나서며 말했다.

"몽크스라는 자가 안전을 위해 자네 손에 넘겨주었지."

"모두 거짓말이야. 난 아무것도 안 가졌어. 아무것도."

페이긴이 대꾸했다.

"제발 부탁이니…… 죽음을 눈앞에 두었으니 이제는 그렇게 말하지 마시오. 그 서류들이 어디 있는지 말하시오. 사익스가 죽은 것도, 몽크스가 모든 사실을 자백했다는 것도, 더는 얻을 것이 없다는 것도 알 것 아니오. 그 서류들은 어디 있소?"

브라운로 씨가 진지하게 말했다.

"올리버!"

페이긴이 올리버에게 손짓했다.

"이리, 이리 와. 네게 귓속말로 알려주마."

"무섭지 않아요."

올리버가 브라운로 씨의 손을 놓으며 낮은 목소리로 말했다.

"그 서류는……."

페이긴이 올리버를 잡아당기며 말했다.

"2층 맨 앞에 있는 방 굴뚝 위쪽의 작은 구멍에 있어. 네게 말해주고 싶어. 네게 말해주고 싶다고."

"알았어요."

올리버가 대꾸했다.

"기도해드릴게요. 한 번만 기도해드릴게요. 저와 함께 무릎 꿇고 딱 한 마디만 기도해요. 그러고 나서 새벽까지 얘기해요."

"밖으로 나가. 밖으로."

페이긴이 뒤에서 올리버를 문 쪽으로 밀더니 올리버의 머리 너머를 멍청하게 쳐다보며 말했다.

"나 잔다고 해. 사람들이 네 말은 믿을 거야. 네가 나를 데리고 나간다면 나를 빼낼 수 있어. 자, 어서. 어서."

"맙소사! 하느님, 이 가련한 사람을 용서해주세요!"

올리버가 울음을 터뜨리며 소리쳤다.

"그래, 맞아. 맞고말고."

페이긴이 말했다.

"네 울음이면 도움이 될 거야. 우선 이 문을 열어. 우리가 교수대를 지날 때 내가 떨더라도 신경 쓰지 말고 계속 서둘러 가. 자, 어서."

"다른 말은 물어보실 게 없습니까?"

간수가 물었다.

"다른 질문은 없소."

브라운로 씨가 대답했다.

"이자의 기억을 되돌릴 수 있기를 바라지만……."

"그럴 수는 없을 겁니다."

간수가 머리를 가로저으며 말을 잘랐다.

"인제 그만 나가시는 게 좋겠습니다."

감방 문이 열리고 페이긴을 지키던 간수들이 다시 돌아왔다.

"계속해. 계속해."

페이긴이 고함을 질렀다.

"부드럽게, 하지만 너무 천천히 하지는 마. 빨리, 더 빨리!"

간수들이 페이긴에게 손을 얹어 페이긴의 손아귀에서 올리버를 떼어내고 페이긴을 다시 잡았다. 페이긴은 절망감에 몸부림과 발버둥을 치며 두꺼운 감옥 벽까지도 뚫을 정도의 비명을 질러댔다. 페이긴의 비명은 그곳에 있던 사람들의 귀를 쩌렁쩌렁 울리고 법원 앞마당까지 울려 퍼졌다.

두 사람이 감옥을 떠나기 전 올리버는 페이긴의 참혹한 모습을 보고 거의 기절할 뻔했다. 올리버가 너무 놀라 탈진한 나머지 한 시간가량 지난 뒤에야 기운을 되찾아 겨우 걸을 수 있게 되었다.

날이 밝아졌을 때 두 사람이 다시 모습을 나타냈다. 엄청난 군중이 감옥 앞에 이미 모여 있었고, 감옥 앞마당이 내려다보이는 창문에는 사람들로 가득했는데, 모두 시간을 때우기 위해 카드놀이를 하거나 담배를 피우고 있었다. 사람들은 서로를 밀고 싸우고 농담을 했다. 그것들은 모두 삶과 활력과 연관되었지만, 유독 한가운데에 어두운 물체들이 모여 있었다. 새까만 무대, 대들보, 밧줄 등 죽음과 연관된 섬뜩한 기구들이었다.

제15장

뒷 이야기

이 소설에 등장했던 인물들의 운명에 관한 이야기는 거의 끝나가고, 이제 남은 이야기들도 간단하게 몇 마디면 마무리된다.

석 달이 채 지나기 전에, 로즈 플레밍과 해리 메일리가 시골 교회에서 결혼식을 올렸다. 해리는 결혼식을 올린 교회에서 목회를 시작할 것이었다. 결혼식을 올린 날, 신혼부부는 행복이 가득한 새집으로 이사했다.

메일리 여사는 아들, 며느리가 살 집으로 거처를 옮겨 얼마 남지 않은 말년에 조용하고 가장 행복한 시간을 즐기며, 평생 가장 따뜻한 사랑과 감미로운 보살핌을 아낌없이 주고받을 행복한 두 사람을 곁에서 지켜보았다.

철저하고 면밀한 조사를 벌인 결과, 몽크스나 몽크스의 어머니가 소유했던 유산은 조금도 불어나지 않았고, 그나마 남은 유산은 6천 파운드가 조금 넘었다. 남은 유산을 몽크스와 올리버에게 공평하게 분배한다면, 각자 3천 파운드가 조금 넘는 유산을 받게 될 것이었다. 아버지가 붙인 유언의 조건에 따르면 올리버가 전부를 물려받아야 하지만 브라운로 씨는 올리버의 형인 몽크스가 전에 저지른 잘못을 참회하고 정직한 삶을 살 기회를 박탈하지 말자며 똑같이 반으로 배분하자고 제안했다. 어린 동생인 올리버는 브라운로 씨의 제안을 기쁘게 받아들였다.

아직도 몽크스라는 이름을 쓰는 올리버의 형은 자기 몫을 가지고 신세계로 떠났지만, 그곳에서 유산을 물 쓰듯 다 탕진해버리고 다시 나쁜 무리와 어울렸다. 사기와 도둑질 혐의로 감옥에 갇혀 오랜 세월을 보낸 다음, 또다시 예전의 고질병이 도져 고생하다가 감옥에서 생을 마감했다. 페이긴이 이끌던 남은 패거리들도 고향을 떠나 머나먼 유배지에서 죽음을 맞았다.

브라운로 씨는 올리버를 아들로 입양해서 올리버, 그리고 집사인 베드윈 여사와 함께 올리버를 아끼는 로즈와 해리가 기거하는 교회 사택에서 1.5킬로미터도 채 떨어지지 않은 곳으로 이사했다. 올리버가 따뜻하고 정직한 마음을 다해 바라던 유일한 소원이 이루어진 것이었다. 올리버는 이제 더는 혼자가 아니며 양아버지뿐 아니라 이모네 가족과도 늘 가깝게 지낼 수 있게 되었다. 이렇게 변화무쌍한 세상에서도 남들의 부러움을 살만큼 완벽한 행복에 가까워진 것이었다.

로즈와 해리의 결혼식이 끝나자마자 마음씨 좋은 로즈번 씨는 처치로 돌아갔다. 메일리 여사 가족들이 떠난 처치가 허전하게 느껴졌겠지만, 워낙 성질이 급해서 허전함을 인정할 새도 없이 떠나 버렸다. 혹시 허전함을 달랠 방법을 알았더라노 어지간히 심통을 부렸을 것이었다. 처치로 돌아가고 두세 달 동안 그곳의 공기가 체질에 맞지 않는다는 막연한 생각이 들기 시작했으며, 결국 그곳이 더는 예전과 같지 않다고 결론을 내렸다. 그래서 병원을 조수에게 맡기고 해리가 목회를 맡은 마을 외곽에 아담한 독신자용 주택으로 이사했더니 갑자기 건강이 씻은 듯이 회복되었다. 이곳에서 로즈번 씨는 정원 가꾸기, 나무 심기, 낚시질, 목공일 등 닥치는 대로 다양한 일에 전념했다. 앞뒤 안 가리는 성격 때문에 모두 맡게 되었지만, 나중에는 그 일대에서 모든 분야의 최고 권위자로 손꼽히게 되었다.

처치를 떠나기 전, 로즈번 씨는 그림위그 씨와 가깝게 지내려고 노력을 했는데, 어쩐 일인지 성격이 괴팍한 그림위그 씨도 진심으로 잘 맞춰주었다. 일 년이면 몇 차례씩 그림위그 씨가 로즈번 씨를 찾아오는데, 올 때마다 나무 심기와 낚시질, 목공일을 성심성의껏 한다. 하지만 모든 일을 늘 기상천외한 방법으로 하면서도 입버릇처럼 달고 사는 머리통에 대한 대사를 읊어가며 자신의 방법이 옳다고 억지를 부린다. 일요일이면 한 번도 빠짐 없이 젊은 목사 해리 메일리의 얼굴에 대고 설교가 별로였다고 이런저런 트집을 잡지만, 언제나 로즈번 씨에게 비밀을 철저히 지켜달라는 당부와 함께 설교가 아주 훌륭하다고 생각하지만 솔직하게 말하지 않는 편이 나을 것 같다고 실토한다. 브라운로 씨에게는 그림위그 씨가 올리버에 대해 예전에 했던 빗나간 예견과, 시계를 가운데 놓고 올리버가 돌아오기를 눈이 빠지게 기다리던 날을 상기시키며 그림위그 씨를 놀리는 일이 여간 쏠쏠한 재미가 아니다. 하지만 그림위그 씨는 따지고 보면 자기가 옳았다며, 올리버가 당시 돌아오지 않았다는 것을 증거라 우겨대다가, 결국 웃음을 터뜨리며 아주 유쾌해 한다.

노아 클레이폴은 페이긴을 신고한 밀고자라는 점이 인정되어

왕의 사면을 받았고, 페이긴과 함께했던 일들이 자기가 그토록 바라던 안전한 일이 아니라고 생각해, 힘들지 않고 편히 먹고 살 방법을 찾아 잠깐 고민을 했다. 그 결과 밀고자를 직업으로 삼기로 했다. 이 일이 품위 있는 생계수단이라고 깨달았기 때문이다. 노아의 계획에 따르면, 일주일에 한 번씩 그럴듯하게 차려입은 샬럿을 데리고 예배시간에 맞춰 외출을 하다가, 샬럿이 마음씨 좋아 보이는 주인이 운영하는 술집 앞에서 기절을 하면 샬럿을 정신이 들게 하려고 신사복 차림의 자기가 브랜디 3펜스어치만 팔아달라고 부탁을 해 브랜디를 산 다음, 다음날 경찰에 밀고하고 벌금의 절반을 포상금으로 챙기는 수법이다. 일요일에는 술 판매가 금지된 점을 악용하는 것이다. 가끔 노아 클레이폴이 직접 기절하기도 하여 샬럿과 역할을 바꾸기도 한다.

범블 부부는 둘 다 직장을 잃고 점점 빈곤과 불행의 늪으로 빠져들다가, 결국 두 사람이 한때 무시하고 호령했던 구빈원의 수용자가 되었다. 범블은 인생의 몰락으로 인한 충격이 어찌나 큰지 아내와 헤어진 것에 감사할 생각도 못 할 지경이라는 소문이 있다.

가일즈와 브리틀즈는 여전히 하던 일을 계속하고 있지만, 가일즈는 대머리가 되었고 브리틀즈는 머리가 꽤 희끗희끗해졌다. 두 사람은 교회 사택에서 지내지만 실제 주인뿐 아니라 올리버와 브라운로 씨, 로즈번 씨를 공평하게 돌봐주기 때문에, 마을 사람들은 지금까지도 두 사람이 어느 집 소속인지를 분간할 수 없을 정도이다.

찰리 베이츠는 사익스의 살인에 충격을 받아 정직한 삶이 결코 최고가 아닌지도 모른다는 생각에 빠졌다. 하지만 결국 정직한 삶이 최고라는 결론에 도달하자, 과거의 활동무대에서 등을 돌려 새로운 분야에서 마음을 고쳐먹고 새 삶을 살기로 했다. 한동안 온갖 어려움을 겪으며 고전을 했지만, 원래 불평불만이 없는 성격이고 목적이 선한 덕분에 결국 성공을 거두었다. 농가의 미슴과 운송회사의 심부름꾼을 거쳐 지금은 노스암톤셔에서 가장 행복한 젊은 목동으로 살고 있다.

이제 이야기가 결론을 향해 간다. 이야기를 끝내기가 아쉬워 이제껏 글을 쓴 손이 머뭇거리고 조금이라도 이야기를 늘리기 위해 이 모험의 실타래를 좀 더 계속 풀어야겠다.

나는 오랫동안 이 책에서 함께 숨 쉰 주인공들과 이렇게 헤어지기가 아쉬워 다시 한번 주인공들의 행복한 모습을 언급하고 싶다. 로즈는 청순하고 기품 있는 젊은 여인이며, 속세를 떠나 검소한 종교인의 삶을 살면서 함께 종교인의 길을 걷는 모든 사람에게도 부드럽고 우아한 빛을 비춰준다. 나는 로즈의 삶을 겨울철 난롯가에 둘러앉은 사람들과 한여름 활기찬 사람들의 즐거움으로 그리고 싶다. 나는 한여름 푹푹 찌는 들판이라도 로즈와 함께라면 기꺼이 걸을 것이고, 달빛이 찬란한 저녁에 산책할 때면 로즈의 낮고 달콤한 목소리를 듣고 싶다. 로즈의 선행과 자애로움은 집 밖 멀리까지 퍼졌고, 집에서는 집안일을 언제나 웃음을 잃지 않고 싫증도 내지 않고 즐거운 마음으로 했다. 로즈와, 죽은 언니의 아들 올리버는 서로를 끔찍이 아꼈다. 두 사람은 너무나 가슴 아프게 잃은 그리운 사람들을 떠올리며 몇 시간이고 함께 보냈다. 나는 다시 한번 로즈의 무릎에 매달린 귀엽고 작은 얼굴들을 내 눈앞에 떠올리며 조잘조잘 떠들어대는 소리를 듣는다. 아이들이 웃는 웃음이 얼마나 해맑은지를 떠올리고, 부드럽고 푸른 눈에서 반짝이던 안쓰러운 눈물을 다시 생각해본다. 이런 표정뿐 아니라 수천 가지 다양한 표정, 웃음, 생각과 말을 하나하나 기쁜 마음으로 회상할 것이다.

브라운로 씨는 매일매일 양아들인 올리버의 마음을 폭넓은 지식으로 채워주는 일로 소일을 삼았고, 올리버의 품성에서 자신의 소망에 어긋나지 않는 풍부한 가능성을 확인하자 점점 더 올리버에게 애정을 쏟았다. 올리버에게서 올리버의 친아버지인 옛 친구의 모습을 발견하면 다정하고 편안하기도 하고 우울하기도 한 옛 추억에 젖기도 했다. 고아로 역경을 견뎌낸 로즈와 올리버는 각자의 경험을 잊지 않고 남들에게 너그럽게 대했고, 자신들을 보호하고 온전하게 지켜주신 하느님께 진심으로 감사했다. 내가 모두 진심으로 행복했다고 썼으나 이런 말들은 사족에 불과하다. 뜨거운 사랑과 따뜻한 인간미가 없다면, 자비를 중요하게 여기시고 만물에게 온정을 베푸시는 하느님께 감사하지 않는다면, 진정한 행복을 얻을 수 없기 때문이다.

마을에 있는 낡은 교회의 제단 안에 흰 대리석이 서 있고 그 안에는 이렇게 적혀 있다. '아그네스!' 그곳에는 관도 없다. 하지만 아주 오랜 세월이 흐른 뒤에라도 망자의 혼령이 이 땅에 돌아와 생전에 알았던 사람들이 무덤 너머까지 전하는 사랑으로 신성하게 마련해놓은 장소를 찾는다면, 올리버를 낳은 불쌍한 소녀의 혼령도 그럴 거라고…… 그녀가 어린 마음에 잘못을 저질렀기는 했지만 그래도 가끔 이 장엄한 모퉁이 근처를 서성거리리라 믿는다.

1812	2월 7일, 영국 포츠머스에서 해군 경리국 하급 관리의 아들로 태어난다.
	8남매 중 장남으로, 형제 두 명은 요절한다.
1817	여러 번 이사 후, 채텀에 정착한다.
1822	가족과 함께 다시 런던으로 돌아온다.
1824	부친이 3개월간 채무자 감옥에 수감되면서 구두약 공장에서 일하게 된다. 이 시기의 경험이 훗날 그의 작품에 반영된다.
1825	런던에 있는 웰링턴 하우스 아카데미에서 공부를 시작한다.
1827	웰링턴 하우스 아카데미를 졸업하고 런던에 있는 법률사무소에 입사한다.
1830	대영박물관 학예사로 일하기 시작한다.
1832	의회 신문 기자가 된다. 하지만 배우가 되고 싶어 연극 오디션을 보려다 병으로 참석하지 못한다.
1833	〈먼슬리 매거진〉에 최초의 단편 〈포플러 산책로에서의 만찬〉을 게재하며 등단한다. 보즈라는 필명을 사용하기 시작한다.
1834	〈모닝 크로니클〉의 기자가 된다.
1836	〈보즈의 스케치〉 1, 2편을 발표한다.
	캐서린 호가스와 결혼했으며 문학 조언자 겸 찰스 디킨스의 전기작가 존 포스터와 만난다.
1837	1836년부터 매월 발표했던 〈피크위크 페이퍼스〉를 단행본으로 발표한다.

1838	〈올리버 트위스트〉를 출간한다.
1839	〈니콜라스 니클비〉를 세 권의 단행본으로 발표한다.
1841	〈오래된 골동품 상점〉과 〈바나비 러지〉를 출간한다. 〈오래된 골동품 상점〉은 발표되고 나서 당시 판매고가 10만 부에 달한다.
1842	반 년간 처음 미국을 여행하고 나서 쓴 방문 기록인 〈미국 단상〉을 출간한다.
1843	〈크리스마스 캐럴〉을 발표했는데 5일 만에 초판이 매진된다.
1845	1년간 가족들과 이탈리아를 여행한다.
1846	잠시 〈데일리 뉴스〉의 편집장을 맡는다. 이탈리아를 다녀오고 쓴 〈이탈리아의 초상〉을 출간한다.
1848	〈돔비와 아들〉을 출간한다.
1850	주간지 〈하우스홀드 워즈〉를 창간한다. 자전적인 작품 〈데이비드 코퍼필드〉를 출판한다.
1853	월간지에 연재했던 소설 〈황폐한 집〉을 단행본으로 출판한다. 〈크리스마스 캐럴〉에서 발췌하여 대중을 대상으로 첫 자선 낭독회를 연다. 그 후 미국, 캐나다, 런던 등에서 수많은 낭독회를 통해 대중들과 소통했는데 배우가 연기를 하듯 낭독하여 연출가로의 역량을 보여주기 시작한다.
1854	〈고된 시기〉를 완성한다.
1856	평생의 꿈인 로체스터 인근의 저택을 구입한다. 이 저택은 〈위대한 유산〉의 배경이 되는 새티스 하우스의 원형이라 짐작된다.
1857	〈리틀 도릿〉을 출간한다.
1858	부인 캐서린과 별거를 하면서 정신적인 고통이 심해진다.
1859	〈두 도시 이야기〉를 완성했다. 주간지 〈1년 내내〉를 창간한다.

1861	〈위대한 유산〉을 출간한다. 이 작품은 디킨스의 가장 성공적인 작품들 중 하나로 평가되고 현재까지 연극과 영화, 드라마 등으로 각색되고 있다.
1861~63	대중 낭독회를 계속한다.
1865	1864년부터 월간지에 연재된 〈우리들의 친구〉 두 권을 단행본으로 출판한다.
1870	런던에서 송별 낭독회를 연다. 그러던 중 6월 9일, 〈에드윈 드루드의 비밀〉을 미완성 유작으로 남긴 채 뇌출혈로 숨을 거둔다. 웨스트민스터 사원 '시인의 묘역'에 안장된다.

산업혁명기 영국의 번영에 드리운 어두운 그림자

《올리버 트위스트》는 찰스 디킨스가 1838년에 발표한 작품이다. 태어나자마자 어머니를 잃고 고아가 된 올리버 트위스트는 구빈원을 거쳐 장의사의 도제로 팔려간다. 이곳에서 노예와 다름없는 비인간적인 대접을 받던 올리버는 급기야 탈출을 감행하고 거리를 떠돌다가 앵벌이 소년의 꾐에 빠져 런던 슬럼가의 범죄 소굴에 빠져든다. 올리버가 겪은 갖은 핍박과 고난의 과정을 따라가 보면 아동학대와 착취, 감금, 폭행, 횡령 등 당시 빈곤층의 생활상과 사회복지 차원의 문제들을 마주하게 된다.

디킨스는 이 작품을 통해 영국 산업혁명 시기, 노동자들이 겪었던 비참한 삶을 고발하는 한편, 자신이 유년 시절에 경험했던 빈민층 생활을 적나라하게 그려내고 아동 노동을 착취하던 빈민수용소 제도의 잔혹함을 비판한다. 1601년, 영국은 엘리자베스 구빈법을 제정해 교구가 빈민들을 책임지도록 했다. 이를 위해 정부는 지방세액을 늘렸다. 노동력이 없는 빈민은 구빈원에 수용하고, 노동할 능력을 갖춘 빈민들은 강제로 일을 시켰으며 어린아이들을 도제로 삼았다. 그러나 이 법을 악용해 일을 하지 않고 법에 기대 편하게 먹고 사는 빈민들이 생겨났다. 게다가 빈민층이 확산되면서 비용 또한 기하급수적으로 증가했다. 이에 따라 영국 정부는 1834년, 신구빈법을 제정하기에 이른다. 이는 빈곤의 원인이 개인의 나태와 무절제에 있으며, 공적인 구호는 빈민을 게으르게 할 뿐이므로 구호 예산을 대폭 줄여 이들을 가혹하게 대해 스스로 자립할 수 있게 한다는 취지의 법이다. 당연히 세금을 많이 내던 부자들은 이 법의 시행에 쌍수를 들어 환영했다. 디킨스는 《올리버 트위스트》를 통해 이러한 신구빈법에 대한 강력한 항의 메시지를 담아냈다.

세계에서 가장 먼저 산업 혁명이 시작된 영국은 19세기 전반에 걸쳐 각종 신기술이 개발되고 다양한 기계가 발명되면서 유례없는 번영을 누렸다. 자본가들은 더욱 많은 이윤을 남기기 위해 혈안이 됐고 경쟁이라도 하듯 노동자들을 착취했다. 다른 공장에서 노동시간을 16시간으로 연장하면 이에 질세라 18시간으로 늘렸고, 다른 공장에서 스무 살짜리 여공들에게 임금의 절반을 주고 고용하면 어린아이들에게 임금의 10분의 1을 주는 것으로 더욱더 노동력을 착취했다. 어린아이들이 노동을 착취당하는 것은 이 시대에 일반적인 모습이었다.

1800년에 100만 명 정도였던 런던의 인구는 1851년에 이르러 250만 명, 1880년에는 450만 명으로 늘어났다. 이렇듯 먹고살기 위해 모여든 사람들에게 런던이 내줄 수 있는 일자리와 주거시설은 턱없이 부족했고, 가난한 사람들은 어쩔 수 없이 빈민가에 정착했다. 하수가 넘쳐흐르고 모기떼가 기승을 부리는 빈민가에서 사람들은 짐승만도 못한 생활을 했다. 올리버 트위스트가 소매치기 일당에게 놀아나는 런던의 뒷골목은 소매치기와 강도, 살인, 매춘 등이 일상적으로 일어나는 곳이다.

어둡고 위험천만한 런던 뒷골목에 대한 묘사는 디킨스가 어린 시절에 직접 보고 경험한 바에 기초하고 있다고 해도 과언이 아니다. 1812년, 영국 남부의 항구 도시 플리머스에서 태어난 디킨스는 유복한 환경은 아니었지만, 행복한 어린 시절을 보냈다. 그러나 12살 무렵, 도박과 술에 젖어 살던 그의 아버지는 엄청난 빚을 지게 되었고 결국 감옥에 갇히고 말았다. 디킨스는 어린 나이였지만 생계를 위해 일자리를 찾아 나서야 했다. 런던의 구두약 공장에 첫 일자리를 얻은 디킨스는 하루 10시간씩 일

찰스 디킨스는 여러 작품을 통해 상류층과 자본가의 위선적이고 탐욕스러운 모습을 폭로하는 한편, 하류층 사회의 비참한 생활을 적나라하게 그려냈다.

화가 조지 크루크 생크가 그린 《올리버 트위스트》 표지 그림

하며 주급으로 6실링을 받았다. 디킨스가 유년 시절을 보낸 공장은 특정한 공간에 머무는 데서 그치지 않고 그의 삶에 지대한 영향을 미쳤다. 당시 런던 거리에는 노점상이 빼곡했고, 거지와 고아들이 거리를 떠돌고 있었다. 공공 위생 설비가 낙후된 것은 물론 사방이 진흙탕과 오물투성이였다. 이때 그가 목격했던 가난하고 병든 빈민층의 비참한 생활상은 훗날 그의 작품에서 주된 소재가 되었다. 디킨스는 가난은 인간을 단련시키는 것이 아니라 인간을 철두철미하게 짓밟고 타락의 구렁텅이로 몰아넣는다는 것을 깨달았다.

그러나 도덕이 타락한 최빈곤층의 삶을 경험하면서도 올리버는 순수하고 선한 품성을 잃지 않는다. 또한 고난 속에서도 용기를 잃지 않고 따

뜻한 인간애를 보여준다. 디킨스는 올리버가 역경을 이겨내고 행복을 찾는다는 결말을 보여줌으로써 가장 보편적이며 희망적인 메시지를 던진다. 선한 의지와 용기 있는 행동, 따뜻함을 지닌 올리버를 통해 삶의 진실과 교훈이 비참한 현실 속에서도 면면히 흐르고 있음을 보여준 것이다.

디킨스는 빅토리아 시대를 풍미하면서 1870년 숨을 거두기까지 34년 동안 14편의 장편 소설과 수많은 중·단편 소설을 발표했다. 그는 거의 모든 작품에 당대의 현실을 섬세한 묘사로 적나라하게 담았다. 또한 가난한 사람들에 대한 동정심을 담았으며, 악습에 대해서는 과감하게 비판하고 나섰다. 그러한 이유로 그의 작품은 늘 화제를 불러일으켰다. 그가 작품을 통해 창조해낸 인물은 무려 2,000여 명에 달한다. 세파에 시달리는 빈민들의 애환과 상류층에 대한 비판은 그의 작품 속에 면면히 흐르는 디킨스 특유의 정신이다.

웨스트민스터 사원 '시인의 묘역'에 있는 그의 묘비에는 다음과 같은 글이 새겨져 있다.

"가난하고 고통받고 박해받는 사람들을 동정했다. 이 사람이 죽으면서 세상은 영국에서 가장 위대한 작가를 잃었다."